a mulher do rio

JONIS AGEE

a mulher do rio

Tradução
FAL AZEVEDO

PRUMO
leia

Título original: *The River Wife*
Copyright © 2007 by Jonis Agee

Originalmente publicada e organizada pela Random House, um selo da Random House Publishing Group, uma divisão da Random House, Inc.

Todos os direitos reservados. Nenhuma parte desta obra pode ser reproduzida ou transmitida por qualquer forma ou meio eletrônico ou mecânico, inclusive fotocópia, gravação ou sistema de armazenagem e recuperação de informação, sem a permissão escrita do editor.

Direção editorial
Soraia Luana Reis

Editora
Luciana Paixão

Editora assistente
Deborah Quintal

Assistência editorial
Elisa Martins

Preparação de texto
Rebecca Villas-Bôas Cavalcanti

Revisão
Denise Katchuian Dognini
Maria Dolores D. Sierra Mata

Capa, criação e produção gráfica
Thiago Sousa

Assistentes de criação
Marcos Gubiotti
Juliana Ida

Imagem de capa: IIC/ Axiom\Getty Images

CIP-Brasil. Catalogação na fonte
Sindicato Nacional dos Editores de Livros, RJ

A21m   Agee, Jonis
        A mulher do Rio / Jonis Agee ; tradução Fal Azevedo. - São Paulo :
        Prumo, 2009.

        Tradução de: The river wife
        ISBN 978-85-7927-050-5

        1. Mississipi, Rio, Vale (Estados Unidos) - Ficção. 2. Mulheres - Mississipi, Rio,
        Vale (Estados Unidos) - Ficção. 3. Ficção americana. I. Azevedo, Fal, 1974-. II. Título.

                                                          CDD: 813
09-6124.   CDU: 821.111(73)-3

Direitos de edição para o Brasil: Editora Prumo Ltda.
Rua Júlio Diniz, 56 - 5º andar – São Paulo/SP – CEP: 04547-090
Tel.: (11) 3729-0244 - Fax: (11) 3045-4100
E-mail: contato@editoraprumo.com.br
Site: www.editoraprumo.com.br

Para Brent Spencer

Não há nenhum anjo mau como o Amor.

WILLIAM SHAKESPEARE NA OBRA
TRABALHOS DE AMORES PERDIDOS

Prólogo

HEIDI

As árvores eram bem verticais — essa foi a primeira coisa que notei, antes mesmo do rio. E o terreno, que se estendia plano, indo até onde a vista alcançava. Quando saltei do cupê, na frente do prédio da prefeitura, em Jacques'Landing, Missouri, pertinho de Nova Madri, senti um calafrio, uma leve vertigem. Segurei a porta para o casal por um momento, e Clement Ducharme deve ter pensado que eu estava reconsiderando, porque colocou sua mão sobre meu braço que estava livre e me empurrou para dentro. Eu era uns bons cinco centímetros mais alta que ele, e isso parecia deixá-lo orgulhoso. Insistia que eu calçasse meus saltos altos sempre que estávamos em público. Pelas próximas poucas semanas, ele iria me comprar pares e mais pares de sapatos, muitos deles com tiras fininhas, todos de salto alto, todos mostrando meus dedos. Eu era muito inexperiente no amor para questionar o que quer que fosse.

Pela rua, fazendeiros cansados iam e vinham, preocupados com impostos, embargos, com o dinheiro que não tinham. Era 1930, estávamos em plena Grande Depressão e todo mundo era pobre, menos nós; ninguém parava para conversar.

Fibras de algodão flutuavam no ar, pousando e voando de novo, como se estivessem presas em uma maré invisível, que atingia toda a cidade. Elas ficavam presas nos batentes das portas e janelas, invadiam as vasilhas descobertas de feijão, pão de milho e tomates frescos e grudavam na sua língua quando você tentava falar, então, conforme você batia a língua contra os dentes da frente e engolia, cuspia algodão a cada sílaba, como se dissesse palavras sujas.

Subimos pelas lajotas gastas, todas com marcas de oitenta e tantos anos de pés passando por elas, galgando velhos degraus até o saguão circular de mármore verde. Clement apontou para a cúpula de vidro verde que adornava o teto, três andares acima de nós, e me fez apertar os olhos para conseguir dar uma boa olhada e ver o vidro restaurado do lado direito.

— O incêndio de Cannon, depois do bombardeio *yankee* —, ele disse.

Na verdade eu iria descobrir depois que fora Billy Shut, o agressor confederado, cuja espingarda esteve envolvida em uma leve confusão, não muito tempo depois que a cidade foi tomada.

A luz que vinha do domo era verde e levemente leitosa, e imaginei se precisaria colocar meus óculos por um instante. Era o único segredo que eu escondia de meu marido no começo — meus olhos fracos, que não me deixavam decifrar palavras e detalhes de muito perto.

Mas pude ver o pó dançando por entre as colunas de luz verde, os fiapos de algodão pousados nos ombros do paletó de seu terno cinza. A colheita fora antecipada, seu resultado minguado deixado sob o calor implacável dentro de um pequeno vagão meio cheio no terreno da fazenda, para me levar ao centro. Havia ainda um cortezinho em seu queixo, feito enquanto ele se barbeava, no último minuto. Tenho de explicar tudo? Minha mãe me mandou embora. Eu tinha dezessete anos. Minhas irmãs não me defenderam. A família não me daria boas-vindas de novo pelos próximos dez anos, mas então seria tarde demais.

JONIS AGEE

Meu futuro marido permaneceu paciente, com o rosto vermelho e cheio de sardas de sol, o cabelo alaranjado esticado para trás com óleo, com uma parte ao longo do lado direito que parecia ter sido feita a navalha, o couro cabeludo vermelho brilhante no sulco. De alguma forma, ele tinha conseguido um corte de cabelo que não subisse tanto acima das orelhas a ponto de ser possível ver uma meia-lua ali onde o lóbulo terminava. Mesmo com todo o serviço na fazenda, ele era um homem elegante, limpo, quase arrumadinho demais, com as unhas muito bem escovadas. Escovava os dentes todas as noites com sal e uma pasta pegajosa de casca de salgueiro, que esfregava entre cada um dos pontinhos com marcas. "Você tem dentes de criança", eu lhe diria, poucas semanas depois do casamento.

Apesar de ter, mais tarde, de voltar à prefeitura para ajustar minha rota nesse destino peculiar que eu havia escolhido, a história familiar não diria que eu estava pensando sobre o dia em que segui a trilha do cavalo de Billy Shut, subi os degraus e senti as marcas feitas pelos sapatos de metal no chão de mármore quando ele teve seu colapso. As solas de meus sapatos eram feitas do couro mais fino e no outro lugar do meu cérebro eu estaria registrando as marcas com meus dedos enquanto ficamos parados em pé no saguão, esperando por Keaton, o tio de Clement, que seria nossa testemunha.

— Seu tio realmente virá? — por fim, perguntei. Ele deu uma olhada para o relógio sobre a entrada da prefeitura, depois para seu pulso, onde tinha um Hamilton dourado com pulseira marrom de couro de jacaré, que fedia um pouco quando ele suava demais.

— Você disse a ele que nós tínhamos de fazer isso antes que a prefeitura fechasse? — perguntei. Mas não era só isso, e ele sabia. Eu não podia voltar para casa. Havia gasto todo o meu dinheiro

A MULHER DO RIO

com a passagem de ônibus para chegar até ali e com o presente para ele — um anel olho-de-gato para seu dedo mindinho. Era o único tamanho que a joalheria Johnson, em Resurrection, tinha quando parti, naquela manhã, e eu não queria chegar lá de mãos vazias, carregando apenas a mala de papelão que minha mãe, de má vontade, me dera.

Meus pés começaram a doer depois de um tempo. Quando desloquei meu peso para me apoiar numa das pilastras, meu salto se prendeu em uma das falhas no chão e eu comecei a cair. Mas ele me amparou e me abraçou contra ele por um instante, o ouvido contra meu peito, como se pudesse ouvir as batidas do meu coração através do meu conjunto de linho. Foi o último conjunto branco que tive na vida.

— Você acha... — comecei a falar, mas ele colocou seus dedos sobre meus lábios. Suas mãos cheiravam a tabaco e a essência de lavanda que ele encomendava na barbearia, duas vezes por ano. Mais que qualquer outra coisa, havia sido o cheiro dele que fazia meu estômago se contrair de desejo. Eu era tão jovem, e havia um mistério a ser solucionado, uma porta aberta para o outro lado, onde todo aquele negócio que você apenas observava quando era criança, de repente, se torna seu. Você cresceu e agora o mundo pulsa, algo brilhante da cor do sangue.

Às quatro horas, Clement virou-se para mim e acenou, os maxilares apertados, os dentes trincados; seus lábios, apenas uma linha. Esse não era o rosto que eu queria ver no dia do meu casamento, mas era tudo que eu tinha, então peguei em seu braço e andei em linha reta pelo saguão, para a sala do juiz. Quando chegou a hora de colocar o anel em meu dedo, ele sacou um anel de platina com um grande diamante amarelo incrustado no meio. Ficou tão largo em mim que tive de apertar meus outros dedos em volta para impedi-lo de escorregar.

JONIS AGEE

Quando chegou a hora do beijo, ele sussurrou em meu ouvido:
— Mande arrumar este anel para que nunca saia de seu dedo, ouviu? — fiquei encantada com o fato de ele querer deixar tão claro para o mundo que eu lhe pertencia; depois que pagamos o juiz, andamos de maneira orgulhosa através da luz leitosa e verde, em direção ao cair da tarde.

Era o dia do meu casamento. Seu tio, Keaton Shut, esperaria ainda três meses para vir nos visitar, e só viria quando o mal estivesse feito. Nós não ligávamos; estávamos felizes e quase nada pode abalar esse tipo de felicidade. Teríamos o bebê em casa, onde as crianças da família dele sempre haviam nascido. Eu nem estava com medo. E ele foi um bom marido para mim, trazendo-me flores, dando-me colheradas de sorvete quando o calor apertava, depois de escurecer, quando o rio fazia barulho contra os bancos e os sapos-bois, alcançando as notas mais graves, baixavam o tom de tudo o que era estridente. Mais tarde ele fazia amor comigo, sugando meus mamilos inchados até que eu sentisse tanto calor, uma urgência tão aguda que me fazia desejar que ele me rasgasse ao meio, me esvaziasse de tudo e me enchesse dele. Eu arranhava a pele dele até sangrar, e a minha também, tentando nos aproximar mais e mais, como se nosso sangue, misturando-se, pudesse fazê-lo. Passávamos os dias tirando sonecas no frescor do ventilador, soprando sobre um bloco de gelo, e as noites nos amando, enquanto esperávamos pelo bebê. Eu não dava a mínima se outra alma aparecesse em nossa porta naqueles dias. Na verdade, nem queria que alguém aparecesse...

Isto é amor, eu repetia para mim mesma quando ele usava a esponja para jogar água gelada sobre meus ombros e rosto, enquanto eu permanecia deitada na banheira. Isto é amor, a aliança com o diamante amarelo, tão apertada em meu dedo inchado que separava dois montes de carne. E isto é amor, conforme a luz do quarto diminuía, conforme uma tempestade se aproximava, e nós...

— Clement — eu disse, meus olhos varrendo aquela terra que cintilava sob o calor —, não é possível gostar desta terra, é?

Ele balançou a cabeça.

— Bootheel é um tipo diferente de lugar.

Jacques'Landing ficava a oeste de Nova Madri, acima da água, em um pedaço plano de terra que se estendia entre os pés das colinas de Ozarks, uma sombra distante do oeste, e o Mississipi ao leste. St. Louis fica a apenas 256 quilômetros ao norte. Pendurada entre o Kentucky e o Tennessee ao leste e Arkansas a Oeste, é como se todo o estado do Missouri estivesse tentando livrar-se dela por anos, como se fosse um apêndice atrofiado.

Sentia falta de Ozarks — os vales profundos e os córregos cor de ferro das florestas, o canto dos pássaros indo de árvore em árvore acima de nós, enquanto minhas irmãs e eu mergulhávamos na mata à procura de papaias vermelhos e caquis maduros para depois descansar no granito que despontava na ponte natural que pensávamos que só nossa família conhecesse, descascando as frutas que havíamos encontrado, sorvendo seu sumo doce. Sentia falta do cheiro denso da casca úmida das árvores e das pinhas pontudas, aquele cheiro penetrante que envolvia sua cabeça como fumaça até você ficar tonto e cair por cima das folhas molhadas e do mato alto. Quando você parava por um instante e escutava, as árvores ciciavam e murmuravam em volta de você. Tudo parecia muito úmido por lá, fosse depois da chuva, fosse antes da chuva, até mesmo no outono, algo primordial e úmido, a terra sendo feita por entre seus pés, o rastro prateado e grudento dos caracóis cruzando os galhos mortos e as folhas secas, a parte úmida sob as pedras ensopando o ar da floresta. Eu nunca tive medo quando era menina. Foi preciso que Clement me ensinasse a temer.

— Você está cansada por causa da gravidez — Clement disse.

— Venha se deitar agora. — Ele me levou para a varanda do segundo andar, onde fiquei deitada em uma espreguiçadeira branca, com um travesseiro apoiando a parte de baixo de minhas costas, que doíam tanto que não pude dormir por muito tempo. O bebê se debatia e chutava dentro de mim o tempo todo quando eu tentava me virar, até me sentir horrivelmente moída e não suportar mais ser tocada, como se as mãos de Clement pudessem me machucar.

Eu lia revistas, *Harper's, National Geographic* e *Scribner's*, qualquer coisa antiga, porque não podia suportar o presente ou o futuro. Isso era tudo o que eu podia fazer para sobreviver a outro dia quente; não queria nem pensar em sair de dentro de casa. Comecei a passar as noites acordada, abraçando minha barriga como uma melancia entre as pernas, ofegante sob o calor no balcão, ensopando toalhas e colocando-as sobre meu peito, enquanto Clement dormia até o telefone tocar.

— Quem está telefonando para cá toda noite? — perguntei a ele.

— Durma — ele disse —, estarei de volta antes que amanheça.

Eu via as luzes do carro dele iluminando de forma incerta os salgueiros, oscilando de um lado para outro, ao deixar nossa entrada de carros. Seu carro enfrentava os buracos e marcas profundas e enlameadas de pneus depois da chuva recente, e o ruído do motor de seu grande Packard era afetado pelo ar úmido e substituído pela cantoria irritante das cigarras. Se eu tivesse uma tocha, teria posto fogo em todas as coisas vivas naquela noite, acho. Uma barcaça subiu o rio ruidosamente, suas lanternas iluminando de tal forma que eu pude ver os homens no deck passando uns para os outros

A MULHER DO RIO

um jarro de *moonshine*[1] e rindo, pude ouvi-los praguejando de forma estranhamente clara. Alguém começou a tocar rabeca, outro se juntou a ele tocando harmônica e dois homens se levantaram e começaram a dançar lado a lado com as mãos para trás, em um estilo tão comum nas montanhas. Tentei deixar a cena me tranquilizar. Tentei pensar na água marrom e morna, correndo em seu leito largo, mas eu tinha apenas 17 anos e o médico só pudera prometer que eu esqueceria de todo o resto quando o bebê viesse. Me deram uma injeção e, quando acordei, eu era mãe.

Vesti uma camisola fina de algodão e desci para a biblioteca, que tinha paredes de um verde-escuro profundo, pesados móveis de mogno, abajures Tiffany de cores brilhantes e afundei no sussurro fresco da poltrona de couro marroquina, apoiando meus pés no escabelo e encontrando, afinal, algum alívio para o calor. Determinada a esperar por Clement, analisei as paredes repletas de livros em volta de mim, pensando em encontrar um título que me ajudasse a atravessar a noite. Quando cheguei à última prateleira, na parede à minha direita, enxerguei uma fileira de livros de capa marrom amarrados sem nenhum título nas lombadas, o tipo da coisa que as pessoas usavam como diário, livros de desenhos e cadernos de anotações. Levantei-me da poltrona e, sem jeito, ajoelhei-me na frente da prateleira, pegando o primeiro livro. À primeira vista, ele parecia grudado no livro ao lado, mas as capas de couro se separaram, fazendo aquele som que uma coisa viscosa faz ao se separar da outra, e o livro veio para minha mão. Dentro da capa manchada de água estava escrito: Annie Lark Ducharme, 1881–1921, Volume I.

---

[1] – Bebida caseira destilada ilegalmente (N.T.).

As rosas tão vermelhas,
E os lírios tão perfeitos.
A murta tão brilhante
Com a atraente, chamativa esmeralda.
Ele me ensinou a amá-lo,
Me chamava de sua flor,
Que estava florescendo para alegrá-lo,
através da hora triste da vida...

A flor virgem[2]

Será que era sua bisavó? Clement nunca havia falado dela. E que nome estranho... Folheei as páginas, notando desenhos de insetos, passarinhos, borboletas e flores. É provável que fosse um daqueles cadernos de anotações de campo, usados pelos naturalistas, que devia ser tedioso, mas com passagens narrativas em uma caligrafia esmerada, de um tempo antigo. Achei que parecia variado o suficiente para manter-me acordada.

Realmente começava com uma passagem bem curiosa, deixando claro que o que havia ali eram histórias verdadeiras, um testemunho de morte e ressurreição, depois do "Grande Terremoto de Nova Madri". Meu primeiro impulso foi colocar o livro de lado. Não estava com cabeça para tratados religiosos de nenhum tipo, depois de já ter ouvido o que diziam os fanáticos "Earthquake Christians" e os "Holy Rollers",[3] que abundavam aqui em Bootheel desde o desastre. Mas as frases seguintes prenderam minha atenção, parecendo quase familiares...

---

[2] – 'A Wildwood Flower', poema de M. Irving e J. P. Webster (N.T.).

[3] – Grupos cristãos (N.T.).

Então, as mulheres da velha casa em Jacques'Landing começaram a me contar suas histórias, e continuaram me contando pelos anos em que morei ali. Às vezes eu lia as palavras que elas haviam escrito, às vezes me visitavam em sonhos, em muitas ocasiões falavam comigo de forma direta, em alto e bom som, e eu nunca disse a ninguém — até agora.

O que segue é um relato verdadeiro, nas palavras delas e nas minhas. A única surpresa é que estejamos tão separadas, quando os anos são como um véu de poeira que se ergue a cada vez que um de nós anda pelos cômodos da casa que Jacques construiu.

Parte 1

ANNIE LARK
DUCHARME

"Incontáveis são as maravilhas do mundo."

1

A cama estreita de ferro, com seus brancos e adoráveis arabescos — um luxo que, de alguma forma, era apropriado a uma garota de dezesseis anos, apesar de seu pai ser contra isso desde o começo —, corria para a frente e para trás na parede divisória, como se estivesse no rio. O estrondo foi tão alto que parecia que milhares de bestas do apocalipse haviam sido soltas sobre a terra, exatamente como seu pai previra. Então, a parede divisória que havia sido erguida com rapidez para assegurar sua privacidade desabou no chão. As paredes da cabana tremiam tanto, sua cama oscilando como um barco em águas agitadas. A chaminé de pedra desabou, quase caindo em cima de seus irmãos, que se puseram em pé assim que ouviram o primeiro ruído e saíram correndo para fora, ainda de pijama.

— Mamãe! — ela chorava, porque o rosto da mãe era a última coisa que queria ver nesta terra, se aquele fosse o Dia do Julgamento. — Mamãe! — sabendo que era velha demais para ser ninada no colo como um bebê, mas querendo isso mesmo assim. — Mamãe! — e os velhos carvalhos ao sul da cabana vergaram e começaram a desabar, causando grande abalo; os cavalos e vacas faziam muito barulho. Ela se agarrou ao pequeno barco que era sua cama, e esse foi seu erro.

— Mamãe!

Mas sua mãe estava ocupada com os mais novos, apressando-os para que deixassem a cabana, ainda de pijama, e se reunissem lá fora com seu pai e os outros irmãos, que já estavam de joelhos, rezando, enquanto os velhos ciprestes sacudiam, como um deus zangado sobre suas cabeças, acima deles. Os passarinhos deslocavam-se em um só bloco, bem barulhento, e o chão se abria. Ela sentia o cheiro de areia fervendo e de esterco que vinha da fissura aberta no chão da cabana.

Houve um tremendo estrondo e guinchos, como se unhas estivessem sendo arrastadas na madeira; tábuas saltavam e o telhado se dividiu em dois.

— Oh, meu Deus todo-poderoso! — ela rezou. — Leve-me para junto de Ti, onde não pedirei mais nada.

Como que em resposta, houve um profundo estrondo que veio de algo grande se quebrando acima de sua cabeça, enquanto a viga do telhado foi arrancada das paredes, com um súbito suspiro, e desabou por cima de suas pernas e fazendo que não mais as sentisse por causa do terrível peso, e aprisionando-a a seu túmulo.

Ela tentou puxar a viga, mas era grande e pesada demais. Ainda puxou e fincou as unhas nela, fazendo-as sangrar, e esmurrou-a com os punhos, tentando erguer as pernas e se livrar daquilo. Foi tudo em vão; era incapaz de lutar contra o peso que a mantinha presa, e não aguentava mais. Gritou até ficar sem voz, incapaz de se fazer ouvir acima do caos.

Quando o tremor passou, seu pai apareceu no buraco da porta, segurando uma lanterna, seus irmãos um pouco atrás, parecendo tão apavorados que ela quase teve pena deles.

— Annie? Annie Lark? — ele chamou, na escuridão cheia de poeira e fuligem que vinha da lareira derrubada. O chão tremeu e ela podia ouvir seus irmãos se empurrando.

— Ela morreu — seu irmão mais velho gritou. — Deixe-a! — Nunca haviam tolerado um ao outro, e agora ele não tinha pudores em mandá-la para o inferno.

— Estou aqui! — ela chamou. — A viga do telhado me prendeu.
— Tinha certeza que o pai a salvaria.

— Aqui.

Algo voou pelo ar, caindo no chão, ao lado dela. Apesar de esticar o braço, ela não conseguia alcançar o que quer que fosse, e o movimento lhe causou uma dor horrível nas coxas.

— Pai! — ela chamou, enquanto outro tremor fez mais um pedaço do telhado cair perto da entrada.

— Reze pedindo forças, minha querida Annie, leia as sagradas escrituras e reze! Ele vai atender você! — A voz do pai começou a soar distante, como se ele se afastasse da casa que ruía.

Ela chamou de novo:

— Socorro! Mamãe, por favor!

A cabana rangeu junto com as árvores que caíam e as aves que gritavam. Seu pai apareceu de novo na porta.

— Não consigo deslocar a viga, não há tempo, seus irmãos, os cavalos, ninguém chegará perto para ajudar. Minha filha, por favor, deixe-nos ir. — Sua voz não soava mais profunda e confiante, cheia de autoridade. Ela agora implorava, como a de seu irmão mais novo, uma criança cheia de medo e desejo.

A viga tinha perto de dezoito metros de largura e seis metros de comprimento. Seu deslocamento era impossível de calcular em meio a animais enlouquecidos, crianças chorando e seus próprios corações cheios de medo.

Ela imaginou se não dariam um tiro nela, como se fosse uma vaca ou um cavalo com a pata quebrada. O telhado rangeu, espalhando poeira pelo ar, e parecia estar cheio de pedacinhos delicados de pequenas estrelas quebradas na súbita luz da lua.

— Me dê uma lamparina e velas — ela disse — e cobertores; estou com tanto frio... — Não mencionou a dor irradiando terrivelmente, queimando pernas abaixo e costas acima.

A MULHER DO RIO

Demorou um pouco até seu pai reunir coragem para entrar na cabana, encontrar e acender a lamparina e recolher várias velas e enxofre. Ele colocou apenas uma pele de corsa sobre seus pés, que começavam a congelar sob o peso do frio. Ele deve ter pego os outros cobertores para a família. Depois arrumou a colcha dela e a beijou na testa; seu corpo tremia.

— Adeus, querida menina. — Sua voz soou áspera. — Vamos nos encontrar no Além, envoltos na graça do Senhor.

O telhado rangeu de novo. Com os olhos parecendo assustados, ele deu um passo para trás, quase caindo sobre a madeira que lhe aprisionava as pernas. Precisou usar os braços para manter o equilíbrio sobre a viga, pressionando-a, o que causou nela um surto de dor e a fez gritar alto. Ele deu meia volta e apanhou armas, pólvora e todas as provisões que pôde antes de correr porta afora para a escuridão. Ela tinha tanto a dizer que manteve os lábios firmemente fechados, selando-os para que não o amaldiçoassem para o resto da vida, enquanto ele corria para fora. Foi a última vez em que viu sua família.

Havia uma pequena janela à sua direita, e ela ficou deitada esperando que as bestas do apocalipse viessem devorá-la, que as águas da danação a alcançassem e a engolissem, que o sopro poderoso de Deus a despedaçasse, para que nunca fosse salva. Via ao longe casas sendo devoradas pelo fogo, ouvia um rugido incomum e apressado, enquanto as árvores ao longo do rio desabavam, levando consigo grandes pedaços de terra. Sentiu o ar úmido e quente que vinha direto do inferno. Parecia que a terra se abria e que o maldito gritava por ali, seu hálito repugnante como uma bruma que invadia o mundo.

No começo ela rezava entre os espasmos de dor, mas era um pedido perdido. Depois empurrou a viga, tentou enfiar os dedos na cobertura do colchão e fazer um buraco para quem sabe se

JONIS AGEE

livrar, mas não conseguiu. Tentou virar-se de lado. Em vão. Tentou erguer-se. Em vão. Tentou colocar-se em determinado ângulo. Em vão. Tentou arrastar-se por baixo da viga e sair pelos pés da cama. Em vão. Estava ofegante e com frio, suada e ensopada, louca por um gole de água, que se esquecera de pedir. Sempre nos interessamos mais pela luz que por qualquer outra coisa, ela descobriu naquela noite. Se pudesse ver a situação em que se encontrava, então, de alguma forma, seria possível imaginar uma forma de escapar dali. Na escuridão nada é possível, a não ser coisas terríveis. Então ela acendeu a lamparina.

Nesse momento, apesar da sede, ela precisou se aliviar. Envergonhada, permitiu-se esse pequeno prazer e depois ficou ali, deitada no molhado. Era dela, e não de seus irmãos e irmãs mais novos, e isso fez toda a diferença. Estava pagando pelo orgulho que tivera de sua cama, pensou, e observou o amanhecer, primeiro com uma cobertura cinzenta, depois azul e brilhante, pela pequena janela. Caiu em um sono leve, e assim acabou o primeiro dia.

Quando acordou, o sol brilhava e ela pôde observar com clareza a imensa devastação e solidão de seu mundo. Suas pernas eram membros mortos e pesados agora. A lamparina apagara, e ela entendeu que seu pai não podia gastar um pouco para confortar uma filha que estava morrendo. Olhando em volta pela cabana, ela teve certeza de que nunca voltariam. Com a parede divisória caída, havia apenas um cômodo grande, e ela pôde ver a lareira perto da porta. Quando a chaminé desabou, algumas das pedras grandes haviam caído na lareira, perto de onde seus irmãos dormiam quando estava frio. No verão eles dormiam lá fora, na varanda, envoltos em colchas grossas para se proteger dos insetos. A grande panela de ferro preta estava caída no chão do quarto. Ela imaginou que seu pai não se dera ao trabalho de

A MULHER DO RIO

pegá-la. Sua mãe sentiria falta da panela, na qual havia cozinhado cuidadosamente todos os dias da vida deles. Encostado na parede à sua esquerda, o colchão de palha onde suas irmãs mais novas dormiam, perto da cama de seus pais. Havia muitos cacos de louça e os vasos com peras que sua mãe havia guardado da primeira colheita das novas árvores. Como as crianças amavam aquelas peras! O sumo era tão doce quando corria entre os dedos!

Sua mãe deveria ter juntado rapidamente as poucas peças de roupas que a família possuía, pois ela não conseguia ver nada de valor. E seu pai havia mesmo pegado todos os cobertores. O recipiente de óleo de que ela precisava tão desesperadamente estava quebrado, seu conteúdo espalhado pelo chão sujo. Para sua sorte, o tremor ocorrera em uma noite na qual nem velas nem lamparinas estavam acesas, o fogo na lareira havia se consumido e agora estava cheio de cinzas. O cavalinho de balanço de madeira crua que ela havia feito para o bebê estava a seu lado, intacto, ao lado da cama de seus pais. Ele nunca soubera o quanto sua irmã o amara. No meio do cômodo, a mesa de carvalho rústica feita por seu pai havia sido esmagada pela outra ponta da viga que aprisionara suas pernas. Os bancos também estavam quebrados. Somente a cadeira de balanço de sua mãe permanecera no canto do cômodo, milagrosamente inatingida, a cobertura de laca negra brilhando na luz tênue. Ela havia embalado todos os seus bebês naquela cadeira, mas o focinho do leão entalhado, suas mandíbulas ferozes entreabertas e seus olhos raivosos sempre apavoraram tanto a garota que ela nunca havia deixado as outras crianças sentarem ali. Agora ela imaginava os olhos encarando-a, triunfantes, e não podia nem olhar para o canto escuro ao lado da porta.

O cheiro infernal do ar havia desaparecido, substituído pelo que ela supunha ser o odor denso de terra revolvida quando as árvores enormes, com raízes profundas, caíam. Era estranhamente reconfortante o cheiro de madeira recém-partida, o denso almíscar sobrepondo-se ao acentuado odor de urina e ao suor congelado produzido pelo medo.

Ela pensou em todos aqueles dias, quando tudo o que queria era ficar deitada na cama, sonhando, e agora estava condenada a morrer ali, com cada vez mais sede, a língua inchando, a garganta tão ressecada que mal conseguia engolir. Seria uma morte bem lenta. Seu pai tinha razão: ela deveria ser mesmo a pior das pecadoras; que bem poderia vir de uma vida como a dela? Tentou compensar tudo com uma oração. Implorou por alívio. Prometeu entregar-se a Deus. Seria a serva pura do Senhor e se alegraria apenas em Sua presença. Mas nada funcionou. Por isso começou a praguejar, gritando, tentando bater os pés, mover-se, arrancar suas pernas debaixo do peso avassalador da viga. Sim, ela agora podia sentir: a dormência estava novamente se transformando em dor insuportável, como se suas pernas começassem a morrer. Ela gritou, esperando que algum transeunte pudesse ouvi-la e viesse em seu socorro, mas somente o vento respondeu, fazendo estremecer o mundo destruído, fazendo cair os poucos flocos de neve vindos do telhado. Ela manteve a boca aberta, tentando recolher flocos de neve suficientes para saciar sua sede, mas eles desapareciam em sua língua rápido demais.

O sol já estava alto naquele segundo dia quando ela ouviu uma batida na frente da cabana, e uma voz que reconheceu chamou seu nome. Era Matthieu, um garoto com quem certa vez havia dançado e flertado em um baile, cuja família morava no centro de Nova Madri.

— Estou aqui! Aqui!

Ele entrou, hesitante como um veado abrindo caminho pela campina, parando a cada passo, procurando pelo perigo.

A MULHER DO RIO

Era um garoto alto e magrelo, o cabelo louro claro e o rosto estreito, que o fazia parecer sensível — olhos azuis úmidos e compreensivos, nariz fino e lábios cheios demais, que talvez fossem mais adequados para uma garota, ainda que ela gostasse de sua boca o suficiente para deixar que a beijasse rapidamente nos lábios. Ele tinha gosto de anis.

Parando à distância de alguns metros dela, como se fosse para manter respeito — ela era, afinal, uma garota em sua cama —, ele arrancou o gorro de tricô vermelho, enfiou as mãos debaixo dos braços e perguntou por sua saúde. Ele também não parecia muito bem: tinha olheiras escuras embaixo dos olhos azuis, arranhões nas duas bochechas, sangue entranhado nos cabelos e trazia o sobretudo rasgado, cheio de marcas de queimaduras e mato seco.

Ainda que sentisse vergonha das condições em que se encontrava, do cheiro acre pungente e da cabeleira castanha, que havia sido seu orgulho, agora embaraçada, dando-lhe um ar enlouquecido, ela não podia afugentá-lo, pensou consigo mesma. Precisava encantá-lo e persuadi-lo, convencê-lo a lhe ajudar.

— Matthieu — disse —, você pode mover esta tora, por favor? — Estava orgulhosa de si, tão polida, uma dama. Se ele chegasse mais perto, ela agarraria seu rosto e o deixaria sangrando, em carne viva, com suas unhas. *Rápido! Pelo amor de Deus, anda logo!* Ela queria gritar. Já haviam acontecido cinco tremores grandes e vinte pequenos desde a noite passada. Ela contara. Ela ouvia o rio chegando cada vez mais perto.

Em pouco tempo as paredes externas ruiriam.

Ele franziu a testa e olhou em volta da cabana, pensando, sua boca abrindo e fechando, perguntas que respondia a si mesmo. Franziu a testa um pouco mais ao dar uma olhada no teto que estava desabado, as telhas e placas inseguras.

JONIS AGEE

— Onde está o rio agora? — ela perguntou. Ele pulou para o outro lado da viga, escalou-a e a empurrou para baixo sem querer, enquanto a perna dela era ainda mais espremida. Ela queria matá-lo, mas mordeu os lábios contra a dolorosa urgência e sorriu enquanto suas pernas esmagadas latejavam, os lábios estavam cortados e em carne viva, cor apropriada para a sedução.

— Estou com sede — disse ela, a voz falhando no final.

Ele olhou em volta, atemorizado, e deu uma olhada para a porta. Ela não queria que fosse embora.

— Não — disse —, não me deixe.

— Tenho que ver o poço — ele disse. — Talvez esteja arruinado, mas ainda tenho meu cantil. Está lá fora.

— Não vá embora — ela implorou.

— Só vou pegar a água — ele disse, a voz suave e reconfortante, os lábios tiritando.

Ela viu em seus olhos que estava morrendo. Que ele lhe daria água por misericórdia, para que ela tivesse um pouco de conforto, mas não podia fazer nada para libertá-la. Não falariam sobre isso. Não havia por que fazê-lo sentir-se um fracasso. Ela sabia sobre os homens, sabia, pois conhecia seu pai e os irmãos, e agora esta amarga lição.

Para erguer o telhado e a viga foram necessários seis homens, cinco cavalos e um par de bois — como poderia um garoto, que nem havia acabado de crescer, conseguir movê-la? Seu pai é que tinha razão: ela estava segura pelas paredes. Levaria tempo demais para serrar a viga em pedaços pequenos o suficiente para movê-los. E talvez, mesmo assim, isso fosse impossível, já que a madeira era carvalho velho, dura como aço, e cegaria a lâmina do machado em pouco tempo.

Matthieu voltou com seu cantil. A água tinha gosto metálico quando desceu por sua garganta.

A MULHER DO RIO

— Fique com ele — disse —, mas beba devagar. O poço está cheio de areia. — Ele olhou em direção às prateleiras vazias e para a lareira, na parede mais distante. — Vou encontrar algo para você comer.

Ela espiou a panela de ervilhas do jantar, caída de lado embaixo da mesa, no meio da sala, e apontou para ela. Entregou-lhe a panela e uma colher e pediu desculpas por algo que ela não entendeu. Ela agarrou a colher e encheu a boca com aquela pasta granulada, sem se importar com o gosto. Matthieu abriu espaço e sentou-se ao lado dela. Quando já havia comido algumas colheradas, colocou a panela de lado. Isso precisa durar, deu-se conta de repente.

— Conte-me sobre os outros — disse ela, colocando sua mão sobre a dele em seus joelhos, como um coroinha na igreja. — Minha família...

Houve um leve tremor de terra. Mais neve e poeira caíram sobre a cama, vindas do teto, enquanto as paredes da cabana rangiam. A panela de ferro rolou com violência, bateu contra a chaminé de pedra e fez um barulho metálico. Ambos se assustaram, e ela apertou a mão do garoto com força, enquanto ele ficava pálido e mordia os lábios. Era mais corajoso que a maioria.

— Todas as pessoas da cidade foram embora para o interior. — Ele deu uma olhada lá para fora, e ela então soube. — Foi uma noite infernal... todos nós tínhamos certeza de que a manhã seguinte não traria nada senão o Dia do Juízo Final. Muitos conhecidos abandonaram seus bens terrenos e começaram a rezar. O ministro e o pastor estavam conosco, haviam abandonado suas igrejas, que, de qualquer forma, haviam desabado. Disseram que isso é um grande sinal da desaprovação de Deus e que precisamos abandonar o que Deus deixou de lado.

JONIS AGEE

O rio tomará conta disso. — Deu uma olhada para seu rosto e ela tentou sorrir, encorajando-o, como se não estivesse incluída nos planos de Deus e do rio.

— Minha família? — ela esfregou os nós dos dedos ossudos com o dedão. Tê-lo ali era quase mais do que ela podia suportar agora, sabendo que precisava deixá-la.

— Sua mãe chorou e implorou a seu pai e seus irmãos, e depois a qualquer um que pudesse ouvi-la, que alguém voltasse e procurasse saber de você. — Sua voz ficou mais doce e seus olhos se encheram d'água. Ele mordeu o lábio inferior e olhou para a viga, para suas pernas presas, e balançou a cabeça. Que notícias ele poderia levar que fossem mais horríveis que a morte da garota? Ele curvou a cabeça, apoiando-a nas mãos, suas costas tremendo. Ela sentiria as lágrimas molhando seus dedos, se suas lágrimas não tivessem secado muitas horas atrás, durante a longa noite.

— O rio está perto, não está? — ela perguntou. Pela manhã havia começado a ouvir seu som peculiar, os murmúrios e sussurros questionadores das muitas correntes que o alimentavam, resistindo, cortejando e escapando à água viscosa e cheia de lama que se transformava em sua sepultura.

Ele ergueu a cabeça, enxugando os olhos na manga do casaco, e olhou para os olhos dela por um momento, como se isso fosse o máximo que pudesse arriscar.

— Havia um barco de transporte de correspondência, dois botes, vários barcos e barcaças quando tudo começou. Todos desapareceram. Os caçadores de pele que ficam nos bancos acima da cidade, a cidade India a... Shawnee ou Osage... acredito que ficam ao sul... todas desapareceram. Toda noite chegam notícias de como tudo desabou, e como as pessoas estão exaustas e atemorizadas. Este é um lugar medonho. Estamos todos esperando pela ressurreição, que o ministro e o pastor dizem estar próxima. — Ele olhou para suas pernas uma última vez e ficou em pé. Não. Ela tentou prender a mão dele nas dela, para impedir que escapasse, mas ele deu um passo para trás.

— Sinto muito, Annie Lark, eu tinha esperança. — Ele deu outro passo para trás e enfiou o gorro vermelho na cabeça, uma cor tão alegre no meio dos escombros. Se ela pudesse convencê-lo a ficar com ela até...

— Não me deixe! Matthieu, por favor, estou com medo.

Seus olhos se encheram de lágrimas enquanto ele recuava, lutando com a água que subia, como se o tempo estivesse voltando e tudo fosse voltar a ser como era antes do nascimento deles.

— Me desculpe, Annie, pensei que um dia nos casaríamos. — Seu rosto estava contorcido de angústia.

— Sim! — ela gritou. — Nós vamos! Ajude-me, nós vamos, Matthieu.

Ele continuou, como se ela não tivesse dito nada, enredado em seu próprio fracasso e vergonha.

— Pensei que... Ah, não consigo! Não consigo ajudá-la mais! — As paredes da cabana sacudiram e sofreram um abalo suave. Ele deu as costas e foi embora. Ela o ouviu gritando com seu cavalo apavorado até parecer, finalmente, que havia montado, porque o último som foi de cascos contra o chão congelado e depois mais nada, a não ser as aves gritando lá fora, nas árvores que haviam sobrado, e o que ela imaginou ser o sussurro do rio seguindo caminho até sua porta.

Ela jogou a panela de ervilhas pela sala e jurou ódio ao chamado do rio. Depois fechou os olhos e caiu no sono, acordando apenas por causa de novos tremores e estrondos, como se o mundo fosse algo distante dela. Sentia a febre chegando, arrepios seguidos de suores. Os sons faziam sua cabeça doer barbaramente, e a luz do

JONIS AGEE

dia, quando chegou, foi como uma adaga cravada em seu crânio. A dor nas pernas reduziu-se a uma sensação morta de novo e subiu para a cintura, depois para os braços, até finalmente alcançar o peito. Ela estava pregada em sua cama, meio morta. Em seu delírio, viu sua mãe de novo, acenando para ela com o filho mais novo nos braços, e não conseguia falar com o pai e os irmãos, que corriam para o oeste, tão apavorados que a abandonaram.

— Não! — gritou, acordando a si mesma. Era o terceiro dia. Sua garganta estava tão fechada que ela mal podia respirar. Seus olhos doíam ao serem abertos mais que um pouquinho. Ainda assim, isso era o suficiente para que pudesse ver a água que começava a invadir o chão da cabana de forma hesitante, lançando-se pelas frestas, insinuando-se pelas depressões das tábuas como leite que vai sendo derramado na tigela de farinha.

Ela ardia em febre entre os flocos de neve que caíam do telhado, a língua tão inchada que só conseguia grunhir como um animal. Os últimos sons humanos, sua própria negação e o sol que não se poria, não tiraria sua luz de cima da cara dela — ela golpeou a luz...

— *Doucement, ma chèrie, doucement* — a voz rouca falava em francês. Deus era francês? Impossível! A voz enfiava uma colher entre seus dentes, e algo que a acalmava deslizando em sua boca, garganta abaixo. Ela procurou por mais, mas a colher havia desaparecido.

— *Bien sûr* — ele disse, e a colher veio de novo, água e algo fumegante, que queimava e a fez abrir seus olhos. — Brandy. Leva a dor embora, não é? — ele colocou outra colher da mistura na boca de Annie. Depois lhe ofereceu um gole da caneca de metal, erguendo sua cabeça e seus ombros com facilidade, em um só braço, que cheirava a queimado, gordura animal e lavanda.

A MULHER DO RIO

Lavanda? Depois de mais alguns goles, sua garganta se abriu o suficiente para que ela pudesse respirar de novo, sem engasgar. Ela não tinha entendido como havia começado a ofegar.

Ele usava uma jaqueta de camurça bordada com flores, um chapéu branco de pele enfiado nas orelhas, e calça de camurça, escurecida e manchada de gordura. Em volta de seu pescoço havia um lenço de seda azul feminino, amarrado de um jeito despojado — ah, a lavanda! Ele estava cortejando, mesmo durante aquela catástrofe! Suas luvas de camurça, forradas de pelo, estavam jogadas de qualquer jeito em cima da barriga dela. Um dos franceses caçadores de pele sobre os quais seu pai havia lhe avisado. Um escavador que tomava esposas Indias, espalhava incontáveis filhos mestiços pelo mundo e abandonava todo mundo para rumar para um novo território. Cheios de doenças e ateus. A mulher que fosse tocada por um homem desses poderia muito bem se matar. Dessa vez sua mãe se manteve quieta.

— Aqui está, beba tudo. — Ele encheu a caneca com brandy levemente diluído em água. Enquanto ela bebia, ele a avaliava, como que tomando uma decisão. Depois, seus olhos percorreram seu corpo para logo em seguida voltarem ao rosto. Ele acenou, como se ela tivesse obtido sua aprovação, apesar de se encontrar em condições tão precárias.

— Bonita! — murmurou, depois pegou suas mãos, virando as palmas para cima e esfregando os calos grossos com o polegar. — Trabalha duro!

Ela concordou. Não importava o que ele fizesse com ela agora.

— Preciso mover *ce petit bâton*. — Deu um tapa na madeira grossa e passou um dedo sobre ela como se fosse apenas um ramo.

Ela o observou abrindo caminho pela água no chão, que já chegava ao tornozelo. Não podia permitir que a abandonasse e isso era tudo. Não importava o que ele quisesse, não o deixaria

JONIS AGEE

ir embora. Ainda que ela tivesse de tomar sua faca e fazer dele seu prisioneiro, ela não iria morrer ali sozinha, que diabos! Então, ela notou a pilha de objetos de sua casa junto à porta. Bem, ele era um garimpeiro. Não a deixaria. Ela era um achado — uma jovem abandonada por sua família, uma garota que podia cozinhar, limpar e...

Ela estremeceu. Cabia a ela fazê-lo se encantar, fazer que quisesse salvá-la e cuidar dela enquanto suas pernas sarassem. Decidiu isso naquele momento: se ele a ajudasse, ela iria...

Então ele a surpreendeu, reaparecendo com uma corrente bem grossa. Amarrou-a em volta da viga, prendeu a outra ponta e começou a berrar e a amaldiçoar em francês, gritando com o que, ela descobriria depois, era uma junta de bois e um casal de cavalos selados, que ele havia encontrado vagando confusos e apavorados, abandonados pelos donos.

No começo a viga enorme só se moveu alguns centímetros, suficientes para acordar os ossos esmagados das pernas dela — e ela pensou que fosse desmaiar. Mas ela deu um longo gole da caneca e sentiu que a dor se deslocava, indo para o cantinho de sua mente, não mais ficando no centro de tudo. O homem gritou de novo, então ela ouviu o som de arreios de couro estalando nas ancas dos bois. Em sua cabeça, ela viu seu braço se agitando, e sentiu urgência em bater com mais força, seu próprio braço doendo com a força do movimento. A viga se moveu mais alguns centímetros, acabando por ficar suspensa sobre sua cabeça, ameaçando decapitá-la. Ele não vai conseguir mover isso, uma vozinha a cutucou. Nada pode salvá-la, você sabe disso. Mas ele gritou, adulou e bateu nos animais, e a tora de madeira se inclinou mais na direção da cabeça dela, obrigando-a a se virar e se encolher o mais longe que podia da tora. Depois disso, sua perna direita estava livre e a tora desceu,

A MULHER DO RIO

girando sobre seu eixo; escorregou por cima da perna esquerda, e ela gritou bem alto.

O homem veio correndo com um andar estranho, como se estivesse rolando troncos no rio, porque outra onda de tremores havia começado.

— *Espérez* — disse ele, em seu francês-inglês esquisito, mas ela entendeu.

Ela tentou levantar as pernas esmagadas, mas não conseguiu. Ele percebeu, e rapidamente a tomou nos braços, pressionando seu rosto contra as adoráveis flores vermelhas e brancas bordadas. As flores lhe arranharam a face, pelo que ela nunca fora mais agradecida. Ela passou os braços em volta do pescoço dele, ignorando a dor que ameaçava tornar tudo escuro, e se permitiu um certo alívio por abandonar sua sepultura de água.

Lá fora, a devastação se estendia até onde a vista alcançava. Caprichoso esse Deus, que deixa algumas árvores em pé e derruba outras, abrindo a Terra, fazendo o bom e fértil solo vermelho se tornar amarelo com tanta areia, trazendo ossos e carvão das profundezas, depois fechando a porta como se estivesse limpando um quarto depois de a morte passar. O rio estava mais largo e fortuito agora, as margens alagadas ou simplesmente engolidas. O lugarejo que era Nova Madri, tão cuidadosamente alinhado e ajustado, agora parecia ter sido destroçado pela pata de um lobo gigante. Casas destruídas, algumas parcialmente queimadas, outras com as paredes corroídas, estradas engolidas por buracos, o rio já rondando e cobrindo o lugar. E o silêncio, exceto pela água escoando. Nem mesmo o vento, como se o final dos tempos houvesse chegado e esvaziado o mundo de tudo o que era bom...

Ela fechou os olhos para a destruição e para a dor que sentia, enquanto ele a colocava sobre uma carroça grande, em uma cama feita de objetos e roupas. Ele precisava escavar nas outras cabanas. Cobriu-a com carinho, como sua mãe fazia, e ela o ouviu levando a junta de bois para dentro das enormes poças e amarrando os cavalos na parte de trás da carroça, avançando com pressa contra a água que vinha na direção deles.

— O cavalinho de madeira, lá dentro, pegue-o! — ela gritou o mais alto que pôde, torcendo para que ele conseguisse ouvi-la, apesar de sua voz estar tão ruim. Ela precisava ter algo daquela vida, pensou, algo para a vida que começaria agora, em que ela nunca mais seria conhecida como filha e irmã. No momento seguinte, ele enfiou o brinquedo na pilha de coisas atrás dela, e ela abraçou a peça de madeira ensopada, agradecendo a ele de novo e de novo, enquanto balançava de leve com o peso dele cada vez que ele subia na carroça para depois se lançar na direção das águas. Ela saberia depois que, entre os muitos objetos, ele também havia pegado a panela de ferro e a cadeira de balanço cujas faces ririam dela no dias que estavam por vir.

***

Fechei o livro com a história de Annie, meus olhos cheios de lágrimas de alívio por seu resgate. Eu me permiti um longo choro, como se eu fosse Annie, a garota presa na armadilha, precisando de ajuda. Quando acabei, sequei os olhos na manga de minha camisola de algodão. Assim que virei a página do diário, vi algo se mexer na sombra escura da porta da frente.

Clement estava em casa! Comecei a me levantar da cadeira, mas quando chamei seu nome não houve resposta. Não havia ninguém lá. Sentei-me de novo, prestando atenção, ouvindo, mas só havia o vento agitando as árvores, agitando o tecido bordado das cortinas. Deve ter sido minha imaginação, disse a mim mesma, dando uma última olhada para os cantos escuros

A MULHER DO RIO

da sala. Pensei em ir para a cama, mas ainda não estava com sono, então abri o livro de novo, apesar do arrepio que me percorreu os ombros, que me fez levantar as pernas. Ergui a luz e vi que era um xale de seda que vinha da parte de trás da minha poltrona.

2

Naquela noite, como em todas quando eles se deitavam ao lado do fogo, as pernas dela, que haviam se curado, dobradas como galhos, e que mal aguentavam seu peso, doíam tanto que Jacques teve de inventar todo tipo de brincadeira para deter as lágrimas que ela não conseguia controlar. Ele cantava e tocava seu pequeno acordeão, e, apesar de encher a cabana com diversão profana, ele conseguia arrancar gargalhadas dela. Ela era tão agradecida àquele rude francês... Ele cantava as canções indecentes dos barqueiros caçadores de pele, como "Ride the White Swan", mas cantava com tanto sentimento que pareciam baladas de amor. Esse era o jeito dele, como ela sabia. Ele a amava. Embora ela se sentisse um fardo — uma aleijada que sempre precisaria dele —, ele tomava conta dela com todo o coração. Quando fechavam seus olhos e caíam no sono, era como se ela fosse um delicado ovo de robin, que ele aninhava cuidadosamente em sua mão.

Em cinco anos eles haviam ido para bem longe da região da casa de Annie. Seguiam as estações e a caça, matando para comer, fazendo escambo com peles quando conseguiam. Pela quinta vez retornavam a esta cabana em Ozarks. Aqui a caça era farta, e podiam evitar o pior do frio que vinha do norte, ficando perto das primaveras quentes e restauradoras, sobre as quais os índios haviam ensinado Jacques, e onde Annie podia curar seu corpo.

Agora que finalmente haviam chegado, ela passaria os dias deitada em um amontoado de couros curtidos de veado. Toda

A MULHER DO RIO

manhã ele deixava a pequena cabana para checar as armadilhas e caçar. A cabana ficava no meio das árvores, no pé de uma colina rochosa; a luz fraca da manhã, que chegava filtrada até ela, vinha cheia de sombras e de fumaça vindas da lareira, e desaparecia por completo lá pelo meio da tarde.

Mas Annie não havia passado os últimos quatro invernos se tornando cada vez mais fraca e infeliz. No primeiro ela se concentrara em sarar; no segundo, tentara (e falhara) aprender a cozinhar tão bem quanto Jacques. No terceiro, tentara aprender trabalhos manuais com contas e bordado, como faziam os índios que haviam encontrado, e com quem fizeram trocas. O quarto inverno ela passara lendo e relendo os poucos livros que havia encontrado. Agora, em seu quinto inverno com Jacques, o que poderia fazer para se ocupar em todos aqueles meses escuros antes de dormir? Pensou nisso a noite inteira.

Na manhã seguinte, ela se arrastou até a lareira, que ficava a poucos metros de onde estava, pegou a faca de descarnar e começou a trabalhar na pele de veado que Jacques começara a preparar na noite anterior, sendo cuidadosa ao usar o lado côncavo para raspar, como o observara fazer. Levou a maior parte do dia para adquirir o movimento adequado para raspar a faca de lâmina dupla ao longo do couro mais que dois centímetros e meio ou cinco centímetros de cada vez. A pele estava pendurada em uma peça larga de madeira, apoiada de um lado em pernas mais curtas que as do outro lado, de forma que criasse uma inclinação. Isso facilitava o trabalho, porque toda a sujeira caía no chão, mas seus ombros e costas doíam demais por ela ficar tanto tempo dobrada para frente, puxando a faca em sua direção repetidas vezes. Durante horas, ela só parava para alimentar o fogo, pois precisava de luz e calor, e foi só quando a porta da cabana se abriu que ela viu que estava escuro lá fora, de tão concentrada que estivera todo o tempo.

40

JONIS AGEE

Assim que entrou, Jacques parou e a encarou, com uma pequena ruga entre os olhos escuros, a boca larga e generosa, em uma linha apertada. Depois, arregalou os olhos, jogou a cabeça para trás e deu uma sonora gargalhada.

— Minha esposinha! — disse. — E onde está o jantar? — fazendo cara feia, apontou para a panela de ferro que fora da mãe dela. Ela jogou a faca de descarnar aos pés dele e ele deu um pulo, fingindo que ela o havia machucado.

— Agora eu vou ter de castigar você, meu pequeno sabiá! — Quando ele se inclinou para erguê-la, ela o puxou pelos ombros, ele perdeu o equilíbrio e caiu no chão em cima dela. Ela tocou seu rosto frio e com barba grisalha com as duas mãos e o beijou na boca. Como ele havia lhe ensinado, docemente, mas com firmeza, esperando que sua língua buscasse pelos lábios dela. Havia um esguicho de sangue seco na bochecha dele e ele cheirava a fumaça, a sangue e a suor, seu casaco de couro e sua calça estavam endurecidos com o frio, mas isso não importava para ela. Quando ele a segurava nos braços e abria os cadarços de sua camisa de camurça, ela se tornava qualquer coisa que ele quisesse. Ele havia salvado a vida dela e havia lhe ensinado como um homem e uma mulher podiam se amar, então não importava o que qualquer um dissesse: eram marido e mulher em todos os sentidos. Depois de livrar os ombros dela da camisa, ele acariciou seus seios, beijando-lhe os mamilos, sugando até que ela ficasse louca, puxando os cadarços de sua calça de couro para liberar seu "monstro", como eles o chamavam, depois cobriu seu corpo com o dele, tomando cuidado para não soltar todo o peso em cima dela e machucar suas costas ou pernas, embora aquilo não importasse naquele momento, quando dor e prazer se tornam uma coisa só, uma onda que varria os dois juntos.

A MULHER DO RIO

Naquela noite ele lhe ensinou a usar o outro lado da faca de descarnar para aparar, a melhorar seu corte para conseguir pedaços mais longos e macios de carne, que deixavam o couro intacto. Comeram cozido de carne de cervo e ficaram abraçados na cama, olhando o fogo, enquanto o vento uivava do lado de fora da pequena cabana, irrompendo chaminé abaixo, como se quisesse apagar o fogo que os protegia do frio intenso.

Na tarde seguinte ele trouxe, presos em uma tira, uma raposa vermelha, um furão e um coelho. Ela ficou treinando no coelho enquanto ele pelava e removia o couro dos outros animais. Ele deitou o corpo inerte, cinza e branco na lareira, as orelhas longas tão delicadas que a luz do fogo parecia brilhar através de seu corpo pálido. Havia algo tão tranquilizador naquele animal que lhe lembrava como os coelhos ficam imóveis na presença do perigo, e ela, imediatamente, quis desenhar o que via. Ele poderia muito bem estar estirado, como se tivesse sido apanhado pela sonolência no meio do caminho.

— Podemos comer o que você fizer errado — Jacques disse, — Contanto que você termine antes de o corpo ficar rígido. Lembre-se — ele a encarou com seus lindos olhos castanhos —, se as patas traseiras estão rígidas, você ainda pode comer, mas, se as articulações ficarem moles de novo, jogue fora. — Ele puxou uma mecha de seu cabelo castanho para trás da orelha.

Havia coisas que ela realmente não entendia sobre ele, como a insistência em manter pequenos rituais de vaidade sobre aquele cabelo oleoso, que prendia em um rabo de cavalo com uma tira de camurça, em vez de cortar bem curto, como seu pai e seus irmãos faziam, e por que, duas vezes por ano, entregava sua faca Bowie para que ela cortasse o cabelo dele na altura do ombro. Essa era outra coisa. Jacques nunca deixava ninguém tocar na faca que mantinha enfiada na bainha, e de onde era capaz de tirá-la de forma tão macia e silenciosa que ela se tornava quase mais perigosa que uma arma. Quando ela pediu para ter uma faca, ele riu e disse que a mulherzinha bonita dele não precisava dessas coisas. Mas ela estava determinada a fazê-lo mudar de ideia.

Ele pegou o coelho sem hesitar, ignorando o sangue que pingava e grudava no pelo cinzento ao longo do corte na barriga, onde Jacques havia limpado o animal.

— Olhe, *ma chèrie* — ergueu a cabeça do coelho e mexeu a abertura em sua boca —, um coelho jovem e fresco tem a abertura labial estreita e isto aqui — pegou uma das patas entre seu indicador e seu polegar e apertou-a, de modo a expor suas garras — maleável, afiado — virou as garras. — Em um coelho velho elas quebrariam.

Ele segurou a orelha do coelho, esfregando-a gentilmente.

— Sinta.

Era macia e maleável.

— Os mais jovens sempre proporcionam refeições melhores. Apesar disso, não deixe a pele encostar na carne. — Ele fez uma careta e balançou a cabeça. Os irmãos dela e seu pai eram quem sempre caçavam e tiravam a pele dos animais, sua mãe e ela cozinhavam e sempre levavam a culpa pelo gosto da comida não ser tão boa. Agora ela sabia o porquê.

— Guarde o sangue para, como você diz, fazer *boudin* e sopa. — Ele pegou uma cabaça para recolher o sangue. Quando ela não pareceu agradecida, ele deu de ombros e deixou-a de lado. — Também *le coeur* — ele colocou os dedos no coração dele — e o fígado.

Essas partes ele adorava fritar e comer tão quentes que queimavam seus dedos e sua boca.

Ele se ajoelhou, ergueu a raposa pelo laço de couro que mantinha as patas traseiras juntas e a pendurou em uma peça,

A MULHER DO RIO

no console da lareira. Com sua grande faca, cortou as pernas dianteiras, depois repetiu a incisão nas traseiras, fazendo, desde o ânus até a garganta da raposa, um longo corte único. Ele constantemente afiava sua faca.

Olhou cheio de expectativa para ela e observou, enquanto ela pegava a faca de açougueiro com uma das mãos e puxava o coelho em sua direção com a outra.

— Corte. — Ele apontou para a articulação da perna dianteira do coelho e fez movimento de serrar com a faca. Quando ela cutucou o cadáver com a ponta da faca, ele resfolegou. Ela, então, fez um corte claro na perna do animal, como se ela fosse feita de manteiga. Ela precisou cortar um pouquinho mais na outra perna, mas conseguiu ir até o fim e depois assistiu enquanto ele começou a tirar a pele da raposa como se estivesse virando uma luva do avesso, usando a faca para livrar qualquer tecido que ainda permanecesse preso e que resistisse, ainda que só um pouco, antes de se soltar. Quando ele chegou à cabeça, deixou a pele pendurada e olhou para ela.

A pele do coelho parecia mais difícil de puxar que a da raposa, e ela acabou por arrancar pedaços da carne junto em vários pontos, e abrindo buracos na pele quando perdia o controle da faca. Quando alcançou a cabeça, largou a faca e puxou a pele para baixo, para separá-la da carne ferida, com raiva e desanimada.

Ele balançou a cabeça e recomeçou na cabeça da raposa, deslizando a lâmina por baixo do queixo do animal, retirando a carne com tanto cuidado que o focinho parecia erguer-se e escorregar, como se fosse uma peça de roupa, deixando a carne nua e os olhos vazios intactos, o que permitia visão completa da musculatura cuidadosamente esticada sobre o crânio. Havia uma beleza trágica nas demarcações dos ossos miúdos e nas partes expostas. Enquanto ele trabalhava para virar a pele e prepará-la

JONIS AGEE

para ser limpa, ela não conseguia desviar os olhos dos músculos que pareciam segurar os maxilares, e dos dentes à mostra; a sorte do animal acabara. Quando voltou ao seu coelho, percebeu que havia trabalhado contra o corpo, esfaqueando-o de qualquer jeito e empurrando pedaços de pele à força. Jacques fez um som de desaprovação com a língua, recolheu o que foi deixado no coelho e cortou fora a cabeça do animal. Do pescoço para baixo o corpo estava vermelho como um feto abortado, as costas curvadas e as pernas dobradas para dentro. Apesar do trabalho ruim que fizera, ela pôde divisar os músculos das poderosas pernas traseiras e das costas do coelho, e de novo se maravilhar com sua estrutura. De tudo o que acontecera na cabana durante o inverno, aquele fora o momento do despertar de uma profunda curiosidade, que mudou ambos para sempre.

Em quinze dias ela aprendeu a amolar sua faca, que tinha uma lâmina inferior à da faca de Jacques e não se mantinha afiada por tanto tempo. Aprendeu a tirar a pele de raposas, furões, castores, guaxinins, caxinguelês, ratos almiscarados, lontras, coiotes, martas, gambás, doninhas, linces, gatos selvagens, texugos, ursos e, claro, coelhos.

Mais tarde naquele mesmo inverno, ela aprenderia a ferver os coelhos para soltar a carne grudada nos ossos, a fim de estudar a constituição do animal, ver como as pernas traseiras eram feitas para saltar e correr em alta velocidade. O corpo do coelho parecia ser feito das mesmas partes que seu próprio corpo: crânio, pescoço, espinha dorsal, costelas, pés, ombros, ancas e pernas; mas era, ao mesmo tempo, tão diferente! No começo Jacques se divertia com seu espanto, e pedia para aproveitar a carne que se desprendia dos ossos nas sopas e cozidos diários. Depois, quando ela começou a ferver outros animais para estudá-los, ele a ajudava a separar os ossos limpos e os rearrumava como se fossem quebra-cabeças de madeira para crianças. Ela se deleitava com a delicadeza dos ossos que cercavam e protegiam os olhos, ossos muitas vezes tão finos que a luz podia atravessá-los, e ainda havia mandíbulas maciças contrastando. Ela descobriu que os dentes variavam conforme o uso, os grandes dentes da frente do coelho para roer vegetais, os dentes afiados das martas e dos furões para rasgar carne. Com os esqueletos brancos dos animais pendurados por toda a cabana, como fantasmas, ela experimentava o mesmo encantamento que antes, mas também frustração. Sabia que cada osso tinha um nome, mas ela não os conhecia, não sabia o que outras pessoas sabiam. Isso a desagradava, e jurou que não iria mais tirar a vida de coisas sobre as quais não sabia nada. Se iriam viver dessa forma, aprenderia tudo o que havia a aprender. Não era cega, sabia que suas pernas eram aleijadas, mas podia ver, provar, ouvir, sentir odores e tocar. Nunca veria o mundo que existia além daquela região — já havia entendido isso —, mas iria aprender tudo o que pudesse sobre os infinitos detalhes daquele seu mundo, e iria escrever cada um deles para não esquecer. Se pudera aprender tudo o que aprendera naquele inverno, podia aprender ainda mais.

A primeira chuva da primavera veio durante a noite, acompanhada de um repentino vento morno, vindo do sul; e Annie deixou a porta da cabana aberta naquela manhã para assistir à neve e ao gelo desaparecendo da encosta da colina, liberando um cheiro forte de terra e de pedra. Os galhos escuros e molhados das árvores pareciam engrossar bem na frente de seus olhos, os brotos tornando-se maiores, mais abundantes e visíveis, como nutridos pelo suave cair da chuva. Ela esfregou seus braços e os alongou, esticando-os para sentir a brisa agradável, para descansar do desenho e do trabalho nas peles. Tinha uma surpresa para Jacques, algo para fazer daquele dia delicioso, no qual até mesmo a água pingando do telhado parecia limpar o ar, aparando as arestas. Ela estava em pé na porta, esperando, quando viu de relance algo se movendo entre as árvores, à sua esquerda. Deu um passo para trás sem tirar os olhos das árvores, apalpando para encontrar a arma que eles mantinham ao lado da porta, mas, em vez de alcançá-la, ela a derrubou. Oh, lá estava, movendo-se de novo — algo grande, marrom, um urso? Sentiu um aperto no peito e começou a arquejar. A coisa se movia tão depressa, se tirasse os olhos por um instante aquilo poderia pegá-la antes que erguesse a arma e estivesse preparada para atirar? Se fechasse a porta a coisa poderia derrubá-la. O animal saiu do meio das árvores, apoiou-se nas patas traseiras e farejou o ar, com fome. Sem tirar seus olhos do animal, ela se abaixou, apoiou-se em sua muleta e pegou a velha arma. Mas o urso deve ter entendido seu movimento, porque balançou a enorme cabeça na direção dela, farejando seu cheiro, que ela rezava estar sendo camuflado pela umidade do ar. Esperou, sem mexer um músculo, até suas coxas implorarem por alívio e seus tornozelos doerem. O urso pareceu surpreso, erguendo o focinho cada vez mais alto, para sentir o cheiro dela até que, por fim, suspirou, baixou as quatro patas ao chão e, arrastando-as, saiu apressadamente da clareira onde ficava a cabana, deixando para trás um cheiro desagradável e pegadas tão profundas na lama que ficaram cheias de água, e ainda não haviam desaparecido quando Jacques voltou para casa, ao entardecer.

Apesar de ela estar ansiosa para lhe contar a história de seu encontro, Jacques, assim que chegou, a fez fechar os olhos e esticar as mãos. Houve um guincho esquisito, e Jacques disse um palavrão em francês, mas ela manteve os olhos fechados até sentir algo quente, com penas, em suas mãos. Um corvo! Tentando

A MULHER DO RIO

se equilibrar em uma perna só, com a outra erguida em uma tala feita de madeira, o corvo, agitado, lutava para se manter em pé. Ela fechou as mãos em volta dele, com delicadeza, e pôde sentir seus ossinhos. Claro, ele estava faminto!

Os olhos brilhantes e inteligentes a encaravam com arrogância, quase como se o animal quisesse que ela confiasse nele. Ela riu, e ergueu o rosto para beijar Jacques, o que fez que o corvo desse outro gritinho estridente. Como ela poderia não amar um homem que salvava uma ave assim? Enquanto Jacques segurava o corpinho do corvo, ela amarrou a perna machucada dele com tiras de pele de veado e depois lhe ofereceu pedaços do cozido de coelho que havia acabado de fazer. No começo o corvo hesitou, observando-a com seus olhos escuros e brilhantes, depois golpeou os dedos dela com o bico, tomando o petisco. Segurando a comida no bico, a ave empinou a cabeça e depois engoliu a carne. Ela lhe deu mais alguns pedaços, assim como alguns grãos de sua deliciosa espiga de milho seco, até que, por fim, segurou na frente da ave uma caneca de lata com água fresca, mergulhando seus dedos e deixando a água pingar para que o corvo a visse. De novo ele a observou por um momento antes de enfiar o bico, enchê-lo e depois deitar a cabeça para trás para engolir. Quando se sentiu satisfeito, sacudiu o que restara de água em seu bico, esfregou um dos lados na borda da xícara, depois o outro, como que afiando-o, e pela primeira vez, olhou para a perna com o curativo, erguendo-a, como uma mocinha que admira uma nova pulseira.

Jacques e Annie riram, e colocaram o corvo sobre a pilha de peles ao lado da lareira, onde ela costumava descansar e trabalhar. Ela serviu cozido em dois pratos de metal, junto com sua malsucedida tentativa de biscoitos para o café da manhã, e sentou-se para comer. O corvo os observou durante toda a refeição, tentando equilibrar-se na perna boa até que, por fim, ajeitou-se na pele, fechou os olhos, as chamas da lareira cintilando em suas oleosas penas pretas.

— Vamos chamá-lo de Carl — ela disse —, em homenagem ao meu irmão que desapareceu no rio. Ainda sinto falta dele.

— Sua voz fraquejou e ele a abraçou, segurando seu rosto, enquanto seus olhos se enchiam, como sempre faziam quando ela se lembrava de sua família perdida.

— Eu sou sua família, *chèrie.* — Sua respiração acelerou enquanto ele a abraçava, seus dedos abrindo a frente de sua blusa de camurça.

— Eu só queria vê-lo mais uma vez — ela sussurrou, enquanto ele puxava a parte inferior de sua camisa até suas coxas. — Sinto falta do rio.

— Quando as árvores ficarem verdes, será a época de negociar as peles. E, se for uma boa estação, *ma chèrie,* teremos dinheiro para começar a construir. — A mão dele deslizou até o meio das pernas dela. — Vou fazer uma boa cama para você, certo?

Ela esqueceu a história do urso até a manhã seguinte, quando Jacques encontrou as pegadas, cada pata um buraco congelado. Ela queria que ele reconhecesse sua bravura, mas ele a fez ter outra lição de tiro em vez disso, e arrumou um novo lugar para Annie deixar a arma, adequado a sua altura, ao lado da porta. Ralhando com ela por ter mantido a porta aberta, ele marchou para fora, verdadeiramente irado, e ela esperou até ter certeza de que ele havia ido embora antes de abrir a porta de novo, para saudar outro dia de chuva da primavera.

— Não vou ser uma prisioneira — ela disse ao corvo, que deu uma guinchada profunda e um pulinho perneta, em busca das migalhas do café da manhã, no prato dela. — Quando chegarmos em casa, tudo será diferente.

A MULHER DO RIO

— Jacques, Jacques, Jacques, Jacques. — Carl começou a gritar de repente. Annie estava acostumada com esse grito. Ela se voltou a tempo de ver Jacques jogar a cabeça para trás e gargalhar. O corvo a imitava, terminando com um grasnar rouco, que dispersava os grupos de pardais das árvores atrás deles. Reagindo ao súbito bater de asas, Carl bateu suas próprias asas e coxeou na direção das outras aves, como se fosse segui-las, mas então parou e olhou para Annie.

— Ele está curado, não está? — Jacques perguntou. Ele se inclinou na direção do fogo que eles haviam feito para a refeição da noite, sabendo que estariam cansados demais para cozinhar.

— Sim, mas ele parece não saber disso.

— Ele prefere a companhia de uma moça bonita, não? Eu entendo — ele riu. Ela havia feito a barba dele para a viagem, e, onde a barba havia protegido a pele do frio, seu rosto parecia mais pálido e um pouco doente. Ela havia cortado também seu cabelo, e insistido para que eles o lavassem com o sabão grosseiro que ela fizera, com cinzas e gordura de urso. Ela escondera a gordura que ele usava para manter o cabelo firme no lugar e agora a cabeleira brilhava em uma cor marrom escura. Não havia nada que ela pudesse fazer quanto às roupas de camurça que cheiravam a fumaça e gordura.

Carl abriu caminho até perto do fogo e ficou na frente dela, de olho em um pedaço de biscoito mordido que estava no chão.

— Tudo bem. — Ela quebrou um pedacinho e ele o pegou, malandramente, de seus dedos. Depois lhe deu um pouco de carne salgada, que ele engoliu de uma vez só.

— Ele precisa se lembrar de como é se alimentar sozinho, *ma chèrie*. — Jacques gentilmente lhe chamou a atenção.

JONIS AGEE

— Ainda não. — Ela acarinhou as costas escuras da ave, fazendo cafuné na parte de trás de sua cabeça, como ele gostava. Carl mexeu a cabeça como um homenzinho e chegou mais perto, bicando seu peito. Ela podia sentir a respiração acelerada na pele nua entre os cordões de sua camisa. Ultimamente suas roupas estavam ficando muito apertadas, e ela mal podia abotoar a saia em volta do estômago saliente. Seus seios estavam sensíveis demais para qualquer carinho de Jacques, a não ser os mais leves, e não era possível aguentar um bico pontudo e garras afiadas. Rapidamente ergueu a ave e a colocou no chão. Carl ficou parado um instante, tentando entender o que acontecera, depois deu um golpe na mão dela e se afastou um pouco, resmungando.

Jacques assistiu àquilo com uma expressão curiosa no rosto, que logo foi substituída por compreensão.

— Ah! — ele disse. — *Bien sûr*, claro.

Ela sentiu que ficara com o pescoço e bochechas vermelhos.

— De quanto tempo? — Jacques perguntou.

— Desde o outono — ela respondeu.

— Precisamos nos apressar, então. Meu filho precisa nascer em nossa própria casa. — Ele se levantou, derrubando a chaleira onde havia acabado de ferver a água para o chá e sua caneca, e praguejou.

Annie riu e Carl bateu asas para longe daquela confusão.

— Temos meses pela frente, Jacques. — Eles estavam acampados ao lado de um calmo riacho de água doce, tão limpa que se ela se inclinasse, poderia ver cardumes de peixinhos prateados contra o fundo cheio de cascalhos. Quando mergulhava a mão no riacho, o cardume se separava, apavorado, mas, se deixasse a mão quieta, ele logo voltava e tomava coragem para mordiscá-la com curiosidade. As mordidinhas pareciam bicadas de pássaros em miniatura.

A MULHER DO RIO

Jacques olhou para ela, depois para além do riacho, para a floresta escura que havia do outro lado.

— Há muito que construir. Venha.

Eles lotaram sua carroça, atrelaram os bois e amarraram os cavalos na parte de trás. Tinham tantas peles a esta altura que tiveram de amarrar parte delas no lombo dos cavalos, que viraram os olhos e teriam demonstrado seu desagrado com mais intensidade, não fosse a mão firme de Jacques em seus arreios. Annie foi na carroça, instalada o mais confortavelmente possível na pilha de peles, que ficava em cima dos poucos objetos que possuíam. Carl, o corvo, alternava o passeio entre seu ombro, sua cabeça ou o topo das cargas dos cavalos, tagarelando as palavras que o casal havia lhe ensinado e repetindo trechos das músicas ruins de Jacques.

— Você não pode percorrer a pé todo o caminho até Les Petites Cotes. — Annie protestou durante o primeiro lanche noturno que fizeram, composto de biscoitos secos e carne salgada. Apesar de poderem comer enquanto continuavam a viagem, Jacques insistiu que parassem, fizessem uma fogueira e esquentassem água para fazer mais do excelente chá preto que havia conseguido em troca de duas ótimas peles de castor. Ela sabia que ele fazia isso por ela. Sozinho, teria continuado, sem dar pausa para si ou para os animais. Todos os dias, pelo resto da longa jornada, ele levaria os animais ao limite físico, depois insistiria para que Annie descansasse por tempo demais, para depois começar tudo de novo. Carl começou a voar até as árvores conforme a viagem avançava, seguindo a carroça, depois voltava, e se afastava de novo. Ele havia começado a se alimentar sozinho, e talvez estivesse um pouco preocupado por se afastar tanto de casa. Todas as noites reaparecia quando Annie chamava seu nome, encostava-se nela, arrulhando as palavras que ela lhe ensinara. O nome dela e o nome da menininha que ela sabia agora que vivia dentro de si: Jula.

Quando chegaram ao rio e continuaram seguindo para o norte, parando um pouco antes do lugar onde ficava Nova Madri; todos estavam exaustos. Jacques amarrou os cavalos e os bois, colocou peles no chão e eles dormiram, sem nem se preocupar em fazer uma fogueira, o rio correndo preguiçoso ao lado deles.

Acordando pela manhã, Annie ouviu o murmúrio suave do rio, os primeiros sons das aves, e abriu os olhos para a neblina cinzenta que se desprendia das árvores.

— Estamos em casa, meu marido — ela sussurrou, e se aninhou contra as costas fortes de Jacques, sentindo pela primeira vez o bebê chutando, dando sinais de vida.

Mais tarde, na manhã do retorno, Jacques e Annie ficaram ali, olhando para o rio, procurando algum sinal, qualquer vislumbre da vila de Nova Madri, mas o velho canal permaneceu cheio de árvores caídas e pedaços de escombros, enquanto fluía, cobrindo o lugar onde a cidade havia estado um dia. Os campos, outrora férteis, agora tinham sessenta ou noventa centímetros de areia. Novas e perigosas piscinas naturais ocupavam o lugar que outrora fora da terra, e por toda parte havia crateras cheias de areia. Onde antes houvera árvores antigas magníficas, tão altas que faziam sombra, agora existiam novos espécimes entre os troncos mortos e toda aquela devastação. Rios, correntezas e charcos tinham novos leitos, e alguns dos que antes corriam para o grande rio simplesmente foram interrompidos onde a terra se erguera.

— Na próxima primavera, que tal? Vamos construir nossa casa. Veja, os barcos voltaram. — Jacques ergueu o queixo em direção à pequena embarcação flutuando pela correnteza. Annie protegeu os olhos do sol, evitando fazer qualquer comentário.

A MULHER DO RIO

Ela aprendera que um homem precisa ter planos para o futuro, não importando quão improváveis ou difíceis eles fossem.

— Seremos os primeiros — ela disse.

— *Très bien* — ele riu. — Você terá salas e mais salas, todas elas com enormes lareiras para mantê-la aquecida. E vestidos, um vestido para cada dia, e empregadas para cozinhar e cuidar de você.

— E você também — ela murmurou. Presa em seus braços, encostada em seu peito nu, seus cabelos espetando suas bochechas de uma forma deliciosa... Não, não podia se imaginar mais segura ou aquecida.

Então ela pensou no mundo deles, subitamente, cheio de outras pessoas, e disse:

— Mas Jacques, eu quero ser sempre aquela que cuidará de você. Não quero outra pessoa lhe barbeando, dando-lhe banho ou cozinhando para você. Nós nos bastamos. Nós somos o suficiente, você e eu.

Ele riu e a abraçou mais forte, e ela enfiou o nariz em seu peito e lambeu sua pele, que cheirava a fumaça.

— Como rainha do lar, você pode fazer o que bem desejar. Eu serei seu criado, então!

— Não ligo para isso, Jacques. — Agora que haviam chegado ao rio, finalmente iriam negociar suas peles, talvez com grande lucro, se as promessas de Jacques fossem reais. Ela já havia começado a procurar por um vestido que pudesse ser lavado e pendurado para secar ao sol, para que ficasse com o cheiro do vento.

Ele ficou sério de repente.

— Precisamos ir ao médico de St. Louis, *chèrie*, e isso vai custar mais dinheiro que você imagina. Eu tenho um plano. Você vai ver. Vamos fazer você ficar bem! — Ele pulou em cima dela e a surpreendeu com a ferocidade que lhe fez amor, o monstro fora de sua caverna mais uma vez.

Durante aqueles dias em que estivera presa debaixo do telhado, com as pernas esmagadas, ela começara a esperar pela libertação da Morte, e cortejá-la como a um pretendente relutante. Mas agora não tinha mais medo de nada. Eles iriam construir sua casa e criar seus filhos abrigados na curva do grande rio e chamariam o lugar de Jacques'Landing. Ela já podia ver a casa que Jacques construiria, os cômodos arejados, cheios de luz, o amor que viveria neles como se fosse outra pessoa, que seria a alegria de suas vidas, que os manteria nutridos e bons um para o outro, seus estômagos cheios e seus corações satisfeitos. Ele não iriam nem se importar quando, em poucos dias, Carl os deixasse para viver com os de sua própria espécie.

***

A onda de calor que vinha das palavras de Annie invadiu meu corpo conforme eu lia. Eu estava vivendo na casa construída pelo amor de Jacques a sua amada e o filho deles — nossas histórias eram exatamente iguais! De repente, e pela primeira vez, senti que pertencia àquele lugar, como se fosse receber uma parte de toda a sorte daquelas vidas, apesar de ter perdido minha própria família. Refleti se Clement, alguma vez, já havia lido a história de Annie. Mas duvidava que já tivesse. Ele não era um bom leitor, e se parecia com os garotos que eu conhecera em casa: não tinha curiosidade sobre o passado. Eram o presente e o futuro que o faziam sonhar. Com Jacques eu entendi. Para eles, o passado era uma peça de roupa descartada, algo que eu iria encontrar e imediatamente experimentar.

3

Na primavera de 1817, a clareira que haviam aberto junto ao rio já se tornara um lugar de concentração para aqueles que haviam ficado sem nada durante os grandes tremores: homens que, depois de negociarem suas peles, começavam a se dirigir para o Oeste e aqueles vindos da região do grande rio que precisavam descansar das viagens monótonas e sombrias. Eles tinham cozido de caça na panela de ferro mantida junto ao fogo para qualquer um que estivesse com fome, os viajantes descansavam contando histórias das famílias que haviam deixado ou perdido; e ajudavam Jacques a construir. Os índios faziam de tudo para evitar o lugar. Isso acontecia devido à "profecia de Tecumseh" — pelo menos foi o que lhes contara o amigo de Jacques, um francês que fazia armadilhas, conhecido como Chabot, na manhã seguinte à sua chegada, acompanhado de uma mulher da tribo Creek, o irmão dela e duas crianças pequenas. Os índios desapareceram à primeira luz da manhã, deixando Chabot para trás. Um homem grande e leal, de rosto avermelhado, nariz enorme e boca em formato de botão de flor, que ficaria melhor no rosto de um menininho, riu e sacudiu os punhos para o chão, abaixo de seus pés.

— Estou sempre perdendo a mulher, Jacques. O que um homem precisa fazer para conseguir ficar com uma belezinha como essa Annie?

Jacques abriu os braços:

— É assim que as coisas são, meu amigo. Cavalos, gado, porcos selvagens, gansos e galinhas, cachorros e, veja só, até mesmo os gatos, todo mundo quer minha companhia. — Alcançou a caneca de café que Annie lhe estendia. — Como estes animais, que vão ficando gordos e preguiçosos em nossa presença, Chabot, minha Annie não faz nada além de ficar sentada, conversando o dia todo, enquanto eu construo uma casa para ela.

Jacques deu um gole no café que haviam permutado com uma barcaça que descia o rio fazendo trocas, no dia anterior, além da camisa de linho sem tingir que ele vestia naquele momento. Acariciando de leve a barriga dela, ele sorriu, para ninguém em particular.

— Eu seria feliz com uma mulher como Annie. — Chabot disse, tirando o chapéu e dando um suspiro leve. Annie lhe estendeu uma caneca de café.

— Quando vocês dois acabarem de discutir sobre meu valor, talvez possam plantar meu jardim, para que não passemos fome neste inverno, quando não houver mais peles para trocar.

Um dos homens do rio gritou, e Jacques e Chabot rapidamente se colocaram em pé, olhando para toda aquela extensão marrom.

— Barco a caminho — Jacques disse, tirando a camisa nova e pendurando-a, com cuidado, em um galho de árvore. Ele havia perdido a palidez do inverno; sua pele estava queimada de sol. Conforme ele se estendia para alcançar a velha camisa de camurça, seus ombros largos exibiam os músculos fortes. Ele era um homem que confiava em sua força física, mas não tinha consciência de seu próprio poder. A cicatriz de faca em seu ombro esquerdo cintilava em vermelho enquanto ele ficava ali parado, olhando além do rio. Então, vestiu a camisa.

— Estão vindo na direção da costa. Ajude-me, Chabot! Precisamos conseguir tudo o que pudermos para minha doce garota. — Beijou a cabeça de Annie e deu um pulo. — Essa *dégringolade...* essa falta de classe... não vai durar para sempre. Em breve eu terei tudo!

Annie sentiu-se envergonhada quando Chabot deu uma olhada para ela, seus olhos azuis pensativos, enquanto avaliava seu vestido encardido, seus pés descalços sujos de lama e seus braços cheios de marcas de sujeira.

Ela disse:

— Eu não era rica antes, Jacques. Minha família trabalhava duro. Você viu como era. — Sua face ficou vermelha debaixo de seu bronzeado e das sardas. Seus olhos voltaram-se para Chabot, que deu um sorriso de encorajamento e encolheu um pouco os ombros.

— Eu trabalho duro também, Annie. — Jacques virou-se para olhar o barco que se aproximava, fazendo contas em seus longos dedos, contabilizando homens, animais e barris.

— Quando eu acabar de construir a estalagem, vamos ter um negócio que nos fará ricos. Vocês verão — disse Jacques, sem tirar os olhos dos recém-chegados. Annie balançou a cabeça, de olhos baixos.

— Mas, por ora, será que eu consigo cozinhar e limpar para tantos?

— Vamos dar um jeito. — Jacques chegou ao décimo dedo na contagem, e cerrou os punhos.

Annie olhou em volta, para o caótico local de acampamento, entulhado de lixo, animais, trapos que serviam de roupa de cama e vestimentas, pessoas cozinhando e talhando ferramentas. A maioria dos homens que ficava com eles carregava objetos, pessoas suficientes para sobrecarregar suas bestas de carga — mesmo coisas sem uso prático, com valor sentimental, como pentes, cacos de porcelana chinesa ou xícaras sem asa,

JONIS AGEE

um arco de violino sem encordoamento, uma régua de madeira dos tempos de escola, um livro de poemas de um dono que não sabia ler. Ela via isso tudo e muito mais, além dos cães e gatos que todos os dias surgiam do pântano que havia ultrapassado partes da floresta a oeste, ou a terra devastada ao norte e ao sul. Havia tanto a drenar e a limpar... Ela não conseguia ver como conseguiriam, em uma só estação, administrar os danos causados pelos tremores a tempo de conseguir sobreviver ao inverno. Lembrava-se do esforço de sua família naqueles primeiros anos sem comida e roupas suficientes, e sentiu que estremecia.

— Jacques, talvez fizéssemos melhor se nos mudássemos rio acima, para alguns dos assentamentos que existem por lá. Nós poderíamos... — A expressão no rosto dele a fez parar, insegura.

Ele se virou para encará-la. Seus olhos cintilavam.

— Isto aqui é meu, *ma chèrie*. O que mais eu possuo além disso? O que mais eu posso reivindicar? *Isto* é meu, para meu filho, para *você, ma chèrie* — ajoelhou-se na frente dela, deitando o rosto em seu peito.

A face dela se abrandou, a preocupação deixou seus olhos enquanto acariciava a cabeça dele. Chabot sorriu, deliciado com o fato de seu amigo ter finalmente sucumbido a uma mulher. A estalagem era uma ótima ideia, um lugar para descansar quando os homens estivessem cansados demais de caçar e de suas esposas, um lugar onde pudessem beber em paz. A pequena Annie não deveria nunca interferir em tais prazeres.

— Seu barco atracou — Chabot anunciou. — Vamos ver quão bons ladrões seremos hoje.

Jacques riu dos olhos arregalados de Annie.

— Nas negociações, *chèrie*, nas permutas, Chabot é famoso por suas habilidades. Certa vez ele trocou um cavalo cego por duas vacas leiteiras e uma caixa de maçanetas de porcelana.

A MULHER DO RIO

Chabot ergueu a mão.

— Todas as mulheres, em centenas de quilômetros, têm uma agora.

— Uma maçaneta de porcelana? — Annie perguntou.

Os homens se acabaram de rir, dando tapas um nas costas do outro, e desceram em direção ao barco que atracava.

Quando chegaram à clareira, a tripulação do barco já descarregava suas mercadorias e os homens estavam reunidos em volta, para olhar tudo. Entre a carga havia três africanos negros, acorrentados juntos pelos tornozelos, vestindo roupas costuradas de maneira tosca e tingidas de amarelo-escuro, dois homens e uma mulher, já tão pesada com o final da gravidez que tinha de ficar em pé, com as pernas bem separadas, para contrabalançar seu peso e manter o equilíbrio.

No começo Annie estava decidida a seguir os dois, mas não quis se expor aos olhos de estranhos. Desde que a gravidez se tornara por demais evidente ela não vestia mais nada debaixo do vestido além de uma combinação, por isso sentia necessidade de limitar seus movimentos e seu trabalho quando estava na companhia de outras pessoas. Agora amaldiçoava seu corpo enquanto via Jacques em uma animada conversa com os quatro homens brancos do barco, que faziam gestos e mais gestos em direção aos escravos e ao acampamento. Finalmente houve um aperto de mãos, e todos eles começaram a subir a encosta do rio, inclusive os africanos, cutucados por um homem com um bastão, como se fossem vacas estúpidas.

Annie endureceu o corpo, resoluta, preparada para acabar com qualquer acordo malvado que esses homens tivessem feito. Mas Jacques acenou uma vez e fez um breve sinal com a cabeça, seus lábios formando a palavra *não* conforme ele se aproximava, então ela esperou.

JONIS AGEE

Quando a africana grávida tropeçou, os homens se apressaram em ajudá-la, cada um pegando em um braço, o que significava um movimento esquisito e até mesmo doloroso para respeitar a restrição das correntes e não deixar que se embaraçassem em volta de seus pés. Quando se aproximaram do cercado de animais, o homem com o bastão apontou para o espaço cheio de lama entre as árvores.

— Não. — Annie mancou pesadamente em direção a eles. Quando Jacques tentou fazê-la desistir com seu braço, ela o empurrou.

— Senhor — ela disse, com coragem —, já que esta mulher está quase parindo, talvez devesse ficar protegida, a salvo das patas dos animais.

O homem olhou para Annie pela primeira vez, prestando atenção em sua roupa surrada, não muito melhor que a dos escravos. Ele usava calça de couro cor de canela; botas marrons que amarravam na frente e que iam, em suas pernas grossas, até quase a altura dos joelhos; uma camisa branca imunda e um casaco amarelo acinturado; tudo de tamanho um pouco menor do que deveria, o que dava a impressão de que a qualquer momento sua carne poderia explodir, vencendo seu casulo, e que ele iria emergir como um homem maior. Ele pensou por um momento, sugando os dentes da frente, depois tirou o chapéu de palha, revelando uma careca rosa. Secou a testa na manga e deu de ombros.

— Não posso soltá-la, de jeito nenhum. Ela não terá sua liberdade. — Deu um sorriso ambíguo.

— Traga-os para perto do fogo — Jacques disse. Dando uma olhada para Annie, ele mostrou o caminho para perto da fogueira, embaixo do abrigo improvisado de lona que servia para protegê-la da intempérie quando ela cozinhava ou quando precisava trabalhar a salvo do sol.

A MULHER DO RIO

De novo sem tocar neles, com o tipo de cortesia formal que alguns homens usam com cavalos, cães e empregados, o homem apontou para um lugar onde eles ficariam o mais distante possível do fogo, ainda que permitisse que ficassem dentro do abrigo de lona. Os dois homens ajudaram a mulher a se abaixar no chão, e, quando ficou óbvio que ela não conseguiria sentar-se direito sem apoio, de tão grande que estava sua barriga, os dois se instalaram cada um de um lado, os rostos voltados para o exterior, assim ela podia apoiar-se nas costas deles como se estivesse em uma cadeira. Os três imediatamente caíram no sono, a exaustão aparente em seus rostos. Apesar de o corpo da mulher estar enorme por causa da gravidez, seu rosto estava encovado de fome. De fato, os braços e pernas dos três pareciam ossos envoltos em pele fina, com a textura de casca molhada de árvore.

— Já é algo, não? — O homem sacudiu a cabeça.

Annie começou a se mover na direção deles, mas desta vez Jacques a impediu, colocando a mão sobre seu ombro.

— Eles são um povo bárbaro, minha senhora — desta vez o homem soou quase respeitoso. — Foram trazidos da Jamaica. Calculo que seja um lugar bem selvagem. — Fez aquele barulho cortante com seus dentes da frente, de novo. — Não são como a mão de obra treinada para o trabalho dos campos, nascida aqui na América. Esses dois não dão trabalho a ninguém, a não ser que se tente encostar na mulher. Aí, é melhor tomar cuidado.

— Eles estão famintos — Annie disse.

— Acho que sim, minha senhora. — Desta vez pareceu pesaroso, e ela teve de olhar mais de perto para seu rosto brando para ter certeza de que ele não era algum tipo de ator, que adequava suas expressões ao momento. Ele tinha pequenos olhos azuis, que podiam ficar maiores ou mais estreitos, e assim alterar todo o aspecto de seu rosto, do retrato fiel da inocência à personificação da mais absoluta crueldade e repugnância. O rosto era curioso, pois parecia quase totalmente desprovido de carne entre os ossos que o estruturavam. Até mesmo o nariz bem talhado parecia uma continuação da carne moldada dos dois lados do rosto. O cabelo era tão fino e liso que escorria pelo seu rosto, apesar de seus esforços de prendê-lo na nuca com uma fita preta. As sobrancelhas e cílios eram tão amarelos e finos que criavam a ilusão de que, na verdade, ele não tinha pelo nenhum, nem barba, e que não precisava sequer se barbear.

— Eles não foram alimentados? — Jacques perguntou.

O homem deu de ombros.

— Eu bem que tentei.

— *Mon dieu!* — Jacques foi até o fogo, ajoelhou-se e começou a colocar carne de cervo cozida e biscoitos em troncos ocos. Mas, quando tentou dar comida a eles, os três africanos sacudiram a cabeça e olharam para o chão, apesar de engolirem em seco por causa do cheiro delicioso.

Jacques olhou frustrado para a comida recusada, quando Annie se aproximou.

— Deixe-me tentar. — Ela se abaixou perto da mulher, e colocou as muletas de lado, fazendo sinal para que Jacques colocasse os troncos na frente dela.

— Traga água e leite — ela disse. Jacques concordou.

Os tornozelos da mulher estavam em carne viva por causa do atrito com a argola de ferro, esfolada quase até o osso em alguns pontos. A carne estava rosa, cheia de pus e com moscas voando em volta, mas a mulher estava cansada demais, fraca demais para se importar em espantá-las. Annie fez isso.

A mulher se assustou com o toque, encolhendo-se e passando os braços em volta da barriga, para protegê-la.

A MULHER DO RIO

— É cedo ainda? — Annie apontou para a barriga dela e depois para a sua. — No outono, quando as folhas caírem... — Ela começou a explicar, depois se deu conta de que aquilo poderia não significar nada para um negro da Jamaica. Não tinha ideia de onde ficava a Jamaica, mas achava que era um lugar mais quente que a América. Ergueu cinco dedos para representar os cinco meses, e apontou de novo para sua barriga, e depois de novo para a barriga da mulher, que durante todo o tempo não tirou os olhos de Annie, o sofrimento em seu rosto longo e magro deixando transparecer uma sombra de compreensão. Ela tinha olhos marrom escuros, da mesma cor dos olhos de Jacques, mas os dela tinham os cantos levemente voltados para cima, o que lhe emprestava certa graça, enfatizando seu nariz longo e estreito e seus lábios cheios, que também se voltavam para cima nos cantos, como se até bem pouco tempo fossem usados para sorrir com frequência. Ela usava o cabelo encaracolado preso em volta da cabeça alongada, e suas longas orelhas, que tinham o formato de pequenas folhas de pereira, eram bem pontudas. Em cada lóbulo ela usava crina de cavalo trançada com contas amarelas e vermelhas.

Annie apontou um dedo para seu lóbulo, que não tinha nenhum adereço, e depois para as orelhas da mulher:

— Bonito.

A mulher fez uma careta, em uma aparente tentativa de sorrir, depois desistiu e simplesmente encarou Annie. Annie se afastou.

— Aqui está. — Jacques colocou ao seu lado um balde d'água com uma concha e uma xícara com precioso leite de vaca, que haviam recentemente adquirido de uma família que estava deixando a fronteira e retornando para a segurança do leste. Ele se ajoelhou e olhou com mais atenção para os tornozelos dela, depois praguejou e se levantou, rapidamente.

JONIS AGEE

— Vou esquentar água e pegar as ferramentas para remover isso dela. — E saiu de novo.

— É o que vamos ver — o mercador de escravos gritou.

— O bebê precisa de comida — Annie disse. Quebrando um pedaço de biscoito, ela tocou novamente em sua própria barriga e colocou a comida na boca, mastigando com exagero. A mulher olhou com atenção, e, assim que Annie engoliu, ela pegou o biscoito e deu uma mordida. Sua garganta estava aparentemente tão seca que ela engasgou, e Annie tentou dar a ela uma xícara de leite, mas, apesar de sua agonia, ela se recusou a beber até que Annie desse um gole; então a mulher agarrou a xícara e a esvaziou. Dando um tapinha em sua garganta quando acabou, ela devolveu a xícara e deu um sorriso amplo.

O mercador de escravos assistiu ao que estava acontecendo com a cabeça erguida e os lábios torcidos, em desprezo.

Usando uma colher de pau, Annie repetiu a prova, desta vez com a carne cozida, usando até mesmo os dedos para separar a comida, e a mulher começou a comer com tanta avidez que Annie teve medo que ela engasgasse de novo. Quando acabou, ela mesma provou os outros pedaços de carne e os ofereceu para os homens, que suspiraram conforme foram se sentindo satisfeitos. Eles ajudaram a comida a descer bebendo água, até que o balde estivesse vazio.

Foi então que Jacques voltou com água quente, cataplasmas e tiras de tecido para fazer curativos. Chabot, que era mestiço, vinha logo atrás com as ferramentas, e rapidamente retirou as correntes do três. Jacques foi tão delicado no procedimento que poderia muito bem estar cuidando de sua própria esposa. Depois de acabar de cuidar do tornozelo da mulher, virou-se para os homens, cujos tornozelos estavam cheios de feridas.

Quando a tarefa estava terminada, a mulher surpreendeu a todos, murmurando algo no idioma gutural de sua gente.

A MULHER DO RIO

O corpulento mercador de escravos inspecionou sua propriedade, não muito satisfeito com o rumo que as coisas estavam tomando.

— Como é que vou evitar que estes homens fujam agora? Há uma ótima comissão para a entrega dos três. E eu não pretendo perder esse dinheiro. — Então, ele pegou uma faca grande, e a mulher engasgou.

Jacques ergueu o calcanhar e fez um sinal de corte com o dedo, sussurrando:

— Ele vai cortar os tendões deles para evitar que fujam.

— Não! — Annie estrilou, e começou a ir na direção deles, mas Jacques a fez parar com o olhar.

O mercador de escravos estava em pé na frente da mulher. Antes que pudesse erguer a faca, a mulher da Jamaica falou em voz baixa:

— Eles não vão fugir — disse. — Eles juraram me proteger. — Olhou para o homem, com a voz cheia de desprezo. — O senhor será pago, senhor Sullans.

Ele a encarou por um longo instante, de cabeça inclinada, e de repente concordou, guardou a faca, virou e saiu.

Pelo resto do dia eles descansaram o máximo que puderam, no chão duro, enquanto o casal continuou a trabalhar na construção da estalagem, que seria, em breve, tanto a casa deles quanto seu negócio. Enquanto Annie trabalhava para preparar a refeição noturna, que consistia em cervo assado e verdura refogada, o vento aumentou e o céu começou a escurecer, com nuvens enormes e carregadas, que avançavam rápido, vindas do oeste. Ela deu uma olhada para as traves e as cordas que seguravam a lona do abrigo, e tudo pareceu bem, mas precisaria de mais lenha antes que a água caísse. Porém, os homens estavam ocupados correndo contra o tempo para cobrir as mercadorias e assegurando-se se os animais estavam bem.

JONIS AGEE

Então os dois africanos se levantaram, movendo-se cuidadosamente, como se ainda estivessem acorrentados. Quando as primeiras gotas começaram a cair, havia uma pilha de lenha dentro do abrigo, protegida da água. Os homens pareceram gostar do trabalho, sem se sentir ressentidos ou humilhados, como aparentavam sentir-se em relação aos escravos que ela observara em Les Petites Cotes.

— Por favor, venham para perto do fogo — ela disse, quando acabaram. — Vocês vão acabar molhados sentados aí.

Com grande esforço, e com a ajuda dos dois homens, a mulher se levantou e veio se sentar perto de Annie, com um irmão de cada lado, mais uma vez servindo de apoio para que ela sustentasse suas costas.

Depois de vários trovões e alguns raios, a chuva chegou forte, e os homens que ajudavam Jacques se resignaram a ficar quietos nos abrigos próximos às árvores, ou em suas próprias tendas ou cabanas meia-água. Jacques voltou com Chabot, deixando Sullans, o mercador de escravos, em pé do lado de fora, sem convite, tomando chuva.

— Ele deveria voltar para o barco — Jacques disse, eximindo-se.

— Ele não nos deixará aqui sem nos vigiar — a mulher disse.

— Senhor Ducharme? — Sullans enfiou a cabeça dentro do abrigo e deu uma espiada lá dentro. — Posso me juntar a vocês e à minha mercadoria? — A água formava um rio, escorrendo de sua cabeça e ombros.

Jacques deu uma olhada para Annie, os olhos escuros cheios de humor. Ele nunca recusaria a entrada de alguém, mas estava gostando de ver Sullans lá fora, todo ensopado.

— Entre, senhor Sullans — ela disse. — O senhor pode se sentar ali. — Fez um sinal com a cabeça indicando o lugar onde os africanos tinham descansado. Uma vez lá dentro, com água

A MULHER DO RIO

escorrendo de sua roupa, ele hesitou, mas finalmente foi para o seu lugar, o mais longe possível do fogo, onde, sem dúvida, iria tremer de frio.

O pequeno abrigo estava cheio de fumaça da fogueira, mas era uma melhora significativa, já que lá fora as chuvas obscureciam tanto o acampamento quanto o rio. Eles ouviam as árvores batendo umas nas outras com a força da chuva, mas não conseguiam vê-las, porque a chuva pesada formava um manto que impedia a visão. Annie fez chá quente e serviu em xícaras para todos, e eles ficaram ali sentados, aconchegados, apesar do aguaceiro. Assim que o senhor Sullans começou a tremer, Annie o convidou para sentar-se mais perto do fogo, e ele rapidamente se juntou a eles. Como parecia não ter a mesma aversão pela pele escura de suas mercadorias que tinham outros mercadores de escravos, Annie ficou curiosa. Deitada no colo de Jacques, ela observou os quatro recém-chegados até que suas pálpebras ficassem pesadas e que seu coração desacelerasse, no ritmo da chuva que caía.

***

A chama do meu lampião começou a enfraquecer e a dançar quando o vento passou a entrar pela casa. Ouvi uma pancada na entrada, como se alguém derrubasse uma bota pesada ou um grande pedaço de lenha. Meu coração batia descompassado, e eu coloquei a mão no peito.

— Clement? — chamei baixinho, sabendo que ele não tinha mesmo chegado. A casa era cheia de barulhos, com os quais eu havia me habituado. Bem, eu estava habituada com a maioria deles pelo menos. Esse pensamento foi sucedido pelo que eu mais temia: passos na escada. Um após outro, lentos, avaliados, pés erguidos e abaixados com grande esforço, eles chegaram até

JONIS AGEE

o segundo andar. Eu sabia que não deveria sair dali e ir espiar as escadas. Já havia feito aquilo um número suficiente de vezes para saber que às vezes é mais apavorante olhar e não ver nada. Então, fiquei sentada e esperei até que o som alcançasse o alto da escada e entrasse pelo corredor, seguindo até a ala dos solteiros, que é cheia de quartos bem pequenos, onde só cabiam uma cama, uma penteadeira e uma cadeira estreita.

Quando os passos pararam, esperei pelo último barulho, imaginando alguém parado na frente da porta trancada, mão na maçaneta, dedos firmes em volta da peça de latão, girando-a devagar, esperando um barulhinho que nunca viria. Eu havia visto a maçaneta virar, a respiração presa. Era meu quarto, sabe, aquele para onde eu ia quando não conseguia dormir e não queria acordar Clement.

Depois de tudo estar quieto por alguns minutos, voltei para minha leitura, com o coração ainda acelerado.

***

Quando ela acordou, estava escuro, e, apesar de ainda chover, era uma chuva bem mais fraca, que permitia ver outras fogueiras acesas, a chama brilhando por todo o acampamento. Os homens já haviam começado a dividir pedaços do quarto traseiro de um cervo, e, a julgar pelos troncos ao lado de seus convidados, todos haviam comido enquanto ela dormia. Não havia notado que estava tão cansada, mas atribuiu isso ao bebê. Seu corpo a surpreendia constantemente.

— Você comer. — A mulher de pele escura colocou um tronco na frente de Annie. A carne, as verduras e os biscoitos estavam lindamente arrumados, não empilhados, como ela costumava servir.

Agradecendo, Annie comeu rapidamente, com mais fome que de costume. Claro, ela havia perdido a refeição da tarde,

A MULHER DO RIO

e só havia comido algo leve na manhã, quando eles chegaram. Não era de admirar que estivesse faminta. Jacques estava apoiado em um cotovelo, fumando seu cachimbo, olhando as chamas, mas prestando atenção também nos africanos, enquanto Sullans contava uma história, em voz baixa. Annie conseguia ouvir uma ou outra palavra, mas não o suficiente para entender a trama. Havia um garrafão de whisky no chão, entre eles, e ela percebeu que Sullans bebia mais vezes que Jacques, que havia parado quase completamente.

Annie limpou até a última gota de molho em seu prato com o biscoito, e o colocou na boca. A mulher estava deitada a seu lado, segurando sua barriga como se tivesse uma abóbora enorme nos braços. Jacques havia dado a ela uma pele de veado dobrada, para que a colocasse sob a cabeça. Ela olhou para os dois jovens deitados do lado oposto. Eles estavam deitados retos, olhando as lonas lentamente se inclinarem conforme se enchiam de água.

A mulher africana olhou para Sullans, cuja frente da camisa estava molhada com o whisky que ele cuspia, e balançou a cabeça. Sentiu um espasmo de contração percorrer sua barriga, e ela o seguiu com a mão, como um carinho. Ergueu as mãos, seus adoráveis dedos longos curvados na direção das conchas formadas pelas palmas de suas mãos vazias, como se fosse incapaz de fazer o que quer que fosse, a não ser receber o dom da beleza de seu bebê.

Jacques observava Sullans se embriagar, tomando um golinho pequeno para cada enorme gole dado pelo outro.

A mulher esfregou seu rosto e seu couro cabeludo com força, enfiando as unhas no cabelo grosso, como se quisesse se ferir. Sua barriga ondulou novamente. Desta vez ela bateu os dedos na circunferência protuberante, e falou algo em africano, palavras que se formavam no fundo de sua garganta. A protuberância desapareceu, e a barriga ficou lisa.

JONIS AGEE

Sullans fez um barulho de ronco, como um porco procurando comida, e eles olharam em tempo de vê-lo cair com a cara no chão, a baba na boca aberta formando uma substância viscosa em sua língua. Ele havia perdido a consciência com o whisky feito em casa. Jacques tirou o garrafão dos braços de Sullans com cuidado e o segurou contra o fogo, para ver se havia sobrado algo. Sacudiu a garrafa e a levou aos lábios, sorvendo as últimas gotas, engolindo como se estivesse bebendo o fino vinho francês que podia comprar em Les Petites Cotes quando eles vendessem as peles, na primavera.

Quando notou que a mulher o estava observando, piscou e sorriu. Erguendo-se com cuidado, ele andou em volta do inconsciente Sullans, sem perturbá-lo. Agachando-se, disse:

— É hora de ir.

A mulher africana concordou, piscou e acenou com a cabeça.

Enquanto os dois homens ajudavam a irmã a ficar em pé, Jacques olhou para Annie e colocou um dedo em seus lábios. Seus olhos escuros cintilavam, refletindo a luz do fogo, e ele pegou uma machadinha nas mãos. Por um momento assustador, Annie pensou que fosse machucá-los.

— Vão até o barco encalhado e esperem lá, com Chabot — ele apontou rio abaixo. — Vocês estarão a salvo lá. — Chabot parou em frente à luz, com uma faca enorme nas mãos, apesar de aparentar estar sóbrio.

— Jacques? — Annie disse, tentando manter a voz baixa. Mas, do outro lado da fogueira, Sullans abriu os olhos, piscou, como se não soubesse onde estava, e, de repente, pareceu desperto. Sentando-se, segurou a cabeça, tentando focar as figuras que estavam à sua frente. Apertando a mão em volta do cabo da machadinha, Jacques encarou o mercador. Sullans o fitou por um momento e depois compreendeu tudo, enfiando a mão por dentro de sua camisa.

— Meu ouro — ele disse.

A MULHER DO RIO

Jacques concordou e colocou o dedo sobre os lábios, erguendo a machadinha. Sullans o encarou, seus olhos bem abertos, a boca se abrindo para gritar em alarme, mas nesse momento a machadinha já estava enterrada em seu peito com tanta força que ele tombou para trás, com um suspiro de desapontamento.

Pela primeira vez, ela não sentiu dor nas pernas por alguns momentos, pois um entorpecimento atingiu seus membros quando o machado caiu. Não havia nada, a não ser a urgência do rio batendo contra as margens e a ferida aberta no peito de Sullans.

Jacques puxou com força a camisa e a calça de Sullans e usou sua faca para cortar o cinto de dinheiro, puxando-o como se fossem os intestinos de uma corça. Umas poucas moedas caíram na lama. Jacques os mandou irem embora.

— Vão! — sussurrou para os africanos, e apontou na direção do rio de novo, com uma expressão selvagem no rosto.

Chabot fez um gesto com sua faca. Os três africanos trocaram olhares apavorados, mas ficaram parados, como cavalos confusos na frente de um portão aberto. Deram uma olhada para Sullans, o desespero transparecendo em seus rostos conforme se davam conta de que iriam ser culpados pelo assassinato — depois olharam para Annie, que estava tentando mandá-los embora sem fazer barulhos que acordassem os homens que dormiam em volta deles. Quem sabe quantos deles já haviam visto mais do que deveriam.

— Obrigada — a mulher sussurrou, depois disse algo em sua língua estrangeira e apontou para a barriga de Annie e para a dela. Annie tentou sorrir e concordou com a cabeça, querendo apenas se livrar deles e do corpo de Sullans antes que fossem todos descobertos pelos homens do barco.

Os três seguiram Chabot e desapareceram na escuridão sem um único som, apesar de ela ter apurado os ouvidos por algum

JONIS AGEE

tempo, para tentar escutar algo que denunciasse a fuga. Jacques, enquanto isso, amarrou o cadáver com cordas. Olhou para ela, do outro lado do fogo, ensanguentado até os cotovelos, seus olhos escuros furiosos, seu rosto longo quase cadavérico.

Annie se levantou e andou com dificuldade atrás dele, que progredia lentamente através da mata, onde o corpo ficava preso em arbustos e se enroscava nos galhos, como se mesmo na morte o homem estivesse decidido a negar a Jacques o que ele queria e precisava. No rio, Jacques rasgou as roupas de Sullans e as queimou. Pela manhã, ele havia desaparecido.

Quando voltaram para perto do fogo, Annie puxou Jacques para si e o envolveu em seus braços. Havia desespero em seu abraço, como se ela pudesse levá-lo de volta daquele momento selvagem e do movimento brilhante da machadinha. Ela disse a si mesma que Sullans tinha de morrer. Jacques estava apenas salvando os africanos de uma vida de desespero e morte prematura. Agora eles estavam salvos. Era tudo o que importava. Teriam uma nova casa, novas vidas, e o bebê poderia nascer e ficar bem. Chabot apareceu do outro lado do fogo, que morria.

— Eles foram embora — sussurrou, encolhendo os ombros.

Jacques se sentou, secando o rosto com sua mão grande e olhando em volta, procurando pelo jarro de água.

— O que você quer dizer com isso?

— Em um minuto eles estavam lá, bem na minha frente, amarrados juntos, como concordamos, e no minuto seguinte não estavam mais lá. Haviam sumido. Procurei por toda parte, mas não quis dar o alarme.

— Você os deixou ir. Eu deveria ficar com sua parte do ouro, Chabot — Jacques falou, em um sussurro.

O rosto de Chabot ficou vermelho de ódio.

A MULHER DO RIO

— *Monsieur*, você não está em seu estado normal esta noite. Eu o verei pela manhã. Levantou-se, colocou a faca no cinto e desapareceu na escuridão.

— Como vou construir sem esses africanos? — Jacques disse, em um sussurro tão alto que vários dos homens que dormiam resmungaram, e mudaram de posição. Jacques encarou a escuridão com ódio.

Por toda a noite, Annie viu o sangue que borbulhava ao redor da lâmina, a camisa branca suja manchando-se de sangue, o fio de sangue empoçando no chão, correndo em direção ao fogo, sibilando no calor, os vapores do sangue saturando o ar com uma névoa vermelha que se unia às lonas côncavas da cobertura da barraca sobre suas cabeças, para depois voltar em forma de gotículas que descem sobre eles, como se o ar estivesse sangrando. No sonho, ela perguntava muitas vezes:

— Quando aquela coisa vai parar de sangrar? Você não poderia tê-lo matado em algum outro lugar?

Quando acordou, tinha raiva de todos os homens.

Na primeira luz da manhã, Jacques contou aos homens do barco que Sullans havia levado os africanos para o interior. Ele estava roubando os africanos para vendê-los sozinho, para não precisar lhes pagar um pedaço da comissão. Os homens quiseram mandar um alarme geral atrás de Sullans ao longo de todo o rio, mas Jacques os persuadiu a não fazê-lo, dizendo que seria melhor manter silêncio sobre o assunto. Um alarme geral significaria problemas para todos eles; ninguém deveria dizer nada. Era uma história na qual se poderia acreditar com facilidade, e os homens acabaram por se dispersar naquela manhã com poucas reclamações. Ela fez uma porção extra de biscoitos e colocou neles pedaços do assado da noite anterior, e os homens do barco os receberam, agradecidos. Ninguém ia sentir falta de

Sullans ou de sua carga humana. A maioria dos negociantes do rio não tinha recursos para possuir escravos ou abominava a escravidão por motivos religiosos, como a família dela, então a presença dos africanos no acampamento tinha trazido um profundo desconforto, que agora estava acabado.

Era quase fácil demais, ela estava descobrindo, matar alguém e se isentar da responsabilidade. Neste pedaço do mundo, todos eram dispensáveis. Teria sido isso que Jacques e Chabot queriam dizer com *trocar* e *negociar?* Talvez Sullans merecesse morrer. Ela não tinha certeza. Enquanto via o barco subindo o rio, sem Sullans e seus três prisioneiros, ela não pôde deixar de olhar rio abaixo, torcendo para que os africanos ficassem escondidos até o escurecer.

4

No dia seguinte, Jacques e os homens voltaram à construção da estalagem, que seria sua casa e seu meio de vida. Os homens já haviam cortado e transportado a madeira até o local, e agora, na borda da clareira, havia uma enorme pilha de troncos para abastecer a produção de vigas para as paredes e telhado da estalagem, que estava quase pronta. Como fazia todas as manhãs, Jacques perguntou a Annie sobre o rumo que a construção estava tomando — era perto o suficiente do rio para que os barcos a vissem? Perto o suficiente dos estábulos? Ele havia deixado bastante espaço para construírem uma casa na pequena elevação a oeste, quando tivessem juntado dinheiro? Pediu-lhe que andasse com ele em volta da horta, o pomar que começariam a plantar no outono, a casa de defumação, o lugar para fazer cerveja, vinho e whisky e a cozinha de verão, que eles poderiam usar até que o inverno se instalasse. Além disso, ele ergueu quatro cabanas, um pouco afastadas da estalagem, que seriam para, ele disse, os africanos que precisaria comprar agora que Sullans abrira seus olhos.

Annie manteve-se em silêncio, rezando para Jacques mudar de ideia quando se tornasse pai. O homem que salvara a jovem garota e o corvo ferido não poderia se transformar em feitor de escravos. Ela examinou seu rosto com cuidado: ele aparentava estar calmo hoje, apesar dos círculos escuros em volta dos olhos, que denunciavam a falta de sono. Seu corpo magro movia-se rápido, firme no propósito de puxar e fincar as estacas para a construção das cabanas dos escravos. Ela tinha de convencê-lo de que isso era errado assim que estivessem a sós. Ele era quase uma pessoa diferente quando estavam sozinhos; tornava-se mais o homem que ela amava e respeitava – e que, agora, temia um pouco.

O ânimo de Annie deu uma melhorada quando Heral Wells, um vendedor ambulante que havia sido expulso de um barco por trapacear no carteado, escorregara na lama da urina dos cavalos e caíra de quatro, sujando mãos e joelhos. Heral era um homem de rosto redondo que enganaria até uma viúva pobre por sua pensão se um bom jogo estivesse envolvido, mas que, fora isso, tinha um bom coração e era muito prestativo no acampamento, dando especial atenção às necessidades de Annie, por isso, ela esperou para cair na risada quando viu que ele também sorria. Jacques fingiu oferecer a mão a ele, depois a puxou, assim que o cheiro da lama chegou até ele. Os homens riram abertamente até que Heral ficasse em pé e balançasse as mãos, jogando gotas de lama na plateia. Ele respondeu aos protestos pegando a lama de seus joelhos e jogando neles também. Haveria um *mêlée*[4] se Jacques não se metesse na história, pegando Heral pelos cabelos e arrastando-o, sem cerimônia, para o balde com água para lavagem. Depois disso, os homens voltaram para o trabalho.

Naquela primavera de 1817, o sonho de Jacques cresceu. Primeiro a casa de troncos foi terminada com martelo, entalhes feitos no machado e serra. Jacques e Chabot mostraram a dez outros homens no acampamento como alinhar os troncos para que as paredes externas ficassem retas, não abauladas, como o pai de

---

[4] – 'Confusão' em francês (N.T.).

A MULHER DO RIO

Annie deixara acontecer com as paredes da cabana deles. Ele havia construído tudo de forma muito apressada. A visão do enorme telhado subindo aos céus a fazia tremer, e ela tentava manter-se ocupada cozinhando para não chorar, enquanto suas pernas tremiam conforme vinham as ondas de lembranças e dor.

Erguendo as paredes, eles fizeram cantos emparelhados, que se encaixavam uns nos outros, os entalhes alinhados perfeitamente pelo machado de um homem chamado Skaggs (nunca souberam seu nome de batismo), que havia adquirido suas habilidades quando era colono em Ohio e no Kentucky. Havia dois primos Foley: Frank e McCord, grandes e fortes o suficiente para erguer e balançar muitas tábuas com dez centímetros de espessura e dois metros e meio de comprimento nos ombros. Também erguendo as paredes estava Forest Chinch, que havia perdido a esposa durante a primeira noite dos tremores, e Pilcher Wyre, um homem de meia-idade, magro e carrancudo, que vivera com os índios, acampado ao longo do rio, até que os tremores varressem sua vila. Eles carregavam tábuas uns para os outros e trabalhavam em um ritmo regular, que parecia fazê-los atravessar o dia sem problemas, como se dividir o pesar os tornasse camaradas.

Os outros homens no acampamento incluíam três irmãos Burtram: Nicholas, Mitchell e Ashland, com idades que variavam de dezesseis a vinte anos, egressos da Virgínia, que eles diziam ser um lugar civilizado demais, por isso desejavam mais aventuras. Passavam todas as noites em volta do fogo discutindo se era melhor irem para o oeste ou o norte, para chegar à "fronteira real". Queriam ajudar na construção até que se decidissem por alguma direção. Jacques os colocou para fazer as cercas do estábulo, longe o suficiente para que apenas uma palavra ou grito ocasional pudesse ser ouvido.

JONIS AGEE

Como a obra era destinada a se tornar uma estalagem para receber viajantes e homens do rio, assim como para servir de casa para eles, tinha um formato alongado, com uma sala grande em cada ponta, e o corredor entre elas era pontilhado com vários quartos menores. Little Dickie Sawtell e Judah Quick construíram quartos uns em cima dos outros, enquanto Annie fazia colchões, enchendo-os de folhas, musgo, ervas, algodão das muitas plantações ao longo do rio e mato seco, qualquer coisa que pudesse ser encontrada nos campos e florestas em volta deles. Seriam bem-vindos quando estivessem embaixo de corpos fatigados, não importando o que contivessem. A própria cama, que os homens fizeram mais larga que as outras, ela encheu de peles, trabalhadas de forma rude, com as quais havia se ocupado no inverno anterior — peles que não lhes trariam dinheiro, e as cobriu com colchas que Jacques havia comprado de um homem que ia deixar a fronteira, já que havia perdido a esposa e o filho, de pneumonia, no mesmo mês. Annie lavou as colchas com cuidado em uma bacia de água fervendo, usando sabão, e fez que Dickie as pendurasse em um varal para que o sol e o vento levassem qualquer doença que estivesse ali. Quando recolhidas, elas tinham um cheiro picante de flores, folhas e cortiça. Era a cama mais luxuosa que conseguia imaginar, incluindo o cheiro almiscarado de fumaça e dos animais, que nunca desapareceu completamente das peles.

Dickie Sawtell e Judah Quick observaram com desejo em seus rostos quando Jacques ergueu Annie em seus braços suados e sujos de serragem, e deitou-a bem no centro da cama deles. Os dois ficaram ali, observando enquanto ela afundava nas peles sedutoras, protestando que tinha muito serviço para fazer. Ver as expressões no rosto dos dois homens a fez desejar que houvesse esposas para todos os homens do acampamento. Quanta

A MULHER DO RIO

diferença faria ter outra mulher para conversar nesses dias, mas ela se obrigava a não reclamar, e a ser grata. Havia estado tão perto da morte que todos os dias da sua vida eram um milagre inquestionável. Quando Jacques a levantou da cama, jurou falar com o marido sobre encontrar mulheres para trabalhar com eles. Talvez elas pudessem viver nas cabaninhas.

A estalagem demorou ainda duas semanas para ficar pronta, então os homens se voltaram para os estábulos, enquanto Dickie Sawtell e Judah Quick ajudavam Annie com as coisas de dentro de casa. Colocaram o cavalinho de madeira, que ela fizera para seu irmão mais novo, na pedra do console da enorme lareira no quarto dela e de Jacques, e penduraram a panela de ferro de sua mãe em um gancho que podia ser levado até o fogo. Jacques já havia começado a negociar as panelas e os utensílios que seriam necessários para receber os hóspedes na estalagem, e eles iam sendo arranjados em prateleiras na grande sala que ficava na outra ponta da construção. Dickie e Judah talharam novos troncos de madeira, e colheres para os hóspedes. Cobriram as pequenas janelas com pergaminho banhado em óleo, que deixava a luz passar. Tendo passado aqueles longos invernos na cabana, sozinha, enquanto Jacques fazia negócios, ela era grata por ter aquelas janelas, especialmente agora, quando ia cuidar de um bebê.

A barriga de Annie crescia conforme a obra avançava, como se o bebê soubesse que deveria esperar até que seu berço fosse talhado, e que houvesse um bom teto sobre sua cabeça. Jacques tomava muito cuidado com ela naqueles dias, com um sorriso de prazer no rosto enquanto construía um abrigo de três lados contra uma das paredes da pousada, para que se cozinhasse ali durante os meses quentes, enquanto os homens erguiam as paredes dos estábulos e das cabanas pequenas. Os homens a tratavam com respeito e até mesmo com ternura, trazendo amoras e framboesas maduras da floresta, buquês de flores silvestres nas mãos. Annie começou a remendar suas roupas e a ouvir suas histórias, conforme eles abriam seus corações depois de um longo dia de trabalho. Seus *status* de esposa e mãe lhe fazia ser tratada com respeito, o que ela não desencorajava. Era agradável ser o centro das atenções, e até mesmo Jacques parecia gostar de assistir ao punhado de homens apinhados ao redor dela, observando encantados enquanto ela cerzia mangas e calças.

Quando as outras construções estavam quase concluídas, em pleno verão, Jacques começou a trabalhar em um cais, para que os botes que transportariam mercadorias e homens até os barcos maiores e barcaças aportassem. Era difícil fazer a curva rio acima a partir de onde eles estavam, pois havia correntes rio abaixo e rio acima, então os botes tinham de fazer um círculo, no sentido do interior da praia para a costa, remando através do rio. Às vezes uma manobra cuidadosa dessas levava até uma hora, e Jacques sempre parava seu trabalho para dar uma olhada caso algum bote tivesse problemas quando os ventos e as ondas estivessem fortes. Sua reputação crescente estava começando a atrair clientes para o pequeno empreendimento. Algumas vezes seus homens ajudavam alguma tripulação a rebocar uma barcaça correnteza acima, uma prática chamada "rebocadura", uma vez que é feita com um cabo de rebocar. A maior parte das embarcações era formada de barcaças que eram empurradas através do rio com longas varas, e Annie esperava ansiosa pela chegada de cada uma delas, o que sempre significava produtos vindos de St. Louis ou Nova Orleans.

Muitas vezes por dia, não importava quão pesado estivesse o trabalho, Jacques aparecia ao seu lado com um presente, algo que achava que pudesse fazê-la feliz: uma tartaruga recém-saída do ovo, as perninhas se mexendo desesperadamente, enquanto

A MULHER DO RIO

ele a segurava entre o indicador e o polegar; uma pedra com uma concha encravada, um trevo de cinco folhas, uma ponta de flecha bem entalhada, uma antiga mandíbula, com dentes muito maiores do que qualquer animal que conheciam, bolinhas de argila que o filho de algum colono aparentemente perdera, uma pena vermelha brilhante, uma raiz em formato de coração, e, por fim, um cachorrinho da ninhada de alguma fêmea semisselvagem, pertencente a alguma matilha que andava pelas margens do campo, cães abandonados durante os tremores. Alguns deles ficaram loucos de tanto medo e solidão. O filhote era branco, tinha orelhas pretas e uma mancha nas costas parecida com a de um esquilo. Pelo tamanho das patas, viria a ser pequeno e musculoso, do tamanho exato para conviver com o bebê. Ela o chamou de Pie, diminutivo de *piebald*[5].

Annie foi feliz durante aqueles dias quentes de verão, enquanto sua hora se aproximava. Pelos viajantes do rio, ela soubera que a guerra de 1812 havia acabado, que barcos a vapor iriam navegar no rio, que o estado do Mississipi iria ser aceito na União, que alguém inventara uma máquina que tricotava e um outro dispositivo, uma coisa chamada câmera, que copiava a imagem da pessoa e você podia guardá-la para sempre. Mas o que mais a intrigou foi a forma como os tons verdes dos ciprestes e dos carvalhos pareciam mais fortes, quase comestíveis com seu brilho intenso. E todas as criaturas, das joaninhas vermelhas de bolinhas pretas à borboleta listrada de amarelo e preto, como um tigre, pareciam em harmonia entre si, e também com ela, enquanto trabalhava à sombra dos ciprestes. O calor daqueles dias a colocava em um estado sonolento; ela se sentia meio acordada. Uma tarde, no final do verão, ela estava deitada em uma

---

[5] – 'Piebald' em inglês quer dizer manchado, malhado (N.T.).

colcha e viu algo empurrando torrões aos pés de uma árvore. Logo uma cabecinha escura apareceu, seguida de um corpo cilíndrico de mais ou menos cinco centímetros de comprimento. Molhado e desorientado, ele parou por um momento antes de sair cambaleando até o lugar onde a luz do sol se infiltrava, e abriu suas asas, tão finas que lembravam as de um libélula, para secar. Assim que começou a produzir um som penetrante e agudo, que poderia continuar por horas sem ser interrompido, ela reconheceu a cigarra. Apanhando-a com cuidado entre dois dedos, descobriu um par de placas de queratina do lado de baixo do corpo, bem atrás do último par de pernas. Com cuidado, empurrou as placas para trás, para descobrir duas membranas e um feixe de músculos poderosos — a fonte daquele barulho! A partir daquele dia começou a anotar esse tipo de descoberta em um caderno sem pauta, que Jacques havia obtido para diverti-la no último barco de trocas. Depois de desenhar a criatura, de frente e de costas, e de listar suas descobertas, ela a soltou, e descobriu então que sua exploração havia matado o inseto. Quando Jacques descobriu a fonte de sua imensa tristeza, depois de vir correndo ao ouvir seu lamento, riu e tentou confortá-la, dizendo que encheria um barril com aquelas criaturas barulhentas se isso fosse fazê-la parar de se lamentar.

Ela não suportava a ideia de vidas serem tiradas assim, mas claro que sorriu e dispensou a oferta, enquanto ele usava a manga da camisa para secar suas lágrimas. Quando o bebê se virou, sentindo o peso do pai, ele murmurou *"espérez"* e fez um carinho no ventre dela, deixando serragem em sua saia azul-escura. Ele vinha adquirindo roupas para o bebê e para Annie nos últimos meses, ainda que ela não soubesse muito bem como pagaria. Talvez trocasse aquilo por carne seca e bagas, ou ovos frescos e mel, que os homens encontravam na floresta. Ontem havia

A MULHER DO RIO

trazido outra vaca, de uma barcaça que passou, e a prendeu no curral, depois comprara e trouxera um engradado de galinhas que ela tinha certeza que seria devorado pelas raposas. Mas ele estava certo. Precisavam daqueles animais para suprir a estalagem com alimentos de qualidade. Viajantes exaustos seriam gratos em receber boas refeições.

Os meses do verão passaram rapidamente, os únicos fatos desagradáveis foram tremores de terra ocasionais, que a faziam ter pesadelos, e a picada que ela deu em seu dedo com a agulha quando costurava uma roupinha para o bebê, manchando a roupa com uma gota de sangue, que não sairia mais e só poderia ser disfarçada com um bordado de flores e abelhas. Seu corpo parecia inchar com o calor, seus seios alcançaram um tamanho que espantava Jacques e fazia seus ombros doerem. Às vezes pensava na jovem africana e seus dois irmãos, rezando para que estivessem em segurança e para que o bebê dela fosse saudável; que ele pudesse apenas imaginar como aquelas cicatrizes foram parar nos tornozelos de sua mãe, e que nunca soubesse por experiência própria. Nas noites em que o vento trazia chuva, ela pensava no assassinato de Sullans e na fuga dos africanos, e se sentia grata pelo fato de que seu próprio bebê não havia nascido ainda e, assim, não pudera presenciar o ato violento do pai.

Foi um outono incomum, longo, que durou até o meio de novembro, mas o frio finalmente havia chegado, em uma tarde em que um vento forte soprou; primeiro, quente o suficiente para fazer murchar qualquer planta ou flor que tivesse resistido até então. Depois, lá pelo meio da tarde, o vento mudou e trouxe um frio que foi aumentando mais e mais, até que, ao escurecer, havia um véu de gelo no leito da água. O vento soprou a noite toda, deslocando o telhado, fazendo a cobertura das

JONIS AGEE

janelas esvoaçar, produzindo um barulho de fole de ferreiro, fazendo as taças de estanho voar ruidosamente e bater contra as paredes e ainda agitando os enormes ciprestes e carvalhos como se fossem arvorezinhas mirradas. Com todo o barulho e quebra-quebra, parecia um milagre que nenhum galho tivesse atravessado o telhado do quarto deles. Ela estava deitada perto do fogo nos aposentos particulares, a barriga grande demais para acomodar-se sentada de forma confortável, e certamente pesada demais para que suas pobres pernas aguentassem mais que uns poucos passos hesitantes com a ajuda de suas muletas toscas. Embora Jacques continuasse tentando levá-la para a cama, que ficava no canto, ela insistia em ficar onde estava, perto do calor, como se fosse um animal qualquer. Suas costas doíam horrivelmente, e tinha tanta sede que Jacques acabou deixando um balde com uma concha ao lado dela, apesar de ela encontrar cada vez mais e mais dificuldade em se sentar. Por fim, enfiou seus dedos na água e os lambeu, enquanto Jacques atendia os clientes do outro lado da estalagem. Mesmo com a porta fechada, ela ouvia a confusão dos risos e das conversas em voz alta, acima da tempestade lá fora e, pela primeira vez desejou ter de volta o silêncio daquelas noites de inverno isoladas, quando eles eram apenas caçadores de peles.

Quando Jacques finalmente reapareceu, trazendo uma tigela de cozido de cervo e um pedaço grande de pão grosseiro, ela não conseguiu suportar o cheiro da carne de caça naquele momento, e pediu que ele deixasse a comida ali perto. Ele trouxe outra colcha da cama para ela, e a enrolou em seus pés, que já havia calçado com meias grossas de lã e um par de mocassins indígenas que Chabot havia trocado por comida e guardado antes de partir para as caçadas de inverno. Sem Chabot por perto, Jacques ficava solitário, sem ter com quem conversar em

A MULHER DO RIO

sua língua natal. Havia uma nota triste em seu olhar quando o amigo se despediu, seus cavalos de carga levando armadilhas e provisões. Assim que Annie e Jacques viram o último dos cavalos de Chabot sumir na curva do rio, desaparecendo entre as árvores, Jacques deu uma boa olhada em tudo o que havia construído e bateu as mãos, chamando Pie, o cachorrinho, que cavava um buraco atrás de um banco, na porta de entrada.

— Mon *petit joujou!* — Jacques o ergueu do chão, dando-lhe um abraço cheio de carinho e recebendo em troca uma lambida no rosto, pela qual fingiu zangar-se. O cãozinho adorava Jacques, apesar de este sempre ameaçar fazer sopa ou assado de cachorro cada vez que ele se metia entre seus pés ou roubava uma bota e a arrastava para todos os cantos, brincando de pegador com os outros cães. Apenas os três cães meio selvagens, que haviam chegado recentemente, ficaram às margens do acampamento, recusando brincadeiras ou companhia, de pelo eriçado e mostrando os dentes a quem quer que passasse. Houvera certa especulação se eles chegaram ou não acompanhando um homem carrancudo, chamado Ford Jones, que nunca olhava ninguém nos olhos e que se mantinha isolado, como os cães.

Naquela manhã, enquanto Jacques negociava farinha e munição com um barco de Nova Orleans, os cães estavam de tocaia, tão perto dos suprimentos que ele havia atirado perto deles para tirá-los do caminho. Mais tarde avisou a Ford Jones que os cães teriam de ser mortos. Algum tempo depois Jacques curava carne para o ensopado do jantar, de um veado recém-caçado, que estava pendurado em uma árvore para sangrar e ter o sangue recolhido; os cães chegaram tão perto e de forma tão agressiva que Jacques puxou sua arma e teria atirado neles se não tivesse visto Annie nesse momento. Ele pensou melhor e, em vez disso, mandou que Ford Jones os acorrentasse. O homem começou

JONIS AGEE

a discutir, argumentando que os outros cães do acampamento ficavam livres, mas então percebeu que os ombros tensos e a mandíbula cerrada de Jacques significavam o fim da conversa. Jones se comprometeu a ir embora com os cães em um dia ou dois e, assim, tudo ficaria bem.

Agora Annie podia ouvir os homens consumindo a bebida à base de milho recém-colhido que haviam feito, e cantando, do outro lado da estalagem, e ficou furiosa por não ter companhia nenhuma além do fogo, as janelas barulhentas e as árvores que se lamentavam ao vento. Então os cães se aproximaram do quarto onde estavam rosnando e uivando, como se estivessem brigando pelo último pedaço de carne da face da terra. Ela tentou chamar Jacques para fazê-los parar, mas ele não pôde ouvi-la através das portas fechadas, dos longos corredores e do vento barulhento. Ela acabou por cair em um sono febril, aqueles em que você acredita ainda estar acordado, apesar de seus olhos não abrirem. Viu os cães pularem pela janela, para dentro do quarto, um depois do outro, e começarem a circulá-la, as bocas babando, as línguas para fora, os olhos famintos para seu bebê – ela havia tido o bebê! Annie não se lembrava de ter tido sua filhinha, mas lá estava ela, um pacotinho perfeito em seus braços, e os cães estavam circulando, começando a tentar dar o bote de tão perto que ela podia ver o tremor dos músculos de suas gargantas. As bestas iam matá-las! Ela gritou por ajuda...

E acordou no meio de uma poça de líquido. Havia ajudado sua mãe em quatro partos e sabia o que aquilo significava. As ondas de contração se seguiam, a dor aumentando e aumentando, depois parando, para recomeçar em seguida. Gritou por ajuda nos intervalos das contrações, mas os homens estavam fazendo muito barulho. No começo a dor até que não era tão ruim. Um alívio, depois de meses de espera. Estava com muita sede,

A MULHER DO RIO

mas, quando tentava sentar-se para beber, não conseguia pegar a concha do balde sem derramar toda a água em si, e já estava deitada no molhado. Jogou as colchas para longe e lutou para tirar a saia entre as contrações. Quando seu corpo estava livre do que o restringia, ela se deitou, arquejando e esperando pelo que estava por vir. O fogo estava baixo, e ela se esforçou para agarrar uma tora de madeira e jogá-la nele, rezando para que a ponta da tora que ficara para fora da lareira não pusesse fogo no chão de cipreste. Enquanto fazia isso, entornou a tigela com o ensopado, e o cheiro enjoativo da carne gordurosa, milho e cebolas da mistura marrom e grossa, endurecendo no chão como vômito, tão perto dela, a fez temer que sua cabeça rolasse na bagunça.

As ondas de dor chegaram sem pressa, por horas a fio, atravessando todo o seu corpo, dando câimbras em suas pernas, apertando seu peito até que sentisse que não poderia mais respirar; então, gradualmente, a dor ia passando. Nos intervalos, ela dormia, e, quando não estava repousando, esquecendo-se do desconforto do colchão ensopado, permanecia acordada, falando com o bebê, pedindo à menina que fosse boazinha, para não ter medo do vento lá fora e que seu pai e sua mãe a protegeriam. Ela disse essas coisas mesmo ainda estando apavorada com o pesadelo e temendo, cada vez que ouvia os cães uivando e farejando ao longo da parede do quarto, arranhando a porta para entrar, como se pudessem sentir o cheiro do sangue do parto.

A certa altura da noite Jacques finalmente apareceu, bêbado, bateu a porta contra a parede e deitou-se ao lado dela no chão. Ficou ali por alguns minutos até perceber que algo estava errado. Sentando-se, viu as colchas molhadas e a barriga nua da mulher e demorou alguns segundos para entender o que estava acontecendo.

Ele se curvou e colocou os dedos no rosto dela:

JONIS AGEE

— *Ça va?* Como é que está indo? — perguntou, seu hálito de bebida provocando nela ânsias de vômito.

Apesar disso, ela ficou tão aliviada por ele ter finalmente aparecido que começou a chorar.

— *Chèrie, chèrie* — ele murmurou, e tentou se aninhar em seus braços, mas uma contração começou e ela o afastou, praguejando. Ele deu um salto para trás e observou enquanto ela lutava contra a dor, arfando, por fim, quando se tornou aguda demais. Mesmo na semiescuridão, podia ver o quão abalado ele estava, rosto pálido, prestes a desmaiar. Quando a dor diminuiu, ela riu, fazendo graça. Ele olhou em volta, desesperado, e então se levantou e começou a jogar toras na lareira. Quando o fogo estava vivo de novo, limpou a comida derramada no chão e começou a secar e a arrumar as roupas em volta dela. Apesar de ela lhe pedir que deixasse isso para lá, a verdade é que o colchão macio e seco para o qual ele a levara a fazia sentir-se infinitamente melhor. Era como se houvesse duas dela agora, e a Annie furiosa prevalecesse, enquanto a Annie gentil permanecesse sem ajuda. Ela queria contar a ele sobre o sonho, mas outra onda de dor veio, pior que antes, e não deu trégua por muito tempo. Foi como se aquela maldita viga do telhado estivesse esmagando a parte de baixo do corpo dela de novo, lentamente, centímetro por centímetro. Queria esmurrar sua barriga, mandá-la parar com aquilo e deixá-la em paz, mas Jacques segurou seus braços, as lágrimas correndo pelo rosto dele enquanto ela o amaldiçoava. Quando a dor finalmente parou, ela caiu em um sono leve, assombrada pelo pesadelo dos cães que esperavam logo ao lado para atacá-la.

A luta continuou pela manhã seguinte, entrou pela tarde e pela noite, e àquela altura ela já estava tão cansada que mal podia erguer a cabeça. Lembrava de trechos das coisas que sua mãe

A MULHER DO RIO

dizia sobre trabalhos de parto que demoram muito, que podiam matar a mãe e também o bebê, ou machucar tanto a mãe que ela nunca mais seria a mesma. Jacques estava aflito, sem qualquer condição de diálogo, e parecia entrar em estado catatônico, balançando-se na frente do fogo entre as contrações.

À certa altura, o vento parou, um silêncio gelado instalou-se no quarto e ela percebeu que ele deixara o fogo morrer. Levou muitos minutos para que reunisse as forças necessárias para obrigar as palavras a se formar em sua língua inchada. Alertado pelo barulho, ele ergueu a cabeça e olhou para ela, assustado como um animal até que ela repetisse o pedido e apontasse para o fogo. Ele se levantou, avivou o fogo, o calor invadiu o quarto e envolveu seu corpo exausto, como um xale. Então, tendo feito uma boa ação, ele ajeitou a cabeça dela em seu braço, ofereceu-lhe água, prendeu as cobertas em volta dela e ficou olhando em volta, como se buscando validação para sua boa conduta.

Houve uma batida na porta, a primeira de que ela pôde se lembrar, e ele se apressou em atender. Ela dormiu de novo, ouvindo murmúrios, mal acordando quando uma contração durou tanto tempo que seu corpo ficou adormecido e que ela só percebeu quando acabou. Na vez seguinte em que abriu os olhos, Chabot estava ajoelhado a seu lado, segurando uma xícara com um líquido quente próximo a seus lábios.

— Você voltou. — Annie tentou dizer, mas a voz dela não pareceu soar direito.

— Esqueci minhas armadilhas novas — ele sorriu, o rosto redondo ostentando um grande bigode, do qual ele tinha muito orgulho e que penteava com os dedos enquanto falava calmamente sobre sua esposa e os trabalhos de parto dela em regiões inóspitas, antes de ela morrer.

— Este não é o pior que eu já vi. Ela é jovem, isso é o suficiente. As jovens não querem desistir logo. — Seu tom era gentil, apesar das palavras. — Seria melhor se ela pudesse se agachar ou sentar. — Ele olhou para as vigas do telhado, depois baixou os olhos para as pernas atrofiadas dela e deu de ombros. — Algumas pessoas não se mudam para uma nova cabana sem amarrar um ninho de ave em uma das vigas. Traz boa sorte. — Ele torceu o bigode. — E também trabalhos de parto mais fáceis. — Ele puxou o lenço em volta de seu pescoço e olhou para o fogo. — Preciso de água quente e trapos para limpar o pequenininho. — Ele indicou a chaleira. Enquanto Jacques começou a se agitar, Chabot ajoelhou-se ao lado dela.

— Eu preciso apenas verificar como é que esse pequenino está pensando em vir ao mundo. — Ele correu as palmas ásperas das mãos sobre a barriga nua de Annie, mas ela estava cansada demais para se importar. Já havia visto vacas que tentavam parir bezerros com problemas, ou já mortos, e sabia que tinham a mesma resignação em seu rosto.

— O bebê está morto? — ela perguntou, sua voz baixinha como o gorjeio de um pardal.

— Está só descansando, como a sua mamãe. — Ele examinou o rosto dela com cuidado. — Jacques, precisamos encontrar algum alívio para esta garota. Ela está reduzida a pó.

Annie fechou os olhos para evitar as lágrimas que subitamente rolaram, deixando-a surpresa. Pensou que estava seca demais para chorar, e que havia chegado a um ponto no qual as lágrimas não significavam mais nada. Cochilou de novo, e acordou sentindo um líquido amargo na boca, que primeiro pensou em cuspir, mas então ouviu a voz de Chabot mandando-a engolir. Era a bebida alcoólica feita de milho!

— Agora nós vamos sentar você. Jacques está lhe segurando, percebeu? Na próxima vez que o bebê empurrar, você empurra de volta, ouviu? — Chabot estava espiando entre as pernas dela, mas ela havia esquecido a modéstia há tanto tempo que duvidou que se importasse de novo com qualquer coisa desse tipo enquanto vivesse, se sobrevivesse.

Assim que ela começou a relaxar de novo contra Jacques — e isso a fez sentir-se melhor — ela não havia percebido quão dolorida estava, por ficar deitada no chão duro por um dia e meio —, uma grande onda de dor contraiu sua barriga.

— Empurre, Annie, faça força! — Chabot gritou, e, em vez de lutar contra a dor, ela empurrou até sentir algo rompendo lá embaixo, e então uivou.

— Aqui vem ele, aqui, aqui vem ele. — Jacques inclinou-se sobre o ombro dela e viu quando a coisinha vermelha e escorregadia caiu sobre as cobertas. Chabot a ergueu, cortou o cordão com sua grande faca e lhe bateu no bumbum até ela começar a chorar.

— É uma menina! — ele disse, com voz triunfante. — Deixem-me limpá-la.

De forma rápida e eficiente, ele limpou a neném com um trapo úmido e a enrolou em um cobertor. Assim que a colocou nos braços de Annie, ela sentiu as lágrimas de Jacques caindo sobre seu rosto. Eles eram uma família cheia de alegria, e as tristezas que viriam depois seriam mantidas a distância, pelo menos por uma hora.

5

O inverno brando entrou confortavelmente em 1818, com uma neve macia que logo derreteu; uma breve chuva gelada, que proporcionava manhãs brilhantes, mas que não partia árvores ao meio; uma brisa que soprava suavemente pelos cantos da estalagem, sem assustar o bebê ou os homens que dormiam o profundo sono dos justos, enquanto os sonhos incrustavam seus segredos como a mica na paisagem rochosa do escuro. Toda manhã Annie acordava para maravilhar-se com o bebê Jula aninhado em seu seio, enquanto Jacques dormia defronte à lareira, para manter um calor constante no aposento. Ele se abstivera do álcool naquele inverno, passando todo o tempo livre com a família, a despeito do riso ruidoso do outro lado do corredor.

O trabalho dos homens terminara. A estalagem fora construída, sólida e absolutamente real, o celeiro se erguera bem a tempo de abrigar vacas e cavalos em seu sotavento e proteger a grama que haviam cortado no verão e secado, para fazer feno. O milho fora amontoado no barracão de madeira, onde ficaria protegido do mofo, e a lenha se empilhava tão alta quanto o telhado da estalagem. Cada dia de trabalho exigia apenas a divisão de toras e cortes de gravetos para as fogueiras. Era a estação do bem-estar, que Annie guardaria no coração pelo resto da vida. No entanto, às vezes se preocupava por estarem emprestando a bondade do futuro, e ela, assim como o sal emprestado, jamais poderia ser devolvida sem má sorte.

A MULHER DO RIO

Jula era um bebê tranquilo e sorridente, adorada por sua mãe e seu pai e por todos os homens, que passaram a vê-la um pouco como um deles, como se a estalagem, o celeiro e as cercas tivessem sido construídos para abrigar sua própria descendência. Quando Chabot partiu, depois do nascimento do bebê, foi com lágrimas nos olhos e lábios trêmulos, incapazes de formar uma palavra, que ergueu uma grande mão enluvada para acenar adeus.

A temperatura caiu naquele dia, trazendo a agradável quietude congelada, que transforma o ar em partículas de prata, roçando sua pele e as costas de suas mãos como fantasmas que passam correndo. O ânimo os deixou; passaram o dia todo dentro de casa, assistindo ao fogo extinguir-se em cinzas, para acendê-lo de novo, até que finalmente Skaggs, que era tão bom com a faca quanto com o machado, agarrou um denso pedaço de cipreste do monte ao lado da lareira e começou a tirar lascas. Ao se curvar para a tarefa, seus cabelos castanhos, já grisalhos, caíam sobre as protuberâncias maciças em sua face, enquanto seus dedos fortes e rombudos delineavam uma forma na madeira. Logo uma cabeça surgiu, depois as feições: as suaves e curvilíneas feições de uma criança. Depois a deitou de lado e começou o torso, braços, mãos, pernas e pés, cada pedaço a vívida lembrança de uma criança pequena.

Quando o corpo ficou completo, ele começou a esculpir e modelar as juntas, até elaborar curiosas dobradiças de madeira para que a figura se movesse. Mas Annie estava distraída pela cabeça que repousava na lareira ao lado dele. Que tipo de boneca seria aquela?

Por fim, Skaggs pousou as peças com a delicadeza de quem lida com passarinhos, levantou-se e foi até o quarto que dividia com sete outros homens. Quando voltou, começou a atar os membros da boneca com pedaços de tendões, esticados e finos

JONIS AGEE

como cordões, para que balançassem e se parecessem com os de uma criança de verdade. Continuou o trabalho a tarde toda, fazendo pausas apenas para uma xícara de chá de sassafrás, que deixava esfriar perto da lareira.

A essa altura, os irmãos Burtram haviam abandonado seu interminável jogo de cartas, entremeado de discussões, e se aproximado para observar cada movimento de Skaggs. Nicholas, o mais velho, foi o primeiro a desembainhar sua faca e começar a lascar e entalhar um bastão de madeira. Mitchell logo se juntou a ele, depois Ashland, o mais novo. Cada rapaz se esforçando desajeitadamente, lançando olhares aos membros lindamente esculpidos e às expressões da boneca à sua frente. Por fim, Ashland jogou longe seu bastão, desgostosamente, tentando curar um dedo cortado. Estava prestes a rogar uma praga, mas o olhar afiado de Nicholas o impediu. Em vez disso, sentou-se, emburrado como uma criança mimada.

O entalhe prosseguiu no escuro, até que as velas foram acesas e os entalhadores se reuniram em volta do fogo, por causa da luz. O pequeno Dickie Sawtell já estava bom o bastante para dar forma a um velho encarquilhado, de braços tortos.

— Ele entalha desde criança — alardeou, sacudindo seu cabelo vermelho e afastando-o de seus olhos, não aparentando nem um dia a mais que seus quatorze anos. Judah Quick calhou de ter jeito para pintar corpos de animais e pessoas. Confeccionou vários pincéis, de tamanhos diferentes, com pelo de cavalo, atado com linha à ponta de pequenos gravetos, e começou a pintar rostos. Era especialmente habilidoso em dar aos animais expressões que lembravam pessoas. Ali estava o galo carrancudo de Forrest Clinch, a vaca insinuante de Heral Well, os porcos gêmeos Frank e McCord Foley, com as sobrancelhas arqueadas do professor. O boneco de Dickie parecia espreitar maliciosamente por debaixo de um tufo dos próprios cabelos vermelhos de Dickie, grudados com cola. Logo todos estavam cortando seus próprios cabelos e aplicando-os a pessoas e animais que esculpiam.

Nos dias seguintes, os homens se sentiram mais confortáveis com os entalhes, e começaram a produzir fantoches com as fisionomias uns dos outros. O rosto redondo e inocente de Heral, coroado de brotos de trigo, e Dickie Sawtell, com seus olhos azuis profundos e o cabelo ruivo, que caía trançado até a cintura como o de uma menina; os pais de ombros largos e de cabeças grandes faziam todos se lembrarem dos irmãos Burtram; e as mães em vestidos coloridos e chapéus eram suspeitamente parecidas com Annie ou com a descrição que Forrest Clinch fazia de sua mulher, que havia falecido na primeira noite dos terremotos. Era quase como se estivessem entalhando suas próprias famílias. Apenas Ford Jones e seus três terríveis cães não puderam ser transformados em bonecos. Até onde Annie sabia, ele passou aquelas semanas encolhido no canto com uma jarra de bebida alcoólica em um banco que arrastara para lá com esse propósito. Lá fora, os cães acorrentados uivavam, acompanhando o vento ou os coiotes, o que fosse mais alto. Mas nem mesmo esse som conseguia esmaecer a felicidade daqueles dias.

Em sua curta vida, Annie aprendera que os homens passavam todo o tempo construindo ou destruindo — coisas, animais, pessoas. Sem uma delas para ocupá-los, eles se voltariam para a outra. Então, aconteceu que, ao fim de março, os humores mudaram. Os homens tornaram-se inquietos. A carne, a farinha, o mel e o milho estavam acabando. Havia poucas das frutas secas e preservadas que conseguiram comprar no ano anterior, já que suas próprias árvores eram recém-plantadas e houvera tantos homens em campo no último verão que tudo que Annie pudera secar foram algumas poucas frutas silvestres.

JONIS AGEE

Com as viagens pelo rio interrompidas naqueles meses gelados, precisavam contar apenas com suas próprias provisões, e com a carne que pudessem caçar. Na primavera perceberam que precisavam fazer durar ainda mais o pouco que tinham. Conforme o clima se acalmava, os homens começaram a reclamar das broas gordurosas e magras, e do café aguado, coado com chicória e extrato de nogueira, apesar de Annie não precisar lembrar-lhes mais de uma vez que eles haviam usado o precioso milho, meses atrás, fazendo aguardente. Os cervos, que foram abundantes no último verão, agora estavam difíceis de encontrar, e os coelhos davam muito pouca carne para sustentar homens adultos. Assim que o primeiro barco subiu o rio, eles tiveram de carnear três porcos e uma das duas vacas leiteiras.

Naquela manhã, com Jula no colo, Annie dava ao cão retalhos de cartilagens e um pequeno naco de carne de porco em conserva de seu prato quando se deu conta do silêncio do aposento. Os irmãos Burtram estavam curvos no banco de madeira à sua frente, de olhos fixos, com expressões aborrecidas em seus rostos, enquanto Skaggs balançava a cabeça e usava a ponta da faca para cutucar uma lasca da mesa. Quando a lasca se soltou, ele a usou para cutucar os dentes. Faltando semanas para a aração e o plantio, os homens tinham pouco a fazer e começaram a encontrar falhas em tudo à sua volta. Ela não fazia comida o bastante, Jacques precisava começar a pagar-lhes valores justos, os barcos nunca chegavam, e daí por diante.

— Esse cachorro deveria estar caçando a própria comida. — disse Skaggs. Um rápido olhar foi o suficiente para confirmar que a pálpebra esquerda, endurecida pela cicatriz que cortava seu rosto, estava tremendo. Quando ele se agitava, a pálpebra estremecia, como se o olho arruinado abaixo dela estivesse prestes a sair voando, em grande fúria.

A MULHER DO RIO

Ela deixou que o cão lhe lambesse os dedos com uma língua morna molhada, depois colocou a travessa no chão, para que a lustrasse. Ele havia tido o mesmo inverno magro que eles, e estava abatido a ponto de morrer de fome. Annie lhe escorregava um pouco de comida sempre que possível.

— Ele é muito pequeno para caçar, Skaggs — disse ela —, você sabe disso.

Skaggs cavocou seus dentes longos e amarelos com a lasca de madeira, de olho no cão.

— Um vira-latas como esse se arranjaria com ratos e camundongos; poderia até mesmo encontrar um coelho ou um esquilo. Vai estragá-lo alimentando-o com restos da mesa. Cães precisam de uma barriga faminta para manter o faro e a mente afiados.

— Poderíamos assá-lo quando ela o tiver engordando bem. — disse McCord Foley.

Sentindo o mesmo vinagre em seu sangue, Annie disse:

— Notem que vocês não aconselham Ford Jones sobre seus três cães. Também estão gordos como carrapatos. Eu me pergunto o que será que andaram comendo durante o inverno.

Skaggs empurrou um torrão de barro que caíra de sua bota e resmungou por baixo da respiração.

Frank Folley brandiu e empurrou sua caneca vazia para Skaggs.

— O próprio Ford parece bem rechonchudo, não?

Skaggs disparou um olhar de advertência com o canto do olho para Frank, mas o homem mais jovem ignorou-o. Pilcher Wyre limpou a garganta ruidosamente, lançou as pernas por cima da lateral do banco e ficou em pé.

— Acho que devemos ir rio acima, para ver se há sinal de algum barco. O dia está bom para isso. Pode ser que vejamos um barco hoje.

Quando ele caminhou até a porta, Annie notou que suas calças de couro e a camisa de lã pendiam muito mais soltas de sua figura fina que no outono passado. Seu rosto, de tão magro, parecia esquelético. Ela pensou que seria capaz de ver seus molares na mandíbula através da pele áspera. Olhou rapidamente em volta, para os outros homens — os rostos de todos estavam abatidos, com aparência faminta, os olhos afundados em círculos escuros, e agora eles se moviam com cuidado, mais devagar. Bom Deus, eles estavam definhando! Todos, menos Jones.

— O que Jones está comendo? Onde está conseguindo comida? — ela perguntou a Skaggs, mas ele apenas deu de ombros. Olhou para Pilcher, mas ele levantou a mão e empurrou a porta.

— Frank?

Ele estendeu a mão e puxou a caneca, depois a ficou estudando como se fosse um cálice antigo.

— McCord?

Ele lhe virou as costas. Então, a fina voz de tenor de Heral Well falou das sombras de sua cama, onde estivera naqueles dias, porque estivera doente, com congestão pulmonar:

— Ele leva os cães para caçar. Dividem tudo que matam. Eles retalham toda criatura viva que encontram em um raio de dezesseis quilometros. Enquanto morremos de fome, ele e seus cães jantam em grande estilo. — Encerrou suas amargas observações com uma tosse que parecia forte o bastante para partir suas costas ao meio.

— Por que não me contaram? Jacques sabe disso? — Annie empurrou o cão assim que ele começou a roer a borda da travessa, em busca do caldo impregnado.

Frank Foley deu de ombros.

— O que ele diz?

— Disse para deixá-lo em paz. — Frank girou a caneca nas mãos, delicadamente. — Então, deixemos o homem em paz.

A MULHER DO RIO

Ela pigarreou e, erguendo Jula em seu ombro, ficou em pé.

— Bem, podem ter a maldita certeza de que eu não vou deixá-lo em paz!

As cabeças de Frank e MacCord sacudiram-se ao som de sua maldição. Os homens raramente praguejavam na frente dela, e ela nunca dissera uma maldição tão grave.

Do lado de fora ela encontrou Jacques e Jones, lado a lado, olhando para as três feras meio selvagens que estavam, sob um exame mais cuidadoso, tão saudáveis e gordas que até o pelo brilhava. Elas examinaram Annie com olhos brilhantes e ávidos, arquejando, as bocarras abertas, exibindo dentes longos e cruéis. Jones também parecia mais próspero que quando chegara ao acampamento, no verão passado. De fato, exibia uma pequena barriga, em que, apropriadamente, dava tapinhas a intervalos de alguns minutos.

Jacques apontou para um dos cães, disse algo que fez Jones rir melancolicamente, então chutou o animal, detendo suas botas a poucas polegadas das mandíbulas que babavam, enquanto o cão saltava e avançava sobre os homens, seu corpo sacudindo-se para trás todas as vezes, pela grossa corrente enrolada em uma árvore, cujo tronco tinha mais de um metro de largura. Parecia-se mais com o Jacques daquela noite ruim que com o Jacques que ela conhecia. Ela escapuliu para escolher uma hora mais apropriada.

O dia tornou-se enganosamente quente, do tipo que implora para que você tire a roupa de baixo de lã e os sapatos pelo meio da manhã e que mergulhe em chuva gelada ao escurecer. O vento, que começara como uma brisa, ganhou tanta força à noite que quase soprou o barco para o banco enlameado, ao lado da doca. Assim que o barco se afastou no rio Nova Orleans, tornando-se apenas um pontinho lá longe, os homens abandonaram o trabalho e se reuniram na costa, brincando e rindo, até o barco se aproximar o bastante a ponto de poder ser saudado.

Para surpresa deles, parecia que Chabot era o primeiro a aparecer na prancha que ligava o barco às docas! Nem quatro meses haviam se passado; era cedo demais pra armar as armadilhas. Bem, pelo menos o tal homem lembrava demais Chabot, a ponto de ter os mesmos olhos azuis felizes, que enrugavam de prazer a qualquer comentário feito pelos amigos, e aquelas mesmas mãos grandes e competentes, cheias de sardas, que ela jurou que jamais esqueceria, pois foram as responsáveis pelo parto de seu bebê. Mas os outros traços eram tão diferentes que os homens se dispersaram no instante em que ele se aproximou. Seu rosto não tinha uma barba marrom de inverno ou um bigode. Em vez disso, os pelos haviam sido raspados até ficarem parecidos com os dos cavalheiros que eles viam passeando no convés dos barcos que passavam. Seu cabelo havia sido cuidadosamente cortado, tingido e barbeado, e ele exalava um forte cheiro de lavanda e lírio, que era liberado cada vez que ele se movia, ou quando levantava a mão para tocar a aba de seu chapéu preto e alto para saudar alguém. Todos ficaram boquiabertos.

— É o *new look, n'est-ce pas?* — ele sorriu e saudou a todos, e todos deram outro passo para trás. Parecia-se mesmo com Chabot. Mas o engomadinho de casaco verde sobre um colete justo cor de canela era diferente de tudo o que eles já haviam visto. Quando tirou as luvas, que combinavam com a guarnição do casaco, jogou a cauda deste para trás, o que permitiu a visão de sua perna direita e fez os três irmãos Burtman se cutucarem com os cotovelos. Chabot usava uma longa calça de montaria, da cor do pente de marfim da avó deles, sapatos pretos e longos, que deixavam à mostra meias brancas.

A MULHER DO RIO

— Parece mais um maldito galo branco e verde que um homem — Pilcher Wyre resmungou.

Mas Chabot estava muito mais magro do que estava quando partira em novembro. Sua pele estava pálida e colada nos ossos, e ele tinha círculos escuros abaixo dos olhos — parecia que havia pulado da cama doente e se materializado ali.

Annie deu um passo à frente e tocou em seu braço:

— Porque, Chabot, você esteve doente?

Ele hesitou, observando seu rosto, depois se encolheu um pouco e olhou por cima do ombro. Seguindo seu olhar, ela viu uma mulher alta, vestindo peles, apesar do calor daquele dia. Seu rosto estava coberto por um véu negro e pesado, mas ela acenou explicitamente na direção da prancha.

— *Mon dieu!* — Chabot xingou baixinho, e empurrou os homens, abrindo caminho. Em um momento ele atravessou a doca correndo e subiu na prancha para ajudar a mulher, cujo riso alegre se sobrepôs, penetrando nas plantações de algodão e nos salgueiros, e todos olharam para cima, como se estivessem vendo um pássaro raro e exótico. Quando olharam de novo, o casal vinha avançando acima deles, os braços da mulher enfiados em um casaco preto. Assim que se colocaram na frente deles, ela sacudiu o casaco e o entregou a Chabot.

— Ah, querido, você deve ficar aquecido — ela reprovou com um sorriso. O sobretudo de lã estava coberto de pele de castor e poderia cozinhar Chabot em um dia quente como aquele, mas ele vestiu o sobretudo, apesar de sua pele pálida ruborizar-se. Frank e McCord Foley se cutucaram e fizeram caretas engraçadas, mas felizmente Chabot não percebeu nada. Skaggs e Forrest Clinch seguraram o riso colocando as mãos na boca e olharam para o barco ao longe. Jacques parecia confuso com a transformação.

JONIS AGEE

Ela era tão alta que sua cabeça ficava da mesma altura que a de Chabot. Arrumou a gola do casaco dele, ergueu o véu e deu-lhe um beijinho rápido na bochecha. Virando-se para eles, seu rosto largo estava enrubescido de felicidade e *rouge*, e ela disse:

— Dealie Dare Chabot. — Estendeu a mão grande e enluvada, que Jacques tomou e beijou. A súbita cortesia confundiu Annie, que começou a fazer uma reverência, mas parou, de repente, e olhou para Chabot, que começou a rir. Um riso abafado chegou até eles, vindo da direção dos irmãos Burtram, e ela olhou feio para eles. Dealie avaliou-a com um olhar penetrante. O vestido de algodão azul gasto e manchado de Annie pareceu insuportavelmente sem forma e surrado; ela encolheu os dedos dos pés, sujos e expostos, e cruzou os braços sobre os seios cheios de leite. Jula, que estava dormindo em seu berço, suspenso no tronco de um carvalho na borda da clareira, acordou e começou a chorar, com fome, e Annie sentiu algo molhado contra seus braços. Com o rosto queimando, mancou até onde estava o bebê, afastando os cobertores com pressa e dirigiu-se, em um estranho cambalear, até a casa.

Quando Jacques a encontrou, estava encolhida no canto da cama, amamentando o bebê com lágrimas escorrendo pelo rosto, brava com todo mundo — Jula, Jacques e, especialmente, consigo mesma.

— *Chèrie, doucement, ma petite poupée* — ele sussurrou.

— Eu não sou sua bonequinha! — Ela o empurrou quando ele tentou alisar seu cabelo embaraçado. Ela se tornara um animal, como o resto deles. Vira, no olhar daquela mulher, o desprezo divertido. E ainda por cima ter de mancar em suas pernas arruinadas para se afastar dela...

— Como ele ousa aparecer aqui desse modo? — ela começou.

— Quem é ela?

A MULHER DO RIO

— Shhh — Jacques colocou um dedo nos lábios — Eles estão ali no corredor.

A bebê engasgou e tossiu; Annie a colocou no ombro e deu tapinhas em suas costas. Quase imediatamente, sentiu leite coalhado sendo cuspido contra seu pescoço. Foi a gota d'água, e as lágrimas encheram seus olhos de novo. Tentou falar, mas um soluço cortou as palavras e fez sua garganta fechar e doer.

— Chabot trouxe presentes. Assim que ela dormir, você vem e olha. — Jacques tocou em seu braço com dois dedos, mas ela sacudiu a cabeça.

— É um absurdo ele trazê-la aqui, os dois vestidos daquele jeito. O que aconteceu com Chabot? — sua voz soou patética até mesmo para ela, como uma menininha que ouviu um não. Isso a fez ter vontade de rir, mas ela não desistiria.

— Ela salvou a vida dele! Uma pantera assustou o cavalo de Chabot, que o jogou no chão, e ele quebrou o braço e algumas costelas. Ficou caído ali por um dia, inconsciente, antes de ser encontrado e levado a um assentamento, onde estava alojada Madame Dare, que ia para sua casa em Nova Orleans. Ela cuidou da febre dele, dos pulmões congestionados e até mesmo endireitou o braço ferido. Quando ele melhorou, ambos viajaram a Nova Orleans, onde ela tem sua casa e um negócio de importação. Chabot deu sorte. — Jacques olhou para as janelas cobertas, como se pudesse ver através delas, como se fossem de vidro. — Uma viúva rica.

— Talvez você devesse ir embora com eles. Encontre uma mulher linda que possa vesti-lo em roupas da moda. — E arrancou os dedos dele de seu braço.

— *Mon Dieu, tu es folle*! Não seja maluca! *Chèrie*, você é minha linda esposa. — Ele a agarrou pelos ombros e a puxou contra si com firmeza, fazendo o bebê engolir em seco e gritar em protesto, antes de o pai afrouxar o abraço.

JONIS AGEE

— Olhe para mim! — Annie gemeu, enquanto puxava um tufo do cabelo desgrenhado e oleoso, o que fez seu couro cabeludo doer.

Ele esperou um pouco, olhando bem para ela, balançando a cabeça, fazendo barulhinhos, até ela sorrir.

— Você é minha menininha selvagem, Annie Lark, a menina que eu salvei da enchente e do terremoto. Você está exatamente igual àquele dia.

Ela esmurrou o braço dele com seu punho, e ele riu e esfregou a mão no lugar do golpe.

— Então você quer uma garota coberta de xixi, faminta, meio enlouquecida, com duas pernas aleijadas? Que tipo de homem é você? — Então ela o acertou no peito, com força suficiente para ele sentir dor e agarrar sua mão antes que ela o acertasse de novo.

— Chega — ele disse. Seus olhos escureceram, e sua boca era apenas uma linha rígida. — Essa sua pena de si, *c'ést trop bête*, é muito feio, *chèrie*. — Ele ficou em pé e foi até a lareira, apoiando-se no console, de costas para ela. O corpo do bebê começou a pesar em seu ombro, conforme Jula relaxava e caía do sono. Annie deitou-a em sua cama, aconchegada nas cobertas, com um sorrisinho nos lábios. Ela se inclinou e a beijou, a única coisa boa de sua vida naquele momento.

Lá fora, o dia, que havia começado quente e brilhante, escurecera, e os trovões rugiam acima de suas cabeças.

— *Merde!* Precisamos amarrar o barco! — Jacques saiu apressado pela porta e entrou pelo corredor. Se a chuva chegasse com o vento, poderia jogar o barco contra a doca, causando um incêndio. Então Annie se lembrou da colcha que estendera lá fora enquanto lia, e de seu precioso livro, uma tradução de Heródoto, que um viajante deixara algumas semanas

A MULHER DO RIO

atrás. Dando uma última olhada para o bebê, que dormia, ela pegou sua bengala e mancou, saindo do quarto, tendo a certeza de antes fechar a porta, por causa dos três cães selvagens que Ford Jones ainda possuía. Apesar de seus protestos, eles estavam acorrentados nas árvores que ficavam ao sul da estalagem. — Cães de guarda, ele dissera, quando as rosnadas se tornaram particularmente ferozes, ou os uivos duravam a noite toda. — Era pior do que estar cercado por lobos, ela disse a Jacques, mas ele deu de ombros.

Lá fora o céu estava coberto de nuvens pesadas e escuras que rodopiavam e trombavam com força umas nas outras enquanto as novas nuvens vinham do oeste e do sul. O vento ficou mais forte e as rajadas começaram, o que fez os homens das docas começarem a gritar uns com os outros para se apressar e amarrar logo o barco. A chuva que estava por cair fazia as pernas dela doerem. Apoiada de forma desajeitada em sua bengala, seguiu lentamente até ajoelhar-se ao lado da colcha estendida abaixo de onde o berço estava pendurado. Esticando-se em equilíbrio precário para apanhar o livro e seu caderno, ela terminou por tombar, torcendo o quadril e caindo com força sobre o joelho. A dor fez suas costas darem um tranco, e ela lutou contra as lágrimas que invadiam seus olhos. Demorou alguns minutos até ela tentar se endireitar e voltar a apoiar-se na bengala. Impossível! Teria de deixar tudo ali se molhando, inclusive seu adorado livro. Não conseguiria erguer-se e à trouxa de coisas ao mesmo tempo sem machucar as costas. Estava se erguendo centímetro por centímetro quando sentiu uma mão rude que a puxava para cima pelo braço.

Ford Jones se inclinou sobre a colcha, fez uma trouxa com ela sobre um braço e com o outro tentou oferecer apoio a ela.

— Não. Eu consigo fazer isso sozinha! — ela gritou, acima dos trovões. As primeiras gotas de chuva caíram em seu rosto, e ela apontou a estalagem para ele.

— Vá, continue, não deixe que o livro se molhe! — Ele hesitou, os olhos frios e escuros, aquela escuridão profunda, e ela sentiu o calafrio que vem do fato de entendermos que fomos tocados pelo mal, o verdadeiro mal, um mal tão puro que pode até mesmo fazer uma gentileza sem trair sua natureza.

As rajadas de vento se tornaram mais fortes, e um pequeno galho morto caiu ruidosamente atrás deles. Ele se virou e foi em direção à estalagem, contra o vento que atirava folhas e torrões de terra em seu rosto e braços. Ela olhou para as nuvens negras e agitadas — a chuva pesada estava apenas a um ou dois minutos de distância. Pingos grossos começaram a cair sobre sua cabeça e costas. As nuvens escuras tinham transformado o dia em noite. Os homens no rio continuavam a gritar e a praguejar, enquanto o barco se debatia contra as cordas como um cavalo bravo e tentava rodopiar na correnteza.

Jones largou o pacote perto da lareira e imediatamente deu meia-volta, porque Chabot e Dealie estavam parados ao lado da cama, onde Jula fazia barulhinhos engraçados e sorria, como se reconhecesse o homem que ajudara em seu nascimento. Dealie havia tirado o chapéu e o casaco, deixando à mostra um vestido azul-escuro de lã, cuja cintura alta ficava logo abaixo dos seios, a saia caindo reta até os tornozelos. Quando ergueu as mãos para afofar os cabelos, Annie notou que as mangas e os punhos eram decorados com voltas de brocado escuro, o que dava ao vestido um aspecto luxuoso. Seu cabelo espesso e escuro estava repartido ao meio, e grossos cachos pendiam dos dois lados de seu rosto. A trança na parte de trás da cabeça estava se soltando, e os fios soltos grudavam na pele úmida de seu pescoço. Ela sorriu e acenou com os dedos para o bebê, e, depois de dar uma olhada para acalmar Annie, pegou Jula no colo.

— Já que você é uma garotinha tão linda, vou levá-la a Nova Orleans quando você crescer. Farei de você a bela do baile, você gostaria? Dançar a noite toda e beber champanhe com homens lindos como Chabot?

Andando pelo quarto, Dealie balançava os braços, repetindo o movimento do berço nas árvores, e Jula ria e gorgolejava. Dealie tinha uma beleza quase máscula, e certa força nos ombros e costas, que faziam o vestido caro parecer quase que uma fantasia, e a mesma coisa acontecia com as roupas de Chabot. Suas mãos grandes pareciam já ter trabalhado muito, e seus pulsos grossos e braços musculosos davam a mesma impressão.

Chabot empurrou a cadeira de balanço para perto do fogo, e, quando Dealie se sentou nela, ele se ajoelhou e alimentou o fogo. Annie sentou-se no lado oposto, na cadeira de Jacques. Com alguma persistência, o fogo começou a brilhar mais forte e Jula a tocou, suspirou, e gorgolejou feliz, os dedinhos em volta do bracelete dourado que pendia no braço de Dealie. Dealie olhou para Annie e sorriu, tirando o bracelete e dando-o na mão de Jula, que imediatamente o colocou na boca, começando a mastigá-lo.

— Ah, não — Annie fez menção de ir até lá tirar o objeto de Jula, mas Dealie a deteve com um gesto.

— Seus dentinhos estão nascendo. Não vai machucá-la. — Ela tinha um rosto largo, com queixo quadrado e nariz proeminente, que dava uma sensação de poder. Olhando mais de perto, parecia mais velha do que Annie pensara a princípio, com linhas nos cantos dos lábios finos e dos grandes olhos castanhos. Havia uma bondade descomprometida em sua expressão, que deixava claro que ela estava satisfeita com quem era e onde estava a esta altura da vida.

JONIS AGEE

Quantos filhos ela tinha? Annie deu uma olhada para Chabot, que já estava em pé e se apoiava no console da lareira, os olhos escuros cheios de admiração pela mulher que salvara sua vida, não importando como ela o vestisse. Parecia tão estranho que Annie sentiu vontade de atirar um pedaço de lenha nele para ver se batia as asas e cacarejava como as galinhas.

Lá fora houve um tremendo relâmpago, seguido de um profundo ruído de trovão que reverberou contra as paredes e pareceu sacudi-las, como um terremoto. Annie ficou subitamente tonta e perdeu o equilíbrio, apoiando-se na cadeira e choramingando.

— Annie — Chabot ajoelhou-se e segurou sua mão —, é só um trovão — ele disse. A palma da sua mão era tão inusitadamente macia, quase como a pele de um bebê, e ela teria rido dele se não estivesse tão tonta.

— Foi em uma tempestade de primavera como esta, o barulho traz as lembranças de volta — ela sussurrou.

— Acenda as luzes. — Dealie disse em uma voz doce, mas imperativa. — Dê a ela um gole de brandy.

Chabot soltou a mão dela e se levantou para obedecer. Assim que houve alguma luz para dissipar a escuridão e o barulho da tempestade, ele pegou um pequeno frasco prateado de dentro do colete e ofereceu a ela, que balançou a cabeça. Chabot deu então um longo gole.

Tampando o frasco e colocando-o de volta no bolso, ele sorriu para ela:

— Melhor que a bebida de milho.

Ela sacudiu a cabeça ante a ideia. Nunca provava destilados de nenhum tipo, apesar de estar planejando fazer vinho das frutas que haviam plantado, ou que conseguissem colher.

Houve outra bateria de trovões, que pareceram fazer as paredes tremer, seguidos de uma rajada de chuva tão forte que bateu nas janelas cobertas por pergaminho e parecia prestes a atravessá-las. No final do corredor houve uma barulheira quando os homens entraram gritando e rindo, o barco já aparentemente seguro.

— Vou ver o que foi. — Chabot fez um movimento com a cabeça na direção do barulho, Dealie sorriu e baixou os olhos para o bebê, que parecia estar ocupado mastigando a argola de metal.

— Eu tenho três — ela respondeu à pergunta não formulada de Annie assim que Chabot saiu pela porta. — E vou ter outro assim que puder. — Apesar da dureza em suas palavras, observou o rosto dela para ver sua reação. Annie concordou.

— Já enterrei três maridos antes dele, isso choca você? — Ela sorriu e ergueu as sobrancelhas.

Annie deu de ombros.

Ela se inclinou e soprou de leve no rosto de Jula, fazendo-a sorrir, e estreitou a cabeça da criança em seu peito amplo.

— Eu perdi mais filhos do que mantive. — Olhou para Annie de novo e sorriu. — Os bebês são assim. Eles se vão tão facilmente, não? Como sementes de dente-de-leão ao vento. — Havia um quê de loucura, e talvez de amargura, em seu tom, enquanto ela dava tapinhas nas pernas de Jula e puxava o lençol amarelado e manchado acima de seus joelhos pequenos e gorduchos.

— Você nunca sabe quanto tempo vão ficar com você. — Deu uma olhada para as roupas gastas e para o cabelo desgrenhado de Annie, olhou para o fogo por algum tempo e depois falou de novo. — Você está exausta, não está? Precisa de ajuda. Precisa passar todo o tempo possível com seu bebê, Jula, coisa que não pode fazer cozinhando para aqueles homens, lavando e remendando suas roupas, cuidando de Jacques e de todo o resto. — Fez um gesto abrangendo o quarto todo. — Você precisa de ajuda.

— Jacques e os outros homens me ajudam quando podem.

Ela riu como se Annie tivesse contado uma piada, depois ergueu novamente a bainha do lençol feito na casa de Jula.

— Deve ser difícil manter as coisas limpas por aqui no inverno.

O rosto de Annie ardeu de vergonha.

— Vou mandar uma garota para ajudá-la. — Dealie ergueu o bebê e a sentou de costas em seu colo, assim Jula ficou de frente para Annie enquanto mordiscava o bracelete. — Só vou precisar dela de volta no outono, acho... — Tocou o próprio estômago. — Ela é um pouco tristonha, mas vale cada centavo que paguei.

Annie sacudiu a cabeça.

— Ah, as crianças a amam, e você está esgotada, Annie.

— Não usamos escravos — ela disse. — Jacques jamais concordaria com isso.

Dealie riu de novo.

— Claro que ele vai concordar! E ela é só um empréstimo. Um presente pelos próximos meses, enquanto você se apruma e fica... — Ela se interrompeu e deu uma olhada rápida para as pernas de Annie, que certamente notara ou fora informada sobre — em pé. Desculpe, Annie, eu não quis dizer...

Seu rosto largo ficou vermelho, e ela parecia tão consternada que Annie ergueu o pé descalço e sujo e levantou sua saia.

— Parece que estou em pé mais que o suficiente. — Ela se apoiava em duas bengalas agora, e doía mais erguer-se com elas. — É temporário. Em breve vou estar forte. E vou ser capaz de acompanhar Jula quando ela aprender a andar.

Dealie abraçou o bebê e olhou para Annie com uma expressão séria.

— Eu sou boa com meus escravos, você sabe. Asseguro-me de que comam o mesmo que minha família, de que tenham roupas boas e limpas e remédios. Nunca separo uma família, e os ensino

A MULHER DO RIO

a ler, escrever e calcular, para que possam ter vidas úteis. Quando estão prontos, podem até mesmo comprar sua liberdade.

Annie não soube como responder, mas não podia imaginar nada pior que o destino incerto dos africanos que haviam escapado no último verão.

Dealie entendeu o silêncio de Annie como uma concordância, e continuou:

— Nova Orleans é diferente; é uma cidade cheia de negros alforriados, de mestiços. Os franceses criaram uma linda raça, uma sociedade muito sofisticada e artística. Meu negócio, inclusive, só é bem-sucedido por causa da cultura, do desejo por bons vinhos, tecidos, louça, móveis e pinturas. Eu importo tudo da Europa, e em breve o gosto por esse tipo de mercadoria vai chegar rio acima, até mesmo a lugares como este. — Fez um gesto que incluía as paredes de cipreste e o chão inacabado, as tábuas rudes do teto, a pilha de peles que cheirava na cama, no canto do quarto, e a panela de ferro preta de sua mãe, na lareira.

Sem saber por que, Annie concordou com a cabeça. Não queria que nada mudasse, não queria outra casa ou outra vida além da cobertura de seu quarto, o som das risadas dos homens do outro lado do corredor, a chuva batendo contra o telhado, o fogo consumindo as toras de madeira e aquecendo seu vestido, suas pernas, seus braços e seu rosto.

As duas mulheres ficaram sentadas em silêncio por algum tempo até que Jula começou a fazer barulho. Annie a tirou dos braços de Dealie e sua solidão foi interrompida pelo ruído das botas dos homens pelo corredor.

Então, houve choramingo e arranhões na porta, e Dealie se levantou para abri-la. O pobre cachorrinho de Annie entrou no quarto, ensopado e sujo de lama, sacudindo-se, aparentemente apanhado lá fora quando a tempestade começou. Ela não conseguiu achar sua bengala e não soube o que fazer com Jula quando o cão se esgueirou até sua cadeira e se esfregou em suas pernas, enlameando a saia.

Dealie se abaixou e pegou Jula, enquanto Annie ergueu o cão e o colocou no colo, cobrindo-o com sua saia, sentindo os tremores de medo e de frio contra suas pernas e seu estômago. Havia muita lama em uma de suas orelhas, e o pelo branco de seu corpo estava quase todo marrom, avermelhado por causa da lama. Houve outro trovão forte, e ele se encolheu ainda mais em seu colo, choramingando. Jula começou a resmungar, e a porta subitamente se abriu. Jacques e Chabot entraram no quarto fazendo bagunça, com Jones a reboque.

— *Chèrie!* Nós temos vinho! Vinho francês! Chabot trouxe vinho fino para nós e ainda mais! Venha! — Jacques já andara bebendo, e seu hálito fedia. Sem aviso, ele se abaixou e puxou Annie para fora da cadeira, jogando o atemorizado cão no chão.

Assim que Jacques o ergueu do chão, o cão latiu e se contorceu, e choramingou por causa das mãos rudes e grandes, os olhos cheios de pavor. Quando Jacques tentou afagar sua cabeça, o cão rosnou e tentou morder seus dedos com seus dentinhos finos.

— Cuidado. — Annie tentou pegar o cão dele.

— O que aconteceu? — Jacques perguntou, com um olhar de espanto. Ele já havia tomado muito vinho e não conseguia pensar direito.

— Algo o assustou para valer — Chabot disse.

— Ele andou brincando com os cães grandes — Jones disse, com um riso curto e melancólico.

— O que você quer dizer com isso? — ela perguntou.

— Ele vai se aproximando, a cada dia chegando mais e mais perto de onde eles estão acorrentados, só para testar, entende? O menininho da mamãe. — Deu de ombros. — Era de esperar

A MULHER DO RIO

que em algum momento eles conseguissem agarrá-lo. E ele teve sorte de conseguir escapar. Isso não acontece com muita frequência. Olhou para o cachorro nos braços de Jacques como se ele lhe devesse algo. O cãozinho choramingou, e tentou esconder a cabeça na manga de Jacques.

A maneira como Jones falou provocou calafrios em Annie, seguidos de uma raiva contida.

— Quero que o senhor vá embora, senhor Jones. Pegue seus cães ferozes e vá embora. Hoje, agora! — Ela pegou o cão, que ganiu assim que sentiu a mão na parte de baixo de sua barriga e começou a se erguer. Quando a reconheceu, apertou a cabeça contra o peito dela, seu coração batendo tão rápido que ela podia senti-lo. Ford deu uma olhada para Jacques, depois abriu a porta e saiu para a chuva, batendo a porta atrás dele.

Quando Jacques tocou em seu ombro, o cão rosnou.

— *Ma chèrie...*

Ele nunca havia tomado partido dos homens contra ela, e ela estava louca da vida. Abaixando os olhos para a mão dele, ela se virou na direção do banco ao lado da porta, onde ficavam o jarro d'água e as roupas secando. Sem a ajuda da bengala era difícil carregar o cachorro e obrigar suas pernas a suportar o peso deles enquanto ela andava.

— Ele precisa ir embora hoje — ela disse, os dentes cerrados.

O cão permaneceu quieto enquanto Annie se sentava e umedecia um pedaço de tecido. Assim que ela tentou limpar dentro de sua orelha suja de lama, ele chorou e se contorceu para sair de seu colo, mostrando os dentes, e ela precisou endireitá-lo.

— Não, *chèrie*, Ford não vai embora — Jacques disse. — Preciso dele aqui. — Ela olhou para ele e voltou sua atenção para o cão.

Dealie disse:

JONIS AGEE

— Bem, está decidido. — Levantou-se e colocou o bebê na cama. — Vamos providenciar um bom jantar para comer com o vinho que os homens, obviamente, estiveram provando. — Seu riso era um pouco mais alto que sua voz, e os homens a acompanharam até a porta, encantados.

Chabot parou e se virou.

— Posso arrumar algo para acalmá-lo, Annie. — Olhou para Jacques, que estava inclinado para ouvir algo que Dealie estava sussurrando. — Espere por mim.

Assim que a porta se fechou, Annie permitiu que as lágrimas viessem.

6

Naquela noite, quando o bebê acordou chorando, Jacques começou a se agitar para levantar e cuidar dela, como sempre fazia, mas Annie o impediu.

— Você já tomou vinho demais, e provavelmente vai derrubá-la.

Em vez de discutir, ele simplesmente rolou para o lado e quase imediatamente começou a roncar bem alto, enchendo o ar do quarto com um cheiro ao mesmo tempo úmido e azedo, que revoltou o estômago de Annie.

— Você é nojento! — ela sussurrou.

Com Jula presa em um pano amarrado ao seu ombro e peito, ela pôde se apoiar em ambas as bengalas, e foi assim que atravessou o quarto e cruzou a porta. Apesar de toda a sua raiva, era uma agradável noite de primavera, com os primeiros pássaros começando o canto uma oitava acima dos sapos, que em breve estariam subindo as bordas lamacentas dos rios entre o capim de esteira e se precipitariam ao longo da margem.

Através das árvores, uma luz cor de bronze ondulava por sobre o rio, como se a própria lua estivesse sendo balançada pelo vento. Ela baixou os olhos para Jula, que, sonolenta, chupava o próprio punho. Pensara em trazê-la para fora para amamentá-la, mas o bebê parecia satisfeito agora.

Se o tempo firmasse, os homens poderiam começar a limpar mais pastos pela manhã, cavando drenagens para o pântano.

Pensar em ter seus próprios cavalos e gado, pastando nos campos em volta da hospedaria, era reconfortante.

Uns poucos dias de calor fariam o bordo, o algodoeiro, o cipreste, o olmeiro, a árvore-de-Judas e talvez até mesmo as ameixeiras florescerem mais cedo. Teriam de trabalhar mais duro para colher e preservar as frutas este ano. Ela prometeu a si mesma desenhar um mapa com todas as ameixeiras e todos os arbustos de frutinhas vermelhas selvagens, de modo que pudesse mandar alguém colhê-las quando fosse a hora. Mas, com Jula, como teria tempo de guardar e secar tudo que fosse colhido? Ela pensou de novo sobre a tentadora promessa de ajuda que Dealie fizera.

Estava quase virando a esquina, em direção à frente do prédio da hospedaria, quando ouviu um rosnado baixo, vindo de um arbusto que ficava entre ela e o rio. Parou, apoiando o peso em uma bengala, preparada para desferir um golpe a qualquer minuto. Será que deveria gritar por ajuda?

Houve outro rosnado baixo, que parou, abruptamente, com um gemido e o som de uma batida.

— Está tudo bem agora — uma voz de homem sussurrou na escuridão. — Só não tente descer até o rio desse jeito.

A voz e o rosnado vinham de um trecho com mata cerrada, formada de ameixeiras e parreiras, plantadas muito próximas umas às outras, ao lado da trilha que levava ao cais. Ela apertou os olhos, mas não conseguiu ver nem mesmo um borrão.

— É melhor a senhora entrar agora, senhora Ducharme — o homem sussurrou.

Ela estava quase respondendo quando percebeu, de soslaio, certo movimento no rio, mas assim que se virou para olhar mais de perto, o rosnado recomeçou, desta vez mais alto, quase um ataque.

A MULHER DO RIO

— A senhora precisa ir para dentro — o homem sussurrou mais alto e com a voz mais firme. — Agora!

A sombra escura de um homem subitamente se formou a poucos metros dela, algo brilhando na mão dele — uma faca? Ela deu meia volta e saiu mancando o mais rápido que conseguia, de volta para a hospedaria. Ofegante, colocou a mão no trinco da porta, mas parou de repente. Quem ousava dizer-lhe o que fazer? Virou-se de novo, tentando enxergar através da escuridão enluarada, que parecia mais densa agora, como uma neblina negra — era como tentar ver através de um cobertor de lã. Esticou o braço, tentando sentir o que estava à sua frente, e logo encontrou a parede. Dois homens subiam pela trilha do cais, rindo e falando alto o suficiente para que ela ouvisse, apesar da hora. Uma figura parou, interrompendo seu caminho.

Então ouviu um rosnado novamente, que de novo poderia ser um ataque, e um dos cães de Jones saiu de dentro de um arbusto, bem na frente dela. Era uma criatura maciça, com mandíbulas quadradas e brutas, a boca aberta revelando os caninos, orelhas rasgadas, coladas à cabeça triangular. Pedaços de pele amarela e castanha amontoados, endurecidos em uma pasta de algo escuro, tipo sangue, dependurado do seu corpo, e aquilo ficou próximo à cintura dela, à altura do corpo de Jula! Ela envolveu o bebê com os braços, de forma protetora, e tentou não olhar para os olhos da criatura, mas o rosnado continuou, um ruído profundo que fazia o flanco do animal tremer conforme ele começou a avançar para a frente, um passo cauteloso de cada vez. Ela ficou tentada a erguer a bengala, mas temeu o que poderia acontecer se o animal se sentisse ameaçado — e, que Deus não permitisse, pulasse nela. Em vez disso, obrigou-se a olhá-lo nos olhos salpicado de manchas douradas. Apesar do extremo perigo que corria, era fascinante observar como os olhos de um

JONIS AGEE

animal podiam parecer tão vazios e escuros ao mesmo tempo, hipnotizadores, como um poço sem fundo.

Quanto mais ela o encarava, mais devagar ele se movia, fascinado pela audácia em seus olhos. Ela se manteve com a expressão firme, sem demonstrar medo, já que ele poderia farejá-lo. Concentrou-se em parecer o mais alta possível e em manter os cotovelos voltados para fora, como seu pai havia lhe ensinado se encontrasse uma pantera, que hesitaria em atacar uma criatura tão larga. Pensou na frieza de Jones com os cães e deixou que ele viesse até ela. O cão hesitou, então parou, confuso, o rosnado soando cada vez mais baixo, até se tornar uma lamúria. Ele ergueu um pouco a cabeça e lhe deu uma última olhada de avaliação, antes de voltar o olhar para os arbustos e usar o focinho para cheirar o chão, ruidosamente. Por fim, ergueu a perna e urinou na parede de toras da hospedaria, deu três passos para trás, cheirou a poça e mergulhou nos arbustos.

As pernas dela tremiam demais; estava à beira de um colapso, e fechou os olhos por um momento enquanto o tremor lhe subia pelo corpo e descia de novo. Quando abriu os olhos de novo, Jula fez um barulhinho, os olhos brilhando. Ergueu o pequeno punho para Annie, que o pegou e beijou os dedinhos, cheirando a leite doce e morno. Não fazia ideia se Jula estivera acordada durante toda a experiência ou se talvez ela mesma fosse o motivo pelo qual o cão não as atacou.

O som cada vez mais alto de vozes a fez se lembrar dos homens, que estavam agora em pé, tão perto um do outro que seus corpos abafavam o que diziam. Um deles tinha de ser Jones, com um cão na corrente, e ela pensou em gritar para ele deixá-lo solto, mas decidiu que era melhor descobrir que tipo de negócio aqueles dois estavam tramando naquela hora da noite. Como sua camisola era tingida de azul-escuro, era fácil para ela se misturar nas formas escuras da parede de toras da hospedaria enquanto se mantivesse próxima a ela.

— Vamos trazê-los em mais ou menos um mês, mas não vamos pagar por essa viagem, entendeu? Diga a Jacques que não viremos se ele for cobrar tudo de nós outra vez. — Um dos homens se afastou um pouco do grupo, uma das mãos presa a algo em seu cinto, que parecia o estojo de uma faca grande.

Jones deu de ombros.

— Fique à vontade. — Baixou os olhos para a criatura que estava na altura de seus joelhos, e, com um sinal imperceptível, deve ter ordenado que o animal atacasse, porque sem nenhum aviso o cão se arremessou, agarrando o outro homem pelo cotovelo, que ele instintivamente colocara à sua frente para se proteger. Jogando o homem no chão, o cão começou a morder com mais força. O homem gritava de dor.

— Pare! Não há problema! — o homem gritou.

Jones pronunciou o que pareceu uma palavra indígena e o cão, com muita relutância, soltou o braço do homem e se afastou. Ela começou a se preocupar com o terceiro cão. Deu uma olhada para os arbustos, mas não viu nada. O homem que estava no chão se levantou, esfregando o braço.

— Eu não quis dizer que não iria pagar se ele me pedisse. Nunca disse isso — o homem se lamentou. — Mantenha essa besta maldita longe de mim da próxima vez, ou vou atirar nela.

O outro homem permaneceu com os braços imóveis, parecendo distrair-se com as estrelas no céu por um momento, e com a luz da lua refletindo no rio, no momento seguinte. Não olhou para Jones nenhuma vez. Não olhou para o homem a seu lado. E não deu nenhuma olhadela para o enorme cão.

— Estamos acertados, então — o homem disse. Quando Jones concordou com a cabeça, o homem ajudou o amigo a se erguer.

JONIS AGEE

— Minha cadela vai arrancar as bolas de seu cão — o homem que fora atacado disse.

— Tenho mais dois para acabar com ela depois disso — Jones respondeu.

— Tenho uma arma que diz que eles não farão isso!

O homem que estivera quieto empurrou seu amigo pela cabeça na direção da trilha, antes que Jones pudesse jogar o cão em cima dele de novo.

— Mais ou menos um mês — o homem disse, por cima do ombro.

Jones observou os dois até que estivessem a bordo de sua barcaça, empurrando-a para longe do cais com varetas. Enquanto ele estava ali, Annie se esgueirou pela parede, os pés descalços evitando gravetos, cujo barulho poderia entregá-la. Quando sua mão estava no puxador de couro do trinco da porta de novo, ela parou. Com uma última olhada na direção de onde ela estivera, Jones desapareceu nos arbustos, seguido pelo cão. Será que ele a tinha visto?

Annie não se mexeu por algum tempo, enquanto as rãs que haviam estado silenciosas durante o estranho encontro retomaram seu canto. Jula caiu no sono de novo; era como se os sons da noite a acalmassem. Algo roçou nos arbustos, passando por elas sem se deter. Quando tudo estava quieto já há algum tempo, a figura escura de Jones reapareceu dos arbustos e andou até a porta da frente da hospedaria. Ela esperou algum tempo, até que ele tivesse entrado e ela tivesse certeza de que ia dormir, antes de esgueirar-se para dentro e colocar Jula no berço. Depois, agitada demais para dormir, saiu de novo, parando assim que cruzou a porta e a fechando bem quieta.

O cão enorme, amarelo e marrom, saiu do meio dos arbustos sem fazer um ruído sequer, parando tão perto de sua perna

A MULHER DO RIO

esquerda que ela pôde sentir sua respiração quente na mão que agarrava a bengala. Ele poderia arrancar seus dedos? Por que não avançara nela desta vez? Então, ela sentiu algo molhado e morno em seu pulso — ele a estava lambendo.

Ela ficou bem quieta.

Lentamente, ergueu os dedos e os encostou no focinho dele, em suas grandes mandíbulas quadradas, atrás de sua orelha, descendo os dedos até seu pescoço, os dedos alcançando a pele do animal através do pelo grosso. Ele foi dobrando a cabeça na direção de sua mão, devagar, e todo o seu corpo começou a se apoiar no dela, o rabo embaraçado roçando a parte de trás de seu vestido no mesmo ritmo da coçadela. Ela atingiu uma semente tão enterrada em seu pelo que tinha as protuberâncias pontudas enterradas na pele do pescoço dele. O cão rosnou, e ela, com vagar, foi removendo a semente e a jogou no chão, perto da parede. Ele continuou a lamber a mão dela, seu braço, seu vestido, a língua cor-de-rosa com reflexos prateados, por causa da umidade.

— Ah, você é o bebezinho de alguém, não é? — ela falou baixinho. — Um menino bonzinho como você...

Ela foi fazendo carinho pela parte de trás do pescoço dele, que estremeceu e timidamente se afastou da mão dela, e só relaxou quando a mão começou a descer pelos ossos de sua coluna. Havia sulcos estreitos de cicatrizes de um lado a outro nas costas e nos flancos, como se ele tivesse sido cruelmente espancado, mas o pelo longo cobria as provas. Não era de admirar que fosse tão feroz. Alguns dos nós de seu pelo embaraçado estavam densos demais, cheios de sementes espinhosas, e ela não conseguia desfazê-los. Teria de usar uma faca e tirá-los com cuidado, à luz da manhã.

Ela voltou a acarinhar seu pescoço e deixou que seus dedos passeassem no pelo supergrosso até que pararam, ao encontrar algo que parecia uma coleira, com pontas a cada poucos centí-

JONIS AGEE

metros atravessando o couro grosso. Circulando a coleira gentilmente, ela conseguiu enfiar um dedo entre o couro e a carne do animal, que rosnou alto até que o rosnar acabasse em um ganido. É claro que as pontas estavam posicionadas para serem enfiadas no pescoço do animal a qualquer movimento. As feridas causadas pela coleira estavam infeccionadas, gotejando um líquido purulento que exalava um cheiro que embrulhou seu estômago. Ela tinha de tirar aquela coleira dali.

— Venha — ela sussurrou para o cachorro. Atrás da hospedaria havia um pano para cobrir a pilha de lenha que era reposta diariamente e que provinha de um monte de árvores caídas, entulho de construção e árvores cortados para formar a clareira no ano anterior. Dois machados e uma machadinha estavam fincados no toco de árvore que era usado como apoio para partir a madeira. Ela firmou as duas mãos no cabo da machadinha e usou o peso de seu corpo para conseguir arrancá-la do toco de árvore. A machadinha era pequena, quase como um brinquedo, não media mais que trinta centímetros de comprimento, mas tinha o cabo largo e a cabeça plana como a de uma enxada. Era afiada somente de um lado, então Annie achou que com ela poderia controlar o corte – e o tamanho era perfeito.

Assim que viu a machadinha em sua mão, o chão rosnou e recuou. Ela largou a ferramenta e escorregou para o chão, apoiando suas costas no tronco, pousando as mãos vazias, com as palmas para cima, em seu colo. Demorou alguns minutos, mas finalmente o cão começou a farejar o chão entre eles, avançando para ela devagar. Annie o acalmou, acariciando suas pernas, depois seu peito e suas costelas, até que, por fim, ele suspirou e ela mandou que se sentasse.

A parte traseira do corpo do animal abaixou sem nenhuma hesitação, seguida pela parte da frente, e logo aquele cachorro gigante estava acomodado em seu colo. Ela riu e deu um abracinho nele, tomando cuidado com seu pescoço, fazendo carinho nele até que sua cabeça caísse entre suas patas. Era estranho, mas ela não sentiu que corria perigo.

Exceto por se contorcer um pouco quando tinha de puxar ou mexer demais na coleira para conseguir o ângulo certo para a lâmina da machadinha, o cachorro ficou quieto em seu colo, arquejando pesadamente, mas resignado com sua sorte. Mesmo com o peso dele esmagando suas pernas, fazendo que se lembrasse daquela noite fatídica do terremoto, teve de mexer no pelo do cão lentamente, de propósito. Já passava da meia-noite, e as nuvens passavam vagarosamente à frente da lua, transformando a luz em sombras. Ela se guiava pelo tato, o indicador contra a parte pontiaguda para evitar que escorregasse ou que cortasse o couro ou a coleira antes que se desse conta, já que era feita de um couro velho e curtido, forte como ferro.

De repente houve um movimento em falso, e a lâmina afundou tão rápido que ela sofreu um tranco em todo o seu corpo, para evitar que o pobre animal sofresse outra crueldade. Baixou a machadinha e sentiu o lugar onde estivera trabalhando. Apesar de ter sido cortada na metade, estranhamente a coleira continuava onde estava. Assim que ela tentou puxá-la, o cão choramingou e dobrou as pernas dianteiras, preparando-se para saltar de seu colo.

— Calma — ela sussurrou. Foi removendo a coleira, ponta por ponta, com delicadeza, tirando as extremidades pontudas da carne do animal. Aparentemente as pontas haviam se entranhado na carne, criando feridas que não cicatrizavam. A carne havia envolvido o metal, tentando absorver e conter a fonte da dor. O cão chorou e se contorceu, tentando erguer a cabeça, mas ela o manteve de cabeça baixa usando os cotovelos. Os piores lugares eram os pontos na parte de baixo do pescoço, onde os pelos e as sementes espinhosas se emaranhavam de tal forma com a coleira que ela, por fim, teve de usar a machadinha para cortar o pelo embaraçado e, assim, facilitar a retirada da coleira.

Tão logo viu a coleira caída no chão perto dele, o cão se apoiou nas patas dianteiras, bocejou e se ergueu. Apesar das feridas no pescoço, que precisavam ser limpas e receber algum remédio, não havia mais nada que ela pudesse fazer aquela noite. Recolheu a coleira e a moveu sob a luz da lua. Nas estacas havia pontas de sangue e pelos. Ela ficou em pé e a jogou nos arbustos, deixando que a raiva que sentia emprestasse nova força a seu braço.

O cão pulou sobre ela, apoiando as patas dianteiras em seus ombros, com a boca aberta.

— Não! Pare com isso! — ela gritou, lutando para permanecer em pé.

O cão a encarou por um longo momento e depois deu uma enorme lambida em seu rosto.

— O que é que está acontecendo aqui?

Ela se virou para encarar Jacques, que segurava uma lanterna em uma das mãos, o rosto grotescamente alterado pelas sombras. Na outra mão ele segurava uma pistola apontada na direção deles. Sem pensar, ela deu um passo à frente do cão, escondendo-o.

— Está tudo bem aqui.

— Foi um cão o que eu acabei de ver? — Suas palavras soavam esquisitas, embebidas de sono e de vinho.

— Vá para a cama, Jacques, você bebeu demais. — Ela não pôde evitar a provocação.

Ele piscou, estupidamente, e baixou a pistola. Parecia mesmo ridículo, exceto pelos mocassins que calçava. Não era o tipo de homem que fica mais bonito sem roupa, mas tinha um corpo forte e musculoso, o único homem que ela já vira nu, com exceção de seus irmãos, quando eram meninos. Até onde sabia, nenhum deles parecia tão glorioso com a pele descoberta, apesar do que dizia Homero sobre Aquiles e Heitor, e sobre todos aquele heróis da mitologia.

— Seu cachorrinho estava choramingando, então eu o levei para a cama. Cuidado quando for se deitar.

— Obrigada. Agora vá dormir. Teremos um longo dia amanhã, por conta dessa virada de tempo. — Ela estava realmente grata. Ele não era um homem cruel, e ela o amava de todo o coração. Acontece que, naqueles dias, às vezes não se comportava como ele mesmo, e ela precisava se impor pelo que era correto quando ele saía um pouco do rumo.

Quando ele se voltou para ir para a cama, suas nádegas tinham uma aparência engraçada, como a barriga da porca da família dela, cujas mamas se arrastavam pelo chão. Havia algo enternecedor sobre isso, e ela se esqueceu da raiva que ele a fizera passar mais cedo. Decidiu não lhe contar nada sobre os acontecimentos da noite, e, de qualquer forma, quando se virou para olhar para o cão, ele havia desaparecido. Pela manhã, ela jurava, iria tentar falar com Jacques sobre Jones mais uma vez.

A luz mudou depois que ela amamentou Jula e puxou o cordel do tricô da porta que dava para o quarto do casal. Atrás dela, o céu tinha listras rosa-pálido e amarelas, fazendo os galhos das árvores ficarem negros e depois cinza. O rio corria, cor-de-rosa e marrom-claro, com respingos azul-prateados, antes de o sol despontar e a cor da água mudar para um marrom profundo, cor de pão torrado. Estava tão acostumada ao canto dos pássaros que nem se importava mais com ele, mas agora ouvia a cantoria dos cardeais, seu assobio modulado, as muitas séries de frases musicais de três ou quatro notas do tordo, o rouco bater do pica-pau, com sua cabecinha vermelha.

Quando ela voltou para a cama, passou os braços em volta do marido, pressionando os seios nus nas costas dele, como fazia quando viviam na cabana de caça, naqueles invernos solitários. Achou que ele iria continuar a dormir profundamente e escorregou a mão até chegar entre as pernas dele, para checar — seu membro ficara duro!

— Minha pequena ladra! Peguei você!

Eles riram e lutaram até que ele se colocasse sobre ela, seu hálito azedo parecendo doce na língua dela, e seu bigode áspero fazendo a pele dos seios arder.

— Agora você precisa ser punida — ele sussurrou, enquanto entrava nela, lentamente.

— Serei má o dia todo — ela prometeu.

7

No final de abril, Dealie e Chabot haviam se mudado para a estalagem e começado a organizar a cozinha e o gerenciamento, enquanto Annie cuidava de Jula. De muitas formas era um alívio, porque Jacques estava trabalhando muito duro durante o dia, depois ficava acordado até bem tarde com Dealie e Chabot, bebendo o bom vinho tinto de sua França natal e rememorando. Annie gostava de ficar sozinha, indo e vindo quando bem entendesse — sendo amante de Jacques quando ele, finalmente, vinha para a cama à noite e se levantando depois, para seu outro visitante noturno. Estava exausta por dormir em períodos curtos. Felizmente Jula dormia profundamente a maior parte do tempo.

O cão voltava todas as noites, esperando até que os homens estivessem recolhidos. Em geral ele dava uma arranhada na porta ou uma fungada alta, só uma vez, e ela já sabia de sua chegada. Estaria cochilando levemente, Jula se acomodaria na cama entre ela e Jacques, que provavelmente estaria roncando, abandonado em seu sonho, encharcado de vinho. Agora que os barcos começavam a aportar todos os dias, o suprimento de comida já não era tão incerto, o que lhe permitia separar uma boa porção de comida para o cão sem levantar suspeita. Somente seu cãozinho, Pie, correria perigo se fosse apanhado, embora nos últimos tempos seguia Dealie por toda parte, já que ela cozinhava para os hóspedes e dava bocadinhos para ele o dia todo. Dormia aos pés de Dealie quase todas as noites.

JONIS AGEE

Em uma sexta-feira à tarde, no começo de maio, os homens que ela vira um mês antes reapareceram. Jacques os saudou como se fossem velhos conhecidos, e havia muito a fazer com a chegada deles e de seus muitos barcos. Ao cair da noite havia tantos homens à mesa do jantar que precisaram comer em turnos, e camas foram feitas no chão da sala. Os protestos de Annie impediram Jacques de abrir as portas do quarto do casal para que os hóspedes dormissem no chão. Ela temia e provavelmente sabia no fundo de seu coração o que eles estavam planejando, já que havia um silêncio peculiar entre os homens quando ela se aproximava.

— Os homens não vão drenar o pântano nem cavar canais hoje — Jacques disse, na manhã seguinte. Ele desabou sobre a mesa, com a cabeça entre as mãos. — Não os traga para almoçar.

Ela o viu despejando creme no café que Chabot trouxera de Nova Orleans, feito de uma forma especial, que produzia uma mistura escura e densa. Uma parte dela estava ressentida por Jacques consumir creme daquele jeito quando não tinha cuidado nem um pouco da vaca, mas então lembrava a si mesma que só estava cansada e sem nenhuma paciência naquela manhã. Cuidar de Jacques e do bebê durante o dia e depois do cão no meio da noite estava começando a afetá-la. Precisava levantar a questão com Jacques, mas naquele instante ele estava de ressaca.

— Você precisa de uma xícara de chá de casca de salgueiro — ela disse, com uma voz serena que deixava transparecer apenas amor e preocupação.

Ele ergueu o café.

— Isto vai me curar da dor de cabeça. — Ela se levantou e começou a procurar os potes de chá e remédios nas prateleiras de tábua crua, perto da lareira.

A MULHER DO RIO

— Não preciso da sua ajuda.

Ela colocou os potes em ordem novamente. Não havia por que conversar quando ele estava naquele estado. Em vez disso, pegou Jula do berço, envolveu a menina em uma manta de lã e a deitou em um pano que amarraria em seu ombro. Assim que vestiu sua capa, feita de lã para cobertores, quase pesada demais para seu corpo franzino, Jacques falou:

— Aonde pensa que vai?

Ela se voltou para ele.

— Para onde eu quiser.

Ele se levantou antes que ela tivesse tempo de pegar o bebê. Puxando a capa de seus ombros, disse:

— Você vai ficar em casa hoje. — Colocou as mãos nos ombros dela e beijou o topo de sua cabeça, dando uma olhadela lá para fora, como se pudesse ver o tempo através das janelas cobertas.

— Há muita coisa acontecendo — ele olhou para as pernas dela —, você e Jula iriam atrapalhar. — Notando a expressão no rosto dela, completou: — É pelo bem do bebê. — Baixou a cabeça enquanto se sentava de novo, pegou seu café e segurou a caneca contra sua testa.

Ela não faria uma xícara de chá para curar a dor de cabeça dele nem que sua própria vida dependesse disso, e sentiu vontade de dizê-lo, mas o que fez foi tirar a capa, desembrulhar Jula da manta e deitá-la de novo no berço, mastigando o bracelete de Dealie.

— Posso ir buscar um pouco de água fresca? — ela fez sua voz soar submissa, resignada. Ele fez um sinal com a mão, sem olhar para ela. Ambos detestavam discussões, mas ela não desistiria tão fácil. Não hoje.

A água ficava em um barril atrás da estalagem, e ela aproveitou a oportunidade para procurar pelo cão, chamando-o aos sussurros, com alguns pedaços de biscoito nas mãos. Como ele não apareceu, ela se preocupou. Será que havia sido encontrado por Jones de novo?

Estava com a mão no trinco da porta quando os homens se agruparam na frente da estalagem, espreguiçando-se sob o sol brando e fazendo brincadeiras turbulentas. Todos menos Jones e os dois homens que ela vira no rio. Jones havia trazido seus dois cães e estava sendo obrigado a usar toda a sua força para que eles não atacassem. Aparentemente era a movimentação de tantos homens que os estava agitando — e, em vez de latir ou rosnar em aviso, eles foram armando o bote silenciosamente, varando o ar com seus dentes, torcendo e batendo as pontas das correntes de novo e de novo, lançando-se em um frenesi ainda mais profundo cada vez que as coleiras pontudas penetravam ainda mais na carne tenra de seus pescoços.

A certa altura, o cão vermelho se livrou de Jones e quase pegou seu braço, mas foi detido por uma vara que um dos homens estranhos usava para manter os cães a distância.

Nesse momento os homens tinham parado de se mover e de falar. Em vez disso, formaram um círculo em volta dos cães. O cão vermelho começou a percorrer o perímetro, como esperando por algo, gotas prateadas de saliva pingando de suas mandíbulas. Por alguma razão, Frank Foley enfiou seu pé na frente do cachorro e foi recompensado com presas poderosas agarrando sua bota, os dentes atravessando o couro.

— Afaste este cão de mim! — Frank gritou, puxado para trás por seu primo McCord. — Solte! — Tentou dar um chute, mas o cão segurou seu pé até que Jones enrolou a ponta da corrente em volta da cabeça dele, puxando com força e sacudindo até que soltasse o pé de Frank. Só demorou um minuto para que o animal se recuperasse e avançasse novamente em Frank Foley, que teve o bom-senso de recuar e se esconder atrás de outro homem.

A MULHER DO RIO

Os homens acharam tudo muito engraçado, e teriam continuado a atormentar o cão se Jacques em pessoa não tivesse saído e berrado algumas ordens, que dispersaram a multidão. Reunindo pás, verrumas, serras, machados, enxadas e outros tipos de ferramentas, os homens seguiram Jacques enquanto ele ia da estalagem até a pequena clareira, que era usada como pasto para o gado. Annie estava tentada a segui-los também, mas resolveu encontrar o cão enquanto eles estavam ocupados.

Usando as bengalas para empurrar as videiras secas, ela foi entrando por dentro dos arbustos, onde o vira pela última vez. Apesar dos galhos baixos e carrapichos se agarrarem em sua saia, ela os ignorou. Havia uma trilha tênue separando a grama seca e as ervas daninhas que levavam em direção ao rio. Ela hesitou por um momento, erguendo a cabeça para verificar se Jula estava chorando. Não ouvindo nada, continuou até tropeçar em um galho caído e cair de joelhos, chorando um pouco. O chão estava grudento por causa das chuvas da primavera, e, quando ela ergueu as mãos, elas estavam cobertas de lama até os pulsos. Tentou limpá-las, esfregando-as em um tronco de salgueiro, mas não adiantou muito. Agora suas mãos escorregavam quando ela tentava se apoiar nas bengalas, e precisava se concentrar para segurar bem firme. Deu um assobio e fez um barulhinho com o canto da boca, esperando atrair o cão de onde quer que estivesse entocado, e continuou seguindo a trilha.

A descida para a margem do rio era tão gradual que ela quase caiu quando, de repente, viu-se de frente com o redemoinho marrom da água do rio. O rio estava alto e denso por causa do degelo da primavera, e cheio de galhos e de arbustos arrastados pelas enchentes. Ela deu um passo para trás e observou a água marrom, que começava a cobrir a ponta de suas botas. Claro que o cão não havia sido levado pela correnteza. Ela olhou em

JONIS AGEE

volta e continuou seguindo na trilha tênue, desta vez margeando o rio em direção ao cais.

Andou o mais rápido que pôde, apesar dos arbustos baixos, e tropeçou muitas vezes, caindo sobre as mãos e joelhos, e erguendo-se de novo. Não ousando chamar o cão agora, tão perto do cais, procurou por ele, freneticamente.

Assim que alcançou a clareira do cais, ela o viu. Ele olhava fixamente para uma barcaça amarrada à margem, onde estavam três enormes e despenteados cães amarelo-escuros, acorrentados a argolas presas em uma barra de ferro que cobria a largura do barco. Pelos rosnados, ficava claro que os cães acorrentados mal suportavam uns aos outros e certamente não tolerariam o estranho. Os três pareciam mestiços de lobos ou leões da montanha — magros, olhos amarelos, longas garras e dentes. Quando a viram, começaram a rosnar ferozmente e a latir, o que fez que um homem saísse correndo de dentro de uma pequena cabine no *deck*. Ele tentou acenar para ela ir embora, depois pegou uma ripa longa de madeira e começou a bater com ela no *deck* para chamar a atenção dos cães, jogando peixe cru para eles.

Enquanto os cães comiam avidamente, o homem se voltou para ela e para o cão solto.

— Esse aí não é um dos cães de Ford? — perguntou, com voz macia, o sotaque prolongando as vogais. Seu cabelo amarelo imundo caía sobre os ombros em uma massa disforme, e de seu rosto rude e oleoso se destacavam dois olhos azul-claros, tão vazios que poderiam pertencer a um homem cego. Seu rosto, por outro lado, estava coberto de linhas de expressão, tão fundas quanto marcas de unhas em argila molhada.

Annie deu um passo à frente e colocou a mão nas costas do cão.

A MULHER DO RIO

— Não. — Ela apertou os dedos no pelo grosso do cão. — Não é não.

O rosto do homem enrugou-se todo em um sorriso que, de alguma forma, deu-lhe um ar ainda mais vazio.

— Claro que é. Este é o bastardo marrom que comeu meus dedos até a articulação. — Mostrou-lhe a mão esquerda, da qual faltava o dedinho. — Eu teria cuidado se fosse você. — Pegou um pedaço de pau com uma volta de arame na ponta e pulou do barco para o *deck*, rápido e silencioso como um gato.

— Afaste-se de nós! — ela ergueu a bengala direita e o cão começou a rosnar, soando tão bravo quanto os animais que estavam na barcaça.

O homem concordou com a cabeça, satisfeito, e continuou avançando, seu corpo mal parecendo se mexer, enquanto caminhava rapidamente na direção deles. Ela afundou mais os dedos nos pelos do cão, tentando encontrar um lugar para segurar, mas, assim que o homem estava a três metros deles, o cão explodiu. Quando o animal se lançou no ar, o homem moveu o corpo de forma calculada, como um dançarino, passando a volta de arame pela cabeça do cão e prendendo-o pelo pescoço, e rapidamente torcendo o pedaço de pau, para que o arame se tornasse mais apertado, e depois dando um tranco. O cão caiu pesadamente de lado, dando um grunhido, e não se levantou.

— Agora eu peguei você! — ele disse.

— Socorro! Ajudem-me! — ela gritava. Ouvia as vozes dos homens, e Chabot veio correndo, seguido por Dealie e Jones.

Chabot correu direto na direção do homem, desferindo um golpe em seu peito, mas ele não soltou o pedaço de madeira, nem afrouxou o arame.

— Não. Ele está machucando meu cachorro...

JONIS AGEE

Chabot arrancou o pedaço de pau da mão do homem e afrouxou o nó corrediço, enquanto Annie se ajoelhou ao lado do cão prostrado, passou os dedos por baixo do arame e o soltou, puxou-o sobre a cabeça do cão, tirando-a de dentro do laço e acariciou sua cabeça. Ele deu uma fungadinha, olhou para ela como se nunca a tivesse visto na vida, rosnou e mostrou os dentes.

Chabot fez um gesto para manter Dealie afastada.

— Annie, saia daí — ele disse.

Sacudindo a cabeça, ela fez um carinho no flanco do animal. Ele ergueu a cabeça e avançou, errando a mão dela por pouco. Ela puxou a mão, e Dealie engasgou.

— Esse cachorro é um filho da mãe. — Jones deu um passo à frente pela primeira vez, apanhando o pedaço de madeira com o arame. — Eu estava imaginando para onde ele tinha ido. Ele é sorrateiro. Um dia é seu amigo, no outro rasga sua garganta... — Olhou para ela como se soubesse o que andava fazendo. — Eu o peguei de uma família que o entregou para mim porque ele ia comer a garotinha deles a qualquer momento. Foi encontrado sobre ela; havia marcas de dentes em sua perna. Eu disse que ficaria com ele e usaria toda essa maldade de um jeito produtivo.

— Isso é mentira! — ela gritou.

— Não se pode deixar um cão pensar por si mesmo. Nem uma mulher!

Olhou para ela de novo, os olhos astutos lhe dizendo que ele a havia visto cuidando e alimentando seu cão, e que deixara que ela fizesse isso por um tempo. Ela o odiou. Realmente o odiou. E havia pureza em seu sentimento, tudo estava muito claro para ela agora. Se ela estivesse armada, teria dado um tiro nele bem ali.

A MULHER DO RIO

— Você pode ir direto para o inferno, Jones Ford. — Ela ficou em pé e mancou pelo caminho que levava à estalagem, incapaz de ver o cão sendo levado embora, ainda insegura se ele era ou não era como Jones o havia descrito.

— Annie... — Dealie veio correndo atrás dela, mas Annie a ignorou. Eles todos poderiam ir direto para o inferno. Todos eles.

Jula estava chorando de fome quando ela entrou em seu quarto. Enquanto amamentava, ficou pensando em como iria pegar o cão de volta.

Naquela noite os homens voltaram exaustos, mas exultantes, empurrando uns aos outros como meninos, enquanto lavavam a lama de suas mãos e rostos. Depois fizeram fila para receber a caneca de sopa e a porção de cervo ensopado, que Dealie chamava de *sauce espagnole* ou molho marrom, com pão de milho e maçãs fritas. As ervas e condimentos que Dealie usava davam ao ensopado um cheiro delicioso, ainda que estranho. Mas nada abria o apetite de Annie. Não conseguia parar de pensar no cachorro.

Enquanto os homens ocupavam os bancos e se encostavam nas paredes da estalagem, comendo em silêncio, ela procurou por seu marido, que não estava bebendo vinho com os outros naquela noite. Em vez disso, ele estava concentrado em uma conversa com Jones e com o homem de cabelos amarelos que acompanhava os cães, mas não se atreveu a se aproximar, por medo de que seu temperamento se inflamasse de novo e arrumasse mais encrenca. Quando os homens acabaram de comer, Jacques se aproximou dela.

— Você não me ouviu hoje, e poderia ter acabado morta, *ma chère*. — Ergueu o queixo dela com o dedo. — Se isso acontecer, quem irá tomar conta de Jula?

Ela puxou a cabeça para trás e franziu a testa, preparada para responder, mas ele sacudiu a cabeça, seu rosto se abrandando.

— E quem cuidaria do seu marido Jacques, que poderia morrer de solidão?

Sua boca se voltou para baixo enquanto uma lágrima lhe escorria pelo rosto, e ela sorriu.

— Estou feliz que não esteja bebendo vinho esta noite — ela disse, e imediatamente se arrependeu, porque a boca dele endureceu.

— Não se engane comigo — ele disse, em uma voz tão dura que ela se perguntou como ele ousava falar com ela daquela forma. — Fique aqui esta noite. Fique com Dealie e Jula. Se eu descobrir que você me desobedeceu... — Ele não teve a oportunidade de terminar o que ia dizer, porque ela se virou, pegou o bebê do berço e entrou correndo pelo corredor, em direção ao quarto deles, não sem antes bater e travar a porta, para que ele não pudesse ir atrás dela. Depois travou a porta externa também, sentou-se perto da lareira e começou a jogar a lenha até que as chamas rugissem, enquanto Jula assistia de seu berço.

Já estava bem escuro quando ouviu uma batida hesitante na porta.

— Annie? Deixe-me entrar, Annie. — Era Dealie. Ela pensou em fingir que dormia, mas, em vez disso, levantou-se e destravou a porta.

Dealie havia bebido com os homens. Seu rosto estava vermelho e seus olhos brilhavam quando entrou, as mãos atrás das costas.

— Você precisa experimentar nosso vinho! — Colocou uma garrafa e dois copos em cima da mesa com um floreio.

— Não ligo para bebidas — Annie disse, o mais firme que podia, mas Dealie ignorou suas palavras.

A MULHER DO RIO

— Todo mundo adora este vinho! É o melhor do mundo. — Ela encheu os copos e ofereceu um para Annie, que tentou recusar, mas Dealie insistiu. — Só um gole, deixe que o sabor invada sua boca. — Deu uma risadinha bêbada. — É como um beijo de amor.

O vinho havia se aquecido, o que acentuava seu sabor: tinha algo de terra também, algo de uva e de amora e... ela não soube dizer, mas engoliu e o álcool a fez engasgar.

— Não é ruim. — Ela conseguiu respirar. Dealie riu, e deu um longo gole em seu copo.

— Os homens têm lá seus assuntos, você sabe. — Ela sorriu, e ergueu a mão para arrumar a massa de cabelos escuros na cabeça, que estava sempre à beira de desabar. Havia desistido de manter-se arrumada com cachos e capricho. Conforme os dias passavam, Dealie havia simplificado seus trajes. Sem uma criada para ajudá-la, aos poucos descobria que podia se virar com o mesmo vestido de algodão azul todos os dias. Havia até mesmo algumas manchas de gordura no corpete e na saia do vestido naquela noite. Dealie se parecia com ela mesma, o que deu a Annie uma pontinha de satisfação.

— Tome outro gole — Dealie incentivou. — É bom para o leite.

Ela bebeu mais desta vez, sentiu o rosto esquentar e relaxou, enquanto o vinho se espalhava por seu corpo. Ela sorriu.

— Jacques é um bom homem — Dealie disse. — É tão devotado que vai construir uma casa enorme e uma fortuna para manter você feliz — ela sorriu e bebeu, retendo o vinho na boca um pouco, para depois engolir. Annie notou, de novo, quão fortes eram os braços e pulsos de Dealie. E havia algo mais: naquela noite Dealie tinha uma pedra enorme no dedo.

Annie bebeu e se sentiu ousada, confiante e aberta, como se suas palavras fossem mais verdadeiras que as de Dealie.

JONIS AGEE

— Eu não quero nada disso. — Olhou em torno do quarto. — Isto é perfeito, este quarto, nossa vida, não quero mais nada. — Bebeu de novo.

Dealie olhou para ela por um momento, depois voltou a atenção para o fogo.

— O homem tem necessidade de sentir que a mulher precisa dele para algo, especialmente um homem como Jacques. Ele vai ficar perdido a não ser que acredite que pode agradá-la fazendo cada vez mais. É do temperamento dele ganhar dinheiro e criar — acenou com a cabeça, mostrando o quarto.

— Você o entende porque é igual a ele — Annie disse, com uma sabedoria nova, revelada pelo vinho.

Dealie deu de ombros.

— E quanto a Chabot?

Dealie riu.

— Ele é o tipo de homem que você só pode se permitir se já tiver feito fortuna. Um amante maravilhoso, que entende as mulheres e a vida, um homem que gosta tanto de mulheres e da vida que você quer dar-lhe tudo o que ele gosta e assisti-lo se divertir. Ele trabalha, se você pedir, mas está em sua melhor forma quando não está trabalhando. — Sua risada foi alta e sugestiva, e, quando ela alisou a frente de seu vestido, o anel refletiu a luz das chamas.

— Ele lhe deu esse anel?

Ela ergueu a mão e estudou a pedra, virando o anel para lá e para cá para fazê-lo brilhar, e balançou a cabeça.

— Não, isto foi um presente do meu último marido. Um diamante amarelo perfeito. Muito raro. E lindo. E tem uma história — ela riu, pouco à vontade, depois pousou a mão no pescoço. — Não sou supersticiosa, mas dizem que pode ser mais uma maldição no casamento que uma bênção. — Deu um gole

A MULHER DO RIO

e engoliu devagar. — Meu marido morreu logo depois que me deu este diamante. É a primeira vez que o uso desde então.

O som de gritos distantes a fez parar. Jula acordou e gorgolejou alegremente, observando-as do berço. Annie levantou-se, surpresa com o quão firme ficou em pé depois de todo aquele vinho. Depois que as fraldas de Jula foram trocadas e ela foi amamentada, Annie a colocou de volta no berço para dormir, consciente durante todo o tempo do barulho que os homens faziam.

— O que está acontecendo? — perguntou, mas Dealie sacudiu a cabeça e continuou a contemplar o fogo, uma taça cheia novamente na mão. — Onde está o meu cachorrinho? — Ele tinha se acostumado a segui-la por toda a parte, e de repente havia desaparecido.

Dealie olhou para ela com uma expressão culpada no rosto, e deu de ombros.

— Eu não o vejo desde o jantar.

— Tome conta do bebê — disse Annie, saindo pela porta dos fundos e vestindo a capa.

— Annie, não...

Haviam colocado tochas no perímetro de um círculo de toras de cerca de oito metros de diâmetro, e feito uma fogueira no centro, enquanto os homens subiam ou se penduravam na estrutura de madeira que lhes chegava à cintura. Estavam bêbados e selvagens, por algum outro motivo — com o cheiro de violência, tecido chamuscado e raiva. Forrest Clinch e Pilcher Wyre estavam entre os homens. Os irmãos Burtram compartilhavam uma garrafa de aguardente, assobiando e gritando para que os outros a passassem adiante. O ar estava pesado com o perigo, e ela hesitou no pequeno morro sobre o círculo. Skaggs havia amarrado uma corda em torno de seu machado, e o car-

JONIS AGEE

regava pendurado ao longo do corpo. Onde estava Jacques? O que é que tornava o chão tão escuro à luz da fogueira?

A resposta veio rápido, quando o forasteiro de cabelos loiros do barco apareceu do meio do mato, um de seus cachorros amarrado a uma coleira. Ele alternadamente tentava avançar ou se afastar, já que a coleira impedia que atacasse o homem, o que obviamente queria fazer. Dentes à mostra, rosnava e tentava morder as pernas dos homens, que rapidamente abriam espaço. O cachorro pulou sobre a barricada e o homem o seguiu em um único movimento. Houve um grande rugido na plateia quando o cachorro apareceu, e o homem loiro estava visivelmente orgulhoso ao desfilar com o animal bravo por duas vezes ao redor do círculo, permitindo que pulasse e rosnasse para qualquer um que fosse azarado o suficiente para chegar muito perto ou oferecer um braço ou uma perna. Quando chegou à frente de Frank Foley, parou e lhe lançou um olhar furioso.

Um momento de silêncio se seguiu, e então os homens começaram a apostar aos gritos uns com os outros, enquanto Jacques, Chabot e Heral Wells se afastavam da multidão e começavam a andar ao redor da barricada, anotando as apostas. Eles carregavam pistolas e facas, e seus olhos brilhavam de cobiça com o dinheiro oferecido; copeques russos, dólares holandeses, reais espanhóis, xelins ingleses e dólares de prata divididos em meios, quartos, oitavos e décimo-sextos, cunhados no México e na América do Sul. A mistura de moedas frequentemente gerava confusão na hora do pagamento, tanto nos negócios do rio quanto nas contas da estalagem, embora o meio de comércio mais comum entre eles ainda fosse a troca. Jacques, Chabot e Heral deviam ter decidido um valor comum para todas as moedas, já que estavam coletando o dinheiro rapidamente, guardando-o em bolsas de couro amarradas à cintura, e anota-

A MULHER DO RIO

vam as apostas, parando apenas quando um estranho apostou duas águias e dez dólares em peças de ouro.

Logo que a rodada de apostas terminou, Jones apareceu da escuridão, com o cachorro vermelho a seu lado. Quando o cachorro viu os homens na barricada, ficou louco, rosnando e avançando, atacando de um lado e de outro com os dentes à mostra. Jones precisou levantá-lo sobre a barricada, tamanha era a vontade do cachorro de atacar os homens. Este cão era ainda mais feroz do que o amarelo, e Jones deu apenas uma rápida volta com ele, porque, logo que viu o outro cão, não desviou mais os olhos e não prestou mais atenção a nada ou a ninguém, enquanto permanecia parado, de orelhas em pé, emitindo um rosnado profundo que lhe sacudia as costelas, e o outro cachorro pulava e avançava, os olhos amarelos enlouquecidos ficando vermelhos com as chamas refletidas do fogo.

— Última chance de apostar! — Jacques gritou.

Houve outra rodada rápida de apostas, até que os homens ficaram quietos com a expectativa. Então Jacques subiu ao círculo, segurando algo branco, chegou tão perto do cachorro esquisito quanto pôde e estendeu a coisa para ele. Imediatamente se ouviu um grito de medo que fez que o cachorro enorme ficasse frenético, pulando e avançando para atacar a criatura que se debatia nas mãos de Jacques.

— Aquele cachorrinho de merda vai enfrentar os dois? — um estranho berrou, e a multidão aplaudiu. — Eu aposto! — ele urrou.

Quando Jacques se virou para Jones, ela viu que era o cachorrinho dela! Antes que pudesse chegar perto o suficiente para ser ouvida, Jacques já havia provocado a fera vermelha também, segurando o cachorrinho, que choramingava, perto o suficiente para que o cachorro atacasse, com os dentes à mostra, tão perto que quase arrancou o antebraço de Jacques.

JONIS AGEE

— Jacques! — ela berrou. Ela bateu nas costas de alguém. — Saia do meu caminho! — Mas o homem, um estranho, apenas se virou, depois de olhar para ela, com desprezo.

— Saia daqui, moça — ele disse, apanhando a bengala dela e a atirando em direção à escuridão.

Ela começou a empurrar para abrir caminho até Jacques enquanto ele subia novamente na barricada, mas foi interrompida pelo barulho infernal dos dois cachorros tentando matar um ao outro. Jacques derrubou o cachorrinho, que começou a se arrastar para longe da confusão de pernas, e, apesar de ser pisoteado duas vezes, conseguiu chegar à proteção da escuridão, onde seu pelo branco o denunciava. Quando ela o alcançou, ele se levantou e deixou que ela o pegasse no colo, tremendo e choramingando. Pobre Pie. Jacques estava louco naquela noite; todo aquele dinheiro era como um narcótico para ele.

Os homens deram um urro selvagem e começaram a gritar quando o barulho que os cães faziam cessou. Ela apertou o cachorrinho contra o peito, cobrindo-o com a capa, de forma que os dois estavam escondidos nas sombras à beira da clareira.

— Amaldiçoados sejam — ela gritou. — Amaldiçoados sejam todos vocês.

Os homens na barricada abriram caminho de novo quando o homem loiro ergueu seu cachorro acima da cabeça, e o atirou nas plantas próximas a onde ela estava. Estava morto. O sangue escorria de uma ferida aberta em sua garganta, e a cabeça pendia de forma estranha. Pescoço quebrado. O homem chutou o cadáver e soltou uma praga enquanto passava, tão perto de onde ela estava que podia ver as linhas profundas em seu rosto, manchado de sangue. Ele fedia como carne apodrecida, e sua camisa e calças estavam ensopadas de sangue.

A MULHER DO RIO

Jacques ajudou Jones a erguer o cachorro vermelho por cima das toras, mas, quando o colocaram no chão, ele desmaiou. Jones o tomou nos braços e, tropeçando com o peso, desapareceu também na escuridão.

Os homens beberam mais, e conversaram em voz alta sobre a luta a que tinham acabado de assistir, olhando ocasionalmente por cima dos ombros, na expectativa. O pequeno Dickie Sawtell estava tão bêbado que oscilava, correndo o risco de cair dentro do círculo, e foi preciso que Judah Quick e Ashland Burtram o segurassem.

O homem loiro foi o primeiro a reaparecer, com outro de seus cachorros amarrado na coleira. Este vinha com mais dignidade, como se fosse um velho guerreiro. Não lutou contra o estrangulador, ou com o homem que segurava a coleira. Quando passaram pelo animal morto, ele simplesmente cheirou o ar, se sacudiu e andou em direção à barricada. Desta vez os homens haviam aprendido a ficar longe o suficiente para não serem mordidos, mas o cachorro os ignorou. Saltando facilmente sobre a cerca, ele esperou o homem loiro e se deixou levar sem fazer alarde. A indiferença dele provocou os homens, que apostavam aos berros. Jacques, Chabot e Heral fizeram seu trabalho novamente, adicionando mais dinheiro às já pesadas bolsas.

Annie não viu Dealie em meio à multidão até que ela apareceu ao lado de Chabot, dando-lhe o braço e sussurrando ao seu ouvido, escorregando um punhado de moedas para sua mão. Ele riu, e as colocou na própria bolsa, então levou a mulher para um lugar na barricada onde ela pudesse ficar em pé. Mesmo apoiada contra a parede de madeira, ela estava tão bêbada que oscilava, e mesmo assim tomou um gole da garrafa de aguardente quando chegou até ela. Certamente Jula estava acordada, Annie pensou; só iria esperar até Jones trazer o outro cachorro, então levaria seu

JONIS AGEE

cachorrinho branco de volta e o alimentaria. Era provavelmente tarde demais para salvar o outro cachorro agora.

Mas, logo que ele apareceu, e ela reconheceu o queixo quadrado e o pelo emaranhado, soube que tinha de impedi-los. Havia sangue fresco no pelo em volta do pescoço, e os olhos brilhavam de ódio quando Jones o levou para a barricada. Incapaz de se aproximar, o homem teve de empurrá-lo com um pau para forçá-lo a pular a cerca. Dentro do círculo, o cachorro levantou-se nas patas traseiras e rosnou com raiva, então quase derrubou Jones ao tentar se afastar do outro cachorro, que ficou quieto, agachado, a mandíbula aberta, pronto para partir para a briga.

Jacques, Chabot e Heral fizeram a coleta novamente, precisando enfiar as moedas dentro das camisas, porque as bolsas estavam muito cheias. Não havia necessidade de provocar aqueles cachorros até que ficassem frenéticos.

De repente ela soube que o cachorro do qual havia cuidado durante a semana inteira não era um matador. Ele estava tentando escapar, tentando pular sobre a cerca enquanto os homens atônitos o empurravam de volta e riam nervosamente. Ela tinha de parar aquela briga.

Ela colocou o cachorrinho no chão, ao lado de um tronco grosso de árvore, e esperou uma oportunidade. Os homens estavam silenciosos, concentrados nos cachorros e no primeiro momento de contato. Ela precisava se apressar; estava apenas a uns poucos metros...

Empurrando os homens para abrir espaço, Annie chamou pelo cachorro. Não sabia por que imaginava que ele a ouviria, ou que obedeceria. Ela o chamou pelo nome que havia lhe dado, "Sunny". O cachorro parou, e, enquanto olhava na direção dela, o homem loiro soltou seu cão. O animal enorme fechou os maxilares ao redor de metade da cabeça do cachorro menor, arran-

A MULHER DO RIO

cando-lhe um olho, mas errando a garganta. Sunny se levantou nas patas traseiras, virou-se e caiu sobre o outro cão, livrando-se das mandíbulas. Precisando manter a cabeça virada para poder enxergar com o olho que lhe restava, Sunny estava em desvantagem, enquanto o outro cão tentava atacá-lo pelo lado cego e por trás. Mirando na nuca, ele conseguiu arrancar parte da carne do ombro. Lutaram dessa forma, cada um aguentando os golpes do outro e usando rapidez e força para se desvencilhar do oponente, até que ambos estavam arfando de exaustão, enquanto os homens aguardavam pacientemente pelo fim.

Em um momento de quase silêncio ela pensou ter ouvido Jula chorando, não aquele choro manhoso de quero-a-minha- -mãe, mas um choro zangado, faminto, alto o suficiente para arrancar folhas das árvores. O cachorro do forasteiro levantou as orelhas, mostrou os dentes e rosnou. Então o cachorro pareceu tomar uma decisão súbita; sem hesitar, saltou sobre a barricada tão perto que ela precisou desviar, e correu para a estalagem. Os espectadores tinham se afastado dela enquanto o cão corria, deixando um espaço que foi imediatamente preenchido por Sunny, desaparecendo em direção à estalagem.

Levou alguns minutos para Jacques e os outros perceberem o que ela temia. Ela já podia ouvir o som do choro de Jula, em meio ao barulho da luta; um grito diferente, mais frenético, apavorado...

Não há nada tão terrível. Nada.

Um homem cai de joelhos, balbuciando uma praga antes de levantar-se novamente. Outros tropeçam em meio à escuridão, caindo, xingando, debatendo-se em meio ao barulho infernal dos dois cachorros restantes, amarrados às árvores, que latem e uivam na noite cheia de dor. Dealie está chorando. Annie nunca para, nunca, ela não sabe, ela não sabe, ela não sabe; e ela amaldiçoa Deus, Jacques e Dealie, e, acima de tudo, a si mesma, e suas pernas, que não conseguem correr mais rápido; e ela é a última a entrar no quarto onde os dois cachorros estão presos à garganta um do outro, cobertos de sangue, tanto sangue; e o bebê, silencioso, ensanguentado e silencioso, a cabeça pendendo do pescoço partido, como uma boneca de pano estraçalhada. Os homens que entram no quarto estão chocados demais para se mexer. Até mesmo Jacques. A responsabilidade é dela. Ela puxa a faca do cinto de Jacques e a enfia até o cabo no peito do cachorro amarelo. Ele nem sequer parece surpreso. Apenas fecha os olhos e cai, soltando a garganta de Sunny. Ela puxa a faca de volta, levanta-a para enterrá-la no peito de Sunny, mas olha nos olhos dele e vê algo que parece ao mesmo tempo medo e amor. Ela sabe, então; ele tentou proteger o bebê e, como resultado do esforço, acabou morto, porque, quando o cachorro morto o solta, a garganta de Sunny começa a espirrar sangue por toda parte, e tudo o que ela pode fazer é afastar o cachorro morto e segurar a cabeça de Sunny. Se fizer isto, não vai precisar fazer aquilo; olhar para sua filha, despedaçada a seus pés; se ela fizer isto, o futuro pode não ser devolvido esta noite.

Depois de algum tempo, ouve-se um ruído alto e estridente, e ela pensa que deve ser o cachorrinho que está acordado, sozinho e ferido na mata, no chão escurecido com sangue velho, e pensa em ir até ele, salvá-lo, e pousa gentilmente a cabeça de Sunny no chão encharcado de sangue; nunca vai conseguir remover a mancha, pensa, terão de viver com ela pelo resto da vida; e ela está dividida entre querer esfregar o chão e salvar o cachorrinho lá fora; o ruído está dentro dos ouvidos dela, e ela os tapa com as mãos; e percebe que é ela, ela está gritando e não pode parar...

HEDIE RAILS DUCHARME

Fim do volume um. Fechei o livro e chorei, adormecendo na cadeira de couro marroquino, o lampião queimando até o alvorecer, quando acordei e me sentei direito, com dificuldade. Clement ainda não havia voltado, e a casa parecia pouco amistosa, como se estivesse contra mim agora. Havia uma sombra estranha na parede à minha frente, de formato quase humano, erguendo-se em direção ao teto e se curvando quase sobre a minha cabeça... quase... mas eu afastei a ideia e me levantei, meu coração martelando. O bebê também estava inquieto, virando-se sem parar, parecendo feito de cotovelos e joelhos pontudos nesta manhã. Pobre Annie! E aquele pobre bebê. Envolvi minha barriga com os braços para protegê-la. Cachorros. Havia tantos perigos no mundo, como é que eu seria capaz de manter meu bebê a salvo? Era impossível! Eu simplesmente não podia ter um bebê, esta era a verdade. Teria de dizer isso a Clement quando ele chegasse em casa. Olhei ao redor do quarto, iluminado com a luz rósea do amanhecer. Onde ele estava? Será que tinha outra mulher? Não, nenhuma mulher se atreveria a telefonar no meio da noite daquele jeito. Eram negócios, ele dizia, sempre negócios! Mas que negócios precisavam ser tratados no meio da noite? Será que eu estava segura? Será que alguém apareceria e nos mataria na cama? Eu havia lido aquelas histórias sobre a Lei Seca, contrabandistas e gângsteres. Será que Clement estava fazendo algo ilegal? Imagens de corpos crivados de balas

JONIS AGEE

alimentaram ainda mais a minha preocupação, e eu apaguei o lampião, colocando o livro de volta na prateleira.

Não leria nem mais uma palavra da história terrível daquela mulher, prometi a mim mesma, tateando lentamente pelos quartos na semiescuridão até o corredor. Espiei pela longa e estreita janela ao lado da porta, esperando ver Monte Jean e seu marido. Havia um cachorro preto cheirando o jardim da frente, algum vira-lata com pelo desbotado e costelas proeminentes. Bati no vidro e imediatamente me arrependi, porque, quando ele olhou para mim, seus olhos amarelos brilharam assustadoramente na luz tingida de cor-de-rosa.

— Você está sendo tola — disse a mim mesma, e abri a porta um pouquinho. O cachorro me observou cuidadosamente quando coloquei a cabeça para fora e disse, alto e firme:

— Você, seu idiota, vá embora, vá. — Ele enfiou o focinho de volta na grama, fungou alto, sacudiu a pequena cabeça, parecida com a de uma raposa, na minha direção, os olhos sem expressão desta vez; então se virou e andou até a estrada. Isso é o que Annie deveria ter feito; mandado os cães embora, tanto os de duas pernas quanto os de quatro patas.

Olhei para o rio, além das árvores e arbustos, e podia vislumbrar a água marrom e brilhante como se fosse uma coisa viva, o corpo tão pesado que sua presença se fazia sentir mesmo quando não se podia vê-lo. A estalagem deveria ter sido muito próxima à beira do rio, e aqueles alicerces no campo, do outro lado, deveriam ter sido os quartos dos escravos. Será que aquele era o celeiro original? O cemitério da família era lá em cima, perto da cerca. Será que o bebê estava lá? Estremeci. O orvalho tinha caído pesadamente na noite passada, quase uma geada leve na janela, brilhando quando a luz atravessava o jardim. Uma vaca mugiu no curral, e uma coruja que vivia no cume do

A MULHER DO RIO

telhado, já apodrecido, piou algumas vezes e depois se calou. Alguém deveria consertar aquele telhado. Não precisávamos de vida selvagem em casa. Bocejei e fechei a porta, ignorando as sombras e os pequenos rangidos do chão acima de mim, cansada demais para ficar assustada.

— Tudo vai ficar bem. — Acariciei minha barriga e comecei a me arrastar escada acima, usando o corrimão e apoiando a mão nas costas, que sempre doíam quando eu precisava contrabalançar o peso da frente ao me inclinar. Não era nada bom ler aquelas histórias tão tristes quando eu estava grávida, concluí, puxando o cobertor até o queixo e fechando os olhos. Eu procuraria um livro mais alegre da próxima vez. Mas, enquanto eu adormecia, a voz de Annie continuou falando dentro da minha cabeça, como se fosse a minha própria, narrando a minha história também, e eu acordei horas depois, banhada em um suor quente, o coração disparado, incapaz de me lembrar do sonho.

Clement voltou para casa naquela tarde, dormiu por algumas horas e saiu novamente, depois do jantar. Ele ainda se recusava a me contar aonde ia; limitou-se a bater de leve no meu ombro, beijou-me o alto da cabeça e ajustou a aba do chapéu para que ficasse torto em sua cabeça. Havia um volume sob o braço dele quando me abraçou. Eu o abracei de novo, escorregando os dedos para dentro do paletó. Era de couro, e também metálico; uma arma!

Dei um passo para trás, quase perguntando, mas ele olhou para mim com tanta ternura que não consegui. É errado o seu coração pular de amor como um cachorro amestrado? Ele acariciou minha barriga, beijou-me a boca e tirou o chapéu em despedida.

Com a mão na maçaneta, ele pôs um dedo nos lábios e o apontou para mim. Eu me acalmei. Depois que o bebê nascer,

JONIS AGEE

vou chegar ao fundo dessa história de arma e negócios, prometi a mim mesma.

Depois daquela noite, houve uma semana inteira em que ele ficou em casa, e eu relaxei. Mantive a história de Annie longe da minha mente e tentei dormir o melhor possível, em pequenos intervalos. Estar tão grande e redonda significava que eu tinha de me levantar várias vezes durante a noite para urinar ou só para aliviar a dor nas costas. Uma vez procurei pela arma e a encontrei no andar de baixo, pendurada pelo coldre no fundo do armário de casacos. Lembrei-me da pistola do meu pai, que ele guardava desde os tempos de xerife. Era grande, pesada, com um cano de prata decorado e cabo de marfim com o nome dele gravado. A arma de Clement era menor, com um cano pontudo, e preta. Parecia ainda mais letal em sua impessoalidade. Não sei por que, mas a levei ao nariz e cheirei. Aquele cheiro dizia que havia disparado recentemente? O chão rangeu debaixo dos meus pés, e eu rapidamente coloquei a arma de volta no lugar e fechei a porta do armário. Uma mulher faz uma escolha, eu compreendi, entre seu filho e o resto do mundo. Não havia dúvida sobre qual eu havia escolhido.

No dia seguinte fui trabalhar em uma velha cadeira de balanço, que havia encontrado no salão. Reforcei os eixos de trás com pedaços de jornal velho dentro dos buracos. O acabamento de verniz preto estava rachado, os folheados a ouro começando a descascar, mas ainda era uma boa cadeira, de um balançar longo, profundo e suave. A cabeça de leão entalhada nas costas me fazia lembrar uma figura na minha primeira cartilha, e eu vi aquilo como uma boa profecia. Encontrei algumas almofadas de brocado turco, vermelhas e douradas, em uma das salas de visita no andar de baixo, e as coloquei nas costas e no assento de modo que pudesse me sentar para amamentar o bebê, como havia lido no livro que o médico me dera.

Perto das quatro horas, Clement a levou para o nosso quarto, a fim de que eu não precisasse descer à noite. Ele dormia bem, tinha um sono pesado e inocente, como o de uma criança.

— Não precisa se preocupar em me acordar — ele disse. Eu poderia dormir atravessando o inferno e acordar no paraíso sem saber a diferença.

Ele tinha voltado ao seu velho jeito, divertido e radiante, e eu relaxei com o conforto, esquecendo minhas suspeitas. No jantar, duas horas depois, ele me deu um par de brincos de esmeralda antigos, do tipo que se usam em orelhas furadas, embora as minhas não o fossem. Prometeu furá-las assim que o bebê nascesse, e nós rimos com a história. Eu disse a ele que pediria a Monte Jean que o fizesse. Não lhe disse que minha antiquada mãe metodista teria se escandalizado com isso. "Apenas ciganos, negros e *white trash*[6] furavam as orelhas", ela diria. A ideia de ridicularizá-la novamente fez meus sentimentos por Clement aumentarem. Ele *era* o homem certo!

Então, o telefonema veio, logo que apagamos as luzes e fomos para a cama naquela noite, e eu fiquei tão zangada que virei as costas quando ele se despediu. Com o corpo rígido, ouvi o barulho da porta do armário quando ele foi buscar a arma, depois da porta da frente, seguido da pancada da porta do carro, do motor pegando e do cascalho sob os pneus quando ele partiu, não se preocupando em fazer silêncio desta vez.

Talvez porque eu adormecera tão zangada, quando acordei, perto da meia-noite, ainda não estava em mim. Sentei-me rapi-

---

[6] – Pessoas brancas de classe inferior (N.E.).

JONIS AGEE

damente, quase como se tivesse esquecido o peso extra em meu corpo, joguei as pernas para o lado e saltei da cama. Não sei por que não me afastei mais da cadeira. Ultimamente eu começara a esbarrar nas coisas, como se a barriga enorme tivesse modificado meu senso de distância, proporção e tamanho. Mas meu pé enganchou na cadeira, comecei a cair para a frente e me joguei para o lado, a fim de me segurar no pé da cama de ferro. Caí de joelhos mesmo assim, e senti o impacto subir pelas minhas coxas e chegar ao estômago, depois uma umidade súbita entre as pernas, e me vi ajoelhada em meio a uma poça d'água.

— É muito cedo! — sussurrei, porque não havia ninguém ali para me ajudar. Monte Jean sempre ia para casa com o marido, Roe, depois de lavar a louça do jantar; Clement tinha saído de carro, e havia apenas os cavalos e a carroça, que eu não conseguiria atrelar. Tentei ficar em pé, mas caí de joelhos novamente. Não conseguia soltar a barra de ferro ao pé da cama, porque uma dor lancinante estava se formando em meu ventre, agarrando-me como um punho e me puxando. A dor ecoava nas minhas costas, e achei que não conseguiria me levantar, mas precisava, então me ergui, grunhindo e xingando, e desejando ter deixado uma luz acesa ao invés de toda aquela escuridão, tentando pensar no que fazer, quando o punho cerrado me socou o estômago e eu soube que precisava chegar ao telefone e ligar para alguém, mas quem?

Cambaleei até o corredor, nua, a água escorrendo, as portas do inferno se abrindo, o bebê chutando e se virando, enquanto eu tentava respirar e não gritar, quando peguei o telefone e a voz sonolenta da telefonista disse:

— Alô?

Ele nunca me contou onde esteve naquela noite, nem como a telefonista o havia encontrado. O bebê nascera, não como o

A MULHER DO RIO

médico havia prometido, sem dor, mas no chão do corredor do andar de baixo, eu nua e sozinha, gritando para que me deixassem em paz, que a dor parasse, depois acordando quando Clement entrou correndo pela porta da frente, a luz do dia se espalhando sobre nós, aquela bagunça sangrenta, o cordão enrolado em volta do pescocinho dela, o rostinho magro e azul, os olhos que nunca se abriram, a boca fechada, o pequenino punho azul levantado de raiva, pura raiva.

— Eu lamento tanto. Você me ouve, Hedie? Eu sinto tanto, querida. Você consegue me ouvir?

Eu o ouvia, mas mantive os olhos fechados. Eu já sabia. Tinha fechado os olhos, exausta, apenas um minuto depois que a senti escorregar para fora de mim. Pensei que tivesse algum tempo, um minuto antes de tentar me levantar e achar uma faca para cortar o cordão, e nos limpar, e fazer do mundo dela um lugar certo.

— Só preciso de um minuto para me recuperar — sussurrei, fechando os olhos e segurando a mãozinha dela na palma da minha mão ensanguentada. — Shhhh — eu disse —, shhhh...

Quando abri os olhos, a luz entrava pelas janelas ao lado da porta da frente, e do lado de fora um pássaro havia feito seu ninho no carvalho antigo que ficava perto da casa. A casa estava silenciosa, estalando com o calor crescente, embora a luz rosada indicasse que ainda não eram sete horas. Eu soube, então. Ela não havia se mexido, e sua cabecinha havia se grudado à minha mão com o sangue, enquanto ela lutava silenciosamente e morria.

Você não pode se permitir ser perdoada por tudo o que faz. Aos dezessete anos eu aprendi, e, não importava o que Clement fizesse depois disso, que eu sempre me sentiria tão culpada quanto ele.

Nós a enterramos no cemitério da família, ao leste da casa, sob os carvalhos, onde a sombra cobria a grama com uma

JONIS AGEE

umidade fria no verão e as folhas caídas mantinham o solo quente no inverno. Não havia nada a dizer, então colocamos uma pequena pedra, com o contorno de um cordeiro no topo, e a deixamos apenas com as palavras que o entalhador havia gravado: *Um doce cordeiro de Jesus.*

Então lidávamos um com o outro como se fôssemos de vidro, com uma polidez reservada a estranhos, e chorávamos até adormecer, à noite. Clement, entretanto, não conseguia dormir, e eu não conseguia ficar acordada. Também nunca sentíamos fome. Perdíamos peso como se estivéssemos nos desfazendo de toda aquela felicidade anunciada para nós nos anos que viriam. Eu tinha apenas dezoito anos. Um aniversário havia se passado e eu já havia perdido um filho e uma família. Minha mãe nunca soube. Só depois que ela morreu minhas irmãs tentaram entrar em contato comigo de novo, mas então eu já não estava mais interessada.

Mais tarde percebi que Annie Lark estivera certa a respeito daquela cadeira e me livrei dela. Levaria algum tempo antes de eu voltar a ler o livro dela, tão assombrada e confusa com nossas perdas parecidas que eu comecei a sonhar que nossas filhas tinham tido o mesmo destino, que eu não podia salvar a minha nem a dela, quando a história se repetia noite após noite. Uma noite acordei pensando ter ouvido um cão enorme andando pelo corredor do lado de fora do nosso quarto, as garras tão grandes e afiadas que se enterravam no piso de cipreste, e tudo o que eu podia fazer era continuar deitada, tremendo, sozinha, porque Clement tinha atendido o telefone novamente. Ele era algum tipo de gângster, eu sabia. De manhã me ajoelhei no chão e vi as pequenas marcas ao longo do corredor.

Eu jamais iria ler outra palavra da história de Annie Lark, prometi, e voltava para a cama pelo resto do dia, enquanto

A MULHER DO RIO

Monte Jean vinha me espiar, estalando a língua, como se eu fosse uma criança manhosa. Eu a ouvia reclamando alto para Clement, na sala da frente, dizendo que já era hora de eu me levantar da cama, que não fazia bem continuar daquele jeito. A resposta de Clement foi tão baixa que eu não consegui ouvir, mas Monte Jean saiu batendo os pés pelo corredor e me deixou sozinha até trazer o jantar em uma bandeja, que colocou sobre a cômoda ao lado da porta, porque fingi que dormia. Eu nunca mais iria sair daquela cama. Nem comer.

Minha resolução se desvaneceu naquela mesma noite, quando Clement saiu de novo e a casa estalava com o vento frio do norte, e o rio se enchia de gelo ao longo das beiras. Acendi todas as luzes, coloquei música para tocar no gramofone, liguei o rádio em uma estação que tocava música a noite inteira em St. Louis e acendi a lareira na biblioteca, para espantar as sombras, que pareciam roupas penduradas, refletidas nas paredes. De repente eu estava com fome, morrendo de fome de fato. Procurando na cozinha, enchi um prato com os biscoitos de Monte Jean, uma fatia de presunto, geleia de morango e, pensando melhor, peguei a garrafa empoeirada de conhaque francês que Clement guardava em uma prateleira da despensa. Aconchegando-me na poltrona de couro, peguei um livro ainda mais manchado e envelhecido, intitulado "Annie Lark, volume II"; preparada, pensei, para o que estava por vir. Mas agora a história de Annie chegava até mim em palavras que voavam das páginas, nos fragmentos de vozes carregados pela brisa da noite, e nas garras agitadas que cruzavam, cruzavam sem parar o corredor do andar de cima.

9

Ela perdeu quase um ano entre o luto e o láudano. Havia dias em que os fantoches que os homens haviam entalhado ganhavam vida, em uma dança macabra, e os cães e gatos choramingavam como criancinhas. Os homens sacavam as facas, as crianças observavam, travessas. Nenhum animal estava a salvo da corrupção, e eles se escondiam nos cantos, zombando dela, até que ela precisasse se esconder entre os cadáveres peludos de todos os animais que tinham matado e esfolado, tantos invernos atrás. O cheiro do seu bebê se misturava ao deles, e ela sabia que Jula estava em algum lugar daquela pilha. Escorregou para fora da cama e examinou cada centímetro dos cobertores, procurando o corpo pequenino do seu bebê, até que as pontas dos dedos ficaram tão feridas que ela não conseguia tocar em mais nada, até que racharam e sangraram, e o sangue... dela, dela! Jacques removeu as cobertas e as queimou, apressado.

O tempo passou. O vento aumentou e diminuiu. As árvores perderam as folhas. Uma manhã, Jacques veio até ela.

— Comecei a nossa casa. Venha ver! — Jogou as cobertas para o lado e a pegou no colo, momentaneamente surpreso com o quão leve ela estava. Ela andava escondendo a comida, colocando o prato no chão para o cachorro. Era melhor quando a porta estava aberta, mas o mundo verde e amarelo estava tão longe que ela não conseguia mais se lembrar de como chegar lá, até que ele a carregou em direção à luz ofuscante, e ela teve de esconder o rosto na camisa dele.

A MULHER DO RIO

Era o começo da primavera de 1819. O sol estava fresco e cru, como um ovo recém-quebrado, e o ar estava tão carregado com os aromas de lenha cortada, árvores florescendo e água barrenta que ela se sentia embriagada com ele. A casa, no alto do morro, estava suspensa em toras de um metro e meio de altura, para ficar a salvo das cheias do rio, e era tão grande que parecia que eles estavam construindo algo capaz de receber toda a tristeza que sentiam. Ela observou, cuidadosamente, enquanto ele apontava para cada cômodo, um para ele, outro para ela, um para... onde estava o do bebê? Onde estava o deles?

— Você vai ter uma varanda no andar de baixo, e no de cima também. Quando estiver tudo terminado você vai melhorar, não vai? — Ele queria uma promessa, o rosto comprido marcado com uma esperança preocupada. Ele tinha perdido tanto peso que ela podia sentir-lhe os ossos dos ombros, como asas endurecidas sob a pele, anjos calcificados expulsos do paraíso, ela pensou em dizer, ou será que disse?

Annie apontou para os três carvalhos abaixo da casa, na beira do rio. Lá, ela pensou, era lá onde ela deveria estar. De alguma forma ele a ouviu. Ela apontou para a maior árvore, a mais larga, cujos galhos quase tocavam a outra margem do rio. Ele disse:

— Sim, eu sei o que fazer. — Foi como antes, ela pensou, quando eles compartilhavam os mesmos pensamentos, diziam as mesmas palavras... antes de os cachorros evacuarem e de a comerem como se fosse a carne doce e tenra do coração de um cervo.

O primeiro dia na árvore foi o mais difícil: os homens puxavam as cordas de forma descoordenada, e a pequena plataforma tremia como um cavalo selvagem. Era enervante a forma como a brisa mais leve a deixava tonta, e ela pensava no berço

JONIS AGEE

de Jula, como ela adorava o balanço suave, como se estivesse voando. Talvez ela me perdoe, apesar de tudo, pensou, e queria dizê-lo, mas não conseguia. Annie não tinha dito uma palavra desde aquela noite.

— Jacques, ela nos perdoa. — Ela tentou pelo menos balbuciar as palavras, mas até mesmo isso era impossível, como se a garganta dela tivesse sido cortada. Pegou seu bloco de desenho e um pedaço de carvão, e rabiscou uma mensagem para ele: "Ela nos perdoa". Dobrou o papel e o deixou cair. Ele flutuou até o chão, como se guiado por mãos invisíveis.

— O que é isto? — ele perguntou, e abriu o papel.

Lágrimas encheram seus olhos, e ele assentiu e desamassou o papel com a palma da mão, apagando as palavras, até que restasse apenas um leve borrão, como o que a vida deles havia se tornado.

Ela subiu todos os dias durante a semana seguinte, a terra à sua frente como uma colcha de retalhos gigante, grande o suficiente para abarcar o mundo, escondendo todos os mortos e mantendo os vivos trabalhando. Ela era a única pessoa que não estava trabalhando, e estranhamente isso não a incomodava. Alguns homens limpavam a mata junto ao pântano. Alguns colocavam no lugar as toras do telhado. Outros cavavam um jardim imenso, e cuidavam do enorme campo de algodão. O ar estava cheio do barulho do martelar do ferro para as ferraduras, as estruturas dos barris e um sino. Estavam fazendo um sino para a estalagem, um som que os barcos a vapor no rio pudessem seguir.

Tinham tantos cavalos agora, mais do que ela conseguia contar; castanhos e baios, pretos e cinzentos, um poema! Ela os observava acasalando, o desejo, o aroma rico de amoras e louro, o florescer denso do rio barrento, as nuvens correndo

A MULHER DO RIO

no céu azul de primavera, as folhas novas, tão verdes que até as sombras brilhavam, e o sol de um calor glorioso em sua nuca, porque ela havia cortado o cabelo bem curto, com uma faca, naquela manhã. Ela ia para o mar, e deveria levar pouca bagagem, não levar marido, nem filho, nem amigo, nem inimigo. Uma rajada de vento balançou o barco e levou seu lenço. Ele voou por entre os galhos, que pareciam tentar alcançá-lo, por sobre as cabeças dos homens com os braços erguidos, lançando uma breve sombra sobre os salgueiros do rio, sobre as plantas das docas, e até a água, onde hesitou, e então pousou na superfície marrom até se perder de vista.

— Mais alto. — Ela apontou para cima uma manhã, como se a palavra tivesse perdido algum sentido desde quando ela havia falado pela última vez. Jacques e os homens pararam, surpresos com o som rouco da sua voz, deixando a plataforma escapar e começar a virar. Estabilizaram-na antes que saísse do controle, e a puxaram novamente. As cordas rangeram, e a plataforma subiu com um movimento brusco, enquanto os quatro homens lutavam para erguê-la com o elaborado sistema de roldanas que Jacques tinha inventado. Ela se segurou com força nas cordas presas às laterais, e sentiu a tensão dos arreios improvisados, que impediam que ela caísse quando um dos lados subia mais do que o outro.

— Reto! — gritou Jacques, e a plataforma se endireitou. A expressão no rosto de Jacques era um misto de alívio e alegria enquanto ele supervisionava a amarração das cordas. Queria dizer algo, mas não se atreveu.

Checou apressadamente as cestas de salgueiro que continham seu caderno, livros, ferramentas, materiais de desenho, cantil, comida e telescópio. Havia se passado pouco tempo desde o café da manhã, e ela não desceria até a hora do jantar.

Crescendo tanto em largura quanto em altura, o carvalho na beira da clareira espalhava os galhos grossos pela margem e cruzava o rio, de modo que ela podia observar todo tipo de coisa. Do seu ponto de observação, vantajoso, nem mesmo o fogo poderia chegar sem aviso. Da próxima vez ela não seria pega de surpresa.

Naquele dia, as dobras espessas do carvalho abrigavam uma horda de formigas pretas enormes, que cavavam pequenos túneis em uma parte do tronco que constituía cerca de um terço da árvore. Ela suspeitava de que estivessem causando um dano considerável, tornando o tronco oco, e que ele pudesse desabar durante uma tempestade de verão. Localizada na margem da clareira, a árvore recebia o impacto total dos ventos que sopravam com regularidade; as tempestades pareciam quase seguir o próprio rio. Ela não precisava se preocupar com o barquinho na árvore, entretanto. Jacques era um bom construtor, e tinha trabalhado tão duro no último ano para trazer alguma alegria de volta à vida dela. Ele tinha canalizado toda a dor acumulada para a construção. Talvez, se ele pudesse construir alto o bastante e largo o suficiente, conseguisse construir um caminho para longe da dor.

Ela se viu cada vez mais fascinada pelas formigas e seu sistema de castas; embora a maioria delas fosse de trabalhadoras pequeninas, a rainha era grande e indolente. Annie passava horas estudando os insetos fortes, testando diferentes alimentos para seus apetites. Eles preferiam doces, frutas, açúcar e outros insetos, diferente das formigas vermelhas pequeninas na cozinha de Dealie, que se aglomeravam nos espirros de gordura, pratos e panelas sujos. Com uma faca pequena, ela cutucou os buracos na árvore. Pedaços de madeira se soltaram, revelando um ninho que continha os pequenos ovos brancos,

A MULHER DO RIO

larvas e pupas, dentro de casulos sedosos. Eram bem bonitos, protegidos ali dos perigos lá embaixo. As adultas mantinham os outros insetos a distância comendo-os; que sistema eficiente! Seus inimigos reais, é claro, eram os pássaros, com seus dedos afastados e bicos pontudos, perfeitos para escavar dentro das reentrâncias do carvalho, os túneis das formigas.

Ela rapidamente desenhou o corpo negro de uma formiga, duas partes, com uma cintura pequena no meio. Se ao menos soubesse os nomes das coisas!

Antenas na cabeça, angulosas, com algo semelhante a cotovelos. Olhos grandes para uma criaturinha tão pequena, menor que a metade da unha do seu dedo mindinho, que ela aproximou da formiga. O inseto a mordeu, mas não doeu. Uma coisa que ela havia descoberto era que aquelas formigas não ferroavam. Ela só queria espiar dentro da colônia, arrancar uma parte da árvore e observar sem ser vista.

A luz através das árvores tinha um aspecto empoeirado naquela manhã, cheia de umidade, refletindo sobre as árvores atrás dela de modo que as folhas e galhos se destacavam fortemente. Nenhuma folha voava, tão completa era a quietude. Os pássaros indo de árvore em árvore, uma pomba cantando um lamento, um pardal zumbindo e um pica-pau martelando na árvore, pausando rapidamente para inspecionar o pequeno barco, antes de começar a trabalhar no ninho das formigas que ela expusera. Ele havia vindo várias vezes durante a última semana, e já começava a pensar que ela era parte da árvore.

Sua plataforma de tábuas media dois metros por dois, grande o suficiente para acomodá-la, alguns mantimentos, e uma cadeira tipo trono que Jacques tinha construído com galhos de salgueiro envergados. Ela aliviava seu quadril e suas pernas, que tinham atrofiado consideravelmente durante o ano anterior. Parecia impossível andar agora, e Jacques havia gasto muito tempo e dinheiro para construir vários meios de transporte para ela, como se fosse um bebê-pássaro gigante, carregado de um ninho para outro. Lá em cima ela não precisava usar a voz, mas o fazia. Desde que subira pela primeira vez, conversava com os residentes do seu mundo-árvore. Dias haviam se passado desde que ela havia falado em voz alta pela última vez, embora Jacques ainda estivesse radiante com o que pensava ser um progresso. Duas vezes ele a havia salvado, acreditava.

O pica-pau tinha as costas rajadas de preto e branco, e era do tamanho de um pintarroxo. Ela o desenhou novamente, pela décima vez naquela semana, tentando capturá-lo, apesar do movimento. Se ao menos ficasse parado. Quando outro pica-pau veio junto com ele, no dia anterior, ela percebeu que o pássaro mais colorido tinha de ser o macho; tinha a crista e o pescoço vermelhos, enquanto a fêmea tinha apenas o pescoço vermelho. Ambos apresentavam uma mancha rosada no abdômen, que ela podia ver por causa de sua posição peculiar. Enquanto cutucava a árvore procurando formigas, ele repetia um som alto, parecido com *churrrr* ou *chuck-chuck-chuck*. Ela anotou tudo, tentando desenhá-lo novamente.

— Coma tudo — sussurrou.

Ela abriu uma cesta de comida e retirou um jarro de chá doce e frio e um biscoito. Dealie ficava envergonhada porque Annie não comia mais da sua comida. Ela havia se tornado amarga e cheia de remorso e culpa, mas havia outros segredos que marcavam sua face e mãos, e acentuavam as olheiras já fundas.

O que Annie havia descoberto era que, quando ela estava longe dos olhos, estava também longe dos pensamentos, como se alguma antiga mágica estivesse acontecendo. Alguma bruxaria. De sua plataforma ela via que Jacques tinha se tornado um

A MULHER DO RIO

comerciante de todos os tipos de bens e serviços. Cada dia da semana era dedicado a uma atividade específica, de modo que Jacques pudesse acumular fortuna mais rápido. Hoje seria uma briga de galos. Amanhã, corrida de cavalos. No dia seguinte, boxe ou luta livre, ou caça aos pássaros, ou briga de facas. À noite, agora, ele se deitava ao lado dela na cama, catalogando os detalhes de seu império, para que ela soubesse com o que cada parte contribuía, o quanto estava reservado para ela.

— Você vê o quanto eu a amo, *ma chèrie*? — E quando ela não respondia: — Você vai falar comigo de novo quando a casa estiver terminada?

Os homens não entendiam o raciocínio dele, especialmente naquela manhã.

— Pensei que você quisesse o chão de cipreste — disse Shaggs. Coçou a barba grisalha e olhou para a enorme casa que Jacques havia começado, no pequeno morro acima deles. A casa já tinha paredes e teto, construídos desde o último outono, mas nada havia sido feito do lado de dentro. E não havia vidros nas janelas, de forma que pássaros e animais já faziam seus ninhos.

Pilcher Wyre apanhou uma ferramenta para aplainar a madeira.

— Já cortamos as tábuas, e elas estão prontas para serem encaixadas. Se as deixarmos lá por muito tempo, vão entortar. Não faz sentido desperdiçar boa madeira assim. — Apontou para a enorme pilha de tábuas esperando ser levada para a casa.

O olho de Jacques tremeu.

— Faça os barris primeiro. Use o carvalho. — Quando Shaggs começou a falar, ele levantou a mão. — Eu sei que era para as portas, mas não é mais. — Olhou para a casa, dominando o horizonte acima deles. — Precisamos mais de dinheiro do que de uma casa agora.

Os barris eram para a cerveja que Jacques ia produzir, sob a tutela do mestre cervejeiro alemão que havia chegado no dia anterior. O homem jamais pretendera ficar, mas até a meia-noite Jacques já havia ganho todo o dinheiro dele, uma trouxa de roupas e até mesmo os botões de prata do colete dele, em um jogo de cartas. O próprio homem ficou trancado a cadeado.

— Você ensina os meus homens a fazer cerveja tão boa quanto a do seu país e eu deixo você.

Shaggs suspirou, com um último olhar para as tábuas de cipreste. Então olhou para baixo, para Annie em sua árvore, onde ela parecia flutuar entre os galhos cheios de folhas do velho carvalho. Sacudiu a cabeça.

— Desperdício de boa madeira.

Jacques levantou os braços.

— É isso que eu quero! Terei o que quero. Se eu escolher dar a estalagem para alguém e morar nas árvores, que seja!

— Quantos barris? — Wyre perguntou.

Os homens de Jacques eram, agora, mais temidos do que respeitados, e tinham se tornado um grupo endurecido. Embora a estalagem fosse um de tantos lugares como aquele às margens do rio, estava ficando famosa. Era sua culpa, ela sabia, porque não tinha sido uma esposa e companheira para Jacques, não o havia mantido concentrado no bem que poderia fazer por sua família, embora a simples palavra lhe causasse dor.

Enquanto Skaggs e Wyre começavam a construir os barris, Jacques assumiu a vigília do rio, no banco embaixo da sua árvore. Ela viu algo brilhando no chão onde os homens haviam estado, e pegou o telescópio de novo. Era um dos botões de prata do mestre cervejeiro, que Jacques deveria ter deixado cair. Pensou em chamá-lo, mas não o fez. Havia algo que se encaixava a respeito;

A MULHER DO RIO

que significava que ele não teria o suficiente para um novo colete, o lucro com o infortúnio de outra pessoa. Ela queria que Jacques voltasse a ser como era antes, o homem que ela ainda amava.

Um corvo, que a fazia lembrar-se do mascote deles, Carl, voou até o chão, perto do botão perdido. Inclinando a cabecinha brilhante, ele olhou para o botão, a estalagem, a árvore, o botão novamente, e então para Jacques, antes de andar até o botão e capturá-lo com o bico. Ficou ali parado, por um momento, antes de sair voando com o botão, e, bem no instante em que desapareceria por entre as árvores, três pardais começaram uma confusão, mergulhando e atacando o corvo. Apesar do esforço para ignorar os três, o corvo começou a lutar, voando mais baixo, depois subindo de novo, desviando para a direita e depois para a esquerda, tentando se livrar dos agressores. Finalmente o corvo derrubou o botão e voou em direção à casa, no alto do morro. O botão de prata reluzente rolou e brilhou brevemente à luz do sol, e desapareceu entre os arbustos.

Quando a ouviu suspirar alto, Jacques tirou o que restava dos botões de prata do mestre cervejeiro do bolso de seu colete e começou a passá-los de mão para mão, sorrindo.

— Estou muito feliz por ouvir sua voz de novo, *chèrie*. — Fez uma pausa, caso ela quisesse conversar, mas, quando ficou óbvio que ela não tinha mais nada a dizer, continuou a falar, como tinha feito durante o último ano, quando lhe agradava. Ele realmente não precisava que ela fizesse mais do que ouvir, ela descobrira, e imaginava se não havia sido sempre assim.

— Uma vez, quando eu era moleque... É difícil acreditar que eu já fui criança, não é? Minha *grandmère* me deu uma caixa de botões para brincar, me divertir, sabe? Não como estes, mas bons. Eu os coloquei em um barbante, como um colar, tão lindos, mas minha mãe não o usava. Não, ela era religiosa. Uma huguenote.

JONIS AGEE

É por causa dela que estou aqui, neste novo mundo. Mas o colar... era tão bonito; prata, pérolas, conchas, ossos e ônix, todas as cores. Então, pensei, por que jogar o seu tesouro fora?

Ele se levantou e olhou para cima, cobrindo os olhos com a mão.

— Estou vendo a sua manga, *ma chèrie*. Se quiser se esconder de mim, precisa vestir verde ou marrom, para combinar com a árvore. — Ele pôs os dedos nos bolsos do colete de brocado preto, que tinha começado a usar recentemente. Um dos toques de Dealie. Ele se sentou e esticou as pernas, esparramando-se no banco, de forma que ela pudesse ver seu rosto, voltado para cima.

Quando os maxilares dele se moveram, ela imaginou que podia ver cada tendão e músculo, que ele estava a um golpe de faca da ruína. Alguns rostos precisavam de carne, de modo que não ficassem muito próximos da aparência de um cadáver. Jacques era um homem assim. Havia escapado da idade, e agora escaparia dos laços da carne, totalmente.

— O que aconteceu com eles? — ela perguntou, com uma voz tão baixa que se surpreendeu que ele tenha ouvido.

Ele olhou para os botões na palma de sua mão, como tantas cobras prateadas que havia capturado.

— Os botões? Eu os enterrei, é claro. — Deu uma risada curta, sem alegria. — Ninguém iria possuir o meu tesouro, decidi.

Seus lábios finos estavam abertos em um leve sorriso, a sobrancelha levantada como se perguntando algo a ela, mas nos olhos negros, incompreensíveis, que pousavam nela, podia-se sentir o peso das palavras. Ela jamais poderia escapar. Nem mesmo se quisesse, e aquele simples fato plantou uma semente amarga no coração de Annie. Todos aqueles remédios, aquelas curas, os banhos de sal, as poções, os cérebros, corações e fígados de animais que ela havia sido forçada a comer, enrolada em sacos

A MULHER DO RIO

de gelo, até que apanhara um resfriado, deitada em pedras tão quentes que suas costas se encheram de bolhas, amarrada a postes, amarrada à cama, alguma bebida alcoólica despejada em sua garganta e sobre seu corpo, sanguessugas em cada centímetro de sua pele, seu rosto, sua cabeça raspada, esvaindo-se em sangue até que desmaiava; ela tinha as cicatrizes de todo o cuidado dele, só para que ele não perdesse o que era propriedade sua. A filha dele tinha ido; a esposa, nunca. Maldito! Ela nunca pensara, por nem um minuto sequer, em deixá-lo antes daquele momento, mas uma rebeldia nova se apossou dela, gritando:

— Como se atreve?

Tirou a aliança de casamento do dedo e a deixou cair ao lado dele. A aliança caiu aos pés dele, afundando no chão empoeirado. Adivinhando o gesto dela, Jacques tentou apanhá-la, mas não conseguiu. Quando se curvou para procurar o anel, ela derramou uma garrafa de líquido fedorento sobre ele.

"É garantido que vai melhorar o humor de Annie!", o médico-viajante havia declarado a Jacques, com uma piscadela. Era quase totalmente feito de licor de milho e melaço.

— *Merde!* — ele xingou, em voz baixa, de modo que ninguém pudesse ouvir.

— Você não é meu dono, Jacques! — ela disse, alto o suficiente para que os cachorros que estavam por perto levantassem as cabeças, orelhas em pé, em alerta.

— Vamos conversar sobre isso hoje à noite, Annie, calma. — Ele fez um movimento pacificador com as mãos.

A semente amarga dentro de Annie brotou e a encheu de petulância.

— Eu não vou descer.

As noites eram quentes, e isso era preferível a dormir junto a Jacques.

JONIS AGEE

— Me deixe aqui para sempre — ela disse. Não queria ser ligada a ele por coisa alguma. Ele achava que a possuía! Ora, pois ela fugiria com o primeiro vendedor ambulante ou barqueiro que encontrasse.

Ele riu, com desprezo, e tentou limpar o líquido marrom e fedorento da camisa com um lenço.

— *Vache* — ele murmurou. — Vaca.

— Eu sei o que isso significa, Jacques, mas não pense que você é o touro se eu sou a vaca. Você não passa de um velho, incapaz de fazer um filho... — Pôs a mão na boca, espantada com as próprias palavras, cheias de ódio.

— Você foi longe demais. — Ele colocou o lenço de volta no bolso, mas se recusou a olhar para cima. A voz dele saíra entrecortada na última palavra, e ele manteve a cabeça abaixada para que ela não pudesse ver-lhe o rosto. Estava certo.

— Sinto muito, Jacques, eu... — mas foi como se, no ano de seu silêncio, outra mulher tivesse tomado posse da fala dela, uma mulher que não tinha medo de dizer cada palavra amarga que nascia da caverna escura que era seu coração.

— Você era uma criança quando a encontrei — Jacques disse, simplesmente. — Você cresceu e se tornou uma víbora. — Abriu os braços, abarcando tudo na clareira. — E é assim que você me agradece?

— Agradecer? Agradecer! Você... — Ela atirou um livro nele, em vez de dizer o que estava pensando.

Ele desviou do livro que caía.

— O que eu sou, Annie? O que você tem a dizer ao seu marido? Ao marido que você ignorou, e que perdeu o primeiro filho?

— Seja um marido. — As palavras tinham saído de sua boca antes que ela pudesse evitar, mas fizeram que ele parasse. Ele

A MULHER DO RIO

olhou para as próprias mãos abertas, fechou-as e balançou a cabeça, sentando-se no banco. Nunca havia deixado de ser o marido dela, e ali estava ela, afastando-o.

Ela soube, então, que talvez ele nunca mais fosse um marido. De repente se encheu de medo de que eles nunca mais fizessem amor na cama coberta de peles em uma noite fria. De que nunca tivessem outro filho. A amargura fez que ela apanhasse um punhado de folhas e as enfiasse na boca, esmagando-as entre os dentes até que a língua doeu com o gosto do remorso.

— Eu sinto tanto — ela balbuciou, mas a garganta fechou com as palavras, aquela semente amarga já florescendo.

Abaixo, os ombros de Jacques estremeceram, embora ele não emitisse um som sequer, enquanto acima dele ela apertava a própria barriga vazia, para manter os soluços baixos, e adormeceu com o vento leve que balançava a plataforma.

Já era o meio da tarde, e fazia um calor sufocante, quando ela acordou com o som de Jacques recebendo o barco que descia o rio, carregado de lenha e ferro, vindos do Norte. Um barco a vapor, de casco achatado, indo para o Norte, já estava sendo preparado, enquanto os passageiros faziam uma refeição na estalagem. Durante o ano anterior, os três irmãos Burtram tinham assumido a tarefa de manter as enormes pilhas de madeira necessárias para os barcos a vapor, que haviam se tornado comuns ao longo do rio. Para ajudá-los, havia três escravos das Índias Ocidentais, que Dealie e Chabot trouxeram com eles de Nova Orleans, e que Jacques comprara. Embora os escravos parecessem iguais aos Burtram, pelo menos no tocante à vestimenta, não havia uma igualdade real. Os escravos ficavam juntos em uma pequena cabana além do depósito de madeira, acorrentados uns aos outros durante a noite, atrás

JONIS AGEE

de uma porta gradeada, e com janelas minúsculas para ventilação no calor infernal.

Um dos cachorros de Ford ficava amarrado perto da porta, como segurança extra. Ela nunca havia dito nada sobre o assunto, e, já que ela havia acabado de afastar Jacques, não tinha mesmo o direito de falar sobre aquilo agora.

Os barqueiros eram homens duros, um grupo falastrão, malcriado e feliz, que gostava dos perigos de parar em Jacques'Landing tanto quanto gostava de navegar pelos obstáculos, bolsões e redemoinhos do rio. Saindo do barco a vapor, pelo outro lado da doca, os dois esbarraram em Nicholas Burtram, que carregava uma pilha de lenha nos braços, e que perdeu o equilíbrio, caindo no rio. Enquanto Mitchell e Ashland se divertiam particularmente com o espetáculo do irmão mais velho se debatendo para soltar as amarras dos ombros e não se afogar, os barqueiros continuaram a caminhar até a margem.

— Jacques! — O primeiro homem, com um rosto largo e grisalho, dentes pretos e apodrecidos e olhos azuis brilhantes, deu um tapa tão forte nas costas do marido dela que quase o derrubou. Jacques se endireitou e lhe deu um empurrão igualmente forte no peito, que o fez cambalear. Depois eles apertaram as mãos.

— McDonough — Jacques disse, os olhos fixos no segundo homem, um estranho, vestido com roupas novas, que parecia menos à vontade.

— Este aqui é Audubon — fez uma pausa, como que tentando lembrar-se do nome. — John Audubon. Um novo companheiro. Acabamos de pegá–lo; Aaron está na cadeia de novo — sorriu e deu um empurrão amistoso no ombro do homem, mas ele já estava preparado para aquilo e pouco se abalou. Era um homem comum, quase rude, de seus trinta e poucos anos,

A MULHER DO RIO

com olhos grandes e escuros, observadores, e um nariz igualmente grande e adunco. Tinha as maçãs do rosto altas e uma testa alta e larga, que o fazia parecer inteligente. Sua boca tinha personalidade, com o lábio superior fino e curvado para baixo. Um rosto interessante no conjunto visto pelo telescópio de Annie. De estatura elegante, ele carregava uma arma e usava uma bolsa pendurada no ombro, como se estivesse saindo para caçar. Seu paletó, colete e camisa branca destoavam do ofício de barqueiro, e ela se perguntou quem ele seria de fato. Algo a respeito do rosto forte e distinto, dos longos cabelos negros já ficando grisalhos, penteados para trás e caindo-lhe nos ombros, fazia que se destacasse entre os demais, e ela ponderou se era um homem que se escondia do mundo, da família ou das autoridades. Landing tinha sempre recebido a sua cota de cristãos reticentes, e de homens perdidos que haviam recuperado a razão depois de anos vagando, para enfim descobrir que os seus sonhos mais delirantes não significavam nada sem a família; e de homens que estavam simplesmente fugindo de seus crimes. Havia mais destes últimos. Era de espantar que não fossem todos assassinados durante o sono.

O sol deve ter se refletido no bronze do telescópio dela, porque ele repentinamente voltou os olhos para o alto da árvore e Annie teve certeza de que ele a vira. Com a respiração acelerada, em vez de se esconder, ela continuou a observar, vendo-o olhar para ela, as mãos tremendo, porque naquele exato momento os olhos de Jacques também se fixaram nela.

10

— John James Audubon. — O estranho curvou-se levemente, os olhos bem abertos fixos no rosto dela, ignorando o deplorável estado de suas pernas, pois estava sendo transportada da árvore para a pousada naquela noite. Jacques transferiu o peso dela em seus braços, forçando-a a inclinar-se sobre seu ombro, olhando para Audubon, que a surpreendeu com um sorriso. Suas maneiras eram de um cavalheiro, e ela se perguntava como viera a estar nesta situação.

— Deixe-me sentar com os viajantes hoje à noite — sussurrou na orelha de Jacques, e o beijou.

Ele a abraçou mais forte, com alívio por ter sido perdoado, e deu um rápido aceno de cabeça, agarrando-lhe com mais força as coxas e costas. Cruzando a soleira da porta, havia uma grande surpresa. O cômodo tinha mudado muito no ano passado. Havia vidros nas janelas, que agora se abriam para fora, para deixar entrar o ar fresco, e eram emolduradas por cortinas de renda. As paredes haviam recebido uma camada de gesso e sido pintadas em um amarelo-claro, quadros de cavalos e outros animais estavam pendurados, tapeçarias mostrando cenas da realeza em procissão religiosa drapejavam do teto até o piso nas paredes opostas. Nos dois lados da lareira, agora havia prateleiras de mogno contendo livros preciosos e objetos de uso dos nativos — mocassins, cachimbos, ferramentas etc., assim como animais esculpidos, que ela reconheceu como o trabalho manual

A MULHER DO RIO

dos mesmos homens que haviam feito os fantoches naquele Natal. Sua garganta se fechou, e ela teve de tossir forte para respirar novamente.

As mesas e bancos, rudemente entalhados, haviam sido substituídos por mesas mais refinadas, com pernas torneadas, e cadeiras com encostos; o cômodo estava iluminado por elaboradas lamparinas a óleo, com mangas de candeeiro de vidro gravado, e não com meras velas grosseiras. Um grande armário de louças em nogueira estendia-se pela parede entre as janelas, guardando pilhas de pratos de porcelana, saleiros de cristal, vasilhas de estanho, vidro e prata, suficientes para, aparentemente, alimentar multidões, o que era bom, visto que as mesas estariam logo cheias. Era visível que as tábuas do assoalho de cipreste haviam sido esfregadas e enceradas, embora três grandes e espessos tapetes, com figuras em vermelho e preto, cobrissem a maioria da sala. As pedras da soleira estavam livres de fuligem e não pairavam odores de comida sendo preparada. Na verdade não havia nenhuma panela, apenas um par de suportes ornamentais fundidos para lenha. Tudo isso para o duro comércio do rio? As ambições de Jacques mostravam-se abertamente.

— Onde a comida é preparada? — ela perguntou.

— No cômodo ao lado — Jacques disse. — Sente-se aqui. — Ele a acomodou em um divã macio, coberto com um estofamento preto de crina de cavalo, ao lado de três poltronas cobertas com brocado de seda borgonha.

Assim que Jacques levantou a longa faixa da bolsa dela dos ombros, colocou-a em seu colo, deslizou por entre a porta e a fechou atrás de si, Audubon parou de estudar os quadros e caminhou diretamente em direção a ela. Curvou-se de leve novamente, e apontou para uma cadeira mais perto dela. Ela sorriu e ele se sentou.

— Bastante inesperado. — Ele indicou o cômodo com a mão, e olhou em volta.

— Sim — ela disse. Os olhos dele eram tão grandes que era impossível que deixasse escapar algum detalhe.

— E você, senhora Ducharme, o que faz na árvore? — Seu tom, assim que trouxe aqueles grandes e profundos olhos para pousarem no rosto dela, sugeria que aquele era um local natural para encontrar uma mulher, e ela sentiu a mesma perturbação de antes. Abaixou a cabeça para que ele não pudesse vê-la, afinal era uma mulher casada.

— Eu estudo. — Ela pousou uma das mãos na mochila.

— Entendo. — Ele puxou sua bolsa de caça para o colo e retirou um caderno de anotações preto, amarrado. Folheando rapidamente as páginas, encontrou uma e a levantou para que ela visse. Era uma águia careca, a cabeça voltada desafiadoramente, o bico aberto, o olho incandescente, pousada em um pé só, o outro parecendo estar estendido em direção a algo, ou para se defender. O desenho era bastante bom, cheio da grandeza arrogante do pássaro.

— Oh, isso é esplêndido! — Ela estendeu a mão para tocar a página. — Como você...

— A ave se enroscou em nossa linha de pesca, machucando a perna. Trouxeram-na a bordo e eu dei um jeito de fazer o seu esboço antes que ela atacasse o cachorro do capitão e os homens a quebrassem em pedaços.

Quando ela se retraiu diante da descrição, ele deu de ombros e balançou a cabeça, desculpando-se.

— Posso? — Ela estendeu as mãos e ele colocou o livro nelas.

— Tem mais sobre a águia. — Ele se inclinou para a frente e ela posicionou o livro em seu colo, de forma que pudessem examiná-lo juntos. De fato, havia várias páginas com rápidos esboços, de diferentes ângulos, de partes do pássaro — a cabeça, o corpo, o pé, a asa —, assim como do pássaro em movimento. Nas páginas anteriores havia incontáveis outros pássaros e animais, incluindo uma lebre e uma espécie de rato selvagem, cervo, cobra, peixe e borboleta. Era um artista tão superior a tudo o que ela já havia visto que ela se sentiu submissa e grata.

— Você pode me ensinar? — ela perguntou, surpreendendo-se com a ousadia.

Ele se recostou, colocou os longos dedos em suas têmporas e olhou a mulher cuidadosamente, como se pudesse detectar sua personalidade ou talento apenas pela aparência. Talvez aqueles olhos pudessem.

— Deixe-me ver. — Ele indicou a mochila em seu colo, ela remexeu o fecho e retirou páginas de esboços grosseiros e escritas. Ele pegou o livro e começou a examinar o conteúdo com uma lentidão enervante.

Em volta deles, as conversas barulhentas dos viajantes chegando e preenchendo as mesas eram altas o bastante para atrair a atenção dela, enquanto dois escravos não conhecidos, com seus lenços brancos cobrindo os cabelos e roupas cinzas, lisas e limpas, rapidamente colocavam os pratos, talheres e cálices.

— O Compromisso do Missouri não mudará nada aqui! — declarou um robusto caixeiro-viajante ou vendedor. — São os tempos difíceis que acabarão com o comércio de escravos.

Os dois negros relaxaram seu trabalho para ouvir melhor, suas mãos movendo-se tão vagarosamente que pareciam estar drogados.

— O Sul precisa se diversificar. — O interlocutor, com um sotaque europeu, era um fornecedor variado, com longos cabelos castanhos e oleosos, que deixou seu carrinho e cavalo no pátio do estábulo, na esperança de que alguém o alimentasse

JONIS AGEE

enquanto jantava. Acenou ao lado da mulher, pegando seu lugar, e sentou-se repentinamente.

— Fábricas é o segredo. Siga o Nordeste, fábricas. As pessoas agora querem bons produtos manufaturados. O pânico do ano está nos levando para oeste, e antes que percebamos não haverá nenhum lugar aonde não possamos ir e vender algo.

O caixeiro-viajante correu a mão sobre o topo careca de sua cabeça e depois a deslizou para baixo, para tocar o cacho de cabelo loiro no lado direito.

— Olhe este local. Porco e angu não satisfazem mais, e eu ouvi que estão fazendo algo chamado "sorvete" na Filadélfia, no Hotel New Caveau. Imagine o que vem a seguir.

— Pelo amor de Deus, não se queixe. Poderíamos estar comendo bolinhos de milho fritos e feijões.

O pequeno perito em fermento vagava lá dentro, o cabelo molhado emplastado em volta do rosto, parecendo abobalhado, seguido por Skaggs, Clinch, Wyre e os primos Foley. Chabot apareceu e parou na soleira da porta, examinando a sala. Quando seu olhar chegou a Annie, deu um grande sorriso e abriu caminho em direção a ela.

— Annie! — Ele quase gritou, jogando-se na outra ponta do divã. — Pequena! — Inclinou-se sobre as pernas dela, tomou-lhe as mãos nas suas e a beijou dos dois lados das faces brilhantes. Quando percebeu Audubon, ela os apresentou, percebendo a formalidade de dois galos circundando um grilo.

— Você parece... bem — ela disse, com falta de palavras. Na verdade ele parecia adoentado; magro demais, o rosto anguloso com novas sombras, mais de quando havia retornado naquela primavera, depois de ter sido ferido. Seu corpo parecia gasto, como se algum parasita tivesse devorado toda a carne. Sua cor era cinza-pálido, apesar das longas horas que ele e os

A MULHER DO RIO

outros homens passavam trabalhando a céu aberto. Ela não o tinha visto de perto desde que tinha voltado a si e subido a árvore. Na verdade, não havia prestado atenção a ninguém, ela percebia; havia estado muito sufocada pela sua dor para pensar que qualquer outra pessoa importava.

— Eu sou, decididamente, o oposto, Annie. — Ele deu uma olhada para a porta fechada. — Febre, embora eu tente não preocupar Dealie. Os ataques estão mais frequentes esses dias. — Ele bateu as mãos e forçou um sorriso. — Imagine, estou cuidando das contas de Jacques e Dealie agora! Não descuido mais. — Ele sorriu e olhou em volta da sala.

— E quanto a Nova Orleans? A casa dela e o negócio... — ela perguntou.

Ele deu de ombros.

— Ela diz que nossa vida agora é aqui. Que isso é mais saudável para mim. As crianças estão em Nova Orleans, na escola, com tutores. — Ele murmurou algo mais que ela não entendeu.

— O quê?

— Não é natural, eu disse. Não é natural uma mãe deixar seus filhos, você não acha? — Olhou para ela fixamente.

Os horríveis acontecimentos daquela noite desenrolaram-se diante de seus olhos e ela quase explodiria em lágrimas se não fosse Chabot se inclinar e agarrar suas mãos novamente.

— Desculpe, Annie. Essa febre me torna burro. Você me perdoa?

Seu rosto, normalmente alegre, parecia tão deprimido que ela sacudiu os ombros com o peso em seu peito e concordou com um gesto de cabeça. Pensou que poderia desmaiar se não conseguisse logo um pouco de ar.

— Dealie, então, mantém seu negócio de importação em Nova Orleans? — Ela tentava parecer indiferente, mas os dedos doíam por segurar o caderno do senhor Audubon tão apertado. De sua parte, Audubon fingia que estava estudando os viajantes, acenando com a cabeça, amigavelmente, àqueles que passavam.

Chabot bateu os dedos nos lábios e deu uma olhada além dela, em direção à porta fechada.

— Você não sabia? Que ela se tornou sócia de Jacques aqui?

— Ele estendeu suas mãos. — A pousada, toda a mobília, e... — Acenou com a cabeça em direção aos dois escravos arrumando as mesas. — Outra das importações deles.

— Jacques não faria. — Ela sentiu um fluxo de raiva, então parou. Tudo tinha mudado enquanto ela tinha estado fora de si. Como se tivesse perdido Jula e Jacques em um só golpe.

Chabot inclinou-se em direção a ela.

— Eu chateei você.

Ao cheirar a quase envenenada combinação de álcool e remédio em seu hálito, ela abriu os olhos e acenou para que ele se afastasse.

— O calor...

Chabot cerrou os punhos, os olhos injetados de sangue agora um tanto frenéticos.

— Eu disse a Jacques que você não tinha nada que fazer vindo aqui. Amanhã cedo irei levá-la no carro para estudar as garças, então você estará de volta, segura, antes do calor do dia. Podemos começar ao nascer do dia, se você quiser.

Ela respondeu que gostaria disso.

— Posso ser incluído? — Audubon perguntou, os olhos grandes cheios de interesse. — Eu não quero me intrometer, mas, você vê, tenho grande interesse em pássaros.

Chabot deu-lhe uma olhada e, quando ela deu um leve aceno de cabeça, concordando, relutantemente aprovou. Ela tinha a sensação de que ele estava esperando um momento a sós, assim poderiam conversar sobre seus cônjuges mais detalhadamente, mas ela ainda não estava pronta para aquela conversa.

Estava ciente de estar ficando cada vez mais brava com Jacques e do sentimento de satisfação mais profunda com aquela raiva do que ela havia sentido em muito tempo. Não tinha intenção de desistir tão cedo e não seria assunto de discussão de ninguém.

— Bem, parece que estaremos todos juntos para o jantar — Dealie apareceu na frente deles, corada com o calor da cozinha, seu cabelo úmido unindo-se ao rosto de modo irregular. Annie perguntava-se se ela estava ciente do quanto havia deteriorado.

Dealie percebeu que ela a encarava e, com uma expressão desafiadora cruzando seu rosto, disse:

— Você não comerá, não é, Annie? Você não deve ter nenhum apetite depois de ficar sentada o dia inteiro. — Seu tom estava disfarçado em interesse, mas a maldade do comentário tocou Annie.

Ela quis perguntar a Dealie onde seus filhos estavam, mas pensou melhor sobre aquilo. Em vez disso, sorriu docemente.

— Eu apenas farei companhia a seu marido e ao senhor Audubon, enquanto você supervisiona, Dealie. — Ela fez uma imitação do profundo sotaque de Dealie.

Jacques apareceu atrás dela, colocando as mãos nos ombros de Dealie e sussurrando em seu ouvido. Ela imediatamente correu para a frente da sala e anunciou que o jantar estava servido.

Chabot ficou ao lado de Jacques enquanto ele a levantava e a carregava para uma grande cadeira, na cabeceira da mesa, que parecia ser a mesa da família. Quando Audubon escorregou ao lado dela de um lado e Chabot do outro, Jacques deu um passo para trás e olhou, sua expressão indecifrável.

Ele tinha trocado a camisa que usava antes, quando tinha despejado o tônico nele e, pela primeira vez desde que o conhecia, ele estava vestido em um terno extraordinário: camisa branca pregueada, calças de pele de veado e um largo cinto de couro com uma fivela de prata, que mostrava a cabeça de uma mulher, a expressão em seu rosto aterrorizada ou aterrorizante, com cobras enrolando-se em torno de sua cabeça como cabelos. Dealie tinha estado ajudando-o a se vestir, ou isso era obra dele? Na cintura, ele usava uma pistola e uma faca, e ela estava certa de que outra faca estava escondida em sua bota. Com sua vestimenta dramática, sua presença dominava a sala, e todos os olhos estavam sobre ele enquanto andava em volta da mesa para se sentar no lado oposto, então levantou a mão para dar o sinal para a refeição ser servida, as vasilhas de comida carregadas por meia dúzia de escravos. Ela achava que Dealie tivesse trazido apenas três, mas agora tinha de imaginar quantos deles estavam lá. Eles agora enchiam as quatro pequenas cabanas?

Assim que a comida foi distribuída, vinho e cerveja servidos, o jantar começou. Dealie escorregou no lugar vazio do lado direito de Jacques, e eles agiam mais como um casal do que qualquer outro da mesa, confidenciando-se um com o outro, dando olhadas na direção dela, chamando os servos. Chabot os ignorou, principalmente bebendo vinho até que suas pálpebras caíram e ele se afastou da mesa, cambaleando em seus pés. Dealie deu um sinal com a mão e dois escravos apareceram para ajudá-lo a se retirar.

Ela parecia resignada enquanto assistia-o sair, e quando pegou Annie encarando-a, Dealie deu uma pequena chacoalhada de cabeça.

Audubon descansou seus dedos brevemente nas costas da mão de Annie e o calor se espalhou pelo seu braço.

— Irei me certificar de que ele está bem o suficiente para nos levar pela manhã. — Ela retirou a mão.

A MULHER DO RIO

Na manhã seguinte, antes de o sol nascer, Chabot deu um leve toque nas linhas das costas da égua e o carro moveu-se pela estrada, distanciando-se da pousada. A princípio, a estrada seguia o rio e a Jacques'Landing ao sul, ao lado dos campos, seus homens aproveitando e cortando, tirando as raízes e queimando árvores, depois drenando com os canais. O delicado guarda-sol que ela estava segurando pouco fazia para dispersar o calor da manhã, já se deitando sobre a terra em uma bruma branca, como a fumaça de um incêndio distante, mesmo à medida que eles se viravam para o interior, em direção ao pântano a oeste.

Audubon, ao seu lado, inclinou-se sobre ela para apontar o belo heron azul, em voo baixo, à esquerda deles, seu longo pescoço dobrado em um gancho.

— Nós veremos muitos mais daqueles — Chabot disse. Ele estava mais vigoroso esta manhã, embora seu rosto apresentasse a marca de exaustão irritada, cinza.

Quando o caminho cortou, a certa altura, o pântano, ela apontou para os pássaros negros, com asas vermelhas, surgindo nos juncos, pequenos pés pretos agarrando-se às pontas das hastes, pequenos olhos negros brilhando raivosamente pela intromissão deles.

— Espere. — Audubon levantou a mão para Chabot parar o carro e apontou para um bem feito cálice de grama avermelhada, atado a um arbusto, com três ovos de um azul-pálido, manchados e riscados de marrom-escuro e púrpura. Os pássaros mais próximos se levantaram e começaram a voar em volta deles, fazendo mergulhos em direção à égua e ao chapéu de palha de Chabot. Ele os espantou com sua mão livre e levantou as rédeas. A égua, alegremente, mudou para um trote mais rápido.

A estrada rapidamente estreitou-se em uma trilha com sulcos, feitos pelas rodas infrequentes de carros, e o mato alto no

JONIS AGEE

meio produzia um ruído surdo e assobiava contra o fundo e os lados do carro, mas não parecia incomodar a pequena égua preta. A lama laranja tornou-se mais macia, mais arenosa e, em alguns lugares, poças de água.

Eles se dobraram sobre um monte de terra, feito pelas toupeiras, e a roda do carro do lado dela pegou um canto de um lamaçal de areia, balançando-os com uma rápida sacolejada, que derrubou seu chapéu de palha sobre os olhos. Enquanto a égua lutava para tirá-los dali, Chabot usava sua voz para um encorajamento calmo em vez de agarrar o chicote, que permaneceu em seu suporte, ao lado dele.

Atoleiros de areia, que tinham aparecido durante os anos de tremores, perfuravam a terra, alguns próximos à trilha. Secos durante os meses mais quentes do verão, os atoleiros de areia ou buracos, rapidamente se enchiam com água e pareciam sem fundo depois das chuvas. Os homens precisavam puxar tanto gado, cavalos e porcos para fora deles que decidiram cercar os maiores. Como estavam apenas começando a limpar e cercar essa área, muitos buracos ainda estavam esperando, sua malícia disfarçada com sua orla verde, que circundava o trecho amarelo.

Assim que se endireitaram, Chabot parou para dar à égua um minuto para recobrar o fôlego. O brejo à esquerda deles e o campo com bosques à sua direita estavam repletos com o barulho de pássaros flertando, alimentando e discutindo. Um animal gordo e cinza, que aparentemente estava caçando nos campos alagados, deu a volta através da trilha. O animal não estava com pressa, pois gingava com andar de pato pelo caminho, a barriga balançando, o pequeno focinho cor-de-rosa apontado, estremecendo. O rabo longo, sem pelo, e pequenas patas brancas com garras afiadas davam-lhe a aparência, de um lado, de um rato gigante, e, de outro, de um guaxinim. Com o rosto comprimido

A MULHER DO RIO

em concentração, Audubon estava escrevendo e, rapidamente, fazendo um esboço, enquanto o animal descia vagarosamente para dentro dos arbustos e desapareceu atrás da dobra de um grande cipreste velho.

Quando finalmente alcançaram o fim da trilha, Chabot virou-se levemente e apontou para cima, para o brejo e a terra pantanosa sombreados com ciprestes-carecas, tupelos[7], alfe-na-do-brejo, alfarroba-d'água, *pumpkin-ash*[8], castanha-d'água, olmo-d'água e salgueiro-negro. O zunido dos mosquitos a fizeram apressar-se em baixar o mosquiteiro da aba do chapéu sobre o rosto e, rapidamente, colocar as luvas de algodão que Dealie tinha insistido que trouxesse. O calor bolorento, vindo das árvores e do próprio ar, grudava em sua boca e dentro do seu nariz. Finalmente ela deixou de ser capaz de cheirar qualquer coisa, exceto a água repulsiva e o ar bolorento, com aquele doce ranço de decomposição.

— Um pântano negro, tão longe quanto você possa enxergar — Chabot disse. — Nada além de uma canoa pode ir através dele. Os índios caçam ali, mas um homem branco faz bem em ficar fora dele.

Ele repentinamente se levantou e desceu do carro, deixando as rédeas enroladas em volta do suporte de chicote.

— Esperem aqui.

Usando um facão, começou a entalhar um túnel através do impenetrável enrolado de arbustos espinhosos, vinhas, glicínia, apócino e hera venenosa. Com a água repulsiva até os joelhos, agarrou as vinhas trepadeiras penduradas dos ciprestes e as puxou para baixo, trabalhando metodicamente para limpar

---

[7] – Árvore do continente americano (N.T.).

[8] – Árvore do continente americano (N.T.).

a visão. Uma cobra deslizou do nó do cipreste atrás dele e soltou seu corpo longo para dentro da água. Com a espessura do punho de um homem, um meio sorriso fixo em sua face, ela parecia contemplar a perna de Chabot, então voltou para trás, para dentro da vegetação sufocada pela água, e nadou, colocando-se fora de vista.

Ela olhou para Audubon, que estava capturando a expressão da cobra perfeitamente, enquanto seu rifle jazia sem uso contra seu joelho. Lutando para retirar a pistola de sua mochila, ela expressou um impaciente:

— Maldição! — O que o fez levantar os olhos surpresos assim que o revólver estava desimpedido e apontado para ele.

— Eu me rendo — ele disse, o rosto solene, um sorriso contorcendo os cantos de sua boca.

Deixando cair o revólver sobre o colo, ela limpou os mosquitos presos na rede em frente aos seus olhos.

— A cobra.

— Embora essa cobra seja de uma espécie agressiva, ela provavelmente não vai atacar um homem com um facão. Mesmo cobras têm bom-senso. — Ele sorriu e retornou ao seu esboço, escrevendo uma nota e a data no fim da página.

— Eu odiaria contar com isso.

À medida que estudava o cenário em volta, ele levantou a sobrancelha e alargou mais os grandes olhos, para absorver o panorama inteiro, mas, enquanto desenhava, olhava de soslaio e mordia o lábio para focalizar um único detalhe de cada vez. Ou talvez simplesmente precisasse de óculos. Uma gota de suor gotejou do grande nariz, e, sem interromper a linha que estava desenhando, ele a enxugou.

Chabot veio chapinhando, subiu para a trilha e se suspendeu novamente para o assento do condutor, gemendo com o

A MULHER DO RIO

esforço e golpeando as nuvens de mosquitos que o tinham encontrado. Seu rosto estava muito pálido e coberto com um brilho úmido e gorduroso.

— Fiquem quietos agora — disse em uma voz baixa —, e olhem direto para lá.

Ela levantou o telescópio de latão de sua mochila e o levou ao olho.

— Um viveiro! — Ela estendeu o telescópio a Audubon, que deu uma longa respiração quando focou a piscina lamacenta, cheia de pássaros brancos, caminhando na água e se aninhando.

— Ah — ele suspirou —, se eu pudesse pegar uma. Sua boca se alargou em um sorriso.

Chabot riu calmamente.

— Se você fosse um índio poderia montar uma armadilha sem perturbar uma pena. Ou...

Olhou para ela por sobre o ombro.

— Você poderia atirar. Eles estão parados.

Audubon pareceu considerar a ideia, deu uma olhada para ela e sacudiu a cabeça, um pequeno franzir de sobrancelhas aparecendo.

— Hoje não.

Ela pensou na águia, o assunto indesejado dele, e no custo de reproduzir com tal exatidão em nome da ciência.

— Retire seu caderno — ele ordenou, repentinamente, colocando de lado o seu próprio.

Ela corou quando aqueles olhos sérios vieram pousar nela como se ela fosse uma das espécies que ele estava reunindo. Graças a Deus ela decidiu trazer um livro em branco hoje, assim ele não poderia examinar seus pobres esforços anteriores novamente. Ela retirou as luvas de algodão e pegou o lápis, começando a esboçar um pássaro.

JONIS AGEE

Ela mal tinha gravado os esboços de três pássaros altos, andando na água, quando a lição de desenho foi interrompida pelos ataques simultâneos de insetos, mosquitos e moscas varejeiras, que picavam tão doído que extraíam gotas de sangue de qualquer pele nua. Os insetos imediatamente se agruparam nas orelhas do cavalo fazendo seus ninhos sangrentos, levando-o a sacudir a cabeça, tremer e bater o casco, sua irritação acompanhada de um alto tinir da corrente curvada e do clivar da mordida contra seus dentes. O carro estremeceu com o movimento. Annie bateu em uma mosca varejeira nas costas de seu pulso, mas ela ficou ali, picando tão duramente que parecia o ferrão de uma abelha, até que foi agarrada rudemente e atirada em direção ao pântano. Os homens estavam sob um ataque mais duro, estapeando o ar com seus chapéus e mãos. Audubon tinha um minúsculo ponto de sangue em sua face, onde uma mosca o havia picado, e Chabot estava piscando com dificuldade para impedir os insetos de se amontoar em sua testa suada. O cavalo começou a recuar e se projetar para frente, batendo-se para desalojar as moscas que atacavam sua barriga e flancos.

— Está na hora de irmos — Chabot disse, desenrolando as rédeas e deixando a égua assumir o comando. Ela alegremente se agitou para a frente, mordendo o bridão, mas de repente parou. Tentou novamente, desta vez gemendo quando bateu na coelheira. Annie olhou por cima da ponta do carro para a grande roda afundada até o meio na areia.

Embora Chabot e Audubon tenham descido para aliviar a carga, balançando os braços por cima das cabeças para lutar contra o ataque de insetos, o carro ainda não se movia. Ela se ofereceu para descer também, mas os homens balançaram suas cabeças. Chabot deu um passo para fora da trilha e se abanou com o chapéu de palha, enquanto examinava o carro. Então en-

A MULHER DO RIO

controu seu facão e começou a cortar brotos ao longo da margem do pântano, com Audubon empurrando-os para a frente da roda até que a trilha se tornou um carpete verde.

Chabot estendeu as rédeas a ela e se dirigiu à parte de trás do carro. Estava mais pálido que nunca, e sua respiração se agitava inconstantemente no peito, como se estivesse para ter uma congestão pulmonar. Ele não deveria estar ao relento no calor, menos ainda empurrando o carro.

Audubon estava apenas cansado, ela percebeu. Ele retirou a jaqueta marrom e o colete, dobrou-os organizadamente no assento em frente a ela e cuidadosamente enrolou suas mangas para cima, como se estivesse pronto para relaxar em um piquenique, exceto por uma pequena careta de irritação. Quando ele estava em posição de empurrar a roda ao lado dela, Chabot retesou suas costas contra o carro e acenou com a cabeça. Sua camisa estava escura com o suor, e seu rosto, retorcido e pálido.

Foi a preocupação com Chabot que a levou a fazer a única coisa que sabia que não deveria. Ela pegou o chicote de seu suporte, levantou-o sobre a cabeça e então o abaixou sobre as costas da égua, no mesmo momento em que Chabot gritou:

— Não!

A égua empinou, tentou dar a volta e deu coices com os cascos, mas o arreio aguentou, e ela bateu novamente. Desta vez a égua arremessou para a frente, não deixando a mordida do bridão pará-lo. Estendeu suas pernas traseiras e empurrou tão forte que o carro gemeu e saltou para a frente, de uma vez só. Sentindo a falta de peso atrás, ela empinou novamente, saltando por liberdade tão rapidamente que quase caiu de costas sobre o carro.

Endireitando-se, Annie sacudiu as rédeas e manejou para virar a égua, então ela correu de volta pelo caminho por onde haviam chegado, o carro sacudindo fortemente para dentro e para fora de sulcos e buracos, seus dentes batendo uns contra os outros, os ossos em seus quadris e costas como se estivessem se separando. Quando os homens pularam na trilha a fim de pará-la, a égua tomou o freio e explodiu em um galope louco através do campo. Ela estava tão furiosa que urrava cada vez que sentia os arreios contra os flancos. Annie cometeu o erro de tentar puxar para trás com firmeza, mas sua força não era páreo para a da égua. Se, em vez disso, tivesse pelo menos lembrado de usar as rédeas como um serrote na boca da égua... Ela precisava se aguentar ou se arriscar a ser jogada longe.

— Oa, pare! — ela gritou, mas sua voz parecia apenas excitar mais a égua, que estava espumando sob o arreio, gotas de espuma amarela voando de sua boca no rosto de Annie. Finalmente, ela guinou através de uma pequena abertura no final do campo, moveu-se ruidosamente sobre um estreito fosso de drenagem quase afundando as rodas, saiu e continuou em uma grande área que havia sido limpa e drenada, embora, por alguma razão, não tivesse sido plantada na primavera. O solo estava espesso com a fuligem da queimada de algumas semanas antes. Seus cascos levantaram um véu de pó negro, que fez ambas tossirem, mas ela continuou correndo. Então simplesmente parou, como se tivesse alcançado um muro de pedra. Um dos varais do carro estalou e se partiu em dois, a ponta dentada da trave pendurada perigosamente perto do lado dela, que arfava.

Se a égua se virasse e se movesse agora... Entretanto, ela ficou ali, cabeça baixa, bufando.

Annie, sem fôlego, estava aliviada por não ter acontecido nada demais, exceto pela trave quebrada, embora um estranho senso de movimento permanecesse. Não, eles ainda estavam se movendo, o carro estava tremendo — um terremoto —, ela não conseguia recuperar o fôlego! Rapidamente deu uma olhada

A MULHER DO RIO

sobre si, mas tudo parecia normal: o sol estava brilhando claramente, os pássaros não estavam se agrupando e gritando, as cobras não estavam saindo de suas covas, os coelhos, raposas e cervos ainda estavam escondidos, e, o mais importante, ela não se sentia sem equilíbrio, enjoada, o sangue não estava efervescendo em seus braços e pernas. Mas o carro estava se movendo, não para a frente, ela percebeu, mas para baixo. Estavam afundando no buraco de areia movediça!

Nesse momento a égua começou a lutar fracamente, muito exausta para pular fora da água arenosa que as estava cercando. Annie levantou o chicote novamente e bateu em suas costas. Nada. Ela chicoteou sobre a cabeça da égua, balançou o chicote ao lado de seu rosto. O carro estava afundado até o chão, e a água turva estava entrando nele.

— Vá! Mexa-se! Vá em frente! — ela gritava e sacudia os braços.

A areia estava alta até a barriga da égua, e, quando ela puxou a pata parcialmente para fora, não achou nada sólido no que apoiar o casco e deixou a pata cair, derrotada. Olhando por sobre o ombro, o olho da égua estava cheio de uma terrível resignação. Annie havia matado duas. Sua cabeça caiu lentamente, e, com um gemido, ela começou a deitar no arreio, seu peso inclinando o carro para a frente.

Annie, freneticamente, segurou nas laterais para não ir para a frente.

— Ajudem-me! — Annie gritou. — Socorro! — Mas os homens não estavam em nenhum lugar à vista.

Ela sacudiu as rédeas novamente, e foi recompensada quando a cabeça da égua levantou algumas polegadas. Mas o animal, desanimado, soprando água arenosa pelas narinas, fechou os olhos e deixou cair a cabeça novamente. Desta vez Annie afrouxou a rédea esquerda e puxou a direita o mais forte que pôde, enrolando-a em volta do assento do condutor para alavancar. Assim que a cabeça da égua começou a sair do buraco, ela enrolou a rédea em torno do assento novamente, para prendê-la.

No começo, a égua estava inerte, então começou a lutar, tentando lutar contra a rédea e arrebentá-la, para libertar a cabeça. O freio teria deslizado pela sua boca, exceto pela guia. Graças a Deus o couro da testeira era novo, e também os pontos que a seguravam. Desta vez Annie tentou falar com ela, como Chabot tinha feito.

— Boa garota, agora levante-se, vamos lá, levante-se, você consegue. Você é uma garota forte, levante-se...

As orelhas da égua sacudiram-se para a frente e para trás, com interesse, e por alguma razão o carro começou a afundar mais devagar, o que deu a Annie esperança de que talvez houvesse um fundo.

Ela fez extravagantes promessas de comida, cuidado e calma, e a égua parecia ouvir, uma luz vacilando em seu olho.

— Vamos lá, garota, você nunca mais se machucará, eu prometo, vamos lá...

Com a trave direita quebrada, a égua descobriu que podia virar o corpo na direção em que sua cabeça estava voltada. Annie afrouxou a rédea e fez um ruído de aprovação. Suas botas estavam imersas na água turva até os tornozelos, e o carro começou a estalar e gemer à medida que as tábuas se contorciam e inchavam, ameaçando estourar seus pregos e juntas.

De algum modo, a égua nadou, andou para trás, para a margem do buraco de areia movediça. Então ela estava em ângulo reto em relação ao carro. Assim que bateu em solo firme, o animal achou apoio com seus cascos e içou sua parte frontal para fora. Exausta, deitou a cabeça no chão, respirando pelo nariz.

A MULHER DO RIO

— Boa garota! — Annie consolou, apesar da água que agora encharcava sua saia até a cintura, fazendo pressão em suas costas e pernas. Maldição, as pernas dela. Ela esmurrou suas coxas com os punhos, espirrando água arenosa em seu rosto e boca. Cuspiu e prendeu areia em seus dentes.

Se ela pelo menos pudesse sair do carro...

Olhou em volta, procurando sua mochila, a faca dentro dela. Ela havia esquecido disso. A mochila havia caído no chão e agora estava encharcada, e foi preciso algum esforço para levantá-la. Ela achou a faca no fundo, debaixo dos livros e esboços arruinados, e a puxou do estojo de contas que Chabot havia dado, no ano em que Jula nasceu. A onda familiar de desespero ameaçou invadir seu corpo, mas ela não tinha tempo para isso agora.

Rapidamente, fez tiras de sua saia a partir do meio e a rasgou na cintura, libertando suas pernas, seguida pela longa roupa de baixo, deixando apenas suas ceroulas. Suas pernas pareciam muito fracas para serem de alguma ajuda, contraídas, tortas, com cicatrizes, mas teriam de ajudar.

Primeiro precisava libertar a égua. Ela engatinhou sobre o assento do condutor e se empoleirou lá por um momento. Ela não ousava hesitar. Desenrolou a rédea do assento do condutor, soltando a cabeça da égua, e enrolou as rédeas em volta do seu peito, bem debaixo de seus braços. Como suas costas eram as únicas partes que tinham força em seu corpo, ela usaria a si mesma como uma polia. Deslizar para dentro do buraco de areia movediça era mais difícil do que ela esperava, e por fim o carro estava inclinando para baixo, começando a puxar a égua para trás, o que a fazia deslizar entre as traves e a colocava para baixo. A água estava gelada demais para esperar no carro ou para se mover. Ela teria de colocar as traves para fora de seus suportes e cortar os tirantes e rédeas de atrelagem que prendiam a égua ao carro. Quando a última faixa soltou, a égua levantou a cabeça e olhou para trás, para ela. Desta vez o peso nas rédeas era o de Annie, segurando-se contra a areia que sugava. Levando cada mão à frente, ela começou a puxar-se ao longo das rédeas. O problema era que não podia esperar ajuda de suas pernas. Mesmo que os flancos da égua estivessem arfando de exaustão, a égua teria de puxar as duas completamente para fora da água gelada.

Annie lambeu o lábio e cuspiu areia. O escuro e repentino desamparo a lembrou daqueles dias, durante os terremotos, quando ficou presa na cama, sob a trave do teto. Desta vez precisava salvar a si mesma. Quando Annie pressionou seu rosto contra o ombro da égua, o cheiro do suor grudou em seu nariz, mas o calor dava segurança. Havia sangue forte lutando nesta égua — ela sobreviveria. Annie sabia disso.

— Precisamos fazer esta última coisa, garota. — Puxou a cabeça da égua e sussurrou em seu ouvido. — Nós não vamos morrer aqui, nenhuma de nós. Você agora é a minha garota. — Deu tapinhas nela, esfregou seu focinho, colocando as rédeas em torno de seu pescoço. Tinha de ser cuidadosa para não deixar seu peso rasgar a boca da égua quando ela começasse a andar.

Levantando os ombros, Annie a encorajou, em uma voz calma:

— Vamos lá, puxe, garota, puxe-nos para fora.

Como se pudesse sentir a água se fechando sobre o assento do condutor atrás delas, a égua empurrou as patas dianteiras para a frente e deu um pulo, agarrando o solo firme com os cascos dianteiros, escavando de alguma forma, puxando a primeira perna traseira, depois a outra, as ancas chacoalhando, as rédeas se enroscando em suas pernas.

A MULHER DO RIO

Annie segurou-se, não querendo tirar o equilíbrio dela. Com um puxão final, a égua levantou-se, dando a si uma boa chacoalhada, da cabeça até o rabo.

— Vá em frente, puxe! — Quando ela fez um ruído, incitando-a, a égua olhou para trás, os olhos cheios de uma doçura e compreensão que Annie só tinha visto uma vez antes, em um grande cachorro de que tinha cuidado, naquela primavera. — Vamos lá, puxe-me para fora, garota!

Novamente ela usou sua voz calma.

— Por favor, corra — sussurrou, afrouxando a rédea do lado de fora.

A égua endireitou o corpo, colocou a cabeça para baixo e deu um passo para a frente, lutando para firmar o casco. Quando ele estava nivelado, ela expirou fundo e lutou com seus músculos, que tremiam, para trazer a outra perna para a frente. Passo a passo, puxou Annie para fora da água arenosa, como se fosse uma grande armadilha mortal. Uma vez que estavam bem distante, Annie chamou-a para parar. A égua olhou para trás, por sobre o ombro novamente, o corpo tremendo com o esforço realizado.

— Boa garota! — Alcançou e acariciou a perna traseira da égua, que tremia. — Obrigada. — Ela desenrolou as rédeas do corpo da égua, vagarosamente desembaraçando as pernas traseiras dela. A égua ficou ali, calmamente, até estar livre, nem mesmo levantando um casco quando uma grande mosca verde pousou em seu calcanhar, porque Annie estava sob seus pés e elas agora tinham salvo a vida uma da outra. Tão logo sentiu livres as longas linhas, a égua virou-se e veio ficar ao lado de Annie. Olhando para baixo, o olhar cheio de curiosidade, abaixou a cabeça e tocou com o focinho o cabelo solto e embaraçado de Annie, o chapéu há muito desaparecido, então soprou gen-

JONIS AGEE

tilmente no rosto dela. Era o hálito mais doce que ela havia sentido desde Jula...

Annie levantou as mãos vagarosamente, de forma a não assustá-la, e as colocou dos dois lados de seu nariz, de veludo preto granuloso com terra amarela, e soprou gentilmente na sombra de sua narina. A égua bateu na testa de Annie com o nariz, cutucou seu ombro e começou a pastar a grama em volta dela, ficando ali, dando-lhe sombra e guardando-a, até bem dentro da tarde, quando por fim os homens as encontraram.

11

Já era o final da tarde quando eles se arrastaram para o pátio do estábulo, ensanguentados por mordidas de moscas e mosquitos, e tão queimados de sol e sedentos que chegaram a pensar que os delírios de Chabot faziam algum sentido. A égua estava mancando, com as patas feridas, e tremia quando desmontaram. Dealie saiu correndo da hospedaria, chamando pelos escravos, que carregaram Chabot para a cama, enquanto Annie insistia em ser levada para o estábulo, para cuidar da pequena égua. Com a ajuda de um negrinho cavalariço, ela levou a égua para o bebedouro e depois para uma baia limpa, onde disse ao menino, chamado Boston, que a lavasse bem, cuidasse de suas patas e massageasse suas pernas com linimento.

Na baia ela deu tapinhas carinhosos no pescoço da égua, e sussurrou:

— Você é minha agora. Vou montá-la quando você estiver melhor. Você nunca mais vai precisar puxar uma carroça. Iremos juntas a todos os lugares, e eu vou lhe trazer maçãs e cenouras, e roubar o açúcar da Dealie também. — Annie acariciou a longa testa do animal até que a égua fechou os olhos e deu um suspiro contente.

Dealie mandou um escravo ajudá-la a carregar Annie para a casinha de banhos, próxima do depósito de madeira, outra das suas melhorias. Ela tinha aposentos separados para homens e mulheres, com banheiras altas de cobre, e fogões para esquentar a água o tempo todo. Logo que Annie afundou na água quente, fechou os olhos e recostou a cabeça. No silêncio do pequeno quarto, cheio do perfume forte das paredes de cedro, o fogão crepitando ao queimar, sentiu algo se esvair dentro dela, como se tivesse tentado juntar sozinha os pedaços de uma árvore que já havia secado e morrido. Relaxou os braços, depois as costas e, finalmente, as pernas na água, sentindo a tensão que era segurar algo que deveria morrer, que na verdade já havia morrido e desaparecido. Não era de espantar que seu corpo inteiro doesse ao fim do dia. Não era de espantar que tivesse câimbras nas panturrilhas só de pensar naquilo, e que a dor se espalhasse para as coxas e virasse um nó em suas costas, mas ela lutou desta vez. Ela ia dizer, ela ia, a pequena Jula se fora. Ela estava morta, e não havia nada que Annie ou qualquer outra pessoa pudesse fazer ou dizer a respeito. Não era culpa de Jacques ou dela, ou de Dealie.

Do lado de fora, uma codorniz repetia o próprio nome sem parar, um assobio doce, e uma mosca enorme batia preguiçosamente contra o vidro da janela alta. Ela abriu os olhos com os raios de luz empoeirados, que atravessavam o quarto naquele fim de tarde. Não sabia se veria Jula do outro lado, como todos insistiam. Não sabia se Jula lhe seria devolvida, intacta e doce, seu pequeno punho apertado contra os lábios cor-de-rosa, aqueles olhos tão azuis que a área branca era como um céu leitoso em contraste, aqueles cachos sedosos que cheiravam como ela, só ela. Talvez Annie não visse nada mais do que a touquinha ensanguentada que a filha usara no fim, mas não conseguia pensar nisso de novo. Precisava parar agora. Tinha de parar. Havia uma resposta, mas não a teria hoje, nem amanhã. Disso ela tinha certeza. Então levantou a cabeça, e procurou o sabonete e o pano.

A MULHER DO RIO

A mulher negra tinha dito a Annie que a avisasse quando estivesse pronta para se lavar, mas ela não tinha a menor intenção de deixar que uma escrava fizesse por ela o que era perfeitamente capaz de fazer sozinha. Ali e naquele momento, decidiu começar a viver de novo, a acreditar de novo no seu direito à vida. Mergulhou na banheira até que a cabeça estivesse submersa. E, como havia acontecido com a égua, naquela tarde, teve uma visão de algo que não pertencia àquele tempo. Agora era uma mulher, no rio, lutando contra a água que a carregava tão rapidamente, que afundava cada vez mais, sem poder respirar, até que seus pulmões se enchiam de água e ela se afogava, a lama no fundo se abrindo, recebendo-a como se fosse a convidada mais bem-vinda naquela casa lamacenta no fim do mundo. Annie levantou a cabeça, engasgando-se.

— Você quase matou Chabot lá fora. — Dealie anunciou logo que Annie foi colocada à grande mesa de carvalho, na cozinha.

— Ficamos atolados na areia — disse Annie, os olhos baixos. — Depois a égua fugiu.

Dealie colocou bruscamente um copo de água com folhas de menta à frente de Annie, que bebeu e colocou o copo de volta na mesa com cuidado.

— Talvez seja só um efeito da febre — argumentou Annie. — Ele vai melhorar logo.

Dealie cruzou os braços à cintura e esfregou os cotovelos vermelhos. Parecia ainda mais exausta naquele dia, o cabelo despenteado, o rosto e o pescoço gordos brilhando com um suor gorduroso que ensopava o corpinho do vestido azul. Puxou uma cadeira e sentou-se à frente de Annie, as duas mãos descansando sobre a mesa. Ela as virava para cima e para baixo, como se não lhe parecessem familiares. Quando levantou o olhar, havia lágrimas em seu rosto.

JONIS AGEE

— Ele está morrendo, Annie. Você sabe.

Annie sabia, mas ouvir as palavras em voz alta a deixou enjoada, como se a água mentolada em seu estômago estivesse fervendo.

— Eu sinto muito.

Reetie, a mulher negra que a havia ajudado a sair do banho, esbarrou com a panela no fogão atrás delas, Dealie deu um salto e franziu o rosto. As costas da mulher endureceram, como se já pudesse sentir a rispidez da censura. Reetie não era a cozinheira de costume. Dealie assentiu rapidamente com a cabeça e se voltou novamente para Annie.

Com uma voz mais suave agora, disse:

— Não peça nada a ele, Annie. Mesmo que ele ofereça. Uma saída como a de hoje pode matá-lo.

Reetie despejou água na panela enorme sobre o fogão e começou a adicionar pedaços de galinha picada, a pele pálida e áspera como a nudez de carne humana.

Dealie se inclinou sobre a mesa até que seu rosto estava a centímetros do de Annie, e lhe sussurrou ao ouvido:

— Estou grávida de novo. Quero que ele viva para ver o nosso filho, Annie. — Sentou-se novamente, um soluço preso na voz entrecortada. — Mas estou com medo...

Annie segurou-lhe a mão e apertou a face contra ela, incapaz de falar. Atrás de Dealie, a mulher negra, alta e angulosa, ficou em pé, observando, em seu rosto uma expressão de quem sabia das coisas.

Audubon partiu um dia depois, para uma viagem pelo rio, com a promessa de que voltaria logo que pudesse. Também prometeu que escreveria para ela diariamente, o que a levou a pensar em como é que ele havia imaginado tal intimidade entre os dois, ao mesmo tempo em que se sentia lisonjeada com sua atenção.

A MULHER DO RIO

Quase imediatamente, as cartas dele começaram a chegar, pelos homens do rio com quem fizera amizade em suas viagens. Ela as lia na casinha da árvore até que passou a sabê-las de cor, e conseguia deixar que as palavras brincassem em sua mente. Pretendia queimá-las, mas, já que nunca tinha recebido cartas antes, o próprio papel em que as palavras eram escritas lhe parecia precioso, e ela as guardava, prometendo todos os dias que as destruiria. Uma das cartas incluía um desenho de cada um dos dois em uma pose familiar. Annie rapidamente o escondeu dentro de seu caderno, junto com as cartas. Ele escrevia sobre as viagens, e dava notícias de sua esposa Lucy, e dos problemas em casa, mas sempre encorajava Annie a passar "ao menos parte do dia desenhando". Escrevia, frequentemente, sobre o primeiro encontro deles:

Foi naquele dia, querida Annie, que eu te conheci em Jacques'Landing, e nem um dia se passa sem que eu pense nos cabelos negros, soltos ao redor de tua cabeça, como uma criança selvagem da floresta. A tua alegria com um desenho que fiz de ti, sentada entre as nuvens na casa na árvore, como um pássaro lindo; eu me consolo com a tua presença nas minhas páginas, juntamente com os meus trabalhos dos pássaros que tu e eu conhecemos tão melhor que os outros. Sinto que devo usar o teu nome, se o teu retrato se juntar aos outros. Quando meus desenhos tiverem reconhecimento, e encontrarem quem os publique, o teu será o mais comentado, já que os dias felizes que partilhamos são os únicos dos quais me lembro e as lágrimas que me cegam são a prova da emoção do meu coração. E não, não fale ao teu marido da nossa afeição, porque ele certamente escolherá acabar com o meu sofrimento de forma cruel. Assim como eu não desejo que minha esposa sofra a dor da revelação, até que seja absolutamente necessário. Deus te abençoe, minha amiga mais querida, para sempre.

JONIS AGEE

Mais uma vez Annie se surpreendeu com a intimidade do tom dele, e se chocou com a declaração. De onde havia tirado a impressão de que ela, algum dia, abandonaria Jacques? Era verdade que estava ficando mais forte, de corpo e de mente, mas certamente não para Audubon.

Durante as seis semanas seguintes, ela cumpriu a promessa de desenhar diariamente, de recomeçar seus estudos e de recuperar força suficiente nas pernas para montar a pequena égua, que havia convencido Chabot a lhe dar. Quanto a Chabot, passava a maior parte do tempo confinado à cama, muito fraco ou febril para se levantar. Annie passava as tardes quentes no mormaço sonolento do quarto, atrás de redes e cortinas, cuidando dele e lendo para ele. Embora a conversa girasse normalmente em torno de assuntos variados, o gosto dele em literatura pendia para viagens, aventuras e humor. Ele gostava da revista *Salmagundi*, de Washington Irving; de *A vida e atos memoráveis de George Washington*, de Mason Weems; da *Nova enciclopédia do navegador americano*, de Bowditch; e dos romances de *sir* Walter Scott. Em um arroubo de humor grosseiro, um dos barqueiros do rio havia dado a ela um livro chamado *A obra-prima de Aristóteles*, para que lesse para Chabot. Mas ela mal tinha começado a ler a primeira página quando percebeu os desenhos de homens e mulheres em encontros sexuais, e ficou óbvio que o livro tinha tanto a ver com o filósofo grego quanto aqueles barqueiros. Chabot ensaiou um sorriso quando descobriu o embuste, e viu o rosto vermelho de Annie. Ela leu para ele, ao contrário, *Frankenstein*, de Mary Shelley, o que acabou sendo uma má ideia, porque o ataque de delírio que ele teve a seguir foi marcado pelo medo da própria monstruosidade.

Dealie ficava cada vez mais pesada com a gravidez, tanto que era quase tão difícil para ela se movimentar quanto para Annie.

A MULHER DO RIO

Ela resfolegava e arfava depois de dar apenas uns poucos passos, e seu rosto parecia mais vermelho do que nunca. Na verdade, a cor jamais desaparecera, nem o suor gorduroso da doença. Apesar de seus protestos de que estava saudável, por várias vezes Annie a flagrou apertando o peito e fazendo caretas de dor.

— Eu só preciso de um bom purgante — ela disse um dia. — Foi algo que comi.

— Chá de espinheiro é bom para o coração, Dealie. Não demora nada para eu pegar umas folhas.

Reetie recebeu ordens de acompanhar Annie. Embora Annie estivesse andando com uma bengala novamente, e pouco precisasse de ajuda, Reetie permaneceu junto dela através dos arbustos e ao longo da beira do *bayou* e do pântano de Jacques. Durante as últimas semanas, Annie havia montado a égua no estilo masculino, com um par de calças velhas de Jacques cortadas e amarradas à cintura, por debaixo do vestido, apesar de Dealie, incapaz de montar na condição em que estava, ter-lhe oferecido a própria sela lateral. Os braços e o rosto de Annie estavam bronzeados com as saídas frequentes, e ela ficava mais forte a cada dia, capaz de selar e colocar o freio na égua sozinha, apoiando-se ao se recostar no ombro do animal, quando trabalhava. O pequeno e paciente animal não parecia muito afetado pelo acidente, talvez porque Annie tivesse cuidado dela pessoalmente. Seu pelo brilhava com as horas de escovação e massagens a que Annie se dedicava com a ajuda do cavalariço, Boston.

Naquela manhã, Reetie a seguia na mula, que era usada para pequenas tarefas e trabalhos leves, uma fêmea velha, com bigodes cinzentos e as costas tão curvadas que os dedos dos pés de Reetie deixavam rastros gêmeos no pó alaranjado da estrada que elas percorriam. As pernas de Annie doíam fundo na carne próxima ao osso, mas era bom se esticar e poder

JONIS AGEE

sentar sem precisar de apoio. E era bom ter algo para fazer. Jacques havia mostrado a ela como encontrar uma muda de espinheiro, onde ela poderia achar as folhas para fazer o chá para o coração de Dealie.

Apesar do calor, o passo da égua mantinha certa cadência, como se estivesse andando nas pontas das patas, pronta para fugir a qualquer provocação, embora não fosse fazer isso. Mas, bem, quando Annie se inclinou para acariciá-la, alguém saiu da mata, diretamente no caminho delas. A égua fincou as patas no chão e refugou, virando para a direita tão rápido que Annie teve de se segurar na crina e rezar para não cair.

Quando a égua parou de tentar se virar em direção à casa e se acalmou, Annie olhou para a pessoa na estrada. Audubon!

— Seus cabelos — ela disse, admirada com os cachos soltos que haviam crescido até os ombros dele, e que ele penteava com os dedos de uma das mãos, estudando-a.

— Senhora Ducharme. — Fez uma reverência elaborada, tirando o chapéu e girando-o tão baixo que a aba raspou o chão.

O gesto dele a fez corar.

— O que você está fazendo aqui?

— Procurando pelo pica-pau branco. — Ele colocou o chapéu novamente e olhou para as árvores.

Ela explicou sobre a necessidade de um arbusto de espinheiro. Seguindo-a a pé, ele contou a ela sobre sua última viagem pelo rio, os espécimes que havia desenhado, as pessoas que tinha conhecido. A intimidade que havia crescido com as cartas dele fazia que ela se sentisse estranha ao seu lado, e ela lutou para manter distância.

Finalmente, ela disse a Reetie que fosse para casa, já que Audubon estava lá para ajudá-la. Reetie estudou o chão por

A MULHER DO RIO

um longo momento, então desamarrou a trouxa que continha água e sanduíches de presunto, entregou-a a Annie e cavalgou de volta, olhando para eles até que sumiu de vista. Audubon imediatamente ajudou Annie a desmontar da égua, apertando-a contra o peito, e ela sentiu a textura áspera do colete de linho dele contra seu rosto. Ele era mais baixo e menos musculoso que Jacques, e havia uma quietude quase feminina nele. Jacques tinha aquela força animal e selvagem, que tomava posse de tudo o que encontrava e fazia que todos se curvassem à sua vontade, enquanto Audubon despertava o lado de uma pessoa que queria simplesmente sentar, contemplar e conversar, quase sem ser tocada pela sua presença física. Precisava admitir que havia uma parte dela que se sentia atraída por ele, mas ela rejeitava aquele desejo por puro instinto. Tendo estado com um homem como Jacques, nunca poderia escolher alguém mais fraco.

Ele não tentou beijá-la na boca; apenas lhe cheirou o cabelo e pressionou os lábios contra sua testa, como se ela fosse uma criança. Mantendo-a à distância de um braço, ele perguntou:

— Como vai o trabalho? — Os olhos acesos com interesse, o rosto ansioso pelo que ela podia oferecer.

— Tenho ajudado a cuidar de Chabot — ela disse — e ando fortalecendo minhas pernas. — Estava orgulhosa de seus progressos, e queria que ele percebesse.

— Sim — ele respondeu, impaciente, abanando as mãos. — Mas e quanto ao seu trabalho?

Ela se voltou para a sela, e remexeu dentro da bolsa nova de couro, que era parecida com a que ele carregava. Quando seus dedos tocaram no caderno, ela o tirou da bolsa.

— Veja você mesmo. — Eles se sentaram em uma clareira onde a grama alta tinha sido achatada na noite anterior, a égua amarrada, pastando por perto.

— Borboletas? — Ele deslizou as pontas dos dedos longos pela página coberta de desenhos que ela havia feito, borboletas entre margaridas selvagens e malva.

— O que é isto? — ele indagou, chegando a uma página onde ela havia desenhado uma borboleta enorme, dando uma atenção especial às intensas manchas marrons e pretas contrastando com um azul-pálido que saltava aos olhos. — Ah! — ele disse. — Excelente! *Hamadryas feronia farinulenta*. A fujona, pelo que estou vendo, achou o caminho para cá desde as selvas da América do Sul. — Ele virou algumas outras páginas, cobertas de borboletas, mariposas e besouros. — Mas onde estão os pássaros? — A expressão no rosto dele era, ao mesmo tempo, atônita e magoada.

Ela tirou o caderno das mãos dele, fechando-o.

— Eu queria estudar algo só meu, algo que eu pudesse encontrar nos campos, com a minha égua. Além disso, você os desenha muito melhor do que eu jamais poderia.

Os olhos dele ficaram suaves enquanto olhava para a égua, e novamente para ela. Pegou-lhe a mão e acariciou a palma, acompanhando os traços dos calos formados pela bengala, antes de virá-la e inspecionar o bronzeado profundo que terminava nos pulsos dela.

— Você tem as mãos de um trabalhador, minha pequena.

Algo nas palavras tolas dele fez que ela puxasse a mão de volta, com um gesto brusco.

— E você tem uma esposa, senhor.

Ele deu uma gargalhada e lhe segurou novamente a mão.

— E você tem um marido, minha senhora, mas me fale sobre os pássaros que viu. Você fez uma lista, tenho certeza.

Ela olhou para ele, desafiadoramente, mas não foi capaz de resistir aos pequenos cachos ao redor da boca generosa, ou ao brilho divertido dos olhos dele, então suspirou profundamente,

A MULHER DO RIO

como se ele estivesse pedindo demais, e abriu o caderno nas últimas páginas, onde mantinha observações e datas.

Ele leu a lista em voz alta.

— Rouxinol-ermitão, falcão-do-pântano, narceja, corvo comum, peru, abutre-negro, águia-de-cabeça-branca, papagaio-da-Carolina. Mesmo assim você não se sentiu tentada a desenhá-los.

— Eu não queria matá-los, em primeiro lugar. Além disso, as borboletas são mais fáceis. — Talvez fosse esse o motivo pelo qual ela nunca seria uma grande artista ou cientista, mas era grata a ele por não tocar nesse ponto. A decepção na voz dele era um castigo suficiente.

— Ali. — Ele apontou para uma borboleta pousando a poucos metros deles, tirando um lápis do bolso, enquanto ela abria o caderno em uma página em branco. — Capture-a com uma única linha, assim. — Na mão de Audubon, o lápis parecia ganhar vida própria, e o desenho apareceu, como por encanto. — Use o seu olhar e deixe o lápis seguir.

Ele lhe envolveu a mão com a sua, não exatamente segurando, mas absorvendo sua resistência. Com a outra mão, levantou-lhe o queixo.

— Não olhe para o papel, olhe para a borboleta. Agora desenhe. Não pense no que a sua mão está fazendo, deixe os seus olhos consumirem os detalhes da forma e ela irá aparecer.

A borboleta estava pousada em uma folha de *hackberry*; era marrom, as asas, quase negras abertas. Uma borboleta comum, exceto pelas faixas amarelo-palha delineando as asas, e as manchas azuis ao redor. Ele estava certo. Quando ela finalmente olhou para o caderno, a borboleta estava lá. Ela fez anotações, silenciosamente, sobre as cores, para que pudesse colorir o desenho mais tarde.

— É uma *mourning cloak*, *Nymphalis antiopa*. — Ele levantou a mão, e ela escreveu.

JONIS AGEE

— Obrigada — ela disse quando terminou.

— Você deveria trazer os seus lápis de cor para o campo, para esse tipo de trabalho. — Ele se deitou na grama, contemplando o céu. Do outro lado do campo, além da linha das árvores, Frank e McCord Foley estavam trabalhando na drenagem do pântano, e os irmãos Burtram estavam cortando lenha. A gargalhada distante e os ocasionais gritos quebravam o silêncio da tarde.

— Se aquela pequena princesa pousar, você pode praticar com ela, *Limenitis archippus*. Veja como a faixa estreita que atravessa as asas é diferente da rainha. — Ele bocejou e se virou de lado, olhando para ela.

— Não fique me olhando. — Ela desenhou rapidamente o contorno da borboleta, então se concentrou para adicionar a rede de linhas negras e manchas brancas.

— Fique à vontade. — Ele bocejou de novo e fechou os olhos.

A tensão nos ombros dela relaxou, e sua mão ganhou uma leveza que não existia antes, enquanto ele a observava. Uma gralha azul grasnou repentinamente sobre a cabeça dela, e voou para uma árvore próxima; os filhotes começaram a choramingar como gatinhos. Os homens do outro lado da clareira deviam ter tirado uma hora de folga, porque estavam quietos agora. Um grupo de borboletas amarelas pequeninas flutuou sobre os trevos, poucos metros adiante. *Sleepy orange*, ela escreveu, e desenhou rapidamente, anotando as margens negras das asas. Perguntaria a Audubon sobre o nome em latim.

Uma mariposa enorme, marrom-avermelhada, pousou no ombro de Audubon. Em ambas as asas traseiras havia uma grande mancha em forma de olho, com uma cor marrom--acinzentada atrás. Cada uma das asas dianteiras tinha uma mancha menor, como se um olho tivesse tentado se formar, sem sucesso. Havia traços esmaecidos cor de canela nas asas dianteiras, também. O tamanho e os detalhes da mariposa a tornavam tão linda que Annie queria tocar nela. A mariposa polifemo. Com as antenas balançando suavemente, deslizou pela manga de Audubon. Ela não conseguia tirar os olhos da mariposa, tão grande e linda, quase mística, como se tivesse o poder da profecia.

Durante dias havia ensinado a si mesma a prestar atenção em faixas, manchas e formas das asas, e a precisão das cores. Ela havia se esquecido da outra parte, de como uma coisa daquelas podia tomar conta da sua alma de tal forma, que suas mãos não precisavam gravá-las, como se tal ato fosse destruir, e não preservar. Em vez disso, concentrou-se na estranha sensação que a contemplação lhe trazia. Algo que subia à tona, mas não chegava à superfície, causou-lhe um frio no estômago, e ela tremeu com a súbita friagem no ar.

Ela se levantou de repente, juntando suas coisas. Audubon abriu os olhos e se apoiou nos cotovelos.

— Ainda preciso achar meu espinheiro — ela disse, com um olhar ansioso para o oeste.

— Eu posso ajudar. — Ele apanhou a bengala e pendurou a bolsa no ombro, e eles partiram, Annie montando a égua e Audubon seguindo ao lado.

— Eu deveria me explicar — ele começou.

— Não. — Foi a primeira coisa que veio à cabeça dela, mas, realmente, queria dizer aquilo. — Olhe...

Um pássaro vermelho, com asas negras, pousou no galho de um carvalho, à beira do pântano.

— É um tanager macho — disse ele. — Escute o que ele está cantando: *fique-longe, fique-longe, fique-longe, fique-longe, fique-longe, fique-longe.*

— Ele está certo — ela disse.

JONIS AGEE

O pássaro inclinou a cabeça e olhou para eles quando passaram. Abrindo o bico inchado, ele continuou a cantar. *Fique-longe, fique-longe, fique-longe.*

As árvores eram densamente cobertas por uma vegetação espessa, que obscurecia a mata pantanosa. Em certo ponto Audubon se esgueirou por entre as plantas e desapareceu por um momento. Quando voltou, disse que era melhor voltar para a estrada.

— *Supplejack* — ela disse. — É assim que chamamos estas plantas. Juncos. Você pode usá-las para fazer móveis, mas a fruta mancha, então não...

Mas era tarde demais. O colete dele estava tingido de púrpura. Ele olhou para baixo e tentou esfregá-lo, sem resultados.

Ela não conseguiu controlar o riso, o que provocou nele um franzir de testa pensativo. Colheu um punhado das frutas maduras, preto-azuladas, e atirou-as nela. Assustada, a égua refugou e Annie precisou se segurar na crina para se manter na sela. A frente de sua blusa ficou manchada de púrpura.

— Agora estamos quites — ele anunciou, rindo, e pegou a bengala. Quando ele se virou, ela apanhou o que restara das frutas em seu colo e mirou bem no meio das costas dele, satisfeita quando a fruta grudou momentaneamente e depois escorregou, deixando um rastro púrpura como as vértebras de um animal exótico, gravado no colete dele.

— Justiça seja feita — Audubon riu, novamente. — Eles me avisaram que este era um lugar selvagem. — Apontou com a bengala para uma árvore atrofiada: — E ali está o seu espinheiro. É a fruta ou são as folhas que se usam para o chá?

A árvore era baixa, quase do tamanho de Audubon.

— Minha mãe costumava dizer que a mãe dela fazia geleia com a fruta, e comia todas as manhãs com torradas, para curar os problemas do coração.

A MULHER DO RIO

— É muito cedo para frutas. Podemos levar algumas folhas. — Ele quebrou um galho pequeno, evitando os espinhos afiados como agulhas, e entregou-o para ela.

— Jacques sabe tudo sobre espinheiros. Ele aprendeu cura com os índios com quem vivia. — À menção do marido dela, Audubon ficou calado.

Depois de certo tempo, ela perguntou:

— Quanto tempo você pode ficar?

Ele fixou os olhos escuros nela.

— Tenho pouco tempo. Vim para ver você, é claro, mas preciso conseguir encomendas para minhas pinturas. — Olhou para as próprias mãos, as unhas manchadas de tinta preta e marrom. — Minha família depende de mim. — Olhou para ela novamente, o rosto solene, uma expressão distante, como se não quisesse que ela visse a vergonha que isso lhe causava. — Seu marido pagaria por um retrato seu?

Ela olhou para a mata, em silêncio, por alguns momentos. O pedido dele era claramente doloroso, e os pensamentos dela eram igualmente contraditórios. O coração deu um salto só de pensar nas conversas que eles teriam, o tempo precioso que passariam juntos enquanto ela posasse para ele, mas, ao mesmo tempo, ela se envergonhava com a ideia de que ele fosse usá-la para conseguir dinheiro de Jacques.

— Você precisa pedir a ele — ela disse.

Ele ficou vermelho e abriu a boca para dizer algo, mas a fechou novamente. Ficaram ouvindo os pássaros cantando nas árvores, uma gralha azul berrando como se fosse uma criança. Ela ponderava se todas as amabilidades de Audubon tinham sido dirigidas ao momento do lucro, se ele passava o tempo livre escrevendo cartas para mulheres como ela, por todo o rio.

JONIS AGEE

Finalmente ela apanhou a bengala e o caderno e se levantou. Quando ele tentou ajudá-la, ela sacudiu a cabeça, mas rapidamente percebeu que precisaria dele para montar, já que sua perna esquerda ainda estava muito fraca. Quando as mãos dele tocaram sua cintura, e ela sentiu o calor do corpo dele contra suas costas, soube que teria de falar com Jacques sobre o retrato. Mas sentir algo por Audubon lhe dava raiva, e, quando a égua se remexeu sob o peso em suas costas, Annie puxou o freio com muita força. Ela imediatamente se arrependeu, acariciando-lhe o pescoço e chamando-a por apelidos carinhosos até que a égua suspirou e relaxou. Não ofereceu a Audubon levá-lo na égua, e ele não pediu.

Eles chegaram em casa e descobriram que Ashland, um dos irmãos Burtram, que cortavam árvores do outro lado da clareira onde estiveram, havia sofrido um corte na perna. Os outros irmãos, Nicholas e Mitchell, o haviam levado para casa para ver Clinch, que era especialmente bom em suturar ferimentos, a fim de que não infeccionassem. Quando Audubon e Annie se aproximaram da cabeceira da cama, Jacques olhou para eles com uma expressão esquisita, que Annie não conseguiu entender. Foi somente mais tarde que ela percebeu que ele deveria estar olhando para a mancha púrpura que ela e Audubon compartilhavam em suas roupas.

As coisas se acalmaram nos dias que seguiram ao acidente, enquanto eles esperavam por sinais de que Ashland iria sobreviver. Apesar do calor daquela tarde, Audubon tinha decidido aproveitar a oportunidade para que Annie posasse sob o carvalho para alguns rascunhos iniciais do retrato que ele pintaria quando Jacques concordasse.

A MULHER DO RIO

Uma mosca que voava preguiçosamente sobre ela pousou em sua mão, deslizou pela manga até a dobra do cotovelo e parou para esfregar as patas. Quando ela a espantou, Audubon disse:

— Por favor, não se mexa. — Ele a estava criticando a ponto dela perder a paciência.

— Por que você não atira em mim e imagina o resto?

Audubon não disse nada, concentrado em sua criação.

Um mosquito zumbiu perto do ouvido dela, mas ela não se atreveu a fazer nada além de sacudir a cabeça, o que resultou em um suspiro impaciente dele.

Ele depôs os pincéis, suspirou, enfiou os polegares nos bolsos do colete e olhou para a casa.

— Projeto pessoal do seu marido, imagino.

Uma vez que ela não respondeu, ele apontou para a fachada e disse

— Renascimento clássico, mas a entrada não combina. Ele teria feito melhor com uma varanda alta e uma cumeeira triangular por cima, sustentada por quatro colunas. Ele precisa de colunas, mesmo com uma varanda dupla. Por que o telhado é tão estendido? Certamente ele não está planejando muitas colunas. Está trabalhando em um plano paladiano, em três partes? — Ele sacudiu a cabeça, como se a casa fosse uma desgraça por causa da feiura. — E aquelas janelas nunca estão postas em pares adjacentes. Nunca.

Ela olhou para a casa, imaginando varandas por toda a extensão da fachada, de forma que ela e Jacques pudessem observar o rio e a costa do outro lado. Ela poderia passar o dia inteiro do lado de fora, sem o desconforto da casa da árvore.

— Ele está construindo a casa para mim — ela disse.

Audubon olhou para ela de esguelha, e sacudiu os ombros.

— Construir uma casa linda, uma casa verdadeiramente linda, é dar um presente ao mundo.

— Meu querido, você jamais terá condições de dar um presente desses — ela riu e tomou-lhe o braço, apoiando-se em sua bengala enquanto andavam em direção à hospedaria.

Jacques saiu repentinamente de lá, correndo pela porta aberta.

— Annie, por onde você andou?

— O que foi?

Ele fez uma careta e sacudiu a cabeça.

— Chabot.

A hospedaria estava escura e silenciosa, exceto por um suave raio de luz que vinha do quarto de Chabot.

Antes de entrarem, Annie tocou no braço de Jacques, perguntando:

— Ele está...? — Mas ele se livrou e entrou no quarto. Quando ela olhou em volta, viu que Audubon se fora.

Lá dentro, Dealie estava sentada em uma cadeira à cabeceira, apoiando-se na cama, o rosto entre as mãos. Quando Annie entrou, ela levantou a cabeça. Era chocante ver a raiva crua ali, as feições inchadas, vermelhas de chorar e manchadas de lágrimas, os olhos opacos injetados de sangue, os lábios tremendo tanto que ela teve de tentar duas vezes para falar.

— Ele está morrendo, Annie. Chabot... — Os ombros dela estremeceram com soluços que ela se recusava a deixar escapar, e o custo do esforço pareceu se espalhar até a barriga distendida, que subitamente convulsionou em uma onda de dor que era visível através do vestido surrado, fazendo que arfasse, o corpo se dobrando ao meio. — Não! — Ela bateu no próprio ventre, e Annie se jogou para a frente, para segurar-lhe a mão.

— Você vai machucar o bebê. — ela disse, alto. Dealie resistiu apenas um momento, então se apoiou contra ela e começou a

A MULHER DO RIO

chorar baixinho, interrompida pela respiração rítmica que marcava o começo do parto.

Annie olhou para Jacques, que tinha ido para o outro lado da cama, para sentar-se ao lado de Chabot. Ele levantou as sobrancelhas e apontou para Dealie com o queixo, mas Annie conseguiu apenas sacudir a cabeça. Como eles poderiam tirá-la dele naquele momento?

A voz de Jacques falhou enquanto falava.

— Ele tem se enfraquecido mais e mais o dia todo. A febre subiu tanto que parecia que o sangue ia ferver. Eu tentei de tudo... — Jacques estendeu as mãos vazias. — Os Creeks queriam levá-lo para o rio, para parar a febre, mas ela não deixou. — Ele meneou a cabeça em direção a Dealie, uma tristeza infinita em seus olhos. — Agora é tarde demais. — Ele tocou a testa do amigo com um gesto gentil. As pálpebras de Chabot estremeceram, os dedos da mão se mexeram e os lábios se abriram. Parecia que ia falar, mas apenas um suspiro estranho, como um assobio, se ouviu.

Annie se inclinou e sussurrou:

— Chabot, é a Annie. Você pode me ouvir? — A respiração dele parou por um instante, como se estivesse pensando, então o peito dele se encheu e ele respirou novamente. Ele a ouvia.

— Chabot, eu amo você. Cuide de Jula, Chabot, não a deixe mais sozinha. — Os dedos dele se mexeram de novo, e os lábios se abriram e fecharam, como se estivesse lutando para falar de novo, mas apenas o assobio de ar saiu.

Os olhos de Jacques se encheram de lágrimas. Dealie grunhiu alto e empurrou Annie para o lado, subindo na cama junto com o marido. As contrações faziam que ela tremesse e se virasse, tentando resistir, o corpo batendo contra o de Chabot.

— Dealie. — Annie tentou chegar até ela, mas Dealie a empurrou de novo. Ela olhou para Jacques, que sacudiu a cabeça.

JONIS AGEE

Então algo milagroso aconteceu. Depois de um suspiro particularmente alto, longo e barulhento, Chabot se sentou na cama, fazendo que Dealie caísse para o lado, e olhou para algo na porta.

— Estou indo — ele disse, e estendeu a mão para a escuridão vazia. Então caiu para trás e parou de respirar.

— Chabot? — Jacques sacudiu-lhe os ombros, e a cabeça rolou para o lado, em direção a Annie, a pele já começando a se desligar dos ossos, de modo que ele já assumia as feições de cada pessoa que já havia morrido, o crânio anônimo do nosso legado coletivo, nosso ancestral em comum, até que mal se podia reconhecê-lo.

Os ombros de Jacques se sacudiam com os soluços. Os olhos de Dealie eram traços inchados em seu rosto, enquanto ela abraçava a cabeça de Chabot, erguia-lhe o braço e tentava colocá-lo ao seu redor, mas era impedida pelas crescentes contrações em seu ventre. Então ela começou a gritar e bater na barriga com ambos os punhos, e foi preciso que Jacques e Annie a segurassem para que parasse, e que a arrastassem para fora do quarto do doente para o seu, para que se preparasse para o parto. A coincidência dos dois eventos era incrível, e Annie não podia deixar de se perguntar se não havia forças mais poderosas naquilo. Ela só podia esperar que eles não precisassem enterrar três, em vez de um, no dia seguinte.

Quando entraram no quarto de Dealie, Reetie estava sentada, de pernas cruzadas no chão, junto à cama de sua senhora, uma vela e alguns ossinhos pequenos à sua frente, e um pardal em sua mão. Sem olhar para eles, ela inseriu a ponta de uma faca afiada na garganta do pássaro, coletando o filete de sangue em uma pequena tigela de cobre. Apesar do luto e da dor, Dealie ficou furiosa quando viu o que estava acontecendo, e tentou chutar a mulher e a vela, mas Jacques a segurou e arrastou para o outro lado da cama.

— Ela está dando à luz — ele disse, simplesmente, e Reetie se levantou em um salto. Em vez de ir buscar lençóis e água, entretanto, ela se inclinou sobre o corpo de Dealie e espalhou o sangue do pássaro em seu estômago. Por um momento foi como se o sangue estivesse fervendo ou fosse ácido, porque parecia queimar através do tecido.

— Tirem isso de mim! Ela está me queimando viva! — Dealie gritou, puxando o tecido freneticamente, tentando rasgá-lo, até que Jacques lhe abriu o vestido, revelando marcas vermelhas de queimadura no ventre inchado.

— Saia daqui! — Jacques berrou para a escrava, que ergueu a tigela de sangue como se fosse atirá-la nele, e então a abaixou, se virou, e saiu.

Dealie estava tão adiantada na gravidez que pareceu que o bebê escorregou sem ajuda enquanto ela gritava, xingava e fazia força. Em questão de minutos, Annie viu a curva ensanguentada da cabeça do bebê. Os ombros foram um pouco mais difíceis, mas então, com um último empurrão, o corpo robusto de uma menininha descansava em meio a uma poça de sangue na cama. Depois que Annie a havia segurado por um momento de cabeça para baixo, para limpar os pulmões, como Chabot tinha ensinado, ela deu um tapinha no traseiro cor-de-rosa e foi recompensada com um soluço e um grito de protesto. Ela deitou o bebê no peito de Dealie, e cortou o cordão umbilical com a faca de Jacques, liberando mãe e filha para o mundo.

— Com quem ela se parece? — perguntou Dealie, com certa aspereza na voz.

— Chabot — Annie respondeu, sem hesitar. — Ela é a cara do pai, Chabot. — Ela conseguiu soar o mais sincera possível, e flagrou Dealie e Jacques trocando olhares. *Eles acham que eu não sei*, ela pensou, *mas estão enganados. Não me importo onde a semente foi plantada, já que aconteceu. O bebê poderia ser meu.* Chabot se fora, Jula se fora, que diferença fazia? Esta era uma vida nova, boa. Parecia certo receber o bebê com alegria no mundo.

— Como iremos chamá-la? — Annie perguntou.

— Chabot queria dar o meu nome se fosse uma menina — disse Dealie, de novo à beira das lágrimas —, mas não quero que ela seja amaldiçoada como eu.

— Maddie, então — disse Jacques. — De Madeleine, minha mãe. Faremos dela uma menina esperta. — Olhou para Annie com aquela expressão esquisita novamente.

Embora estivesse exausta com a morte de Chabot e o nascimento da filha, Dealie conseguiu segurá-la e amamentá-la. Quando o bebê adormeceu, Dealie pediu que fossem buscar Reetie para lavá-la. Jacques e Annie se entreolharam, imaginando se seria seguro, mas, quando Dealie repetiu o pedido, Jacques saiu do quarto com um dar de ombros, como se quisesse dizer que jamais entenderia as mulheres.

— Tem certeza? — Annie perguntou. — Ela tentou ferir você. — Ela estava enrolando o cordão umbilical em um pedaço de lençol.

— Deixe disso — disse Dealie. — Reetie estava assegurando uma chegada segura para a minha filha, Annie. Ela sabe mais sobre essas coisas que você ou eu, acredite. Eu já vi a mágica dela. Foi por isso que eu a comprei, e é por isso que jamais me desfarei dela. Eu estava fora de mim depois que... — Um soluço ficou preso em sua garganta, e seus olhos se encheram de lágrimas.

— Meu pobre Chabot. — ela disse. — Nunca viu sua linda filha. — olhou nos olhos de Annie. — Você acha que ele nos vê aqui? Acha que ele sabe?

A MULHER DO RIO

Annie assentiu, não confiando em si o suficiente para falar.

Dealie sorriu e fechou os olhos quando Reetie apareceu com água fervendo, lençóis limpos e uma camisola. Annie disse boa noite, com cuidado para não tocar na mulher negra, ou mesmo deixar que os olhos dela, e talvez sua bruxaria, a alcançassem.

12

Enterraram Chabot ao lado da casa nova, sob os carvalhos e ciprestes, ao lado de Jula, naquilo que estava rapidamente se tornando o cemitério deles. Alguns meses atrás Dealie tinha pedido uma pedra de granito com seus nomes e datas de nascimento gravadas e uma cruz simples, entalhada no topo. Embora não fosse particularmente bom com o cinzel, Jacques, esculpiu o resto das datas de Chabot, os números levemente tortos e variando de tamanho. Dealie deu tapinhas em seu ombro quando ele apontou sua falha, e a pedra foi colocada no topo da sepultura recentemente cavada, sem mais desculpas.

Era uma época triste para todos, pois Chabot tinha sido querido pelos homens também. A pousada, normalmente barulhenta, estava prostrada, ninguém oferecendo entretenimento musical ou teatral. Jacques havia pendurado um tecido preto sobre a entrada, para deixar os viajantes saberem que estavam de luto, e Annie moldou uma guirlanda de galhos de salgueiro, trançada com faixas de tecido preto, e a pendurou na porta.

Depois da morte de Chabot, a questão do retrato de Annie nunca foi levantada. Audubon dificilmente estava presente. Como Jacques partia ao amanhecer e voltava ao pôr do sol, cansado demais para fazer qualquer outra coisa que não fosse jogar comida na boca antes de cair adormecido, correndo para terminar o trabalho do verão, poucas palavras se passavam entre eles.

A MULHER DO RIO

Annie tinha prazer em pequenas coisas que aconteciam durante seu dia, incluindo o delicioso progresso de Maddie, embora isso a fizesse sentir saudades tanto de Jula quanto de Chabot. Ela também começou a escrever a história de sua vida, começando com o terremoto, porque, depois da morte de Chabot, parecia que morremos tão repentinamente, sem um cômputo final, deslizando rapidamente da memória, que, sem crianças que nos continuem, nós cessamos, nos tornamos tão comuns quanto pó pisado sob os pés dos viajantes. Ela não podia suportar essa ideia, então escrevia para dar prova de sua vida por aquele breve momento.

Com a perda do marido e o nascimento da filha, Dealie não era mais capaz de administrar a cozinha e os empregados, e, gradualmente, o trabalho caiu sobre os ombros de Annie. Como ela, certamente, não poderia lidar com a cozinha como Dealie fazia, teve de confiar muito do trabalho a Oceana e Finis, um casal de negros que havia estado com Dealie desde seu primeiro marido. O trabalho deles na cozinha possuía uma harmonia silenciosa, que produzia excelente comida e pouca interrupção, e a fazia imaginar se já tinha acontecido alguma crise sobre o preparo da refeição.

Annie começou a passar as manhãs sentada em uma grande cadeira estofada na cozinha, dirigindo os criados para a limpeza dos cômodos, supervisionando o transporte dos alimentos para as refeições que viriam, aprontando outras tarefas necessárias para a administração da casa e da pousada. Reetie passava todo o tempo cuidando de Dealie e do bebê, e não falava com Annie a menos que ela agarrasse seu braço e a forçasse a um confronto. Oceana e Finis evitavam contato com ela, e chegavam ao ponto de recusar-se a tocar nos pratos que ela trazia do quar-

JONIS AGEE

to de Dealie até que tivessem sido imersos em água fervente e espalhado pó, o que significava outra lavada. Annie tentou argumentar com eles que sabão e água quente eram o suficiente para limpá-los, mas eles eram teimosos nesse assunto.

Oceana era uma mulher minúscula, com menos de um metro e meio de altura, cabelos curtos, alisados com gordura e assentados na cabeça sob seu boné. Havia uma espessa cicatriz ao longo do lado direito de seu rosto, que arruinava seus traços pequenos e finos, fazendo seu sorriso torto e puxando um pouco seu olho, então ele parecia ligeiramente maior do que o outro. Depois que o primeiro proprietário tinha feito visitas demais à cama de Oceana, a esposa dele deu-lhe uma escolha: ou ela se fazia ficar feia ou seria morta.

— E Finis? — Annie perguntou, quando ouviu a história.

— Ele não suportou isso. — A voz de Oceana chicoteou, como se tivesse confessado o mais desesperado de todos os pecados.

— Mas ele ficou com você.

Seus olhos encontraram os de Annie pela primeira vez, de mulher para mulher, e Annie viu que partilhavam os terríveis segredos de estarem vivas.

— Oh, nós temos um tipo de dança. Eu fico me virando, assim ele não precisa vê-la.

Todos sentiam falta de Chabot naquelas manhãs, e, depois de algumas semanas da presença de Annie na cozinha, começaram a falar sobre ele, não mencionando seu nome, como os dois negros avisaram, e contando apenas as histórias boas e engraçadas quando ele aparecia nas conversas.

Uma manhã, com as costas voltadas para Annie, Oceana perguntou:

— Você irá ao seu estudo hoje? — Quando tinham chegado aqui, no começo, Annie não tinha ciência de que os escravos

A MULHER DO RIO

percebiam tudo o que faziam, e sabiam mais sobre eles do que eles sobre os escravos. Eles a faziam lembrar de sua infância, olhando silenciosamente e esperando a vez, memorizando gestos e humores, forças e fraquezas daqueles que eram responsáveis, da maneira como uma esposa olha seu marido para cada variação de sua personalidade.

— Você gostaria de vir comigo? — ela perguntou.

Oceana se virou, um raro sorriso subindo por sua boca retorcida.

— Com a senhora Dealie fora, não posso deixar de cozinhar — ela hesitou. — Obrigada.

Annie sorriu e lhe garantiu que o convite estava em pé.

Quando Oceana se virou, a luz da janela atingiu sua cicatriz, fazendo a carne rosa brilhar por um momento, antes que ela vacilasse novamente.

Ela disse:

— Você não deveria levar Reetie. Leve Boston, ele pode ajudar com o cavalo. Você não vai querer meter-se com Reetie. Deixe-a ficar com a senhora Dealie e maquinar seu plano.

— Que plano é esse? — Annie colocou as mãos espalmadas sobre a mesa, para se firmar, enquanto levantava.

— Não se incomode. Apenas fique longe daquela lá. — Ela pegou uma vasilha de ferro do forno e a colocou na mesa, com força.

Desde que havia perdido seu amigo, Jacques parecia estar tomado por uma nova energia para acabar a casa. Ele havia tirado os homens de quase todos os outros trabalhos e contratado novos trabalhadores da cidade que crescia. Annie decidiu explicar por que era uma boa ideia usar Finis para ajudar com algum *design* arquitetônico e de interior; nem Jacques nem ela tinham ideia de como a casa deveria ficar, e Finis tinha o que

JONIS AGEE

sua esposa Oceana chamava de "um grande olho para a beleza". Com isso em mente, ela atravessou o caminho até a pequena colina, ficou parada na frente da casa e chamou por Jacques.

Ashland Burtram estava consertando rápido o bastante para sentar em um banco e formar os desenhos intrincados de moldes para as varandas que se estenderiam pela frente tanto do primeiro como do segundo andar.

— Senhora Annie. — Ashland abaixou a cabeça enquanto falava. Havia sido especialmente tímido desde o acidente.

— Jacques está por aqui? — ela perguntou.

Ele inclinou a cabeça para o interior da casa.

— Você poderia chamá-lo para mim? — Ela não tinha intenção de ir até lá. Esperaria até que Jacques tivesse acabado completamente e a casa estivesse pronta para ela, pois era a grande surpresa dele.

Ashland virou a cabeça e gritou tão alto que toda a pancadaria e serração parou e Mitchell veio correndo para fora, para a varanda.

— O que há? — ele perguntou, escovando a serragem que cobria sua camisa e cabeça.

— Jacques está aí? — Annie perguntou.

Mitchell parecia assustado, deu uma olhada sobre seu ombro e de volta para a pousada.

— Não sei dizer onde ele está, senhora. Vendo-o, direi que esteve procurando por ele.

Ela olhava os escombros de madeira e as ferramentas espalhados pelo chão, levantando os olhos bem no momento em que os dois irmãos trocavam um olhar significativo.

— Obrigada — ela disse, e virou-se para sair.

Estava quase no estábulo quando Jacques, sem fôlego, a alcançou.

A MULHER DO RIO

— Você não deveria incomodar os homens enquanto estão trabalhando — ele disse. — Temos pouco tempo disponível antes do inverno. — Seu rosto estava corado e, de algum modo, lutando para ficar fechado, para limpar algum sentimento ou expressão.

Onde ele tinha estado?

— Tenho uma sugestão para a construção.

Seus olhos iluminaram-se e seus lábios grandes abriram um sorriso feliz.

— Você tem? *Qu'est-ce que c'est?* — Agradava-lhe que ela estivesse, finalmente, interesse em seu grande projeto.

Ela explicou sobre conversar com Oceana e descobrir o talento de Finis.

— Uma ajuda poderia ser útil — ele concordou. — Tenho a forma da casa, como você pode ver, mas a frente é um problema. É tão comum. Estou *dans la rivière*, no rio, como vocês dizem. — Colocou suas mãos grandes nos ombros dela, inclinou-se e beijou sua testa. — Obrigado, *ma chèrie*. — Parecia que sua tristeza pela perda de Chabot estava diminuindo levemente, e talvez fizessem amor naquela noite, se ele não tivesse trabalhado demais. Seu ânimo se elevou com o pensamento do corpo dele pressionando o seu urgentemente, dentro do dela novamente.

Havia um peculiar odor doce nele, que fazia seu nariz coçar e sua garganta fechar quando ela olhava para cima, para seu rosto satisfeito. Lembrava-lhe as laranjas e limões que Dealie tinha pedido de Nova Orleans, um mês antes, na esperança de fazer Chabot melhorar.

— Se você o usar para a construção, precisarei de mais ajuda na cozinha.

Ele bateu suas mãos e disse:

— *Bien sûr*, claro! Qualquer coisa para minha pequena rainha.

Ele agarrou sua cintura e a levantou, girando com ela alegremente como fez quando ficaram juntos pela primeira vez.

Quando a colocou de volta no chão, ela deu uma olhada em cada detalhe das roupas dele, como faria uma esposa, enquanto inspecionava as calças e a blusa larga, com a qual ele tinha substituído a camurça. De qualquer forma, Jacques parecia mais jovem e forte que o resto deles, como se houvesse uma reversão de envelhecimento. Seu rosto duro estava mais suave, mais dourado, e seus olhos eram de um castanho mais brilhante. Seu sorriso tinha agora uma qualidade infantil, e seus dentes pareciam mais brancos — ou ela estava imaginando tudo? Tinha estado tão cega pelos acontecimentos recentes que esquecera como seu próprio marido era? Ela, honestamente, não sabia.

— *Chèrie*, por que está me encarando? — Ele sorria, abertamente, como se soubesse um segredo, e lhe pegou a mão, correndo seus dedos entre os dela, da maneira secreta que tinham de deixar um ao outro saber do desejo deles.

Ela sentiu o rosto avermelhando e rapidamente olhou para o outro lado. Por que estava se comportando como uma garota tola?

— Seremos felizes nessa casa, Annie — ele disse, puxando-a contra seu corpo, de forma que ela podia sentir sua respiração rápida e forte.

— Eu mudei — ele disse as palavras vagarosamente, cuidadosamente, e algo nelas enviou um calafrio pelos seus braços abaixo.

— Você está fria, *ma petite*! — Ele a envolveu em um abraço mais apertado e curvou a cabeça para o local onde o pescoço e o ombro dela se encontravam, empurrou a blusa dela e gentilmente a beliscou, o que sabia que a enlouquecia. Ela sentiu o desejo morno começar em seu estômago, descer pelas suas pernas e então subir em direção aos seios; queria entregar-se, seria tão fácil não esperar pela escuridão do quarto deles.

A MULHER DO RIO

Mas Jacques, de repente, endireitou-se, soltando-a tão rapidamente que ela quase caiu, exceto pela mão dele, firmando-a.

Da margem da clareira, das árvores, saiu Audubon, lendo um livro. Parecia inconsciente em relação a eles.

Jacques rosnou.

— Audubon novamente. O homem não tem casa, vive como uma mosca sobre as migalhas das nossas refeições. Não paga nada pelo que pega, deixa um pequeno desenho, ou uma pintura sem valor! Onde estão as moedas? Eu não concordo com essa permuta, você concorda? — Segurou seu braço com mais força, realmente levantando-a alguns centímetros do chão, de forma que ela estava na ponta dos pés enquanto eles olhavam Audubon virar a página, absorto em seu livro.

Annie soltou-se do aperto dele, esfregando seu braço e latejando com a dor do apertão.

— O que você está dizendo, Jacques?

Ele sorriu friamente; seus olhos brilhavam com raiva.

— Você está comercializando algo que não possui, *ma chèrie*. É verdade o que me foi dito?

— Está ouvindo fofocas agora? Não seja ridículo! — Ela se virou e acenou para Audubon, que tinha acabado de notá-los.

As palavras de Jacques eram baixas e furiosas.

— Então é verdade, madame? Vou me divorciar de você, dar um fim nisso.

Ela se girou para encará-lo, furiosa com sua insistência quando nada havia feito além de ser fiel, enquanto ele...

— Você é um tolo, Jacques! Acha que eu não sei que a criança de Dealie é sua? Pobre Chabot, pobre, pobre Chabot, você pode tê-lo matado!

A bofetada de Jacques jogou-a para trás um passo. Ela tropeçou e caiu sobre as mãos e os joelhos. Sua face doía, mas ele tinha contido a força. Ela cuspiu, como se ele tivesse cortado seus lábios, embora não tivesse; e fungou, como se seu nariz estivesse sangrando, embora estivesse apenas quente pelo insulto.

— Levante-se. — Ele a levantou sob os braços e a colocou de volta sobre seus pés. — Não me insulte — ele advertiu, um dedo em riste no seu rosto.

— Não me insulte você — ela gritou, chacoalhando seu punho no rosto dele, não tendo a intenção de atingi-lo. Embora ele tentasse virar de lado, seu golpe acertou o lado do nariz dele, causando um fluxo imediato de sangue. Jacques sacudiu a cabeça, abalado, colocou o dedo no sangue, segurou-o e olhou para ela, os dois sem palavras.

Ele se virou e caminhou de volta para a casa, sem mais nenhuma palavra.

— Maldito seja você, Jacques! — Ele não era um homem que alguém deveria ferir.

Ela ainda tremia quando Audubon a alcançou, finalmente levantando os olhos de seu livro. Ela queria mandá-lo embora e deixar Jacques recuperar seu orgulho. Diria a Audubon que ele deveria partir logo cedo e não voltar sem a permissão dela. Ter um plano para resolver as diferenças entre Jacques e ela — um mal-entendido bobo — fazia-a sentir-se melhor. Ela conhecia a personalidade de Audubon. Ele vivia da boa vontade dos outros, sim, mas era um artista, um cientista, e eles deviam perdoá-lo. Ela explicaria isso a Jacques, um homem que havia feito seu próprio destino e, certamente, esperava que os outros fizessem o mesmo.

E também era sua casa e sua terra, tanto quanto dele, agora. Eles a reclamaram juntos. Ela já havia dado uma vida por isso. Podia ter convidados, como ele podia. Não via razão para que não pudesse. O pensamento a fez endireitar-se, puxar seu cabelo

A MULHER DO RIO

sobre o rosto avermelhado e sorrir claramente. Além disso, ela precisava muito que Audubon a ajudasse a identificar as espécies que tinha encontrado.

— Seus estudos estão bem? — ela perguntou, assim que eles se cumprimentaram.

Com um olhar na direção da casa, que aparecia acima deles, ele disse:

— Encontrei um gorjeador da Louisiana. Atirei nele e então descobri uma nova espécie! Atirei na fêmea, mas não pude alcançar seu companheiro. Oh, bem, pintei o que pude. — Seu olhos estavam em constante movimento, como sempre, procurando na paisagem por criaturas vivas, que ele poderia apreciar e, talvez, matar.

Sentindo-se fraca, ela disse:

— Então vou deixá-lo com eles. — Ela tomou o caminho do quarto, nos fundos da pousada, e se deitou na cama para chorar, silenciosamente, em um travesseiro. Por fim, dormiu a tarde toda, acordou chocada com o quanto era tarde e correu até a cozinha para conferir o preparo da refeição da noite.

Oceana a fez sentar-se à mesa da cozinha e prontamente colocou uma xícara de chá de folhas de *greenbrier*, gelado, diante dela. Depois de alguns goles, ela sentiu sua inquietude dissipar-se, e disse a Oceana que Jacques gostaria de usar Finis na casa.

— Muito bem — ela suspirou. — Apesar de precisarmos arrumar alguém para me ajudar. — E, como se estivesse lendo a mente de Annie, acrescentou: — Ela não. Reetie não... Você terá de mandar-me rio abaixo se ela vier para minha cozinha.

— Encontraremos um jeito, não se preocupe. Talvez o jovem Ashland possa ajudar, já que ainda está tendo problemas para andar. Vou falar com Jacques.

— Ele não anda, não será de muita valia. — Ela levantou a grande vasilha de camarão de água-doce e os mergulhou em uma mistura de farinha e gordura usada para espessar molhos e sopas. Mexendo para alcançar todas as caudas, adicionou uma pequena porção de água e repetiu o ritual várias vezes.

— A torta de carne de veado está pronta? — Annie perguntou.

— Esperando as espigas de milho e os biscoitos de gengibre.
— Com as mãos nos quadris, Oceana virou-se e sorriu.

— Bati o creme e o coloquei na adega para evitar que desande com o calor. — Enxugou o rosto, que pingava, na manga da blusa.

— E o pão comum?

— Preparado ontem à noite. Rabanadas para o café da manhã. Bom. Audubon gosta bastante disso.

Oceana levantou suas sobrancelhas e deu uma sacudida de cabeça, mas segurou sua língua.

— Gosta do quê? — Jacques apareceu de repente no batente da porta, a mão esquerda atrás das costas, o rosto vermelho do calor, ou, pelo menos, era o que pensava Annie, até que a amarga onda de álcool a alcançou. — Do que Audubon gosta além da minha pequena esposa?

— Você está bêbado — ela disse. Levantou para longe da mesa, ficou em pé para encará-lo.

Ele lhe segurou o rosto e, rudemente, empinou o queixo dela com o polegar para ter uma visão melhor de seu rosto.

— E você bronzeou seu rosto como uma selvagem, madame.

Como ela não respondeu com mais do que um olhar, ele riu.

— Mas você faz mais do que estudar insetos, não é? Tem feito anotações esses dias. Felizmente eu vi você derrubá-lo. — Puxou o diário que tinha atrás de si.

Ela tentou alcançar o caderno, mas ele o agarrou de volta.

— Isso é infantil, Jacques.

A MULHER DO RIO

O rosto dele estava tão duro que o coração dela se encolheu.

— Vejamos o progresso do seu "trabalho".

Ele abriu o livro, folheando rapidamente as páginas, como se já soubesse aonde estava indo. Os dois sabiam. As cartas de Audubon apareceram, frágeis em suas grandes e asquerosas mãos, e seus dedos tropeçaram e rasgaram as páginas quando desdobrou a de cima.

— Minha queridíssima — ele começou a ler, a ira em seu rosto suavizando-se em tristeza à medida que lia as palavras familiares em voz alta —, desejei dar seu nome a uma nova espécie, em sua homenagem, e o farei assim que possível, na esperança de que vê-la sempre fará que me lembre de você.

Fez uma pausa e lançou-lhe um olhar, buscando algo, seu rosto sem máscara, vulnerável, como havia sido nos primeiros tempos em que estavam juntos. Talvez quisesse que ela visse o que sua carta tinha lhe custado.

— Eu sou seu servo obediente — ele concluiu, deixando a mão cair à medida que amarrotava o papel fino em uma pequena bola, que jogou na lareira. O coração de Annie balançou ao ver as chamas reluzirem vermelhas e, rapidamente, transformarem as palavras em cinzas negras.

— E esta aqui é *três jolie*. — A voz de Jacques subiu, raivosamente, à medida que ele quase rasgou a próxima página ao meio, em sua ânsia de lê-la. — Meu amor está em asas para você, meu coração protegido em seu bico. — Amassou com força a página e cuspiu nela antes de jogá-la na lareira.

— Você chora por cartas? E pelo seu casamento? — Chacoalhou o diário tão perto do rosto dela que esfolou sua face.

— Estou chorando por você, seu tolo! — Ela fez menção de agarrar o livro, mas ele o apanhou.

JONIS AGEE

— E *isto*, isto. — Ele segurou o desenho que Audubon tinha mandado. — Como marido e mulher, *n'est-ce pas?* Talvez ele queira minha casa também, para ficar com minha mulher!

— Ninguém quer a sua casa, Jacques, ela é feia. — Ela quis machucá-lo e conseguiu. Suas mãos pararam no ar.

— Então você não precisa viver lá, *ma chèrie*. — Sua voz estava sóbria e fria.

— Eu não irei. Não me peça. Nunca.

Ela tentou ficar ereta enquanto ele a olhava, de cima a baixo.

— Você trocou um puma por um gato doméstico. Um casamento por isto? Ele não vai cuidar de você. O homem é pouco mais do que um pedinte. E um ladrão.

Ele sorriu de forma tão superior que ela imaginou as coisas que devem ter acontecido enquanto estava absorta demais para perceber. Mesmo agora ele parecia mais jovem, mais forte, quase eterno. Qual era o seu segredo?

— Jacques, o que aconteceu com você?

De repente ela entrou em pânico ao pensamento de perdê-lo, apesar de sua raiva. Tinha tentado discutir com ele para eliminar seu ciúme. Não ligava para o que ele tinha feito com Dealie.

— Digamos que eu fiz a *danse macabre*. — Ele abriu seus braços como para mostrar seu novo poder. — E venci!

Uma respiração profunda e um ruído de panela caída no fogão fizeram que ela olhasse para Oceana, que segurava um trapo fumegante na mão, enquanto encarava Jacques com os olhos cheios de medo.

— Oceana, tome cuidado — ela disse.

A mulher olhou para baixo, para o trapo, e o atirou na lareira como se fosse uma cobra venenosa, olhando enquanto as chamas imediatamente o consumiam.

A MULHER DO RIO

— Eu não fiz nada! — Annie gritou. — Não tenho nada do que me envergonhar, Jacques! Está me ouvindo? Jacques? Eu sou fiel. Eu amei você, o que é mais do que você pode dizer! Jacques!

Oceana abaixou a cabeça próximo à orelha de Annie e sussurrou:

— Você não vê? Este homem está amaldiçoado, fique longe dele. Ele tem se misturado naquele negócio com Reetie e a senhora Dealie. Ele fez uma "prece de pedido" para mais do que tem direito. Isso vai lhe custar mais do que ele tem.

Jacques não prestou atenção a ela. Ele lia o diário, em voz baixa, que só ele podia ouvir, depois arrancou as páginas ofensivas e as jogou no fogo.

Annie, fazendo sua voz agradável e doce, disse:

— Posso, por favor, ter meu diário de volta? — Jacques olhou nos olhos dela por um momento, seus próprios olhos escuros, profundos e insondáveis, como de um daqueles cachorros terríveis de Jones. E tão vazio quanto os deles. Ela não reconhecia nada neles. Ele se virou de repente e deixou a cozinha, sem mais nenhuma palavra.

Annie o seguiu para a sala de jantar, que estava cheia com os viajantes circulando, posicionando-se atrás das cadeiras das mesas, esperando pelo momento em que a comida chegaria, quando poderiam se sentar. Jacques estava sentado a uma mesa com Skaggs, os dois primos Foley, Clinch e Wyre ordenados em volta dele, como soldados esperando por ordens de seu general.

Antes que Annie pudesse ir até ele e renovar seu pedido, uma desgrenhada Dealie apareceu à sua frente, usando um vestido acinturado de noite, estilo império, tão apertado que seus peitos apenas estavam cobertos; as mangas tinham rasgões em tantos lugares que sua carne parecia estar explodindo. Na cabeça ela usava um turbante de seda rosa, circundado com pérolas, e no topo uma pena de avestruz inclinava-se, seu cabelo em nós engordurados, jogados para todos os lados. Ela parecia vítima de um roubo. Em sua mão direita, segurava um copo de vinho.

— Dealie, você não deveria estar fora da cama!

— Estou solitária — Dealie reclamou, olhando em volta da sala de jantar lotada. — Pensei que talvez Jacques pudesse me entreter.

Uma inspiração então veio a Annie. Dealie parecia ter mais influência sobre Jacques do ela tinha, no momento.

— Você pode imaginar? Ele está convencido que Audubon e eu somos amantes — Annie disse.

Dealie explodiu em risadas.

— Isso é absurdo! — Ela parou assim que viu a seriedade no rosto de Annie, e olhou, brava.

— Você não acha, não é?

— Claro que não. Por que você pensaria algo assim?

— Ele não é lá um bom exemplar, se comparado com Jacques. — Ela pausou, seu polegar batendo contra os dentes enquanto pensava. — Mas há algo lá. Eu vi.

— Você poderia falar com Jacques por mim? Dizer-lhe que está errado?

Dealie bebericou o vinho, olhando pelas janelas a aglomeração da luz rosa-damasco que se levantava do começo da noite, seus olhos vidrados.

— Esta noite pode não ser uma boa hora.

— Lá está ele. — Annie apontou Dealie na direção de Jacques e lhe deu um empurrão.

Dealie trançou pelo cômodo, deu de encontro com as pessoas, endireitando-se novamente e abrindo caminho até alcançar Jacques. Inclinou-se sobre ele e disse algo em seu ou-

A MULHER DO RIO

vido, e ele olhou na direção de Annie, segurando seu olhar, dando-lhe esperança.

Até então ninguém na sala de jantar havia prestado qualquer atenção especial.

Mas então Audubon foi levado a ficar ombro a ombro com o Pequeno Dickie Sawtell, Quick e os irmãos Burtram, que o circularam como carcereiros. Parecia muito ansioso, lançando os olhos através da multidão, repentinamente curiosa, à procura de um rosto amigável.

Até então ninguém na sala tinha dado nenhuma atenção especial a eles.

Quando viu Annie, ele acenou. Era a pior coisa que poderia ter feito. Jacques precisou ser contido pelos seus homens, e Nicholas Burtram puxou o braço de Audubon para baixo e o forçou a ficar quieto, enquanto Mitchell arrancou a bolsa de couro do ombro dele, espalhando seu conteúdo na mesa à frente de Jacques, que puxou o livro de desenhos para fora e o levantou-o, enquanto ele ficava em pé. Um juiz e sua corte.

— *Petit délinquant!* Ladrão! — ele gritou, erguendo o livro de desenhos para o alto, para que todos vissem. Audubon ficou quieto, o rosto petrificado, ombros rígidos, mãos fechadas ao seu lado.

— Jacques! — Annie gritou, esquecida dos olhares e murmúrios da multidão. Ela começou a empurrar as pessoas para o lado com sua bengala à medida que abria caminho pelo cômodo.

Os servos, carregados com vasilhas fumegantes para cada mesa, pararam assim que viram Jacques e Audubon frente a frente. O cômodo ficou silencioso.

Os dois adversários permaneceram olhando um para o outro. Quando Audubon fez menção de alcançar seu caderno de desenho, Jacques colocou sua mão grande no peito do homem

JONIS AGEE

e o empurrou para longe. Audubon vacilou para trás e foi chocar-se contra Mitchell Burtram, que o empurrou para a frente outra vez.

— Agora vamos ver o que você roubou de mim. — Jacques disse em uma voz alta, embaçada com vinho.

— Ah, aqui está, um pássaro que eu possuo. — Arrancou uma página do caderno de desenhos, amassou-a e a jogou no chão.

— E isto também, e isto, e isto... — Depois de destruir várias páginas, ele olhou para Audubon com falsa surpresa em seu rosto. — Porque, Audubon, você roubou tudo! — ele continuou folheando e rasgando as páginas, até que, obviamente, chegou às figuras pelas quais estava procurando.

— *Bien sûr*. Claro. O mais raro dos pássaros. — Desta vez, quando rasgou as páginas, ele as dobrou cuidadosamente e as colocou em sua camisa. Nesse momento Annie estava perto o suficiente para ver que eram desenhos dela.

Esvaziando o resto do caderno de desenhos, não se incomodou por arrancar as páginas; ele simplesmente murmurava em francês para si mesmo, e, finalmente, bateu a capa, fechando o caderno — ela não ousou agarrar-lhe o braço, embora estivesse perto o suficiente. Em vez disso, ela tentou apelar para seu lado público. Certamente ele tinha esquecido as pessoas em volta deles, que estavam em risco de abdicar de uma deliciosa refeição para testemunhar o drama que ele estava encenando.

— Senhor, já forneceu entretenimento suficiente — ela disse em uma voz baixa, girando a cabeça para as mesas vizinhas. As pessoas dirigiam olhares preocupados umas às outras, e encaravam com os olhos bem abertos Jacques e Audubon.

Ele se virou vagarosamente. Seus olhos enlouquecidos pareciam mal reconhecê-la.

— Nunca mais se dirija a mim.

A MULHER DO RIO

Ela estava arruinada.

Quando Dealie pôs a mão no ombro dele, ele se sacudiu para afastá-la e acenou para seus homens.

— *Monsieur* Audubon está de partida.

Os homens o agarraram pelos braços e caminharam na direção da porta, Jacques seguindo-os com a bolsa e o caderno de desenhos.

— Pare-os, Dealie! — Annie gritou, mas ela sacudiu a cabeça.

— Pare-os, alguém... — Ela olhava em volta, para os viajantes, que estavam ainda em pé, abrindo caminho para a porta, para aproveitar o espetáculo que, aparentemente, tinha substituído suas refeições. Apenas Ashland Burtram permaneceu sentado, seus olhos nela, sua face jovem corada com a confusão e vergonha.

— Eu vou pará-los — disse Dealie. Ela juntou suas saias, sacudiu-se, endireitou o turbante vacilante e se dirigiu para a porta. Annie seguiu de perto, com Ashland mancando atrás.

Annie deu uma última olhada para os servos negros rígidos ao longo das paredes, assustando as moscas que pousavam sobre as vasilhas de cozido que esfriavam em seus braços, nada impressionados pela violência que os homens brancos castigavam uns aos outros.

Um homem tão magro que parecia feito de varas lambeu os lábios, faminto, enquanto olhava para dentro de sua vasilha.

Arrastaram Audubon para a árvore de Annie, onde amarraram suas mãos atrás do corpo e colocaram uma corda em volta de seu pescoço. Jacques segurava alto o livro de desenho, gritando no rosto de Audubon, mas, a seu favor, o homem mais baixo ficou quieto, olhando diretamente para a frente, enquanto o sol se pondo emoldurava a cena, em um quadro sangrento, encorajando-o com toda a raiva que se acumula no fim do dia para atormentar a noite.

236

JONIS AGEE

Dealie estava completamente consciente agora, enquanto caminhava através da multidão, empurrando os espectadores para o lado com uma maldição, Ashland e Annie logo a seguir. Quando encontraram o centro do grupo, Dealie estendeu a mão e esbofeteou o rosto de Jacques com força suficiente para deixar uma marca vermelha de sua mão.

— Pare com isso agora mesmo! — ela gritou.

Ele estava tão surpreso que abaixou o braço e deu um passo para trás. Seu rosto começou a sangrar novamente. Então ele pareceu voltar a si e deu um passo para encará-la.

Ela se tornou uma megera, gritando obscenidades para ele, chamando-o de filho da puta, um bastardo preto, merda, e mais, ameaçando-o tanto em francês quanto em inglês. Ele assumiu o ataque como um homem encarando uma tempestade furiosa, austero, ainda que gradualmente batido a ponto de virar seu rosto para longe da força ou sofrer uma deformação.

— Me dê aquela coisa! — ela ordenou. Quando ele lhe estendeu o caderno de desenhos, ela andou até o rio e o atirou nele. Audubon respirou fundo enquanto ele afundava, desaparecendo de vista.

— Desamarre-o! — ela gritou para os primos Foley, que recuaram como se ela os tivesse atingido com chicotes em vez de palavras; então, apressadamente, obedeceram.

— E você! — Virou-se para Audubon, apontando para o rio. — Vá para aquele barco, suba nele e não volte nunca mais. Está me ouvindo? Nunca!

Por um momento ele a encarou, concordou com a cabeça uma vez, pegou a bolsa que Jacques tinha derrubado depois que o caderno de desenhos afundara e, vagarosamente, abriu caminho para a doca e para dentro do barco, onde sua figura se fundiu com formas escurecendo. Jacques empurrou, abrindo caminho por entre seus homens, seguido por Reetie, a garota escrava, que usava o traje de montaria de Dealie, de veludo verde brilhante, sujo e desgastado, agora que ninguém estava cuidando dele apropriadamente. Em seu cabelo, usava uma presilha de borboleta de contas, que Chabot tinha dado a Jula quando ela nasceu.

Os dois caminharam rapidamente pelo campo, em direção ao pântano, mais distante.

Eles partiram por sete dias. Quando voltaram, Jacques parecia irritado e doente, seus braços e o rosto riscados com arranhões do mato profundo.

Ele ordenou aos homens que acabassem a casa imediatamente. Levou todo mundo de forma dura, não aceitando desobediência de escravos ou homens, falando com Dealie apenas quando ela precisava discutir a pousada, recusando-se de todas as formas a falar com Annie.

Dealie e Annie também não voltaram a se falar novamente, pois Dealie afastou-se tanto dela quanto de Jacques, e se embebedava em um estupor noturno.

Reetie voltou com um novo *status*. Ela sorria para Annie sempre que podia, uma expressão de orgulho e malícia em seu rosto. Annie sabia que estava dormindo na casa, com Jacques, agora que os homens estavam completando os cômodos internos. Isso doeu até que ela ficasse enfraquecida novamente. Uma pessoa não pode perder tudo mais do que uma vez, talvez duas, sem desistir do resto da sua vida.

Apesar dessas mudanças, era Audubon que preenchia os pensamentos de Annie. Pobre Audubon. Seu caderno de desenhos, todos aqueles meses de trabalho, perdidos. Será que algum dia iria se recuperar para pintar novamente? Ela não ousava perguntar.

JONIS AGEE

Jacques manteve sua palavra nos meses e anos que seguiram. Nenhuma palavra passou entre eles. Houve muitas noites quando ela olhava, da sua plataforma no carvalho, o brilho vermelho do charuto de Jacques, na varanda superior.

Dealie e seus negros foram os primeiros a partir, em carros superlotados, com todos os seus bens terrenos. Jacques descobriu o quanto Dealie tinha significado para tocar a pousada. Com muitos dos móveis, pratos, talheres e utensílios de cozinha, e a maioria dos servos tendo ido embora com ela, os viajantes encontravam comida escassa nas refeições, e quartos e roupas de cama sujos à noite. Houve várias discussões, em voz muito alta, entre Jacques e Reetie, sobre ela assumir o trabalho que tinha sido abandonado, e mesmo discussões entre Jacques e seus homens.

Então, um a um, até mesmo os homens mais fiéis a Jacques partiram, para serem substituídos por um grupo de aparência muito mais dura, que não pensava em nada além de beber dia e noite, brigar e roubar. Annie mantinha sua porta trancada à noite. Os anos se passaram, o amor deles esvaindo-se em cinza ruína.

Então, em um dia qualquer de junho, o rio voltou a chamá-la. Ele cresceu de uma corrente sibilante, borbulhante, para um estrondo baixo, e então um rugido obscuro, grande e terrível. Mastigou as encostas e engoliu campo por campo. Carregou bois, vacas, porcos, cavalos, chatas, canoas, carroças e carros, partes de estábulos, celeiros e galinheiros, e árvores que se erguiam, mergulhavam e rolavam em água enervante. Uma casa inteira surgiu, levada pela maré, com um barco encaixado ao seu lado, as janelas cheias de luz tremulante, como se a família lá dentro tivesse apenas se sentado para o jantar de domingo.

Não estava claro se o subir do rio pegara Annie desprevenida ou ciente demais, mas, quando ele veio, ela estava em sua árvore,

A MULHER DO RIO

com Jacques do outro lado da clareira, na varanda de cima, fumando um charuto.

Alguns disseram que a cheia era resultado de chuva em demasia. Outros, que foi um terremoto ao norte. E alguns, que a mão do destino não devia ser negada.

Ao final, Annie ficou lá, agarrando com força o tronco mais grosso enquanto o rio espancava a árvore, a vibração passando por seu corpo como se ela e a árvore fossem um único ser. Ela olhou para Jacques, e o brilho vermelho de seu charuto. Quando a árvore foi levada abaixo, gritou por socorro. Jacques rapidamente se despiu, amarrou um pedaço de corda em sua cintura, com um laço em sua mão. Quando chegou, já era tarde. Annie já estava esperando por ele na margem distante, e eles poderiam entrar no paraíso juntos, marido e mulher mais uma vez.

13

HEDIE

Pensei muito nesse dia, na cama. Eu não estava apenas dormindo, como Monte Jean e Clement imaginaram. Estava ficando mais esperta. Comecei ouvindo os telefonemas de Clement e cheguei às conclusões corretas sobre de onde o dinheiro extra estaria vindo.

— O que você quer dizer? Eram doze caixas. Não, não, eu não... tudo bem, sim, sim. Eu disse que faria, não disse? Sim, sozinho.

As conversas me apavoraram, mas eu não disse uma palavra. Precisava saber mais, então eu o assistia, esperando telefonemas no corredor, sentado preocupado, fumando cigarro após cigarro, batendo as cinzas na bainha da calça e colocando os tocos em seus bolsos, como um fazendeiro da colina.

No meio tempo, ele se levantava e caminhava de lá para cá, correndo a mão pelo couro cabeludo até que ela ficasse brilhante com o óleo do cabelo, o que não parecia perceber. Um cheiro doce ficava em meu rosto quando ele vinha me dar um beijo de boa noite. Vendo as olheiras sob seus olhos, eu queria puxá-lo para baixo, na cama, e o afagar até dormir.

"Ele é um homem adulto", ouvi a voz do meu falecido pai anunciar uma noite. "Deixe-o fazer por você o que eu fiz por minha esposa e filhos."

Eu não discuti. Você não faz isso com fantasmas. Eles estão bem além da razão e do debate.

"Sim, papai", eu disse. "Tudo bem."

A MULHER DO RIO

Comecei a deslizar até a cama de Clement para esperá-lo. Oh, eu sabia que ele cheirava a álcool e fumaça e, algumas vezes, perfume, o que me fazia querer golpear seu esqueleto com a frigideira de ferro grande de Monte Jean. Mas uma noite ele veio para casa com as juntas dos dedos recortadas, a maçã do rosto inchada e costelas contundidas, e percebi que lá fora, onde meu marido ia trabalhar, era um lugar onde ele estava apenas sobrevivendo. Comecei a cuidar de suas roupas, costurar as camisas rasgadas, falar a Monte Jean para limpar as marcas de suas calças com gasolina e depois pendurá-las para arejar. Eu engraxava seus sapatos. Por que fazer tal coisa? Porque esse homem me assumiu quando não precisava fazê-lo e porque eu o amava; e ter seus sapatos brilhantes o fazia andar mais ereto, alto, em um mundo que queria bater nele até jogá-lo no chão. Eu tinha mais do que a voz do meu pai na cabeça; eu tinha seu sangue.

No fim de janeiro, Clement e eu fomos a Hot Springs, no Arkansas, o que o doutor lhe disse que me traria de volta. Eu não era eu, sabia disso; não era eu.

As longas e quentes imersões em água mineral, na Casa de Banho Fordyce, fizeram-me bem, e eu comecei a relaxar o suficiente para dormir quase a noite inteira, finalmente.

Meus dias se tornaram previsíveis, fáceis. Eu me banhava de manhã, almoçava com Clement, descansava à tarde, jantava sozinha, lia e tentava dormir.

Depois de um tempo, eu estava ficando irrequieta, então Clement me levava para sair, quando estava livre.

Geralmente andávamos pela avenida central, olhando as vitrines das lojas, de mãos dadas, planejando como iríamos redecorar a casa. Naqueles dias, ele tinha esses planos.

— Vamos ter uma casa cheia de crianças — ele prometeu, uma tarde, com um aperto em minha mão. — E eu vou ganhar dinheiro suficiente para ficar em casa e ajudar a criá-los. Eles não serão órfãos como eu fui. — Ele esqueceu de parar de apertar a minha mão até que eu a retirei. O que ele não disse foi que não queria que nossos filhos fossem deixados com um tio alcoólatra, possuidor de aspirações dramáticas; e as lembranças estavam no Sul, como ele tinha estado. Ainda havia um menino perdido vivendo dentro da pele de Clement, e era eu que via isso, espiando o mundo a partir daqueles olhos doces, enrugando os cantos com o riso, os pequenos dentes pontudos, a boca pequena, as sardas em seu nariz como aquelas de um garoto ao sol. Acho que seu melhor momento era fazer compras para me agradar, como se agora aquilo fosse tudo o que ele quisesse na vida.

Uma manhã ele me levou a uma pequena loja de chapéus e me comprou o mais bobo que pudemos encontrar — um negócio complicado de turbante com penas, galão dourado e joias de vidro. Retirou os dólares de um maço espesso de notas e as estendeu grandiosamente para a austera mulher do balcão, que estava convencida de que estávamos fazendo pouco de sua criação e de sua loja.

Mais tarde saltitamos como crianças pela calçada, Clement mantendo o braço em torno da minha cintura e lançando olhares para os outros homens, orgulhosamente.

— Você está uma coisinha especial esses dias — ele sussurrou em meu ouvido, derrubando o turbante para o lado. — Precisa comer mais.

Endireitando o chapéu caído, olhei cuidadosamente pela janela para um local para comer, pelo qual estávamos passando.

— Vamos parar — eu disse.

— Aqui? Você quer entrar aqui? — ele perguntou.

— O aviso diz que eles têm comida caseira. Deve ser um alívio depois de tantas refeições exageradas dos hotéis.

A MULHER DO RIO

As paredes eram cobertas com painéis de mogno batido e papel verde-escuro com figuras, que havia sido aplicado em algum passado distante.

Quadros e fotos emolduradas de cavalos de corrida estavam pendurados por todo lugar, junto com camisas coloridas de jóqueis, selas pequenas e bridões com pedaços enferrujados. Tudo apresentava uma camada de gordura empoeirada, e mesmo a lâmpada enegrecida parecia coberta por ela. O ar tinha um cheiro um tanto engraçado, não era comida, mas cheiro de fumaça de cigarro e de charuto, e um odor doce, granuloso, porém eu não vi ninguém fumando. Talvez lá em cima, ponderei, enquanto várias pancadas altas chacoalharam o pó do teto murcho de estanho sobre nossa cabeça.

Com a sorte que tenho, eu provavelmente tinha nos levado a um local onde bebidas são vendidas ilegalmente. Decidi não dizer nada para ver até onde Clement iria para me agradar.

Quando o desalinhado garçom trouxe dois cardápios amarelados e manchados, Clement fez uma careta e disse ao homem para trazer seus melhores pratos. Tentamos comer, mas o filé, muito esturricado, repousava em uma piscina endurecida de gordura, ao lado de uma massa disforme cinza de batatas meio cruas e alface mole. Homens e mulheres continuaram se movendo perto de nossa mesa, colocada perto o bastante da janela para ser visível do lado de fora, ainda que a sala nunca se enchesse. Quando perguntei a Clement, ele deu de ombros, mas então se inclinou para trás, enxugou a boca com o guardanapo amarelado e manchado de linho e sorriu. Os olhos dele correram para o fundo da sala, depois pousaram em mim até que se inclinou para a frente e empinou a cabeça na direção do casal que passava.

— Nós provavelmente somos os únicos que estão aqui pela comida, Hedie. Há um salão lá em cima.

Tentei tossir para encobrir meu riso, e ele me deu uma olhada.

— E se houver um tumulto? — sussurrei alto.

Ele parecia orgulhoso de si mesmo.

— Sorte a sua que estou aqui. O mais seguro para você seria estar fora desse tipo de lugar. Eu sou homem, consigo ver o estado das coisas, mas você... — Pegou minha mão e beijou as costas dela, tirando um momento para endireitar o diamante amarelo. Quando sorriu, aquela alegria de menino espalhou-se pelos seus olhos e o fez brilhar. — Você fica nas casas de banho e nos exercícios ao ar livre. Quer que eu alugue um cavalo para montaria, ou uma canoa? — Acenei para longe essas ideias.

— Não posso sair com você? — Pus a mão em seu braço e ele a cobriu com a sua, pressionando-a.

— Às vezes eu preciso conduzir os negócios, querida, você sabe. — Os olhos dele procuraram os meus para ver se eu estava convencida.

"Não grude nele", a voz do meu pai avisou. "Ele precisa ser um homem como os outros. Você não gostaria do tipo de homem que não consegue sair do seu lado."

— Está bem — disse. — Posso ficar com algum dinheiro para as compras? Eu posso querer devolver este chapéu e pegar...

Percebi que a atenção dele estava em uma mulher corpulenta, de cabelo vermelho e roupa amarela, que varria a sala, jogando um olhar ousado para cada homem. Quando ela percebeu o olhar de Clement, ele abaixou a cabeça e ela levantou o queixo. Eles se conheciam.

De repente a comida gordurosa começou a dar voltas em meu estômago e levantei repentinamente, deixando o guardanapo cair no chão ladrilhado de branco e preto. Eu queria jogar um prato nela.

A MULHER DO RIO

— Hedie, você está bem? — Clement pegou meu cotovelo e eu dei um rápido chacoalhão de cabeça, desalojando o chapéu de sua precária posição. Ele caiu em uma grande vasilha de cozido com creme, que o garçom havia colocado em nossa mesa como um insulto final aos nossos apetites. Nós dois fixamos o olhar no chapéu ridículo até que o garçom veio até lá e o retirou do prato. Explodimos em risadas.

— Deixe-o — Clement disse, enquanto deixava cair algum dinheiro e estendeu-me um maço de notas, que coloquei em minha bolsa.

— Ela era amiga sua? — perguntei, enquanto ele colocava meu braço confortavelmente no seu para a caminhada de volta ao hotel

— Oh, querida, são apenas negócios. É o que tudo sempre é, exceto no que diz respeito a você.

Ele deixou meu braço cair e deslizou um cigarro para fora da caixa de prata com monograma que havíamos comprado na semana passada, e parou para acendê-lo com o isqueiro de prata que combinava. Eram tão bonitos que eu pensei em fumar da maneira como as mulheres dos filmes faziam. Fumar o fazia parecer mais velho, mas também mais desconfortável, e eu o via ir para lá e para cá no corredor, esperando pelos telefonemas. Se eles não viessem, e daí? Teríamos de nos esconder? Havia homens em ternos escuros, com ombros fortes, que caminhavam pelas calçadas, comprimindo visitantes para fora de seus caminhos. Clement estava com medo deles também? Eu sempre desejara ter dinheiro para mim, mas, desde que me casara com ele, rezava por dinheiro para Clement. Ele era uma dessas pessoas que seria um bom pai e marido se lhe dessem a oportunidade. Eu sabia disso.

JONIS AGEE

Talvez eu pudesse imaginar uma maneira de salvá-lo ou, pelo menos, ajudá-lo, pensei no instante em que ele abriu a porta de vidro do hotel para mim, beijou-me no rosto, deixando uma impressão seca com cor de fumaça, disse adeus e correu rua abaixo, deixando um rastro de fumaça de cigarro atrás de si.

Fingi subir a escada. Parei na primeira plataforma entre os dois lances e apenas observei, fora de vista, até ele estar certo de que eu havia ido embora, então o segui.

Ele voltou ao restaurante, caminhando diretamente para as escadas. Esperei do lado de fora, com receio de que ele pudesse pegar-me se eu fosse para dentro. Ignorei os olhares curiosos das pessoas que passavam, até que o sol ficou tão quente que me senti mal, e voltei ao hotel.

Dormi até o jantar, abrindo meus olhos por um momento, para ver Clement nos trajes de noite, juntando seu relógio e dinheiro antes de por no dedo o anel de olho-de-gato que eu havia dado a ele, e fechando a porta suavemente atrás de si.

Depois desse dia, segui-o com frequência, encontrando maneiras espertas de disfarçar minhas intenções. Acho que ele nunca soube, porque depois de um mês começou a ficar mais ousado; uma noite caminhou abertamente com a mulher de cabelos vermelhos pela rua principal. Pareciam velhos amigos, ou casados há muito tempo, um ar tanto casual quanto íntimo entre eles. Suspendi minha respiração para vê-los, mas ainda não podia deixar-me levar ao clímax furioso. Era uma velha amiga? Uma sócia nos negócios? O que eu devia fazer era imaginar como manter meu marido, não mandá-lo embora.

— Clement — eu disse um dia, no almoço —, eu gostaria de começar a cavalgar. Você pode me arrumar um cavalo? — Ele adorava fazer as coisas para mim. Isso o fazia sentir-se útil, mantinha sua atenção em mim. Fiz uma cena, comendo um *waffle* coberto com morangos, calda e manteiga, enquanto seu rosto brilhou em aprovação.

As noitadas até tarde estavam começando a marcar suas feições, tornar sua pele sob os olhos pálida e manchada. Havia um leve odor em sua pele também, um tanto oleoso, doce e amargo.

— Algumas aulas também — adicionei. — Só cavalguei em pelo na fazenda de cavalos do meu avô. Sou forte como um boi, você sabe.

Clement riu e bateu as mãos.

— Você vai precisar de roupas de montaria. — Ele puxou um maço de dinheiro dobrado do bolso de colete e me estendeu quatrocentos e cinquenta —, mais dinheiro do que eu jamais tinha tido em minha vida. — Vai ter de se virar com essas botas fabricadas em série.

Peguei o dinheiro, fazendo um esforço para manter um sorriso em meu rosto.

— Posso ir com você hoje à noite? Adoraria aprender a jogar roleta.

— Mais exercício ajudará você a dormir à noite — ele disse. — Além disso, aqueles não são lugares para jovens mulheres casadas como você, Hedie. Estou trabalhando o mais duro que posso para você não acabar naqueles lugares. Acredite em mim, por favor.

— É você quem está desgastado, Clement; eu só quero ajudar.

Ele girou o anel de olho-de-gato no dedo e franziu a testa.

— Se Keaton pudesse virar-se com um pouco menos de dinheiro por alguns meses, e o preço do algodão subisse.

Ele olhou para mim com os olhos bem abertos, e de repente as lágrimas os inundaram.

JONIS AGEE

— Oh, querida, eu gostaria que pudéssemos ter esperado. Quero que você tenha tudo que sempre quis, mas não posso perder Jacques'Landing. É tudo que temos. — Virou a cabeça para o lado e disse, em uma voz abafada: — Só não desista de mim.

Peguei sua mão entre as minhas e a segurei. Depois que minha mãe me fez partir para casar com Clement, quando eu estava grávida, eu soube como era sentir-se quando as pessoas desistem de você, quando você está tentando ao máximo ser corajosa. Ele estava tentando cuidar de sua família, como meu pai tinha feito até que isso o matou. Minha mãe nunca deixou de acreditar nele, mesmo depois que o banco faliu e eles ficaram quebrados. Aqueles últimos meses, sentado em uma cadeira reta na varanda da frente, para nada mais do que olhar, enquanto sua esposa saía para trabalhar em uma loja de vestidos como vendedora, um lugar que ela costuma desprezar, meu pai, apagado e falido, como uma lâmpada deixada para queimar-se sozinha no escuro. Até os vasos sanguíneos em seu cérebro arrebentarem, ele havia ficado uma semana sem falar. Havia esgotado suas explicações, e suas desculpas tinham ficado fracas demais para serem mencionadas, minha mãe disse. Eu não deixaria aquilo acontecer com Clement.

Aprendi a montar em uma sela apropriada. Acontece que cavalgar em pelo tinha me dado um modo de montar natural e um bom equilíbrio. Comecei a apreciar meu corpo novamente. O prazer era composto do conhecimento de que Clement precisava que eu tivesse essas coisas, de modo que exibisse uma prova de seu sucesso. Se eu tinha aulas de montaria, tratamentos com banho de água mineral e roupas bonitas, era sinal de que ele estava indo bem. Talvez isso também o ajudasse a encarar as pessoas com quem fazia negócios. Este pensamento ocorreu-me um dia, quando percebi um homem me seguindo a cavalo, parando ou

A MULHER DO RIO

galopando sempre que eu o fazia. Quando desmontei no estábulo e dei uma boa olhada em seu rosto, percebi que o tinha visto várias vezes durante a última semana. Tornei-me cautelosa, certificando-me de que sempre havia outras pessoas em volta quando caminhava ou fazia compras, nunca mencionando o assunto com Clement, que estava meio doente dos nervos nesses dias.

Tínhamos estado em Hot Springs por três meses quando fomos para Oaklawn, para corridas de cavalos, uma tarde depois de ele ter passado a noite inteira fora durante uma semana e dormindo até o meio-dia. Eu estava tão feliz e aliviada por estar com ele que estávamos rindo e fazendo piadas bobas sobre as pessoas na multidão, os jóqueis, apostando. Um vento bom e quente soprava, e os cavalos dançavam em seus cascos quando caminhavam para a largada, cobertos de suor escuro, a espuma aumentando entre suas patas traseiras.

Um cavalo negro empinou e atirou seu condutor para fora da sela, depois galopou em torno da pista sozinho, jogando a cabeça de lado a lado, os pequenos estribos batendo contra os seus flancos, e as rédeas caindo soltas. Os outros cavalos ficaram mais agitados, jogando-se para a frente e para trás, enquanto os homens tentavam acalmá-los.

Quando o cavalo veio se arrastando até a largada para encontrar uma parede de homens em seu caminho, parou e relinchou para os outros cavalos, até que um dos homens chegou perto o suficiente para agarrar as rédeas. Então o cavalo o seguiu docilmente.

Clement chacoalhou a cabeça, as mãos tremendo enquanto rasgava seu bilhete.

— Acabei de perder quinhentos dólares naquele tolo. Ele estará alimentando cachorros amanhã.

Ele havia aparado o cabelo com seu barbeador antes de sairmos e usava um terno de lã creme, com listas risca de giz pretas.

— Esse terno é novo? — perguntei.

Ele me encarou, levantou a cabeça e sorriu.

— Vou levá-la para fazer compras pela manhã, se você quiser — ele disse, e cobriu minha mão esquerda com a sua. O diamante ficou escorregando de lado a lado, cortando entre meus dedos; eu havia perdido muito peso.

— Você precisa comer mais — lembrou-me. — Gosto das minhas garotas com carne em seus ossos. — Sua voz elevou-se e alguns homens, que estavam atrás de nós, riram com sua observação. Quando olhei para trás, vi aquele homem que havia me seguido, em pé, ali. Soltei minha mão, então o anel escorregou do meu dedo e caiu no chão.

— Certo, Ace? — Ele se virou e piscou para o estranho, que me apreciou com uma sobrancelha levantada e acenou com a cabeça. Eu queria dizer que Ace deveria saber; ele havia olhado meu traseiro por uma semana. Por um momento, pensei em deixar o diamante lá, seu brilho amarelo reluzindo entre as apostas rasgadas e restos de cigarro. Então me curvei, levantei-o e o coloquei-o de volta no dedo. O diamante batendo contra o osso, enquanto eu deslizava a mão no bolso da minha saia. Clement estava pagando Ace para zelar por mim ou eu era garantia em algum tipo de negócio? O pensamento foi um estremecimento corpo abaixo, com o qual lutei com uma sacudida de cabeça.

— Se você quer me comprar um presente — eu disse, para recompensá-lo —, eu gostaria de ter aquele cavalo.

Clement olhou para a programação em sua mão, depois para mim, seus olhos afiados como se eu o tivesse surpreendido pela primeira vez desde que nos casamos. Então deu um rápido e afiado aceno com a cabeça e voltou sua atenção para a corrida, o músculo do maxilar retesado.

A MULHER DO RIO

Quando seu cavalo ganhou a corrida seguinte, ele me abraçou e me beijou, e deslizou cem dólares na minha carteira.

— Você é minha garota — sussurrou, com um beijo em minha orelha, enquanto eu observava Ace nos olhando, seu rosto não transmitindo nada.

Finalmente, cansei-me de seguir Clement, expondo-me a encaradas ousadas e comentários, do lado de fora dos clubes que ele frequentava. Se eu tivesse uma pistola, um revólver Colt Peacemaker, como meu pai carregava quando era xerife, poderia ir a qualquer lugar que quisesse. Entretanto, sem proteção eu estava à mercê de homens como Ace. Então jantava sozinha, descansava ou lia, tentando me distrair do óbvio: Clement tinha sorte apostando. Ele era um bom ladrão? Era o homem que levava suas fortunas burlando janelas? Poderia cometer um assassinato sem desmoronar? Tremi com o pensamento, mas nossas vidas dependiam dele. Parei de dormir bem, olhando a sombra feita pelo poste de iluminação, do outro lado da rua do hotel, enquanto a brasa vermelha de um cigarro tremulava e se extinguia; como um cronômetro, eu conseguia determinar nosso futuro. Jurei conseguir um revólver e aprender a atirar assim que fôssemos para casa. Meu futuro não ia ser levado por qualquer velho tolo que se sentia no direito de me levar a qualquer lugar.

Logo depois das casas de banho, na Avenida Central, havia uma longa fileira de cassinos, que ficavam abertos toda noite, e acolhiam cavalheiros e outros. Nenhuma senhora era vista neles, Clement assegurou-me, quando tentei persuadi-lo para acompanhá-lo uma noite. Emmie, a garota que se banhava comigo na grande e luxuosa Fordyce Casa de Banho, disse que havia balcões de apostas por toda a cidade. Locais onde bebidas ilegais eram vendidas também. O Bridge Street Club,

JONIS AGEE

o Southern Clube e o Kentucky Club eram alguns dos maiores. Lugares como o Harlem Chicken Shack e o Butler's BBQ tinham restaurantes no piso principal, com apostas e bebidas no segundo andar. O White Front era uma loja de charutos com um cassino no segundo andar. De acordo com Emmie, havia também "lugares de encontros amorosos" no terceiro andar de algum desses negócios.

Eu havia ficado do lado de fora deles todos, mas agora tinha outra distração – o sangramento estava voltando novamente, impossível de ser parado, exaustivo, e me fazia ficar longe de Clement. Também parei com as aulas de equitação.

As casas de banho eram regulamentadas pelo governo naqueles tempos, e, embora houvesse uma sala de reunião no Fordyce para homens e mulheres se reunirem e ouvirem música entre os tratamentos, o governo tinha proibido quaisquer outras que não as mais tranquilas melodias para serem tocadas no grande piano.

Sem *jazz*, mesmo sendo 1931. Pessoas doentes demais podiam sofrer com os sons, Emmie disse.

Os banhos eram tomados como um curativo para ferimentos que não saravam, artrite, gota, câncer, toda e qualquer indisposição. Durante a minha estada, porém, eu dificilmente vi quaisquer mulheres jovens, da minha idade, tomando banhos curativos, apenas matronas cuja carne enrugou e perdeu a firmeza, enquanto elas se libertavam das dores que as tinham trazido ali. Como eu, elas respiravam em pequenos suspiros rasos, como se não fosse seguro, e usavam a água para preencher-se, como esponjas arredondando-se, como se os minerais quentes esfoliassem os depósitos de dor e sofrimento.

E sempre havia a terrível cortesia do lugar, que me exauria. A jovem mulher que cuidava de mim, Emmie, era magra, cabelo loiro claro e pele branca, e geralmente silenciosa. Ela passava os dias dentro das piscinas, banhando os doentes. Suas pequenas mãos pareciam saber como se mover ao longo dos membros, gentilmente levantando e massageando as pernas, uma de cada vez, e ajudando os braços a girar sem movimentar a água. Sua pele parecia azul abaixo do fino brilho de água que consumia, como leite desnatado, a noite, levantando a luz do luar. Seus olhos, de um azul lavado, deveriam estar em outro lugar.

— Vá lá fora — eu disse a ela uma tarde. — Saia daqui. Você não tem amigos, um rapaz que lhe telefone?

Ela puxou meus ombros para trás, fazendo deitar minha cabeça em seu peito estreito; tinha dezesseis anos.

— Verruga no pescoço, dinheiro em quantidade — ela sussurrou, e acariciou meu pescoço e bochechas. Fechei meus olhos e senti o luxo de estar sem peso por alguns minutos, antes que a água começasse a puxar-me para baixo. Nunca fomos uma família de nadadores, éramos sempre muito autossuficientes; minha mãe, metodista, costumava falar ao meu pai quando ele tentava ensinar-me a nadar. Fique longe da água, ela avisava. Minha mãe nunca tirava a roupa, nem mesmo para se banhar. Era como uma noviça no convento, passando a esponja por setores enquanto cobria o resto, como se Deus tivesse condenado nossa nudez para sempre.

Talvez seja por isso que aceitei Clement, que sabia tirar minha roupa. Mais tarde, perguntei-me como minha mãe e meu pai faziam amor, especialmente depois que ele lhe disse que, se ela encostasse um dedo em mim, a deixaria, então eu nunca levei palmadas depois da idade de cinco anos.

— É por essa razão que isso aconteceu com você. — Minha mãe me disse no dia em que ela me mandou embora para casar-me com Clement — Você foi mimada; foi arruinada.

JONIS AGEE

— Vou parar o sangramento — Emmie sussurrou. Eu a senti repousar seus dedos levemente em meu estômago, sondando sem machucar, até que eles pareceram assentar em um certo local e aquecê-lo brevemente. Abri os olhos enquanto ela levantava seus braços para o teto e sussurrava:

— Sob a sepultura de Cristo

Três rosas floresceram.

Pare, sangue, pare!

Seus braços caíram levemente como pétalas murchas.

— Curo sangramentos desde os doze anos — ela disse. — Esse dom me foi dado por um antigo curandeiro que era nosso vizinho. Agora descanse. Não se preocupe mais. — Começou a murmurar uma melodia naquela voz fina e alta da montanha, que tanto acalma. Uma onda correu pelos músculos do meu abdômen e coxas, como um calafrio, ou um relaxamento.

Fechei os olhos novamente e deixei meus braços ficarem pesados. Havia algo em Emmie que me lembrava Annie Lark. Precisei de algum esforço para deixar aquele último e perturbador pensamento ir embora.

Aquele dia fatal, quando esperei pelo ônibus para levar-me até o ancoradouro de Jacques e Clement, um ano atrás, pensei em meu pai, que tinha partido há três anos. A falência do banco o arrasou, à família e à cidade, em um só golpe. Ele sofreu um derrame, depois de seis meses de trabalho, para reparar o prejuízo dos depositantes, e morreu com um olhar ofuscado em sua face longa. Mas do que eu me lembrava melhor era de algo que eu, realmente, nunca vi: papai cavalgando seu cavalo branco, um cavalo, quando a história chegou até mim, subindo os degraus da plataforma de trem, em Coal Camp, para encontrar sua noiva. Quando ela desceu do trem, ele a levantou e a

255

segurou na sela em frente a ele, enquanto incitava o cavalo, fazendo barulho pelas pranchas de madeira e saltando no fim da plataforma. Ele estava usando seu chapéu Stetson e o distintivo de xerife, e ninguém ousou pará-lo.

Um cavalo branco, minhas irmãs e eu suspirávamos, nossos olhos cheios de esperança impossível, enquanto assistíamos a papai, organizadamente, fatiar seu assado bem passado em quadrados de três centímetros. Mamãe era uma cozinheira terrível, mas papai nunca disse uma palavra sobre as refeições. Um homem capaz de cavalgar um cavalo branco e erguê-la nunca reclamaria. E a bagagem dela? Eu me perguntava enquanto sentava no banco de madeira, ao lado de fora da estação Skelly, esperando no meio da fumaça de gás e olhares curiosos de homens que enchiam seus carros. Minha mãe chegou com um único par de sapatos e uma mala de papelão creme listrada. Teria aquela sido a sua mala? Mesmo naquela época, eu sabia das coisas que perdemos com o tempo. Clement nunca me encontraria montado em um cavalo. Naquele dia ele tinha seu cupê e uma licença de casamento, e era tudo o que eu podia fazer para tirar a areia esfumaçada da viagem de ônibus da minha pele antes de dizer sim.

— Quer ver uma coisa? — Emmie perguntou, alguns dias mais tarde, enquanto esperávamos para nos registrar nas piscinas. Quando dei de ombros e apertei o cinto do meu roupão, ela deslizou para fora da fila e se encaminhou corredor abaixo. O sangramento tinha parado, então eu tinha de acreditar nela. No letreiro do banheiro dos homens, ela deu uma olhada e abriu a porta dos funcionários.

O cômodo minúsculo estava vazio, exceto por alguns pares de sapatos e duas pilhas de roupas, em um longo banco vermelho. Ela abriu a porta no fim da sala alguns centímetros e deu

JONIS AGEE

uma olhada para fora. Então acenou para mim e abriu a porta alguns centímetros mais.

— Olhe para cima.

No teto estava um grande vitral em forma de cúpula, em mosaico, predominantemente em azul e verde, que espalhava uma luz linda e tranquila na fumegante piscina abaixo.

— A filha de Netuno — Emmie sussurrou. — Oito mil peças de vidro, trazidas de St. Louis. E olhe aquilo lá... — Levantou o queixo em direção a uma estátua de cerâmica, do outro lado do corredor.

— De Soto recebendo água de uma princesa Indiana Caddo — disse. — É tudo azulejo também. De Soto veio aqui e se banhou quando estava procurando sua juventude. — Ela se virou e sorriu, os dentes tão azul-leitoso quanto sua pele. Eles se foram quando ela tinha trinta anos, seria uma mulher velha quando tivesse quarenta. As pessoas da colina, minha mãe costumava dizer, se desgastavam mais cedo do que os habitantes das planícies.

Emmie, eu queria dizer, você precisa beber leite, e De Soto nunca veio ao Arkansas. Claro, acabaria acontecendo que eu estava errada sobre isso.

Em vez disso, eu disse:

— São lindos. — O que pareceu satisfazê-la. Embora Emmie fosse silenciosa, às vezes murmurava coisas sobre si para mim enquanto nos banhávamos. Com frequência, eu não estava segura de que ouvira corretamente o que ela dizia, que as palavras eram aquilo que pareciam ser. Ontem, disse-me que ela, suas duas irmãs e a prima tinham estabelecido um "jantar calado" para ver os homens com quem iriam se casar, e os homens-fantasma tinham aparecido. Todos exceto o dela.

— Mexi a refeição de milho e sal sem um som, como deveria. — Sua voz estremeceu. — E o vento soprou o tempo todo que eu

A MULHER DO RIO

estava assando. Apagou as velas e as outras reconheceram seus homens logo que eles se colocaram em seus lugares.

Ela estava ficando agitada.

— Talvez isso não quisesse dizer nada — eu disse.

— Não — ela disse —, isso significa que eu não vou me casar.

Eu a assistia fazendo movimentos de redemoinhos na água com as pontas dos dedos.

— Pelo menos eu não vi uma figura negra sem feições... — Ela olhou para mim e mordeu o lábio inferior. Na semana passada eu havia contado sobre meu bebê. — Sinto muito — ela disse.

— Talvez você possa usar seus poderes de cura para encontrar um marido.

Ela sacudiu a cabeça.

— Você não entende.

Ela era uma daquelas pessoas Ozarks, com pedras e pedaços de cabelo costurados na bainha das roupas, o mundo deles tão carregado com perigo e mistério que mal podiam dar um passo sem alguma proteção. Encontrei pedaços de erva-daninha e cortiça nos bolsos das minhas roupas, ervas nas pontas dos meus sapatos. Temos tão pouco que nada é frágil demais para tolerar nossa subsistência.

Depois de nos banharmos, Emmie esfregou meu estômago com óleo doce e amarrou um pedaço de fio vermelho em torno da minha cintura.

— Não arranque isto antes de amanhã — disse.

Foi logo depois de maio, quando uma mulher da minha idade veio ao banho. Ela tinha cabelo curto, liso e negro, olhos castanhos muito escuros, e o tom de sua pele era por toda parte rosa-escuro contra seu traje de banho branco. Claro, os banhos era apenas para brancos; os negros tinham suas próprias instalações, em algum outro lugar, então ela devia ser da Itália ou Espanha, concluí. Arrastou-se ao longo da beira da piscina até que ficou alguns passos adiante de onde eu estava, esperando Emmie chegar para nossa sessão.

— Eu sou Caitlin — ela disse. — De St. Louis — falou com confiança, sem a hesitação que eu sentia sendo uma estranha.

Então, puxou para o alto a parte de cima do seu traje de banho, que não cobria tanto quanto deveria, e disse:

— Você é Hedie Ducharme, não é?

Olhando em volta, como se estivesse no meio de uma grande festa de amigos, ela sorriu para as paredes azulejadas azuis, os outros banhistas sentados com suas pernas na água ou imersos até os pescoços, esperando, com uma expressão vazia em seus rostos. Acompanhei seu olhar, notando o bolor negro gravado na ranhura entre os limites dos azulejos. Então, na passagem do vestiário das mulheres, vi o homem chamado Ace, que havia estado me seguindo. Ele estava se inclinando para trás, fumando, apesar dos avisos de ser estritamente proibido fazê-lo. Embora alguns empregados olhassem para cima, ninguém fez um movimento para confrontá-lo.

— Ok — ponderei —, está certo. — Qual é o seu negócio? — Escovei uma mecha de cabelo molhado para fora da minha testa. Ela não tinha nem mesmo molhado seu cabelo. Seus olhos seguiam o diamante amarelo no meu dedo, os outros dedos apertados para impedi-lo de cair na piscina.

— Encontrei seu marido no cassino outra noite — ela disse. — Ele me emprestou seu paletó quando eu senti frio.

Olhei sua boca vermelha larga, a pequena cicatriz em meia lua em seu queixo, e recusei suas palavras. Ela tinha pequenos dentes iguais que pareciam mais brancos do que qualquer coisa no cômodo, até mesmo seu traje de banho.

A MULHER DO RIO

— Isso deve ter caído de seu bolso. — Ela alcançou o alto de seu traje de banho e puxou o anel de olho-de-gato que eu havia comprado para ele como presente de casamento.

Ele não usava anéis, disse-me, mas o tinha colocado para agradar-me quando nos vestimos. Ela segurava o anel na palma da mão estendida, oferecendo-o de volta.

Era uma garota bonita; tinha aquela cicatriz no queixo e os olhos um pouco separados demais, mas compensava isso mantendo a franja longa e pesada um pouco puxada no meio de sua testa.

Seu rosto, em forma de coração, era interessante, circundado pelo espesso cabelo negro. Tentei imaginar o anel no bolso dele. Olhei para baixo, para o punho dela, para ver se estava usando o relógio de ouro Hamilton dele também.

— Serve em você? — perguntei, mantendo meu corpo perfeitamente tranquilo. Não se mexa, pensei, não faça o que vai fazer. Com o canto do olho, captei um vislumbre de Emmie entrando na água, deslizando em direção a nós. Fique longe, avisei-a com um olhar. Não venha aqui.

Caitlin sorriu e tentou deslizar o anel de olho-de-gato em seu dedo, mas era muito pequeno para ir além da segunda falange. Ela tinha uma figura corpulenta, mãos grandes, dedos longos com unhas ovais pintadas de vermelho-escuro brilhante, e o anel não lhe servia.

A água quente da fonte à minha volta parecia agarrar e puxar minha cintura, enquanto eu virava e levantava um pé, depois o outro, cuidadosamente, para cima nos degraus de pedra. Você precisa ser extracuidadosa quando tudo é um acidente. Emmie abriu a boca, mas eu sacudi minha cabeça.

— O que eu deveria fazer com ele? — a mulher falou atrás de mim, e sua risada ecoou pelas paredes de azulejo, alta o suficiente para fazer todo mundo olhar para nós.

JONIS AGEE

Pouco antes que eu chegasse à porta de entrada, ouvi algo bater na parede a meu lado e fazer barulho pelo chão. Nem precisei olhar para saber que era o anel, uma coisa pequena e barata, na qual eu havia gasto meus últimos dólares. Embora meus ombros doessem com a vontade de alcançá-lo, deixei-o lá, para o barulho da risada de Ace se juntar a ele. Não queria acreditar que Clement estava dormindo com ela, mas acreditava que ela estava tentando provocar-me para algo — talvez deixar Clement para ela ficar com o campo livre. Eu não tinha nenhuma intenção de fazer aquilo. Meu pai ensinou-me a lutar pelo que eu queria.

— Preciso que vá para casa — Clement disse, algumas horas mais tarde. — Quase acabei o que vim fazer aqui. Estarei lá até o final de semana, segunda-feira o mais tardar. — Acabou de fechar suas abotoaduras e estendeu a mão, tremendo, para a tampa da cômoda, puxou um envelope e o estendeu para mim, suas mãos sem o anel.

"Onde está seu anel?", eu queria perguntar. "Onde está o maldito anel, querido?"

— Ouça, algo aconteceu hoje — eu disse. — Esse homem e essa mulher...

— Aqui está uma passagem de trem. — Ele jogou minhas palavras para o lado com o envelope. — Apenas diga ao condutor que precisa descer na Jacques'Landing, depois telefone a Monte Jean para perdir a Roe que venha buscá-la, assim que tiver terminado suas tarefas. Apenas telefone. Certo, querida? — Peguei o envelope e ele me segurou apertado até que a tensão dos meus ombros aliviou, embora eu sentisse um leve tremor de seu corpo quando me soltou.

Ele ajustou a gravata-borboleta no pescoço e escovou as longas mangas pretas do seu *smoking* novo, com o hábito de um

A MULHER DO RIO

fazendeiro de algodão que tem de verificar o parche de algodão durante todo o outono.

— Essa Caitlin, você a conhece? E aquele homem que tem me seguido... — Parei e puxei seu braço para ele me encarar.

— Querida, é por isso que preciso que você vá para casa, para estar segura. Pare de fazer perguntas e comece a fazer as malas.

— O cabelo vermelho dele, escurecido com o óleo, seus olhos marrom-claro afiados e brilhantes como uma raposa, os lábios curvados para cima em um sorriso. Ele era um homem bonito. Eu não sabia se devia ficar ou ir.

— Você nem mesmo quer saber o que aconteceu? — Sentei-me na cama.

— Veja, eu tenho tentado dizer-lhe, este não é um lugar para boas mulheres. E agora você está tornando isso perigoso para mim. Não posso prestar atenção em você a cada minuto e manter meu negócio funcionando ao mesmo tempo.

— Então você contratou esse Ace?

Ele alisou o cabelo para trás e suspirou.

— Eu lhe teria dito. Não, ele é uma das razões pelas quais você precisa partir. Posso deixar isso mais claro?

— O que você está fazendo aqui, Clement? Diga-me, eu posso ajudar. — Estendi-lhe a mão e ele a pegou, brincando com meus dedos e girando o anel de diamante amarelo, como se estivesse considerando pedi-lo de volta, para apostar com ele, eu imaginava.

Ele se curvou e beijou minha testa, deixando um lugar molhado que aferrou.

— Estou tentando ganhar dinheiro suficiente para nos manter em movimento, Hedie. Não somos um bando de caipiras ou vagabundos, não empenhamos joias para pagar contas. Você precisa acreditar em mim. — Ele segurou minhas mãos e olhou profundamente em meus olhos.

JONIS AGEE

— Você pode fazer isso para mim, querida?

Concordei com a cabeça, receosa de abrir minha boca, para que eu não gritasse: Não! Ele pegou seu dinheiro e a chave, olhou para mim por um longo momento e acenou com a cabeça, concordando.

— Você parece melhor, Hedie. Agora não vá varrer a casa até eu voltar, ouviu? Vá às compras. Vai precisar comprar algumas coisas quando voltar. Há uma surpresa para você — ele acrescentou. — Eu apenas gostaria de estar lá quando você a vir.

— Não fique longe por muito tempo — eu disse.

— Oh, querida — ele começou, mas uma sombra veio sobre seu rosto. — No fundo do armário, no nosso quarto, há um revólver carregado. Mantenha-o ao lado da porta da frente durante o dia, e durma com ele na cama, à noite. — Ele parou e olhou para as mãos, virando-as para cima como se estivesse as inspecionando antes do jantar. — Você sabe puxar o gatilho, não sabe? — E, sem esperar pela minha resposta, disse: — Segure a coronha apertada contra seu ombro; a maldita dá coices como um bezerro. — Olhou-me novamente, e esfregou o rosto com as mãos. — Diabo, isso é uma bagunça, não é? Eu deveria estar ensinando você, não dizendo isso. Assim que eu voltar nós vamos praticar com alvos, até você ter seu próprio revólver. Algo para você recorrer, não é, Annie Oakley?

Eu ri.

— Talvez, Ma Barker.

— Não deixe ninguém entrar na casa, Hedie, e não converse com estranhos, e...

Levantei-me e beijei seus lábios, batendo nos seus dentes com a ponta da minha língua.

— Querido Clement, todo mundo é estranho para mim. Relaxe. Tomei o ônibus do outro lado do estado para casar-me

263

A MULHER DO RIO

com você, aposto que posso ficar segura até você chegar em casa. Agora me deixe dormir um pouco. — Dei tapinhas em seus ombros, estendi o braço e acenei para ele em direção à porta. Apesar do problema, eu estava ansiosa para ficar sozinha e imaginar como iria ajudar Clement.

Acordei cedo na manhã seguinte para esvaziar o quarto e corri para vestir-me e arrumar as malas que levaria comigo e o baú que ele mandaria depois. Se minha mãe pudesse ver a boa mala de pele de bezerro, os fechos de latão brilhantes, os belos recipientes para os meus cosméticos...

Quando voltei aos banhos, para dizer adeus a Emmie, ela pressionou um botão de estanho em minha mão. Era o botão de um uniforme dos Estados Confederados, uma flor de seis pétalas no centro do desenho de uma fita cruzada.

— Coloque isto em uma corrente, em volta de seu pescoço — ela disse —, e use o fio vermelho em volta de sua cintura até que as cobras rastejem.

Dei a ela vinte dólares, pensei melhor e juntei mais vinte, que havia pego na cômoda, antes de partir, naquela manhã. Ela agiu como se fosse uma fortuna.

— Não se esqueça da *squawroot*[9], ou do chá de erva-de-bicho, se o problema voltar — ela falou atrás de mim. Do canto do meu olho eu vi a matrona, atropelando para reprová-la por ser barulhenta. Algumas pessoas apreciavam fazê-la sentir-se como se fosse apenas uma vespa, sob um jarro no sol, vagarosamente fritando no calor.

---

[9] – Erva nativa da América.

14

Foi Cat, o cavalo preto que Clement me deu de surpresa, que me mostrou a região, enquanto eu esperava meu marido voltar para casa.

O cavalo ainda era vigoroso, então eu tinha de dar tempo para cansá-lo, andando quilômetros no calor da tarde. No começo ele puxava tão forte que meus braços doíam, e eu me segurava nele para evitar cair sobre sua cabeça. Então sossegou, primeiro para um caminhar saltitante e, finalmente, um passo firme e perseverante, que o fazia andar quilômetros, como se estivesse determinado a caminhar de volta para o Arkansas, já que não podia correr. Eu falava com ele o tempo todo, murmurando canções, repetindo conversas que tinha em minha cabeça com a mulher que havia me confrontado em Hot Springs – Caitlin, com o anel de olho-de-gato. Cheguei a odiar aquelas cores de marrom e amarelo, as quais eu havia amado antes porque iam tão bem com o cabelo dele. Eu disse a ela o quanto a machucaria por tentar ficar entre mim e Clement. Às vezes eu gritava com Clement por esquecer-se de telefonar-me dois dias seguidos e, em vez disso, enviar-me presentes, como o novo freio para cavalo e o chicote curto com o cabo de prata gravado. Eu o queria em casa, a salvo, mas, mesmo quando pensava em voltar a Hot Springs sozinha para pegar meu marido, a voz de papai me aconselhava a ser paciente.

Clement não veio para casa até a metade de junho, e quando chegou estava magro e doente; dormiu entre as refeições por

A MULHER DO RIO

uma semana inteira antes de se levantar e começar a cuidar da fazenda novamente.

Naquele primeiro dia em que desceu para o café da manhã, em vez de querer que alguém o levasse a ele, assegurei-me de servi-lo eu mesma, beijá-lo e segurar sua mão enquanto comia. Ele dava olhadas sobre os biscoitos e o molho de carne com olhos agradecidos e um sorriso fraco. Meu pobre homem, eu queria dizer, mas segurei a língua. Em sua mala de viagem estavam três pilhas de notas, e eu apenas podia imaginar o que tinham lhe custado.

— Vamos manter Roe trabalhando no pomar de maçãs, com o gado, o segundo corte de feno, supervisionar o cultivo do milho e arrancar as ervas daninhas do algodão — ele disse, tão logo baixou o garfo. Deu tapinhas em sua boca com o guardanapo, dobrando-o cuidadosamente e o colocando ao lado do prato.

— Monte Jean e eu podemos dividir o trabalho da casa, e ela está me ensinando a cozinhar, Clement. — Eu estava orgulhosa dos biscoitos que ele havia apreciado; e podia fazer ovos de quatro maneiras diferentes, assar muffins, bater manteiga e desnatar creme o suficiente, então o leite não ficava tão azul e aguado. Eu queria ser uma boa esposa.

Ele encarou sua xícara de café por um momento antes de levá-la aos lábios.

— O creme está bom! Aquela vaca marrom deve ter dado cria.

Concordei com a cabeça.

— É uma novilha pequena e doce, assim como a mãe dela. Você precisa de mais alguma coisa?

Um lado de sua boca levantou-se em um sorriso malévolo e ele me puxou para seu colo. Beijamo-nos por um minuto antes que Monte Jean fizesse um grande barulho, espetacular, na cozinha, então pulei de lá.

JONIS AGEE

— Pegarei você mais tarde, mocinha — ele disse. — Enquanto isso, por que não vamos lá fora e você tem uma aula de direção? Tenho algo para lhe mostrar.

Ninguém dirigia seu cupê desde que ele havia partido, e nós precisamos tirar o pó do para-brisa com um trapo antes de conduzi-lo para fora do celeiro. Eu estava curiosa sobre a mochila de couro que ele havia deixado cair na parte de trás. Ele dirigiu vagarosamente na trilha sulcada entre os campos e pastos, até que estávamos fora, ao lado do grande buraco de areia movediça, no campo mais distante, a casa longe o suficiente para parecer pequena.

— O que estamos fazendo? — perguntei.

— Primeiro o mais importante — ele disse, e eu fiquei nervosa por causa da expressão séria em seu rosto.

— Você nunca me agradeceu apropriadamente.

— O que quer dizer com isso? — perguntei.

— Bem, olhe para você.

Dei uma olhada para baixo, para meu macacão *jeans*.

— Vou me trocar assim que...

— Não, você está linda, saudável, e aquele cavalo é a razão. Não lembra quem o deu a você? — ele riu.

Soquei seu braço e ele me agarrou, então nos beijamos por um tempo, até parecer que íamos precisar sair e fazer amor no campo, então paramos.

— Meu Deus, eu senti sua falta. — Ele arfou, enquanto ajeitávamos nossas roupas.

— Eu estava bem aqui, esperando — lembrei-lhe.

Ele tocou minha face com a ponta dos dedos.

— Eu tinha esse negócio vindo, e o dinheiro era bom demais. Você viu o que eu trouxe para casa? Cinquenta mil dólares,

A MULHER DO RIO

Hedie, imagine o que aquilo fará pela fazenda! — Entretanto, sua excitação esvaiu-se em preocupação. Deu uma olhada pelo espelho retrovisor.

— Vamos sair daqui — ele disse.

A mochila continha vários revólveres, pequenos e com ar letal. No fim do buraco de areia movediça, Clement colocou algumas pedras e uma garrafa de whisky quase vazia, que achou no porta-malas do carro, e começou a me mostrar como mirar e atirar corretamente. Praticamos até que meus braços estivessem tremendo e meus ouvidos, zumbindo.

— Isso basta, querida. — Ele pegou o revólver, tomando cuidado com o cano quente. — Você foi muito bem. — Seus olhos refletiam uma nova admiração, que me deixou um tanto avoada.

— Eu posso ir com você, Clement. Posso ajudar, não posso? — Pus meus braços em volta de seu pescoço e beijei seu rosto, mas ele deu um passo para trás, com a testa franzida.

— Do que você está falando?

— Você sabe... — eu podia ouvir a minha voz enfraquecendo.

Ele cruzou os braços e olhou para o chão, raspou seu sapato no chão, pela areia que sobrava na borda do buraco de areia movediça.

— Meu amor, eu não aguentaria se qualquer coisa acontecesse a você. Aquelas pessoas são perigosas. As mulheres podem ferir-se de uma forma que os homens... Bem, um homem é diferente, você não vê? — Sua voz implorava para eu entender, e eu precisava dar um passo em direção a ele. Quando concordei, com um aceno de cabeça, relutantemente, sua fisionomia iluminou-se.

— Eu lhe digo o que você pode fazer. Pode me ajudar a imaginar um modo de expandir a fazenda aqui. Temos o dinheiro agora. O que deveríamos fazer com ele?

JONIS AGEE

Desde que havia começado a cavalgar Cat, eu sonhava em construir um estábulo cheio de cavalos, mas decidi esperar alguns dias para falar mais. Não podia tolerá-lo rindo de mim, então apenas permaneci ao seu lado e caminhei de volta para o carro com ele, repousando minha cabeça em seu ombro, certa de que ele poderia vir a perceber o quanto eu podia ser útil.

— Vá para trás da direção — ele disse, com uma piscada.

— Eu não sei dirigir — protestei.

— Nada como o momento presente — ele disse, dando a volta até a porta do passageiro e subindo no carro.

Ele me ensinou a manejar a embreagem e mudar a marcha, e guiar sem sacudir a direção, então paramos de desviar de lado a lado. Quando alcançamos o curral, direcionou-me da entrada abaixo para a estrada em direção à cidade.

— Não estou vestida apropriadamente — gemi.

— Você é linda, mesmo com o rosto sujo — ele disse, e eu quase nos joguei no canal, tentando dar um tapa em seu braço.

Na cidade, fomos ao comerciante de carros, e ele comprou um grande Packard preto, de quatro portas. Quando o vendedor perguntou se queríamos vender o cupê, ele sorriu e disse que não, era o carro de sua esposa. Era quase melhor do que ganhar o cavalo, decidi. Agora eu tinha quatro patas e quatro rodas — ninguém podia me parar.

Entretanto, cedo demais o telefone começou a tocar à noite, novamente, tocar e tocar no corredor escuro. Eu o sentia descendo da cama e o ouvia caminhando rapidamente pelo corredor, então o súbito cessar do toque, substituído pelo murmúrio baixo de sua voz. Quase sempre ele retornava para o quarto, vestia-se e partia, seu Packard sendo conduzido para longe, vagarosamente, sem os faróis, então eu não ficaria perturbada. Mas eu ficava. Eu estava assistindo a tudo, o tempo todo, na sombra da varanda, abraçando a mim mesma.

269

A MULHER DO RIO

— Quem é? — eu perguntava em voz alta. — Ele nunca pergunta, então, deve ser alguém local. Talvez aquele bando de Reelfoot Lake. Ouvi Monte Jean e Joe falando sobre aquilo. Talvez eu poderia segui-lo alguma noite, agora que tenho um carro.

Naquelas noites, quando a cerração subia do rio, eu ouvia vozes sussurrando suas histórias. Ficava na janela para captar um relance da mulher fantasmagórica, de azul, mancando ao longo da margem da estrada.

No dia seguinte eu cavalgava novamente, enquanto Clement trabalhava no celeiro com Roe, consertando o moedor de feno. Eu estava com meu traje de banho, então, quando estava longe o bastante da casa, pude tirar a camisa e sentir o sol picar meus ombros e costas.

— Ele é um homem mimado — Monte Jean observou esta manhã, enquanto me via fazer um bule de café para ele e depois juntar o creme espesso ao jarro de porcelana e tirar a boa vasilha de açúcar para enchê-la com alguns cubos.

— Você vai estragá-lo — ela avisou, com uma entortada de olhos, como se não pudesse ver nada além de coisas ruins na estrada à minha frente. Monte Jean era alta, tão alta quanto um homem, mais de um metro e oitenta, e, embora seu corpo fosse de extremidades grossas, movia-se com uma graça suave. Diferente de mim, ela nunca dava encontrões contra a mobília ou deixava as coisas caírem de suas mãos. E podia hipnotizar um frango, de forma que ele jazia imóvel na tábua de picar, diante da machadinha levantada. Suas mãos tinham aquele tipo de poder, unhas espessas e amareladas, que ela nunca cortava.

Eu não queria explicar como estava tentando segurar meu marido, então sorri e dei de ombros, e ela pensou que eu era jovem e tola.

JONIS AGEE

Eu a assistia partir grossas fatias de bacon de um pedaço grande e jogá-las em uma grande frigideira de ferro no fogão.

Seus pulsos eram duas vezes o tamanho dos meus, e ela usava um relógio masculino barato, amarrado tão apertado que a carne espremia-se em volta dele.

— Conte-me sobre Reelfoot Lake — comecei. — O que acontece por lá?

Ela me deu uma olhada rapidamente, então voltou sua atenção de novo para o bacon, o qual começou a espetar e mover em torno da gordura, fervendo com um garfo de cabo longo.

— Nem imagino...

— Você não precisa imaginar nada. — Ela sacudiu um pedaço e o deitou de volta quando ele estalou alto, espirrando gordura quente. — Melhor ficar fora daquele negócio de Reelfoot Lake, querida. — Ela olhou duro para a frigideira fervendo, sem piscar. — Melhor não envolver-se com isso.

— Que negócio? — perguntei.

Ela levantou o garfo no ar, abriu a boca para dizer algo, mas parou.

— Você já fez a torrada dele? Os ovos estarão prontos assim que este bacon acabar de fritar.

Mesmo depois das noites em que havia saído, Clement se levantava para o café da manhã, o rosto vermelho brilhante, o cabelo alisado para trás, usando uma camisa branca limpa. Monte Jean me ensinava a passar duas camisas na máquina de passar roupa, de forma que elas saíssem esticadas o suficiente para ficarem em pé sozinhas. Não importava se estivesse trabalhando na fazenda ou indo para a cidade, ele começava cada manhã em uma camisa branca limpa e uma calça de algodão marrom, passadas. Era o tipo de homem que nunca estava desarrumado, e eu o admirava por aquilo.

A MULHER DO RIO

Quando o encontrei em Resurrection, ele estava viajando a trabalho, disse, tendo parado para ver alguém sobre um contrato. Havia ficado uma semana no Hotel Rains, fazendo cada refeição na pequena sala de jantar onde eu servia as mesas, depois da escola e nos finais de semana, para ajudar minha família; também podia comer de graça, e isso economizava outra boca para alimentar, esticando nossos poucos dólares um pouco mais. Quando papai teve o ataque, eu estava na faculdade, em Warrensburg, e fui chamada em casa para nunca mais voltar. Deixei um baú de livros e roupas, e as poucas coisas tolas que uma garota acumula durante a vida, mas nunca poderíamos arcar com o custo de enviá-las para casa. Então papai morreu, e eu peguei um trabalho, ensinando em uma escola de campo, nas colinas ao sul da cidade, e dava cada centavo para minha mãe, vinte e cinco dólares por mês. Minhas irmãs estavam esperando para se casarem, então trabalhavam na cidade onde podiam ser vistas e cortejadas pelos rapazes locais. Clement foi uma surpresa para todas elas — um homem que me cortejou, seduziu e propôs casamento em uma semana.

Eu tinha dezessete anos, e o rapaz mas velho na escola da colina também, tendo sido reprovado por três anos consecutivos. Ele havia armado uma cilada para mim, em um *closet*, uma vez, e esperava todo dia depois da escola para ver se podia tentar novamente. Eu não reclamava por medo de ser despedida. Havia mentido sobre minha idade.

— Você é minha — o garoto declarara, enquanto segurava meus ombros contra a parede de pinho rústica. Até que Clement tivesse dito aquelas palavras, eu não havia sentido, verdadeiramente, o poder delas.

— Faça a sua lição de casa, Orvil — eu disse ao rapaz, enquanto me afastava dele.

JONIS AGEE

Foi amor à segunda vista, como minha avó diria, o tipo de amor que você sente vindo sobre você como um trem, e você não ousa dar um passo para fora do caminho, embora possa sentir que ele tem sua felicidade e infelicidade futura, tudo a bordo.

— As mulheres da nossa família sabem quem vai deixá-las de coração partido e nos casamos com eles — ela disse. — Se quer manter um cachorro em casa, você enterra um pouco do pelo dele ao lado do portão da frente ou sob os degraus. — Ela sacudiu sua cabeça. — Não funciona tão bem com os homens.

Cat e eu caminhamos ao longo do rio por um tempo, o cavalo diminuindo o passo o bastante para mergulhar a cabeça e agarrar uma moita de dente-de-leão, ao lado da estrada. Logo ele se tornou mais ambicioso, abrindo caminho, forçando com os ombros a passagem para dentro do mato, e a poeira nas longas folhas de sumagre caía como farinha quando as cutucava, cobrindo o focinho. Ele resfolegava alto. Então, nós dois congelamos ao ouvir o som ao lado — um guizo de advertência que me deixou com medo de virar a cabeça e olhar para baixo.

— Psiu, fique quieta. A cobra não quer problema — uma voz de homem falou lentamente. — Você vai matá-la ou vai esperar que ela morra de velhice? — Eu tentei ver de onde a voz tinha vindo, mas o mato naquele local estava alto. Não podia nem mesmo ver a tal cobra.

— Aqui, garota, agora saia daí e deixe as pessoas em paz — a voz persuadiu, houve um leve sussurro e então o ar pareceu mais limpo, vazio, e eu soube que a cobra tinha ido embora. Cat soprou novamente e bateu o pé. Dei tapinhas no seu pescoço suado e o virei de volta, para a estrada, esquecendo de abaixar-me enquanto passávamos sob o galho de um pequeno choupo do Canadá, que arranhou meu rosto. O canto do meu olho

A MULHER DO RIO

aferroou e lacrimejou onde a ponta da folha tinha acertado, e minha face queimava onde havia sido arranhada. Peguei algumas folhas redondas do meu cabelo e esfreguei-as umas nas outras, para soltar o cheiro verde.

— Senhor? — chamei, esperando que o homem saísse e fosse agradecido.

— Sim, senhora. — Um homem negro, com um chapéu de palha amarelo-pálido, deu um passo para a estrada, uma bolsa de tecido grosseiro, pesada e molhada, pendurada em sua mão.

— Isso não é a cobra, é? — Apontei com a cabeça para a sacola, que se retorcia e tremia.

Ele não respondeu a princípio, apenas olhou ao longo da estrada, à nossa frente, depois atrás de nós, e finalmente olhou para mim e sorriu.

— Peixe-gato. Uma baita confusão.

Então ele sorriu, e um lindo conjunto de dentes brancos brilhou contra seus lábios púrpura rosados e seu rosto redondo, da cor da fruta do carvalho.

Minha mãe tinha nos ensinado a sermos educados com negros, mas nunca a sermos amigáveis, e meu pensamento relampejou para Clement quando eu disse:

— Hedie Rails Ducharme — estendi a mão, que ele precisava dar um passo para aproximar-se e levantar-se para pegar.

Ele nem mesmo hesitou. Sua mão grande, envolvida em torno da minha, tão grossa e com calos que a pele parecia quebradiça e dura como uma casca de besouro. Seus dedos eram bem formados e fortes, as unhas ovais rosadas e limpas. Ele usava uma camisa desbotada, xadrez de azul e vermelho, de flanela tão fina de lavagem que seguia a forma de seus longos e musculosos braços e ombros. Eu o estava encarando, e ele limpou sua garganta e soltou sua mão da minha.

JONIS AGEE

— Jesse Gatto — ele disse, as sobrancelhas levantando com uma pergunta. A pele do seu rosto era macia e brilhante como a superfície de uma pétala de flor ou a asa de um melro que brilhava molhada quando o sol a atingia. Suas orelhas eram pequenas sob o chapéu, dobradas bem apertado contra o crânio. Ele içou a bolsa de tecido grosseiro para seu ombro e olhou para a estrada novamente.

— Obrigada por tirar a cobra do caminho — eu disse.

— Ela não queria problema.

Cat soprou forte pelo nariz e esticou o pescoço em direção ao homem. Jesse o deixou mordiscar os bolsos de seu sobretudo por um momento, enquanto esfregava o focinho e acariciava as orelhas do cavalo.

— Ele se tem em alta conta, não é? — ele riu quando o cavalo puxou um lenço vermelho e preto do seu bolso.

— Ainda está aprendendo a viver. — Dei tapinhas no pescoço suado do animal e esfreguei a palma da minha mão, cheia de pelo molhado, em sua crina.

— É o cavalo que o senhor Clement comprou em Hot Springs?

— É.

Jesse concordou com a cabeça, então levantou o lábio superior, encarando os números tatuados lá.

— Uh-huh.

— O quê? — Peguei as rédeas e apertei minhas pernas. O cavalo levantou a cabeça e se virou para olhar-me, então começou a mastigar o dedão da minha bota.

— Não, senhora, ele é um animal bonito. Bem bom — fez uma pausa e olhou para cima, para a estrada, uma terceira vez, levantou o chapéu e ajustou a borda, e deu uma sacudida na bolsa de tecido grosseiro.

A MULHER DO RIO

— É melhor levar esse companheiro para casa. — Olhou para mim, os olhos enrugando-se em um sorriso. — Você gosta de peixe-gato?

— Acho que ele não me deixará carregar qualquer coisa. Ainda é bastante arisco. — Eu levantei meu queixo em direção à cabeça do cavalo.

Jesse inclinou sua cabeça colina acima.

— Você nunca experimentou nada tão bom quanto peixe-gato e bolinhos de milho fritos, que minha esposa faz. — Virou-se e começou a subir a colina, chamando por cima do ombro:

— Vocês vêm?

Cat começou a ir por conta própria, e eu o deixei ir.

A minúscula casa ficava atrás de uma proteção de pinheiros anões, à sombra de um pequeno bosque de nogueiras negras. Quando nos aproximamos, a porta de tela se agitou, e uma garota apenas um pouco mais jovem do que eu parou e inclinou o quadril contra a grade da varanda, braços e pernas cruzadas, fazendo beicinho. Ela era muito bonita e se orgulhava disso, você podia ver o tipo de problema que era. O cabelo cuidadosamente ondulado, achatado, os quadris pequenos e a pequena cintura cobertos em um vestido amarelo de rayon, que cintilou em uma agitação, e mostrava uma sugestão do espaço entre os seios, no estreito decote em forma de V, no corpo sem mangas. Era um vestido feito para uma mulher mais velha, uma mulher que sabia como andar em saltos altos e balançar os quadris. A garota havia se pintado com um batom vermelho brilhante e escurecido em torno de seus escuros olhos de corça, e, enquanto seu pai se aproximava, este fez cara feia.

— O que é isso? — Jesse deixou cair o saco e subiu dois degraus de uma só vez. Pegando seu queixo entre o polegar e indicador, puxou seu rosto para baixo, para encarar o batom. O rosto marrom-amarelo dela escureceu até que ficou da cor de mogno.

JONIS AGEE

— Eu lhe disse que ela não ia sair com aquele rapaz apressadinho — uma voz de mulher chamou do interior escuro da casa.

— Mas aí está ela, toda arrumada.

— Que rapaz é esse? — Jesse olhou para a garota.

— Quem é essa? — A garota levantou o queixo em minha direção, os olhos frios, a voz sem entonação.

Jesse a encarou por mais um momento, então tirou o chapéu e nos apresentou.

A garota, chamada India, murmurou olá e voltou a atenção para o pai.

— Ele não é apressadinho, papai, ele tem um carro e mamãe diz que qualquer rapaz da idade dele com um carro não pode ser boa coisa, mas, por favor, posso ir? Todas as garotas vão e é na Igreja da Bíblia Nova Esperança, e eu nunca vou a lugar nenhum, vivendo aqui, completamente sozinha. Por favor.

Apesar do vestido amarelo, India inclinou-se contra o peito do pai e jogou seus braços em volta do pescoço dele, tirando fora o chapéu e beijando sua face.

Ele riu e a levantou do chão.

— Vishti? — ele chamou em direção à porta de tela.

— Eu sabia. Você deixou aquela criança ganhar novamente. Primeiro o vestido, agora o baile social. Você lembra o que vem a seguir, não lembra?

Jesse olhou com severidade para a filha.

— Sem beber. Se aquele rapaz tiver uma garrafa você volta para casa, ouviu? Se aquele rapaz dirigir muito rápido, você volta para casa. Se aquele rapaz, bem, é melhor ele trazer você para esta casa antes da meia-noite.

— Obrigada, papa. — Ela se inclinou sobre ele e beijou seu rosto novamente, os olhos cheios de vitória, que tentava evitar mostrar-lhe.

A MULHER DO RIO

— E entre na casa agora. Nenhuma garota decente espera um garoto na varanda.

— Ele está com medo de trazer o carro até a casa. Eu lhe disse que viria quando buzinasse da estrada, papa, ele pensará que não irei se eu não... — Os olhos dela encheram-se de lágrimas e fez beicinho novamente.

Jesse suspirou pesadamente e se abaixou para pegar a bolsa, que tinha caído, e revelava os corpos espessos e lamacentos de peixes arfando.

— Da próxima vez, aquele rapaz virá apropriadamente até a porta, ouviu? — ele acenou que ela se fosse quando tentou beijá-lo novamente. Ela olhou em volta, em direção à estrada, nem um pouco intimidada pela conversa.

Então, lembrou-se de mim.

— Traga aquele amigo aqui, senhora Ducharme, ele pode fazer companhia para minhas mulas por um tempo. Vai lhe fazer bem.

Então tomei uma decisão. Sentia que estava tomando uma decisão, porque sabia que Clement podia não aprovar minha escolha de amigos, sabia que minha mãe teria revirado seus olhos e dito que eu estava me relacionando com elementos baixos.

Sabia que até Monte Jean me diria para ficar em casa e tratar dos meus próprios negócios, mas eu estava tão malditamente sozinha naquele momento... Tudo o que eu podia fazer era subir os degraus de trás daquela casa, irromper na cozinha e pegar meu lugar à mesa, em frente de qualquer um. E acho que Vishti precisava gostar de mim, ela não tinha escolha, uma vez que ajudei a cortar fora as cabeças e tripas do peixe com Jesse, minhas mãos pingando vermelho ensanguentado quando carreguei o peixe para dentro da casa, em uma vasilha, os cachorros no curral, junto ao celeiro, brigando pelos intestinos.

JONIS AGEE

Assim que me lavei, coloquei minhas novas habilidades culiná-
rias para trabalhar e fiz biscoitos, sob o olho cético de Vishti,
enquanto ela passava o peixe em farinha de milho e fazia bolinhos para fritar com ele.

Era hora do jantar quando cheguei em casa e soltei Cat em
seu estábulo, com grão e feno. Como estava tarde, não iria
incomodar-me em escová-lo, estava apenas verificando o nível
da água em seu balde quando mãos agarraram meu rosto —
lavanda e lírio.

— Clement! — eu ri e virei minha cabeça para encontrar seus
lábios. Nos beijamos famintamente, e logo minhas mãos estavam desabotoando seu cinto e as dele, desabotoando minha
blusa. Demos um passo para nos livrarmos de nossas calças juntos, e ele me empurrou para dentro da cocheira vazia, do outro
lado do corredor, e puxou para baixo a parte de cima do meu
traje de banho, beijando-me. Eu o alcancei e ele se mostrou, depois puxou minha calcinha e fizemos amor ali, em pé, minhas
pernas envoltas em torno de suas coxas. Oh, queríamos tanto,
era como duas pessoas famintas encontrando um bolo.

— Senti sua falta — sussurrei.

— Vou fazer a espera valer a pena — ele ofegou e empurrou a
si mesmo mais fundo, de forma que parecia que estava enterrado dentro de mim, e eu me enrosquei em volta dele e superei
a explosão que seguiu.

— Você está mesmo melhor agora — ele arfou. — Tão forte.

— Suas pernas estavam tremendo por nos manter em pé, mas
eu não queria separar-me dele ainda.

— É a equitação — eu disse, acariciando seu cabelo macio e
pegando o lóbulo da sua orelha em meus dentes.

— Estava esperando por você — ele disse.

— Estou bem aqui — sussurrei, e afundamos na palha.

A MULHER DO RIO

— O jantar de Monte Jean vai esfriar — ele disse.

— Eu gosto de comida fria — beijei seu peito, descendo em direção a sua barriga redonda e dura.

Clement tinha voltado em todos os sentidos da palavra, e nós estávamos, mais uma vez, planejando nossa futura família, embora eu não estivesse conseguindo engravidar tão facilmente quanto na primeira vez. Passávamos as noites em que ele estava em casa falando sobre as melhorias da nossa fazenda, planejando ter a casa e os celeiros pintados em agosto.

Estive lendo o livro de registro dos cavalos puro-sangue da fazenda e procurando as linhagens originais. Cat era descendente de uma das éguas da fazenda, e, quando expliquei isso a Clement, ele ficou tão animado quanto eu.

Durante uma semana, passamos as noites na varanda, ouvindo música no rádio, minhas pernas repousando em seu colo, no largo balanço pendurado por correntes caindo do teto, enquanto planejávamos um retorno aos dias de criar cavalos de corrida campeões.

E o telefone nunca tocou.

Foi quando comecei a contar-lhe algo da história da família Ducharme, que eu havia descoberto, mas ele somente estava interessado nas partes sobre Jacques.

Se descobríssemos o velho tesouro dos piratas, poderíamos comprar a terra dos dois lados do rio. Então não teríamos de ouvir ou ver outra pessoa. Foram aquelas palavras que me fizeram entender por que eu estava mantendo minha visita aos Gattos em segredo. Clement estava vivendo para o dia em que ele, finalmente, teria meios para separar-se do resto do mundo. Seria bem feliz vivendo como um eremita. Entretanto, eu não era.

JONIS AGEE

Era o começo de outubro, as colheitas já haviam sido feitas, as maçãs colhidas, a cidra preparada, as conservas prontas. O novo estábulo reluzia com a pintura branca, e eu já tinha enchido metade dos estábulos com toras de madeira de fundação. Clement estava tão contente que me comprou um caminhão para transportar cavalos, com o nome Ducharme Farms, pintado em dourado e vermelho, na lataria verde das portas. Tinha uma divisão de quatro compartimentos, com uma rampa que eu podia abaixar para carregar cavalos. Ele me deixou encomendar cobertores combinando e cabrestos de couro, placas de latão com o nome gravado, e toda espécie de baldes e equipamentos para a nova empresa.

Ele deve ter pensado que já tinha encontrado a fortuna de Jacques. Eu cheguei tão perto de dizer algo, mas não queria perturbar os bons sentimentos entre nós, então fiquei em silêncio, e ele brilhava de orgulho no dia em que o grande caminhão se dirigiu à entrada acima, fez uma volta e descarregou duas éguas, cujo pai tinha chegado em segundo lugar no Kentucky Derby. Quando descarregaram o cavalo Preakness, um cavalo baio idoso, Clement realmente bateu palmas e me beijou como se eu tivesse feito todos os sonhos dele transformarem-se em realidade, em vez do contrário.

Toda noite, depois do jantar, percorríamos o corredor de tijolos do estábulo e dávamos maçãs para nossos cavalos. O rosto de Clement brilhava com a excitação, sua boca fina, constantemente sorrindo, seus traços pequenos, como aqueles de um garoto no circo. Ele mantinha os ombros eretos, o peito estufado, uma versão menor, mais compacta, do seu poderoso antepassado. Quando o cavalo Preakness esfregou uma sujeira verde na camisa branca dele, eu prendi a respiração, mas ele apenas riu e estendeu uma maçã extra ao cavalo.

A MULHER DO RIO

Fazendo um aceno de concordância com a cabeça para o corredor limpo e varrido, o ar quase sem poeira, ele disse:

— Você é como eu, Hedie. Gosta das coisas arrumadas. Uma operação como esta poderia pagar-se, trazer pessoas com dinheiro de verdade, o tipo de pessoa que Tio Keaton conhece.

— Eu poderia ter mais ajuda — esfreguei o pescoço liso do cavalo. Ele franziu a testa e pensei que tinha ido muito longe. Eu já tinha um homem para limpar os estábulos e alimentar os cavalos. — Para treinar e manejar. Precisamos domar os potros que comprei na primavera — expliquei, apressadamente. E realmente ajudaria se construíssemos uma pista de treinamento, eu queria adicionar.

Ele se curvou, levantou um pedaço de maçã babada e a estendeu novamente. O velho cavalo fez sua parte, soprando no pescoço de Clement, depois lambendo a palma da mão dele enquanto a maçã desaparecia.

— Você tem alguém em mente? — ele perguntou. O cavalo recomeçou a lamber a mão dele, movendo-se de forma a incluir o punho, o que parecia encantar Clement. Ele está fazendo isso por causa do sal da pele, eu poderia ter dito.

Em vez disso, respirei profundamente.

— Há um negro, estrada acima. Jesse Gatto tem alguma experiência em pista de corrida. Poderíamos empregar sua esposa Vishti também, dar a Monte Jean mais tempo para limpar. Vishti é boa com aves.

Ele franziu a testa.

— Você quer que eu contrate duas pessoas?

Olhei além dele, para o cavalo que estava cutucando com o focinho o alto da cabeça de Clement. O cavalo suspirou e repousou o queixo no ombro dele, o que selou o negócio.

— Está certo. Ok. Acho que podemos lidar com isso — ele dis-

JONIS AGEE

se para o cavalo. — Você tem que nos dar alguns bebês danados de bons, amigão.

Acho que foi assim que tudo começou. Jesse e Vishti concordaram em trabalhar das seis e trinta à uma e trinta, seis dias por semana e, se houvesse trabalho extra a ser feito, a filha deles, India, também viria e eles ficariam mais tempo.

Mais cavalos vieram, e Jesse começou a ensinar-me a treiná-los, além das outras tarefas. Embora Monte Jean estivesse acostumada a tocar os arranjos domésticos, ela e Vishti chegaram a uma trégua desconfortável por causa de India. Era preciso duas mulheres para mantê-la focada em uma tarefa por tempo o bastante para completá-la, e duas mulheres para desencorajar as rebeliões preguiçosas dela e o desejo de correr para reclamar com o pai cada vez que estava infeliz. Com mais frequência do que deveria, elas a encontravam experimentando roupas e joias em um dos quartos, o que parecia bastante típico para uma garota da idade dela, ou, mais apropriadamente, quase da minha idade. Mas não éramos nada parecidas, eu assumia, nada. Não tínhamos ideia, nenhuma de nós, que alguém mais a estava assistindo também. A primeira vez que isso aconteceu, cheguei à porta da frente e parei para verificar o armário embaixo das escadas, procurando luvas e cachecóis. Eu ouvia Vishti e Monte Jean, escada acima, discutindo a melhor maneira de limpar janelas, as vozes altas o suficiente para abafar todos os outros sons. Embora Vishti fosse normalmente calma e, de algum modo, reservada, Monte Jean tinha um jeito grande e intenso, que levava Vishti a desacordos que, com frequência, tornavam-se barulhentos.

Mais tarde as duas mulheres ririam de si mesmas. Eu não estava pensando muito nisso quando entrei depressa na cozinha. Clement e India pareciam duas pessoas que tinham

A MULHER DO RIO

derrubado o melhor prato da casa no chão, quase como se tivessem acabado de dar um passo longe dele.

— Temos uma garota esperta bem aqui — Clement disse, com um dos seus sorrisinhos. O rosto de India escureceu, e, quando ela se virou, levantou uma bandeja e começou a esfregar o balcão limpo, em largos e vagarosos círculos. O cachecol não estava com ela, percebi, deixado ao lado da pia. Não pensei nada até que caminhei em torno dela, para encher o bule de café com água, e vi os brincos de rubi que estava usando.

Minha mão na torneira parou por um momento. Eles pareciam familiares — então sacudi a cabeça e abri a torneira. Dei uma olhada nos brincos dela novamente. As pedras eram terrivelmente grandes. Onde, no mundo, India tinha conseguido algo tão bonito? Vishti nunca usava joias, e eles certamente não podiam permitir-se comprar tais coisas.

— Você sabe, acho que India é inteligente demais para estar fazendo o trabalho de casa — Clement disse. Virei-me bem a tempo de pegar a piscada que ele deu para a garota. O que ele estava querendo agora? Eu estava mais aborrecida do que com ciúme. Ele ia arruinar todo o tempo que tínhamos levado, evitando que India se tornasse um problema.

— E se ela me ajudasse a manter os livros da fazenda? — Ele agarrou meu braço bem quando eu estava colocando o bule no fogão, e me dirigiu para os seus braços. Cutucou meu pescoço com o nariz, fungou e, repentinamente, deu um passo para trás apertando suas narinas entre os dedos. — Uau. Alguém cheira como um cavalo, querida.

India riu disfarçando com a mão e desistiu de todo o fingimento de limpar o balcão.

Ele estava me envergonhando para divertir India. Como podia? Fiz um gesto para o armário diante dela.

— Tire a lata de café.

Ela me encarou por um momento, seu rosto perfeitamente branco, como se eu tivesse apenas mexido a boca sem som, em vez de realmente tê-lo pronunciado em voz alta. Finalmente moveu os quadris e se virou, movendo-se tão lentamente quanto podia para pegar o café, que colocou no balcão com uma pancada alta, como para dizer: aqui está.

É apenas uma garota desafiadora, lembrei a mim mesma. Ela me vê como outro adulto que interfere, como sua mãe ou Monte Jean, mesmo que eu seja apenas dois anos mais velha do que ela. Minha mão tremia enquanto eu colocava colheradas de café na parte de cima do pote.

— Então, está decidido. — Clement bateu as mãos. — Ela pode começar agora mesmo. Estou atrasado nos registros dos gastos e preciso acompanhar melhor o trabalho dos homens. Nem registrei ainda a colheita do algodão. Aquela conta de taxa que veio na semana passada está em algum lugar. Você a viu, Hedie?

Eu não estava feliz, mas acreditava nele quando disse que precisava de ajuda. Ele corria dia e noite. O homem não podia dar conta.

Ele colocou a mão na parte estreita das costas da garota e começou a conduzi-la pela porta.

— Não esqueça o seu cachecol — eu disse, recebendo um olhar de India por sobre o ombro, para minha inquietação, o que, eu confesso, achei satisfatória.

— Oh, ela não vai precisar dele — Clement disse.

— Parece que aquela égua baia, com as patas brancas como meias, está com cólica — eu disse, apenas para preocupá-lo. A cabeça dele deu uma volta e, não muito gentilmente, deu a India um empurrão para o corredor.

A MULHER DO RIO

— O que isso quer dizer?

— Uma grande dor de estômago, sabendo que é pior que isso em cavalos. Eles não vomitam, então, a menos que isso passe, podem morrer. Andamos com ela por duas horas. Ela fica tentando deitar e rolar, o que pode torcer uma tripa e levar à morte.

— Sinto muito, querida. — Ele voltou para dentro e colocou os braços em volta de mim, e eu acreditei nele.

Parte 2

OMAH DUCHARME E
LAURA BURKE SHUT DUCHARME

"Minha alma é uma estranha."

15

Era o tipo da noite de agosto que o rio e o calor arrastavam o tempo para longe, e dormir era impossível, porque todo o esforço era necessário para respirar o ar espesso e úmido. Então, foi natural quando Omah, ouvindo o barulho do rio, saiu da cama para ficar ao lado da janela, na grande casa de Jacques Ducharme, na colina, para onde ela tinha se mudado depois que seus pais haviam morrido. Podia ouvir a voz dos homens e mulheres rindo, em um barco movido a roda de pá, seguido pelos gritos raivosos de homens brigando. O nevoeiro havia sido levado na correnteza pela noite toda, e o som de risadas ou palavras oscilava entre distante e abafado ou tão claro e distinto como se a pessoa estivesse muito perto. O nevoeiro era traiçoeiro, alterando distâncias e formas. Jacques a tinha avisado para não sair de casa quando a noite estivesse com nevoeiro. Poderia facilmente desaparecer, cair no rio, e ninguém jamais a encontraria. Ela tremeu. Mas não eram as vozes que a tinham incomodado. Uma brisa empurrou o nevoeiro para longe por um momento e ela ouviu o som novamente, abaixo da sua janela. Assustada, olhou para baixo.

Na luz amarela, o rosto boiando sem um corpo apareceu, entalhado e grotesco. Ela deu um grito e saltou para trás.

Então, ele disse o nome dela em um sussurro alto, desligado do corpo:

— Omah. — Ela reconhecia aquela voz.

A MULHER DO RIO

Jacques era mais rico que qualquer um pudesse imaginar. Mesmo o pai e a mãe de Omah, que tinham trabalhado lealmente para ele por toda a vida, nunca haviam calculado o valor verdadeiro de sua fortuna. Embora Jacques finalmente os tivesse libertado, eles ficaram porque ele os havia salvado quando o barco que os carregava para St. Louis batera em uma tora de madeira submersa e rachara, em uma tempestade no rio. Quando o resto do carregamento de escravos afundou, e apenas alguns dos cavalos e vacas conseguiram alcançar a terra, a mãe e o pai dela acreditaram que Jacques tinha sido enviado pela Mãe Rio para salvá-los, sozinho. Jacques dependia do casal não apenas porque era supersticioso, mas, acima de tudo, porque entendeu que seriam para sempre agradecidos a ele. Não poderia encontrar servos mais leais. Fiéis como cães, Omah os lembrava a cada oportunidade que tinha. Mas ela era uma criança na época, confiante em sua própria visão dos fatos.

Novamente ouviu:

— Omah! — Ela avançou devagar em direção a janela, novamente, e olhou para baixo. Era a lanterna que o velho Jacques estava segurando que fazia seu rosto ossudo parecer tão apavorante.

— Venha aqui embaixo — ele disse. Ela o encarou por um momento, ouvindo em sua cabeça as advertências de sua mãe sobre os homens. Jacques era velho, tão velho que ninguém sabia a idade dele, mas ela se lembrou do quanto seu corpo era forte; como tivera força para levantar a placa de granito para os túmulos dos pais dela, com apenas um braço; como bombeava água, sem esforço, em dois grandes baldes e os carregava para casa com sua única mão, sem perder uma gota. Ela não podia permitir-se subestimar Jacques, advertiu-se quando puxou o xale amarelo de cashmere, finamente tecido, da falecida mulher dele, em torno de seus ombros e foi para o andar de baixo.

JONIS AGEE

Um mês atrás, quando sua mãe e seu pai tinham caído doentes, com congestão pulmonar, com uma hora de intervalo entre cada um, Jacques mandou comida e medicamentos, mas nenhum dos dois podia comer ou beber sem tossir tudo de volta. Depois de alguns dias, eles simplesmente estavam muito fracos para levantar a cabeça e abrir a boca, ou fazer mais do que arfar em respirações rasas. Por cinco dias inteiros, no meio de julho, Omah manteve o fogo ardendo na cabana para aquecê-los e confortá-los. Enquanto a chuva tornava o ar espesso e úmido, difícil de respirar, o calor a fazia ficar nauseada, e ela não tinha sido capaz de dormir ou comer enquanto tentava cuidar deles. Quando Jacques mandou o médico local, ela esperou do lado de fora até que ele tivesse terminado, então atirou torrões de terra no seu carro e cavalo, que se afastavam. Ela era muito velha para agir daquela forma, Marie, a cozinheira, dissera-lhe.

Assim que o chiado de seus pulmões parou, um silêncio terrível invadiu a cabana e acordou Omah, que cochilara ereta na cadeira, ao lado da cama deles. Ela sabia que sua fraca respiração não era suficiente para batalhar com aquele silêncio. Que, de repente, ela era tão sem importância quanto um grão de fibra de algodão, flutuando em uma coluna empoeirada de luz. Seu pai, Yorubá, que tinha sido destinado a usar a grande coroa, adornada com contas, como rei, quando o pai dele morreu, havia perdido tudo quando foi capturado e enviado para o Novo Mundo, e ainda assim sempre sonhou em ir para casa, para o seu povo. Sua mãe, uma das muitas de suas esposas reais, nunca pôde colocar-lhe a coroa na cabeça e ficar atrás dele, avisando-o para não olhar para dentro de si, para não arriscar-se à cegueira que podia sobrevir. Omah, que não tinha lembrança de uma vida onde não era importante para qualquer pessoa exceto sua família, agora não era nada, nunca seria importante novamente para ninguém, percebeu com súbita clareza. Ao dizer adeus à mãe e ao pai, estava dizendo adeus a si mesma.

Agora ela entendia o que significava ser verdadeiramente sozinha e livre no mundo. Teria comido um balde de lama do rio para trazê-los de volta. Assim que partiram, percebeu que apesar de todo aquele alarde sobre liberdade, não tinha ideia para onde ir. Havia passado a vida inteira na Jacques'Landing. Aonde iria uma garota negra de dezesseis anos? Que vida havia lá fora para ela? Gemeu seu luto e medo para os corpos mortos, pegando três xícaras lascadas de porcelana, decoradas com rosas pintadas a mão, e estilhaçando-as contra a lareira. Rasgou uma das frágeis cortinas de renda, da qual sua mãe havia tido tanto orgulho, porque tinham vindo da casa do velho. A renda estragada, da qual ela tinha estado tão terrivelmente envergonhada, pela mesma razão, rasgou-se fracamente em suas mãos. Por que ela não era mais forte? Por que não resistiu? Ela jogou punhados de peças amareladas no chão e pisou-as, então puxou o resto abaixo e as jogou no fogo.

Jacques veio à cabana deles trazendo Marie, que ajudou a preparar os corpos. Ele e um de seus homens cavaram os buracos e os enterraram, lado a lado, no pequeno cemitério da família, lá em cima, ao lado da casa, sob a chuva que não tinha parado de cair durante duas semanas. Quando ele começou a levantar as cruzes de madeira bruta, lavradas do cedro e vermelhas de tão encharcadas pela chuva incessante, ela o fez parar e pediu um pedaço de granito escavado, que ele tinha salvado de uma barca que encalhara sete anos antes.

Quando criança, ela brincara entre os pedaços cuidadosamente amontoados, na cabana ao lado da deles, deitada em todo o comprimento sobre suas superfícies granulosas quando estava

JONIS AGEE

com calor. Lá, ela nem mesmo tinha medo de aranhas ou cobras. Ninguem além dela parecia gostar dos pedaços de granito.

Ela se lembrava de como Jacques tinha hesitado, olhando para o outro lado da estrada, para o rio marrom, cheio até as bordas, gotas de uma espuma amarela cavalgando as águas agitadas como flores tolas, apanhadas nos troncos de árvores inundadas, até que a margem desaparecida estivesse com linhas de bolhas de sabão, como se um gigante tivesse se banhado naquela bacia de água lamacenta. Então ele concordou, sem muitas palavras, o grande nariz curvado, branco, do outro lado da ponte, o maxilar nodoso.

Primeiro, ela desenhou os pássaros com carvão, depois, foi trabalhar, tentando esculpir suas formas. Sua mãe tinha lhe dito que aqueles pássaros eram sinal do poder da mulher, e que ela os deu para o homem usar. A coroa de Obás estava desenhada com grupos de pássaros. Omah somente tinha ouvido pela metade as lembranças e advertências de sua mãe, e agora parecia que tudo que podia lembrar eram as figuras negras, flutuando entre as árvores, pousando na cerca em volta do pequeno jardim de sua mãe, erguendo as cabeças escuras e oleosas, curiosamente, na direção dela, enquanto trabalhava. Os pássaros eram uma parte de Aye, o visível, tangível, mundo dos vivos, ou Orun, o invisível, domínio espiritual dos ancestrais dela e de deuses e espíritos? Sua mãe tinha dito que os dois domínios eram inseparáveis, mas o que aquilo significava? O velho Jacques às vezes amaldiçoava seu Deus em francês, e beijava o metal dourado em volta de seu pescoço, depois de uma viagem perigosa no rio, mas, de outro modo, nunca parecia particularmente interessado em assuntos espirituais. Nunca frequentou a Igreja Católica no vilarejo.

Em que medida aquela crença era diferente da que tinham sua mãe e seu pai? Quem eram os deuses dela, exatamente?

293

A MULHER DO RIO

Era muito mais difícil, quase impossível, ela descobriu, cortar ordenadamente o contorno dos pássaros, depois os nomes e o ano, sem que o martelo escorregasse, esmagando a ponta dos dedos dela, ou a talhadeira, fazendo um talho na palma da mão, e ela logo desistiu, prometendo que, um dia, pagaria alguém que poderia verdadeiramente cortar a pedra, em vez de meramente arranhá-la, como estava fazendo.

Então, uma noite, enquanto ela mergulhava as mãos em um dos unguentos de ervas de sua mãe, sobre a mesa, Jacques veio até a porta, chapéu de palha batida na mão.

— *Comment ça va?* — ele perguntou. — Como vai?

Ela balançou a cabeça e levantou as mãos escalavradas, as pontas dos dedos fatiadas e frágeis. Ele inspecionou seu vestido feito em casa, o único que ela havia usado nos últimos três anos. Como ela havia crescido, ele parava bem abaixo dos joelhos dela, e o corpete, puxado tão apertado por sobre os seios, que ela não ousava esticar os braços muito longe, com medo de estourar os pontos que sua mãe tinha feito com tanto amor. Seu vestido novo repousava em pedaços onde sua mãe tinha cuidadosamente guardado, na noite em que caiu doente, na prateleira ao lado da porta, entre as poucas peças de louça de barro e duas panelas. Era de um amarelo profundo, perfeitamente tingido pela mãe, que tinha, com sucesso, resistido aos ataques de Omah para arrancá-lo do barril cedo demais. Sob um olhar examinador, ela enfiou os cotovelos contra suas laterais e pressionou seus joelhos para ficarem juntos.

— Venha — ele disse —, não é seguro aqui. — Ela o observou notar as reduzidas cortinas de renda rasgadas, a cama grosseira, feita de toras não aplainadas, o catre de palha com a colcha fina e desbotada, e, de repente, viu sua vida como ele via.

JONIS AGEE

— Esta é a minha casa — disse estendendo os braços pela prancha da mesa e agarrando a beirada, para o caso de ele tentar tirá-la dela.

— *Naturellement* — ele disse. — Claro.

Ficou parado lá por um momento a mais, olhando porta afora para a entrada separada da edícula de solteiro, que podia ser vista dali. Os homens que trabalhavam para ele — St. Clair, Orin Knight, Frank Boudreau e Leland Jones — estavam sentados na grama, jogando "acerte o porco com suas facas" e bebendo. Não estavam trabalhando o bastante nos últimos tempos.

— Aqui não é seguro para uma jovem garota, *ma chèrie*. — Deu-lhe uma olhada e então virou o olhar de volta para os homens.

Agora, aqui, ele estava precisando da ajuda dela. Assim que Omah o encontrou parado do lado de fora, olhando para cima, para ela, na janela do segundo andar, ele se virou, segurando a lanterna. Uma densa nuvem de nevoeiro escorria sobre eles, e ele pegou sua mão, conduzindo-a em direção ao rio, ela pensou, mas estava desorientada e não podia ter certeza. Ela caminhava na ponta dos pés, pois estava descalça e não enxergava nada. Eles pareciam estar caminhando pela grama, então, descendo uma pequena colina, onde o pé dela ficou enroscado em uma trepadeira, que agarrava como tiras de cobra, e ela tropeçou e chorou, e sentiu-o puxar seu braço para cima, meio que a levantando para fora da vala, para a estrada poeirenta. O pó frio, como farinha entre seus dedos, enquanto eles atravessavam para o outro lado, então ela reconheceu a margem do rio pelo fedor pesado de peixe da lama e o chapinhar da água. Um salgueiro bateu em seu braço e rosto, e ela se projetou cegamente contra ele. Assim que a água bateu nos dedos dos pés dela, Jacques parou e colocou a lanterna na margem, aos pés deles, onde ela fez um pequeno halo amarelo de luz.

A MULHER DO RIO

O rosto dele era uma série de buraco escuro enquanto se virou para ela e soltou a mão.

— Preciso de um pequeno favor — ele disse. Seus olhos escuros, com listas amarelas da lanterna, pareciam os de um animal.

Ela tremeu, e ele estendeu as mãos e enrolou o xale em volta dos ombros dela.

— Sim — ela disse. Era como ser hipnotizada, à maneira como sua mãe fazia com os frangos antes de cortar a cabeça deles, acariciando os bicos até que os olhos baixavam.

— Suba neste pequeno *bateau*, eh, barco. — Ele subiu de um lado e ela podia ver uma velha barcaça amarrada atrás dele, agitando-se para cima e para baixo na corrente.

— Por quê?

— Pode fazer isso para mim? — Ele colocou a mão no ombro dela e era como se todo o peso dele estivesse pressionando aqueles ossos frágeis.

— Está bem.

Ele a conduziu adiante, ajudando-a a engatinhar para dentro da barcaça enquanto a segurava firme, levantando sua camisola, de forma que não arrastasse na água e, em um momento, ela estava engatinhando no meio do barco.

— Assim está bom — ele dizia —, está certo. *Doucement*. Delicadamente. Boa garota.

Ele levantou a lanterna, transformando seu rosto em uma máscara mais uma vez, inspecionando-a enquanto ela sentava nas pranchas, rudemente cortadas, as farpas entrando em suas pernas. Ele iria soltá-la ali? Mandá-la de volta ao rio onde a tinha encontrado? Ela tremia e mordia o lábio para parar de chorar. Ele estava louco? Ela viu algo se arrastando logo para fora do círculo da luz da lanterna, seguido de um barulho abafado de algo pesado entrando na água. Não era seguro ali.

— Pode ser melhor se você tirar o seu *habit* — ele disse, gentilmente. — Sua camisola.

— O quê? — Ela fez sombra com as mãos sobre seus olhos, como se pudesse vê-lo e ouvi-lo melhor.

— Tire sua roupa agora — ele disse. Desta vez sua voz era austera, como um aviso.

Ela puxou o xale mais apertado em volta dos ombros e o encarou.

— *Tranquille*. Não vou machucar você, *ma chèrie*. Só preciso de uma ajudinha aqui. — Ele baixou a lanterna e ajoelhou, puxando o barco suficientemente perto, que podia tocar o braço dela.

— *Très facile* — assegurou-lhe, ajudando-a a puxar a camisola por sobre a cabeça. O toque de sua mão rude, raspando a parte de cima dos seus braços e costas, a fez encolher-se e dobrar-se para esconder o resto do corpo. Ele puxou o xale das mãos dela e a juntou com a camisola, em um amontoado que atirou na margem atrás dele.

— Quando eu empurrar você para longe, a corrente vai levá-la, e bem rápido, um barco vem e você grita alto. Você está perdida, com medo. Grite por socorro, isso é importante, grite como se sua vida dependesse disso. — Ele levantou o fim da corda enrolada, presa ao barco. — Tenho o barco nas mãos, veja, esperando para ouvir sua voz. — Ela sabia que se não fizesse como ele instruiu, ele soltaria a corda, e ela estaria solta no rio grande e feio, no escuro, no nevoeiro.

— Nada vai acontecer a você, *chère* Omah. Isso eu prometo. Apenas faça essa coisinha e estará de volta na cama muito antes da lua se esconder.

Ele sorriu para dar-lhe segurança, mas era mais como uma careta na luz, assustadora.

A MULHER DO RIO

Como um sinal, os quatro homens contratados, segurando varas longas, saíram de dentro do nevoeiro e ficaram ao lado de Jacques. Ela se encolheu, tentando cobrir a nudez dos olhos escuros e brilhantes. O alto e magro, chamado Orin, lambeu os lábios e fez uma careta. Leland Jones, homem pequeno e robusto, ergueu o queixo para ela, como se estivessem farejando. Frank Boudreau olhava rio acima, cabeça erguida, ouvindo, e St. Clair parecia olhar acima e para além dela, como se estivesse tão envergonhado quanto ela pela situação. Jacques fez um sinal afirmativo com a cabeça, e os homens, usando as varas, empurraram o barco para fora da margem. Guiando o barco com as varas, deixaram-na solta. St. Clair entrou na água, seguindo a corda, enquanto ela se mantinha fora da correnteza. O rosto dele estava apenas a alguns centímetros do dela, na água que batia na altura da cintura dele, quando murmurou:

— Sinto muito. — E deu um último impulso, que finalmente a separou da vista da margem e dos homens.

Nas primeiras noites que ela tinha ficado na casa grande de Jacques, ficou receosa, trancou a porta e empurrou uma cadeira sob o trinco, e deixou uma corda ao lado da janela, para o caso de ser necessário, mas nem Jacques nem os homens brancos contratados, que moravam na edícula de solteiro, jamais a incomodaram. A mãe dela havia lhe dito uma vez que algumas pessoas se emparceiravam para a vida toda, como os gansos e os cisnes, e Jacques era um daqueles. Apesar de suas esposas, mais tarde, era com a primeira com quem ele sempre seria casado. Ela não tinha interesse em uma garota negra liberta e, aparentemente, tinha avisado aos outros para não se aproximar dela.

Ela estava na casa de Jacques havia apenas uma semana após a morte de seus pais, quando Marie a acordou uma manhã, com uma braçada de vestidos. Eles cheiravam a cedro e mostravam profundas rugas, por ficarem guardados em um baú por muito tempo, e o caimento em Omah era largo e confortável, exceto pelo fato de serem curtos.

Quando ela olhou no espelho de moldura de nogueira entalhada, no corredor, os vestidos paravam bem acima de seus tornozelos, e ela sentia a nudez de seus pés, com as unhas dos pés lascadas e os calos. Ela queria arrancar o vestido, mas Marie disse-lhe que não, as roupas velhas dela, agora, eram para serem usadas como trapos para a casa. Estas eram de Annie Lark, Marie sussurrou, solenemente, como se mencionar a morta necessitasse de segredo. No começo Omah estava tentada a partir, roubar um dos dois vestidos de Marie e ir embora, em vez de usar as roupas de uma mulher morta, mas novamente ela reconsiderou. Então escolheu três para usar, todos em cores suaves e de corte simples, de algodão. Às vezes, quando punha as mãos nos bolsos de um vestido, encontrava coisas — a pena azul de um galo, um punhado de sementes de lírio, dos canteiros ao lado da casa, e um pequeno desenho, feito a lápis, de um bebê apoiado em uma cadeira, com os olhos fechados. Ela não se lembrava de jamais ter pegado um único desses objetos. No começo eles as assustavam, mas não muito tempo depois, ela os colocava na prateleira sobre a lareira, em seu quarto. Sob a luz de velas, as beiradas deles pareciam brilhar, com se tivessem sido tocados com pintura dourada, e à noite ela tinha sonhos que estava certa que pertenciam a outra pessoa, pois nunca reconhecia ninguém ou nenhum dos lugares.

Esperando no nevoeiro, com apenas o bater da água no fundo do barco, outros sons abafados e distorcidos, ela rangia os dentes para evitar que eles batessem. Obrigou-se a pensar

A MULHER DO RIO

nas coisas que tinha visto durante o dia para evitar chamá-lo pelo nome e implorar-lhe para levá-la de volta, porque sabia que ele não faria isso. Estava presa, como uma cabra esperando por uma pantera.

Sentia o puxão ocasional da corda, evitando que o barco deslizasse, dando voltas e voltas, como um redemoinho pego pelas beiradas. Os homens a viam deslizar para dentro da névoa espessa e branca, os olhos deles desinteressados. Exceto por um deles, St. Clair, a quem ela tinha notado antes, mais quieto, mais pensativo do que os outros, olhando para ela não como eles o faziam, mas com outro tipo de interesse em seu rosto.

Nua e com frio, enrodilhou-se para se proteger, mas o nevoeiro a encontrou como milhares de minúsculas mãos esfumaçadas, tocando seu cabelo, a parte de dentro da concha de sua orelha, a parte de trás do seu pescoço, a ponta de seus mamilos, o côncavo acima de suas nádegas, as laterais de suas panturrilhas, a planta dos seus pés, deixando uma umidade, como um beijo malicioso. Ela tremia tanto que não acreditava que gritaria ou chamaria qualquer coisa, não pensava que pudesse fazê-lo, quando ouviu o golpe pesado do motor e o profundo agitar da água. Esperou um minuto para ter certeza, então esperou mais, porque agora sabia o que os homens iam fazer. Sua garganta recusou-se a abrir, não podia abrir a boca, até que o som ficou tão alto, que ela percebeu que o barco ia afundá-la. Então a corda deu um solavanco, quase jogando-a dentro do rio, e ela gritou.

— Ajude-me! Socorro! Ajude-me!

Enquanto estava sendo puxada para trás, ela agarrou nas laterais, gritando. Então uma luz turva apareceu no nevoeiro à sua direita, seguido de um pesado porão de barco surgindo alto, acima dela. Um homem gritou para baixo:

— Qual o problema?

JONIS AGEE

Ela gritou novamente.

— Aqui, estou aqui. — E, instintivamente, levantou-se, então, os homens no tombadilho puderam captar um relance dela, uma linda garota nua, sozinha no rio.

Silenciosa, sua barca recuou e foi para a esquerda, e o barco seguiu, os homens gritando-lhe instruções, discutindo sobre o resgate dela e quem a teria, quando aproximaram-se mais e mais da barreira gigante que Jacques e seus homens tinham feito boiar no rio. Quando bateu, o barco arremessou e gemeu, enguiçou e declinou, entre gritos e pragas.

Alguns minutos mais tarde, o nevoeiro enfraqueceu e deslocou-se, para revelar Jacques e seus homens remando perto do barco. Omah percebeu que não estava mais se movendo e via que a corda estava seguramente amarrada, em terra. Ela podia puxar-se de volta se quisesse. Em vez disso, assistiu enquanto um buraco abriu no casco, e o barco começou a gemer mais alto e a inclinar-se pesadamente de lado, como um homem ferido caindo sobre um joelho, enquanto os homens lutavam no tombadilho, com facas e revólveres. Então o barco explodiu em chamas, com um grande rugido, e os homens tornaram-se figuras negras sem forma, contra o brilho vermelho-alaranjado, dançando em um terrível frenesi.

Dois cavalos nadavam ao lado dela, o branco de seus olhos faiscando na escuridão, a respiração ruidosa, proclamando medo, enquanto seus cascos alcançaram o fundo, alguns metros além, e eles usaram sua última força para trepar na margem, onde ficaram tremendo e vagarosamente desceram, quando as pernas dobraram sob eles.

Um engradado de frangos flutuava ao alcance, e ela os puxou para o barco, arfando com o peso dos pássaros mortos e encharcados, tirou o único que permanecia vivo e empurrou o engrada-

A MULHER DO RIO

do de volta, segurando o quase afogado pássaro perto do calor da sua pele, onde ele não resistiu, mas arquejou através da ranhura do seu bico partido, olhos letárgicos, com algo além do medo.

Algo grande e pesado colidiu com a balsa e começou a girar e mover-se contra ela, ameaçando empurrá-la para o mato, ao longo da margem. Ela usou seu pé para empurrar para fora e, quando a coisa parou e foi pega no redemoinho, viu que era um homem jovem e branco; seu rosto, voltado para cima, parecia inocente como o de uma criança, exceto pelo buraco pequeno e escuro no meio da testa. Braços abertos, ele flutuava suavemente em seu novo sono, e desapareceu.

— Rápido — ela ouviu Jacques gritar, enquanto os homens lutavam para abaixar vários baús, para os esquifes que estavam esperando.

De repente, a balsa estava inclinando e ela estava deslizando para dentro da água, e algo a segurava pelo pé. Ela deixou o frango ir e gritou quando caiu, engolindo um bocado de água, quando foi puxada para baixo, e a mão grande tentou mantê-la lá. Ela lutou, mas o homem tinha braços fortes e ela não podia chegar à superfície para respirar novamente antes que ele a tivesse puxado para baixo. Finalmente, deixou-se olhar para baixo, e ele relaxou por um momento, tempo suficiente para ela enrolar suas pernas em torno de sua cabeça e arremeter-se para cima. Projetou-se no ar noturno, tragando ar para os pulmões, enquanto ele se movia embaixo, preso sob o peso dela e o apertar terrível das coxas em torno de seu pescoço. Ele unhou suas pernas, mas rapidamente ficou muito fraco para lutar. Ela esperou, segurando a beirada da balsa para evitar afundar, até ter certeza de que estava morto. Então, soltou o corpo.

Quando tentou se impulsionar para dentro da balsa, estava exausta, e a plataforma estava inclinada demais. Naquele mo-

JONIS AGEE

mento, o rio parecia mais quente do que o ar noturno, então ela se agarrou à corda, cantando para si canções africanas sem sentido, que sua mãe tinha cantado para ela dormir, enquanto esperava Jacques encontrá-la. Ela tinha matado seu inimigo, como os homens e as mulheres nas histórias de sua mãe sobre o que os antigos tinham feito, e sentia-se abençoada, perto da exaustão.

Quando todos estavam na margem novamente, os homens carregando os baús pesados para a parte de trás da casa, Jacques a envolveu em um cobertor e a conduziu para a cozinha, onde a fez sentar-se.

— Conte-me — ele disse, como se já pudesse ver o que tinha acontecido com ela.

O rosto dele parecia abrandar-se e satisfazer-se enquanto ela relatava a sua batalha e, quando ele viu os arranhões profundos que as unhas do homem tinham deixado em suas coxas e seu estômago, olhou para outro lado, visivelmente tocado, então encheu dois copos de brandy.

Ele a saudou e bebeu uma admiração nova em seus olhos. Ela bebeu também, sentindo o calor queimar em sua pele enquanto deixava o cobertor escorregar de seus ombros. Ele era um homem velho, disse a si mesma, um homem muito velho.

— Aqui. — Ele puxou a faca de cabo de marfim, com uma lâmina larga, a faca de Annie, de seu cinto, e a estendeu, o cabo voltado para ela. Pegando-a, ela sentiu o antigo poder em seu corpo, como se o seu adormecido sangue Tomba acordasse para a arma familiar. Ela correu seu indicador contra a lâmina e sentiu seu corte rápido, como a picada de uma víbora. Riu e sugou o sangue. Não estava com medo de mais nada agora.

303

16

— É a minha vez — Omah anunciou, assim que os homens se dispersaram do trabalho da noite. Eles tinham feito o que queriam com o corpo, rapidamente dividindo dinheiro, roupas e armas, e apenas o cavalo permanecia como prova. Pela manhã, Boudreau o atravessaria de balsa pelo rio e o venderia a uma família de homens meio selvagens que tinham se instalado no Tennessee, próximo ao rio chamado de Reelfoot Lake, que havia sido criado pelo terremoto Nova Madri. Os homens nunca faziam perguntas, e as autoridades militares confederadas evitavam todos.

Jacques tentava calçar as botas do homem, de couro marrom-avermelhado e altas, mas não podia forçar muito o pé.

— *Merde!* — praguejou, jogando a bota de lado.

Omah as pegou e deslizou seu pé descalço facilmente para dentro do couro.

— Pés pequenos — ela disse, puxando a bota para cima de sua panturrilha, e levantando a perna para admirá-la.

Jacques fez um gesto com a mão.

— Pegue-as.

Ela sorriu, nem mesmo uma troca foi exigida! O velho Jacques estava pensando em outra coisa.

— Estou pronta. Sei atirar no mínimo tão bem quanto Boudreau, e sou tão boa quanto você com a faca.

— Boudreau tem problemas para acertar o celeiro a um metro e meio de distância, *ma chèrie*, e tão boa quanto eu? — Jacques

JONIS AGEE

sacudiu a cabeça e sorriu assustadoramente, enquanto batia o dedo comprido no pacote de cartas do homem morto, as quais ele havia lido tão logo se instalaram na mesa da cozinha.

— A guerra está mudando as coisas. Agora precisamos trabalhar rapidamente se quisermos sobreviver. — Pegou a faca grande e cortou um naco do queijo, depois o colocou no pão fresco que Marie tinha deixado na mesa.

— A guerra acabará logo — Omah zombou. Pegando o queijo que ele ofereceu na ponta da faca, mordiscou o canto. Ela quase tinha ridicularizado Jacques por ser velho e medroso, mas, sob a luz da vela, ele parecia mais forte que nunca, como se nunca envelhecesse. Era verdade o que os escravos murmuravam, que Jacques tinha dado um de seus braços ao diabo em troca de uma vida imortal: não era uma grande barganha para o diabo. Omah sorriu e sacudiu a cabeça.

— Não, *ma chèrie*, esta guerra continua. Os africanos já fazem planos para escapar, enquanto os federais chegam mais perto. Eles querem o rio. Os dois lados, para controlar os transportes por barco. Nós poderíamos ajudá-los, mas ninguém pede.

— Ajudar qual lado? — ela perguntou.

— Este, aquele, os dois, o que importa? — ele riu e pegou o anel de ouro com pedra ônix que tinham arrancado do dedo do homem.

— Os piratas também; eles lutam contra os invasores para salvar a família, mas alguns são como nós, trabalham para si.

Omah fez uma pausa, ouvindo o vento levantar contra as árvores, matraqueando os arbustos de lilás contra as janelas. Jacques havia deixado o lado de fora da casa ficar surrado, não reparara as janelas quebradas, e o telhado de telhas de madeira rachadas não era pintado havia anos, então a pintura descascava, em longas ondulações branco-amareladas. Ele queria que os estranhos pensassem que era pobre, sem recursos. Ele e Omah tinham escondido mobília, ouro, joias e vestimentas em vários dos cômodos secretos, e em esconderijos escavados, no chão da propriedade. A casa estava tão nua como se os Yankees já a tivessem confiscado, enforcado a todos como traidores e despachado seus bens materiais.

Até agora, cada movimento que Jacques fazia os mantinha à frente da guerra. Ainda assim...

— É a minha vez de planejar. Você mesmo disse isso depois que nós tomamos aquele barco de Nova Orleans. Você disse que se lhe desse a minha parte de vinho, eu poderia planejar o próximo ataque. Foi há um ano.

Jacques sorriu.

— Você deveria aprender a gostar de vinho, *ma chèrie*, o fruto dos deuses. *Et comme dit un vieux proverbe: plus je bois, mieux je chante.* Quanto mais eu bebo, melhor eu canto!

Omah notou que ele podia assumir um sotaque pesado, até mudar sua idade, quando queria: em um momento, um homem robusto; no outro, um velho fazendeiro caipira. Ele também estava lhe ensinando truques.

— Você está tomando partido agora? — Omah perguntou. Jacques bufou.

— Daquele que paga melhor. Agora o capitão Yankee quer ganhar um bônus para cada homem, mesmo os escravos. *Merde!* São ladrões piores do que nós! Veja, precisamos de uma nova estratégia. Estas cartas dizem que os Federais estão tentando tomar a ilha ao lado de Nova Madri, aquele controlado por canhões rebeldes, número dez.

Omah levantou a sobrancelha em interrogação.

Ele estendeu o anel e o deixou cair diante dela, deixando-o pular e girar para o assoalho de cipreste, gasto como refugo; só se importava com as pedras preciosas.

JONIS AGEE

— O tráfego no rio vai parar. Estamos sem trabalho, você vê?
— Ele levantou uma das mãos a fim de parar as palavras dela. —
Não faremos mais como esta noite, isso trará os soldados. Não,
precisamos ver o que os exércitos precisam e conseguir as coisas
para eles, n'est-ce pas?
— Pegue-as.
Omah concordou com a cabeça. Havia sido uma noite
longa, e o que ela queria agora era dormir o dia inteiro, sonhando com St. Clair talvez, ou com Nova Orleans do jeito que era antes da guerra, quando Jacques a tinha levado
rio abaixo para aquela breve olhada da sociedade, enquanto
reunía notícias dos barcos rio acima. Deixe Jacques delinear
seus planos. Ela já tinha feito uma fortuna, e faria outra até
o fim da guerra. Ela tinha certeza, afinal tudo o que Jacques
tocava virava ouro, apesar do fato de ser o mais triste que ela
havia conhecido. Ele a tinha ajudado a comprar uma casa e
terras, alguns quilômetros adiante, assim como feito parcerias
em diversos negócios e propriedade de aluguel, em St. Louis,
mas nunca colocava seu próprio dinheiro em uso. Até onde
ela sabia, ele simplesmente acumulava tudo o que roubava
ou saqueava, e agia como um homem pobre, forçado a meramente suportar seus dias na Terra. As únicas vezes em que
parecia verdadeiramente vivo era quando estavam invadindo
um barco, roubando uma carruagem ou parando um viajante. Então, ele era como um homem da idade dela, dezoito
ou vinte anos, cheio de energia ardente, descuidada quando
batalhavam, colocando-se em risco, como se soubesse que era
intocável — incapaz de ser ferido ou morto.
Jacques inclinou-se para pegar o anel. Omah bocejou
e levantou-se. Ele encarava a ônix como tendo uma visão.
Omah riu ao pensar o que os escravos diriam sobre aquilo;

A MULHER DO RIO

ela rejeitava as superstições deles, e seguiu seu caminho pela casa vazia, em direção às escadas. Ninguém mais dividia a casa principal nesses dias. Ele havia banido homens e escravos para cabanas assim que a guerra irrompeu, dois anos antes. Apenas tolerava a presença de Omah porque ela ficava fora de seu caminho, seguia ordens e havia se tornado uma parte vital do "nosso ofício", como ele chamava.

Ela colocou a mão no pilar do corrimão para subir as escadas. Enquanto fazia isso, virou-se a fim de olhar para fora, pelas janelas da frente. Então, reprimiu um gritinho e deu um passo para trás, tropeçando no último degrau.

A mulher de azul estava espreitando na janela, olhando diretamente para ela. Omah grudou-se ao gradil, como se a aparição pudesse, de alguma forma, arremessá-la através do cômodo ou sugá-la pela janela...

Tentou focar nas feições do rosto, mas era como se o vidro da janela fosse muito grosso, as ondulações e espirais frequentes demais, e ela não podia trazer a mulher a uma delineação apurada. Depois de um momento, a figura simplesmente virou-se e continuou na extensão da varanda, batendo sua bengala tão alto que Omah se perguntava como Jacques não havia corrido para fora.

Bem acordada, Omah correu escada acima, com medo de dar as costas para a mulher por mais do que um breve momento.

Embora não fosse seu primeiro encontro com a mulher de azul, algo sobre a figura nessa noite parecia pressagiar perigo. O que estava procurando? Quem era ela? Quando Omah se mudou para a casa, havia perguntado a Marie, depois a Jacques, sendo acusada de ter uma imaginação muito fértil devido a sua raça. Mas Omah sabia que a mulher de azul era verdadeira, e que estava agitada, talvez até brava. Naquela noite, Omah

JONIS AGEE

dormiu com a lâmpada de óleo queimando ao seu lado, apesar da aparência incomum de traças brancas batendo-se contra o globo quente, em março.

Quando acordou atrasada, na tarde seguinte, o óleo acabara deixando um avental de asas empoeiradas e corpos brancos cobertos, como se a lâmpada, por si só, houvesse quebrado.

Uma chuva fria, aguda, caía enquanto eles ficaram ao lado do rio, com os soldados da união, uma semana mais tarde, esperando a tempestade passar. Não podiam mais esperar. Na verdade, a tempestade provavelmente dava aos soldados rebeldes, na ilha número dez, a falsa sensação de segurança naquela noite, Jacques assegurou a Omah.

— Venha — ele disse, cansado da discussão —, há dinheiro a ser ganho.

Havia quatro esquifes ao todo, três tão cheios de homens e das varas de ferro de que precisavam que as barcaças corriam risco de inundar tão logo saíssem; precisavam remar de volta para a margem, para permitir a três homens que saltassem fora de cada barco e nadassem para a terra, antes que eles ousassem partir.

Jacques, Omah e quatro escravos estavam no esquife principal, que se deixou levar como uma folha, para dentro e para fora das vagas profundas. Atrás dela, Omah ouvia os gritos apavorados dos homens enquanto o trovão batia e raios partiam o rio com breves claridades.

— Era melhor que ficassem quietos, ou os revólveres nos encontrarão — Omah disse, tão alto quanto podia, no ouvido de Jacques.

Jacques olhava com preocupação para trás, para os outros esquifes, inclinando-se de forma selvagem, com suas cargas nas

A MULHER DO RIO

águas tempestuosas. Eles já haviam tido sorte suficiente de sobreviver à travessia, isso sem mencionar a realização da tarefa, mas essa não era sua preocupação. Ele precisava levá-los até a ilha sem serem percebidos, passando ambos, o barco afundado e a canhoneira, e ajudá-los a chegar à terra. Então, seriam pagos. Jacques havia se certificado de que o ouro estava a bordo do esquife do capitão, logo atrás deles, onde podia manter o olho nele em caso de problema.

O rio estava alto, cheio de escombros do gelo derretido na primavera, ao norte, e os dias de chuva recente, que mesmo agora batia forte contra o rosto de Omah, pareciam pedaços de cascalhos de gelo. Os escravos, quatro homens fortes que Jacques havia comprado para cavar o canal Yankee, abaixaram as cabeças e curvaram os ombros para o trabalho. Não usavam algemas e estavam vestidos como Omah e Jacques, com as mais quentes calças de lã, camisas e casacos que pudessem achar no cômodo escondido, cheio de barris e baús de roupas.

Omah puxou a ponta solta do cachecol de lã, completamente molhado no vento, enrolou-o em torno do chapéu e o enfiou no casaco. Estava vestida com calça, botas e um casaco de homem, forrado de pele, que cheirava a cedro molhado.

Quando o havia tirado de um baú e oferecido a Jacques, ele começou a puxá-lo das mãos dela, então o deixou cair e deu de ombros.

— Obstáculo. — Ela agarrou o casaco dele e apontou. Ele concordou, com um gesto de cabeça, bateu no remador mais próximo com a bengala longa, e os homens puxaram os remos vigorosamente para virarem em torno do obstáculo, olhando para trás para se certificar de que os outros esquifes o evitavam. Foi bem a tempo de testemunharem o último esquife ser pego, na borda de um redemoinho, girando vagarosamente, enquanto

JONIS AGEE

os remadores tentavam puxá-lo para fora; o esquife girou mais baixo e mais rápido, até que os homens simplesmente foram jogados para fora do barco, e todos desapareceram quando a água se fechou sobre eles.

Os outros esquifes estavam quietos depois daquilo, prestando a maior atenção a cada ruga e ondulação na água. Omah tentava lembrar os pontos de referência que usavam nesta parte do rio, mas muitos estavam sob a água; a chuva e o vento juntos dificultavam a visão. Ela não tinha ideia de como Jacques podia navegar.

Quando finalmente viram a massa escura da ilha de barricadas, agacharam-se ou deitaram, então o barco deles parecia nada mais que escombros do rio para qualquer observador. Assim que sentiram o esquife ranger contra a margem, Jacques e Omah saltaram para fora e amarraram as cordas às toras que sobressaíam e se protegeram contra os invasores.

Em alguns minutos, os esquifes restantes também chegaram à terra.

— Os revólveres estão apenas do outro lado. — Jacques apontou em direção à margem, curvando-se para fora de vista.

— Vamos. — O capitão acenou aos seus homens.

Jacques colocou a mão em sua faca.

Os outros homens viraram-se, impacientes.

— Perdemos os outros homens lá. Preciso de vocês agora. Serão pagos, e muito bem, mas mais tarde. Agora se apressem antes que sejamos descobertos. — Novamente, o capitão acenou aos seus homens e eles desembarcaram, em um passo rápido, deslizando e tropeçando no mato enlameado.

— Merde! — Jacques falou depressa, olhou para Omah, e então para o local onde o ouro havia estado, que agora estava vazio. — Estou cercado de ladrões. Venha! — Acenou para os

A MULHER DO RIO

escravos saírem do esquife e os conduziu depois dos soldados, Omah por último. Se fossem pegos... Ela parou o pensamento com um tremor, desejando ter trazido o cão amarelo, que normalmente a seguia como uma sombra nessas noites.

Estavam mais expostos do que nunca nesta noite. Demais, pois isso não era nada como o esquema fácil que haviam usado para liquidar os viajantes do rio. Aqui havia soldados, aguardando, prontos para eles. Ela não iria para a forca, jurou. Morreria lutando.

Eles alcançaram os canhões, para descobrir que a tempestade tinha levado os guardas rebeldes para dentro, mas os homens do capitão tinham problemas para martelar os pregos de volta.

— Aqui — Jacques disse, colocando um pino de aço dentro do local onde se punha o pavio de um canhão, esmagando-o com força, com duas pancadas, tornando a arma inútil. Foi de um canhão ao próximo, cravando cada um com a mesma eficiência. Omah quase riu de sua tolice. Do que tivera medo? Mesmo os sons das batidas do martelo dele eram varridos para longe, pela tempestade devastadora. Apressaram-se de volta aos esquifes que os esperavam, sem resistência. Jacques estava furioso.

Quando o capitão, novamente, reteve o pagamento até que Jacques os viu de volta a salvo, pelo rio, Omah o viu planejando fatiar as gargantas dos homens.

Os outros soldados estavam numa situação miserável demais, com frio, molhados e temerosos da viagem de volta para notar ou se incomodar.

Ela pousou a mão no braço dele.

— Mais tarde — sussurrou, e ele a ouviu, apesar da tempestade.

A volta foi ainda mais angustiante. Eles lutaram contra a corrente, movendo-se alguns centímetros rio acima, sendo varridos três metros para baixo. Se a corrente os levasse para além

JONIS AGEE

da ilha, estariam expostos ao fogo de pequenas armas, suficientemente mortais, mesmo sem os canhões. Finalmente Omah engatinhou para sentar-se ao lado do africano mais próximo, e começou a ajudar.

Jacques moveu-se para o outro lado, usando sua única mão e assobiando para seus remadores.

— O que os Johnnies farão se pegarem vocês?

Ouvindo isso, os remadores esforçaram-se mais, e metro a metro, os barcos moveram-se rio acima, através das ondulações, com Jacques mantendo o esquife do capitão e o ouro deles sob sua vista. Em um ponto, levantou-se para gritar com Omah.

— Se o barco deles afundar, pegue esta corda e nade para o ouro. — Ela concordou com um aceno de cabeça, embora não tivesse a intenção de pular no rio revolto por uma sacola de ouro afundando. Novamente, os redemoinhos abriram-se em volta deles, ameaçando sugá-los, a menos que os homens lutassem com mais força; as ondas aumentaram e ficaram altas, até que as pequenas embarcações afundaram para fora da vista, e subiram na altura do topo das árvores, na margem. Muitos dos soldados estavam gritando orações, e o capitão estava muito ocupado evitando que pulassem dentro do sorvedouro. Quando finalmente abriram seu caminho para a margem à força, os africanos, Omah e Jacques desmoronaram, suas gargantas feridas e seus peitos doendo pesadamente. No final, sentaram-se e descobriram que embora o esquife do capitão estivesse aportando, os outros, aparentemente, haviam perecido. No começo, o capitão ia reter o dinheiro, mas a faca de Jacques o convenceu a pagar pelo serviço, apesar da perda das vidas de seus homens.

— Com os canhões da ilha número dez furados, os barcos Yankees são capazes de passar pelo canal recentemente aberto, evitando Nova Madri, aproximando-se pelo lado de baixo

A MULHER DO RIO

do rio, e capturar a ilha. Então Nova Madri e nossa cidade terão de render-se, entende? — Jacques explicou a Omah mais tarde, naquela noite.

Ela sacudiu a cabeça, empilhando novamente as moedas de ouro em pilhas de três e quatro.

— Quem controla o Rio Mississipi e o fluxo de bens ganha a guerra. Agora você entende?

— Os federais vão nos dominar? — Omah perguntou, repentinamente alerta. — Isso é bom?

— *Très bien!* Eles têm mais ouro, *ma chèrie*, e o dinheiro de papel deles é bom. Será um bom período para os nossos. Eles vencerão a guerra, e nós também nos sairemos bem.

— E os seus africanos? — ela perguntou.

Ele deu de ombros.

— Serão libertados, vou contratá-los de volta e eles aceitarão porque apesar de terem medo de mim, têm mais medo dos soldados Yankees. Assim é a guerra, *chère* Omah.

Vários meses mais tarde, Omah foi acordada pelo tinir de arreios e o aumento de vozes de homens no pátio.

— Jacques. — Ela pulou da cama e agachou abaixo da janela.

O pátio estava cheio de invasores confederados, usando camisas coloridas bordadas, que as mulheres fizeram para as figuras românticas que se precipitavam para dentro de pátios de fazendas e cidades, dando gritos rebeldes e capturando qualquer coisa de valor, enquanto atiravam em simpatizantes Yankees e soldados. Omah viu o pequeno Billy Shut em seu cavalo baio, entre os outros, e sentiu um fluxo de pena. No ano passado, a mãe dele, Maddie Shut, tinha-o arrastado para o campo, pedindo que tivesse permissão para juntar-se a eles e vingar a morte do pai dele. Billy tinha quinze anos na época. Anderson e Quantrill

JONIS AGEE

haviam concordado, mas em troca pediram cinquenta dólares em ouro. Aos dezesseis anos, Billy tinha no rosto a expressão triste de um garoto tentando ser um matador, sem muito sucesso. Omah estava certa de que ela tinha a aparência mais dura do que isso aos dezesseis anos.

Um homem alto, perfeitamente bem constituído, curvou-se sobre o pescoço de seu cavalo cinza e disse algo, em uma voz baixa.

— Você não me dá ordens, nem aos meus — Jacques declarou, e moveu o rifle debaixo do braço diretamente para o rosto do homem. O homem endireitou-se devagar, as mãos para o ar.

— Apenas uma visita hospitaleira, Ducharme — o homem declarou, em voz alta. — Nós agora estaremos por aqui por um período. As coisas estão esquentando rio acima. Não gostaria que você e eu nos enroscássemos nas armadilhas de cada um de nós. O Billy aqui — apontou a cabeça em direção ao garoto — diz que você comanda esta parte do rio, então estou me perguntando como, pelo diabo, os casacos azuis cavaram através daquele brejo de lã negra sem que você os ajudasse, mostrando onde e como. Beauregard, McCown, Stewart tinham todos eles retidos, e então, poof!

Jacques tentava mover-se para trás em direção à varanda, mas os homens estavam conduzindo seus cavalos em torno dele.

— O jovem está errado, *monsieur*. Sou um velho, um fazendeiro. Não sei nada dessa guerra Yankee.

— Os rebeldes tinham-no retido bem firme lá no rio, até que se moveram em volta da cidade toda e vieram abaixo da ilha número dez, atacados das duas direções. Agora, nenhum Yankee, nem mesmo Pope, é inteligente o bastante para cavar um canal para barcos através de um pântano, não sem alguma ajuda local, e escravos.

— *Monsieur*, considere a minha posição. Que Yankee iria acreditar em um senhor de escravos? Não, você está enganado.

A MULHER DO RIO

Omah estendeu a mão para trás para sua pistola e rifle, mantidos prontos ao lado de sua cama, assistindo, enquanto os invasores lançavam olhares de maneira nervosa para os alojamentos de escravos e uns para os outros. Na verdade, Jacques tinha estado a cargo de todo o trabalho escravo usado no canal.

— Ele ainda é um velho pirata! Provavelmente os ajudou a perfurar as armas também! — Billy Shut puxou a pistola de seu cinturão vermelho, mas o homem ao seu lado, rapidamente, chocou seu cavalo com o dele e puxou-lhe o revólver das mãos.

Jacques riu e balançou a cabeça.

— Histórias de crianças, não é?

— Ele é rico como o velho Rei Croesus! — disse Billy, seu cavalo batendo os cascos como para dar força às suas palavras.

Jacques curvou-se, levemente.

— É verdade, como vocês podem ver. — Tirou o chapéu de palha, arruinado, da cabeça, indicando suas roupas rasgadas e a casa decaída. Nem mesmo uma única galinha, porco, vaca ou cavalo ocupava os cercados de animais e campos cobertos de ervas daninhas. Jacques tinha-os todos bem escondidos nos bosques e galpões, mesmo em cavernas, que conhecia ao longo do rio.

Os invasores estudaram o cenário por um momento, notando o único cão esquelético andando furtivamente ao longo da estrada para a casa, confundindo aquele, também, como inofensivo. Na verdade, sob comando, ele atacaria e mataria, as mandíbulas travadas em um pescoço, até o fim.

— Vamos embora — um dos homens murmurou. O líder deu de ombros e concordou, com um aceno de cabeça.

— Estarei de olho, senhor — ele disse, um dedo apontado para a aba do seu chapéu.

Jacques curvou-se novamente.

— Você não tem comida?

JONIS AGEE

Os homens riram e viraram seus cavalos em direção à estrada, exceto Billy Shut, que encaminhou seu cavalo para Jacques e disse:

— Eu sei que você fez isso. Sei que você nos vendeu, seu velho bastardo. E vou voltar.

Omah deslizou o cano do rifle para fora da janela, batendo no caixilho. A cabeça de Billy virou-se rapidamente, e seu olhar estava tão cheio de ódio que Omah respirou profundamente, apesar de seu revólver.

— Voltarei para você também, sua cadela preta!

Assim que ele galopou para longe, Omah correu escada abaixo.

— Como ele descobriu, Jacques? — ela ofegou.

— *Ça ne fait rien*. Temos trabalho a fazer. Está na hora de ganharmos dinheiro com a nossa nova informação. Os dois lados podem ajudar-nos neste período de necessidade, *ma chèrie*. De que outra forma um velho iria comer? — Ele colocou a mão em concha sobre o ouvido. — São frangos o que eu ouço? — Um dos escravos emergiu da casa, segurando um cinto com frangos presos pelos pés, os bicos amarrados fechados.

Mais tarde, enquanto sentavam à mesa da cozinha, separando os pedaços do frango assado, Jacques comentou:

— Crianças não deveriam brincar de guerra. Nós ajudaremos o jovem senhor Shut com sua boca se ele não aprender a ficar quieto.

Jacques esperava, algo no que ele era bom. Foi no começo do outono quando ele ouviu sobre as núpcias iminentes entre o capitão e a irmã de Billy Shut, Emma. A notícia da cidade era que os Yankees enfureceram tanto a população com suas multas, arrecadações e apreensões que nenhuma das igrejas iria casá-los; a Metodista, Católica, e Igreja de Jesus, todas trancaram

A MULHER DO RIO

suas portas contra o sacrilégio. O rosto de Jacques mostrava um sorriso malicioso quando ouviu que o juiz faria a cerimônia.

Naquela noite mandou Omah ao norte, para Boonville, onde os invasores estavam supostamente se escondendo com uma família de simpatizantes.

— Diga a Billy Shut que sua irmã vai se casar com um oficial dos casacos azuis daqui a três dias. Ele terá tempo se cavalgar como o vento.

No começo pensou em não entregar a mensagem, e dizer a Jacques que não conseguira encontrar Billy Shut. Então, lembrou-se das ameaças do rapaz, e sabia que o velho estava certo. Ele sempre os mantivera seguros.

Sendo uma mulher negra, podia passar pelos bloqueios *yankee* e patrulhas com uma pequena encenação, onde um homem seria mantido prisioneiro ou baleado como guerrilheiro. O único perigo era que ela poderia ser presa e forçada a trabalhar para os soldados invasores, como uma escrava.

Assim que entregou a mensagem, retirou-se em um galope rápido. Omah sabia que era melhor correr se quisesse testemunhar o que se seguiria. Billy, por enquanto, estava impedido, pois os outros homens tentavam falar com ele para que não voltasse para casa, tentavam convencê-lo de que era uma armadilha. Finalmente ele ignorou os apelos, selou seu cavalo e partiu a galope.

Quando o rapaz arremeteu cidade adentro com seu rifle Henry carregado, sua irmã e o capitão estavam para casar-se na corte judicial do condado, onde o juiz estava celebrando o serviço, com um sabre às suas costas.

No segundo andar da corte judicial, ao lado de Jacques, olhando para baixo pela rotunda aberta, Omah via o quadro desenrolar-se.

JONIS AGEE

A jovem Emma Shut, que estava verdadeiramente apaixonada, segundo a expressão em seu rosto, tentava bravamente não ser uma noiva com lágrimas, quando viu o irmão mais novo, Billy, de rifle na mão, conduzir seu vacilante cavalo degraus acima da corte judicial, pular para fora de sua sela e preparar-se para puxar o gatilho, em meio à multidão de casacos azuis.

O cavalo, trêmulo, um baio quase conduzido à morte durante a cavalgada, a noite toda, começou a ruir, em câmera lenta, joelhos dobrando, extremidades laterais inchadas, narinas ensanguentadas, atirando-se contra o mármore verde. Um longo gemido, que pegou na garganta, como um soluço, acompanhou o último exalar, mas o rapaz não ousou olhar para longe dos oficiais, que estavam começando a abrir caminho em direção ao refúgio de colunas de mármore, enquanto puxavam pistolas e espadas. Uma poça de urina rançosa e marrom começou a espalhar-se em torno do cavalo. Emma levantou as longas saias de musselina e andou na ponta dos pés, através dela, para chegar até seu irmão. Ele estava com o olhar enfurecido e arrasado, como o cavalo, seu rosto retorcido e faminto de comer pouco demais e cavalgar duro por muito tempo. Ela conhecia o cavalo, Rebelde. Havia sido o melhor amigo de seu irmão antes da guerra, e agora Billy o matara para impedi-la. Ela podia dizer, pela bordada camisa azul-celeste, que ele havia sido aceito pelos invasores, que estavam tentando proteger as pessoas da ocupação ao norte. Soldados da União haviam começado a punir as famílias dos resistentes lá, prendendo mulheres e crianças, atacando fazendas, esvaziando condados inteiros na fronteira oeste do Missouri. Seus primos estavam morrendo de fome na prisão de St. Louis, e ela deve ter se lembrado deles, porque estava estendendo a mão para

A MULHER DO RIO

o rifle, querendo apenas pará-lo antes que fosse morto. Não estava pensando em seu futuro marido, ou na inclemência da cidade que esperava por ela pelo resto da sua vida, quando se casasse com um oficial da União. Estava pensando que o irmão dela, seu próprio doce Billy, estava cansado demais para fazer um bom trabalho com o rifle agora.

Enterraram o irmão e a irmã, na beira da cidade, aquele cemitério com a nascente do grande terremoto, que estava ainda tão ativa, somente cinquenta anos depois dos grandes tremores. Mas não era uma tumba cheia de água, as pessoas da cidade certificaram-se disso, embora tenham precisado esperar até o oficial da União partir para outra atribuição antes de escavarem e trazerem as caixas e as moverem para um local mais favorável ao lado do resto de seus parentes Shut.

Algumas noites após o funeral, quando a mãe de Billy e Emma, Maddie Shut, apareceu na varanda de Jacques, pingando da chuva constante, que estava caindo desde o assassinato.

Caminhando na frente de Omah, sem olhar para a lama em suas botas, a mulher encontrou Jacques na sala de visitas, encarando depressivamente o fogo que fazia fumaça, enquanto ele esvaziava a segunda garrafa de vinho. Ele não lhe ofereceu um copo, embora ela tenha se ajoelhado, tremendo, diante do fogo e estendido as mãos ao calor.

— A lareira precisa de limpeza — ela advertiu. — Pássaros, sem dúvida. — Os pingos do seu manto de lã sibilaram na lareira, e o vapor começou a subir das mangas do vestido. Se a mulher ficasse ali por tempo suficiente, Oman bem que poderia cozinhar. Algo sobre o cabelo desbotado cinza-listrado e a solidão nos olhos dela fez Omah sentir uma ponta de simpatia.

Ela se moveu calmamente para a cozinha e encheu um copo com brandy e água quente da chaleira.

Quando o estendeu para Maddie, esta se levantou, sentou-se na cadeira em frente a Jacques e pegou o copo. Bebericando cuidadosamente, ela lutava com sua expressão até que esta se transformou em calma.

Como Jacques não falou, ela finalmente quebrou o silêncio.

— São seus parentes também — ela disse.

Os olhos dele moveram-se rapidamente para a mulher, então se voltaram para Omah, que ficava nas sombras atrás dela.

Ele deu de ombros.

— Talvez.

— Minha mãe...

Jacques levantou a mão.

— Era a esposa do meu amigo Chabot.

— ... disse que você era...

— Melhor não falar mal dos mortos, *chère madame* — Jacques esvaziou o copo e o encheu novamente.

— ... o que faz das crianças...

— Os mortos não podem ser restituídos à vida — ele disse.

— Pelo menos vingados. Pelo menos... — Ela bebeu o brandy em um longo gole e rolou o copo entre as mãos.

— Eu sou um pobre fazendeiro. — Jacques deu de ombros. — Eles pegaram tudo. Olhe à sua volta.

— Absurdo! Minha mãe me disse...

Jacques levantou o indicador e o colocou contra os lábios.

— Eu não os perdoarei, Jacques. Não fique em meu caminho, é tudo o que eu peço. Eu não sei quem ou o que você é para minha família. Eu esperava que você fosse do meu sangue para me ajudar — ela falou sem tirar os olhos do fogo.

Ele acenou a ela, como para afastá-la.

— Fique feliz que o oficial tenha partido. A guerra acabará, e o que é terrível será esquecido.

A MULHER DO RIO

— Absurdo. Espere até o irmão deles, Alair, chegar em casa. — Ela se levantou e saiu. A porta da frente fez clique, calmamente, de volta.

Às vezes, no meio da noite, Omah ouvia Jacques pelos quartos de solteiro, inspecionando os baús; mais tarde ele aparentemente chorava, e havia o som de uma garrafa caindo nas escadas. Então, silêncio. Jacques havia matado seus netos? Assim que Omah teve o pensamento, afastou-o. Mas, finalmente, sabendo do que Jacques era capaz, Omah decidiu que os escravos estavam certos em ter medo. Pela primeira vez, Jacques a amedrontava também.

Quando Omah, mais tarde, relembrasse esse período de suas vidas, em Jacques'Landing, a senhora Maddie, como era conhecida no condado, havia se casado com um completo bastardo, chamado Clement Shut, que aterrorizava escravos e brancos da mesma forma, depois que a mãe dele, Dealie Chabot, morreu. Clement teve um menino, Alair, que partiu assim que tinha idade suficiente para deslizar rio abaixo e velejou para a Inglaterra, depois para a India. Embora Alair tivesse morrido antes que pudesse retornar para vingar o assassinato de seus irmãos, ele realmente deixou uma viúva, Laura Burke. Enquanto as duas mulheres sentaram ao lado do fogo, bebendo whisky aquecido, naquela primeira noite de sua chegada, Laura inventou uma agradável história, que incluía a reivindicação de que seu filho, Keaton, adormecido em um colchão de palha perto da lareira, era filho natural de Alair, apesar do fato de que o homem mal tinha posto os olhos no menino. Laura, mais tarde, relataria a saga de seu casamento para Omah com tal sinceridade que quase destruiria as duas.

Do lado de Maddie estava a história do misterioso acidente de seu marido, que envolveu ser escoiceado por um dos cavalos de trabalho. Mais tarde a simpatia transferiu-se toda para o cavalo, que tinha sofrido uma severa afecção da rótula em uma pata traseira e fora colocado para pastar pelo resto de seus dias. Não havia cavalo mais redondo e mais brilhante, Omah exclamava. E se dizia que a senhora Maddie não estava sozinha

A MULHER DO RIO

para assegurar que o animal tivesse uma ração diária de maçãs e cenouras, sombra fresca no verão e um cobertor quente no frio e molhado inverno.

Depois da morte de Clement, Maddie teve relações com um homem que apareceu em sua porta, em uma manhã, procurando trabalho. Como ela preferiu a viuvez ao casamento, deu às duas crianças nascidas desse caso o nome Shut, e deixou assim. Maddie parecia tão azarada com filhos como era com homens, e, ao chegar aos quarenta e cinco anos, estava completamente sozinha, vingando sua perda, até que Laura e Keaton chegaram com as cinzas de Alair.

Dois anos depois de sua chegada, Laura fez algo que ninguém esperava dela. Começou a visitar o velho Jacques Ducharme. Tão velho quanto as colinas, pelos cálculos da maioria, Jacques ainda tocava a fazenda, embora muito reduzida pela perda de servos, escravos e quinhentos acres de terra, quando a guerra acabou. Corria o rumor de que o único motivo para ele ter continuado com qualquer parte da fazenda foi pelos serviços que prestou à União, na forma de mulheres e bebidas e, ocasionalmente, um pouco de espionagem. Depois da guerra, ele subornou todos os que precisou, e se certificou de que aqueles que não o deixariam em paz desaparecessem.

Então, Laura e Jacques tornaram-se amigos. Ela disse à sua sogra que estava cuidando da doença dele, e começou a levar seu filho com ela para brincar nos celeiros e nos velhos abrigos de escravos, enquanto passava horas conversando com Jacques na grande varanda da frente, que se estendia pela casa. Uma vez deixou que ele colocasse os arreios na carroça de pônei e os levasse para um passeio em volta da fazenda, a qual ainda tinha quinhentos acres de boa terra aluvial, ao longo do rio, e mais duzentos de pântano.

JONIS AGEE

Ele era um homem velho, com cabelo branco pegajoso, músculos enfraquecidos e sem um braço, qual poderia ser o mal? Ela era uma mulher obstinada, com um filho pequeno para criar; já era 1873, não ia ficar mais nova, e, até onde podia notar, Jacques Ducharme era o único homem solteiro com algum dinheiro na região toda. Embora sua sogra tivesse lhe avisado de que Jacques não era o que parecia, Laura continuava a visitá-lo várias vezes por semana. Só quando o pedido chegou ao armazém LeFay's, na cidade, todos descobriram a verdade.

Lá estava o vestido de casamento: seda francesa, bordado a mão com pérolas pequenas, bordas com rendas belgas, o corpete tão baixo e a cintura tão fina que Laura precisou parar de comer por semanas para caber nele, e quase desmaiou quando o dia subitamente ficou quente depois de um período de chuva fria de setembro. Então, havia as macieiras, varas enroladas em sacos de tecido grosseiro úmidos, forrados com serragem, encaixotados no estado de Nova York. Cultivo garantido, dizia a etiqueta. Tinham custado a ele, em um ano, cinquenta acres de macieiras e o menino ser mandado para o leste, para um colégio interno, para casar, e não tinha dito uma palavra a ninguém.

Maddie olhava sua nora com um novo respeito à medida que os planos do casamento progrediam. A única coisa que ela pediu foi que o anel que seu filho havia dado para o noivado fosse devolvido à família. Era uma tira de ouro com flores entalhadas e um diamante amarelo quadrado, sem defeito, no meio. Entretanto, quando Laura devolveu o anel, ele havia sido mudado. No lugar do diamante estava um rubi vermelho-sangue denso, que absorvia a luz, e restavam apenas pedaços das flores entalhadas originais.

A MULHER DO RIO

— O diamante caiu — Laura explicou. — Foi-se. E as flores estavam tão fora de moda que pedi que fossem removidas quando Alair me deu o anel.

— Eu entendo — disse Maddie, e colocou o anel no bolso. Ela agora tinha medo de perder seu neto, e não discutiu.

Era um bom dia de maio, sem nuvens e quente, o fim da primavera antes da vinda do calor do verão, que parecia uma droga no corpo. Omah havia retornado de St. Louis apenas na noite anterior e estava lá fora, limpando as ervas daninhas em torno da pedra do túmulo de seus pais, quando o carro encostou.

Então, o próprio Jacques correu para a porta, degraus abaixo, para ajudar a mulher a descer. Ela desceu levemente, segurando seu chapéu e inclinando a cabeça com um leve riso, que fez Omah encarar com mais atenção. Aquilo era um flerte?

A mulher deslizou seu braço no de Jacques e subiu os degraus, tomando cuidado em volta das tábuas quebradas da varanda e exclamando alegremente, quando a porta inclinou-se perigosamente nas dobradiças.

Omah deixou cair sua foice e correu para a casa. Não era de espantar que Jacques tivesse se mostrado preocupado quando ela chegou. O motivo pelo qual ele mal tinha notado a sua presença antes que tivesse corrido para terminar uma tarefa no quarto dele.

Ela estava cansada demais para ficar mais do que levemente sentida, mas agora começava a entender. O velho galo tinha finalmente encontrado uma galinha. Ela os encontrou na sala de visitas, o cabelo vermelho da mulher brilhando na obscuridade poeirenta, o chapéu atirado de maneira displicente em uma cadeira, enquanto se curvava sobre o braço de Jacques para os quadros e livros que ele apontava.

Ele tinha começado a mobiliar a casa novamente na sua ausência, embora, como a mobília tivesse ficado guardada por tanto tempo, a maior parte dela parecia muito desgastada e suja para agradar a uma mulher — especialmente uma mulher como esta.

— Jacques? — disse Omah.

Quando sua cabeça virou, ela pôde ver o aborrecimento em seu rosto. O velho tolo!

— Laura — ele suspirou —, esta é Omah. — Nada mais. Era assim? Como se ela fosse a empregada dele? Ou uma garota contratada? Laura se virou pela metade e concordou, com um gesto de cabeça, prestando pouca atenção à garota negra encostada ao batente da porta.

Omah voou escada acima, agarrou uma pequena bolsa e encheu-a, agitou-se escada abaixo e foi direto para o estábulo selar seu cavalo. Iria ficar na casa dela se ele fosse agir daquela forma.

Assim, Omah tinha de contar com as fofocas e os relatórios dos empregados sobre o progresso do romance de Jacques e Laura. Não ousou aproximar-se da velha Maddie Shut, sogra de Laura, por medo de que a mulher pudesse desenterrar as pegadas da traição dela na morte de seus filhos, Billy e Emma. Não, Omah e Jacques tinham ficado longe dos Shut desde a guerra, e agora aqui estava uma deles, bem no meio de suas vidas. Jacques tinha perdido o juízo?

Na primeira noite em que Jacques havia aparecido em sua cama, Laura contaria mais tarde a Omah, ela acordou de um sono profundo pelo afundar do colchão ao seu lado. Tinha começado a trancar a porta assim que se mudara, ainda assim lá estava ele. Sete vezes ela serviu a ele, como uma esposa deveria, esperando no escuro até que tivesse terminado, lutando contra o sono, até estar certa de que ele estava roncando. Não queria que ele a escutasse escorregar para fora da cama a fim de lavar-se

A MULHER DO RIO

para evitar a gravidez. Mas havia aquela primeira vez, quando ele a pegara desprevenida, e essa provou ser a sua ruína, porque em março ela teve certeza.

Assim que a barriga inchada começou a aparecer, as pessoas da Jacques'Landing riram. O velho touro tinha encontrado uma vaca de recompensa. Eles haviam ficado ressentidos nos últimos meses, à medida que as barcas descarregavam a nova mobília, pratos e cortinas, cada pedido especial carregado em uma carroça e rebocado para a casa — enquanto suas próprias casas tinham sido esvaziadas pela ocupação do Exército, mais tarde, por habitantes do Norte, que se encontravam no Sul, em busca de ganhos em trabalhos para os governos de reconstrução, que vieram para recolher "os ossos". Tantos tinham sofrido as perdas de suas famílias, lares e terras, que era natural começar a odiar Jacques e sua família novamente. As pessoas até se arrependeram de tê-lo perdoado, cinquenta anos antes, quando sua esposa inválida desapareceu no rio e o velho malvado ficou hibernado naquela mansão. O fato de a mansão estar fora da cidade, no rio, onde não precisavam olhar para ela o tempo todo, tinha ajudado na época, mas agora a inveja estava de volta, com a crueldade especial de uma ferida reaberta.

Havia sofás com adornos entalhados de pau-rosa, cobertos com brocado da Borgonha; cadeiras casuais Chippendale e mesas com pernas recurvadas em mogno, tão delicadas que pareciam poder deslizar para fora de seus pés redondos com garras; cadeiras de nogueira pretas, vitorianas francesas com encostos abaulados; mesas com tampos de mármore; uma escrivaninha de tampo dobrável, com rosas entalhadas, cachos e folhas. Não importava que o sofá com encosto de medalhão, com a pesada tapeçaria negra, de crina de cavalo, pudesse parecer estranho ao lado da mesa Chippendale, ou da cadeira lateral Luís XV; Laura

JONIS AGEE

pediu o que seu olhar captou, caro ou a última moda. O sofá vitoriano turco, felpudo, dourado e a cadeira que combinava, enfeitada com franja e galões, estavam em alta no Leste, ela descobriu, e imediatamente os quis.

A maioria das peças do império americano da casa foi levada para o sótão do estábulo, onde as folhas, entalhadas na cerejeira, encheram-se de pó e as rosetas de latão mancharam-se. A mobília rude, de cipreste simples e carvalho, que Jacques tinha feito após ter construído a casa e ficado sem dinheiro por um tempo, ela baniu para os cômodos dos empregados, o quarto de crianças e a cozinha, tudo exceto a cadeira Hollow, um negócio particularmente feio e desajeitado, que ele insistiu em manter na biblioteca.

Em meados de outubro nasceu uma garotinha de cabelos vermelhos, chamada Maddie por causa de sua avó, e Laura não perdeu tempo convencendo Jacques a trazer a senhora Maddie e uma ama de leite para viver com eles. Arrastando a cadeira de balanço para fora do palheiro, Jacques limpou a cabeça de leão desenhada nas costas e a colocou ao lado de sua cama. Laura, prontamente, mudou-a para o quarto de crianças. Assim que chegou, a senhora Maddie a fez ser transportada para a sala da família, e Laura era forçada a passar parte de cada tarde embalando o bebê diante dos olhos aprovadores de Jacques e da senhora Maddie. Algo na boca aberta do leão, nas costas da cadeira de balanço, não se encaixava bem com seus ombros, e ela sempre saía daquelas sessões com músculos doloridos. A dor era às vezes tão aguda que parecia que as presas dele estavam afundando nela.

Quando Laura Ducharme percebeu que seu marido, Jacques, e a senhora Maddie Shut pretendiam fazê-la uma prisioneira junto do bebê, ela desenvolveu uma doença, cuja única cura,

A MULHER DO RIO

por sugestão do médico de Sisketon, era uma estada nas restaurativas Hot Springs, nas Montanhas Quachita, de Arkansas. O doutor, em procuração do Arlington Hotel, o mais novo e maior, tinha começado a mandar todos os casos duvidosos às fontes, para banhos curativos.

Deixando o bebê para Jacques e a senhora Maddie, Laura subiu os degraus do trem com o coração mais leve do que tinha estado em anos. Finalmente estava livre, com dinheiro suficiente e tempo para cuidar de si mesma. Ela ansiava por um lugar novo, com novos entretenimentos. Ainda era uma mulher jovem, disse a si mesma, tudo era possível. Acomodando-se em seu assento, estava para fechar os olhos, a fim de evitar o rosto velho e desgastado, cheio de desapontamento com a partida dela, enquanto o bebê urrava nos braços da senhora Maddie, quando uma mulher negra, alta, abriu a porta do compartimento e tomou o assento em frente ao dela. Obviamente um engano, pois o carro dos negros era no fim do trem, mas o condutor arrumaria tudo. A mulher estava particularmente bem-vestida, bem de acordo com a moda atual, então havia pouco para reclamar. Além disso, a companhia podia ser boa por um tempo.

Laura endireitou os ombros e olhou para fora, pela janela aberta, aos que desejavam boa viagem na plataforma. Jacques estava se movendo em direção ao carro, balbuciando palavras que ela não entendia e gesticulando. O que estava errado com ele? A senhora Maddie tinha um sorrisinho peculiar enquanto embalava o bebê em seus braços. Oh, essas pessoas estavam enlouquecendo! Eles não podiam apenas deixá-la ir?

Quando Jacques alcançou o trem, não era com Laura que falava. Era com a mulher negra, que estendeu a mão para fora da janela e aceitou dele um pequeno pacote em papel marrom e dois barbantes. Eles se conheciam. Jacques estava gritando algo em francês, mas as palavras foram engolidas pelo vapor solto e o ranger das rodas. Estavam se movendo, afinal! Jacques deve ter contratado uma criada para sua esposa, Laura concluiu.

Em um impulso, Laura beijou a mão enluvada e acenou para sua pequena família, através da janela, então se acomodou de volta contra o assento de couro. No fundo do seu peito havia uma dorzinha pela sua garotinha bebê, mas Laura, verdadeiramente, precisava desse tempo longe, tempo que ela não tinha tido em todos aqueles anos, lá atrás, na Irlanda, quando fora puxada para o cavalo de Michael e eles tinham cavalgado para longe, emocionados pelos gritos dos homens que os perseguiam, o pai dela, os tios e seu irmão mais novo. Seduzida por um primo católico, nada menos que um assaltante. Ela sempre tivera um fraco por homens bonitos.

Oh, por que sua família não tinha se esforçado mais na cavalgada, por que eles tinham desistido dela tão facilmente, como se fosse uma mulher varrida por uma tempestade? Seus olhos se encheram com a lembrança de como tinha sido condenada ao chalé, em Sligo, onde sua humilhação e seu amante tinham tomado posse dela, deixada para dar à luz com ninguém além de um velho pastor para ouvir seus gritos. Quando escapou, no cavalo de Michael Burke, com seus sapatos de dança e vestido de baile, não tinha ideia do quanto sua vida seria dura, mas havia sido forte todos aqueles anos. Tinha salvado a vida de seu bebê, e agora ele tinha o mais brilhante dos futuros. Também havia salvado a própria vida, e agora era senhora do próprio espólio, plantando um pomar e mobiliando novamente a grande casa velha. Assim que o velho Jacques morresse, ela poderia fazer mudanças mais drásticas. Era uma planejadora brilhante, tinha começado a perceber, e nada iria detê-la. Então, recostou-se e suspirou, sorriu com boa vontade

A MULHER DO RIO

para a mulher negra, que tinha os olhos fixos nela. Qual seria, por Deus, o problema dessa mulher?

Assim que o trem saiu, deixando a plataforma em uma névoa de fumaça de carvão e pó, a mulher começou a desembalar o pacote. Por causa da completa rudeza da mulher, Laura assistia, demonstrando interesse. Primeiro havia um folha de papel dobrada, que ela reconheceu como dos artigos de papelaria de Jacques. A mulher desdobrou-a, deu uma olhada para o seu conteúdo e a passou para Laura. Na verdade era um bilhete de seu marido contando a ela sobre a companheira de viagem, que não devia ser tratada como uma criada. Laura sorriu e olhou para cima, bem a tempo de ver a mulher enfiando outra carta, e o que parecia ser um maço espesso de dinheiro, em sua bolsa. Claro, ela estava com dinheiro para lidar com os gastos delas. Jacques pensou em tudo! Laura prometeu mandar-lhe um telegrama no minuto que elas chegassem, para agradecer-lhe. Também prometeu ser esposa e mãe melhor assim que retornasse. Ter uma empregada tornaria as coisas muito mais fáceis. Ela explicaria ao condutor e ao carregador quando viessem.

Mas, quando o condutor chegou para ver as passagens, ele meramente acenou, concordando com a cabeça com a mulher negra, mantendo os olhos cuidadosamente longe de seu rosto. Porque Jacques tinha pensado em tudo! Como elas não teriam de ir ao vagão-restaurante, que era apenas para brancos, o almoço foi trazido ao compartimento por um par de jovens carregadores, que pareciam mais preocupados em evitar a negra do que a mulher branca, em cujos joelhos elas bateram várias vezes com a mesa portátil.

Quando o semblante carrancudo ameaçou arruinar a salada de pera e peito de codorna *en croûte*, Laura repousou o garfo e encarou a mulher, até que ela levantou os olhos do prato.

JONIS AGEE

— Se quisermos nos dar bem, você vai ter de parar de fazer cara feia, ou colocarei você para fora na primeira oportunidade que tiver e irei sozinha. — Pareceu mais desagradável do que tinha pretendido, mas a criatura estava estragando seu almoço.

— Com quem pensa que está falando? — A mulher negra levantou um pouco sua magnífica cabeça, seus olhos brilhando perigosamente.

— Esta é uma pergunta que você deveria fazer. — Laura retrucou, pegando a faca, para o caso de a mulher dar um bote sobre a mesa. Somente Jacques mesmo para contratar esse tipo de pessoa. Ele não tinha noção sobre como deveria ser um bom criado.

O lábio superior da mulher se torceu.

— Eu sei quem você é, senhora Laura Burke Ducharme, antes de Galway, metade da guarnição militar britânica, em Sligo, e devo continuar?

Ela levantou o garfo e pegou um pequeno pedaço de pera, mastigando cuidadosamente, enquanto assistia à paisagem que passava pela janela.

Ela sabia de tudo? Quem era? Algum tipo de detetive? Assim que o bebê Keaton estava forte o suficiente, ela tinha tomado o caminho do chalé para a cidade de Sligo, quase imediatamente, encontrou homens militares que ficaram contentes em trocar seu dinheiro pela companhia dela, e finalmente se casou com um semidesgraçado major, que estava sendo enviado à India. Mas como essa criada de cara feia sabia de tudo aquilo?

— Meu nome é Omah. Jacques pediu-me para ser sua companhia nesta estadia, uma tarefa que aceitei muito relutantemente, acredite-me. Não sou sua empregada, criada, camareira ou mucama. — Ela fez um gesto em direção à entrada, que esperava sob uma cúpula de vidro, com vapor entre elas.

A MULHER DO RIO

— Podemos continuar a jantar?

A viagem foi por trem até que elas alcançaram Malvern, Arkansas, onde tiveram de embarcar em uma diligência e viajar por uma estrada estreita, pedregosa e poeirenta para Hot Springs. Havia três homens no carro com Laura e Omah. Laura examinou os homens, que estavam vestidos com os uniformes remanescentes dos Confederados. Encontrou defeitos em cada um de algum modo, mas realmente percebeu o fato de que portavam pistolas e seguravam rifles perto da mão. Quando tentou levantar a cortina de couro sobre a janela, o homem do outro lado da passagem pôs uma das mãos sobre a dela e sacudiu a cabeça. Os dedos eram longos, o indicador permanentemente torto, e ainda assim as unhas estavam limpas e cortadas, como um cavalheiro. Ela olhou para ele com mais rigor. Atrás do rosto não barbeado e da pele cinza, olhos da cor de mica olharam para fora das cavidades escuras. Quando o carro pulou em uma parte particularmente pedregosa da estrada, ele fez caretas de dor. Sua testa estava úmida como em febre, e ele segurava seu flanco quando se deslocava desconfortavelmente no assento, seus olhos nunca deixando os dela. Deveria ter sido irritante, mas, ao contrário, tornava-a curiosa. O cabelo dele, marrom, listrado de cinza, pendia frouxamente nos ombros de um casaco preto empoeirado que um dia tinha custado um bom dinheiro.

Quando um pequeno gemido escapou dos lábios do homem, o camarada sentado ao seu lado olhou, ansiosamente. Aquele homem era mais jovem e mais saudável, embora estivesse faltando seu braço abaixo do cotovelo, não uma amputação drástica como a de seu novo marido, ela notou, e sua camisa grosseira de lã tinha sido costurada nesse ponto. Enquanto sua camisa estava relativamente limpa, as pernas de sua calça pesada, cinza-escura com listras pretas dos lados, estava salpicada com lama seca e ervas grudadas. Fingindo bocejar, ela olhou para baixo e viu as botas pretas caras, sujas com lama, do homem em frente a ela.

Quando olhou para cima, o homem em frente dela tocou seu chapéu, os cantos da boca virando-se para cima.

— Major Grayson Stark, madame — disse ele. Ela controlou o sorriso em seus próprios lábios e, em vez disso, fez um curto aceno de cabeça.

— Laura Ducharme. — Estendeu a mão, e ele gravemente pegou as pontas dos dedos dela e os segurou por um momento, antes de levá-los aos seus lábios.

— Forrest Pate. — Grayson inclinou a cabeça em direção ao homem ao lado dele, que concordou com um aceno.

— E o cavalheiro do outro lado da sua negra é Chappell Jones.

Omah endureceu, mas não disse nada. O homem ao lado dela, segurando a cortina de couro aberta com um dedo e inclinando-se para fora, ignorou-as, o rifle Spencer entre suas pernas, o cano apontado para o teto, enquanto segurava um revólver Colt Navy no colo, o dedo repousando contra o gatilho. Sua calça tinha uma leve casca de lama nos joelhos, e suas botas tinham a mesma cor marrom-avermelhada das dos outros homens.

— Vê algo? — perguntou Stark.

— Não. — Jones, mais jovem que os outros dois, tinha uma terrível cicatriz vermelha, tão larga quanto uma rédea de freio, debruando uma de suas faces. Ferida de sabre. Laura as tinha visto com frequência na India, onde a hora era ferozmente protestada, tanto entre os britânicos como entre o povo nativo. Ela tinha chegado a odiar facas, de todos os tipos.

Ela preferia revólveres, e estava feliz que, se os homens carregassem facas, estivessem escondidas em suas botas ou sob seus

A MULHER DO RIO

braços. Jacques tinha tentado lhe dar uma faca, além de duas pistolas que carregava por proteção, mas ela tinha recusado.

— O que estamos procurando? — perguntou Laura.

— Você saberá quando vir — disse Jones.

Os olhos cinzas de Stark brilharam, e seu olhar deslizou para o homem na janela. Ele lambeu os lábios rachados por um momento, como se estivesse decidindo se ela era forte o suficiente para a verdade, então disse:

— Não há bancos em Hot Springs, madame. Os viajantes carregam dinheiro demais. Um carro como este é um cofre de tesouro. — Ele levantou o cano do Spencer que estava no seu colo alguns centímetros. Forrest Pate, o homem com o antebraço faltando, pigarreou, olhou em volta, então engoliu. Seu rifle, um Henry, artefato do Exército mais velho, estava apoiado ao lado de seu joelho.

Laura deslizou a mão para a bolsa em seu colo, e a colocou no revólver LeMat, apontado para o espaço entre o homem e a porta do carro.

Stark sorriu pela primeira vez e concordou, com um gesto de cabeça.

— Isso deve servir — ele tocou a cortina e abriu alguns centímetros, piscando na luz do sol repentina, o sorriso permanecendo em seus lábios. Embora pesasse um quilo e oitocentos gramas, o LeMat tinha dois canos que podiam ser disparados separadamente, o cano superior, de calibre 40, e o inferior, 63 com chumbo grosso, com o efeito de uma espingarda de caça. Ela tinha trazido a arma da India, onde havia sido carregada por seu major britânico. Não era a única coisa dele que havia pego. Ela tinha reforçado sua bolsa para guardar a arma, e aprendeu a carregá-la como se não houvesse nada lá dentro, nada mais pesado do que os itens essenciais de uma senhora.

JONIS AGEE

— Você também pode não querer usar aquela grande pedra amarela até chegarmos a Hot Spring, madame. — O homem a quem faltava um braço bateu no chapéu, desculpando-se.

Laura franziu a testa e concordou, com um aceno de cabeça, deslizando o anel para fora do dedo e o escondendo em um bolso secreto, que tinha costurado na saia de seu vestido de viagem. Na Índia ela precisara aprender maneiras de proteger-se. Uma vez até mesmo atirou em um mendigo, que tinha tentado subir em sua carruagem e arrancar seu diamante. Lembrava-se da expressão de surpresa nos olhos dele quando o revólver apareceu com uma explosão, que arrancou seu maxilar inferior. Ainda sentia a pequena mão, rasgando o ombro do seu vestido quando ele caiu. Era um rapaz de quatorze anos, disseram-lhe mais tarde, um ladrão de rua, sem família.

Com dois dedos, Laura calmamente abotoou o bolso com o diamante. Havia uma fileira de botões no lado de fora da saia, que disfarçava o local de esconderijo do anel. Era irritante que no único lugar onde podia usar o anel, longe da senhora Maddie e de Jacques, ela tivesse de ser tão cuidadosa, embora não estivesse pronta a desistir do anel, não depois de tudo o que tinha passado. Alair Shut o tinha dado a ela, um diamante amarelo, extraordinário, tão grande que ela tinha duvidado de sua autenticidade até que um joalheiro o examinou. Uma herança de família, Alair havia lhe dito, de sua avó, Dealie, para sua noiva. Então havia mais dinheiro, Laura notou. Era para ser um casamento maravilhoso. Era verdade que ela estava casada com Alair havia apenas duas semanas quando ele morreu, então era difícil sentir uma dor profunda e duradoura, mas ela sempre tinha sentido que o anel era só dela. E pretendia mantê-lo. Havia tido um trabalho razoável para que aquele rubi, que tinha achado nas coisas de seu marido, fosse montado em

337

A MULHER DO RIO

uma réplica do anel para devolvê-lo a senhora Maddie, quando ela pedisse por ele.

A diligência alcançou outro trecho difícil da estrada, inclinando e tão esburacado que o Major Stark agarrou o flanco, ficou branco e inclinou-se para a frente, em um desmaio. Laura agarrou seus ombros, enquanto o homem de um braço só lutava para colocar o homem inconsciente de volta em seu lugar. Naqueles poucos momentos, Laura sentiu todo o peso dele, pressionado contra seus peitos, e aspirou a doce acidez do hálito de resina de pinho. O rosto dela corou enquanto Omah ajudava a empurrá-lo de volta contra o assento, e ela sentiu a súbita ausência do peso. Escovando seu vestido de linho lilás, ela descobriu uma mancha escura de suor, que ele havia deixado em seu corpete. Assim que a estrada ficou mais aplainada, ela se curvou, abriu o colarinho dele e escovou as mechas de cabelo úmidas para fora do rosto. Os outros dois homens a olhavam como se estivessem prontos a saltar sobre ela, caso o machucasse. Quando as pálpebras dele começaram a estremecer, ela puxou um pequeno frasco de sua bolsa, desatarraxou a tampa, estendeu-o sob o nariz e depois o colocou nos lábios dele.

— Brandy — disse ela. Ele tossiu com o primeiro gole, mas tomou outro maior, fez uma pausa e bebeu novamente, sem abrir os olhos.

— Obrigado — sussurrou. Sua respiração ficou mais lenta e profunda, seus dedos afrouxaram-se no rifle. Em alguns minutos ele começou a roncar de leve, sua cabeça escorregando contra a parede do carro. A pele dele resfriou e perdeu a umidade excessiva.

Laura podia ver que ele havia sido um homem bonito antes da guerra, embora seu cabelo estivesse prematuramente grisalho, as profundas depressões em suas faces e em volta dos olhos, devido a uma ferida que, aparentemente, nunca tinha curado. O major levantou o dedo torto e murmurou em seu sono, como se estivesse tendo uma discussão.

Forrest Pate deu batidinhas na mão de Stark, sussurrando, como se fosse uma criança. Quando a respiração de Stark ficou profunda novamente, Pate olhou para Laura e inclinou a cabeça.

— Pego naquela maldita confusão de Lick Creek, no Tennessee. O cerco de Knoxville, você não sabe. Nunca deveria ter voltado para aquelas Montanhas Clinch. Meu povo partiu de lá para sempre. Pai me disse, agora, nenhum de nós nunca mais voltará. Então fomos levados para Zollicoffer, Greeneville. Quase os pegamos; eles estavam sem comida naqueles dias. Entretanto, nós os perdemos. Em Blue Springs, levamos uma surra. Dirigimos todo o caminho de volta para a Virginia. Então, Lick Creek novamente. Parecia que estávamos sempre indo para a frente e para trás, através daquela maldita ponte. O cerco não durou muito — apenas o inverno, todo mundo morrendo de fome. Longstreet finalmente partiu. Então, nenhum de nós se saiu tão mal assim. — Sacudiu a cabeça e tocou o que havia sobrado de seu braço com o carinho e ternura de uma mulher com seu bebê recém-nascido. — Isso não aconteceu até mais tarde. Em dezembro, escapamos e pegamos o caminho de volta para o Missouri. Os homens do major, todos em pedaços, nossa companhia enterrada de Harlan County a Mossey Creek, não tínhamos lugar nenhum nem nada, então abrimos caminho de volta para nos juntarmos a alguns dos rebeldes. Na maioria das vezes nossas famílias. Nós perdemos.

— Cale a boca, Forrest. — O outro homem cuspiu no chão e limpou com sua bota.

— Cuide da janela, Chappell.

A MULHER DO RIO

O jovem encarou-os, então sacudiu a cabeça para trás e tocou a cortina com os dedos, para abri-la. Quando fez isso, o cano de um revólver remexeu na abertura e o acertou através da cartilagem externa de sua orelha.

— Oh! — ele gritou e agarrou o revólver da mão do assaltante, virou-o em direção ao homem e puxou o gatilho. A cortina de couro caiu pesadamente e um busto de homem se curvou através da abertura, um buraco grande na parte de trás do pescoço, enquanto ele sangrava de uma ferida aberta em sua garganta.

— Do seu lado! — Chappell gritou para Laura, que levantou seu revólver e o deixou preparado, quando a cortina de couro, de repente, tornou-se saliente. Ela moveu o cano para a abertura e, cuidadosamente, apertou o gatilho. Houve um rosnado de surpresa, seguido de um grito de agonia, quando o tiro de Stark também alcançou o homem, que caiu longe, deixando a cortina de couro batendo, com a luz piscando nos dois buracos. Stark, cautelosamente, levantou a beirada e espreitou o lado de fora, seu revólver junto ao queixo. Laura segurou a arma firme para o próximo intruso, embora mal pudesse recuperar o fôlego, com o pulso batendo contra o peito. Tinha certeza de que queriam o seu diamante, exatamente como antes, e tinha certeza de que havia matado novamente para protegê-lo. Mais uma prova de que ele era dela!

A carruagem inclinou-se para a frente, o condutor chicoteando os cavalos para um galope que ameaçava deixá-los fora de controle na estrada pedregosa. O major Stark saiu de perto da cortina e sorriu para Laura, com um aceno de cabeça.

— Você se saiu bem! — disse ele.

Forrest recostou-se com um largo sorriso, que revelou um canino negro, e balançou a cabeça.

— Bem, agora eu vi o elefante. — O rifle estava aninhado contra seu corpo, seguro, apertado no ângulo de sua maneta.

340

JONIS AGEE

Omah, que tinha mantido o autocontrole em toda a crise, braços cruzados em frente ao peito, olhando os homens diante dela, agora retirava um lenço de algodão da bolsa e o estendia para Jones, cuja orelha ferida estava sangrando em seu colarinho e casaco, e ameaçando também respingar em seu vestido. Ele hesitou, então pegou-o e o pressionou contra a orelha. Olhou para ela e deu um leve aceno de cabeça, em agradecimento. Depois, inclinou seu chapéu para Laura e voltou a tomar conta de sua janela. Laura captou um vislumbre da lâmina de uma faca brilhando contra a pele escura de Omah, antes que ela a deslizasse para dentro da manga de seu vestido. Valia o registro, pensou ela.

Alguns minutos mais tarde, quando os cavalos finalmente diminuíram seu galope selvagem, Laura esfregou a nuca, onde seu cabelo tinha começado a soltar-se, e agora grudava em sua pele molhada. Não tinha percebido quão divertida era a aventura até que sentiu sua pele começar a resfriar-se e a arrepiar. Tirou o lenço e deu pancadinhas em seu pescoço e testa, enquanto o major lhe dava rápidos olhares, seguindo o movimento da mão dela. Alisou o corpete e arqueou as costas, com um suspiro profundo, antes de recostar-se novamente no assento, os olhos fechados. Nada do que fez a surpreendeu além do primeiro ou segundo momento. Ela tinha aprendido, anos atrás, que faria qualquer coisa para sobreviver e proteger o que era seu.

18

Laura Ducharme foi duas vezes aos banhos e declarou que as pessoas doentes eram deprimentes, o ar lá dentro, opressivo e a água, suja. Ela preferia ser conduzida pela cidade e para as colinas ao lado do Major Grayson Stark e seus homens a meio galope atrás da carruagem, com cavalos que tinham, milagrosamente, aparecido no dia seguinte à chegada deles a Hot Springs. Na verdade, apesar da aparência deles, todos os homens tinham roupas limpas e dinheiro para gastar. Laura perguntava-se sobre a riqueza repentina dela, mas guardou sua opinião para si, decidindo explorá-la em uma data mais tardia e apropriada. No momento, estava aproveitando o espetáculo que fazia as pessoas virarem suas cabeças para admirarem-na, uma bela mulher, e sua guarda de honra, composta por heróis de guerra.

À noite, os quatro começaram a frequentar os muitos estabelecimentos que tinham surgido desde a guerra. Entre eles, o mais importante era uma apresentação musical do chefe de banda, Patrick Gilmore, de "When Johnny Comes Marching Home Again", que trouxe lágrimas discretas aos olhos do Major Stark e seus homens. Em seguida veio a declamação de "Thunder in the Barley" e "Death, His Fatal Dart", seguida da reprise da canção do senhor Gilmore. Laura e seus companheiros eram também parte do entretenimento. A fofoca que os cercava se acrescia ao espetáculo, no momento que entravam com pompa e circunstância em um baile ou festa. Laura gastou o dinheiro de Jacques livremente, em vestidos para festas e saídas, camarotes nos muitos concertos e apresentações teatrais, e a comida que ela pedia para ser trazida ao seu quarto, onde ela e Omah se banqueteavam diariamente com ostras de verdade, não as falsas ostras, de milho, ovos, manteiga e farinha, que Omah tinha tolerado até depois da guerra.

Laura não podia dizer exatamente como Omah havia se tornado sua amiga, mas as duas mulheres tinham se aproximado assim que Omah havia insistido que ela ficasse em sua própria suíte, com portas adjacentes às de Laura, em vez de nos cômodos reservados aos criados, como era costume. Laura a queria por perto para sua proteção, então a convidou para ficar em sua própria cama, depois da primeira noite. Em breve, as duas saíam separadamente quase toda noite, chegando de volta ao hotel ao amanhecer ou mais tarde, e então dormiam durante o dia, até que o fim da tarde esquentasse seus quartos, apesar das pesadas cortinas de veludo e janelas fechadas.

Viveram assim por várias semanas até que Omah acordou ao lado de Laura, em uma manhã de primavera, muito mais cedo do que estavam normalmente acostumadas a levantar, o lugar onde suas pernas nuas se tocavam irradiando calor suficiente para tirá-la do sono. Ela levantou rapidamente e se vestiu, em silêncio, fechando a porta do quarto atrás de si. Então, desceu, para pedir ostras frias em camadas de gelo, champanhe gelado, bolos de chá com manteiga fresca e a geleia importada de cereja negra que as mulheres apreciavam.

O clique da porta fez Laura abrir os olhos, mas ela ficou lá, sem se mexer, olhando as sombras escuras nas paredes creme e rosa-repolho, notando como seu braço parecia com uma *nuance* rosa-claro, quase do tom de Omah. Que alívio finalmente

A MULHER DO RIO

ter outra mulher com quem conversar, alguém que a entendia tanto! Embora não tivesse filhos, Omah sabia o que uma mãe e mulher precisava fazer para sobreviver. Laura já tinha desabafado sobre a história de Alair e a decepção no que dizia respeito a seu filho Keaton. Como Omah era compreensiva! Colocando os braços em torno de Laura, segurando-a, enquanto ela chorava pelo pai de Keaton, o assaltante irlandês.

Laura mal teve tempo de colocar um vestido e deslizar de volta para a cama quando Omah bateu e o garçom apareceu com o café da manhã. Assim que ele saiu, Omah despiu seu vestido e voltou para a cama, usando apenas uma camisa branca curta.

— Podemos terminar *Madame Bovary* hoje? — Omah instalou a pequena travessa de prata em seu colo, admirando os pedaços de limão. Escolheu uma fatia, apertou-o de forma que o suco gotejou pela ostra, então pegou a concha aberta e segurou-a sobre a boca, cabeça inclinada, deixando a ostra escorregar lentamente para dentro de sua boca e garganta abaixo, deixando um leve gosto de limão almiscarado.

Sentindo o olhar de Laura, olhou para cima e sorriu.

— Estão bem frescas — disse ela, estendendo a travessa.

— Champanhe primeiro. — Laura sorriu e agitou a garrafa, pingando umidade do balde de gelo pelo seu colo.

— À Emma Bovary — ela brindou, assim que tinham enchido seus copos.

Omah não estava muito interessada nos problemas da esposa do médico francês, a quem faltava coragem para deixar a família e tomar seu próprio rumo, e mesmo assim também não podia viver em paz com a família. Ela preferia Becky Sharp, em *Vanity Fair*, que tinha vivido uma vida verdadeira, cheia de aventura; ou *Frankenstein*, de Mary Shelley, que tinha insistido que lessem, em vez de *The Wide, Wide World*, de Elizabeth

JONIS AGEE

Wetherell, sobre a vida de uma mulher, da infância ao casamento. Recentemente havia descoberto um escritor chamado Julio Verne, cujos romances envolviam aventura suficiente para mantê-la mais satisfeita com o ritual diário delas, que ela, secretamente, considerava um tanto tolo, fora o desperdício do dinheiro de Jacques. O verdadeiro problema era que ela mesma tinha tido mais aventuras e cometido mais crimes do que qualquer personagem de um mero romance.

Embora ela preferisse quando elas ficavam na cama, os ombros se tocando e lendo silenciosamente do mesmo livro, ela deixou Laura ler as páginas finais de *Madame Bovary* em voz alta e tolerou o fungar e secar de olhos que seguiu o final.

— Pobre Emma — Laura suspirou.

— Ela não é nada além de uma mulher esnobe e chata! — Omah explodiu, empurrando o livro da cama e estendendo a mão para a garrafa quase vazia.

Laura a encarou, chocada por um momento, então o canto de sua larga boca levantou-se, ela bufou alto e explodiu em uma risada, que não podia mais conter.

— Um brinde àquela manhã. — Omah imitou Emma.

— Conte-me algo. — Laura descansou sua cabeça na coxa de Omah, o cabelo vermelho derramado sobre a rica pele marrom-avermelhada.

A cautela apossou-se da expressão de Omah, e ela colocou sua mão, cuidadosamente, na cabeça de Laura.

— Conte-me o que você fez a noite passada. Onde você foi, como estava lá, quem você viu, do que falaram. Conte-me uma notícia interessante ou fofoca. — Ela levantou seu queixo e olhou o vestido vermelho e dourado que tinha usado na noite passada, descuidadamente no chão. — Estou mortalmente cansada da minha vida!

A MULHER DO RIO

— E o seu major? — Omah correu o indicador por um dos cachos vermelhos de Laura e o enrolou em volta da ponta, então o deixou sair de forma que ele afrouxou de sua espiral como uma cobra.

— Ele é tão cheio de si! — Laura fez cara feia. — Empertigando-se por todo lado em um uniforme como se não tivesse perdido a guerra. Toda noite alguém novo chega perto, enquanto estamos jantando, e levanta um brinde para o querido velho Dixie e a causa — ela falou, lentamente, em uma voz profunda. — Metade do tempo estou largada sozinha, enquanto ele está fora, naquele jeito que homens têm de tentar parecer perigosos e importantes. Quando ele, finalmente, volta, está cheio de elogios e dizendo o quanto me admira. Entretanto, coloca-me junto de algum casal chato de Birmingham ou Atlanta, e tenho de passar a noite ouvindo a esposa falar sobre a criação de filhos com os negros soltos, enquanto o marido joga roleta e cartas e tenta colocar a mão em minha perna. — Ela levantou a longa perna, apontando os dedos dos pés para o teto, então abaixou e levantou a outra. — A noite passada eu choquei a todos, bem no meio de alguma história sobre as glórias do velho Sul. Eles realmente pararam de falar!

Laura sorriu com a lembrança.

— O que você disse, pelo amor de Deus?

— Que Victoria Woodhull deveria concorrer à presidência dos Estados Unidos, e que, assim que as mulheres conseguissem votar, ela seria eleita! A senhora Pettigrew, de St. Louis e Atlanta, ficou branca como papel, e a filha feia dela cometeu o erro de encarar-me. Então eu disse que as mulheres provavelmente seriam mais felizes praticando o 'amor livre', como Victoria sugere. Ah, como o casamento é entediante! Eu até mesmo disse que Victoria Woodhull e eu éramos velhas amigas de escola. Essas mulheres são tão estúpidas!

JONIS AGEE

Ela cruzou as pernas em tesoura no ar.

— Aquilo avivou as coisas consideravelmente. Amargas, velhas galinhas. — Abaixou as pernas e se virou para Omah. — Você vê o que eu sou forçada a tornar-me. Eu provavelmente daria boas-vindas ao incêndio de Chicago, na maioria das noites, só para ter algo novo para fazer. Então, diga-me, como é quando você sai? — começou a chacoalhar a perna de Omah do joelho ao tornozelo, parando cada vez que alcançava a cicatriz redonda enrugada, de uma ferida de bala, em sua panturrilha. Omah queria tirar a mão dela de lá, mas não queria chamar a atenção para a cicatriz.

— Normalmente vou para Avenida Malvern, no setor negro, onde temos os nossos próprios lugares para comer, dançar e apostar. Não tão elegantes como os seus, mas todo mundo se arruma e tenta parecer bem — disse Omah, cuidadosamente.

— Eu estava me perguntando... — Laura levantou a cabeça da perna de Omah e rolou para o seu lado. — Como você, quero dizer, onde encontrou o dinheiro para roupas e joias tão boas quanto as minhas? — deixou a questão suspensa no ar. — Jacques está lhe pagando, não está?

— Tenho meu próprio dinheiro — disse Omah. Ela fez uma voz suave e sorriu. — Precisa de algum emprestado?

Laura encarou-a por um longo momento. Se ela soubesse o que Omah tinha feito para ter a fortuna dela...

Quando Laura finalmente olhou para o outro lado, levantando o braço e, estudando suas linhas magras e sem músculos, disse:

— Tantas pessoas parecem ganhar e perder dinheiro neste país. É notável. Você nunca pode dizer quem é rico e quem será rico. Eles acusam o presidente Johnson, depois o absolvem. A guerra destrói fortunas sulistas, então há um pânico financeiro em Nova York. Você não ousaria contar com nada daquele dinheiro. Aqueles barões de gado no Oeste, eu gos-

A MULHER DO RIO

taria de conhecer um daqueles homens. Na noite passada, aquela idiota Pettigrew disse que existirão bondes elétricos em Nova York este ano. Eu ainda gostaria de ir a Nova York e morar lá, mas você sabe que Jacques não partirá, então há o major. Como posso fazer minha vida em um lugar como este? É por isso que estou perguntando a você, Omah, preciso da sua ajuda. O velho Jacques tem uma fortuna, eu sinto. Ele me dá pérolas, rubis e todo tipo de joias, mas de onde isso vem? — curvou-se para trás e encarou a coroa moldada ao longo do teto. — Algumas peças são tão velhas que me fazem pensar se ele... — olhou para Omah, que estava pegando migalhas do prato dos bolos de chá.

— Talvez ele fosse um ladrão, ou assaltante de estrada, ou talvez um pirata do rio! — ela sorriu amplamente e concordou com a cabeça.

— É isso. Jacques, o pirata do rio uma figura realmente vistosa! Um velho manco, pirata de um braço só. Meu marido — ela sacudiu a cabeça, tristemente.

Omah espalhou a geleia de cereja no pão, deu uma mordida e sacudiu os ombros, descuidadamente, esperando que Laura não juntasse as coisas muito rapidamente.

Entretanto, ela estava quase lá, e Omah teria de alertar Jacques. Estendeu o pão para Laura, que deu uma grande, nada feminina, mordida.

— Melhor do que em casa — Laura pronunciou, e puxou a mão de Omah de volta, para pegar o último pedaço de pão dos dedos dela.

— Jacques não tem cultura ou gosto para comprar pérolas da qualidade das que ele me deu. E o broche de esmeralda? É tão velho que poderia ter sido usado pela minha avó irlandesa. — Ela pegou um pão e passou uma generosa camada de man-

JONIS AGEE

teiga e geleia, e o carregou, pingando pelos lençóis, até a boca. Olhando criticamente para Omah, franziu a testa e lambeu o suco vermelho de seus lábios.

— E suas pérolas são exatamente tão boas quanto as minhas, com aquele fecho curioso de ônix e diamante. Eu só vi um trabalho como esse feito por um joalheiro, em Londres.

Ela fez uma pausa.

— Você viveu lá a vida inteira, não é? Mas você não tem ideia de onde o dinheiro dele vem. — Não era uma pergunta. — Talvez ele seja mesmo um pirata — a voz dela era suave.

Omah queria dizer-lhe para aproveitar o que tinha. Era provavelmente mais do que ela merecia, mas, em vez disso, pulou para fora da cama e começou a puxar as cortinas pesadas para abri-las.

— Ganhei as joias anos atrás — ela disse. — A primeira esposa de Jacques veio de uma família muito rica, e, quando ela morreu, sem filhos, instruiu que suas joias deveriam ser dadas às pessoas que trabalharam para ela.

Omah sentiu-se orgulhosa de sua mentira instantânea. Sorriu para si quando pegou o vestido de cetim de Laura, um dos muitos que ela tinha feito para substituir as saias amplamente rodadas, fora de moda, com as quais chegara lá. As pequenas anquinhas amarradas eram acentuadas por um largo babado e um laço, um modelo que Omah achou bizarro e irritante, mas um alívio em relação ao tamanho das crinolinas necessárias para as saias grandes e fora de moda, que constantemente colocavam a mulher em perigo de incêndio ou complicação com animais e rodas. Em vez de pedir um novo guarda-roupa para si, Omah havia levado seus vestidos a uma costureira, que os reformara. Afinal, ela estava gastando o próprio dinheiro, e não o de algum homem.

349

A MULHER DO RIO

— Trarão o banho para cá em alguns minutos. É melhor estarmos prontas.

— Um cordial dia de maio — o criado disse para Laura, enquanto lhe ajudava a entrar no carro e lhe estendia as rédeas. Foi cuidadoso em não tocar os dedos dela na frente do major confederado, que se sentava firmemente orgulhoso em um grande cavalo baio.

O cavalo chacoalhava o bocado do freio em sua boca e arranhava o chão, enquanto os outros dois companheiros olhavam a rua e os prédios em volta.

— Um dia perfeito para um piquenique — acrescentou, enquanto tentava entregar a cesta para Omah, que simplesmente olhava para frente, até que ele a colocou ordenadamente no chão, entre as duas mulheres, e deu um passo para trás.

Era um espetáculo aos olhos de Omah. A cabeleira vermelha de Laura, pega pela brisa e reluzindo audaciosamente no sol, os três homens em cavalos gordos, lustrados, escoltando-as para fora da cidade, em um meio galope, lento e esplendoroso. Pegaram a estrada do sul, que os levava a passar por riachos cheios, campinas, pântanos e canais, com o rosa-pálido das ervilhacas e verbenas, rosa-selvagem e *horsemint*, as últimas flores de olaia caindo em uma impressionante chuva de pétalas rosas por sobre os ombros dos cavalos, enquanto eles entravam no frescor da cobertura de árvores com folhas de um verde novo, da cor de agrião, então irrompiam do outro lado.

O Major Stark inclinou-se perigosamente ao lado de seu cavalo para pegar um ramalhete de jacintos da Inglaterra, o qual deu de presente a Laura, que sorriu e sustentou seu olhar, enquanto o prendia na frente do vestido. Os olhos dele ficaram em seus dedos, quando deslizaram deliciosamente para dentro da sombra

JONIS AGEE

entre os seios dela, e Omah sabia que Laura estava pensando em Emma Bovary. Algumas pessoas pareciam pensar que os livros lhes davam permissão para fazer o que quisessem. O cavalo do major esmagou os brotos amarelo-estrelas de azeda com seus cascos, enquanto eles saltavam contra a perna e o freio, mandando para cima um odor agudo e desagradável, que Omah quase podia saborear na língua, como a rápida queimadura de pólvora.

Dente-de-leão, azeda e agrião faziam as saladas de primavera de sua mãe.

— Um tônico — sua mãe tinha prometido. — Para proteger contra o espírito dos mortos que imploram para voltar à vida neste período do ano.

— Não deixe nada acontecer com minha mulher — o velho Jacques tinha dito na manhã em que partiram. Então, enfiara uma moeda de ouro antigo acumulado na mão de Omah para selar o acordo, como se ela fosse uma criada! Isso a havia deixado ultrajada, mas ainda assim estava fazendo como ele havia pedido há anos, porque se achava presa a ele, como seus pais tinham sido.

Encontraram uma copa confortável para o piquenique, três quilômetros ao sul da cidade, bem antes que a estrada subisse através de pinheiros e afloramentos rochosos.

Apesar do isolamento e do silêncio, interrompido apenas pelo fraco sussurro das árvores e dos pássaros, que começaram a chamar, uma vez que o grupo tinha se instalado, o Major Stark rapidamente colocou os dois homens no perímetro, como guardas. Omah carregou travessas de frango assado, aspargos frios e morangos, recebendo menos do que um aceno de cabeça. De tempos em tempos, Laura abria o champanhe e enchia os copos para os três. Omah podia sentir os olhos dos dois homens sobre ela quando bebia e, em dado momento, pegou um morango do prato de Laura e o colocou em seu copo de vinho. Não tinha

A MULHER DO RIO

medo de Forrest Pate ou Chappell Jones; havia lidado com homens como eles antes.

Assim que a conversa ficou mais lenta e pesada, Omah se moveu para a sombra de um grosso carvalho espinhento, de onde podia fazer sua própria guarda, entre os nós de folhas e casca espessa e enrugada.

Embora os olhos dela estivessem semicerrados, Omah podia ver os dedos do major se moverem pelos ombros de Laura. Ela tremia, como um cavalo espantando uma mosca, mas ele deixou a mão onde estava e destramente escorregou o brinco de safira e diamante do lóbulo da orelha dela, sem perturbá-la. Deslizando a joia para dentro do seu paletó de brocado de seda, olhou para cima e em torno de si, mas Omah tinha fechado os olhos.

Ela tocou a faca no bolso do seu vestido, a lâmina tão afiada que podia cortar a garganta de um homem sem que ele percebesse. O presente de Jacques, naquela primeira noite.

Ela captou um leve movimento pelo canto do olho e se virou para ver a grande cabeça de uma cobra preta levantar-se, o corpo tão grosso quanto o antebraço de um homem, para fora do centro do tronco aparado da árvore, apenas trinta centímetros acima da cabeça do Major Stark. A cobra parou, a língua testando o ar, antes de levantar-se fora do buraco no tronco, recolhendo-se em espessos rolos frouxos no topo. Então, ainda que pudesse ser considerada uma continuação do tronco da árvore, a cobra parecia coroar a cabeça de Grayson Stark, enquanto ele se inclinava contra o tronco, os olhos fechados, e Laura descansava a cabeça em seu ombro, dormindo. Um momento depois, a cobra se inclinou para baixo e escoou de volta no buraco escuro.

Omah lembrou-se de antes da guerra, o sonho que Marie contou de uma cobra negra gigante, enrolada em torno de uma casa branca. Agarrou a faca em seu bolso. Fingindo pegar uma folha de seu vestido, olhou para o lado de Chappell Jones e foi surpreendida ao descobri-lo olhando para ela. Não viu nada em seus olhos escuros, nem ódio, pena ou amizade. Ele tinha uma expressão vigilante. Se os ameaçasse de qualquer modo, ele estaria preparado para lidar com ela. Omah tremeu e imaginou se sua faca teria alguma utilidade contra o rifle que o homem aninhava frouxamente nos braços.

Stark olhou para o sol, que tinha avançado além do meio do céu.

— Hora de montar. Você, Forrest, coloque aquele cavalo de volta nos arreios. Dona Ducharme, se sua garota colocar a cesta em ordem, estaremos prontos para partir.

Laura olhou para Omah e se ajoelhou ao lado da pilha de pratos. O major fez cara feia, mas não olhou diretamente para Omah enquanto foi selar o cavalo.

— Onde está seu brinco? — Omah sussurrou, enquanto ajoelhava ao lado da outra mulher. A mão de Laura pulou para os lóbulos da sua orelha.

— Foi-se! Meu brinco foi-se... — ajoelhou na toalha de piquenique e começou a procurar no chão, freneticamente, levantando cascas de bolota de carvalho, seixos e galhos, jogando-os para o lado. Levantou o cabelo e sacudiu-o; tirou o corpete e olhou; levantou-se e sacudiu a saia, e a esfregou como se a joia pudesse grudar como uma folha na superfície da seda pálida.

— Major Stark! — chamou ela. — Você viu meu brinco de safira?

Ela se virou para Omah.

— Por que não está procurando? — Laura piscou. — A menos que já saiba onde está. A menos que você o tenha pegado.

A MULHER DO RIO

— Você sabe onde ele está. — Omah começou a empilhar os pratos sujos na cesta.

Laura agarrou os pratos de Omah e os atirou com tanta força na cesta que houve um árduo estalo da porcelana.

Omah estendeu um punhado de talheres, que Laura pegou e comprimiu entre os pratos. Ela parou e olhou para os cabos de prata por um momento. Então, levantando a cabeça, virou-se em direção ao major, apertando o cinturão da sela dele. A mão dela foi para o brinco que sobrou e correu os dedos pela joia azul, do tamanho de uma moeda de dez centavos de dólar.

— Foram presente de casamento do meu marido — disse ela. — Jacques.

Omah não respondeu. Ela sabia muito bem a fonte das safiras, mais do que Laura, porque havia estado lá na noite em que eles encontraram as joias costuradas no casaco rasgado de um homem que fingia ser um mendigo, em uma das últimas barcas que tinha ido corrente acima, antes que o bloqueio yankee, acima de Nova Madri, encerrasse completamente o transporte. Foi seu corte de cabelo e a manicure bem feita que entregou a Jacques sua identidade. Ela havia recusado as safiras, muito grandes e gritantes. Não azul, tinha dito a ele, a mãe dela havia dito para usar as cores da terra, não do céu. Em vez delas, pegou o conjunto de colar e pulseira de rubis. Havia um anel de safira também, mas Jacques não o tinha dado a Laura. Ainda não. Agora talvez ele não o fizesse.

— Direi a Jacques que alguém no hotel o roubou — disse Laura.

— Coloque os copos nos suportes, ali. — Omah apontou para os bolsos de lona, ao longo das laterais do cesto.

Laura estendeu um copo de vinho, com um dedo de líquido dourado no fundo, saudou a outra mulher e bebeu.

JONIS AGEE

— Jacques não se incomodará. Ele tem recursos para comprar outro par.

— Eu não contaria com isso. — Omah pegou a garrafa de champanhe, observou o líquido no fundo e bebeu em um só gole, da maneira que tinham feito naquelas noites no rio, quando as provisões de bens enviadas de Nova Orleans eram para famílias ricas de St. Louis. Perguntou-se brevemente se Laura poderia sobreviver da maneira que ela tinha feito.

— Uma coisa. — Omah apanhou dela os guardanapos brancos de linho adamascado. — Não se envolva nos negócios do major. Andei perguntando. Ele é um traidor, um renegado que costumava ser um invasor, não um soldado de verdade. Acredite em mim, a única razão pela qual ele é tolerado aqui é porque metade das pessoas tem medo dele e dos seus homens, e a outra metade é simpática a ele ou não liga. Ele é perigoso, Laura, não se engane.

Como se essas fossem as melhores notícias que podia receber, Laura corou e abaixou seus olhos.

— Já conheci homens como ele. — Ela pegou o pequeno saleiro e a pimenteira de cristal, em formato de bolotas, e os colocou de maneira cuidadosa em um dos suportes de copos.

— Só tenha cuidado. — Omah agarrou a beirada da colcha, ficou em pé, sacudiu-a e a dobrou. Era no padrão de anel de casamento, a herança de alguém. Agora havia uma mancha rosa onde um morango tinha sido amassado, e gordura cinza de frango. Ela pensou nas colchas de sua mãe, enroladas em tecido e guardadas em um baú em seu quarto, enquanto ela dormia sob brocado de cetim, que eles tinham roubado de um barco movido a roda de pá, que havia se soltado da armadilha e continuado rio acima, após uma rápida luta, que começou enquanto estavam descarregando a bagagem na chata deles. O amante dela, St. Clair, havia morrido naquela

A MULHER DO RIO

noite, atingido por uma bala e afogado. Jacques tinha levado à viúva de St. Clair uma participação final, e deixou ao lado da porta da frente, no escuro. Tudo o que Omah possuía lembrava-a daqueles dias. Quando teria outra vida tão emocionante quanto a antiga? Estava pronta para começar a vida, mas não iria casar-se com um velho, como Laura tinha feito. Não estava desesperada, e estava ansiosa para aprender tudo que pudesse sobre o mundo. Era por isso que ficava na cama com outra mulher, trocando carícias, beijos, até que as duas estavam quentes, famintas por carne nua. Isso era algo que não iria relatar ao velho Jacques. Mas, se Laura continuasse a permitir esses homens em suas vidas, ela iria contra, e então iria certificar-se de que o velho homem soubesse do que a sua jovem e bonita mulher era capaz.

Enquanto pegava o caminho para o setor negro da cidade barulhenta para as farras da noite, Omah tinha certeza de que alguém a estava seguindo. Um homem branco. Ela o sentia em seu encalço, a calçada apinhada separando, atrás dela, o espaço pelo qual ele andava. Estaria menos preocupada se Jacques estivesse lá. Ele sabia como manter as pessoas fora do caminho deles, havia lhe ensinado a ter cautela. Ela havia sido ligeira no rio naqueles primeiros dias, hábil e mortal. Lembrava-se de chocar St. Clair e aquele outro, Boudreau, na noite em que fatiara o pescoço de um homem tão rapidamente que o sangue espirrou em todos eles. Foi porque ele era branco, ou porque tinha segurado um revólver em St. Clair, e ela tinha chegado por trás, passando a faca sob o queixo dele tão facilmente quanto em um bolo.

Agora, segurava a faca enfiada contra o lado de dentro do pulso e a palma de sua mão como uma tala, mantendo a mão apertada no cabo de marfim. Homens negros saíam para o lado,

JONIS AGEE

para deixá-la passar, elegantes em suas camisas fervidas, cartola e roupas compradas em lojas, tirando seus chapéus para a mulher no vestido de babados, fazendo uma ampla faixa com suas crinolinas fora de moda. Eram dez horas, suficientemente cedo para que as ruas ainda estivessem lotadas, e a seriedade da noite não tinha caído como um véu sobre a alegria ressoante dos salões de apostas e locais para comer. Do lado de fora do Fat Boy Baker's Café, com apostas no térreo e mulheres no andar de cima, ela parou para olhar em volta e acomodar a lâmina. Lá estava ele, Chappell Jones, o malvado, como uma raposa em uma corrida de cachorros. Alguém lá dentro começou a socar as teclas de um piano tão fortemente que as notas soavam alto e árduas, então veio um bater de pés geral. Vários homens na calçada olhavam o homem branco com desconfiança, mas, como ele carregava o rifle à mostra, ninguém tentou detê-lo até que ele chegou tão perto que ela podia sentir o cheiro de suor azedo e fumaça nas suas roupas.

Chamavam por ela como "moça bonita", "lá vem uma pessoa de qualidade" e coisas assim, em voz alta, monótona, ridicularizando, e de repente pararam. Justo quando ela estava se virando quando a mão dele se moveu de modo rápido e lhe segurou o braço, beliscando a carne. Ela balançou seu corpo perto do dele e pousou-lhe a ponta de sua faca contra o estômago. Ele enrijeceu o corpo e relaxou os dedos.

— Está certo — disse ele, dando um passo para longe e levantando as duas mãos. — Eu devo levar você para sua patroa.

Omah manteve a faca cutucada contra a pele dele.

— Eu não tenho patroa.

Ele deu de ombros e inclinou a cabeça, os olhos zombando da aparência dela.

— Dona Ducharme, estou falando de Dona Ducharme. — Três elegantes homens negros passaram, empurrando-lhe o om-

A MULHER DO RIO

bro, e a cabeça dele se virou para assisti-los rindo pela calçada, um andar afetado em seus quadris, os braços balançando relaxados. A rua inteira parecia estar assistindo e rindo de modo barulhento, e isso fez seus ouvidos zumbirem.

— Ela está com o Major Stark — disse Omah.

— Isso é verdade — ele falou, lentamente. Enfiando o rifle sob seu braço, então o cano pendeu, ele acenou com a cabeça para o caminho por onde viera. — Eles a estão esperando.

Ela não tinha dúvida de que encontraria Laura com o major, mas também que encontraria algum tipo de problema. Ainda que não fosse da sua natureza fugir dos problemas, moveu os olhos na direção que ele tinha apontado e deslizou a faca na bainha secreta de sua cintura. Ele agora sabia que deveria pensar melhor ao acreditar que ela era inofensiva, e, embora isso pudesse ser um problema mais tarde, por agora seria cuidadoso perto dela, e isso convinha a ela.

Seguindo Chappell Jones, ela se tornara notável, e os homens negros que ele empurrou para o lado olharam para ela com malícia escancarada, uma mulher negra que devia ser uma prostituta se dava com tipos como os sujos brancos.

No final do quarteirão seguinte, ele a conduziu para uma pequena casa escondida atrás de uma parede de lilases que se elevavam a três metros de altura e encharcavam o ar com uma doçura que apertava a garganta. No minuto em que ele se virou em direção ao portão, Omah se retraiu, deixando-o mover-se para dentro da escuridão sozinho, enquanto ela mantinha a mão no cabo de marfim da faca. Um fraco bruxulear de luz brilhou de duas janelas escada abaixo, quando ele se projetou pelo portão e parou, o rifle levantado vários centímetros, de forma que estava quase no nível dela.

— Se ela não estiver lá dentro... — Omah disse. Deslocando seu peso sobre um pé, puxou a faca vagarosamente, tentando não chamar a atenção.

JONIS AGEE

— Nada vai acontecer — Jones disse. Então, limpando a garganta, abaixou a voz. — O major quer ter uma palavra com você.

O dedo dele deslizou para dentro do gatilho e a ponta da arma subiu até estar apontada diretamente para as tripas dela.

— Onde está a senhora Ducharme?

Ele acenou a arma para ela.

— Vá em frente.

Ela deu um passo para trás e ele fixou o rifle nela.

— Você não é nada para mim, apenas uma garota negra com uma faca, então não pense que não vou atirar. — Ele bateu o rifle e inclinou a cabeça em direção à casa. — Vá em frente. Entre.

Uma vez dentro da casa, ela quase riu ao ver a cena na pequena e superlotada sala, onde o arrojado Major Grayson Stark se curvava cuidadosamente sobre a cabeça de Forrest Pate, cortando o cabelo dele, como um barbeiro comum. Ah, se Laura visse isso!

Jones acenou o rifle para um sofá marrom-escuro, de crina de cavalo, em frente a uma cadeira de encosto alto, suja de brocado vermelho, diante de uma lareira. As duas peças de mobília mostravam a evidência de botas enlameadas e respingos de comida gordurosa, e ela hesitou, então deu de ombros e passou a mão, como se limpasse o sofá, e se sentou. Então, era este o lugar onde os homens ficavam. Ela se perguntou aonde os habitantes da casa haviam ido. Certamente nenhuma mulher ou criados tinham estado aqui recentemente, a julgar pelo acúmulo de garrafas e pratos sujos sobre o aparador da lareira e mesas de carteado embutidas sob as janelas. Um revólver desmontado repousava ao lado de um trapo gorduroso na mesa móvel, ao lado do sofá. A superfície da mesa tinha arranhões amarelos recentes. Olhando em torno da sala, ela viu que os homens tinham tido livre uso da casa por algum

A MULHER DO RIO

tempo. As cortinas pesadas de veludo tostado haviam sido puxadas sobre as janelas com mãos sujas, e dois retratos de um homem e uma mulher pendurados nos trilhos de quadros, ao longo do alto da parede, dos dois lados da lareira, estavam inclinados, o homem portando um buraco de bala no meio da testa. O pó era tão espesso que pendia na luz sobre as lanternas de querosene com mangas enegrecidas.

— Ali. — O Major Stark deu um passo para trás, esfregando a frente e as mangas de sua camisa, enquanto se virava para onde Omah se sentara. O cabelo cortado foi deixado em meia-lua no carpete rosa imundo, atrás da cadeira de Pate. A mãe dela a teria feito limpar cada fio de cabelo e queimá-los, para mantê-los fora das mãos de outras pessoas, bruxas, que poderiam ganhar seu poder e segredos com um item tão pessoal. Novamente, desejava ter dado mais atenção a sua mãe antes que ela morresse.

— Fale-me do seu patrão. — Ele esfregou suas mãos nas laterais de sua calça cinza, que tinham listras gordurosas de limpadas de mão prévias. Jones, sentado na outra ponta do sofá, lançava-lhe um olhar duro. Ele era como uma cobra, apenas obviamente mau, obstinadamente mau. Não sairia do seu caminho, e podia vir atrás de você do jeito que uma cobra grande viria, aproximando-se silenciosamente através do pântano, em uma tarde quente, quando a diversão tivesse ficado fraca.

— Sou uma mulher livre — disse ela, mantendo a voz firme, sem olhá-lo nos olhos. O material da calça na altura dos joelhos estava ficando ralo, e um fio havia se partido onde o tecido estava começando a puir. Ele tinha tirado seu colarinho e punhos, e havia um aro sujo ao redor pescoço de sua camisa.

Ele riu, inesperadamente, e de novo esfregou as mãos nas laterais da calça. O rosto dele estava começando a encher-se e ganhar cor, dos dias no sol com Laura. Havia cortado o cabelo e agora usava um bigode, mas não as costeletas cerradas ou barbas que os homens estavam adotando. Seu nariz de falcão parecia menos predatório agora que suas bochechas tinham se enchido, mas seus olhos azuis-acinzentados eram da intensidade de metal aquecido. O bigode cerrado atenuava o queixo e a boca dura que sorria para ela.

— Que assim seja, pelo menos por enquanto. Fale-me sobre o marido de Dona Ducharme, esse velho chamado Jacques.

A voz dele era cuidadosa, educada e macia como doce de manteiga comprado em loja, do modo de certos homens do Sul, mas escondia um desdém e uma indiferença que ela temia mais que homens como Jones. Stark era mais como cobra cabeça-de-cobre, bonito e tão fascinado consigo mesmo, que não podia ser perturbado a menos que você pisasse nele por acaso, então ele racharia e enfiaria as presas em você sem aviso, agarrando-se para ter certeza de que esvaziara todo seu veneno, antes que fosse embora, para admirar-se novamente.

Ele pegou um cachimbo com uma haste longa e curvada, e tabaco, enchendo o pequeno bojo e acendendo-o antes que falasse novamente.

— Ele é rico, claro.

— Eu sei disso. — Soprou um anel de fumaça e o olhou flutuar no ar cheio de pós, antes que partisse. Sua expressão era vazia de qualquer coisa, além da boa vontade e confusão, enquanto esperava.

Então ele acenou com a cabeça para o homem na outra ponta do sofá, que levantou o rifle e o apertou contra o lado do rosto dela, forte o suficiente para cortar o lado de dentro de sua bochecha contra seus dentes.

— Diga-me. — Ele soprou dois anéis, com satisfação. — Diga-me, ele ama a esposa? Ele é muito mais velho, não é?

A MULHER DO RIO

O cano da arma se esfregou em seu rosto. Ela o agarrou e o virou para longe, mas Jones a trouxe para cima novamente, desta vez pressionando-o dolorosamente para dentro do lado de seu seio.

— Jones é conhecido por atirar em mulheres. — Os olhos dançando, Stark sorriu para Jones. — Um mau hábito, mas nós suportamos.

Atrás dela, o outro homem riu.

— Eu posso descobrir sozinho, mas vai demorar. E tempo é uma das duas coisas que me faltam no momento, então, por favor... — acenou o cachimbo para ela, o sorriso em seus lábios não mais combinando com a expressão morta em seus olhos acinzentados.

Ela olhou para as botas dele, a superfície empoeirada manchada com gordura da última refeição. Jacques saberia como lidar com esses homens.

— Senhor Jones. — O major pigarreou e levantou seu cachimbo.

— Espere — disse ela. — Ele é velho. Velho, velho, velho. Senta naquela cadeira, na varanda, o dia todo. Bêbado. Só esperando morrer. Mas logo ele vai, mas logo eu posso ir. — A voz dela tomou um tom rancoroso, de um escravo de casa.

O Major Stark concordou com um gesto de cabeça, os olhos cheios de aprovação à nova submissão dela, e fez um gesto para que Jones removesse o rifle do peito dela.

— E o dinheiro?

Ela deu a sacudida de ombros elaborada dos negros libertos que não queriam saber de problemas com o homem branco.

— Eu nem sei onde ele o guarda. Ele tem, mas eu nunca vi onde ele guarda. Ouro, joia, coisas assim. — Ela se preocupava em estar exagerando no dialeto, o que os homens perceberiam, mas os olhos deles estavam brilhando muito à menção do tesouro que, tinham certeza, logo possuiriam. A saleta estava silenciosa, exceto pela vela gotejando na prateleira sobre a lareira, que assobiava e tragava. Lá fora uma coruja piou nos arbustos ao lado do portão, e o corpo de Jones retesou-se. Stark continuou a olhar para ela, agora com um leve franzir de testa, como se detectasse uma mentira.

No canto de fora do seu olho, ela observava Jones exultando sobre o assunto do dinheiro, para ter medo do som da coruja.

— Ele tem alguém guardando o dinheiro? Você sabe, homens que mantêm um... olho sobre as coisas? — o capitão apontou o cachimbo para ela, que se retraiu.

Quando tivesse chance, ela iria fatiar aquela coisa maldita e fazê-lo comer.

Outro dar de ombros elaborado e sacudir de cabeça dela, os olhos voltados para o chão, como se realmente estivesse com medo.

— Não, senhor, ele só tem o homem que empregou e dois velhos negros de casa. O homem que empregou cuida da fazenda e ele não vem nunca pra casa. O casal de negros da casa é mais velho que a enchente, tão avariado que eles mal podem andar pra cima e pra baixo das escadas. — Ela levantou o rosto e olhou para o major, que acenava a cabeça com aprovação, o sorriso fixo da cobra apenas um pouco antes de ela picar você. — E a Dona Maddie Shut, que toma conta daquele bebê. Quase esqueci deles.

— Bebê? Que be... Não me diga que aquele velho subiu nela e... aquele bebê é da senhora Ducharme? — o major deu um pulo e começou a andar de lá para cá, enquanto os outros dois homens olhavam para o chão, os ombros sacudindo com o riso contido.

Mais uma sacudida de ombros.

— Com certeza é da dona Laura, mas eu não posso dizer com certeza quem é o pai. O velho ou...

A MULHER DO RIO

— Certo, não importa. — A mão do major cortou o ar, impaciente. Então ele parou ao lado da lareira e a encarou, o músculo de seu maxilar entortado.

— É melhor você estar dizendo a verdade, garota. Se eu descobrir que você está mentindo, darei você para o Chappell aqui, e ele não se incomoda com mulheres ou negros.

Ela estremeceu e curvou a cabeça.

— Eu tô dizendo a verdade. Pergunte pra qualquer um se o velho não senta e bebe o dia inteiro enquanto o resto de nós trabalha feito mula arrendada. Todo mundo naquele lugar sabe sobre aquele ouro.

— Então por que alguém não o rouba? — Jones perguntou, empurrando o cano do rifle no lado do pescoço dela.

Ela tentou parecer apavorada e sacudiu a cabeça.

— Ele é amaldiçoado. Todo mundo sabe que é amaldiçoado pela mão da mulher morta dele e ninguém vai subir lá contra um fantasma. Inda mais um velho fantasma do pântano, como aquela mulher. O velho Jacques podia deixar aquele ouro e tesouro ficar bem à vista e nem uma alma iria tocar nele. — Ela levantou o queixo. — Nem eu.

O rosto do major iluminou-se.

— Se eu a deixar ir, você não diria uma palavra a Dona Ducharme, não é?

— Não senhor, meus lábios estão lacrados. — ela pressionou o pulso contra a boca, tentando parecer apavorada.

Ele acenou seu cachimbo para ela, e ela pulou fora do sofá.

— Deixe-a ir — disse o Major Stark, enquanto Jones começou a levantar.

Ela mandou a mensagem por telégrafo, então pensou melhor e também mandou-a com um homem do hotel, a cavalo. A mensagem dizia: "O navio vem vindo, abra caminho".

Ela assinou St. Clair. Quando chegou de volta ao quarto do hotel, já passava da meia-noite, mas Laura ainda estava fora. Começou a arrumar as malas. Laura poderia ficar se escolhesse assim, mas Omah era requisitada.

19

Deitada em sua cama, na casa de Jacques, novamente Omah se lembrou, apesar da dor da longa cavalgada da vinda de Hot Springs. Ela havia sonhado com St. Clair, a semana que passaram sozinhos na cabana, nas colinas Ozark, cobertas de árvores, logo ao sul de Ressurrection, onde o povo dele estava.

Tinha sido no fim do outono, quando haviam partido, e ela se lembrava dos bosques cerrados fazendo barulho com a chuva que pingava vagarosamente através das árvores desnudas. A cabana era pequena e escura, cheirava a bolor e cinza quando chegaram, e precisaram colocar para fora uma família de ratos que havia feito seu lar em um colchão de casca, antes de estender seus cobertores. Haviam rido e, rapidamente, descarregado comida para uma semana, pois pretendiam passar todo o tempo na cama. Um tipo de lua de mel, depois que tinham feito votos particulares um ao outro. Haviam acordado, na primeira manhã, com uma batida no lado da cabana, e St. Clair tinha pulado para fora da cama, nu, agarrando sua grande pistola! Ela estava nos seus calcanhares, segurando sua faca. Quando ele abriu a porta, com um tranco, um grande pica-pau de topete olhou para ele e continuou pela parede, para dentro do telhado de telhas de cedro, bicando enquanto subia.

— Devemos atirar nele ou apenas cortar sua cabeça fora e assá-lo? — St. Clair falou, lentamente. Beijaram-se lá, na

JONIS AGEE

manhã cinza e úmida, as folhas de sumagre brilhantes, como sangue a seus pés.

— Espere aqui, querida. — Ele virou a esquina da casa para aliviar-se e ela foi em outra direção, onde encontrou a borda estacada do jardim da cozinha, a cerca de madeira caída, as faixas de trapos tão rotas que se partiram em pedaços entre seus dedos. Debaixo do nevoeiro, ela espiou uma cor laranja sombria no complicado trançado de vinhas e ervas daninhas. Caminhou cuidadosamente e se ajoelhou, colocando as vinhas de lado para mostrar a forma redonda. Uma abóbora do tamanho da cabeça de uma criança. Picou as hastes secas que a prendiam ao solo e a levantou.

St. Clair estava em pé, ao lado da porta, o dedo em seus lábios, apontando. A apenas alguns metros, no chão, sob o nevoeiro, estava um grande peru macho mostrando-se completamente para algumas galinhas, que se moviam vagarosamente para longe, as cabeças abaixadas, murmurando, enquanto procuravam comida entre as folhas caídas.

St. Clair levantou a pistola e apertou o gatilho. O macho pulou, em um súbito inflar de penas, então caiu. Estava sem a cabeça. As fêmeas desapareceram como fumaça.

— Bom tiro — disse Omah.

Inspirado pela ideia de nada mais que porco e canjica por uma semana, ele riu.

— Nós o limparemos e vamos assá-lo junto com aquela abóbora.

Depois que ele pendurou o pássaro para escorrer o sangue, eles subiram de volta à cama; ela não ousou dizer-lhe que não sabia cozinhar.

Estavam tremendo com o úmido nevoeiro da manhã, que fazia redemoinho ao longo do chão e drapejava-se sobre as árvores, como seda. Ele pôs os pés frios nas pernas dela, e ela

A MULHER DO RIO

tentou empurrá-lo para longe, rindo, mas ele a segurou e tocou com seus dedos gelados os mamilos dela. Era o primeiro homem da sua vida, e estava ensinando-lhe todas as formas de agradar-se. Ela correu as unhas pelo seu peito macio, circundando a cicatriz curva de facada sob o mamilo dele, e deixou sua mão ser levada para baixo, para onde ele esperava por ela. Ele também estava ensinando-a a lhe dar prazer.

Dormiram feito mortos até à tarde, exaustos pelas horas que ficaram fazendo amor. Então se levantaram, depenaram e limparam o peru, e o espetaram sobre o fogo. Como era óbvio que ela não tinha ideia de como preparar a abóbora, ele riu e a prendeu entre os carvões para assar. O resto do dia foi preenchido com vinho e odor de carne assando. Em um momento, no meio da noite, desmoronaram na cama, cheios e felizes, cansados demais para fazer mais amor.

Então, um bater contra a parede da cabana acordou-a, e ela ficou aterrorizada como uma criança.

— É um gamo — St. Clair disse — esfregando os chifres pela parede, deixando seu odor. Ele quer que saibamos que este é o território dele. Direi a ele que já tenho uma mulher.

Puxou-a para si, mas ela não podia ver nada e isso era pouco confortável. Estava tão escuro, a lua coberta atrás de uma espessa camada de nuvens, as árvores fazendo o escuro mais denso. O fogo na lareira tinha morrido, deixando apenas uma pequena brasa vermelha na cinza. Ela sentiu como se pudesse colocar sua mão através do ar líquido como tinta e puxar a luz através do buraco.

— Será que morrer é assim? — ela sussurrou. — Você fica tentando enxergar e não pode, são apenas os sons, e isso é a próxima coisa que você perde, depois perde o sabor, o cheiro, e, então, você está... — Algo subiu pela garganta dela, puxando

JONIS AGEE

seu peito apertado atrás dele, como se fosse ser virada pelo avesso quando se lançou para fora dela.

St. Clair sacudiu-a e puxou-a contra ele, forte, mas aquilo só a apavorou mais.

— Não — ela disse, e enrolou os braços em torno de si, tremendo, a respiração em arfadas, como se não pudesse parar. Ele saiu da cama e apalpou até encontrar uma vela e acendê-la. O súbito esparramar da luz amarela, emoldurando a sala, fez o rosto dele cheio de cavidades escuras, os olhos pequenos e brilhantes, como os de um animal no mato. Quando ele abriu a boca, as palavras saíram devagar e cheias de ecos, que ela não podia entender.

— O quê? O que você disse? — ela pulou para fora da cama e estendeu a mão na direção dele, mas a vela caiu e as chamas rugiram, e ele estava em pé, em um túnel ardente, dizendo algo, o oco da sua boca movendo-se, mas ela não podia entender as palavras através do barulho e da luz, e não podia colocar seu braço no fogo e puxá-lo para fora.

Quando ela acordou, seu peito doía, ofegando com lágrimas, e sua garganta estava ferida, mas o rosto estava seco. Era como a dor trabalhava, abaixo da pele do sono dele.

Que horas eram? O sol estava alto o bastante, ela podia dizer que era o fim da manhã, o ar espesso com o perfume de lilases. Era um inebriante odor, que amortecia uma pessoa a pensar sobre o que era bom.

— Un *bateau* — ela podia ouvir Jacques conversando com os homens. Sempre havia homens que poderiam fazer o que ele mandava. O velho conhecido pelos modos misteriosos de encontrar dinheiro. E os homens, como St. Clair, eram os mais "bocas fechadas" e duros no condado. Leland Jones, um dos membros da velha equipe do rio, tinha ido para o sul,

A MULHER DO RIO

para Nova Orleans, Jacques lhe disse quando chegaram, na noite passada. Vivendo como um rei, com tudo o que eles tinham pego dos barcos do rio, e depois dos yankees. Mas Orin Knight ainda estava por lá. Ele tinha comprado terra com seu ouro, e possuía toda a terra da inclinação sul de Oxbow até a estrada para St. Louis. Estava plantando algodão e tinha vinte homens trabalhando para ele.

— Você pode contar com ele? — ela tinha perguntado, enquanto bebericavam brandy e comiam frango frito frio, na mesa da cozinha, bem depois de Laura ter ido para a cama, exausta, quando chegaram, à meia-noite.

— Ele fará. — A perspectiva da batalha que se aproximava fazia brilhar os olhos marrom-desbotados de Jacques, e sua mão estava firme quando despejou mais brandy, sem derrubar uma gota na velha mesa de cipreste, que tomava bons um metro e oitenta no meio da cozinha. — Quantos o Major Stark trará?

— Os dois que estão sempre com ele. Talvez alguns outros que estava recrutando, que querem ganhar de volta o que perderam na guerra.

Sentado no fim da mesa, de frente para a porta, com ela no seu cotovelo, Jacques assistia enquanto ela desfiava a carne para fora do osso da coxa e chupava a gordura de seus dedos. O fogo na lareira lampejava em seus olhos, acendendo-os, dando ao seu rosto de linhas duras a pátina de uma máscara de bronze. Ele pegou o copo de brandy, descuidadamente, empurrando o braço dela, e bebeu, depois o bateu na mesa, como se tivesse tomado uma decisão.

— Esse major — ele começou —, minha esposa achou-o... agradável?

Ela concordou, com um aceno de cabeça. Nunca tinham mentido um para o outro, e nunca lhe ocorrera que ele pudesse se sentir ferido, mas ele olhou como se tivesse sido atingido no rosto. Seu longo maxilar perdeu a rigidez, as cavidades cheias de linhas de suas bochechas caíram e a boca afrouxou. Embora seus olhos tenham se enchido, ele franziu a testa e tamborilou os dedos na espessa mesa de cipreste.

— Vamos estacá-la como um porco e esperar por ele — Jacques disse, e chutou o fogo, mandando faíscas pulando para cima e através da lareira, onde se queimaram, deixando pontos pretos no granito.

Ele se virou de repente, e caminhou rapidamente de volta para a mesa.

— Aqui. — Estendeu a ela um colar de diamantes, com pedras graduadas, levando a uma pedra grande, no meio, que brilhava tão claro e amarelo como uma gota de luz do sol. — Pegue-o — ele encorajou.

— Isso era para ela, não era? — Ela dedilhou as pedras amarelas, frias como gelo ao toque. Ela queria o colar, era lindo, talvez a mais bonita peça de joia que já tinha visto, mas ela entendia o custo também.

— Se você não pegá-lo, vou jogá-lo no rio.

Ela colocou os diamantes e sentou com ele no silêncio, esperando.

Quando Omah desceu a escada após seu sono tardio, Maria estava na cozinha guardando a comida do almoço, e Maddie Shut estava na mesa da cozinha embalando levemente o bebê em seus braços. Laura não estava em nenhum lugar à vista.

Omah saudou as mulheres e sorriu para o bebê antes de correr para fora. Encontrou Jacques com Orin Knight olhando dois trabalhadores descarregando fardos de algodão, colocando-os ao longo do lado da casa e nos fundos. Tinham deixado um vão largo para a entrada do pequeno cemitério da família.

A MULHER DO RIO

Knight simplesmente acenou com a cabeça para ela. Nos anos no rio, nunca tinham trocado mais que uma palavra. Ele era silencioso e eficiente, e ela não estava interessada nele. Era pequeno e compacto, com cabelo fino, quase branco amarelado, que ele usava comprido e repartido ao meio, embora havia muitos anos isso tivesse deixado de ser o estilo. Com seu rosto penetrante sob a esparsa barba branca amarelada e bigode, ele parecia uma raposa usando um disfarce, e estava faltando parte do seu nariz estreito, cortado fora em uma briga, uma noite ruim da qual ninguém jamais falou novamente. O resultado da desfiguração era que, quando ele fazia qualquer esforço, sua respiração vinha em um alto assobio. Todavia, ela nunca sentiu pena dele. Ainda estava vivo.

Os dois homens olharam em volta para o rio além da casa e dos campos, e cemitério atrás de uma grade de ferro lavrado. Atrás deles estava a longa ala da edícula de solteiro onde Jacques uma vez manteve as mulheres que vendeu — uma prática que finalmente lhe custou o braço esquerdo — e onde ela acreditava os saques estavam seguramente guardados. Ele nunca ia desistir daquilo. Nem mesmo por Laura e sua filha. Ela não conhecia muito bem seu marido, se imaginasse que ele iria desistir.

— E Dona Maddie? — Omah olhou para a casa. Maddie a deixava nervosa, sabia coisas, assistia a tudo muito cuidadosamente. Todo mundo dizia que era uma bruxa de Ozark, podia colocar um feitiço, mas até agora tinha apenas sido a ama do bebê.

Jacques deu de ombros.

— Mande-as embora. — Ele rastreou a estrada e o rio além, novamente. — Quando ela voltar da cidade.

Omah sabia o que isso significava — Laura tinha ido imediatamente para Jacques'Landing para fazer compras, incapaz

JONIS AGEE

de ficar quieta mesmo por algumas horas. Ele queria esperar para mandar o bebê embora, então ela podia dizer adeus, como qualquer boa mãe faria.

Ele não entendia quão pouco Laura sentia sobre a criança e que Keaton podia muito bem ter sido a única prole dela. Ela nunca tinha nem mesmo mencionado o bebê o tempo que estiveram em Hot Spring, e não tinha ido vê-lo quando chegaram, na noite passada.

Uma carruagem encostou do lado de fora, e Omah assistiu a Laura desmontar e começar a encher os braços com pacotes no assento ao lado dela. Quando saiu para ajudar, Laura sussurrou:

— Adivinhe? Ele vem vindo. Mal posso esperar para ver o rosto de Jacques quando...

O cabelo dela estava desalinhado sob o chapéu verde que combinava com o vestido verde que ela usava hoje, e o sol tinha trazido sardas sobre seu nariz e bochechas. Ela passou pó sobre elas assim que se olhou no espelho. Mas havia algo mais em seu rosto, alguma exultação secreta.

Omah olhou cuidadosamente no rosto da outra mulher.

— O que você fez?

Laura corou e endureceu os olhos.

— Nada! Só quero... Oh, não se importe! — Ela tentou sustentar o olhar de Omah, mas olhava adiante da casa. — Aquela bruxa ainda está lá dentro com o bebê?

— *Seu* bebê.

Laura acenou seus dedos como se espantando uma mosca e fez um barulho em sua garganta.

— Aquele velho bode me enganou. O bebê está... — Laura agarrou o último pacote do assento da frente. — Já desisti de uma vida para ter Keaton. Não vou fazer isso novamente. — Escalou os degraus da varanda e virou-se. — Nem por ninguém. — Alcançou

A MULHER DO RIO

a maçaneta da porta, equilibrando os pacotes desajeitadamente em seus braços, mas dando um jeito de empurrá-la aberta.

— Tenha cuidado — Omah disse, mas Laura não podia mais escutar.

Um bando de corvos batendo asas ruidosamente pousou no telhado da casa e nos carvalhos atrás dela, berrando com altos ganidos. "As pessoas que não escutam se tornam corvos", a mãe dela tinha dito quando ela era criança. "Eles passam suas vidas tentando dizer coisas às pessoas, mas nunca podem ser entendidos. Você parte a língua de um corvo e ele consegue falar como um humano." Omah olhou para cima, para os corpos negros oleosos no topo do telhado, perguntando-se se poderiam ver o que ela não podia — talvez os invasores na estrada descendo sobre eles em questão de horas, ou os homens armados do velho Jacques se escondendo no celeiro, ao longo das margens do rio e na edícula de solteiro. Onde ela estaria essa noite? No rio ou repousando à espera com Jacques? E quanto a Laura? Permitiria que o romântico major matasse seu marido?

O corvo maior caminhou para a beirada do telhado, cabeça inclinada, bico aberto quando deu três latidos agudos, então os repetiu, o corpo saltando com esforço. O sol pulverizou-se em volta da cabeça preta brilhante como se estivesse usando uma coroa.

Quando Dona Maddie saiu com o bebê, Omah rapidamente as colocou na carruagem de Laura, empurrando uma Maria chorosa ao lado delas no último momento.

— Espere. — Ela cutucou a parte de trás do seu pescoço, onde o fecho do colar tinha estado beliscando, pois não tinha conseguido abri-lo quando foi dormir, nas primeiras horas da manhã. Dessa vez o fecho se abriu facilmente e os diamantes frios deslizaram entre os seios dela como um réptil até que ela os puxou para fora do vestido.

JONIS AGEE

— No caso de algo acontecer... — ela estendeu o colar para Dona Maddie, cujas sobrancelhas se levantaram à vista das pedras amarelas, tão parecidas com o anel que Laura alegava ter perdido. Então ela concordou com a cabeça e o enfiou no bolso do seu vestido.

— Vá, vá agora! — Omah disse, e bateu na anca do cavalo, colocando-o em um trote rápido. Por alguma razão ela sentiu seus olhos se encherem de lágrimas enquanto a corajosa velha e sua neta desaparecerem estrada abaixo. Deveria ter dito a ela para sair da estrada principal o mais rápido possível, mas ela talvez soubesse disso. Dona Maddie tinha sobrevivido à guerra e à ocupação yankee; ela provavelmente sabia táticas tanto quanto Jacques.

Quando Jacques caminhou para fora das sombras, ela notou um arranhão vermelho brilhante em seu rosto e a lama até seus cotovelos. Ele pôs a mão na parte de trás do pescoço dela, da maneira que ele costumava fazer logo antes de começarem um ataque. Os olhos dele tinham um brilho louco que portavam nas noites de ataques, e, quando ele levantou seus cotovelos e endireitou as costas, ele parecia um homem jovem novamente.

Ele concordou com a cabeça e levantou os olhos para a casa.

— Ela está lá em cima?

Foi logo depois de escurecer que escutaram o barulho de cavalos na estrada de pedras do rio em direção à casa. Jacques deixou o fogo apagar e a noite fria encheu o cômodo com a umidade, e o doce aroma de matagal e grama fresca.

Os anuros começaram a guinchar nas árvores, e um barco movido a pás apitou no rio. Então o rítmico barulho de cascos nas pedras.

Jacques e Omah deram uma rápida olhada um para o outro e levantaram. Ele aumentou a chama da lamparina, espalhando luz amarela como um xale por sobre o assoalho.

A MULHER DO RIO

— Deixe-os entrar — Jacques disse.

Omah sacudiu a cabeça.

— Tudo ficará bem. Deixe-os entrar.

— Todos eles? — Ela tocou a faca escondida na cintura.

— Apenas abra a porta. — Ele deu tapinhas reconfortantes no ombro dela.

— Seu patrão está em casa? — Ele tinha a mesma intensidade sombria que ela tinha visto na diligência, quando se encontraram pela primeira vez, os olhos incandescentes de um verdadeiro crente, a exaustão de um homem lutando uma guerra que nunca acabaria. Atrás dele, Chappell Jones olhou para ela, o rifle no peito, para o caso de ele ter de abrir caminho lutando, e Forrest Pate forçou um riso e inclinou sua cabeça enquanto mantinha a mão na pistola enfiada em seu cinto.

— Deixe-os entrar, *ma chèrie* — Jacques intimou da sala, em uma voz trêmula de homem velho. Major Stark olhou para seus homens, um fraco sorriso em seus lábios.

Ela deu um passo para o lado sem uma palavra, olhando rapidamente o suporte de amarrar cavalos onde quatro outros homens esperavam em seu cavalos veteranos, lutadores endurecidos, ela podia dizer com base em suas roupas rasgadas e olhares indiferentes.

O sol poente queimou os rostos deles com uma cor laranja avermelhada, e os cavalos jogaram as cabeças e puxaram em direção do cano de chuva na quina da casa.

— Podem dar água pros cavalos ao lado do celeiro — ela disse em um discurso lento, como um bom servo negro.

— Eles bem que precisam — eles murmuraram e se viraram em direção ao celeiro.

O pôr do sol desmoronou, e um azul enegrecido encheu o céu, afogando as cores que sobravam. Da sala ela podia ouvir a educação forçada nas vozes dos homens.

JONIS AGEE

— Uma verdadeira bagunça para cada um — Chappell Jones estava dizendo. — Não quero mais lidar com política, esse lado e aquele lado. Estou indo embora. Tentar minha vida no Oeste.

— Maldição — Forrest Pate disse. — Achei que você estivesse decidido a voltar para o Leste. Você é um total e completo filho da puta.

O Major Stark olhava Jacques com seus imperturbáveis olhos acinzentados.

Na varanda, Omah espantou-se quando um agitar de asas passou pela varanda, morcegos saindo para a caçada noturna. Ela nunca tinha sido capaz de descobrir onde dormiam. Sua mãe tinha prometido mostrar a ela um dia, mas tinha morrido antes que tantas promessas se cumprissem. Omah se perguntava se veria sua mãe essa noite. Jacques estava confiante no seu plano, mas ele sempre podia dar errado.

— Omah. — Duas figuras escuras deslizaram por cima da grade do lado oposto da varanda.

Ela deu uma olhada para os homens dando água a seus cavalos no celeiro, e casualmente passeou pela varanda, passando as janelas abertas da sala onde os homens se sentavam desconfortavelmente na beirada do sofá.

— Quantos? — Orin Knight sussurrou. Ela deu uma olhada para o homem atrás dele antes de responder. Ele parecia familiar, mas ela não conseguia se lembrar de onde o conhecia.

— Três lá dentro, quatro com os cavalos. Deve ter mais na estrada, mas eu vejo sete até agora para os nossos quatro.

Orin ficou muito quieto, erguendo a cabeça como se ouvisse um chacoalhar de freio ou espora, um movimento de cascos, um rangido de selas ou corpos.

— Deveríamos ter colocado alguém lá fora.

A MULHER DO RIO

— Descuidado — o outro homem disse, e avançou lentamente mais para perto, então ela pôde ver seu corpo magro e o rosto de maxilar quadrado com uma boca larga e fina e ossos do rosto altos.

Os olhos dele estavam quase escondidos embaixo de pálpebras pesadas.

— Esse é Frank Boudreau, você se lembra? — Orin Knight disse.

— Eu poderia deslizar e verificar a estrada.

— Não, Jacques quer você na casa para o caso de a mulher dele...

— Esses homens são perigosos — Omah disse. — Vocês estão prontos?

Knight fez que sim com a cabeça.

— E se ela ficar no caminho?

— Eu sei — ela disse, vendo as sobrancelhas de Boudreau levantarem como se a reavaliasse.

— Fique acordada — ele sussurrou antes de deslizar por baixo da grade, seguindo Knight, e desapareceram na escuridão apagando a última luz do céu.

Ela ficou ali um momento, porque achou que tinha sentido o cheio familiar de pera. Não podia ser, mas lá estava novamente.

— St. Clair? — ela sussurrou na escuridão. — Por que a sua pele cheira a peras maduras? — ela havia perguntado durante aqueles dias na cabana. Ele sorrira e colocara a mão sobre o rosto dela, agarrando o topo de sua cabeça levemente com os dedos como se pudesse esmagá-la se ele quisesse, e ela tinha sentido o cheiro de fumaça e sexo suado dos corpos deles, e abaixo o de polpa de peras maduras demais.

— St. Clair — ela sussurrou novamente, e olhou para cima, para as estrelas que piscavam como pedaços de gelo fatiado, parando para dar a ele tempo de aparecer.

— Omah? — Laura chamou mansamente da varanda acima.

Ela tinha visto os dois homens? Omah correu levemente através da varanda e para baixo dos degraus para que pudesse ser vista.

— O quê?

— Eu devo usar o vestido verde com babados que usei esta tarde? — Laura debruçou-se sobre a grade usando apenas corpete e ceroulas, seus peitos cheios quase escapando.

Omah queria dizer a ela que não faria qualquer diferença. Todos eles logo estariam mortos.

— O verde está bom.

— Você pode subir e me ajudar? — Laura perguntou, em um tom suplicante que era particularmente irritante.

— Estou indo — Omah suspirou. Entrando na casa, ela ouviu Jacques explicando que a família já tivera a refeição da noite, mas "verei se minha garota negra pode arrumar algo para vocês". — Seria mais fácil cuidar deles como Dona Maddie teria feito, mas os homens disseram que não, eles tinham parado para jantar na estrada e estavam apenas procurando um lugar para acampar por aquela noite. Cumprimentar a senhora Ducharme. Omah desejou que ela estivesse lá dentro, assistindo aos dois homens em manobras cuidadosas. Mesmo com as janelas abertas, o calor parecia se derramar sobre a sala do grande fogo que rugia na lareira agora.

— Whisky? — Jacques perguntou, educadamente.

— Só se você beber conosco — Major Stark disse.

Omah foi para cima, encontrando Laura agachada em suas roupas de baixo, tentando ouvir. Ela havia carregado a lamparina de seu quarto e a colocou no chão, então a luz se unia suavemente ao seu corpo.

A MULHER DO RIO

— O que estão dizendo? Como ele está? — A excitação colocava um rubor no rosto dela, fazendo as sardas se destacarem quase como picadas de insetos.

— Estão bebendo whisky, e o major parece cansado. — Laura agarrou o braço dela com as duas mãos, surpreendendo Omah com sua força.

— Ele perguntou por mim? — Havia uma súplica em seus olhos que deram a Omah uma pequena pontada de pesar. Talvez estivesse apaixonada por ele de verdade.

— Vou ajudá-la a se vestir. — Omah tentou passar por ela, mas Laura segurou o braço dela, apertando tão forte que parecia que podia quebrar o osso em dois.

— Diga-me.

— Sim, ele veio cumprimentar a charmosa senhora Ducharme. Agora solte o meu braço. — Ela girou para soltá-lo e empurrou a outra mulher para longe. — Você é casada. — Ela esfregou seu braço.

— Eu sei. — Os olhos de Laura se encheram. — É só que eu... — ela parou, levantou o queixo e endureceu o rosto. — Preciso me vestir. — Pegou a lamparina e se virou em direção ao seu quarto.

Omah não sabia por que, mas ela disse:

— Jacques lhe dará qualquer coisa que você queira, especialmente agora, com o bebê.

Laura esperou até que elas estivessem dentro do quarto, com a porta fechada e a lamparina colocada na penteadeira de mogno entalhada. O quarto estava todo incandescente com a luz da lamparina.

— Então ele deveria me deixar partir, me dar metade da fortuna dele e me deixar partir. — Ela passou batom nos lábios e tocou com a ponta do dedo em um pequeno pote de cerâmica de pó preto que batia de leve ao longo da beirada de seus cílios. A maquiagem parecia restaurar sua confiança.

— Pegue meu vestido, por favor — ela disse tão resolutamente que Omah deu um passo para trás.

Laura beliscou as bochechas, prendeu o cabelo aos cachos amontoados em sua cabeça e levantou o queixo antes de se levantar, os braços suspensos para o vestido.

Assim que ele deslizou e se assentou em seu corpo, Omah começou a atar as costas.

— E a criança? — Assim que ela disse isso, soube a resposta.

— Nós fizemos nossa barganha. Agora há apenas uma emenda ao contrato. — Laura sentou-se e começou a empoar seu rosto até que as sardas gradualmente desaparecessem sob a máscara pálida.

— Você acha que sou desnaturada? Você não tem ideia de quem eu sou. — A mão dela caiu suavemente na mesa, e ela encarou profundamente o espelho. — Às vezes nem eu mesma sei...

Era fascinante ver o rosto bonito se transformar, a expressão alternando entre rudeza e inocência, os olhos azuis cintilando em um minuto, tornando-se cheios de dor no seguinte, como se ela ainda fosse uma garotinha aprisionada dentro de um corpo adulto.

Laura caminhou para o corredor, sua voz cheia de música enquanto chamava o nome do Major Stark.

— Ora, Major Stark, que vergonha fazer uma visita a essa hora tardia!

Omah esperou até que Laura estivesse a meio caminho escada abaixo antes de ir até a varanda do segundo andar e espreitar em direção ao celeiro para ver onde os outros homens estavam. O cheiro de pera — ela espreitou no escuro, podia apenas distinguir os quatro homens desmontados, es-

A MULHER DO RIO

perando com seus cavalos, o pequeno brilho de seus cigarros enquanto fumavam. Bom, eles estavam relaxando. Mas algo parecia errado. Ela olhou para a estrada para o leste e oeste — nada. Por que estava tão preocupada?

O cheiro de peras apodrecendo, pesado e doce, começou a deixá-la enojada. O quarto dançava diante de seus olhos na lamparina queimando como se estivesse em chamas.

O chão tremeu um pouco e os quadros nas paredes balançaram. Ela se sentia como se estivesse no fundo do rio enquanto se dirigiu para o batente da porta e se agarrou à madeira sólida. Ficou ali, forçando-se a não aspirar nada mais do pútrido fedor das peras, a bile do sofrimento sufocando-a.

O chão calou-se sob seus pés, e o medo enfraqueceu, removendo-se. Tudo o que restou foi o sentimento desconfortável de que algo não estava certo. Ela também tinha tido esse sentimento nas poucas vezes que os ataques deles não tinham dado certo, embora ela e Jacques sempre tivessem sobrevivido como se fosse impossível detê-los, ou fossem amaldiçoados pelos assassinatos que haviam cometido. Ela não podia imaginar que força seria necessária para matá-los, ou se a morte seria piedosa.

Ela inspirou profundamente e se forçou a começar a trabalhar. Primeiro devia apagar todas as lamparinas. Quando acabou, ela tateou o caminho até o topo das escadas, seguida pelo doce aroma de peras.

— Fique comigo — ela sussurrou. — Faça minha mão ficar forte e verdadeira. — Ela amarrou a bainha da saia para cima, como se estivesse indo para dentro do rio, tirou a faca de sua cintura e desceu as escadas.

20

— Agora, onde está aquela sua garota negra? — a voz pregui-
çosa e agradável de Forrest Pate enviou tremores ao longo do
braço de Omah.

Ela parou nas escadas, mantendo os pés do lado de fora do
degrau, ao lado do corrimão, onde o piso não rangia. Algo tinha acontecido na sala.

Ela deu uma rápida olhada em direção à porta da frente escancarada, olhando de soslaio, no escuro, então avançou lentamente nos degraus restantes, passou a porta da sala da frente
sem parar para ouvir e, em um movimento fluido, estava do
lado de fora da porta da frente, dentro da varanda. Manteve-se
nas sombras mais escuras, contra a casa, e andou até a janela,
mas não olhou para dentro. Em vez disso, esperou em silêncio
por alguns momentos, certificando-se de que ninguém a tinha
seguido ou ouvido, então voltou ao longo da varanda, passando
a porta da frente e, finalmente, por sobre o gradil, saltou. Na
parte de trás da casa estavam dois homens estranhos, os rifles
prontos, olhando o pátio ao redor. Os fardos de algodão delineando o pátio da frente permaneciam brancos e sólidos, como
porcos. Ela não conseguiria ir através do pequeno cemitério e
das árvores do lado mais distante. Onde estavam os homens que
Jacques tinha contratado — Boudreau e Knight?

Ela arquejava contra o medo crescente em seu peito e precisou lutar para manter-se quieta, enquanto agarrava sua faca.

A MULHER DO RIO

Não tinha sentido medo assim desde aquela primeira noite no rio. De repente, lembrou-se do aspecto do rosto daquele homem morto, inocente como uma criança adormecida. Ela se prostrou, mantendo as costas contra as tábuas da casa, que seguravam o resíduo do calor do dia. As tábuas mornas pareciam longos dedos fortes abraçando seus ombros, dizendo-lhe para levantar-se e mover-se. Ela tinha de se mover. Se esperasse ali, eles a encontrariam. Olhou em direção ao celeiro, esperando ver os homens com os cavalos, mas eles tinham ido embora, desaparecido. Nada parecia estar certo. Tudo estava tão parado agora, nem mesmo uma brisa acalmando as árvores. De que lado ela deveria ir? Algo estava terrivelmente errado — Jacques tinha calculado mal.

Havia, provavelmente, muitos homens, mais do que eles achavam possível, e eles tinham um plano também, uma manobra militar, em vez de desatinos de alguns homens miseráveis em uma barcaça ou barco movido a pás, cheio de pessoas elegantes.

Ela pressionou o corpo mais forte contra a casa, fazendo-se tão pequena quanto possível, e agarrou a faca com tanta força que seus dedos doeram. O cheiro de pera tinha sumido, e apenas o odor de lilases de começo de verão, matagal e grama nova enchia o ar. Então o repentino cheiro de suor afiado, metálico, azedo.

Ela tranquilizou a respiração e ficou com a faca pronta, mas o homem passou a alguns metros dela.

Da casa veio um barulho alto, seguido do som de vidro espatifando-se, e Laura gritando. O rugido do velho Jacques subitamente parou, e Stark praguejava metodicamente, entre pancadas abafadas.

— Eu... não... dou... a mínima... maldito — ele estava batendo ou chutando Jacques.

Ela se retesou, pronta para saltar de volta na varanda e pará-los. Estranhamente, Laura estava silenciosa. Eles a tinham nocauteado ou já a haviam matado: de que lado ela estava?

A porta de tela bateu, e pés pesados bateram na varanda.

— Você, Hazard, encontrou-a?

O homem que tinha acabado de passar disse:

— Ainda não.

— O major diz para queimar este lugar quando tivermos acabado. Se ela não tiver aparecido até lá, você terá que ficar e caçá-la. — Era Pate, novamente.

— Nós a encontraremos — o homem disse.

— Chappell quer um tempo com ela, então a traga inteira. Então você pode tê-la, quando ele tiver acabado.

— O que tiver sobrado dela.

— Nós quase acabamos aqui.

— Ele entregou o ouro, então?

— Encontre aquela garota negra e deixe o major preocupar-se com o ouro.

Ela ouviu as botas de Pate mancando, de volta, sem pressa, agora que tinham o controle da fazenda. Eles facilmente a parariam. Tinha de esperar que Jacques fosse forte o suficiente.

Enquanto o homem chamado Hazard passou novamente, ela segurou a respiração, mas não ousava olhar para cima, por medo que ele sentisse seus olhos. O que era aquilo que a mãe dela tinha dito sobre alcançar o mundo da invisibilidade — um canto para escapar do mundo dos vivos em face de seus inimigos? No começo, quando os escravos chegaram, muitas das pessoas eram capazes de se esconder, mas finalmente o velho poder começou a sucumbir — a mãe dela nunca disse por que — e, no momento em que Omah era velha o suficiente para ser dito, quase nunca funcionou. Mas ela precisava tentar. Murmurou as palavras, uma prece tanto quanto um encantamento, e esperou, mas nada aconteceu. O homem ficou dez metros distante, lentamente, virando em círculo, enquanto procurava qualquer movimento intrigante. Ela estava presa na armadilha. Precisava simplesmente correr o mais rápido que pudesse, e chegar até o rio, onde estaria segura.

Flexionou as panturrilhas, preparando-se para levantar, quando sentiu um toque frio em seu braço. Era uma mulher branca, pequena, quase como uma boneca, vestida no mesmo vestido azul-pálido, como sempre, de cintura alta, no estilo antigo, de cinquenta anos antes. Um xale lavanda, pendurado nos cotovelos, e o rosto era tão pálido quanto uma dama-da-noite, e suave, como se os traços especiais estivessem sendo lustrados para nada. Em uma das mãos, ela carregava uma bengala. A mulher pôs um dedo sobre os lábios, então chamou Omah. Levantando-se vagarosamente, sentiu a frieza do outro corpo estender-se sobre ela, em uma onda que picava seus olhos. Ela piscou, evitando as lágrimas, e sacudiu a cabeça. O homem as tinha visto?

A figura chamou novamente e começou a mancar para longe. Omah olhou rapidamente para Hazard, que estava perscrutando na escuridão, na direção dela, mas, aparentemente ele não via nenhuma mulher, como se as duas fossem invisíveis.

O vestido azul parecia refletir a luz da lua enquanto Omah seguia o seu brilho fantasmagórico em direção ao celeiro. Embora o chão sob seus pés fosse macio, a figura seguia andando com dificuldade. Quando alcançaram o celeiro, a mulher deslizou para a escuridão, sem hesitar, mas, quando Omah entrou, ela tinha desaparecido. Um fantasma. Omah rapidamente fechou os olhos e disse uma oração defensiva. Não importa o que sua mãe tenha dito sobre ser maculado por espíritos dos mortos, aquele a tinha ajudado. Abriu os olhos e olhou em volta.

Ela tinha passado metade da sua vida brincando neste celeiro, e, embora houvesse apenas uma turva neblina de luz da lua, através das janelas empoeiradas, para diminuir o escuro, ela se movia facilmente ao longo das cocheiras, até que achou a porta para o cômodo da alimentação, com o piso falso, onde costumavam esconder homens e saques, se fossem perseguidos. Levantando para o lado vários sacos de juta de milho, de vinte e dois quilos, ela descansou a faca e esfregou o pó, até que sentiu a pequena peça de madeira que abriria a porta do alçapão. Seus dedos apenas a tinham tocado quando a mão apertou sua boca.

Tentou agarrar a faca, mas o homem sussurrou:

— Não. Sou eu, Frank Boudreau... — e soltou sua boca.

— Meu Deus — ela sussurrou, reconhecendo a voz dele, e caiu para a frente, os dedos encontrando o metal frio da lâmina. — Quantos estão lá?

— Só os sete que vimos no começo. Knight nos traiu. Não tivemos a mínima chance.

— Temos de trabalhar juntos — Omah disse. Ela sabia o que fazer. Jacques tinha ensinado como alguns poderiam confundir e vencer. Talvez o Major Stark estivesse confiante demais agora. Ele tinha mandado muitos dos seus homens embora. Parecia que tinham caído para cinco. Ela precisava salvar Jacques e o dinheiro deles.

Decidiria sobre Laura quando chegasse a hora.

O algodão queimou quando Omah e Frank puseram enxofre nele, então produziu uma fumaça branca, que se levantou em espessas colunas, achatou e espalhou-se em uma neblina sufocante pelo cemitério, pátio e estrada. Atrás da fumaça, Omah teve de arrastar e bater em cinco vacas leiteiras com um cabo de ancinho para comprimi-las para dentro do pátio da frente, cheio de fumaça. Confusas entre o cheiro pesado de fumaça e os assobios da mulher, elas berravam e se chocavam umas com as outras, criando a distração que Jacques tinha pedido. Assim que a brisa

A MULHER DO RIO

se deslocou e a fumaça começou a agitar-se em direção a elas, um homem veio rápido do canto da casa, gritou e atirou no gado. A bala atingiu a vaca malhada de vermelho e o borrifo de sangue explodiu pelo rosto e peito de Omah. Enquanto a vaca malhada ia para o chão, as outras tentavam subir em cima do corpo dela, berrando mais alto. Omah, rapidamente, limpou os olhos com a manga do vestido, para clarear o véu vermelho, e bateu nas vacas e conduziu em direção à varanda. O revólver disparou novamente, desta vez acertando a vaca branca e marrom, bem quando ela estava voltando em direção ao celeiro, estourando as costelas, a bala queimando através da carne, acima do braço de Omah. Ela sentiu aquilo como uma injeção quente, enquanto Omah lutava para impedir a vaca de cair contra ela. Dobrando os joelhos, a vaca gemia e, inconscientemente, continuou a lutar para apoiar-se na carne escorregadia e sangrenta abaixo dela. Omah estava apoiada em suas mãos e joelhos, tonta, incerta sobre para que lado ir, estranhamente tonta entre os cascos das outras vacas remexendo o chão, gemendo e empurrando-se contra os dois corpos caídos, tentando subir neles, em pânico.

Se não levantasse, seria esmagada, Omah disse a si, quando um casco resvalou a parte de trás da cabeça dela. De algum modo se levantou e esmurrou as vacas com os punhos, porque os braços dela estavam fracos demais para segurar o cabo do ancinho. Outro rifle atirou, sulcando o ar espesso com balas, atingindo o gado com batidas ensurdecedoras. Omah inclinou o corpo para não ser vista, e subiu com dificuldade, de volta para trás dos fardos ardentes, enquanto as balas voavam em volta dela. No meio do gemer quase humano das vacas, os cavalos começaram a ir para trás e puxar de volta, até que suas rédeas quebraram e eles se dispersaram, assobiando alto pelas narinas vermelho brilhantes, enquanto galopavam pela alameda, em

JONIS AGEE

direção à estrada. A fumaça tinha se tornado tão espessa que Omah mal podia distinguir duas figuras atirando nela. Então, houve um estampido abafado e um homem desapareceu.

— Hazard? — O outro homem esperou, e, como nada aconteceu, ele atirou para dentro da fumaça novamente, mas a bala apenas atingiu um fardo de algodão, fazendo que caísse para trás, deixando um buraco negro momentâneo antes que Omah se arrastasse e o empurrasse de volta, alinhado. Ela nem mesmo sentiu a carne chamuscada em suas mãos. Seus olhos estavam cheios de lágrimas, e sentia seus pulmões como se tivesse engolido rolos de algodão quente. Ela resistiu ao desejo de esfregar os olhos e, pela primeira vez, ficou ciente da dor crescente em seu braço. Quando olhou, sua mão estava coberta com sangue que tinha encharcado sua manga. Então, ouviu outro estampido, e o rifle do segundo homem silenciou.

Através da fumaça, ela mal podia chegar à porta da casa, que se abria, e uma figura apareceu. Assim que ela alcançou a beirada da varanda, as velas e lamparinas da casa apagaram-se.

— Omah — a voz de Laura soava alta e nervosa; ela se virou e disse algo sobre o seu ombro. — Está tudo bem, Omah — a voz dela estava mais confiante agora. — Eles só querem o dinheiro. Eles nos deixarão ir quando o conseguirem. O Major Stark prometeu. — Ela se virou novamente e disse algo para o espaço escuro atrás dela. — Jacques está bem. Estamos todos seguros, Omah. Apenas nos diga onde ele está, onde o ouro está...

Omah tomou fôlego, contou até dez vagarosamente, antes de responder. Só esperava que Frank não tivesse sido atingido.

— Deixe-me ver Jacques! — ela gritou, então escapou para a escuridão à esquerda, assim, eles não poderiam seguir a pista da voz dela.

A MULHER DO RIO

O som de botas na varanda, a porta de tela batendo. A brisa levantava-se novamente, fazendo um redemoinho de fumaça em direção ao cemitério, e ela percebeu, de repente, que estava mais fraca; o fogo estava morrendo no denso interior dos fardos. Ela precisava apressar-se antes que eles percebessem.

— Jacques? — ela chamou.

A porta de tela bateu novamente e dois homens apareceram, um terceiro escorado entre eles, a cabeça dele tombada para a frente.

— Você o matou! — ela gritou.

— Não, não, ele está vivo, eu prometo a você, ele ainda está vivo, veja... — Laura deslizou a mão dentro da frente da blusa dele e a manteve ali. — Eu sinto o coração dele, Omah, ele só não queria escutar, então tiveram de bater nele. Prometeram não machucá-lo de novo se você lhes contar onde está. Omah, por favor, não quero mais ninguém ferido.

Omah sentiu a grama alta perto dela ceder, e Frank estava ao seu lado.

— Peguei Knight escondendo-se no lado mais distante, um minuto atrás. Agora somos três e eles, quatro. — Ele deu uma olhada para o rosto ensanguentado de Omah. — Acertaram você?

Ela levantou o braço levemente, retrocedendo ao aparecimento da dor. Puxou a echarpe azul suja de seu pescoço e a amarrou em volta do braço dela. Então lhe deu um olhar agudo.

— Você vai até o fim?

Como ela fez que sim com a cabeça, ele olhou para a varanda e de volta para ela. O rosto inflexível dele estava sujo com fuligem, que tinha acentuado as rugas ao redor da boca e os olhos escuros brilhantes, dando-lhe a aparência de uma máscara antiga, usada em rituais sagrados, sangren-

JONIS AGEE

tos. Quando ele começou a ir para longe, ela colocou a mão em seu ombro.

— Ele realmente está vivo?

— Precisamos acreditar que sim — ele disse.

Ela inspirou profundamente, ignorando a densidade do algodão queimado em seu peito e garganta.

— Está certo — gritou —, vou mostrar a vocês. Mas deixem Jacques na casa.

Quando Laura deliberou com os homens, Jacques foi arrastado de volta para dentro. Omah podia sentir-se oscilando levemente, enquanto esperava. Ou ela estava tonta ou havia outro terremoto, mas não importava mais.

Eles deixaram Jones para guardar Jacques, enquanto Omah conduzia os outros para baixo, em direção ao celeiro. Sob a luz da lamparina, ela notou o corte na boca de Laura e o inchaço em sua bochecha, mas viu que ela tinha um olhar de determinação, com olhos brilhantes e duros quando olhou para Omah e franziu a testa. Laura estava mancando também, e o vestido verde estava rasgado na cintura. O major Stark deu-lhe o braço na beirada do caminho de pedra, e houve a mais leve hesitação antes de ela enfiar sua mão no gancho e permitir a ele que a conduzisse através da passagem. Omah caminhou entre os dois outros homens, Chappell com o rifle pressionado dolorosamente contra o braço ensanguentado. A dor a mantinha alerta contra as ondas de tontura. Houve um grito abafado de dentro da casa, atrás deles, e ela queria virar-se e olhar, mas não ousou. Pate riu, cacarejando.

— Presumo que o velho tenha acordado — ele disse.

Ela podia apenas esperar que o outro traidor estivesse morto agora, e Boudreau estivesse deslizando através da escuridão em direção ao celeiro. Se não...

A MULHER DO RIO

Estavam a vários metros de distância quando um brilho estranho, azul esbranquiçado, como o vestido da mulher que Omah tinha visto antes, apareceu na janela do sótão. Ela não tinha certeza de que os outros tinham visto até que Pate praguejou sob a respiração e a puxou para uma parada.

— Que diabos... — na direita, Chappell Jones levantou o rifle, apontando-o para o celeiro.

Ela pensou em livrar-se e correr para o matagal, mas isso ainda deixaria Jacques nas mãos deles caso Frank tivesse falhado.

— Há uma mulher lá em cima! — Pate disse. — Você viu aquilo? Uma mulher em um vestido azul, olhando direto para nós!

Chappell pressionou o rifle contra o lado dela.

— Ande.

— Está vendo coisas, Pate? — A voz de Stark era divertida.

Pate sacudiu a cabeça e resmungou, mas segurou a pistola pronta em sua cintura.

— Espero que sua garota negra não vá atrasar-nos mais esta noite, Dona Ducharme — Stark disse.

— Ela não vai — Laura disse em sua voz alta, flertando, o que soou tão falso que Omah queria ensanguentar o outro lado de sua boca.

— Nenhum lugar para correr — Pate disse. — Nada além de um pântano negro e fechado circundando estes campos. É um fato sabido que as garotas negras não sabem nadar. Chappell já provou isso, não é rapaz? Não, melhor desistir e andar na linha, isso é o que eu sempre digo a elas. Normalmente elas também acabam preferindo ter me ouvido.

Omah podia sentir os olhos dele, mas recusou-se a olhá-lo. Os cutucões do revólver contra suas costelas, em todos os passos, estavam deixando-a feroz, e ela tinha de concentrar-se em colocá-los dentro do celeiro, sob o alçapão no assoalho.

— Por favor, por favor, ajude-me — ela rezou para qualquer um que pudesse estar ouvindo. Pelo canto do olho, captou um tremor de movimento, algo andando paralelo a eles, mas o alívio dela foi rapidamente disperso, quando um dos cavalos que tinha escapado mais cedo foi de encontro ao matagal, e desviou para dentro da escura entrada do celeiro.

— Ele deve ter encontrado com o restante dos homens na estrada — Pate comentou. — Eles devem estar aqui em alguns minutos. — Parou e espreitou dentro do celeiro, onde o cavalo sufocado podia ser ouvido soprando na escuridão ao longe.

Omah sentiu um onda de pânico diante da notícia sobre os outros homens, mas lutou contra ela.

— É melhor acabarmos nosso trabalho aqui — Stark disse.

Pate levantou a lanterna e caminhou para dentro.

Omah entrou pela porta. Por um momento, estava livre do revólver e tentada novamente a correr, mas se manteve sob controle. Se Frank tivesse conseguido, eles ainda tinham uma chance.

— St. Clair? Ela tentou comunicar-se com ele, como ele havia tentando comunicar-se com ela, mas o cheiro pesado de algodão queimado era tudo o que podia sentir. Talvez a dama com o vestido azul fosse uma aparição, mas ela tinha ajudado Omah antes.

Assim que os outros estavam dentro do celeiro, Omah olhou em volta, como que tentando lembrar-se de onde os saques estavam escondidos.

— Apresse-se, garota. — Chappell empurrou-a com o rifle tão forte que ela tropeçou para a frente e quase caiu, o que lhe deu a chance de puxar a faca do bolso na sua cintura. Antes de endireitar-se, ela apressadamente olhou para Laura, que tinha deixado o braço do major e agora segurava a pequena pistola, meio escondida nas dobras do vestido. Os olhos furiosos dela

A MULHER DO RIO

tinham visto a faca, e ela deu um quase imperceptível aceno de cabeça. Afinal, não era tão tola.

Omah endireitou-se e, com uma expressão chateada, arrastou os pés de volta para a sala de grãos. Levou alguns minutos para mover os sacos de grão e levantar a porta. Enquanto os outros se concentravam no buraco no chão, exposto pela lanterna, Omah avançou lentamente para a entrada do cômodo.

— Não vejo nada — Pate disse.

— Deixe comigo. — O major deu um passo à frente e espreitou lá embaixo. — Você Chappell, vá lá embaixo e dê uma olhada.

Sem uma palavra, Chappell deixou cair o rifle no buraco e soltou-se atrás dele. Pate estendeu-lhe a lamparina, o que os deixou subitamente no escuro.

Omah abaixou-se e correu para Pate, esfaqueando-o no estômago, enquanto ele se virava. Rasgando com a maior força que podia, empurrou-o de costas para dentro do buraco. Os dedos dele apertaram o gatilho da pistola enquanto caía, mas o tiro se perdeu. O major era uma sombra vagarosa atirando, o que deu tempo a Laura para atirar em suas costas. Ele caiu sobre Pate, que estava sangrando até a morte no fundo do buraco, já fraco demais para sair debaixo dele. Aquilo deixava apenas Chappell, o mais perigoso. Ela já podia ouvi-lo lutando para sair debaixo dos outros. Omah e Laura foram para trás, em direção ao batente da porta, ouvindo os lamentos de morte de Pate, no súbito silêncio.

Então elas ouviram alguém falando.

— O major está tentando convencer Chappell a subir primeiro — Omah sussurrou para Laura. — Tente mirar melhor desta vez.

Laura resmungou algo. Então, de repente, a lanterna veio voando para fora do buraco, espatifando-se no chão e espalhando óleo flamejante, que brilhava tão forte que elas ficaram momentaneamente cegas. Instintivamente, deslizaram de volta pela porta, enquanto os dois homens corriam do buraco, atirando. Laura esvaziou sua pistola, mas apenas conseguiu causar um leve ferimento na perna do major.

— Saia daqui! — o major gritou, e os dois homens saltaram a linha de chamas, irromperam para dentro da área da cocheira onde foram recebidos com balas de dois rifles no sótão. Desta vez Chappell foi atingido no rosto, a bala quebrando os dentes inferiores, estraçalhando o maxilar, e saindo pelo pescoço, mas errando qualquer coisa vital. Ele tossiu sangue e atirou para a faísca que tinha visto acima dele.

Omah e Laura estavam agachadas em uma cocheira, do outro lado do corredor, um passo atrás de onde os dois homens estavam posicionados.

— Quem está lá em cima? — Laura sussurrou, em uma voz tranquila.

— Devem ser Jacques e Frank Boudreau — Omah disse.

Omah pôde ouvir o desapontamento na voz de Laura quando ela disse:

— Jacques? Eu pensei...

— Nada mata Jacques, não até que ele decida deixar que isso aconteça. — Lembrou-se de sua mãe dizendo que Jacques era um dos "velhos", o que quer que isso significasse.

Jacques gritou do sótão:

— Joguem suas armas fora e nós os deixaremos ir, sem ressentimentos.

Um tiro respondeu.

— Você nos espera sair, este celeiro queimará a sua volta — Stark disse, casualmente.

— É verdade — Frank disse.

A MULHER DO RIO

As chamas pareciam estar morrendo no chão sujo; entretanto, o cômodo estava, em sua maioria, cheio de fumaça.

— O ouro está realmente lá embaixo? — Laura perguntou, seu corpo retesando-se, a língua batendo de leve nos lábios inchados. Ela olhou para o sótão, então para a cocheira onde os dois homens estavam escondidos, pronta para matá-los.

Omah pensou por um momento.

— Enfiado no fundo, atrás das tábuas. Elas parecem segurando a parede suja em pé, mas se soltam caso você dê uma boa pancada. — Dinheiro, isso era tudo o que Laura sempre quis, e não ia deixar esses homens tirá-lo dela. O major tinha sido apenas um meio de apressar o processo de consegui-lo.

— Precisamos da sua arma — Omah sussurrou, quando Laura avançou lentamente pela divisão da cocheira. Ela se virou e sorriu para Omah de um jeito conhecedor, confiante, e foi em direção à sala de alimentação.

— Ela está pegando o ouro! — Stark gritou, e saiu atrás dela. Os projéteis pegaram e giraram em volta dele, antes que ele caísse, o que trouxe Chappell rugindo para fora da cocheira, um rifle e uma pistola em cada mão, atirando. Ele foi derrubado em um instante.

— Eles estão acabados? — Frank gritou, do sótão.

Omah andou até os dois homens, cada um com uma faca colocada em seus pescoços.

— Acabou. — Ela e limpou a lâmina, distraidamente, em sua saia.

Os dois homens desceram a escada e acenderam uma lamparina.

Jacques olhou em volta, um olho quase fechado de inchaço, os lábios rachados e ensanguentados, o longo cabelo cinza duro com o sangue de um ferimento sobre a orelha direita. Apesar do espancamento, seus olhos escuros brilhavam cruelmente, como brilhavam depois dos ataques do rio que eles faziam, quando o perigo o tinha transformado em um homem jovem novamente. Ele chutou o Major Stark na cabeça e cuspiu.

— Minha mulher? — Quando ele falou, havia um vão onde dois de seus dentes inferiores tinham sido quebrados, e sua boca e maxilar estavam tão cortados e inchados que suas palavras soavam distorcidas e moles.

— Lá dentro, procurando pelo ouro. — Omah inclinou a cabeça em direção à sala de grãos, que agora estava cheia de fumaça escura.

Apenas alguém que conhecesse bem Jacques notaria a careta de dor e desapontamento que passou em um rápido tremor pelo corpo dele, fazendo seus ombros caírem um pouco, tirando a vida de sua expressão. Então ele levantou a mão e mexeu no emaranhado cabelo, encharcado de sangue, os dedos tremendo. Deixou escapar um suspiro profundo e caminhou para a porta.

— Não, está pegando fogo... — Frank agarrou o braço de Jacques, mas o velho desvencilhou-se dele com uma força surpreendente e foi para dentro da fumaça. Quase instantaneamente houve uma batida, quando a porta do alçapão caiu de volta ao seu lugar, e Jacques reapareceu, tossindo e enxugando os olhos. Omah pensou que deviam todos ouvir Laura, como ela ouvia — o bater de seus punhos na porta que ela não conseguia levantar, mesmo ficando sobre o homem morto lá no fundo do buraco, no escuro. Omah tremeu com um súbito frio, superado pela náusea em seu estômago. O corpo dela inteiro parecia fraco, como se não pudesse mais suportar qualquer outra morte.

Frank olhou para a cor laranja bruxuleante, começando a aparecer na sala escura e enfumaçada, os olhos dele correndo incertamente entre Jacques e Omah.

A MULHER DO RIO

— Você tem certeza disso?

— Deixe-a queimar. — Jacques virou-se e mancou em direção à entrada aberta.

Omah olhou para Frank, que assistia ao montar das chamas, vagarosamente sacudindo a cabeça, seu rosto repentinamente vermelho com a luz refletida. Por mais que Laura tenha feito, certamente não merecia. — Omah deu um passo hesitante em direção ao fogo. Talvez ainda pudesse...

— Tarde demais — Frank disse, e pegou o braço dela. Ela tentou empurrá-lo, mas não teve mais força, e ele correu com ela em direção ao ar fresco e limpo da noite, deixando o fogo que rugia tomar o celeiro, os homens mortos e o último sonho sem valor de um homem velho.

21

HEDIE RAILS DUCHARME

No começo de outubro ficou claro que o negócio de Clement estava com problemas. Ele dormia pouco, passando as noites alerta na sala de estar, ou na sacada do segundo andar, o revólver atravessado em seu colo e o rifle pousado ao seu lado. O telefone tocava raramente, mas, quando o fazia, ele corria, a mochila de couro com revólveres em uma das mãos, o rifle na outra.

— Mantenha o revólver com você — diria ele, da porta. — Não deixe ninguém entrar. Chame Roe se alguém aparecer no caminho de entrada. Esconda-se se tentarem entrar na casa. Vá para a edícula se não conseguir chegar ao celeiro ou ao barranco do rio. Deixe tudo, exceto o dinheiro na gaveta da nossa penteadeira. — Era a mesma coisa cada vez que saía, como se não acreditasse que eu pudesse me lembrar.

— O que está acontecendo? — eu perguntava, mas ele fazia um aceno, como que se livrando de mim, e esquivava para a porta, virando-se um momento antes que eles entrassem no carro, para dizer suavemente: — Eu te amo, Hedie, lembre-se.

Uma noite eu gritei:

— Você está me deixando louca! O que devo fazer? Estou tão só que estou com medo das sombras.

Ele me tomou nos braços, mas eu podia sentir que seu corpo não estava ali.

No dia seguinte, tomei uma decisão. Cavalguei até a casa de Jesse e Vishti, na hora do jantar, e comi esquilo frito, torta de

A MULHER DO RIO

maçã e tomei cerveja com eles, livre da minha vigília ansiosa pela primeira vez. Nunca me ocorreu que estava levando o perigo para o lar deles também.

— Vamos jogar cartas — Vishti disse quando nos demoramos com os pratos.

— Faremos uma bela jogada. — Embora Jesse parecesse relutante, limpamos a mesa da cozinha e o arrastamos para o jogo, e logo estávamos jogando a um *penny* por ponto. Na calmaria, depois dos cumprimentos, comecei a perceber o inchaço sob os olhos de Vishti e as linhas afundadas ao redor de sua boca. Mesmo quando ela levantava uma das mãos para arrumar uma carta, o movimento arrastava-se, como se estivesse resistindo a uma gravidade maior que o restante de nós. Quase perguntei a ela o que havia, naquele exato momento. Alguns minutos mais tarde, percebi que Jesse parecia tão cansado quanto ela, e que ele nem mesmo podia lembrar direito o lance anterior. Finalmente, nós três abaixamos nossas cartas e encaramos uns aos outros.

— Acho que temos o mesmo problema — disse Vishti, finalmente. Eu nunca tinha pensado nela como excêntrica ou nervosa, mas percebi que tinha desenvolvido o hábito de fazer careta com o lado direito de sua boca, mais ou menos a cada minuto. Queria estender a mão e tocar seu rosto, para ver se ela pararia.

— É a India. Está ficando incontrolável. Não voltará para casa. Jesse acha que ela anda bebendo. Tentamos trancá-la, mas ela é forte e esperta. — Vishti fez uma careta novamente, e eu entendi a causa. — Desde o verão passado ela é uma garota diferente. Eu não entendo. — Sacudiu a cabeça e pegou as cartas pelas beiradas, até que sua unha separou o papelão de uma, então, rapidamente juntou todas e embaralhou o monte de novo e de novo, fazendo caretas com o som estalado.

— Era para ela estar aqui, para o jantar — murmurou Vishti. Então, olhou para mim e fez careta novamente. — Desculpe, Hedie, eu não quis dizer que não gostamos de ter você aqui. Você já tem seus próprios problemas. Acho que não precisa dos nossos.

Estendi minha mão e dei tapinhas em seu braço.

— Sei o que você quis dizer — não pude evitar um suspiro profundo. Eu realmente sabia exatamente como Vishti e Jesse se sentiam, exceto que eu sabia que Clement estava trabalhando, não rodando por aí, então talvez fosse mais fácil para mim.

— Deixe-me segui-la uma noite dessas. Eu vou descobrir. Conheço o perfume dela — disse Jesse assustadoramente.

— Você acabará na cadeia.

— Puxa vida. — Vishti olhou lá fora, pela janela. — Já está escuro.

Eu estava dando um beijo de boa noite em Vishti quando a porta foi abruptamente aberta, e India entrou, ligeira como um vento quente, toda perfume, fumaça e cheiro granuloso de bebida. Atirou sua echarpe e casaco de pele na cadeira sem braços ao lado da porta, desceu de seus saltos altos com a ponta dos dedos abertas e laços de imitação de diamante, e esfregou as mãos nos quadris. Foi quando me notou, sentada à mesa.

— Dona Ducharme — disse ela, com um sorriso maior do que o necessário. Havia algo convencido em sua expressão?, perguntei-me. Ela não me tratava dessa forma desde o último outono, quando abandonou o trabalho com Clement. Meus olhos foram instintivamente para suas orelhas. Aqueles não podiam ser brincos de diamante, podiam?

— Estamos sentindo sua falta na casa, India — sorri, friamente, sem certeza do porquê eu a havia lembrado que ela tinha sido minha empregada.

A MULHER DO RIO

— Agora vocês estão? — ela riu, e correu os dedos para colocar os cabelos atrás das orelhas, como para ter certeza de que eu vira os brincos.

— Onde conseguiu essas joias? — Vishti perguntou. — Eu lhe disse o quanto isso faz você parecer vulgar, vestida desse modo. — As mãos de Vishti estavam tremendo, e o repuxar de sua boca não parava. — E onde arrumou dinheiro para comprar sapatos como esses?

A expressão ousada caiu do rosto da garota, e ela fez uma cara zangada em direção ao pai.

— Vocês todos sabem o quanto eu trabalhei duro para o senhor Clement no último verão. Ele me deu algum dinheiro extra no dia em que saí, pelo bom trabalho que eu fiz. Guardei cada tostão, então pude comprar algumas roupas boas. Estou muito cansada de ser a única garota sem sapatos e maquiagem. Sou uma boa garota, papai, você sabe que sou. Ela enxugou as lágrimas em seus olhos com o indicador, tomando cuidado para não borrar o delineador.

Vishti olhou para mim e sacudiu a cabeça, em desespero. Jesse, por outro lado, queria tanto acreditar em sua filha, que foi até ela e a pegou em seus braços, enquanto seus ombros chacoalhavam com aquilo que ele acreditava ser choro, mas eu acreditava que era exatamente o oposto.

Vishti também não acreditava na cena.

— Jesse, diga-lhe que ela não pode sair com aquele rapaz novamente, não importa quem seja. E que não vai sair desta casa por uma semana no mínimo. — Por um promissor minuto a careta de Vishti parou, enquanto seus olhos brilhavam, em um triunfo raivoso.

India endureceu e soltou-se do pai. Por um momento pareceu que ia explodir com a mãe. Em vez disso, seu rosto suavizou-se e ela foi até sua mãe, ajoelhou-se no chão e colocou as mãos em seus braços.

— Oh, mama, desculpe-me. Eu não queria causar preocupação a você. Você me perdoa, não é? Aqui... — retirou os brincos, um de cada vez, e os colocou em Vishti. — Aí está, ela não ficou linda, papai? — levantou-se e olhou para ele, o retrato da boa filha. Girou em seus calcanhares, sorrindo, enquanto Vishti correu os dedos por sobre as pedras. — Você está certa, mama, eles são muito velhos para mim. — Jogou a cabeça para trás e riu alegremente, soando muito mais velha que seus dezesseis anos.

Vishti retirou os brincos e os segurou para o alto, contra a luz.

— Ora, esses parecem verdadeiros, India! Em que raio de lugar você os conseguiu? — estendeu um a Jesse para que ele o examinasse, mas era claro que ele não sabia distinguir a diferença de um diamante e de um pedaço de vidro.

— Oh, mama, comprei-os naquela loja de produtos usados, em Sisketon. Você sabe qual, onde encontramos aquela bolsa bonita uma vez. Custaram apenas um dólar. Quem venderia diamantes por um dólar? — sorriu e olhou para Jesse e para mim, a fim de nos incluir na piada.

Vishti novamente levantou o brinco contra a luz, então, pegou o par de tesouras de um porta-lápis, no meio da mesa, e tentou arranhar a superfície da pedra grande do meio. A lâmina deslizou, sem deixar marca.

Vishti sentou-se, imóvel por um momento, e eu pude ouvir a longa inspiração de India enquanto esperávamos.

— Bem, leve-os de volta. Cometeram um engano. — Ela olhava direto para India. — Não cometeram? — Se sua mãe insistisse que aquela noite era dia, naquele momento, India teria concordado, porque a voz de Vishti tinha um tom que eu nunca tinha ouvido antes, mas a filha, obviamente, tinha.

A MULHER DO RIO

— Sim, senhora — disse India.

Vishti olhou para Jesse, e fez um aceno com a cabeça. Então, empurrou para trás sua cadeira e levantou-se.

— Vou caminhar com você para casa, para o caso daquele cavalo tolo ver algo de que não goste.

Nós nos colocamos a caminho, com Jesse ao lado da cabeça do cavalo, a lanterna em uma das mãos, a guia no cabresto sobre o freio, na outra. O cavalo caminhava lentamente, como um pônei.

— Talvez pudéssemos trabalhar alguns dos cavalos à noite, agora que o picadeiro coberto está pronto — disse eu, enquanto nos aproximávamos do nosso caminho de entrada. Eu teria pago para ele ficar comigo nas noites em que Clement estava fora.

Jesse ficou quieto até que nos viramos para as luzes do estábulo, tiramos os arreios do cavalo e o colocamos na cocheira, onde ele se arrumou para mascar o feno com um grande suspiro.

Jesse olhou em direção à casa, que estava escura, pois eu tinha saído no fim da tarde.

— Clement não está por aí?

Sacudi a cabeça.

— Quando ele partiu? — Jesse correu um trapo úmido sobre o freio e o cabresto, removendo a sujeira e o suor. O couro brilhou quando ele o pendurou.

— Ontem — disse eu, em uma voz pequena.

Jesse bufou e bateu o trapo em um gancho, para secar.

— Não devia estar aqui sozinha. O que ele está pensando? E se alguém aparecer aqui para importuná-la?

Sacudi a cabeça. Era estranho o quanto ele estava perto de proclamar os meus medos. Quem faria isso? Nós estamos aqui longe, no campo. Sei atirar agora. Eu tenho um revólver e uma pistola, que eu mantenho à mão, à noite.

A expressão de Jesse dizia que eu era muito tola para sair da frente de um trem.

JONIS AGEE

— Ele anda em companhia de gente rude, Hedie.

— Eu sei, mas eles nunca vêm até aqui.

— Que você saiba.

Jesse caminhou comigo para a casa, esperando até que tivéssemos ido a cada cômodo, acendido as luzes e aberto os armários. Eu não podia suportar o pensamento de ficar sozinha, então me ofereci para mostrar-lhe os velhos livros dos garanhões da fazenda e os livros de registro de contabilidade de Jacques, onde ele, aparentemente, catalogava tudo o que passava por suas mãos.

— Estrela de Nova Orleans — Jesse leu, em voz alta — encalhou, toda a tripulação pereceu, bagagem incluída: quinhentos fardos de algodão, um touro vermelho, três vacas malhadas (guardadas), dois cavalos de trabalho, um alazão, um preto (renderam um bom dinheiro), cem rolos de tecido índigo (dez para os negros), várias mobílias, dinheiro, joias, roupas e diversos (divididos em partes iguais).

Outra anotação incluía a lista de seus escravos e suas proles, incluindo "Omah Ducharme".

— Viajantes que sofreram acidentes, carruagens e carros que capotaram, homens perdidos em areias movediças — Jesse lia alto a longa lista de calamidades, da qual a extensão era tão absurda que rimos, constrangidos, e olhamos pesarosamente um para o outro.

— Esse velho pirata era o avô de Clement? — Jesse fechou o livro, em um estalo.

— Bisavô, eu acho. — Dei uma olhada em volta da sala, vendo através dos olhos de Jesse, um museu lotado de coisas de estilos desconjuntados, períodos e gostos que desafiavam qualquer visão. Pela primeira vez imaginei o quanto daquilo era roubado, e onde o resto do dinheiro estava, o tesouro do pirata.

405

A MULHER DO RIO

— Veja como está ficando tarde. Vishti provavelmente se preocupa com você.

Jesse concordou. Com um gesto de cabeça, correu a mão através do cabelo bem aparado e olhou em direção à porta da frente.

— Você está bem agora?

Eu concordei e o agradeci.

Ele parou na varanda da frente, correndo os olhos pelo contorno do celeiro por um momento. Um coiote deu um pequeno latido, e tossiu um uivo decepcionado, então ficou quieto. Jesse pigarreou.

— Verdade seja dita, eu fico acordado metade da noite nesses tempos. Vishti vai para a cama cedo para ler. Eu me sento no escuro, esperando por India, ou apenas pensando. Nada de bom vem disso. Eu poderia parar aqui, por volta das sete ou oito, trabalhar os cavalos, talvez ainda transformá-la em uma amazona.

Sem esperar por uma resposta, colocou o chapéu e acenou adeus.

Quando Clement apareceu, uma semana mais tarde, exausto e doente, com um ferimento de tiro na parte carnuda do antebraço, coloquei-o na cama e mimei-o por alguns dias, até que estivesse em pé novamente, prometendo encontrar algum jeito de ganhar mais dinheiro, então poderia parar com esse jogo perigoso. Ele nunca pensaria em vender um pedaço da terra, ou livrar-se dos cavalos, ou de um dos carros. Naquele aspecto, era como o velho Jacques: faria qualquer coisa para agarrar-se a este lugar, e agora ele havia se tornado parte do problema, também. Mas eu não ia me sentar ao lado dele à toa.

— Quando chegar a primavera levarei você de volta a Hot Springs, para a temporada de corridas — Clement prometeu, uma noite, a cabeça em meu colo, enquanto eu fazia carinho

406

em suas têmporas para eliminar a dor. Ele agarrou minhas coxas, como um homem que se afogava, e eu me curvei sobre ele, puxei seus cabelos para trás e beijei o alto de sua cabeça, admirando novamente suas pequenas orelhas pontudas. Uma coisa leva a outra, e depois daquilo nós fizemos amor com um desespero que nos tornava rudes, incapazes de encontrar satisfação, até que chegamos ao ponto onde a própria carne nos selava um ao outro.

Na manhã seguinte, dormi muito, pela primeira vez em meses, e, quando acordei, Clement não estava lá. Meu primeiro pensamento foi ver se o Packard ainda estava lá, então corri para a sacada e fui surpreendida por uma espessa camada de gelo, pendurando-se nas tábuas do assoalho e gradil. O carro dele estava coberto com seu próprio brilho prateado, mas era o pátio da frente que continha uma surpresa. Na grama vitrificada pelo gelo, ele havia traçado um caminho em forma de um gigante coração, que cintilava como uma joia verde brilhante.

Ele estava esperando por mim na mesa da cozinha, com uma xícara de café em uma das mãos, o jornal na outra. No meu lugar repousava uma pequena caixa de veludo verde. Dentro estava um anel com uma grande esmeralda quadrada, cercada por diamantes. Engasguei e experimentei-o, mas era tão grande que, quando consegui fazê-lo servir no meu polegar e levantei a mão, triunfante, para que ele visse, rimos. Rimos ainda mais quando o experimentei no dedão do pé. Finalmente, agradeci e disse que o levaria à cidade para ser ajustado ao meu dedo.

— Não — disse ele. Todos os traços de alegria tinham deixado seu rosto. — Deixe-o como está. Enrole-o com linha.

— Ele é lindo demais para ser tratado dessa maneira, Clement.

A MULHER DO RIO

Eu não poderia apenas ir à loja de joias Boettcher's e pedir que ele o ajuste?

Clement bateu a mão na mesa com força, mandando café para fora de nossas xícaras.

— Devolva-o se não pode usá-lo do jeito que ele é. — Havia uma aspereza em sua voz que eu nunca tinha ouvido antes, e sacudi minha cabeça e coloquei o anel de volta na caixa, e a caixa no bolso de minha calça. Ele imediatamente se arrependeu, acariciando minha mão e dizendo que sentia muito; mas eu podia perceber que havia algo terrivelmente errado com ele. Mais tarde, depois que ele tinha supervisionado o trabalho no pomar, peguei o jornal que ele estava lendo. Não era o nosso semanário com as fofocas locais e assuntos da cidade. Era o diário de St. Louis, de alguns dias atrás, com uma história na segunda página descrevendo a falta de progresso nas buscas aos homens responsáveis pelo roubo ao mensageiro que carregava meio milhão de dólares em joias. Deixei cair o jornal, mas imediatamente o peguei e olhei em volta da cozinha, como se alguém lá dentro pudesse ver a história e relacioná-la a nós. Monte Jean! Ela estava atrasada hoje, mas estaria aqui logo — agarrei o jornal inteiro, uma caixa de fósforos e corri para fora, para o barril de queima, onde fiquei olhando até que não restasse mais nada além de flocos de cinza preta. Pela primeira vez soube o que era ser uma esposa Ducharme. No começo isso me deprimiu, encheu-me de medo, mas ao meio-dia, havia resolvido ficar ao lado dele. Peguei o rifle e a pistola, com os quais ele havia me treinado para atirar, e dirigi para o buraco de areia movediça, com uma caixa de garrafas, as quais alinhei, e atirei, até que caíram dentro do buraco e desapareceram. Quando eu estava satisfeita, dirigi de volta e preparei um almoço para nós, evitando os olhares agudos de Monte Jean.

JONIS AGEE

Uma semana mais tarde, Clement anunciou que tinha acabado de mandar instalar um telefone na casa de Jesse e Vishti, então eu poderia chamá-los se houvesse um problema.

— Com cavalos nunca se sabe — disse ele com um beijo em minha bochecha.

Eu estava tão tocada que liguei para Vishti assim que ele saiu de casa para dirigir o trabalho de arado de outono. Vishti e eu passamos horas no telefone nas semanas seguintes. De alguma maneira era mais fácil do que partilhar pessoalmente as histórias de quando éramos pequenas, nossas dores e alegrias secretas, mas nada sobre Clement ou India. Ainda assim, parecia que nunca ficávamos sem coisas para nos dizer, aquela voz sem corpo no receptor preto quase falando por si. Clement entrava e sorria ao ver minha imagem, com os pés na mesa da cozinha, o telefone na orelha. Um dia ele disse:

— Você sabe que todo mundo que está na linha está ouvindo, não sabe? — e riu.

— Então, seremos todos grandes amigos — devolvi.

Jesse vinha quatro ou cinco noites por semana, normalmente nas noites em que Clement tinha saído ou estava esperando ao lado do telefone. O tempo voou. Eu acho, olhando para trás, que era feliz. Não da maneira como quando eu estava grávida e cheia de esperança. Isso era uma coisa mais firme, menos inexperiente, com dificilmente qualquer emoção envolvida.

Eu deixava o trabalho levar minha mente para longe da forma como meu marido passava aquelas noites e dias, quem tinha o poder de chamá-lo para longe e o que fazer com o dinheiro que guardava escondido em jarros de frutas, na adega desenterrada, telheiros e celeiros. Não queria incomodá-lo com o quanto seus esconderijos eram óbvios; simplesmente os enterrava no pasto do cavalo, onde ninguém saberia procurar.

A MULHER DO RIO

Os jarros eram à prova d'água e mantinham os animais longe, disse a mim mesma e, sim, ocasionalmente eu punha algumas notas em minha bolsa e ia às compras, em Sisketon, em busca de mantas para cavalo, ou acolchoados para as selas, ou um presente para Vishti, que amava as latas de chocolates e os baralhos debruados em dourado que eu havia encontrado para ela. Era uma pessoa fácil de agradar, e, com India correndo pelo interior, precisava de agrados.

Jesse ainda se preocupava com o mau comportamento da filha. Finalmente eles a enviaram para uma tia, em St. Louis, e isso acabou sendo a pior escolha possível.

Como imaginei, a vida tinha começado de novo. Quanta inocência, quanto orgulho!

Uma noite, no fim de janeiro, Jesse e eu tínhamos deixado as quatro éguas correrem soltas no picadeiro coberto. O chão estava muito duro lá fora, e elas mal conseguiam caminhar na lama congelada das áreas ao lado das cocheiras.

— Aquela égua, Cisco, vai dar algo especial. — Jesse apontou para a égua marrom, cujo trote flutuava sobre o chão da arena.

— Um potro tão bom quanto a mãe dela. Poderia ir para as Olimpíadas.

— Vocês estão falando sobre meus cavalos de corrida?

Dei meia-volta, para encontrar Clement encostado, bêbado, contra a parede atrás de nós. Ele parecia ter sido surrado, com sangue pontilhando a frente de sua camisa branca e a manga direita do casaco meio rasgada. Seu olho esquerdo estava fechado, inchado, e havia sangue seco no canto de sua boca.

— Você está ferido. — Estendi a mão e ele me pegou nos braços.

JONIS AGEE

— Não é nada, querida — sussurrou ele, no meu ouvido. — Mande Jesse para casa. Tenho uma surpresa para você. — Seus dedos estavam no meu peito e eu estremeci. Ele cambaleou pelo corredor de tijolo, parando na porta para chamar por sobre o ombro. — Não demore, querida.

Jesse já estava reunindo as éguas e estalando suas guias em seus cabrestos.

— Ele precisa de mim — disse eu, em tom de desculpa.

— Claro — ele respondeu, mas seus olhos estavam vazios, a pele em seu rosto em um brilho firme.

— Amanhã à noite? — perguntei.

Ele me estendeu a guia.

Agarrei seu braço e tentei girá-lo em minha direção.

— Escute... — disse eu. Mas ele me empurrou para deixar passar as três éguas corpulentas.

Na casa, encontrei Clement desacordado, roncando, com a cabeça nos braços, na mesa da cozinha. Pensei em deixá-lo lá, mas imaginei que não era justo com Monte Jean. Como ela poderia levá-lo para cima sozinha?

Olhei para fora da janela da cozinha, para o estábulo, onde todas as luzes ainda estavam acesas. Jesse não tinha partido.

Mesmo forte como Jesse, seria necessário haver dois deles para carregar o peso morto de Clement escada acima e rebocá-lo para a cama. Despi-lo era difícil também. Estava machucado em todo o lado direito, como se tivesse sido chutado. Senti-me mal por ele, e estava contente que ele estivesse tão bêbado que não pudesse perceber.

Quando ele ficou de ceroulas, fiquei envergonhada e queria que um de nós se virasse para longe.

Jesse disse:

— Está tudo bem — e eu fiquei grata por deixá-los.

A MULHER DO RIO

Na porta da frente, eu o parei.

— Preciso de sua ajuda. Clement está com problemas. — Olhei para o teto, imaginando-o lá em cima, olhando. Abaixei a voz. — Estou tão apavorada...

— Ele é um homem, Hedie. — Jesse abriu a porta. — Nada do que você disser pode mudar destino — deu tapinhas em meu ombro e me deixou com minhas preocupações.

— Isso é verdade — disse eu, para o cômodo vazio, mas não era.

Clement tentou ficar mais em casa depois do seu espancamento, mas o telefone tocava toda noite, e, não importava em que estivesse metido, saía, carregando sua mochila de armas, com um novo revólver sob um cobertor, no banco de trás do carro. Nas noites em que ficava comigo, debatia-se, gritando, em pesadelos que apenas podiam ser interrompidos em meus braços, enquanto o acalmava com minha voz. Ele nunca se desculpou por nada daquilo, e eu nunca esperei que o fizesse. Eu pegava os presentes e avaliava o custo da vida do meu marido, até que uma noite, depois de trabalhar com os cavalos, propus que Jesse e eu começássemos a procurar pelo tesouro de Jacques.

Jesse estava escovando a cobertura espessa de inverno de uma das potras para manter sua pele saudável. Ocasionalmente ela levantava a perna e dava um pequeno coice, um dos maus hábitos que mantinha de seus dias de corrida, embora tomasse cuidado de nunca acertá-lo.

— Então, o que acha? Vai me ajudar? Preciso de alguém forte o suficiente para deslocar algumas das pranchas da parede na edícula. — Eu tinha tido um sonho na noite anterior, no qual Annie me mostrava onde uma parte do tesouro de Jacques estava escondida.

JONIS AGEE

Jesse concordou, os lábios retesados, e esfregou a anca da égua um pouco forte demais, recebendo um pequeno chute, que resvalou seu joelho.

— O que ele vai dizer quando você lhe der isso de presente? Você acha que ele vai abandonar o crime? Tornar-se um cidadão sadio? Irá à igreja?

— Eu não vou à igreja — eu disse. — Ele poderá comprar mais terra e poderemos começar nossa família, como planejamos.

Ele cantarolou para a égua, que relaxou a perna.

— Ah, hum, ele vai querer que os potros comecem a correr na primavera, Hedie, e aposto que você nem falou com ele ainda, falou?

Isso era algo que nós vínhamos discutindo desde o outono. Preocupávamos em mandar os de dois anos para fora; queríamos dar-lhes mais um ano de crescimento, embora isso significasse perder um ano inteiro de renda potencial.

— Ele dorme o dia inteiro, Jesse, você quer que eu o acorde? Assim ele nunca concordará.

Estendi a mão e deixei a égua lamber a palma, tomando o cuidado de mantê-la plana, para o caso de ela decidir vingar-se com seus dentes de alguma frustração no tratamento.

— Você ouviu falar de sua filha ultimamente?

Jesse suspirou e correu os dedos através da escova, para soltar o pó.

— Tia Lily arrumou algum tipo de trabalho para ela em uma biblioteca. Nem imagino, mas, se isso a mantém ocupada...

— Você sente falta dela, não é?

Jesse deu de ombros.

— Não sinto falta do sofrimento que ela estava trazendo à mãe dela e a mim.

Não pude esquecer aquelas palavras, que assentaram como uma farpa sob a minha pele. Preocupava-me o fato de que, se não encontrasse o dinheiro de Jacques, eu nunca teria uma criança, nunca sentiria nem mesmo o desapontamento de ser a mama de alguém. Então, antes de mais discussão, decidi começar a olhar primeiro no andar de cima, batendo as paredes e assoalhos, procurando sons ocos, tábuas soltas, qualquer esconderijo deixado pelos construtores. Eu pretendia ser perfeita, não importando quantos antes de mim haviam procurado naqueles mesmos cômodos.

Estávamos lá em cima, em nosso quarto, empurrando a cama de volta contra a parede quando Clement apareceu no batente da porta.

— O que é isso?

Nós dois ficamos tão surpresos que pulamos, culpados.

— Nada — disse eu. — Estávamos consertando a cama...

— Claro — disse ele. Sua voz soou tão fria que estava além da raiva.

Por que Jesse não estava dizendo nada?

— Estávamos procurando algo, Clement, é só isso. Você está vendo. Viemos do celeiro e pensamos ter ouvindo algo aqui em cima, nas paredes.

Clement sacudiu a cabeça, deu meia-volta e desceu as escadas, batendo os pés.

— É melhor eu ir — Jesse disse. Rapidamente o seguiu.

Encontrei Clement na biblioteca, bebendo brandy e encarando o fogo.

— Está certo, estávamos procurando o tesouro acumulado de Jacques. — Joguei-me no sofá de couro. — Eu queria encontrá-lo, assim você poderia parar, e ficar aqui, seguro, comigo novamente. — Minha voz soava instável, então me apressei em explicar o sonho, mas, como ele nunca tinha lido os diários, não tinha ideia de quem seria Annie Lark, ou o que era o tesouro de Jacques.

— Quer dizer que seu tio Keaton nunca lhe falou? — perguntei, em resposta à sua revelação de que Keaton havia lido a sequência inteira de diários.

Clement sacudiu a cabeça e bateu o brandy com força, então serviu outro copo, até a borda. Embora sua expressão ainda mostrasse uma sombra de dúvida, a suspeita parecia estar diminuindo.

— Você sabe que eu não suportaria a deslealdade — ele finalmente disse. — Não depois de tudo o que tenho passado para proteger a fazenda e você.

Eu então fui até ele, curvando-me sobre o encosto de sua cadeira, segurando seu rosto contra meus seios até a tensão deixar seus ombros.

Parte 3

Pequena Maddie Ducharme

"A cura quase sempre está em nós mesmos."

22

— Meu nome é Pequena Maddie Ducharme — ela repetia, para passar as horas. Depois inventou uma musiquinha com o seu nome: "Eu nunca, nunca vou casar e ser feliz, nunca, nunca, nunca. Quem iria me querer? Quem poderia me encontrar? O papai tem a chave do meu quarto". Mas ele já havia ido embora há dias. Ela sabia, já que contara os riscos em sua janela. Ela fez um para cada dia, com o diamante amarelo do anel de sua mãe. Era tão grande que ela tinha de usá-lo no polegar. Quando seu pai a trancara ali, ele a chamara de Laurie, como chamava sua mãe, e amaldiçoara a cor de seu cabelo vermelho, seus olhos azuis, seu coração infiel.

— Pai, por favor, eu amo você, por favor, eu jamais partiria — ela chorou, enquanto o trinco da porta corria.

A água do jarro havia acabado, mas havia chovido naquela manhã. Assim, ela colocou as mãos para fora através de uma fenda na janela, e lambeu o fundinho de mão cheio d'água que pôde recolher, como um cão. As janelas estavam pregadas, não podiam ser abertas mais do que alguns centímetros. Ele não queria mesmo deixá-la sair. Três noites atrás ele a chamara de Annie através de uma abertura na porta, choramingando como ela nunca ouvira um homem chorar antes. Ela se sentou em silêncio, torcendo para que ele abrisse a porta para encontrá-la e a abraçasse. Ele era seu próprio pai, e, não importava o que ele havia feito, ela tinha de perdoá-lo.

A MULHER DO RIO

Maddie havia procurado o baú em um dos quartos de solteiro, que não eram mais usados, vestiu um vestido azul-claro de seda, lindo, de cintura alta, e ficou na janela esperando por ele, ajeitando-se na cadeira da varanda, onde ele agora costumava passar seus dias, impedindo-a de fazer algo que ela ainda nem pensara em fazer. As sombras da madrugada sobre as tábuas revelavam a decadência e a podridão. Ela desejou que ele não tivesse saído. Assim que ele entrou pela porta, ela ouviu o chão ranger e começou a rezar para que a casa não se voltasse contra ele, como o rio e a terra haviam feito.

Quando ele a viu, tropeçou e se apoiou sobre um joelho, a mão sobre o coração, como se seu corpo frágil tivesse, finalmente, entrado em colapso. Ela nunca havia visto um rosto tão cheio de angústia, maxilares frouxos, olhos arregalados, como se ele tivesse visto as profundezas do inferno. Ela bateu no vidro, dizendo:

— Sou eu, papai, sou eu, Maddie, é 1889, estou brincando de me vestir. — Mas ele a encarou, então ela imaginou se ele não estava tendo um derrame. Seu cabelo longo e grisalho caía em grumos, e a pele de seu rosto estava flácida como se a vida o estivesse abandonando. Seus olhos penetrantes pareciam baços, como os dos velhos cães e cavalos, quando eles perdem a visão, e ela quis ir até ele, remover a cobertura que o impedia de vê-la como era — sua Maddie. Ela enfiou a mão pela fenda da janela, esperando mostrar a ele quem ela era, mas, ao ver o diamante amarelo em seu polegar, ele perdeu o ar e caiu de joelhos, afastando-se, para longe dela. Ela se apavorava à medida que ele encostava nas estacas de madeira podre, correndo risco de morrer, então ela fez um sinal para ele. O que só o deixou com mais medo.

— Venha aqui — ela disse, docemente.

Com aquilo, ele limpou a mão na frente do avental fora de moda que havia inventado de usar recentemente, algo dos velhos

JONIS AGEE

tempos, Omah disse. Ele parecia morto de medo ao se esforçar para ficar em pé, usando o corrimão para se equilibrar, e se arrastou até a porta.

— Ajude-me, pai, deixe-me sair daqui — ela implorou, e os olhos dele se arregalaram de pavor. Ele deveria parar de beber. Ela iria dizer a Omah para esconder o brandy e o vinho de novo. Eles precisaram fazer isso três vezes, que ela se lembrasse, sempre que ele ia longe demais. Omah sabia. Ela iria trancá-lo em um dos quartos de solteiro e ignorar os uivos desesperados até que o veneno tivesse deixado o corpo dele. Maddie aprendera a encher os ouvidos de algodão e pressionar as mãos contra eles. Algumas vezes ela dormia no estábulo, com os cavalos, só para escapar daquele barulho. Ah, se Omah estivesse lá.

Maddie esperou o dia todo, sem comida, chamando até tarde naquela noite, quando ele veio até a porta, murmurando e choramingando. Ele pediu a Deus, a alguém chamado Annie, a Laura, a mãe dela, e a inúmeros outros nomes, que Maddie não podia entender, por causa da fala enrolada de bêbado. Quando ela espiou pelo buraco da fechadura, ele estava deitado no chão do corredor, olhando para o teto, olhos fixos, somente seus lábios se moviam, mecanicamente. De novo ela se perguntou se ele havia tido um derrame ou se seu coração havia falhado ou se, desta vez, tinha mesmo ficado maluco. Frank Boudreau viria soltá-la e ver como meu pai estava. Ele já trabalhava para Jacques desde antes de ela nascer e entendia o jeito de o velho agir. Ela pensava nisso tudo enquanto olhava para seu pai com cuspe seco no canto de seus lábios rachados, lágrimas marcando o seu rosto envelhecido. Então, lentamente, ele se sentou e tirou o avental pela cabeça. Os poucos fios prateados em seu peito pareceram eletrificados, mas a pele dele estava impecável! Ele tinha o corpo de um homem mais jovem — músculos firmes em

421

vez de pele flácida —, ela não podia explicar aquilo. Só o rosto mostrava o envelhecimento. Ele se levantou, desabotoou a calça e se livrou dela. Ela devia ter desviado o olhar, mas ficou tão surpresa pela força daquelas pernas delgadas e musculosas, as pernas de um homem jovem e forte. Não fazia sentido e ela não podia parar de olhar.

Depois disso ele fez uma coisa estranha. Ergueu o braço e gritou para o teto: *Espérez!*, que ela imaginou significar "Tenha paciência". Ela dirigiu seus olhos para cima, mas só viu as mesmas sombras de sempre, projetadas pelos candeeiros no final do corredor.

Então, ela golpeou a porta de novo.

— Deixe-me sair, seu bastardo! — ela nunca havia xingado seu pai daquele jeito. O xingamento escapara, e ela não sabia por que havia feito aquilo. O xingamento escapara, mas fora o suficiente. Ele olhou para a porta, agitou o punho e se arremessou contra ela, gritando:

— *Petite délinquante*, sua puta, sua ladra! — Ela recuou, certa de que a porta iria desabar, mas aguentou, e a próxima coisa que ouviu foi o barulho dos pés descalços nas escadas.

Então ela não ouviu mais nada, nem dele e nem de ninguém. Omah havia ido embora para Nova Orleans, em uma barcaça. Vovó Maddie morrera um mês antes. Seu irmão, Keaton, vivia em Nova York, mas ela nunca o havia visto.

"Todos nós queremos pertencer a alguém, Dona Maddie", sua avó, havia dito a ela. Ela prometera cuidar da neta, mas logo depois morreu. Como é que se pode pertencer a alguém que morreu?

Naquela manhã ela estava determinada a escapar do cativeiro. Pai não aparecera mais e ela tinha muita, muita fome. Se ele a forçasse a ir embora, se ele a renegasse, poderia ir encontrar sua mãe, onde quer que estivesse. Ou seu irmão,

JONIS AGEE

Keaton. Alguém haveria de ficar com ela. Era jovem e tinha certeza disso. Se nada desse certo, ficaria à beira dos trilhos do trem que atravessava o pasto, e acenaria para ele.

Ela pegou o pesado jarro de porcelana em formato de sino, que mostrava pássaros azuis voando, e o atirou pela janela. O vaso caiu, quicou nas tábuas podres da varanda e despencou por entre o corrimão quebrado. Depois, aterrissou com um estrondo e um barulho de porcelana espatifada na poeira lá embaixo. Nunca mais cresceria grama no quintal deles. Tudo em que papai punha as mãos morrera. Era vovó Maddie quem mantinha o jardim vivo, as vacas produzindo leite, os porcos gordos, as galinhas botando. Omah poderia desfazer a maldição, para libertá-los. Era melhor que ela se apressasse. Maddie usou um livro grosso de Annie, com desenhos de pássaros e borboletas, para empurrar o resto do vidro e, assim, evitar se machucar. As janelas eram amplas e baixas, então era apenas pular para a varanda, porém as tábuas poderiam não aguentá-la como deveriam.

— Não cedam — ela sussurrou para as tábuas inseguras. — Segurem-me.

Ela foi para a estrutura de madeira, com cuidado para não se apoiar nas ripas podres, que estavam desmoronando e ficando alaranjadas onde se encontravam com o chão. Ela procurou por ele pelo quintal, pela estrada de terra, pelos evônimos e pelos salgueiros onde a poeira começava a se acumular, apesar de ser apenas junho, e no rio largo e marrom, por onde os barcos a vapor passavam dia e noite, sem que ninguém pensasse nela, presa em sua casa. Onde papai estava? Será que ele tinha medo dos homens no rio? Algumas vezes ela pensava que tinha. Ele sempre se recusava a responder as saudações deles, os pedidos por madeira ou ajuda, ou as perguntas curiosas.

423

A MULHER DO RIO

Algo grande como aquele rio era uma coisa contra a qual não se podia lutar, Omah disse. Olhou para os cavalos — nenhuma égua ficara prenhe na última primavera. Elas deveriam estar parindo nesta época, ela disse, e olhou para o rio como se ele tivesse tomado o coração do cavalo também.

Pisando com cuidado nas tábuas frágeis, a mão apoiada na parede da casa, como se isso fosse impedi-la de cair, ela abriu caminho até o final da varanda, olhando além do curral, dos campos e do pomar. Onde estavam as galinhas? Ele não as tinha deixado sair? As vacas corriam de um lado para o outro no cercado dentro do celeiro, dando cabeçadas umas nas outras, mugindo dolorosamente, enquanto as tetas pesadas batiam entre as pernas delas. Ele ainda não as havia ordenhado.

— Pai? — ela chamara, na direção do curral.

De volta ao centro da varanda, onde ela forçou a janela para que se abrisse até quase encostar na escada, o suficiente para se esgueirar para dentro. Quando procurou pela casa, não encontrou sinal dele. Havia uma garrafa de vinho quase vazia sobre a mesa da cozinha, e, sem hesitação, ela a ergueu e bebeu até o sedimento no fundo, o excelente vinho tinto azedo em sua língua faminta.

— Pai? — ela chamou. — Pai?

Ela encontrou um prato com biscoitos frios no forno, enfiou dois nos bolsos da saia e deu uma mordida em um — comida feita por papai. Os biscoitos estavam leves e crocantes, e encheram-lhe a boca com seu gosto amanteigado. Omah não sabia cozinhar. Pai cozinhava na maior parte das vezes, a não ser que conseguisse convencer alguma mulher da cidade a vir até a casa e trabalhar para eles, o que acontecia mais ou menos uma vez por ano. Cada uma delas ficava uns poucos meses, depois desistia e ia embora com os bolsos cheios, mas odiando a todos eles.

A última conserva de amoras silvestres de vovó Maddie cairia bem, mas não havia tempo, então ela bombeou um pouco d'água e a engoliu, para depois ir para o celeiro. Talvez ele estivesse lá fora, caído, bêbado, machucado ou coisa pior.

Ela abriu o galinheiro, mal conseguindo desviar das galinhas vermelhas, brancas e pretas que vieram se batendo e tropeçando rampa abaixo. O odor nauseabundo do lixo, misturado com o cheiro quente da putrefração que vinha das penas de seus corpos, tentou entrar-lhe pela boca, mas ela se virou e fugiu. Mais tarde encheria os bebedouros e veria se tinham posto algum ovo. Antes de ir embora, Omah disse que eles deveriam matar todas e começar de novo. As galinhas estavam escondendo os ovos, ou haviam parado de botar, ou ambas as coisas. Não tinham serventia para eles agora.

Mas meu pai não estava ouvindo. Ultimamente ele vinha prestando atenção a algo que ninguém além dele conseguia ver ou escutar. Omah acreditava que era algo do mundo dos espíritos. Fantasmas.

— Eu a vi — meu pai insistia —, no celeiro, esta manhã, enquanto ordenhava.

— Você deveria parar de beber, meu amigo — Omah disse. — Laura se foi.

O coração de Maddie saltou perante a ideia de que ela poderia ter voltado e que, o que quer que tivesse acontecido entre seu pai e sua mãe, poderia ser consertado. Ela foi especialmente cuidadosa na semana seguinte, mantendo-se limpa e arrumada, ajudando Omah e meu pai. Lustrou a mobília da sala de visitas e da biblioteca, e varreu a varanda da frente sem ser mandada. Eles estavam errados. Sua mãe nunca apareceu.

O prédio do celeiro era novo. O outro havia sido parcialmente queimado anos atrás, e meu pai reconstruíra, mas ainda

A MULHER DO RIO

era possível ver as marcas de queimado nos alicerces. E sempre houve um pouco de cheiro de queimado lá dentro também, como uma lareira quando chovia.

— Pai? Pai? — ela chamou através do entardecer empoeirado, mas a única coisa que conseguiu ouvir foi o miado baixinho de um gato e o mugido das vacas.

Ela deixou as três vacas entrarem e as amarrou pela cabeça, de um jeito frouxo, assim elas conseguiriam comer; depois subiu rapidamente a escada até o palheiro, e lá de cima atirou alguma palha na gamela. Uma parte caiu nas cabeças delas, mas elas rapidamente se sacudiram e atacaram os flocos, famintas. Você deve sempre cuidar primeiro dos animais, meu pai lhe ensinava quando ela não fazia suas tarefas. Você é a dona deles, *ma chèrie*.

Ele deve ter ido para Jacques'Landing ontem, pensou. Deve ter bebido e ficado no hotel, ou talvez ele tenha encontrado alguém conhecido e ficado lá mesmo, ou talvez tenha caído no rio, bêbado, ou talvez ele... ela se obrigou a parar. Assim que os animais estivessem devidamente cuidados, ela pegaria um dos cavalos e iria até o centro, sozinha. Ela tinha certeza de que ele estava lá, e a enfurecia pensar que a deixara trancada, com fome e com sede. Espere só até Omah ouvir isso. Se vovó Maddie estivesse aqui...

As vacas sabiam que ela era uma garota desajeitada, por isso demorou mais do que deveria até conseguir ordenhá-las. E ele deve tê-las ordenhado ontem, o que significa que esteve aqui. Ela encostou a bochecha nos flancos mornos do animal e fechou os olhos, deixando que o som ritmado dos jatos de leite, batendo primeiro nas paredes de metal, depois em mais leite, tomasse sua mente. Se ao menos papai... a cauda, espantando moscas, atingiu seu rosto como dedos. Foi tão real que ela quase pôde acreditar que sentia o leve arranhar de unhas em sua pele.

JONIS AGEE

Depois de cuidar das vacas, ela carregou o último balde de leite para a pequena edificação que tinham no terreno, construída sobre água corrente, onde o leite foi refrigerado, e o coou em um grande recipiente de metal, imerso em água fria. Mas havia ainda o leite coado de ontem. Que ele não havia posto na estrada para quem passasse e nem havia levado para a cidade. Onde ele estaria?

Se eles tivessem telefone, como havia na cidade, ela poderia telefonar, mas lá só havia um, Omah disse, então, para quem você ligaria? Um telegrama, um mensageiro, uma carta, eram muito mais confiáveis. Ela poderia chamar seu pai de volta para casa.

Precisava combater cada nervo de seu corpo, que dizia: vai logo, anda, encontre o pai, não perca tempo, ele precisa de você... anda logo! Ela era impaciente. Desta vez iria mostrar a ele quão paciente ela era. Tomaria conta de todos os animais domésticos e depois iria trazê-lo embriagado, no estado lamentável em que estava. E se ele tivesse caído da carroça dentro do córrego e se afogado? E se tivesse sido morto por piratas do rio ou ladrões de Reelfoot Lake, do outro lado do rio, em Tennessee? E se pegou a balsa do outro lado, para ir jogar ou caçar? Ela balançou a cabeça para expulsar os pensamentos ruins e encheu um balde de milho.

Espalhou um pouco de milho no chão, assim o cavalo teria de se esforçar para recolher as espigas amarelas do meio do pó, com seus lábios escuros e macios. Depois passou pela cerca, pendurou o balde em um poste e ficou atrás dele. Com um tapinha no joelho dele, ela disse "desça" e ele se abaixou, dobrando aquela perna. Apesar da saia longa, ela subiu em suas costas e segurou em sua crina. Assim que ele sentiu seu peso, deu uma última dentada em uma espiga de milho e se virou tão perto da cerca que pôde tocar o balde quando passaram por ele, como meu pai a havia ensinado a fazer. Ele ficaria orgulhoso.

A MULHER DO RIO

O cavalo queria correr, mas ela pressionou os nós dos dedos no pescoço dele e arrulhou baixinho, assim ele continuou em marcha controlada. Talvez ela devesse entrar a galope com ele na cidade. Imagine a surpresa das pessoas quando ela aparecesse montando um cavalo negro. Era disso que eram feitos os contos de fada e os romances. As irmãs Brontë ou Flaubert, o tipo de livros que Omah dava a ela para ler, era encarado como pura bobagem. Mas então por que ler esses livros?, Maddie perguntara, e Omah dera de ombros e oferecera Julio Verne e Mark Twain. Ela disse que, apesar de Maddie não poder deixar Jacques'Landing, ainda poderia saber quão enorme é o mundo. Havia uma escola na cidade, mas ela nunca tivera permissão para frequentá-la. Vovó e Omah a ensinaram a ler, a escrever e a calcular, e ela logo assumiria os livros de contabilidade da fazenda, meu pai disse.

Ela puxou a crina do cavalo e disse "Oa". Ele parou e virou a cabeça, para dar uma mordida no dedão do pé dela, girando o olho para mostrar como era perigoso. Como sempre fazia, ela inspecionou os campos, o pomar, o pântano e as florestas que seriam dela um dia. Bem, de Keaton também, mas, como nunca tiveram notícias dele, era seguro dizer que era tudo dela. Ele poderia brigar com ela se quisesse. Ela era a garotinha do pai, e ele não era um herdeiro de verdade.

Ela chamou.

— Pai? Venha para casa, papai. — O trem que ia para o Norte passou por ela assobiando, a fumaça preta sujando o céu. Os dez vagões estavam lotados de barris de madeira, gado, porcos, rolos de tecido e mobília, que era o que a cidade tinha a oferecer nesta época do ano. Pai prometera que, quando ela fizesse dezessete anos, eles fariam todo o trajeto no vagão vermelho até St. Louis para fazer compras e comer em um restaurante, e que passariam

JONIS AGEE

a noite em um hotel de verdade. Seu aniversário seria em três meses, e ela já estava planejando o que colocar na mala.

A Pequena Maddie chamou por ele de novo e de novo, erguendo mais a voz a cada chamado, até que sua voz falhou e ela teve de parar. Se ele estivesse por ali, teria de vê-lo ou ouvi-lo, a não ser... não se permitiria pensar nisso.

Ela se obrigou a olhar para o pomar de maçãs da mamãe. Ainda se lembrava de quando as árvores haviam dado as primeiras maçãs, de como ela fizera os homens recolher uma maçã de cada árvore para ela, e vovó Maddie discutira com meu pai dizendo que elas deveriam ser colhidas e dadas aos trabalhadores e às famílias dos vizinhos, já que ele era muito teimoso para fazer uso delas ele mesmo. Afinal, vários barris acabaram no bolorento celeiro, no estábulo, mas ele nunca quis mais do que uma fatia. Recentemente havia perdido todo o interesse em discutir o assunto, e quase todas as árvores tinham galhos sem folhas, apontando no meio da folhagem. Pelo menos duas árvores estavam mortas, os troncos cinzentos cercados pelo mato alto. O pomar precisava ser cortado e replantado, mas meu pai não ligava. Ele não havia dado a mínima por anos. Omah estivera cuidando da fazenda desde que Maddie podia se lembrar, e depois disse a Jacques que estava ficando cansada, que queria passar mais tempo com Frank Boudreau e seus dois filhos. Ia para Nova Orleans para suspender a maldição e substituí-la por algo preparado por ela. Isso a tornaria livre?

— Você é livre para partir, *ma chèrie* — ele sempre lembrava a Omah, mas ela resmungava e balançava a cabeça, como se soubesse que ela não faria isso, que não era possível, porque ele era muito velho, mais velho que vovó Maddie quando morreu, mais velho que qualquer um em Jacques'Landing. Ele precisava de uma das poções da Dona Maddie para trazer seus espí-

A MULHER DO RIO

ritos de volta, mas Maddie não conseguia saber quais ervas e raízes usar. Sua avó havia guardado seus segredos bem demais. Como uma feiticeira de Ozark, que era como as pessoas em Jacques'Landing a chamavam pelas costas, mesmo nunca tendo hesitado em pedir a ajuda dela quando ficavam doentes. Era assim que as coisas eram, ela costumava dizer.

Pai também não se importava mais com os cavalos, e Omah nunca ligou para eles, então eles foram deixados a cargo de Maddie e de Boudreau, um homem contratado para cuidar deles. Mesmo que elas ficassem prenhes já no final da estação, suas tetas já deveriam estar cheias, e as barrigas baixas e dolorosamente grandes nesta época do ano. Em vez disso, haviam se tornado rabugentas e gordas, o cavalo estava agindo como um cavalo castrado. Eles tinham dez éguas, que variavam entre três e dezoito anos, e cada uma deveria dar cria uma vez por ano. Mas não havia nenhum potro até agora. Pai dera de ombros e murmurara algo para si mesmo quando ela falara sobre isso, na primavera. Quando ela sugeriu a possibilidade de o problema ser o macho, ele fez uma cara de desprezo para ela e bufou.

— Ele não estampou tudo por aqui com a imagem dele? — ele perguntou. — Esta é a linhagem mais potente do país. E de outros lugares também. — Ele balançou a cabeça, esfregou as mãos no rosto e apertou os olhos, os nós dos dedos tão apertados que ela teve medo de que se machucasse. — O problema é aquela maldita garota...

— Minha mãe? — ela perguntou, de forma estúpida.

Ele parou de mover as mãos e as deixou cair ao longo do corpo, olhando para além do rio, dando um gole no brandy que mandava vir de Nova Orleans, apesar de viver reclamando que eram pobres como ratos do campo.

JONIS AGEE

— Mande Boudreau cruzar com elas. O cavalo não gosta de garotas.

Ela se retirou com toda a indignação que foi capaz de demonstrar. Por que aquele homem sempre descontava no sexo feminino quando não conseguia responder uma pergunta?

Quando encontrasse meu pai, o faria dar a ela os cavalos. Podia cuidar deles melhor que qualquer um na fazenda. Esse pensamento aumentou sua certeza de encontrá-lo e de pedir que colocasse os animais fazendo o que deveriam. Alguém precisava tomar as rédeas do negócio, ela diria ao meu pai.

Quando começou a retornar para o celeiro, o sol da manhã ficou bem em seus olhos, o que a obrigou a abaixar a cabeça e olhar de lado para ver aonde estavam indo. Seu rosto estava começando a queimar com o calor, e, quando ela chegasse, as sardas já estariam instaladas em seu nariz e bochechas. Vovó Maddie ficaria triste, mas agora não havia mais quem pudesse dizer uma palavra sobre isso, o que fez o coração de Maddie doer em um lugar que só ela conhecia, que era onde vovó e mamãe viviam.

Já era hora de levar meu pai para casa, antes que o calor do dia ficasse forte demais. Agora ela já sabia onde ele estava.

Ela só parou para colocar rédea no cavalo, certa de que, quando montando em pelo, uma dama podia montar assim, com um perna de cada lado do animal. Ela apanhou o chapéu de feltro do meu pai, com a aba enrugada e a copa manchada, enfiou o cabelo prá dentro e o puxou para baixo, para fazer sombra em seu rosto. Quase imediatamente o suor em sua nuca esfriou e secou. Ela puxou a saia longa para cobrir suas calçolas, anáguas e pernas o melhor que pôde, mas seus tornozelos continuaram descobertos, e ela não tinha tempo de se incomodar com meias naquela manhã. Seu pai havia ido embora! E como é que meias poderiam ser problema para quem quer que fosse?

A MULHER DO RIO

O cavalo empinou um pouco, até que ela o deixou andar a meio galope, que em breve evoluiu para um galope inteiro, a cabeça baixa, os cascos produzindo uma enorme nuvem de poeira vermelha que se erguia atrás deles.

Quando ele finalmente diminuiu a marcha, estavam na elevação onde a estrada principal levava para a cidade. Eles haviam deixado as ferraduras no rio, e tudo em volta deles eram campos. Havia também o córrego, que drenava o pântano de volta para a terra deles. Salgueiros, algodoeiros e evônimos cresciam ao longo da estrada, e havia tantas flores silvestres sendo visitadas por borboletas azuis, amarelas, laranjas e vermelhas que ela agradeceu por Omah não estar com ela, ou Maddie seria obrigada a recolher espécimes para identificação. Era tão chato fazer isso! Conte-me sobre o mundo, Maddie implorara a ela, conte-me sobre os presidentes e suas amantes, conte-me sobre essa Estátua da Liberdade francesa, e sobre a Ponte do Brooklyn, conte-me sobre Nova York! Ela iria para lá assim que pudesse. Maddie não sabia que Omah nunca havia ido para o Leste, mas Omah dizia que ela havia herdado essa sede por viagens de sua mãe, que viera como uma viúva jovem do outro lado do oceano para se casar com Jacques. Ela parecia tão corajosa e linda que Maddie queria ser exatamente como ela quando crescesse. Voltaria para a casa dela, na Irlanda. Eles lhe dariam presentes, e uma festa em sua homenagem, a neta que retornava ao seio da família depois de todos esses anos. Omah e vovó lhe contaram, quando ela era pequena, sobre sua bela mãe, mas a advertiram de que ela nunca deveria mencionar a mãe para seu pai, cujo coração havia ficado partido, e que não aguentaria ouvir o nome dela de novo. Maddie vinha de uma longa linhagem de românticos, ela achava, e precisava ir embora logo, para encontrar sua fortuna e o amor em algum lugar do mundo, agora que já era quase uma mulher.

JONIS AGEE

Ela puxou a frente do corpete e da blusa para baixo, esperando assim conseguir mostrar a mesma curva macia dos seios que via as mulheres mostrando nas revistas, mas a única coisa que conseguiu foi mostrar quão reta seus seios pequenos a faziam. Omah havia feito vestidos grandes demais para Maddie na máquina de costura que meu pai comprara para ela, e nada que pudesse dizer ou fazer mudava a cabeça da velha. Ela dizia que a perda de tecido era pequena. Maddie precisava prender suas saias enormes pela cintura com um dos cintos de couro de meu pai, e, quando ela perguntava sobre os vestidos ajustados com anquinhas que tinha visto nas revistas, Omah franzia o rosto e mandava que fosse cuidar de sua vida.

Fora da propriedade de Jacques'Landing, na estrada que ia para o Norte, havia algo novo sendo construído, um prédio de um andar, feito de tijolos vermelhos do tamanho de um chalé, com uma placa que dizia Posto Telefônico do Rio Mississipi. Foi então que ela notou os postes sendo enfileirados pela estrada, seguindo em direção à cidade, e viu que os velhos carvalhos, ciprestes e olmeiros altos, que haviam sobrevivido ao terremoto e aos bombardeios durante a Guerra Civil, haviam sido desfolhados! Um fio preto se estendia de um poste para o outro, e haviam tirado o centro do topo das árvores. Ela ficou péssima com isso, depois ficou escandalizada — espere só até meu pai ver uma coisa dessas!

Mais para a frente havia quatro casinhas em péssimas condições, as varandas inclinadas e sem pintura, degraus erguidos ou faltando, janelas quebradas com tecidos pregados para proteger a casa. Louça quebrada, espalhada pela entrada, a fez pensar que a casa fosse ocupada por negros. A tulipeira africana, ao lado da terceira casa, estava carregada de garrafas para espantar os espíritos. Omah raramente usava este caminho para ir à cidade. Em vez disso, ela geralmente fazia a volta e passava pelas

A MULHER DO RIO

casas grandes das famílias mais ricas. Os donos da loja LeFay's, da casa funerária, da Casa das Ferramentas e Móveis, da fazenda que vendia seus produtos, todos eles moravam perto uns dos outros, em casas grandes, com varandas cobertas que se estendiam por toda a volta, e do tamanho de meio quarteirão, mas que agora eram nada mais que um lembrete do passado.

O mundinho deles sofrera um bocado da última vez que Nova York passara por uma crise financeira, e tudo por ali parecia precisar de uma boa demão de tinta. Pai nunca se preocupava com dinheiro. Por alguma razão eles sempre tinham o suficiente, apesar de ele não se incomodar em colher nada nos últimos tempos.

— Por que você diz que somos pobres, então? — ela perguntara.
— Como vou viver quando você tiver ido embora? — mas ele apenas sorria, e dizia a ela para não se preocupar — quando fosse a hora, ele lhe contaria seu segredo. O tempo havia chegado, ela diria a ele assim que o encontrasse. Se você vai ficar desaparecendo desse jeito, preciso saber.

O cavalo se animou, conforme se aproximava da praça da cidade, da prefeitura e dos quarteirões de lojas e de negócios, que se irradiavam nas quatro direções a partir desse grande centro. Duas mulheres casadas, gorduchas, usando corpetes justos e anquinhas, que vinham afobadas pela rua, debaixo de suas sombrinhas, viraram-se para olhar para ela no calor daquela manhã de verão. Ela tocou na aba do chapéu de papai, gentilmente, como um cavalheiro faria, e sorriu para seus rostos vermelhos e afogueados. Os corpetes alongados só faziam enfatizar seus estômagos, e as grandes anquinhas atrás de seus vestidos pareciam sacos de grãos, costurados ali para servir de contrapeso, a fim de manter a parte de cima de seus corpos erguida. Em suas cabeças havia chapéus pequeninos, com pássaros de tecido espiando de ninhos feitos de penas e folhas; os chapéus combinavam com

JONIS AGEE

seus vestidos, um amarelo e branco, xadrez, e o outro, verde e rosa. Cachinhos emolduravam seus rostos, fazendo que parecessem mais desleixadas do que coquetes, que era o que ela imaginava que elas esperavam. As senhoras passaram os lencinhos perfumados em seus rostos para dissipar a poeira vermelha e o cheiro do suor de cavalo. A Pequena Maddie arrumou o cabelo que havia escapado de um dos lados, fazendo-a parecer maluca. Ela segurou as rédeas com uma das mãos e tentou enfiar o cabelo para baixo do chapéu, mas ele estava úmido e pesado e não parava no lugar, então, por fim, tirou o chapéu, deixou que ele caísse solto e tentou desfazer alguns nós com os dedos. Sentindo que estava distraída, o cavalo disparou com violência e quase a derrubou, quando um homem de bicicleta apareceu pedalando furiosamente pela estrada, na frente deles.

— Shhh, calma — ela acalmou o cavalo, dando tapinhas em seu pescoço e puxando sua boca com mais gentileza, até que ele retomasse o passo mais lento.

Qualls Saloon e Café ocupava metade dos fundos do Hotel River, um prédio de dois andares, feito de tijolos vermelhos, onde os barqueiros e os clientes gostavam de ficar. Era também onde meu pai era muito conhecido e podia beber em um sistema de "pendura", contanto que Omah trouxesse dinheiro uma vez por mês para pagar sua conta. Mas ela não estava aqui hoje, então isso cabia à Pequena Maddie.

Ela respirou fundo e posicionou o cavalo, assim eles ficaram de frente para as portas duplas de vaivém do *saloon*, e gritou o mais alto que pôde:

— Jacques Ducharme! Jacques Ducharme, venha aqui para fora! — então, ela não pôde evitar acrescentar em uma voz baixinha, que reconheceu vir de algum lugar de dentro dela.

— Pai?

23

Dois hereges abriram a porta dupla com um estrondo, e deram um grande gole nas canecas, enquanto a inspecionavam. Ela puxou o chapéu do meu pai com mais força sobre a cabeça, e os encarou. Eles riram, como idiotas, e ela os reconheceu como os filhos bagunceiros dos homens que trabalhavam para Jacques — St. Clair Jr. era um deles; o outro provavelmente, era Knight, ela não tinha certeza. Estavam vestidos como *cowboys* como se fosse o ano em que foram para o Oeste, caçar búfalos e garimpar ouro, e acabaram quase mortos de fome até que um fazendeiro teve pena deles, e os contratou para amarrar e consertar cercas e tirar leite de vaca por 12 dólares ao mês. Omah disse que eles ajudaram a roubar um rebanho durante uma viagem do Texas para Nebraska, e estavam gastando o dinheiro todo em bebida. Assim que acabasse, estariam prontos para aprontar de novo. Ela não deixou a pequena Maddie falar com eles, apesar de eles a terem cumprimentado várias vezes durante a primavera. Ao vê-los na varanda, caindo de bêbados, ela entendeu o que Omah queria dizer com aquilo. Os *jeans* deles estavam tão sujos que se poderia plantar aveia neles, e fazer uma boa colheita, antes que percebessem. Suas botas de salto estavam tão gastas e remendadas que parecia que iriam se abrir a qualquer momento, deixando os dedos dos pés à vista. O xadrez de suas camisas cinzas e manchadas, com listras praticamente invisíveis, havia quase desaparecido. Usavam lenços grandes e imundos no pescoço, algo com que limpavam a boca, assoavam o nariz, além de enfeitar. Seus cabelos castanhos estavam tão bagunçados e desiguais que provavelmente estavam sendo cortados com as grandes facas Bowie, presas aos seus cintos. Um deles tinha uma pistola pendurada à lateral do corpo, por um coldre de couro decorado, enquanto o outro simplesmente enfiou a arma no cinto, sem a menor cerimônia. Ela olhou para eles, e gritou novamente.

— Jacques Ducharme!

Os rapazes brindaram com as canecas e beberam novamente, e foram empurrados para o lado quando outro homem veio ver quem estava fazendo aquele barulho todo. O cavalo aproveitou aquele momento para recolher-se sob a sombra, movimentar-se e levantar as patas dianteiras do chão para empinar.

Ela puxou as rédeas e esporeou sua barriga com força.

— Pare com isso! — ele desceu os cascos, o que foi bom. Se realmente tivesse empinado, ela provavelmente teria escorregado e caído em um monte de tralhas, para diversão dos idiotas do vilarejo.

— Meu pai está aí? — ela perguntou ao outro homem, que tinha barba grisalha e sobrancelhas bem aparadas, e parecia ser mais respeitável, com sua calça preta, razoavelmente limpa, e colete combinando. Seu chapéu estava ligeiramente coberto de poeira vermelha, então ela imaginou que fosse alguma espécie de viajante, novo na cidade.

— Depende de quem é seu pai — disse o homem, piscando para os dois bobos atrás dele. Sua voz era muito suave, e seu pai a alertava, dentro de sua cabeça.

— Jacques Ducharme, venha aqui imediatamente! — ela gritou o mais alto que pôde. O cavalo começou a marchar sem sair do lugar, elevando bastante os joelhos, como se fosse um cavalo de circo.

A MULHER DO RIO

— É um belo cavalo. — O homem mais velho apertou os olhos e correu a mão sobre sua grande boca de lábios finos, passando os dedos por sua pequena barba, como se gostasse exageradamente dela. — Quanto vale um desses?

— Ela não sabe de nada — disse Knight. — Esses Ducharmes não abrem a mão nem para dar bom dia. Nunca vendem nada pra ninguém.

— E você, com certeza, sabe tudo sobre abrir a mão — disse ela.

St. Clair desatou a rir, batendo tão forte nas costas do amigo, que ambos derramaram suas cervejas. Seu amigo afastou-o e olhou para ela.

— Você não vai ser tão respondona da próxima vez — ele disse.

— Está ameaçando uma mulher, senhor? — A voz do homem de barba, de repente, ficou mais lenta.

As portas de tela abriram-se, e Qualls, o dono do bar, inclinou-se para fora.

— Pode parar de berrar. Ele não está aqui, não esteve aqui, e eu não o quero aqui. Agora suma, porcaria. — Ele abanou os braços como se fosse espantar cachorros, e desapareceu novamente, atrás das telas escuras.

Quase imediatamente, Frank Boudreau saiu preguiçosamente pelas portas, espreguiçou-se e olhou a rua quase vazia, antes de olhar Maddie. Quando viu que ela montava o cavalo em pelo, deu uma risada.

— Você tem sorte de seu pai não estar aqui, Maddie; ele com certeza lhe daria um couro.

— Ele com certeza teria algo para dizer-lhe também, Frank Boudreau, por perder tempo bebendo com os idiotas do vilarejo. — Ele fez a raiva dela parecer forçada, só porque os outros homens estavam ouvindo. Quase nunca falava com ela naquele tom quando estavam em casa.

438

— Ele não está no esconderijo? Onde está então?

O sorriso de Boudreau desapareceu, e ele escrutinou o outro lado da rua, como se a Casa de Ferramentas e Mobília soubesse o segredo. Estava um caco agora que Omah tinha ido embora — cabelo preto e engordurado, chegando até os ombros, rosto e braços sujos, ceroulas vermelhas manchadas e esburacadas, sob uma calça igualmente puída e imunda.

— Ele não tinha trancado você no quarto? — disse.

— Ele não fez as tarefas de hoje — ela disse. — Quando foi a última vez que o viu?

Frank endireitou-se, passou a mão nos cabelos e limpou na calça.

— Hoje de manhã, como sempre. — Ele espiou de lado, em direção aos outros, que agora fingiam estar desinteressados. — Mandou-me ir até a cidade, buscar um arreio novo para a carroça de trabalho. Só parei aqui para ir ao banheiro — ele franziu a testa.

— Ele disse que você estava fazendo as tarefas, como castigo.

Os idiotas não conseguiram segurar o riso, e o baterista inspecionou as unhas dos dedos. Ela finalmente entendeu.

— Eu fiz tudo, mas vim aqui para pedir desculpas e perguntar se posso comprar um chapéu novo, que vi na Nubles, na semana passada. Você acha que ele iria se importar caso eu fosse até lá e comprasse mesmo assim? Já que estou aqui... — ela fez uma voz triste.

Os olhos dele apertaram-se, e ele assentiu, quase imperceptivelmente.

— Você sabe como é o seu pai. Eu estaria em casa caiando o galinheiro, ou algo assim, antes de gastar o dinheiro dele, se quisesse agradá-lo. E também não estaria andando por aí assim, com o cavalo dele, mocinha.

A MULHER DO RIO

Baixando a cabeça para esconder a preocupação em seus olhos, ela assentiu submissamente, apesar de isso lhe doer diante dos idiotas e do baterista. Frank estava certo. Ela não devia estar anunciando os problemas da família em público. O pai iria matá-la, e Omah iria, pessoalmente, dar com a vara de salgueiro em suas pernas. Ela já ia virando o cavalo quando o baterista falou.

— Uma moça bonita como você precisa de um moço que vá visitá-la em casa, não acha?

Ela virou o cavalo de volta e avançou para a calçada. O cavalo hesitou, então ela o esporeou e ele atacou os homens, mostrando os dentes, espalhando-os para todos os lados, com o barulho dos cascos dianteiros.

— Não — Frank puxou as rédeas para baixo um pouco, e segurou a cabeça do cavalo, enquanto os homens xingavam e se endireitavam. — Vá para casa — ele disse, entre dentes —, e leve esse idiota de volta ao pasto.

Ele soltou as rédeas, dando um tapa no pescoço do cavalo. O cavalo conhecia Boudreau, então se virou sozinho, tirando os cascos da calçada.

— Essa menina não é boa da cabeça — disse o baterista. Os dois idiotas do vilarejo acharam muito divertido, e começaram a zurrar alto.

— Estarei lá assim que pegar o arreio, Maddie. Diga a Jacques que vou pegar as munições também, depois que encontrar Omah na estação de trem — gritou Frank, enquanto ela descia a rua. Estas últimas palavras lhe deram um arrepio na espinha, e ela apressou o cavalo. Precisava voltar para casa, trancar as portas e deixar as armas prontas. Algo iria acontecer. Omah estava realmente voltando para casa? Quem quer que os conhecesse bem sabia que Frank fez todas as carroças pessoalmente.

JONIS AGEE

Ela não havia entendido, da primeira vez que ele falou. E eles sempre carregavam a própria munição.

Assim que ultrapassou as lojas, ela virou para oeste, e novamente para a estrada, inclinando-se para trás, deixando o cavalo solto. Passaram correndo pelas casinhas e pelo prédio do telefone, e ela ouviu os gritos distantes dos trabalhadores, que se tornaram uma nuvem de pó. Seu pai disse que, quando as mulheres da família sabiam montar, montavam como o próprio capeta. Só depois do entroncamento foi que ela colocou o cavalo em trote, então diminuiu para uma caminhada, e o deixou andar pelo resto do caminho de casa, para acalmar-se. Sentia como se tivessem pintado um alvo nas costas, e boca estava seca. Nunca se sentira tão insegura como agora. Era muito estranha a forma como suas roupas, de repente, agarravam-se ao corpo, como se não fossem grandes o suficiente, e todos pudessem ver através delas, como se estivessem molhadas e grudentas. O rio também parecia caudaloso e perigoso quando o alcançaram, como se pudesse, de repente, encher e inundar a estrada, levando-a como uma formiga na enchente. Um grito agudo sacudiu-a por um momento, até que ela olhou para cima e viu dois falcões planando no alto, caçando. Era isso o que Boudreau realmente queria dizer: eles iriam caçá-la. Se Jacques tinha sumido, ela era a presa.

Sem se preocupar em limpar a poeira vermelha e as manchas de suor do peito e dos flancos do cavalo, ela o soltou, com a comida, na baia, e correu para a casa. Onde estavam os cachorros? Ela não havia pensado nisso antes, e simplesmente assumiu que estavam com Jacques, porque o seguiam para todo lado. Novamente os cabelos no seu pescoço pinicaram.

A casa estava vazia. Nada de Jacques, nada de estranhos, apesar de ela achar que ouvira um barulho estranho vindo da ala do solteirão, nos fundos da casa: um anexo de dois andares, que

A MULHER DO RIO

nunca havia sido usado, desde que ela se entendia por gente. Ouviu novamente, como se fosse um gemido.

Pegou a pistola do pai, de dentro da gaveta escondida na mesinha da sala de entrada, foi para a cozinha e encostou a orelha na porta que dava para aquela ala. Sim, era isso mesmo, um gemido de cachorro. Ela hesitou por um momento, verificou se a pistola estava carregada e girou a maçaneta. A porta estava dilatada pelo calor e pela falta de uso, o que a fez levar algum tempo puxando e empurrando as beiradas, para que se soltassem. Nada diferente. O gemido de cachorro transformou-se em latido quando ela entrou na penumbra do longo e empoeirado corredor. Tentou chamá-lo, mas só ouviu arranhões na madeira, vindos do fim do corredor. Talvez o pai estivesse ferido.

Maddie não ia àquele pedaço da casa havia anos. O pai a proibiu quando ainda era bem pequena, e é claro que ela teve de desobedecê-lo algumas vezes, mas não havia nada para ver, afinal. Então, ela havia se esquecido de voltar lá. Agora via que os quartos estavam bagunçados, baús velhos estavam abertos, roupas jogadas, mobília revirada e quebrada em diversos quartos ao longo do corredor. Quando ela explorou aquela ala, anos atrás, os quartos estavam, em sua maioria, cheios de mobília antiga ou quebrada, e baús de roupas velhas, livros e pinturas escuras, mas não nessa bagunça. Parecia que alguém tinha procurado algo. Os homens já estariam lá? Ela se moveu em um círculo, apontando a arma à frente, pronta para atirar em qualquer sombra que se movesse.

Havia também um cheiro pútrido, como se os cachorros tivessem feito suas necessidades no corredor enquanto o pai não estava olhando. Ela observou a bagunça, mas não viu nada além das impressões na poeira remexida.

Por que não trouxera uma lanterna?

De repente houve um barulho alto, e o chão estremeceu. Seu coração bateu alto, até que ela percebeu que era apenas um trem passando pelo pasto, pesado o suficiente para balançar a casa. Podia até ser o trem de Omah!

Estava diante da última porta, no final do corredor, e os gemidos e arranhões estavam vindo do outro lado. Era difícil respirar com o fedor, com o pensamento no pai e com a comoção do cachorro. Ela se ajoelhou e encostou a bochecha na porta de cipreste, madeira mole para uma porta, para o piso, para qualquer coisa, além de estar em um pântano.

— Pai? — ela resmungou.

O cachorro a ouviu e farejou ao longo do pé da porta, ansioso. Ela deslizou, lentamente, os dedos sob a porta, e murmurou para ele. Ele lambeu as pontas dos dedos, e arranhou a porta mais do que nunca, jogando-se contra ela, batendo-a contra o batente. Ela se levantou e colocou a mão na maçaneta. Realmente preferia afogar-se no rio agora do que abrir aquela porta.

O cachorrinho branco saiu correndo, jogando-se contra suas pernas, pulando, arranhando e gemendo, com seus olhos pretos arregalados. Pegou sua mão com a boca, sem morder, apenas segurando e puxando para dentro do quarto, que estava vazio, exceto por uma velha cama estreita, coberta com uma colcha rosa empoeirada, e uma mesinha rústica, com restos de cera de várias velas incrustados sobre ela. Havia ganchos ao longo da parede, para pendurar roupas, e uma camisola feminina de seda esfarrapada pendia de um deles. Mais nada. A janela havia sido pintada, de forma que apenas um brilho branco e leitoso se projetava na parede. À noite aquilo seria escuro como breu. Por que o cachorro estaria trancado lá? De que era o cheiro?

Ela enfiou a arma na cintura, ajoelhou-se e pegou o cachorro no colo, sussurrando palavras de conforto e afagando sua cabecinha encaracolada.

A MULHER DO RIO

— Onde está Jacques, Pete? Para onde ele foi? Onde está seu amigo, Vergil? Onde estão eles? Vá encontrá-los!

Pete olhou para ela, seus olhinhos escuros cheios de admiração líquida, e do que parecia ser, naquele momento, uma infinita tristeza. Então, ele se afastou de seus braços e começou a farejar as beiradas do quarto, e a gemer, como se também estivesse confuso pelo local onde estivera trancado. O chão antigo era feito de tábuas largas de cipreste, rusticamente acabadas, e não lisas e polidas como as da casa principal. Ela nunca perguntou ao pai para que era usado o anexo, por que os solteiros precisavam de sua própria ala. Quantos teriam sido? Ela tinha a impressão de que Jacques não tinha irmãos ou irmãs quando a casa foi construída, e que sua mãe era sozinha, exceto por seu filho Keaton. Os filhos da Vovó Maddie também já haviam morrido. Quem eram os solteiros? Ela passou o dedo pela poeira do batente da janela, que era pintado com o mesmo branco que as paredes rústicas de cipreste. O chão havia sido varrido, mas os peitoris, não. Uma olhada para a mesa confirmou que ela também tinha uma grossa camada de poeira. Por que esta ala da casa? Então ela se lembrou de que, no começo, seu pai tivera uma hospedaria para os viajantes do rio e da estrada, que tinha sido carregada pela enchente depois que ele construíra esta casa. Ele deve ter acrescentado estes quartos extras para alugar. Mas só para homens? Quando o encontrasse, ela o faria falar. Chega de fingir que ela era uma criança. Ela ajeitou os ombros, empinou as costas e pisou com força no chão, que soou como sólido.

— É uma parede — ela disse. — Venha, vamos encontrar papai e Vergil e conseguir algo para você comer.

Ela o pegou nos braços, e, a princípio, ele tentou se livrar, ganindo impacientemente, até que suspirou e relaxou, enquan-

JONIS AGEE

to ela fechava a porta atrás de si e refazia os passos pelo corredor. A cozinha parecia incansavelmente clara, depois do anexo sombrio, e, quando ela bateu a porta e colocou o cachorrinho no chão, ele emitiu apenas alguns ganidos, antes de suspirar novamente e correr atrás dela. Por algum motivo o cachorro lhe transmitia segurança. Ele a avisaria se alguém se aproximasse. Tanto que correu pelo corredor frontal, latindo furiosamente. Ela o seguiu, arma em punho, abrindo cuidadosamente a porta da frente, a tempo de ver a carroça da fazenda subindo a estrada. Omah teria chegado à casa? Ela saiu, com a pistola enfiada no cinto largo, enquanto o cachorro correu para cumprimentá-los, latindo alegremente e perseguindo a própria cauda em pequenos círculos, o que sempre fazia o pai sorrir.

Sua saia estava manchada com um círculo largo de sujeira e suor de cavalo, da frente até as costas, mas ela não pensava nisso enquanto a pesada carroça fazia a curva, e os dois grandes cavalos levantavam as orelhas e partiam em um trote desastrado assim que viram o celeiro e o pasto. Boudreau ficou em pé, puxando as rédeas para trás, enquanto, ao lado dele, Omah agarrava ao mesmo tempo o chapéu e a beirada do assento. Atrás deles, na carroceria, estava um grande baú, tão cheio que nem se movia com a superfície esburacada da estrada.

Pete começou a latir e jogar-se nas pernas maciças do grupo de cavalos, enquanto Boudreau dirigia a carroça para a casa. Quando pararam diante de Maddie, Pete perdeu o interesse e correu para cheirar e fazer xixi nos lilases da beira do jardim. Omah estava diferente, elegante, usando roupas novas que se pareciam com as das revistas femininas, com um vestido de viagem xadrez de preto e marrom, debruado de preto, com uma fileira de botões ao longo do corpete xadrez, sobre um vestido caramelo claro. Na cabeça ela usava um grande chapéu caramelo e preto, coberto com um ninho infernal, que continha as asas de um pássaro que parecia estar enterrando a cabeça de vergonha.

Omah olhou Maddie de cima a baixo, com uma expressão de censura em seu rosto, ao ver seu cabelo desalinhado e as roupas manchadas. Então, Boudreau ajudou Omah a descer, e ela subiu os degraus com os braços abertos. Maddie se acomodou neles, adorando sentir as luvas macias de algodão de Omah, limpando as lágrimas de suas bochechas. Ela tinha um perfume doce, como os lírios e rosas de um perfume caro, no antigo quarto da Mãe.

Omah a abraçou contra seu busto firme, seus braços fortes amparando a garota, transformando-a em uma criança novamente. Então ela soltou Maddie e a segurou com os braços esticados.

— Diga — disse ela.

— Não consigo achá-lo. Ele sumiu — Maddie contou-lhe sobre o cheiro, e sobre como encontrou o cachorrinho, mas sem achar nenhum sinal de seu pai no quarto.

— Algum cachorro velho morreu naquele quarto, é só isso — disse Omah, olhando em direção ao anexo.

Maddie se lembrou e disse a ela sobre as vacas que foram ordenhadas, mas cujo leite não foi despachado, e sobre as galinhas trancadas.

— Então, você não o vê e não fala com ele há quanto tempo? — Omah procurou rapidamente pelo pátio do estábulo, sobre seus ombros.

— Dois dias — Maddie assoou as lágrimas presas na garganta, ficando com o nariz inchado.

— E onde está Vergil? — ela perguntou, em parte a si, olhando novamente para o anexo.

JONIS AGEE

— Eu não sei — gemeu Maddie. — Eu não sei o que fazer.

Omah deu-lhe um olhar agudo.

— Não faça nada. Deixe que Frank e eu resolvemos isso, e você pare de ir à cidade mostrar-se como se fosse uma tola. Agora suba, vá se trocar e volte imediatamente para ajudar-me a fazer o almoço e alimentar esse cachorro, antes que ele vá atrás das galinhas.

Omah passou, tirando as luvas enquanto abria a porta de tela, e entrou na casa como se fosse mais sua do que de Maddie. Maddie a seguiu obedientemente, enquanto Frank levava os cavalos para o estábulo, as rodas da carroça rangendo em protesto pela falta de graxa, e o barulho dos arreios em uma cacofonia brilhante, que abafava o som secante do rio batendo nas margens, e a interação ocupada dos pássaros.

Papai havia sumido. Já era outubro, e a música tocava continuamente na cabeça da Maddie, enquanto ela coordenava os homens que cortavam as macieiras mortas, aparavam as vivas e plantavam as novas, como ela tinha mandado, no mês anterior. O verão passou, com todo o trabalho a ser feito, e a silenciosa busca que faziam por Jacques, para que ninguém descobrisse sua ausência. Dizer às pessoas que ele estava de cama era ruim o suficiente. De repente Maddie começou a ter dificuldades para ter uma noite tranquila, por causa de todos os senhores que procuravam por Joaques, a maioria deles nem um pouco cavalheiros. De Knight, St. Clair Jr. e os meninos Jones eram particularmente difíceis de se livrar até que Omah atirou contra eles uma noite, quando estavam chegando. Maddie riu até cair no sono com a expressão de terror em seus rostos, enquanto eles se abaixavam nos cavalos, que galopavam loucamente para longe da casa. Tiveram sorte de os cavalos terem senso de direção suficiente para

A MULHER DO RIO

fazer a curva certa para a estrada, em vez de continuarem reto, até cair no rio. Aqueles três sumiram por um mês desde então, e a Maddie estava bastante aliviada. Havia muito trabalho a fazer para passar as noites espantando crianças burras. A última secagem já havia sido feita, a aveia e o milho recolhidos, e agora eles trabalhavam no pomar, no restante das conservas da horta, e no conserto das cercas e do estábulo. Mas, como qualquer outro fazendeiro, eles lutavam contra o clima, para terminar a colheita e preparar a plantação da próxima primavera.

Tiveram um bom dia de outono para o trabalho. As maçãs restantes estavam escondidas nas folhas marrons e amarelas, amolecidas pela geada e prontas para virar cidra. Havia barris de madeira preparados para as caídas e, em pouco tempo, Frank Boudreau as pegaria para espremer. Ele deixaria dez canecos para endurecer por mais algumas semanas, e os armazenaria no porão, sob o chão do celeiro. Pelo menos foi isso o que ela pediu. O pai nunca havia usado o porão, mas ele tinha sumido, e a Maddie era quem mandava, mesmo se Boudreau tivesse algum problema em descer até lá. Tudo bem, Omah e eu poderíamos descer com eles, se necessário, ela disse a Boudreau naquela manhã, para envergonhá-lo. Ele a olhou com um rápido aceno de cabeça. Eles veriam que, apesar de jovem, ela era tão determinada quanto o pai, e duas vezes mais forte.

Um quarto das árvores havia morrido por causa de insetos, doença, negligência, coelhos, veados e guaxinins que comeram suas cascas durante o inverno. Para preparar-se para a próxima estação, eles arrancariam a última árvore naquela manhã. Durante o último mês, ela inspecionou cada árvore e amarrou um laço nos galhos que deveriam ser cortados para que as frutas recebessem luz e ar no próximo verão. Apesar de o sol ter levado metade da manhã para derreter o gelo da grama, o que restava

JONIS AGEE

do calor do verão se arrastaria pela tarde, para morrer, de repente, ao anoitecer, dando-lhes tempo suficiente. Ela respirou profundamente o ar doce de maçãs. Queria que o pomar ficasse como sua mãe havia planejado, em memória dela.

— Certifiquem-se de limpar em torno da base das árvores — ela gritou para Tom Spraggins e Nelson Foley, que, como eram os únicos negros ali, trabalhavam juntos enquanto os quatro homens brancos faziam duplas entre si. Era o costume, não havia nada que ela pudesse fazer naquele momento, apesar de fazer muito mais sentido que Foley, um homem enorme e muito forte, ajudasse a remover as árvores, e Caution Wyre, pequeno e não muito forte, cortasse a grama. Em vez disso, ela tinha de pagar o sujeito por ridículas horas de ineficiência. Às vezes entendia por que Jacques tinha deixado de lado o cuidado com a terra. Quase todas as noites, desde que ele sumira, ela desmaiava de exaustão, em um sono sem sonhos.

A foice parecia um brinquedo nas mãos enormes de Foley, e ele se movia graciosamente em volta do tronco de uma árvore boa, sem desperdiçar um movimento. Aos vinte anos, Foley era um ótimo funcionário, que levava o nome da família branca cuja casa de fazenda na cidade era a única coisa que restava dos velhos tempos. Ela o havia visto na cozinha, conversando com Omah, em tardes em que o trabalho já havia sido terminado. Eles usavam um tom suave e especial, e um tipo de linguagem que não tinha nada que ver com a Maddie ou com Frank, que precisava fingir que não era seu marido, e pai de seus filhos. Foley ainda precisava casar-se, e havia ido até Omah para pedir conselhos, acreditava a Maddie, porque ela havia achado seu próprio caminho.

— Homens de valor respeitam isso em uma mulher — disse Omah.

A MULHER DO RIO

— Não seja uma tola, como aquelas sobre as quais você lê nas revistas — ela censurara antes. — Você tem uma responsabilidade aqui, por esta terra e esta casa, pela qual o seu pai lutou, para que você tivesse um lugar no mundo. Nada é mais importante.

Ela costumava ignorar as palavras de Omah, mas, desde que Jacques sumiu, a Maddie estava começando a enxergar o que aquela mulher mais velha queria dizer. A Maddie decidiu que ele havia apenas saído e voltaria, assim que ela se provasse merecedora, então trabalhava duro e recebia praticamente qualquer conselho que servisse para trazer o pai mais rápido para casa.

O pomar de sua mãe estava indo melhor do que a Maddie imaginava. As árvores que ela plantou eram boas, de matrizes sólidas, e Boudreau as podou silenciosamente em seu tempo livre, ao longo dos anos, e usou as maçãs também, ela achava. A Maddie tinha muita saudade do pai, mas era um alívio fazer o trabalho que ele tinha abandonado, o que era mais fácil sem sua interferência. Ela poderia dizer isso?, pensou.

Spraggins atingiu a árvore novamente, com a grande lâmina da foice, ferindo-a, e então parou e olhou o lenho branco exposto, surpreso. Foley sacudiu a cabeça e olhou para ela. Spraggins seria mais útil subindo nas árvores e cortando os galhos individuais que ela havia marcado, apesar de Clinch e Hazard parecerem achar que negros eram incapazes de usar ferramentas altamente especializadas, como uma serra.

— Nelson, você fica com a foice. Tom, você vem comigo para o outro lado do pomar.

Ela pegou uma serra e um machado, de uma pilha de ferramentas, e apontou para que ele trouxesse uma escada. Clinch e Hazard pararam para assisti-la.

450

JONIS AGEE

— Vocês, parem de fazer hora, amarrem a corrente em volta do tronco e usem os cavalos para terminar de puxá-la para fora, agora. Precisamos terminar de limpar isto antes do meio-dia e cavar os novos buracos. Boudreau está trazendo as mudas da cidade enquanto falamos.

Kamp, que era tão quieto que parecia ser mudo, encostou a pá e foi buscar os cavalos que pastavam, a alguns metros dali. Wyre já parecia estar acabado, e ela ficou tentada a sugerir que trocasse de posto com Foley, mas estava realmente cansada desses homens e de suas besteiras. Clinch e Hazard eram mais fortes, gerados no pântano e criados no rio, que já tinham a pele permanentemente queimada e os olhos apertados de uma vida passada pescando, caçando répteis e animais para alimentar suas famílias. Eles tinham emprego fixo porque tinham famílias grandes em casa, e o inverno estava chegando. Nenhum desses homens gostava de fazer o que uma mulher mandava, especialmente uma que acabara de fazer dezessete anos. Boudreau os enquadrava toda manhã, e isso durava até o fim da tarde, quando suas pequenas rebeliões começavam a dar nos nervos dela, e sua voz dizendo-lhes o que fazer começava a dar nos nervos deles. Ao cair da noite, estavam todos bem cansados uns dos outros, prometendo não se falar no dia seguinte, mas lá estavam eles novamente, ao nascer do sol, caminhando com dificuldade pela grama de pontas congeladas, deixando uma trilha escura, como se passassem um dedo por uma janela gelada. Já estavam trabalhando assim havia uma semana. Hoje eles plantariam, e no fim do dia queimariam a pilha de árvores mortas.

Spraggins segurava a serra em seus braços com a mesma estranheza de um pai que segura o filho pela primeira vez. Balançou a cabeça e revirou os olhos para os quatro homens brancos trabalhando com a corrente e os arreios dos cavalos.

A MULHER DO RIO

— Aqueles homens não vão gostar de me ver fazendo isso, Dona Maddie.

Ela não o corrigiu quando ele a chamou pelo nome da avó. Talvez ela deixasse de ser a "Pequena" Maddie.

— Está vendo os laços lá em cima? Estes galhos têm de ser cortados. Faça um corte limpo, que os atravesse. Você corta e eu recolho os galhos. Acha que pode fazer isso?

Esta última pergunta o ofendeu, e seu rosto comprido e estreito fechou-se para ela, enquanto posicionava a escada, que era larga no início e ficava mais fina no topo, para poder entrar na copa de uma árvore. Ele passou a serra de uma das mãos para a outra e subiu, cabeça e torso desaparecendo entre as folhas secas. Depois de alguns minutos serrando e derrubando folhas, um galho estalou, então houve muito barulho, folhas caídas, a árvore sacudiu e finalmente o galho morto caiu no chão.

— Tem mais aqui — disse ele.

— Tudo bem.

Carregar o galho pesado era mais penoso do que imaginava, e ela começou a desejar que tivessem alguns cavalos com eles. Provavelmente seriam convencidos a puxar a madeira morta. Ela já estava para ir buscá-los quando Foley veio e pegou um galho grande, que Spraggins tinha acabado de soltar, colocou-o nos ombros como se fosse uma vara e o levou até a pilha, no final do pomar. Entre o carregar de galhos, ele continuou com as foices, de forma que rapidamente todas as árvores tinham seu entorno limpo.

Posicionada sob a última árvore que eles apararam, a Maddie olhou para os buracos deixados pelos galhos serrados, e viu o céu azul de outono encarar-lhe. Fez o que conseguiu aprender em um livro na biblioteca do pai, escrito por um inglês que fixara residência em Vermont, e vendeu as matrizes de macieiras a sua mãe. Fechou os olhos, deixando o ar cheio de maçãs maduras

JONIS AGEE

atravessar a pele, encharcar os cabelos com um hálito doce, e ouviu enquanto os sons da serra, o barulho do corte da foice, o murmúrio dos homens e o barulho dos arreios desapareceram por um momento. Havia outro som, um pequeno zumbido.

Ela olhou para baixo, percebendo que estava mal equilibrada, e seu pé direito estava sobre uma maçã meio podre. Levantou-o cuidadosamente, deu um passo atrás e esquadrinhou o chão, percebendo, de repente, um movimento. Cobras? Não, havia milhares de formas de maçã reveladas, agora que a grama estava curta, de pedaços marrons até algumas inteiras, quase perfeitas e ainda utilizáveis para fazer cidra. Ela virou uma delas com a ponta da bota, e se abaixou para pegá-la, mas parou. A maçã metade esburacada havia se transformado em uma dourada e brilhante casa de vespas. Ela deu um passo atrás e olhou em volta. Vespas por todos os lados, banqueteando-se das maçãs derrubadas, como se fosse a vez delas de pegar o que precisavam. Algo nela, de repente, sentiu amor e saudade, sabendo que, se o pai estivesse lá, ela correria para casa e o traria até ali para mostrar-lhe a maravilha. Talvez até desenhasse em um caderno, como o que Annie Lark tivera. A Maddie tinha tanta saudade do pai, da forma como ele jogava a cabeça para trás e ria quando ela apareceu com o ninho de Oriole[10], que parecia uma meia cinza comprida, arrebentada depois de uma tempestade; ou as peles de cobra que ela pegou e colocou na mesa, ao lado da caneca prateada de conhaque; ou o orgulho quando ela pulou no cavalo, no dia em que o estavam domando, e deu duas voltas em torno do mastro antes de cair no chão e quebrar o pulso. Esses dias tinham acabado, e ela não tinha ninguém além de si. Omah estava falando em voltar para Nova

---

[10] — Em inglês, nome genérico para qualquer passarinho da família Icteridade (N.T).

A MULHER DO RIO

Orleans, e Boudreau não era da família. Eles não eram como as vespas: tinham tão pouco em comum, qualquer um deles, e era por tão pouco tempo que nem importava o quanto se conheciam. O mistério no coração seria só dela, para descobrir e solucionar, o que fazia toda aquela claridade luxuriante ficar tão triste que ameaçava jogá-la em melancolia. Ela se sacudiu do delírio obscuro e caminhou de volta para os homens, que trabalhavam na árvore morta.

Os cavalos pendiam pesadamente do arreio, cavando com os cascos dianteiros e tentando avançar, enquanto Kamp os apressava, balançando as rédeas e gritando sem resultado. Hazard praguejava alta e longamente, e ela chegou bem na hora em que ele batia um pé de cabra com força no lombo baio de um deles. O cavalo mancou e jogou a cabeça com dor, berrando alto. O outro cavalo tropeçou e se afastou, chocado, porque nunca tinham apanhado. Ele praguejou e começou a levantar o pé de cabra novamente.

— Ei! — ela apareceu, de repente. — O que acha que está fazendo? — ela agarrou o pé de cabra e o balançou em direção à cabeça dele, acertando-o de raspão na bochecha antes que pudesse afastar-se. Ele grunhiu e avançou para a arma antes que ela pudesse bater-lhe novamente, mas ela se afastou, erguendo o pé de cabra.

— Você vai se arrepender disso, — ele rosnou e avançou, mas ela deu outro passo atrás.

— Vocês, Wyre e Clinch para trás.

Os dois homens olharam para Hazard e, relutantemente, deram um passo para longe dele. Kamp estava agachado, fingindo estar ocupado com a corrente.

— Se quiserem continuar trabalhando aqui, fiquem fora disso — ela disse, na voz mais firme que conseguiu fazer. Na

JONIS AGEE

verdade estava morrendo de medo, amaldiçoando-se por ter esquecido a pistola do pai no bolso do casaco naquela manhã. Hazard tinha uma cabeça grande, um cabelo louro-platinado e olhos tão claros que pareciam um erro macabro. Não era gordo. Poderia quebrá-la em dois, como a um graveto. Seus filhos andavam por aí, esquivando-se, até que alguém tomou uma providência e impediu seus olhos de encontrar os das outras pessoas. Também eram educados como diáconos.

Ela olhou rapidamente para a estrada que levava para a casa, rezando para que Omah, Frank ou alguém estivesse vindo, mas, excetuando os trabalhadores, o campo estava silencioso.

— Se você tocar em um fio de cabelo meu, meu pai vai caçá-lo como uma cobra, e afogá-lo no rio. Você sabe que ele já matou mais homens do que você pode contar, então matar mais um não seria mau — ela sorriu o melhor que pôde e apertou as mãos no pé de cabra, para impedi-las de tremer.

Hazard parou, com a dúvida em seus olhos pela primeira vez. Os outros dois homens haviam parado vários metros atrás dele e olhavam para suas botas.

Wyre falou pela primeira vez.

— O velho Jacques é um assassino filho da mãe, Hazard. Eu não o quero no meu rastro. Dizem que escalpelou um homem vivo, e usou o que sobrou dele para suas armadilhas para répteis. Demora-se muito a morrer dessa forma. — Wyre balançou a cabeça, e Clinch assentiu concordando.

— Deixa ela, Hazard — disse Clinch. — Você não pode sair por aí batendo em mulher, e ela já é bem alta para ser uma garotinha. O melhor que você poderia fazer é casá-la com um daqueles seus filhos preguiçosos.

Hazard parou para pensar, como se houvesse a mais remota possibilidade de isso acontecer, assentiu e arreganhou uma careta.

455

A MULHER DO RIO

— Meu filho poderia, com certeza, bater nela até ficar boa.

Ela não pôde deixar de tremer ao pensar nisso, e se forçou a ficar mais ereta.

— Voltem ao trabalho — ela rosnou. — O próximo que bater em um cavalo perde um dia de pagamento e o cavalo — ela pausou para fazer drama. — E ainda pode tentar fugir do meu pai.

Ela esquadrinhou a estrada da casa novamente, esperando ver Boudreau vindo na próxima carroça, mas nada. Ao virar-se, viu Nelson Foley com o machado na mão, meio escondido atrás de uma árvore. Por sua expressão, ela poderia dizer que ele ia se arriscar a defendê-la. Olharam-se por um momento, seu rosto amendoado tenso de preocupação, os olhos escuros apreciando o que ela fez.

— Você fez bem — disse ele, quando ela passou. — Mas cuidado com aquele Hazard quando ele descobrir, com certeza, que Jacques sumiu.

Ela continuou caminhando com cuidado, para não tropeçar e perder o senso de equilíbrio.

— Ele está lá em cima, na cama.

Foley sacudiu a cabeça grande.

— Não senhora, ele sumiu. A costa inteira está falando disso. Haverá mais do que somente esses homens atrás da senhora em breve. É melhor estar preparada. — Eles continuaram caminhando por entre as fileiras de árvores, largas o suficiente para a carroça e os cavalos passarem.

— Você fez uma boa cena lá — ele respirou fundo. — Mas precisa casar assim que puder. Qualquer homem serve, desde que não tenha direito à sua terra. O velho Jacques não fez um documento com um advogado da cidade? Ele não lhe disse o que fazer se sumisse?

Ela balançou a cabeça, sem conseguir falar, com um nó na garganta pela verdade sobre seu pai. Todos eles sabiam, e ninguém

JONIS AGEE

além dela e Omah tinham saudade dele. Só mais um filho da mãe, ela apostava que estariam dizendo, ainda bem que ficamos livres daquele velho pirata do rio. O pensamento fez as lágrimas, de repente, encherem seus olhos, e ela precisou virar a cabeça e limpá-las na manga do casaco.

— Vou precisar de ajuda — ela disse, em voz baixa.

Ele parou e olhou para as fileiras de árvores, e então para ela, e assentiu.

24

Frank veio trotando pelo campo, em um cavalo baio. Desmontou, passou as rédeas pela roda mais distante da carroça, acenou para os homens que estavam no intervalo do almoço e caminhou para onde ela estava sentada, com as costas contra uma árvore.

A expressão alegre em seu rosto era o suficiente.

— O que foi? — perguntou ela.

— Você tem visitas — disse ele, sacudindo a cabeça. — Omah disse que você precisa ir até lá para vê-los. — Ele não conseguiu controlar-se e arreganhou um sorriso. Seu cabelo estava lavado e cuidadosamente puxado para trás, no estilo antigo, e ele vestia roupas limpas novamente, agora que ela estava no comando. Ela ficou tentada a dizer algo sobre isso, só para tirar dele a cara de esperto.

— Quem é? — ela se levantou, espreguiçando-se. Todo aquele trabalho a estava deixando curvada e forte, e suas roupas estavam bem largas ultimamente. Com a costura generosa de Omah, ela parecia estar vestindo as blusas e saias de outra pessoa.

— Não são mais homens, são?

Frank arreganhou mais os dentes e sacudiu a cabeça novamente.

— Este você precisa ver por si. Omah disse que você também precisa lavar-se e colocar roupas limpas, então é melhor correr antes que ela perca a paciência. Eu trouxe o cavalo para você. Eu termino a plantação.

— Não vai demorar, vai?

— Melhor você correr — ele disse, ajudando-a a montar, o que permitiu aos homens vislumbrar suas pernas nuas até os joelhos.

Ela olhou para eles, acenando para a plantação.

— Não está perto o suficiente, agora sigam o padrão feito pela minha mãe, certifiquem-se de que os buracos são fundos o suficiente, joguem um belo balde de água em cada uma das árvores, não deixem a árvore inclinada no buraco, ela precisa estar reta, e...

Frank a dispensou.

— Vai ficar tudo bem, Maddie. E vamos queimar as árvores mortas quando terminarmos, e, sim, vamos cavar uma trincheira em volta da pilha, e deixar água por perto. Não se preocupe. Eu trabalho em fazendas há bem mais do que um verão.

Ao passar pelos pastos, ela se lembrou da próxima tarefa que a esperava: juntar o rebanho e colocá-lo de volta em produção. Ouviu perguntas sobre os potros novos, e os de dois anos, durante todo o verão, e precisou evitá-las. Não tinham potros de menos de um ano, e só dois cavalos com idade suficiente para serem domados. Além disso, nenhum deles tinha alguma característica especial. Se ela não agisse logo, eles ficariam de fora dos negócios. A renda com os cavalos para montaria e carroças não era suficiente. Ela se ocupou desse problema durante todo o caminho para o estábulo, enquanto tirava a sela do cavalo, e na caminhada para a casa. Amarrada aos degraus da varanda estava uma carruagem chique, laqueada de preto e pintada com ornamentos em vermelho e dourado. Os cavalos eram uma dupla de castanhos brilhantes iguais, com as quatro patas brancas até os joelhos, caudas louras aparadas, domadas e fixadas de forma que ficassem altas e imóveis, como uma decoração entre os quartos.

A MULHER DO RIO

Boné puxado bem abaixo de seus olhos, o cocheiro descansava, preguiçosamente, no assento. Era o filho de Knight, cheio de arrogância, apesar de ter trocado as roupas de *cowboy* por uma calça preta limpa e uma camisa branca engomada, com um colarinho duro de papelão.

— Maddie, entre — Omah chamou, de dentro das sombras da casa. Assim que ela passou pela porta, Omah agarrou seu braço e a arrastou escadas acima. Havia um murmúrio de vozes femininas vindo do parlatório, à direita.

— Quem está aqui? — Maddie perguntou, assim que estavam seguras quarto. Omah pegou seu único vestido bom, que a fazia parecer uma criança, com sua gola de marinheiro e seu avental. Apesar de ela ter idade suficiente, a saia não era comprida. Maddie, relutantemente, limpou a sujeira dos braços, rosto e pescoço o melhor que pôde, com a água do jarro e a toalha, que ficou imunda quando ela terminou. Vestiu apressadamente as roupas, enquanto Omah tentava escovar os nós nos seus cabelos, mas, finalmente, desistiu e simplesmente os torceu em um coque atrás da nuca, deixando os fios lisos, que deveriam ser cachinhos, penderem em volta do rosto. Quando Omah se afastou para olhar o resultado, sacudiu a cabeça.

— Esta saia é muito curta, e o avental... espere aí.

Ela sumiu por um minuto, para retornar com outro vestido nos braços. Era de um verde lindo, feito de lã levíssima, com um corpo longo e uma anquinha, na última moda.

— Eu estava guardando isto para dar-lhe no Natal — ela o estendeu, e Maddie o arrancou de seus braços.

— É lindo! — ela abraçou Omah, e rapidamente começou a despir-se. Não interessava que fosse lã, e que ela fosse suar e sentir coceira no calor da tarde. Era o seu primeiro vestido de adulta, de verdade! Ela o vestiu para descobrir que tinha mesmo um corpo — quadris estreitos e cintura fina —, e, com a anquinha, quase se parecia com as moças das revistas!

Omah assistia, com apreensão no rosto. Quando Maddie puxou uma mecha de cabelo e gritou, em desespero, Omah se levantou e rapidamente o consertou, desta vez trançando-o e o colocando como uma coroa sobre a cabeça da garota. Não estava exatamente na moda, mas ficava bem nela. Suas bochechas pareciam maiores agora, e seus olhos azuis pareciam mais profundos, quase misteriosos.

Omah inspecionou essa imagem por um momento, tirou algo do bolso de sua saia, estendeu as mãos e despejou duas grandes esmeraldas retangulares, presas a brincos de ouro, nas mãos da menina. Rapidamente ela passou os brincos por seus lóbulos, virando para cá e para lá, para que a luz brilhasse sobre o verde gelado.

— Eram da minha mãe — disse ela, conscienciosamente.

Do bolso Omah tirou um broche grande, uma esmeralda oval, imensa, do comprimento do polegar, diamantes e pérolas, guarnecidos em ouro. Maddie olhou mais de perto, e percebeu que o ouro tinha a forma de uma sereia, com seu cabelo brilhante, enquanto seu corpo, cravejado de pérolas, suavizava a pedra verde.

— Nunca vi nada assim — ela engasgou. — Que idade tem? Deve ser muito, muito antigo; e muito, muito caro.

Omah não disse nada enquanto o fixava no corpo do vestido de Maddie, mas, quando ambas se viraram para olhar no espelho, Omah tinha um sorrisinho, e deu um tapinha no ombro da garota.

— Você está igualzinha a sua mãe. — Seus olhos tinham uma ligeira melancolia.

— Mas estas joias não eram dela, eram? — a Maddie disse, compreendendo subitamente. — São suas.

A MULHER DO RIO

— São um presente, Maddie. Não é educado perguntar sobre elas. Agora, vá receber as visitas. — Ela levou a mão aos próprios cachos cheios, ainda negros, com apenas alguns fios grisalhos. Omah, como Jacques, não envelhecia, mas Maddie sabia que não poderia ter a mesma idade que ele. Ela tinha os próprios filhos — um menino e uma menina haviam sobrevivido entre os cinco que gerara —, mas permanecia graciosa, ereta e forte, como uma menina. Nunca trouxe os filhos para a casa; na verdade, Maddie nem sequer os conhecia, o que era estranho. Ela nunca viu Omah agir como esposa de Frank, e ela passava noites ou semanas inteiras lá, quando Maddie era pequena e doente, e agora novamente, quando Jacques desapareceu do mundo. Por que a separação das famílias? Ela era, obviamente, uma mulher de posses.

Maddie abriu a boca para questionar Omah, mas ela colocou um dedo sobre seus lábios e a espantou porta afora.

— Eu levarei chá e biscoitos — ela disse. — Lembre-se, você é a dona da casa agora. Levante o queixo e não curve os ombros nem cruze as pernas como um homem.

Dando um suspiro profundo antes de entrar no parlatório, Maddie levantou um pouco o queixo, de forma que olhasse por cima as senhoras sentadas.

— Boa tarde, eu sou Maddie Ducharme, sejam bem-vindas a minha casa. Ela cumprimentou uma de cada vez, fazendo-as inclinar a cabeça e reconhecê-la. Duas das senhoras eram as emproadas que ela encontrara no dia em que fora à cidade, montada no cavalo, Dowsie Louise Binnion e Clara Boid. A terceira era a tia de Layne Knight, Ethel May Zubar, que estava, claramente, no comando. Sem mais do que um olhar para suas companheiras, ela iniciou a conversa no minuto em que a Maddie se sentou em frente a elas.

JONIS AGEE

— Nós representamos as senhoras da Primeira Igreja Metodista — começou Ethel May, e Maddie sorriu, educadamente, o que a fez cerrar o cenho.

— Belo dia para uma volta de carruagem — disse Maddie, o que a desarmou mais ainda. Abanando-se com um lenço de renda, Maddie olhou a sala como se notasse sua opulência pela primeira vez. Quando se mudaram, a mãe de Maddie redecorou esta sala em um estilo exagerado, com mobília muito grande e estofamento em veludo vermelho e dourado, brocados e veludo, decorados com franjas, remanescentes do estilo turco. Três das paredes foram pintadas de bronze escuro, para realçar a mobília. A parede em frente a elas era coberta de papel de parede, decorado com cenas das cruzadas, estendendo o tema turco; e apenas os cristãos venciam todas as batalhas, enquanto os sarracenos apareciam feridos e derrotados. Sua mãe tinha uma alma dramática. Com as pesadas cortinas de veludo dourado, a sala parecia com o que Maddie imaginava ser um bordel. Ela estava a ponto de convidar as senhoras para apreciar mais de perto as cenas no papel de parede, quando Omah interrompeu com uma pesada bandeja de prata, com chá e biscoitos. O serviço de chá era em prata georgiana, conseguido sabe Deus onde, mas bem elegante e pesado. Quando ela colocou a bandeja, pesadamente, as xícaras de porcelana balançaram perigosamente. Omah começou a servir o chá, colocando um delicado biscoito de gengibre em cada pires, que Maddie, então, entregava às senhoras.

Os primeiros goles de chá causaram uma onda de rostos torcidos, que Maddie quase desatou a rir.

— O que é isto? — Dowsie Louise Binnion cuspiu, o pintarroxo empalhado em seu chapéu balançando violentamente e quase caindo de seu galho.

A MULHER DO RIO

— Por quê? É só o nosso velho chá de erva de borboleta, Dona Binnion. Bom para o que incomoda as moças — resmungou Omah.

Maddie olhou para ela espantada, percebendo que Omah tinha trocado completamente de roupa e maneiras. Ela usava uma combinação de algodão, com o avental mais velho da cozinha amarrado sobre ela, e seu cabelo estava preso com um trapo branco, como se fosse uma faxineira comum, ou uma cozinheira. Havia até tirado os sapatos! Qualquer pessoa inteligente diria que seus pés eram mais bem cuidados do que muitas mãos de senhoras, com as unhas aparadas e lixadas, e a pele brilhante e macia.

As senhoras brancas deram mais um gole, hesitante, e apertaram as bocas enrugadas sobre o sabor.

Com olhos alegres, Omah resmungou:

— Bom para os nervos. Com uns torrões de açúcar, parece que você está mamando na mãe — ela passou, jogando vários torrões em cada xícara, antes que as senhoras pudessem protestar. Elas olharam para as xícaras, sem saber o que fazer naquele momento.

— Bebam, isso mesmo. — Omah serviu-se de uma xícara, e colocou açúcar, mexendo com tanta força que a colher de prata rangia contra a xícara, quase quebrando-a. Quando terminou seu showzinho, ela levantou a xícara e bebeu de um só gole, terminando com um alto estalar de lábios.

— Isto é que é uma xícara de chá, hein, Dona Maddie? Nós, com certeza, aqui não precisamos dessa frescura de Coca-Cola!

Antes que as senhoras erguessem as xícaras novamente, Omah as tomou, empilhando-as estabanadamente na bandeja, como se porcelana fosse uma loucinha barata. As senhoras fitaram a bandeja, Omah e, finalmente, os pires em seus colos, que ainda continham os biscoitos de gengibre.

JONIS AGEE

— Comam todos os biscoitos, antes que eu volte. São muito bons também. Eu dou para meus cachorros todo dia salsa e gengibre, para ficarem com o hálito doce e os intestinos funcionando. — Omah deu um sorriso grande, mostrando os dentes, e se afastou marchando, balançando o traseiro.

— Bem, eu nunca... — Dowsie Louise Binnion bateu nos lábios com os dedos enluvados, uma gota de suor deixando um rastro bochecha abaixo, uma vez que conseguiu atravessar a grossa camada de pó compacto.

— O que fazemos com isto? — Clara Boyd, timidamente, segurou um biscoito pela pontinha, como se algum contato maior pudesse ser letal. Apesar de toda a fartura de carnes, ela parecia ser exigente com comida, provavelmente propensa a desmaios também, o que Maddie decidiu imediatamente que não queria em sua casa. Quanto mais cedo elas fossem embora, melhor.

— Eu fico com eles — Maddie se ofereceu.

As senhoras passaram-lhe os biscoitos, que ela empilhou organizadamente na mão. Recostando-se na cadeira, ela propositalmente cruzou a perna direita, apoiando o tornozelo no joelho esquerdo, exatamente como Omah disse que não fizesse, e começou a comer um biscoito.

Ethel May Zubar ergueu o queixo, mantendo os olhos na parede mais distante, onde um grande retrato de Maddie aos cinco anos, pintado a mão, a olhava. Ela tinha olhos azuis e cabelos louros porque o fotógrafo havia se esquecido de como ela era de verdade. Limpando a garganta, a mulher recomeçou.

— Irei direto ao ponto — disse ela. — Uma jovem como você não pode morar aqui sozinha. Não é apropriado. — Ela virou o rosto para Maddie, que havia parado de se acovardar sob aqueles olhos azuis brilhantes.

A MULHER DO RIO

— Não é sequer cristão! — a mulher ciciou. As outras duas mulheres pareciam desconfortáveis, balançando a cabeça, porém sem convicção em Ethel May.

— Meu pai está lá em cima.

— Ele não está lá em cima, Maddie Ducharme — ela disse.

— Você não pode mais esconder-se nessa história. O condado todo sabe que o velho pirata do rio finalmente foi encontrar seu julgamento, graças a Deus — as outras duas mulheres repetiram a frase, que era metade oração, metade ameaça.

— Bem, eu não estou sozinha. Omah está aqui, e Frank Boudreau, e ...

— *Aquela* mulher é a pior de todas! Nenhuma pessoa respeitável manteria uma funcionária dessas, ou esse Boudreau, com sua pele de negro do pântano, fazendo filhos com qualquer coisa que rasteje para fora da mata... — Uma pequena bolha de cuspe formou-se no canto da boca, e o rosto contorceu-se com tanto desgosto e desdém que ela começou a parecer-se com um gambá raivoso.

— Você está falando da minha tia, senhora, e peço que pare neste minuto — disse Maddie, no tom mais manso que conseguiu encontrar. A frase sobre a tia foi inspirada por um dos romances femininos que lera no inverno passado, cheio de complicações de filhos escondidos e quase incesto.

— Sua tia! Que bobagem! Com quem pensa que está falando, mocinha? — cuspiu Ethel May.

— Com as suas joias exageradas e baratas, e sua falta de educação...

— É melhor descer do seu cavalo metodista, senhora. Não permitimos animais dentro de casa — Maddie se levantou e foi para a porta. — Você faria muito bem em ir embora agora. Está me confundindo com outra pessoa. Sou a filha de

JONIS AGEE

Jacques Ducharme, e, se ele é um pirata, eu também sou. É melhor você fugir, com seus cavalos e joias, antes que seja tarde. E estes biscoitos? São os melhores biscoitos de gengibre que você já provou.

Ela enfiou um biscoito inteiro na boca, e mastigou, fazendo muito barulho, enquanto as senhoras se levantavam, e quase tropeçavam em si, empurrando-se para atravessar a porta e chegar ao *hall* de entrada. A anquinha de Dowsie tinha sido empurrada para o lado, de forma que parecia que ela tinha um tumor enorme no quadril; e o chapéu de pássaro de Clara tinha escorregado, de forma que parecia que o pintarroxo iria comer sua orelha. Apenas Ethel May Zubar conseguiu manter-se inteira, isso porque ela viajava como um navio no mar: tudo amarrado firme, enquanto empurrava seu busto adiante e escancarava a porta de tela. Ainda resmungava algo sobre bruxas caipiras, vermes do rio e negros.

— E estas joias são de verdade! — gritou Maddie atrás delas, furiosa por terem criticado seus novos tesouros.

Do lado de fora, Ethel May gritou asperamente para Layne Knight ajudá-las a entrarem na carruagem, e Maddie foi pé ante pé até a porta, para assistir ao espetáculo dos cavalos incomodados, balançando para a frente e para trás sempre que Layne tentava ajudar ou empurrar uma senhora para dentro. A comoção trouxe Omah para a sala, e, depois de rir delas, colocou a mão no ombro da garota e disse:

— É melhor você segurar os cavalos, ou elas nunca sairão daqui.

Enquanto as senhoras exaustas se acomodavam, Maddie aproveitou para acariciar e acalmar os cavalos, e soltar as rédeas para que eles pudessem esticar os pescoços e abaixar as cabeças. Eles expiraram alto, com alívio, enquanto ela coçava os seios, onde os mosquitos haviam mordido tanto que ha-

A MULHER DO RIO

via pontos de sangue. As pelagens castanhas estavam riscadas de suor nervoso, e ela ficou tentada a fazer uma oferta pelos cavalos ali mesmo, mas Ethel May jamais os venderia a ela. Talvez conseguisse que o advogado de Jacques, Lee St. Clair, os comprasse. Ela tinha recursos agora, e adorava a imagem de si passando com os cavalos em frente à Igreja Metodista, nas manhãs de domingo. Que empáfia daquela mulher em lhe chamar de piratinha de rio!

Se pelo menos seu pai as pudesse ouvir. A avó Maddie, apesar de morta, estava mais viva do que qualquer um. Ela velava sua neta. A Pequena Maddie não a via, claro, não como a moça de azul, que flutuava sobre a grama nas noites de neblina, deixando o pai sem descanso para pendurar as lanternas lá fora. Se sua mãe estivesse lá, faria mais do que debochar delas, como fez Omah. Sua mãe as esnobaria de volta até a cidade. Ela era uma grande dama. Maddie havia visto os baús cheios de roupas caras, as joias no quarto que era dela, antes de partir. Havia uma grande tragédia a respeito de sua mãe, apesar de tudo. Talvez tenha fugido com um amante jovem, um pirata talvez! Seu pai sempre fora velho, e nos romances as moças faziam isso, morrendo sozinhas, tristes ou se matando pelo amor de seus filhos, de quem tinham tanta saudade. Maddie ficava triste ao pensar nisso, então criou uma versão melhor. Sua mãe havia morrido, levada pelo rio, e seu pai estava de luto desde então. Agora ele também tinha sumido, e ela precisava construir uma história para ele, antes que fosse varrida pelos homens gananciosos a sua volta.

Naquela noite, após o jantar, ela convidou Frank e Omah para sentar-se com ela no parlatório. Já era hora. Começou anunciando que, pela manhã, pretendia ir à cidade ver o advogado do pai e o juiz do condado, se necessário. Diria que o pai estava morto e que ela estava cuidando da casa e da terra como

JONIS AGEE

se fossem dela. Notificaria o xerife de que atiraria sempre que avistasse quaisquer visitantes indesejáveis.

Omah a observava com um sorriso no rosto, assentindo. Frank olhava para seu copo de conhaque, virando-o contra a luz do pesado lustre, que pendia sobre a mesa, de forma que o líquido cor de âmbar se fundisse em suas mãos. Então, ele ergueu o copo e bebeu, como se fosse um trago de whisky, e colocou o copo delicadamente sobre a superfície de mogno.

Maddie ainda estava usando o vestido de adulta, e pela primeira vez sentia-se adulta. Ela colocou um pouco de conhaque em um copo e balançou, como Jacques costumava fazer, cheirou-o, deixando o líquido vaporoso penetrar o nariz, então deu um pequeno gole. No início queimou, então acalmou e aqueceu sua garganta, e chegou ao seu estômago com um giro vaporoso.

— Eu também irei à costureira. Quem você recomenda? — ela perguntou a Omah.

Omah deu de ombros.

— Alsie Taul faz o melhor serviço da cidade, mas é fofoqueira. Você pode tentar Loy Greenlee. — Ela olhou para Frank. — É uma moça negra, que mora perto de nós, e tem um bom ponto. No entanto, você precisará mostrar a ela os modelos, e ajudar com as estampas.

Frank encheu novamente o copo, ergueu-o e o colocou de volta sem beber, limpando o rosto com a mão grande, a sujeira tão incrustada nas rugas que era impossível limpar. Espalmou as mãos sobre a mesa e olhou diretamente para ela.

— Você não acha que seria uma boa ideia telegrafar para o seu irmão?

Ela apreciou a pergunta por um momento, pegou seu copo e bebeu todo o conhaque, imaginando Jacques enquanto fazia isso, sem permitir que os vapores quentes a fizessem engasgar.

A MULHER DO RIO

Também espalmou as mãos sobre a mesa, com o grande diamante amarelo da mãe brilhando na luz.

— Não quero incomodar Keaton. Ele está feliz onde está, e deve continuar lá. Sua mesada continuará a ser paga, como se nada tivesse acontecido, e não aceito que ninguém interfira nesse arranjo — ela olhou diretamente nos olhos de Frank, como imaginava que a mãe ou o pai fariam. — Fui clara?

Omah a observava, tamborilando os dedos levemente na mesa.

Frank deu de ombros e sacudiu levemente a cabeça, como se tivesse visto tudo e ficado ciente de sua tolice.

— Bem, só espero que você esteja preparada para o que vem por aí.

— E o que é? — ela serviu mais conhaque, desta vez enchendo mais o copo.

— Nós sempre estamos prontas — disse Omah, com voz dura. — Agora vamos falar sobre quem precisamos manter para nos ajudar durante o inverno.

Maddie falou sobre contratar Nelson Foley, e especulou sobre Spraggins ou Kamp. Decidiram contratar ambos, e Frank disse que falaria com eles. Eram todos funcionários confiáveis, que saberiam conduzir-se em uma luta e manteriam as bocas fechadas.

Então eles discutiram a operação, utilizando os cavalos, e a possibilidade de substituir algumas das éguas, e talvez o cavalo, apesar de Maddie ter argumentado contra. Finalmente, ela disse a Frank que queria comprar o par de cavalos castanhos que Ethel May Zubar fora até lá.

— Não vai prestar — alertou Omah.

— Roube se for preciso.

— Agora você falou igualzinho ao seu pai. — Frank se inclinou e riu.

JONIS AGEE

— Não temos dinheiro para gastar com cavalos castrados — disse Omah. — Você precisa reativar as matrizes.

— Vai haver uma feira de matrizes em Hot Springs mês que vem — disse Frank. — Poderíamos levar algumas das éguas, talvez o cavalo, e os dois potros, e ver com o que voltamos para casa. — Pela primeira vez ele soou entusiasmado, como se a ideia de restaurar a fazenda e sua reputação finalmente tomasse força.

— Não — disse Omah. — Ninguém vai para Hot Springs. Nunca. Frank e Maddie olharam para ela.

— Nem pergunte. Leve-os a Lexington ou Memphis. Há muitos cavalos no Kentucky e no Tennessee. Ninguém desta família precisa ir ao Arkansas. — Ela fitou a garota com um olhar embaçado. — É o que Jacques quereria.

Maddie bebeu o conhaque, percebendo como era fácil se acostumar ao sabor e à embriaguez.

— Também há bons cavalos lá, acho. — Frank se serviu de outro conhaque, sendo bastante generoso com a bebida do pai dela. A bebida dela, agora. Ela teve de conter-se para não tirar a garrafa do alcance dele. Ficou surpresa com o quanto a posse fazia uma pessoa ficar egoísta, e determinou que iria lembrar-se de controlar seus impulsos.

— Bom — disse ela. — Agora que o pomar está pronto, podemos juntar o rebanho amanhã e preparar-nos para partir tão logo haja um leilão. — Ela se afastou da mesa, mas Frank limpou a garganta.

— Uma última coisa...

— Sim. — Ela se sentou de volta e cruzou as mãos sobre o colo, a figura perfeita de uma dona da casa.

— Eu não queimei as árvores, como você queria.

Ela esperou.

A MULHER DO RIO

— Eu pensei que, como estávamos limpando e cortando tão rápido, e a madeira vale algo nestes tempos, seria melhor não usar tudo como lenha. Pensei que poderíamos cortar as velhas macieiras e usá-las para o aquecimento neste inverno. Seu pai queria mudar para carvão, mas, como temos tanta madeira por perto, eu pensei... — ele deu de ombros.

Ela inspirou para pensar. O que uma pessoa faz com quem desobedece uma ordem? O que Jacques faria?

— Tudo bem, Frank — disse Omah. — Ele está lhe economizando muito dinheiro, Maddie, você deveria agradecer. — Sua voz era baixa e firme.

A garota pensou por mais um momento, não querendo ceder tão facilmente, então assentiu devagar e disse:

— Tudo bem. Todos nós precisamos do dinheiro que tivermos para os cavalos agora. Mas Frank? — ela pausou e olhou dentro dos olhos dele. — Nunca mais faça isso sem falar comigo primeiro.

Ele abaixou a cabeça.

— Sim, senhora — ele resmungou. Omah endureceu as costas. Quando ele ergueu a cabeça novamente, foi para olhá-la nos olhos, e algo aconteceu entre os dois que a garota não entendeu, acendendo uma chama de ciúme nela pela primeira vez. Quem Omah amava mais? Ela teria de ter alguém só dela agora que o pai morrera, alguém que a amasse exclusivamente? Houve uma confusão desconfortável em seu peito quando olhou para Omah, uma negra clara que morara ali a vida inteira, que agia como se fosse a dona, a herdeira, não o que quer que ela fosse. E o que era? Nunca havia ficado claro para Maddie, porque ela nunca questionara. Quem era Omah? Por que o pai a deixava lhe dizer o que fazer? Por que ele a tratava como igual? Mais que igual, ele agia como se ela fosse o quê?

JONIS AGEE

— Estou cansada. — Maddie arrolhou o conhaque e se levantou, sinalizando o fim da discussão. Precisava pensar, agora que o pai estava morto.

25

O escritório de direito de Leland St. Clair era quase tão interessante quanto um clube masculino dos livros de Henry James. Nas paredes havia fotografias de St. Clair posando com uma variedade de pumas, ursos, gansos, veados, patos, pombos selvagens, coelhos, toda e qualquer coisa que pudesse ser morta com uma arma, arco ou faca. Lá estava ele, em cada uma das fotos, um homem tão pequeno que poderia passar-se por um garoto, com um sorriso dentuço no rosto. Suas roupas eram sempre tão arrumadas e limpas nas fotos que Maddie suspeitava que não havia caçado nada daquilo, mas simplesmente conseguido alguém que o fizesse por ele. Era exatamente isso que a preocupava: que ele fosse esse tipo de pessoa.

A porta abriu-se cuidadosamente, e ela pôde ver um olho inspecionando curiosamente pela fresta. A porta abriu-se completamente, e o próprio caçador entrou, fechando-a delicadamente atrás de si. Apesar do cabelo grisalho, estava vestido com o que só poderia ser descrito como a última moda para esportistas, mas, em vez de escolher um único esporte, ele parecia representar vários deles. Maddie sorriu, apesar de seu esforço para permanecer séria. Ele usava um calção de golfe marrom; meias amarelas, de montaria, até os joelhos, como um jogador de beisebol; um suéter de lã listrado de amarelo e marrom brilhantes, como se estivesse de saída para velejar pelo mundo; e os sapatos mais esquisitos, feitos de lona e solas de borracha. Ela havia visto um par assim na

JONIS AGEE

última edição de uma revista, então sabia que eram chamados de "tênis", mas o restante da roupa parecia trair a atividade.

Ele ficou em pé um instante, enrugando a testa gravemente sobre os papéis em suas mãos, então se sentou na poltrona de encosto alto, feita de couro marroquino, que estava próxima a ela, de frente para a pequena e mal desenhada lareira de carvão, que se esforçava para queimar naquela manhã fria e úmida, emitindo certa quantidade de fumaça no quarto, durante o processo. Apesar da promessa, Maddie levou um mês para ir até lá. Talvez porque temesse a verdade.

St. Clair colocou os papéis na mesinha diante dela, que tinha sobre si uma fruteira de prata manchada que continha maçãs manchadas de marrom e revistas das quais os homens deveriam gostar: *Popular Science, Scribner's, Bicycling World* e uma nova, chamada *National Geographic*. A capa desta última prometia histórias de tribos africanas, exploração da Antártica e antigas ruínas romanas. Quando percebeu que ela estava a ponto de pegar a revista, St. Clair se inclinou e a escondeu sob as demais, organizando a pilha com um suspiro.

— Preciso desculpar-me, esta sala geralmente não é visitada por senhoras — ele parou, com admirável aprovação nos olhos. Ela estava usando o vestido dado por Omah, sem as esmeraldas, e estava na cidade para buscar mais um, e encomendar outros. Precisou morder a língua para não dizer-lhe que caçava desde que tinha idade suficiente para apoiar a arma nos ombros, e que era melhor do que muitos homens do país.

— Você encontrou os papéis do meu pai? — perguntou.

Ele apontou com a cabeça para uma pasta de arquivo fina, sobre a mesa.

— Isto é o que eu tenho. Acredito que ele não tenha sido muito precavido com os detalhes.

475

A MULHER DO RIO

Ela estendeu a mão para a pasta, mas, novamente, ele antecipou seu movimento e a apanhou. Estava começando a irritá-la.

— Você sabe que estes são os papéis particulares de seu pai, e sem evidência concreta de que, bem, ele esteja morto, então...

— enquanto ele tropeçava nas amabilidades, seu rosto avermelhou-se e ela inspirou profundamente, antes que o chamasse de bundão e lhe tomasse os papéis.

— Senhor St. Clair — ela disse —, meu pai está morto. Você não pode querer que eu espere que algum idiota, algum dia, pesque pedaços dele de dentro do rio. Você o conhecia, sua família o conhecia, desde antes da guerra. Você sabe que ele jamais passaria cinco meses longe de suas terras. Ele nunca passou nem cinco dias fora! Meu pai nunca deixou aquela casa, nem as terras, desde que pôs os pés lá.

— Ele vinha à cidade com frequência. — O homenzinho olhou para o carvão que mais fazia fumaça do que fogo, obviamente considerando o pleito dela. Sem a posse, ela poderia ser impedida de continuar, a não ser, é claro, que arrumasse um marido que conseguisse tudo na base da agressão, coisa que não pretendia fazer.

— Esta cidade está localizada dentro das terras dele, mesmo que ele as tenha doado — ela endireitou os ombros e estendeu a mão.

Ele deu de ombros e entregou os papéis.

Jacques fez o testamento mais simples de todos, deixando tudo para os filhos. No entanto, havia dois apêndices que chamaram a atenção dela. Um especificava que Keaton receberia a mesada desde que se mantivesse fora do estado, e não contestasse o testamento. O segundo a afetava diretamente, e ela foi cuidadosa para que a expressão não se alterasse enquanto lia, mas a respiração parou no peito, e a fumaça ocre parecia ter ficado presa em sua língua.

— Algo precisa ser feito com relação a este último item — disse ela, esforçando-se para manter a voz firme.

St. Clair fez um arco com os dedos, e olhou para os dois faisões empalhados que alçavam voo da parede sobre o quartzo cinza do aparador da lareira. Ele tinha olhos exageradamente grandes e castanhos brilhantes, parecidos com os da égua baia que eles mandariam para o leilão na semana seguinte.

— Tentei convencê-lo a desistir disso, juro. Infelizmente ele não me ouviu. Por algum motivo, parece que queria que sua linhagem terminasse com você.

— Isso é ridículo! — ela disparou. — Por que você diz isso?

Ele ergueu as finas sobrancelhas grisalhas e olhou para o fogo, para os papéis nas mãos dela e, finalmente, para o rosto dela.

— Sua mãe... — ele tocou o lábio superior com o dedo indicador.

— Meu pai *amava* minha mãe! — ela se levantou, agarrando firmemente os papéis nas mãos.

— Sim, sim, ele a amava. No início era difícil dizer que alguém já vira um homem tão apaixonado. E seu meio-irmão, Keaton, vai beneficiar-se dessa devoção para o resto da vida. Na verdade, bem, como geralmente acontece com os casamentos de maio-dezembro...

Ela foi até o fogo, tentada a jogar lá os papéis, mas então teria de fazer algo a respeito de St. Clair e sabe Deus quem mais — apenas para ter o que era seu! Mas o que ele estava dizendo sobre sua mãe? O que ele queria dizer com isso?

— Por favor, seja direto, senhor St. Clair. Está me enervando profundamente com essa brincadeira de gato e rato — ela pressionou os ombros contra o aparador de granito, esperando o golpe, o calor do fogo aquecendo a parte de trás da saia e suas pernas.

A MULHER DO RIO

— Seu pai parecia crer que sua mãe, bem, que ela teria sido infiel aos seus votos. — Ele não conseguia olhar para ela.

— Infiel — ela repetiu, bobamente. — Foi isso o que aconteceu? Ela fugiu com outro homem? É isso o que está dizendo? Sim, é isso mesmo, não é? — segurou as lágrimas nos olhos, mordendo o interior da bochecha com tanta força que sentiu o gosto salgado do sangue.

Ele sacudiu a cabeça.

— Eu não sei. Eu não sei para onde sua mãe foi. Ele nunca me disse. Há sete anos ele veio até mim, com a ideia de fazer um testamento. Disse que queria proteger você.

Ela considerou a ideia por um momento, dando uma volta em torno da sala pequena, passando pelas fotos dos triunfos de St. Clair. Havia até mesmo uma foto de um grupo de homens a cavalo, a versão mambembe de uma cena inglesa de caçada, com alguns sabujos fuçando de um lado e uma fileira de gambás mortos pendendo de uma estaca, carregada por dois negros, a pé, um em cada ponta. Era assim que ela se sentia agora, pendurada em uma estaca, estripada por cachorros.

— O que mais ele disse? Ele parecia estar raciocinando corretamente? Estava bêbado? — ela parou atrás dele, como se fosse espremer a verdade de dentro de sua alma caso necessário.

— Desculpe-me — começou ele —, meu pai sempre disse que Jacques era excêntrico, porém lúcido, e eu concordo. Ele tinha bebido naquela tarde, mas não estava embriagado. Era francês, não se podia esperar que fosse abstêmio. Dizia que iria para casa comemorar o aniversário da filha, o décimo, se não me engano.

Ela se lembrou daquele dia. Havia pedido um cavalo, não um pônei, e sim um cavalo adulto, de verdade, só para ela. Também havia pedido sua própria arma, já que usava a do pai ou a de Frank desde os sete anos, e achava que já podia caçar sozinha. Quando acordou, naquela manhã, esperando o que acreditava ser o melhor dia de sua vida, descobriu que, em vez de um cavalo que ela pudesse montar, o pai havia comprado um carrinho de visita feminino, com um cavalinho para puxá-lo. O cavalo era tão velho que não corria, e seu trote era mais um caminhar manco do que um trote real. Também não havia nenhuma arma à vista. No lugar, ganhou um jogo de arco e flecha feminino, com um alvo montado no quintal. Ela ficou furiosa, quebrou as flechas sobre os joelhos e jogou o arco em um carvalho, antes que o pai ou Omah pudessem detê-la. Ignorando o cavalo, com um laço vermelho rústico, amarrado à parca crina, ela começou a atacar o carrinho com uma vassoura. Quando o pai tentou pegá-la, ela se virou para ele com a vassoura, gritando que o odiava, e que iria fugir como a Mãe fez, porque ele não era mais do que um homem odioso, que não era sequer seu pai.

A lembrança trouxe lágrimas indesejadas aos olhos dela, que soluçou para tentar reter o nó que lhe subia pela garganta. Não é surpresa que ele tenha procurado o advogado, mas quem acredita em uma criança de dez anos?

— Diga-me a verdade, senhor St. Clair, a verdade sobre minha mãe. Eu preciso saber. — Ela se sentou na cadeira ao lado dele, inclinou-se para a frente e colocou a mão enluvada sobre a mão dele, como imaginava que uma mulher adulta faria para inspirar confiança.

Ele enrubesceu até as orelhas.

— Depois da guerra, ela veio para cá, você sabe, e ajudou a mãe dela a cuidar das pessoas. Quando se casou com Jacques, as pessoas adoraram a forma como ela a trouxe de volta à vida. Por ser jovem, é claro, quis coisas novas na casa, gastou grande parte do dinheiro dele com os mercadores da cidade.

A MULHER DO RIO

Ela parecia trazer-lhe de volta a leveza. O arranjo do seu meio-irmão foi ideia dela, e Jacques fez o que ela pediu. Ele fez tudo o que podia para agradá-la, e, quando você nasceu, ele pareceu envelhecer décadas.

— Minha mãe era uma mulher má? — ela sussurrou.

— Ah, não — ele se apressou em dizer. — Ela era orgulhosa, bonita e orgulhosa. — Os olhos dele diziam que ela era como a mãe dela. Ela soltou a mão e recostou-se, com um sorriso.

— Ninguém mais a viu desde que voltou de Hot Springs, depois que você nasceu. Ela estava adoentada, e seu pai e o médico acharam que as águas lhe fariam bem. Aquela negra, Omah, viajou com ela. Eu não sei o que aconteceu, ninguém nunca mais a viu. Supusemos que ela simplesmente fugiu, e nunca a mencionamos na presença de seu pai. Ele não gostava.

Ele colocou a mão livre sobre a dela.

— Desculpe-me.

— Seu primo trabalhava para ele. Alguma vez ele fez algum comentário?

Ele abriu os braços, como que para indicar que não tinha resposta para o resto.

Continuaram sentados, ouvindo o chiado do fogo, a fumaça tomando a sala. Do lado de fora das janelas com cortinas pesadas, o céu estava baixo e carregado com uma chuva gelada, que começou a cair assim que ela saiu da carruagem. Os dois cavalos castanhos estavam usando bons cobertores de lã para manter as costas quentes, e, sem as rédeas apertadas, esticavam os pescoços em direção à calçada, esperando o torrão de açúcar que achavam que todas as pessoas carregavam. Ela não os perderia. Não perderia nada.

— Senhor St. Clair — começou, inclinando-se para ele e tirando as luvas, para que ele pudesse ver o gigantesco diamante ama-

JONIS AGEE

relo que estava usando. Sem esforço, diminuiu e aprofundou as vogais em sua fala. — Não existe absolutamente nada que o senhor possa fazer para me ajudar? — ela colocou a mão em seu braço, e apertou levemente.

Seus olhos grandes demonstraram simpatia.

— Acredito que possa entrar com uma petição para anular este apêndice, mas...

Ela tomou as mãos dele, e as levou aos lábios.

— O senhor faria isso por mim? Ajudaria uma pobre órfã como eu?

Assim que pronunciou essas palavras, ela percebeu que exagerara. Ele puxou a mão de volta e se levantou, abruptamente. A expressão em seu rosto dizia que ainda tinha recursos, antes de utilizar a persuasão do sexo sobre um homem. Ela o observou caminhar por um momento, e então falou.

— Estou na idade de casar-me, senhor. É contra a natureza proibir isso. Um juiz e o júri, com certeza, concordariam com isso — ela pausou, dramaticamente. — É claro que, caso prefira, posso ir a Sisketon, ou Cape Girardeau, ou até mesmo St. Louis, para contratar um advogado. Tenha certeza de que alguém aceitará o meu dinheiro. — Começou a recolher suas finas luvas de pelica, que combinavam com a nova capa castor, com um capuz para não se molhar.

Ele parou diante dela, de forma que ela tivesse de recostar a cabeça na poltrona e olhar para cima.

— Não existe menção a casamento, minha querida, os frutos dele é que são proibidos. Jacques não quer continuidade de sua linhagem. — Suas palavras ásperas correspondiam à ironia ainda mais áspera em sua voz, e ela teve de controlar-se para não bater nele.

Em vez disso, colocou a capa sobre os ombros e se ocupou com o fecho.

A MULHER DO RIO

— E que tipo de casamento seria esse, senhor? Que tipo de homem se casaria com uma mulher que jamais poderia consumar seus votos?

Ela se levantou tão rapidamente que o corpo dela ficou contra o dele, até que ele tropeçou para trás e teve de encostar-se na lareira, para recuperar a compostura. Havia um espelho adornado com parafernálias de caça, próximo à porta, e ela ficou em pé, em frente a ele, ajustando o cabelo e a capa, e observando a expressão dele. Quando ele inspirou profundamente, ela se virou e sorriu.

— Entrarei com a petição esta semana — disse ele. — O juiz deverá apreciá-la depois do ano novo. Teremos, então, uma audiência. Neste intervalo, por favor, verifique se é possível encontrar alguma prova de que Jacques esteja morto. Eles vão querer isso no tribunal. É difícil alterar um testamento se a pessoa ainda estiver viva. Você sabe do que estou falando.

— Eu sei. Apenas tenha certeza de lembrar-se de quem manda *agora*. — Ela abriu a porta sem esperar por ele, e deixou o escritório com um sorriso e um aceno dos funcionários.

Lá fora, a chuva congelava tão logo tocasse o chão, e, apesar dos cobertores, os cavalos tremiam com o frio, a cabeça baixa, desanimados, o gelo castigando os pescoços, rostos e arreios. Quando ela desamarrou as rédeas, pedacinhos de gelo solto caíram no chão, como cacos de vidro. O degrau de ferro da carruagem estava tão escorregadio que ela precisou de três tentativas até que as botas delas parassem de escorregar. Apesar da cobertura da carruagem, o banco de couro estava coberto por uma camada de gelo, que estalou quando ela se sentou e puxou o pesado e úmido cobertor de pele de urso sobre o colo, e pegou as rédeas, endurecidas pelo gelo. As ruas estavam vazias quando virou os cavalos, relutantes, em direção à chuva e à costureira. Ao lado deles, o rio parecia quase parado pela chuva gelada

JONIS AGEE

espetando a superfície, e o som do gelo, atingindo as árvores
e estradas, era só um barulhinho se comparado com os pensamentos que a ocupavam agora.

Ainda estava muito espantada com as revelações do advogado
para perceber aonde os cavalos estavam indo, e eles pegaram a
estrada para o antigo estábulo, na casa de Ethel May Zubar, sem
que ela percebesse. Não havia nenhum lugar para virar-se sem
estragar a grama, e ela já estava praguejando quando chegaram
ao pátio do estábulo, atrás da casa grande. O instinto os levou
ao abrigo mais próximo, e alguns minutos de insistência e re-
cuos se passaram até que virassem pelo menos a cabeça. Ela já
estava a ponto de descer e conduzi-los quando um homem veio
correndo de dentro da casa, com uma capa de chuva caramelo balançando atrás dele como uma vela, enquanto segurava a
aba de um chapéu caramelo de *cowboy*. Por um momento, ela
pensou que fosse o pai, vindo resgatá-la da chuva e do frio. Mas
então se lembrou de onde estava e pensou em Layne Knight, sobrinho de Ethel May, e de seu treino de *cowboy* no oeste, antes
de voltar para casa e transformar-se em um bêbado, e imaginou
se não estava para tornar-se alvo de alguma brincadeira violenta.
Alcançando a bolsa de brocado ao lado, puxou o revólver grande
de Jacques e o colocou-o no colo. Os cavalos recusavam-se,
teimosamente, a mover-se da porta mais próxima do estábulo.
Aparentemente, nenhuma gentileza era suficiente para superar
o instinto de sobrevivência. Os cavalos preferiam morrer congelados a sair de um lugar que entendiam como abrigo, as caudas
viradas para o vento em uma tempestade de gelo.

— Senhora? — não era Layne Knight. O homem tinha mais
de um metro e oitenta e olhou facilmente para dentro da carruagem, enquanto erguia levemente o chapéu da testa. Ele tinha
um longo bigode castanho-escuro, com fios grisalhos, e o rosto

A MULHER DO RIO

enrugado e permanentemente queimado do homem que trabalha na terra. Seus olhos estavam apertados de divertimento, algo para o qual ela não estava disposta, no momento.

— Por favor, afaste-se, senhor, preciso descer e mover os cavalos — ela disse, o mais firmemente possível, atrapalhada com a arma que tentava esconder sob a capa.

Ele colocou a mão grande e bronzeada em seu braço, e ela precisou conter-se para não recolhê-lo.

— Fique aí mesmo. Vou virar estas mulas teimosas e colocá-las na direção correta.

— Eles não vão aceitar a mão de um estranho... Não... — suas palavras soaram ridículas, e só o fizeram sorrir, enquanto tossia. Então, dirigiu-se cuidadosamente até as cabeças dos cavalos, movendo-se ao longo dos corpos, dando tapinhas confiantes e dizendo palavras calmas. Quando alcançou as rédeas sob os freios, eles abaixaram as orelhas e encostaram as cabeças, como se ele fosse salvá-los do gelo que machucava a pele em torno dos seus focinhos e olhos. Ele esfregou as testa deles, tossindo e murmurando, enquanto os afastava lentamente do estábulo. Eles nem se incomodaram com o casaco balançando em volta dele. Suas mangas eram muito curtas, e quando ele estendeu o braço para tirar o gelo das orelhas dos cavalos, o osso do pulso ficou aparente, fazendo-o parecer subitamente vulnerável. Suas mãos estavam riscadas de cicatrizes antigas e linhas também, provavelmente feitas por arame farpado e corda. Os calos grossos nos dedos e nas palmas eram visíveis até mesmo de onde ela estava sentada. Não surpreendia que ainda sentisse a mão dele segurando o braço dela.

Ao voltar até ela, ele deu um tapinha confiante nos quartos do cavalo mais próximo, franziu a testa para as caudas aparadas e domadas e olhou para ela com desaprovação.

JONIS AGEE

— Acho melhor eu ir com a senhora. Esta tempestade vai nos dar uma surra até acabar. Se a senhora esperar um pouquinho, enquanto eu... — ele olhou para o estábulo e tossiu, cobrindo a boca com o punho.

— Tenho certeza de que ficarei bem, senhor — disse ela, preparando-se para agradecer. Mas ele já tinha puxado a porta do estábulo e estava entrando, enquanto as palavras eram varridas por um vento cheio de neve, que começava a soprar com força suficiente para fazer o tecido fino da cobertura da carruagem parecer que iria rasgar-se a qualquer momento. Ela puxou o capuz sobre o rosto, e pensou no próximo movimento. Se fosse embora, pareceria ingrata, mas, se ficasse, ficaria em débito com um estranho. Por que não estava com medo?, perguntou-se. Olhou em direção à grande casa Zubar, procurou nas janelas cobertas por cortinas pesadas algum sinal de vida, mas nem o rosto de Layne Knight apareceu. Colocou a arma de volta no colo, desta vez em plena vista. Ela realmente gostaria de alguma ajuda com os cavalos, que agora mesmo tentavam virar-se de volta para o estábulo. Falou baixinho, mas sua voz não conseguiu sequer alcançá-los sobre o vento, que começava a uivar, enquanto soprava gelo e neve com a força de pedrinhas sobre a paisagem. Os cavalos encolheram-se e desviaram, e começaram a dançar, em seus lugares; ela resistiu, puxando os freios para chamar a atenção.

Ela já estava afastando a coberta, para desmontar e ir até a frente dos cavalos, quando a porta do estábulo se abriu o suficiente para que o estranho e um grande cavalo malhado, com uma sela no estilo do Oeste, saíssem na tempestade. O estranho subiu na sela e atiçou o cavalo. Era mais difícil andar no caminho para a rua, onde também se acumulava uma grossa camada de gelo, e os cavalos pisavam como se fosse em bolas de gude ou ovos de pássaro, enquanto avançavam, seguindo o cavalo malhado.

A MULHER DO RIO

Na rua, o homem esperou que ela o alcançasse, então se inclinou e perguntou em que direção iam. Desistindo de ir à costureira, ela apontou para o oeste e gritou o local onde deveriam fazer a curva. Ele se inclinou mais um pouco e disse que o gelo logo se transformaria em neve, que a temperatura estava caindo, então era melhor andarem logo. Ela acenou e eles seguiram, os ombros dele sacudindo com a tosse. Era confortante vê-lo, com o chapéu largo, amarrado por um lenço de lã que cobria suas orelhas, a capa substituída por um casaco de lã xadrez de vermelho e preto, luvas de couro forradas de lã nas mãos, cavalgando ao lado da carruagem e passando confiança para seus cavalos, e dando a ela algo com que não estava acostumada, um sentimento que a distraiu um pouco do que Jacques tinha feito. Seu pai era um homem estranho, com ideias ultrapassadas. Não era a primeira vez que errava. Ela desejou que pudesse ter dito adeus, era só isso, só isso. Só isso, pareciam dizer as rodas patinando sobre a trilha coberta de gelo. Quando os olhos dela se encheram de lágrimas, ela não as segurou, e logo sentiu o líquido congelado sobre as bochechas.

Metade da cidade deveria estar assistindo àquela estranha caravana, das cortinas e janelas das lojas, mas, além da ansiedade de passar pela tempestade, cada vez mais traiçoeira, ela tinha Omah e Frank com que se preocupar quando chegasse em casa. Frank estava obcecado com a ideia de que algum homem a enganaria para tomar-lhe Jacques'Landing, e, apesar das reafirmações dela, ele havia ficado pior que seu pai, ameaçando trancá-la no anexo dos solteiros caso ousasse pensar em corte ou casamento sem sua aprovação. Você não precisa mais se preocupar com isso, dir-lhe-ia naquela noite. Jacques resolveu esse problema de uma vez por todas.

JONIS AGEE

As ferraduras dos cavalos, em determinado momento, tornavam seu passo tão difícil que ela sinalizou para o estranho e parou. Os cavalos lutaram contra os arreios congelados e soltaram-se da carruagem, deixando Maddie na lateral da estrada. Jogando o pesado cobertor de pele de urso sobre um dos cavalos, ela o montou, e deu o outro cavalo para que o homem conduzisse. A princípio, o cavalo dela se recusava a andar, a neve tão densa que eles mal viam a estrada, deixando visíveis apenas as árvores dos dois lados. Ela apertou as coxas e panturrilhas o mais que pôde, através do cobertor pesado, e chutou. O cavalo tentou dar um passo, depois outro. Quando o estranho tomou a frente, o cavalo dela ficou logo atrás, para abrigar-se do vento. Ela puxou o capuz sobre o rosto e resistiu, apesar de as finas luvas de pelica de que tinha tanto orgulho agora estarem ensopadas e congeladas, adormecendo seus dedos. A outra mão, que segurava as rédeas, foi escondida na beira da capa de pele, mas, quando ela tentou trocar as mãos para se aliviar, não conseguiu soltar os dedos cravados nas bordas do capuz. Seu cavalo parou, mas ela estava tão preocupada com a mão que durante um minuto não percebeu, e, quando olhou novamente, estava cercada de espirais de branco e do vento uivando. Os outros cavalos haviam desaparecido!

Ela chutou o cavalo, mas ele não se movia, tão confuso quanto ela.

— Socorro! — gritou, assustando o cavalo, que se jogou com força para a esquerda, mas ela se segurou e gritou de novo, e de novo, procurou desesperadamente. Então se lembrou da arma, que tinha recolocado na bolsa, e, de alguma maneira, sacou-a e a engatilhou. Estabilizando o cavalo com a mão e as pernas, ergueu a pistola no ar e atirou. Preocupou-se que a tempestade tivesse abafado tanto o som que seria um milagre se ele o ouvis-

A MULHER DO RIO

se, mas, de repente, uma figura sombreada apareceu na frente deles, tossindo mais profundamente.

Ele pareceu intrigado com a arma, mas rapidamente foi ajudá-la, tão logo ela gritou qual era o problema. Tirando a própria luva, colocou-a sobre a mão branca e dormente, levantou a capa e colocou-a sob o braço, raspando os dedos na frente de seu corpete. Não havia tempo para reprimendas, enquanto ele enrolava novamente a capa em seu corpo, e tentava enfiá-la sob a parte de baixo de sua coxa. Como não conseguiu, ela puxou a pele de urso sobre as pernas e o colo, enrolando-a como a uma múmia. O cavalo grande dele resfolegava e olhava nervosamente para a pele de urso, mas não moveu um casco. Os dois cavalos castanhos estavam muito cansados com a tempestade para se preocuparem com isso.

O estranho inclinou-se e gritou, asperamente, em sua orelha:

— Quanto ainda falta?

— No entroncamento viramos para o norte, e não falta muito. Mantenha o rio à direita — ela gritou de volta, com o vento arrancando o capuz da cabeça, e levando com ele as últimas palavras. Ele puxou de volta o capuz, desamarrou o lenço de tricô que segurava o chapéu e rapidamente o amarrou embaixo do queixo dela, segurando o capuz. O lenço cheirava a fumaça de madeira e cavalos, e algo mais, talvez o cheiro dele.

Ele tirou o chapéu e o enfiou dentro do casaco, deixando a própria cabeça desprotegida. As orelhas dele já estavam vermelhas, e ele iria perdê-las se ela ficasse com o lenço. Ela começou a tirá-lo, mas ele a deteve.

— Você vai congelar — ela gritou.

— Eu estou acostumado. Vamos. — Ele amarrou uma das rédeas na mão desprotegida dela, junto com a do outro cavalo, e a enfiou dentro do casaco, então atiçou o cavalo pintado em um trote lento. Os outros cavalos não tinham escolha senão segui-lo.

Eles quase passaram o entroncamento, mas o cavalo pintado virou na última hora, e ela quase caiu quando o cavalo dela tropeçou para segui-lo. Para acalmar-se, começou a recitar "O menino descalço", de Whittier, mas não conseguia lembrar-se de nada além do segundo verso. Omah estava certa, ninguém sabia quando iria precisar lembrar de algo. Seus dedos congelados começavam a doer enquanto se aqueciam, e os olhos estavam quase se congelando. Só via uma fresta em cada um, mas então o vento mudou, e lá estava a fileira de velhos ciprestes gigantes e carvalhos nodosos, e ela gritou para o homem, logo à frente.

Os cavalos viraram-se naturalmente e correram para o estábulo, o vento nas costas. O homem se abaixou e abriu a porta, eles desviaram e entraram, os três cavalos empurrando-se pelo corredor cheio. O homem estava curvado na sela, sem se mover, exceto pelos espasmos da tosse, enquanto ela descia e desamarrava o lenço. O celeiro estava quente e pesado, com o cheiro doce de maçãs, cavalos e gado. A força da tempestade batia lá em cima, levantando e batendo de volta, mas, fora isso, só se ouvia o silêncio morno dos grandes animais descansando, um cavalo espirrando de leve, gado ruminando insistentemente. Ninguém se incomodou com a presença deles.

Ela levantou a coberta e o cobertor de lã das costas do cavalo dela, tirou o restante da aparelhagem, e, rapidamente, cobriu o cavalo e esfregou a cara e o pescoço dele. Depois de soltá-lo em sua baia, dirigiu-se ao outro cavalo castanho. Quando puxou as rédeas, o estranho acordou e, lentamente, tirou a mão de dentro do casaco. Ela precisou desamarrar as rédeas, percebendo o calor da pele do homem, apesar do frio. Depois de esfregar e

A MULHER DO RIO

cobrir o segundo cavalo, ela jogou feno fresco em três baias, certificou-se de que os baldes de água estavam cheios e não congelados, e voltou para o cavalo do estranho. A tempestade uivava, mas as batidas contra o telhado e as janelas pareciam abafadas na penumbra morna do estábulo. Em uma das vigas sobre eles, ouvia-se o barulho suave de um pássaro.

— Senhor? — ela sacudiu a manga dele, incerta sobre o que fazer. Ele parecia estar dormindo. — Senhor, precisa desmontar e deixar-me acomodar seu cavalo agora.

— Eu preciso voltar — ele resmungou, levantando uma das mãos e descansando-a na coxa trêmula. Apavorada, ela via o tremor percorrer o corpo dele, em ondas. A calça dele estava molhada! Ele estava congelando!

— Vamos. — Desta vez ela puxou a manga com força suficiente para movê-lo. — Desça, temos de aquecê-lo. Vamos. — Tirou as rédeas do cavalo das mãos dele e o levou-o até a baia que havia preparado. Ao ver bastante comida e feno fresco, o cavalo tomou impulso através da porta, batendo a perna do homem com força suficiente para provocar um grunhido. Quando o cavalo começou a abaixar-se para comer, ela segurou a cabeça dele.

O estranho pareceu voltar a si, olhando em volta com expressão de surpresa.

— Desça do cavalo para que eu possa tirar a sela — ela mandou, e ele, lentamente, passou a perna sobre o cavalo e desceu, tropeçando quando seus pés tocaram o chão. Se ele se deitasse, ela nunca mais conseguiria levantá-lo, então o encostou na parede da baia, enquanto, rapidamente, cuidou do cavalo. O animal ficou grato pela atenção, mas se assustou tanto com o cobertor de lona e lã que ela tentava colocar nele que ficou claro que era um cavalo do Oeste, que nunca conhecera as benesses da vida no estábulo. Seu pelo grosso de inverno estava em pé, e secava

JONIS AGEE

rápido após a esfregada; seus olhos ainda estavam brilhantes quando se abaixou para apanhar uma bocada de feno. Obviamente, estava acostumado ao tempo.

O homem era outro problema, no entanto, encostado na parede, com os olhos fechados. O rosto dele estava pálido e úmido de suor, como se tivesse febre, e, quando ela colocou a mão na bochecha dele, ela queimava.

Ela conseguiria chegar à casa com o homem naquele estado? Deveria ir até à casa ver se havia alguém para ajudar? E se todos tivessem ido para as próprias casas hoje? Quando ela saiu, pela manhã, Nelson Foley havia arreado os cavalos e planejava passar o dia consertando as cercas. Ele iria mudar-se para o anexo dos solteiros depois das festas; Kamp e Spraggins chegavam cedo todos os dias, e iam embora ao anoitecer, de forma que haveria gente para ajudá-la, mas não durante uma tempestade horrorosa como aquela. Frank e Omah faziam turnos para ficar com ela, mas, na noite passada, ela havia mandado ambos para casa. Provavelmente estaria sozinha.

Respirando fundo, colocou o ombro sob o braço dele e o escorou parcialmente com suas costas.

— Precisamos chegar até a casa, agora. Me ajude. Você consegue andar? — ela gritou, assustando o cavalo malhado, que levantou a cabeça e parou de mastigar, enquanto assistia aos dois tropeçarem em direção à porta da baia.

Demorou mais do que ela gostaria para chegarem à porta externa. Naquela velocidade morreriam no frio, mas não havia outra coisa a fazer. Encostando-se na parede para recuperar o fôlego, ela pegou um pedaço de corda.

— Senhor? Consegue me ouvir, senhor? — deu-lhe um tapa no rosto, trazendo seus olhos para o foco. — Precisamos chegar até a casa. Você precisa andar sozinho agora, não consigo carregá-lo. Vamos morrer se você não andar, entendeu?

491

A MULHER DO RIO

Ele tossiu e deu um sorriso surpreso.

— Menina de fibra — disse ele.

— Eu sou uma mulher adulta! — cuspiu ela. — Vamos. — Jogou o braço do homem sobre o ombro e empurrou a porta, que o vento mantinha fechada. Tiveram de empurrar com força até, finalmente, abri-la. Então o vento a soprou de suas mãos e bateu com força contra o estábulo, com um barulho alto, que assustou os animais lá dentro. Foi necessário o mesmo esforço para fechá-la novamente, e uma pequena camada de neve havia coberto a entrada, até que ela conseguiu trancar a porta.

O vento soprava mais forte do que nunca, açoitando-os, mas os contornos da casa apareciam nítidos o suficiente para que ela se aguentasse. Com a saia longa e as botas finas de pelica, era difícil ficar em pé no chão escorregadio, o vento batendo no tecido, sem contar o peso do *cowboy* pendurado nela, mas eles seguiram em frente, tropeçando, as cabeças baixas, como os cavalos. Ela havia deixado as luvas encharcadas no estábulo, e suas mãos, rapidamente, começaram a congelar de novo. Não havia o que resolvesse desta vez, então ela começou a recitar o poema de Whittier novamente, cada palavra para um passo.

— O — me — ni — no — des — cal — ço.

Estavam no meio do caminho quando ele hesitou e tossiu tão forte que parecia estar sendo estrangulado, quase colocando os pulmões para fora. Ela gritou e bateu na lateral do seu corpo e nas costas, através do grosso casaco, mas não adiantou, então lhe deu um tapa na orelha, com sua mão gelada, o que o trouxe de volta. Ele se endireitou e cambaleou para a frente outra vez, arrastando-a.

Quando chegaram aos degraus da varanda, estavam tão exaustos que desabaram e engatinharam até a porta. Lá ela tentou desamarrar a corda, mas seus dedos estavam tão rígidos que não era possível desfazer o nó congelado, de forma que teve de

JONIS AGEE

deslizar a corda pernas abaixo para passar por cima dela. Pareceu demorar muito até abrir a porta, empurrá-lo para dentro e então fechá-la e desabar no chão, fechando os olhos no abrigo de casa, finalmente.

A saia molhada estava tão pesada que ela a tirou e pendurou nas costas de uma cadeira da cozinha, e tirou as botas e meias ensopadas antes de colocar lenha nova no fogão e acendê-la, para ferver uma chaleira. Então ela foi aos outros cômodos, acendendo lareiras e fogões, correndo, porque o chão estava muito gelado sob os pés descalços. Quando, por fim, retornou à sala, o estranho estava sentado, com o casaco desabotoado, olhando com expressão divertida para a larga escadaria em curva.

— L. O. Swan — disse ele.

26

— Tudo bem — disse ela. — Você consegue se levantar? Há fogo aceso na cozinha.

Como ele não respondeu e manteve os olhos fechados, ela percebeu que estava semi-inconsciente. Seu rosto, avermelhado pelo frio, brilhava de suor, e sua respiração soava rouca. Ele não podia ficar no *hall* de entrada, e provavelmente nem no chão da cozinha, se estivesse doente.

— Oh, droga, onde está todo mundo? — ela bateu o pé e olhou para o alto da escada, na entrada do segundo andar, e viu algo. O que era aquilo? Parecia uma sombra estranha, flutuando no ar, além do corrimão. O estômago dela apertou, e então ela ouviu o barulho das unhas de seu cachorrinho no chão de madeira, e ele surgiu no alto da escada.

— Pete! O que você está fazendo aí em cima? Venha cá, menino — ela chamou, calmamente. Ele ganiu e olhou sobre seu ombro, e então de volta para ela, mas não se mexeu. Deveria estar latindo para o estranho que estava na casa, ela pensou. O que havia de errado com ele? A sombra pareceu mover-se ao longo do corrimão, e parar sobre o cachorrinho branco. Ela apertou os olhos e os fixou mais. Deve ser a luz estranha das venezianas para a varanda. Quando ela se virou e olhou novamente, a sombra tinha sumido.

— Venha cá, Pete — ela chamou novamente —, e ele pulou escada abaixo, como se tivesse acabado de perceber que ela estava em casa. Assim que viu o homem no chão, ele se afastou e começou a rosnar e latir.

O barulho acordou o homem o suficiente para que ela conseguisse fazê-lo ficar em pé e se mover para o andar de cima, onde o colocaria na cama. Se Nelson Foley já tivesse se mudado, ela colocaria o estranho no anexo dos solteiros, mas não era possível.

Tão logo o colocou em segurança, na cama do antigo quarto da Vovó Maddie, não seria fácil tirar a calça e a camisa encharcadas, mas estava acostumada a despir seu pai nas noites em que ele secava a garrafa de conhaque, então, finalmente conseguiu. Seu corpo era mais jovem do que se esperava, pelo rosto e pelas mãos, maltratados pelo tempo, as coxas brancas cheias de músculos, enquanto as de seu pai eram finas. Ao tirar as meias, ela se demorou estudando os delicados ossos dos dedos longos, que pareciam tão frágeis na penumbra do quarto, a unha do dedinho lascada. Os pés dele estavam tão frios que ela os esfregou entre as mãos para aquecê-los, como fazia com o pai. O estranho resmungou e puxou o pé, tirando um braço de dentro das cobertas, como se estivesse com calor. Esticando rapidamente um cobertor sobre os pés, ela acendeu o abajur na penteadeira do outro lado do quarto e correu para a cozinha, para fazer chá.

Se ao menos tivesse prestado mais atenção às receitas de sua avó, quando ela cuidava dos doentes ou dava poções para os manhosos. O pai sempre curava tudo com conhaque e chá de confrei, mas respeitava as habilidades da Vovó Maddie, e ficava muito quieto quando ela estava na cozinha, trabalhando com as ervas e os chás. O que ela faria para curar uma febre?

Chá de camomila, flores de corniso para malária, febre e sangue, era o que os índios usavam, dissera a avó. Ela estava se lembrando! Maddie podia ouvir a voz da avó, como se estivesse em pé, atrás dela!

A MULHER DO RIO

Casca de *viburem um*, sussurrou a avó, mas, quando ela se virou, a cozinha estava vazia, exceto por uma sombra estranha e inclinada na parede oposta, que deveria vir da forma como a neve se empilhava nos parapeitos das janelas...

Eles haviam deixado as jarras e latas de ervas, chás e pomadas no lugar de sempre, na despensa e nas prateleiras do armário perto da pia. As tiras de gaze para amarrar as folhas de chá também estavam lá. Era como se as mãos da avó estivessem guiando as da neta, enquanto ela apanhava e quebrava a casca dentro do quadrado de gaze, e dava um nó cego. Ao encher o bule com água da chaleira, que fervia no fogão, Maddie deixou que a infusão atingisse a cor certa antes de a levar lá para cima, para o paciente.

Ela adormeceu na cadeira próxima à cama, depois de levantar o homem para beber um pouco de chá, e certificar-se de que o fogo continuaria aceso, apesar do vento entrando pela chaminé. Pete subiu e andou pelo corredor, enquanto ela cochilava, o barulho das unhas ficando mais alto até que ele passasse pelo quarto, então ficava distante, e próximo, e distante, para lá e para cá, como um relógio vivo. Em algum ponto do sono ela imaginou essas garras deixando pequenas vírgulas desenhadas no chão mole de cipreste, que seriam descobertas depois de décadas, por uma mulher de sua idade, que ficaria de quatro no chão e passaria os dedos pelo padrão que se formou, e ela os via esperando uma tempestade, enquanto o mundo todo dormia, até os mortos.

Maddie acordou com o nascer do sol, os ganidos do cachorro pedindo para sair, apesar do vento que continuava a açoitar a casa, balançando as venezianas e janelas nos batentes. Quando olhou, os olhos do homem estavam abertos, observando-a. Ela o olhou, sem timidez, como se já se conhecessem há muito tempo.

JONIS AGEE

— L. O. Swan — ele grunhiu, fraco. — Meu nome... — ela ergueu a mão para pará-lo.

— Maddie Ducharme. Você está melhor?

O ganido de Pete transformou-se em um latido à porta, e ela se levantou e saiu, apressada.

— Eu já volto...

Ela ficou preocupada com os animais durante as vinte e quatro horas seguintes, enquanto a tempestade piorava, mas não havia nada a fazer. As galinhas e patos estavam acomodados com segurança, apesar de que logo precisariam de água e comida; o gado e os cavalos estavam abrigados e esperariam o tempo melhorar, como sempre. Os gatos do estábulo estavam tranquilamente enterrados no feno, e, fora a necessidade de sair duas vezes ao dia, o cachorro estava feliz por se enrolar em frente ao fogo que ela mantinha aceso no quarto do senhor Swan. Ela fazia viagens periódicas à cozinha, para buscar sopa e mais chá, e para atiçar o fogo, mas passava a maior parte do tempo no quarto dele, levando lenha da cozinha lá para cima, para que ficasse confortável. Ele dormia e acordava, enquanto a febre subia e descia, e ele tinha ataques de tosse terríveis. Ela lhe deu chá de sassafrás para a tosse, mas pareceu não ajudar. Apesar de ter esperado ouvir a voz da avó novamente, ela sumiu. Ela rezou, rezou para ela, para sua mãe, para seu pai, agradecendo-lhes por terem lhe trazido um homem justamente quando precisava, rezou para que mantivessem esse L. O. Swan a salvo para ela, porque, em algum momento durante a longa vigília, ela se apaixonou.

— O que você quer que eu faça, L. O.?

Era maio, o inverno e a fria primavera, que duraram tanto, tinham finalmente cedido, de forma que puderam finalmente sair e trabalhar na fazenda.

A MULHER DO RIO

— Você poderia ir embora — ele estava consertando o cabresto que o cavalo havia partido para tentar chegar até uma das mulas novas no pasto de primavera, naquela manhã, e ela estava limpando e arrumando o depósito que Foley e Kamp haviam construído, adicionando paredes e uma porta a uma das baias. Ela levantou uma coberta de lona para cavalo, e um rato saiu voando do revestimento de lã e fugiu porta afora.

— Aqui é a minha casa, L. O. — ela levantou o pesado tapete coberto de lama e o sacudiu. Vários corpinhos rosados caíram no chão e ficaram se contorcendo, em silêncio. Ratos. Droga. Ela levantou o pé, mas não pôde prosseguir. Em vez disso, parou e os levantou um a um em sua mão, onde eles se contorciam como botões de rosa infestados.

— Mas, não podemos ficar juntos aqui, Maddie... — L. O. enfiou o furador através da correia de couro pespontada, e apanhou a linha do outro lado. Ele usava um bom fio de linho encerado, que encomendaram na selaria em St. Louis, e traços dos consertos apareciam na maior parte do equipamento pendurado nos cabides de cabeçadas e selas agora. Ele até remendou as cobertas rasgadas e os tapetes de sela. Na verdade, desenhou o depósito, planejando-o tão logo conseguiu deixar a cama por algumas horas, e exigiu algo em que pudesse trabalhar. Além dela, claro.

— Podemos sim. Só não vamos dizer a ninguém. Podemos nos casar em outro condado, ir a Nova Orleans seria suficiente. — ela olhou para as criaturinhas sem pelos em sua mão. A mãe os abandonaria porque agora tinham cheiro de um humano? Ela não os mataria agora, isso era o tipo da coisa que precisa ser feita antes de se pensar a respeito.

— Coloque-os na grama, do lado de fora, ao lado do estábulo; ela vai encontrá-los. — L. O. observou, sorrindo.

JONIS AGEE

— Ou alguma outra coisa vai. Onde estão os malditos gatos? Achei que estariam por aqui. — Ela olhou para dentro do estábulo principal, onde a luz do sol batia nos grandes quadrados amarelos empoeirados das janelas e da porta.

— É melhor não esperar — ele a lembrou. Eles já tinham uma gaiola de coelhos que ocupava uma das baias, vindos do ninho que ela tinha achado nos arbustos de lilases, depois da terrível tempestade. A mãe nunca retornou, então ela fez Frank trazer os filhotes para dentro, para serem alimentados. Não sabia o que tinha acontecido, mas não podia suportar a ideia de nada morrendo desde então.

Não sabia que tinha o coração tão mole. Tudo a surpreendia naqueles dias. Sorriu e escondeu os ratos em um arbusto alto de maravilhas, coberto de flores cor-de-rosa, que permaneceriam fechadas até o final da tarde. L. O. era o responsável por isso. Deus sabia que esses ratos provavelmente cresceriam e mastigariam os troncos de suas macieiras jovens, no próximo inverno, e que ela amaldiçoaria esse dia.

Quando parou na porta do depósito para olhá-lo, era como se sentisse que as partículas de pó eram ouro, que a pessoa pudesse respirar para cobrir seus pulmões, para que durassem para sempre, sobrevivendo ao mundo que conheceram. Repentinamente, o dia pareceu tão frágil, e lágrimas surgiram de seus olhos. Nunca mais teria isso, ela sabia. Sentiu os lábios da vovó Maddie contra sua orelha, um roçar de cabelo em sua bochecha. Lembre-se deste momento, disse uma voz, e seu coração ficou ávido pelo homem cujos ombros magros estavam curvados sobre o trabalho. A cabeça, de cabelos longos, tanto quanto os de seu pai, e presos para trás da mesma maneira, havia ficado grisalha com a doença, e as mãos grandes e competentes continuavam muito ágeis, mesmo depois do problema. Ele estava

A MULHER DO RIO

usando o casaco de tecido misto do pai, suspensórios largos seguravam a calça alta. Nos pés, um par de mocassins velhos do pai, feitos de pele de veado. Ele estava até mesmo vestindo o avental de couro velho e endurecido do pai, marcado e manchado por décadas de trabalho com couro.

Ela vestiria outro homem com as roupas de Jacques Ducharme se ele ainda estivesse vivo? Deveria perguntar isso a St. Clair e ao juiz. Provas, disseram eles. Prova era esse homem morando sob seu teto — prova era seu corpo nu nos braços nus dele, à noite. Ela estremeceu ao pensar em suas barrigas nuas, uma contra a outra, sua barriga levantava e abaixava, e a distração tomava conta dela. Uma égua no cio, ele riu naquela manhã, quando ela o cavalgou pela segunda vez.

— Você me inspirou! — ela rira. — As éguas e garanhões nunca se reproduziram assim. Tenho de acreditar que foi você, L. O. Alguma mágica que você jogou no ar e na água. — Ele havia beijado seus mamilos, lenta e deliciosamente, até que ela arqueou as costas e se perdeu.

Como foi que ela e L. O. ficaram assim? A companhia constante de uma pessoa diferente daquelas com quem passou toda a vida era uma experiência muito emocionante. Tudo o que ele fazia e dizia era novo e diferente. Ela o ouvia contar sobre a vida e a casa deles por horas. E tudo o que ele amava ela aprendeu a amar, pela forma como os lábios dele diziam as palavras, a forma como os olhos mudavam de cor com a memória.

— Saí de casa aos quinze anos, para trabalhar no rancho de gado de um vizinho, próximo à Reserva Wind River, no Wyoming — ele lhe contou, quando pressionado a falar de sua família. — Meu pai e eu nunca mais nos vimos. Sorte que o vizinho, Ellis Weaver, era um homem decente, de família. Eu trabalhei duro, mas ele era justo, virei capataz aos vinte

JONIS AGEE

e cinco anos. Conduzi rebanhos até o início da ferrovia, em Ogallala, Nebraska, lutei contra ladrões de gado, febre catarral, carbúnculo, cobras, lobos, nevascas, seca e qualquer outro problema que viesse. Acabei em Montana, trabalhando na lavoura de um inglês que tinha alguma "bronca" em casa e veio parar aqui, igualzinho a mim, exceto pelo fato de que ele tinha dinheiro. Ele gostava de caçar, então passei cinco anos andando com ele, atirando em animais por suas cabeças e peles. Não é do meu feitio desperdiçar carne assim, então me mudei para uma operação grande, perto de Bozeman. Me quebrei em um cavalo, passei o inverno deitado no abrigo. Na primavera, o dono morreu. Uma empresa comprou o lugar e me mandou embora. Voltei para o inglês. Ele tinha se cansado de caçar, e estava criando gado, cavalos e cabras. Queria vender as cabras por aí. Eu achava que não ia dar certo. Cabras dão muito problema — para sair, para conduzir. Eram cabras núbias, então ele me mandou de trem para o Kentucky, para acompanhar a compra e o envio de um bode, e eu pensei em voltar pelo Missouri, pegar o trem novamente em Omaha e ir para casa ver o rancho da minha família, em Wyoming. — Seus olhos brilharam, e ela gostava de pensar que era pela surpresa em ter tanta sorte de tê-la conhecido. Fiquei doente no caminho, e me abriguei na casa do Knight, esperando melhorar, mas aí você apareceu. Uma bênção ou mais.

— Você tem uma casa? — perguntou Maddie.

— É a casa dos meus pais. Meu pai morreu, minha mãe foi embora. Meus dois irmãos e minha irmã não querem nada com aquilo. Eles foram embora tão logo puderam, assim como eu.

Para uma garota a quem nunca tinha sido permitido o luxo de ir à escola com as outras crianças, entrar em outras casas na cidade ou ir à igreja com as outras famílias, o luxo de ouvir as

A MULHER DO RIO

histórias deste homem era inebriante. A princípio ela se contentou em passar os dedos nas bochechas dele, quando ela o punha sentado para uma xícara de caldo, ou lhe dava a sopa na boca, que ela ansiava por beijar! Então ele aceitou o toque, ela se encorajou, deixando a mão pousar no peito ou braço, até que um dia ele fechou a mão sobre a dela, o que pareceu natural, e o coração dela pulou!

— Diga-me qual foi o seu pior e o melhor dia, e eu farei o mesmo — ela se inspirou. Era tão difícil fazer L. O. falar de si que ela queria que ele continuasse.

— Você não tem nada para fazer, Maddie? — ele cutucou.

— Pior dia?

Ele inspirou profundamente.

— Eu diria que o melhor dia também foi o pior: o dia em que saí de casa. Meu pai tinha ido embora havia uma semana, com a mãe, na carroça. Ele só lhe deu tempo para fazer uma sacola com roupas, e então a levantou para o assento. Ela não teve nem tempo de se despedir de Jake, o caçula, que corria atrás deles, chorando. Ele tinha pelo menos uns oito anos. E nem de Molly, um ano mais nova do que eu, mas já encarregada da cozinha e das tarefas da casa. A mãe estava tendo um episódio de sua "tristeza" de novo, e mal podia se levantar da cama. Uma noite ouvi o pai sussurrar com raiva: "Você não faz nada melhor que isso?" — L. O. olhou para Maddie, que nem havia corado. Perguntei a Molly para onde eles iriam, mas ela manteve a boca trancada e balançou a cabeça. Ela sabia, e estava com medo de que eu fosse atrás deles se dissesse. Ela não queria que a mãe fosse embora, mas também não queria que eu levasse uma surra, assim como ela mesma, por me contar. Meu irmão Nelson, que tinha doze anos, ficou lá parado, com as mãos nos bolsos, lábios trêmulos, tentando o mais que podia não chorar, como

JONIS AGEE

se o pai ainda estivesse lá, pronto para lhe dar um tapa na cabeça por ser uma criança. Meu pai era um canalha. Engraçado, ficamos sozinhos em casa por uma semana, e ninguém nunca falou sobre o pai ter levado a mãe, ou como nos sentíamos. Simplesmente continuamos vivendo, como se o pai estivesse lá, observando nossos movimentos como um falcão, pronto para atacar ao mínimo erro. As mãos de Nelson tremiam tanto quando ele arreava um cavalo que eu tinha de desviar e morder os lábios para não lembrá-lo de que o velho não estava lá. Jake, mesmo aos oito anos, chorava até dormir todas as noites, e não comia. Eu finalmente fui ao quarto dos meus pais, peguei a colcha das costas da cadeira onde a mãe a colocava quando a cama estava sendo usada e dei a ele. Ele a cheirou, enrolou-se como um cachorrinho e dormiu. Quando o pai voltou, nem viu que estava com Jake. Acho que ele a levou consigo quando foi embora, o mais rápido que pôde. Quando o pai voltou, a primeira coisa que fez foi pisar duro, reclamando de como deixamos a casa ficar desarrumada, e nos fez trabalhar até tarde da noite, limpando e consertando. A maior parte eram coisas que ele poderia ter ajudado a fazer, mas não ousamos reclamar. Nelson teve de subir no mezanino e tirar as teias de aranha sobre as baias do estábulo. Eu tive de limpar a entrada dos cavalos, com dez anos de esterco acumulado. Molly teve de limpar a palhoça do galinheiro, caiar o interior e reestofar as caixas onde punham ovos. O coitado do Jake ficou encarregado de ensaboar e encerar as selas, cabeçadas e botas.

Ele dormiu três vezes sobre o prato antes de o pai deixá-lo ir para a cama. O resto de nós não estava muito melhor, mas eu me lembro que ele havia planejado assim, para que, quando nos dissesse que a mãe não iria mais voltar, estivéssemos cansados demais para discutir. Ele a havia levado para um sa-

A MULHER DO RIO

natório, em Cheyenne. Foi assim que disse. Ela não era louca, eu queria entender. Só estava triste... e quem poderia culpá-la por sentir-se assim? Olhe para nós. Eu não disse uma palavra, claro, nenhum de nós disse, porque ele estava esperando por isso. Faca em uma das mãos, garfo na outra, seguros como se fossem ser usados para atacar alguém, os músculos da mandíbula trabalhando, e algo brilhante e errado em seus olhos. Estava esperando para poder descontar em alguém, e eu não lhe daria essa satisfação. Aos dezesseis anos, eu já sabia disso. Nunca mais a vi. Pensei em tentar encontrá-la ao longo dos anos, mas nunca tentei. Nenhuma carta ou recado chegou até nós também. Era como se estivesse morta, e, pelo que sei, deve ter sido isso que ele fez: ele a matou e enterrou, como faria com uma vaca velha que tivesse secado. Este foi o pior dia, o dia em que ele voltou para casa sem ela. A melhor parte aconteceu pela manhã, quando montei no cavalo que criei, e me libertei. O velho olhou para mim e disse: "São quinze dólares que você me deve pelo cavalo." Ele riu cruelmente, achando que tinha me pegado, mas eu conhecia o velho canalha de cabo a rabo. Então, puxei o dinheiro do bolso e joguei nos pés dele, esporeei o cavalo e galopei para longe de lá. Fui embora com a roupa do corpo, uma cabeçada que eu fiz, sem sela, cobertor ou casaco. Eu tinha o velho rifle que meu avô me dera quando eu tinha a idade de Jake, um pouco de pólvora e uma faca de caça. Eu não tinha pegado nem um pouco de comida para o cavalo. Os quinze dólares cobriam apenas o cavalo, e mais nada. Acho que, se não o tivesse pegado de surpresa, o pai me faria pagar pelas roupas que estava usando, ou me despido e dito que lhe devia pelos meus ossos e pele também. Escrevi para Molly algumas vezes, mas ela então se casou e mudou-se para Nebraska. Perdi o rastro de Nelson e Jake.

JONIS AGEE

— Isso não me parece tão maravilhoso — murmurou Maddie.
— Acredite em mim, foi sim.

Ele deve ter galopado pela estrada, amaldiçoando o velho por tudo o que fez, até que chegou à estrada principal, onde olhou para trás e não viu nenhum rastro que não o próprio. Ninguém vinha atrás dele. Ele então olhou para os outros lados. Tudo um imenso vazio.

— Alguns falcões voavam sobre minha cabeça, o vento empurrando a grama em ondas, o sol brilhando. Era isso, e eu ainda podia ouvir meu coração bater, então percebi que era o homem mais livre do mundo. Eu nunca mais vou teria de ir embora daquele jeito, com algum velho canalha e cruel tirando isso de mim.

Maddie ficou em silêncio por um instante. Apesar de seu pai ser estranho, ele a amou, e ela teve sorte. Às vezes o parentesco é um acidente, percebeu, e as pessoas não necessariamente tinham de se gostar só porque tinham a mesma cor dos olhos, ou formato do rosto. L. O. parecia-lhe mais frágil agora, e o que corria no peito dela era uma sensação que ela só havia tido pelos pequenos animais no pasto, o desejo de protegê-los da dor e do sofrimento. Ela se perguntou se isso era parte de ser mulher, que a preparava para a maternidade — primeiro você descobre as partes vulneráveis de um homem, depois tenta protegê-lo. — Ela sabia que isso era completamente absurdo.

Enquanto a saúde dele melhorava, ela leu histórias para ele, sempre com amantes, finalmente segurando a mão dele. Lia das tardes até o pôr do sol, até que um dia ele levou a mão dela aos lábios, tão naturalmente como se já fosse seu amante. Ela se ajoelhou no chão, ao lado da cama, e ergueu o rosto para ele...

Depois disso, ela trancava a porta quando ia ao quarto dele, e rapidamente tirava a roupa, entrando na cama, mas continuando

A MULHER DO RIO

a ler, para que o som de sua voz desse a Omah e Frank a certeza de que precisavam.

— O rio Mississipi sempre terá sua própria maneira...

Enquanto L. O. fazia amor com ela, e era necessário manter o tom, sem revelar qualquer excitação, o volume aumentando com sua paixão:

— ... nenhuma... habilidade... pôde convencê-lo... do contrário!

Ela não se lembrava de quase nada daqueles livros, e de como seus lábios formavam as palavras enquanto seu corpo se torcia de prazer, ela jamais saberia. Só esperava que os senhores Twain, Hawthorne e o senhor Melville, principalmente o Ahab do senhor Melville, lhe perdoassem essa desatenção. Ela os leria novamente algum dia, quando estivesse tão velha que já tivesse se esquecido da cômica tortura de segurar aqueles volumes pesados enquanto L. O. lutava contra sua virgindade.

Observar aquelas mãos, agora trabalhando com tanta delicadeza nos pontos pequenos sobre o couro, ah, isso sim significava estar vivo. Ela finalmente entendeu os romances que lera por anos, as histórias nas revistas. Omah quase não olhava para ela, e Frank não dizia uma palavra há semanas. Eles achavam que qualquer reprovação faria tudo desaparecer, mas ela nunca largaria este homem. Nunca. Cruzou os dedos, em sinal de promessa, perguntando-se sobre o calafrio repentino que veio pelo ar, e pareceu tornar a luz opaca. Uma nuvem cruzando o céu, disse a si, nada mais, nada mais, e ouviu os ecos daquele velho poema. Nada mais.

— Se ficar grávida — disse L. O., naquela manhã —, você perde tudo isto. — Ele abriu os braços para incluir a casa, os estábulos, pastos, pomar e floresta. — Mas então poderemos ir para o Oeste, para o meu pequeno rancho, criar gado, cavalos e filhos. Você vai ver, Maddie, você vai amar. — Seus olhos sempre escureciam e ficavam distantes quando ele falava do Oeste, e ela se preocupava que algum dia acordasse sozinha, então dormia sempre com uma das mãos ou um dos pés tocando o corpo. Ele teria de cortar um pedaço do corpo e deixá-lo na cama, sob seus dedos, para fugir. Ele a amava. Ela achava que sim. Na noite passada, ela lhe perguntara.

— Tanto quanto Marco Antônio e Cleópatra? Tanto quanto Tristão e Isolda? Troilus e Cressida? Você morreria por mim, como em Romeu e Julieta, de Shakespeare?

Ele riu e disse:

— *Leaves of grass*. Meu amor é como o cabelo dos mortos, que cresce nos túmulos. — Naquela manhã ela despachou um pedido para seu livreiro, em St. Louis, para poemas de Walt Whitman. Não era grande leitora de poesia, e sabia somente aqueles versinhos apropriados para moças. O senhor Whitman não era próprio para mulheres, mas Omah não saberia, e agora que ela tinha dezessete anos, era muito velha para ficar ouvindo mais alguém além de si.

— Eu não sabia que você era tão letrado — disse ela, naquela manhã, no café.

Ele pareceu surpreso, e então riu. Ele sempre ria dela.

— Era o único livro que eu tinha para ler no inverno, no meu primeiro emprego de *cowboy*. Acabei decorando a maior parte dele, para não ficar louco. Eu lia rótulos de latas, os jornais enfiados para tampar os buracos nas paredes, cantava todas as músicas que sabia, até começar a inventar novas letras. Eu mal podia esperar para começar a me esquecer de alguns dos poemas e versos para ter de reler tudo de novo. — Foi aí que ele ficou com os olhos distantes, e olhou sobre o ombro dela, pela janela, em direção ao pasto e ao pomar. — Você não faz ideia do que a solidão da montanha pode fazer.

A MULHER DO RIO

Ela diria que não é tão ruim assim, ou ele não estaria com os olhos parados, como se pudesse arrancar um braço e deixá-lo na mesa da cozinha se pudesse ir embora agora, para casa. Ela sentiu pena dele, igualzinho ao que sentiu em relação aos coelhos e ratinhos, mas não podia deixá-lo ir. Ele era dela agora.

— Que tal irmos pescar no Reelfoot Lake hoje? — disse ele.
— Podemos almoçar e ir até a balsa.

Quando ela balançou a cabeça, uma nuvem de desapontamento desceu sobre seu rosto.

— Preciso ir ver meu advogado hoje à tarde — ela mentiu, e virou-se para examinar a professora[11] em um arreio para domar cavalos. Uma das invenções de L. O. era uma peça oval, coberta de couro, que passava sobre o nariz do cavalo para forçar o controle, em vez de passar pela mordedura. Ele já estava trabalhando em quatro éguas que eles trouxeram no último inverno, para completar o rebanho. Elas iriam correr no verão, e voltar para casa para se reproduzir, a não ser que se provassem valiosas nas pistas.

— Tudo bem — disse L. O. — Vá vê-lo, e podemos cruzar o rio por lá. — Ele colocou o cabresto no chão e olhou para ela.

— Acho que não vai dar tempo. Tenho de ver se o catálogo novo de Montgomery Ward chegou, e parar na costureira.

— Maddie! — ele se levantou e agarrou seu braço, puxando-a para si. Ele cheirava a couro velho encerado, e tabaco, que usava quando tinha, mas mais do que tudo, cheirava como o pai. Ela se soltou e deu uma risadinha, ouvindo a incerteza em seu tom.

— Você me assustou por um minuto — disse ela, sem fôlego.

---

[11] – Nome da peça que passa sobre o focinho e conecta o freio e as rédeas, de forma a puxar todo o focinho do cavalo na hora da freada (N.T.).

JONIS AGEE

— Querida — disse ele, mas, em vez de se aproximar, passou a mão trêmula pelos cabelos, e virou-se para olhar pela janela. Como se discordasse de algo, cruzou os braços, sacudiu a cabeça e cutucou uma caixa de pincéis de madeira que estava no chão com a ponta do mocassim. — Eu vou ser seu empregado? Um amante cativo, como aqueles inúteis nos seus romances? Alguém que você esconde das visitas no sótão?

Ele se virou para olhar para ela, seu rosto comprido solene, a boca contraída.

— Não posso fazer isso, Maddie.

Ela iria perdê-lo. Seus pulmões se apertaram, e ela mal podia respirar.

— Eu sou muito nova.

Ele sacudiu a cabeça.

— Não comece a mentir agora. O que quer que eu faça aqui? — ele abriu os braços. — Não posso mandar os homens trabalharem. Droga, nem posso olhar seus funcionários negros nos olhos.

Demorou um pouco para ela entender do que ele estava falando.

— Você está falando de Omah? Ela não é...

Ele levantou a mão para impedir que ela continuasse, e suspirou profundamente.

— Não estou falando de Omah. Credo, ela é mais sua mãe do que qualquer coisa. Você vai entender do que estou falando, Maddie. Eu sou um homem, e você não está me dando — ele procurou a palavra — respeito, acho que é isso. Eu me sinto um nada aqui, a não ser alguém que lhe obedece e lhe leva para a cama. Não sei o que exatamente isso faz de mim. — Ele a olhou diretamente nos olhos. — Mas não é suficiente, não é?

— Meu pai — ela disse. — Eu não posso deixá-lo.

Ele a olhou por um longo momento, e abaixou os olhos.

A MULHER DO RIO

— Eu sei, querida. — Ele abriu os braços e ela entrou dentro deles, sentindo o sabor amargo da vitória pela primeira de muitas vezes.

— Fique só até o outono — ela sussurrou em sua orelha, tocando sua bochecha com a ponta do nariz, e procurando sua calça. — Você pode cortar a madeira e dragar o pântano que separa os dois terrenos do leste. Espere até ver o tamanho daquelas árvores, cipreste, carvalho, liquidâmbar, plátano, olmo, e mais... Você pode construir uma estrada para a ferrovia, para facilitar o transporte dos cavalos e do algodão. Podemos começar a cobrar pelo uso, rebocar o que resta da pequena serraria no final das Jacques'Landing, é só o que peço.

Ele gemeu quando os dedos dela encontraram seu sexo intumescido.

— Você está me seduzindo, Maddie Ducharme.

Ela riu, e lambeu a bochecha dele, como um gato.

— Claro que estou, L. O. E você caiu direitinho, não foi?

Ele a puxou para o chão de tábuas, e eles se amaram apressadamente, com a saia dela erguida até o pescoço, calça ainda amarrada nos joelhos, impedindo-a de abrir-se completamente quando ele a penetrou, mas eles deram um jeito.

— Case-se comigo — disse ele, enquanto se abraçavam. Na nogueira nova, do lado de fora da janela, os filhotes de corvo começaram a piar, como se fossem bebês humanos.

— No outono — murmurou ela. — Quando terminarmos a colheita das maçãs. — Ela pensaria em algo até lá. Tinha o verão todo para fazê-lo se apaixonar. Só tinha de se cuidar para não ficar grávida. Omah saberia o que fazer.

— Você vai acabar com ele — disse Omah, quando ela voltou para a casa para trocar-se e sair. — Ele não é um meni-

JONIS AGEE

no, ou um bichinho de estimação. — Ela estava sentada na varanda, abanando-se com uma carta que recebera naquela manhã, mas Maddie estava irritada demais para perguntar de quem era.

— Ele pode fazer o que quiser — disse ela.

Omah lhe deu um daqueles olhares que, de alguma maneira, a lembravam do pai, e ela estava repentinamente feliz por ele não estar lá.

— Ai, ai, ai — disse ela, entrando na ladainha que Maddie odiava. — Moça, dê àquele pobre homem a liberdade. Que senhora boa, deixando-o dragar o velho pântano e cortando as árvores sozinho. E depois? Vai deixar a velha Omah lavar suas calcinhas? — ela fez um beiço e deixou sua boca frouxa, enquanto abria os olhos até fazê-los saltar.

— Pare com isso — Maddie disse, contrariada, fazendo beiço e desabando na cadeira ao lado.

— Escute, mocinha. — Omah bateu com o envelope em seu colo, olhando os brotos de lilases roxos na beirada do jardim, que enchiam o ar de doçura inebriante.

— Seja o que for, não vou desistir dele. Você não pode me obrigar! — Ela bateu os dois pés no chão, fazendo as galinhas descerem os degraus, batendo as asas.

— Tenho de ir embora logo. Vou levar meus filhos para o Norte, para que possam ir à escola. — Ela olhou para Maddie. — Pretendo deixar esse assunto do senhor L. O. Swan resolvido antes de ir.

Suas palavras espantaram Maddie.

— Frank vai também? — ela perguntou, com voz sonhadora. Deveria estar dizendo "desculpe-me, por favor, não vá", ou algo assim, mas, em vez disso, sentiu uma alegria secreta em seu coração. Sim! Eles ficariam sozinhos e fariam o que quisessem!

A MULHER DO RIO

— Não, Frank fica. — Ela olhou para Maddie. — Com você, Maddie. Ele vai ficar para tomar conta de você.

— Mas eu já tenho idade suficiente — ela fez bico.

— Você não vai se casar com esse homem, e vai parar de dormir com ele imediatamente!

Algo se acendeu dentro de Maddie, fazendo-a olhar para Omah com os olhos e o rosto endurecidos, imóveis, enquanto dizia:

— O que eu preciso de você agora é uma forma de não ficar grávida, até que eu convença os tolos da cidade a quebrar o testamento de Jacques.

Surpreendentemente, os lábios de Omah se curvaram em um sorriso, não de doçura, mas de constatação.

— Você se parece mais com sua mãe do que imagina.

— Diga-me, então — seu coração disparou à menção da mãe. — Fale-me dela, algo que você nunca me disse antes. Tenho idade suficiente para não me chocar.

Ela não sabe se foi por vingança, ou pela necessidade de finalmente revelar a verdade sobre sua infância, mas Omah lhe contou como sua mãe se casou com o pai, como foi para Hot Springs recuperar a saúde, depois que o bebê nasceu e ela foi colocada com uma ama de leite, uma jovem negra, cujo bebê havia morrido ao nascer; Jacques pagou a mulher com moedas de ouro, o que levantou a suspeita na cidade de que apanhava e ficava enjaulada, e que ela se enforcou de tristeza antes que Jacques pudesse chegar à cidade para salvá-la. Ela estava enterrada ali na fazenda.

— Então, onde fica o túmulo? — perguntou Maddie, assustada até os ossos com os detalhes horríveis.

Omah balançou a mão vagamente, para o cemitério da família, na parte norte do jardim.

— Jacques nunca conseguiu colocar uma lápide.

JONIS AGEE

— Mas ele teve anos para isso! — protestou ela, com lágrimas quentes pinicando seu nariz.

— Às vezes não é tão fácil quanto parece — disse ela.

Entretanto, um detalhe da história a incomodava.

— De onde veio o dinheiro? As moedas de ouro, como ele conseguiu? Achei que estivesse falido; ele sempre disse que não tinha dinheiro.

Omah olhou para o rio, do outro lado da estrada.

— Ah, ele tinha dinheiro sim. Só não o gastava se não fosse preciso. — Ela olhou para Maddie, as linhas do rosto mais profundas, finalmente a fazendo parecer ter a idade que tinha, qualquer que fosse ela. — Ele queria ter certeza de que você não precisaria lutar como ele, que não teria de fazer coisas das quais tivesse vergonha depois.

Agora Maddie se sentiu culpada.

— Como agora? — Ela perguntou, com a voz pequena.

Omah assentiu uma vez, lentamente.

— Você é cabeça dura como um burrico. Ele deveria ter visto isso. Ou talvez tivesse visto. — Ela deu um tapinha no topo da cabeça de Maddie, com o envelope com que dava voltas e voltas em suas mãos.

— Onde está o meu dinheiro, então? — era uma pergunta óbvia.

Ela riu e olhou para o anexo dos solteiros, então de volta para o estábulo.

— Eu não sei, ele nunca disse a ninguém onde o escondeu... onde o colocou. E, quando desapareceu, só posso imaginar que ele o estava procurando, e que se esqueceu de onde o havia escondido — quando ela riu, foi um riso amargo.

— Onde ele conseguiu as moedas de ouro?

— Ele era um bom poupador, como eu disse — ela riu, com olhos manhosos.

513

A MULHER DO RIO

— Não. Onde ele conseguiu o ouro, e as minhas joias, e as da minha mãe... de onde veio? — ela havia tirado o diamante amarelo enquanto trabalhavam na fazenda, mas era o anel com o qual se casaria.

Omah olhou para ela, um sorrisinho no canto da boca.

— Você não vai me dizer, não é? Eu sei que as pessoas o chamam de pirata, ladrão do rio, é isso? — sua voz levantou-se, e L. O., mesmo trabalhando no estábulo, saiu para olhar para a casa.

— Não ligue para essa história de pirata. Você precisa prestar atenção ao que eu estou lhe dizendo, mocinha. Ele é um homem adulto, e não pertence a você, ou a este lugar. Você vai acabar com ele se o mantiver aqui.

Suas palavras endureceram os ombros de Maddie, mas ela não podia ignorar a umidade em suas calças, do amor que fizeram.

— Quem é você? O que minha família e meus assuntos têm que ver com você? — era uma pergunta que precisava fazer.

— Porque eu sou filha da minha mãe, assim como você. — Omah olhou para a carta. — Eu cresci aqui, morei nesta casa. E... — ela inspirou profundamente, deixando a carta no colo e segurando as mãos marcadas — Jacques e eu estivemos juntos no rio. — Sua voz se reduziu a um sussurro. — Mas não fale disso a absolutamente ninguém. — Ela pareceu transformada, sua voz endureceu, seus olhos ficaram atentos.

— Piratas? Piratas do rio? Mesmo? — ela sussurrou.

Então, tudo desapareceu como tinha surgido. Omah estremeceu e balançou a cabeça com um sorriso estranho.

— A ilha do tesouro, Maddie? — ela riu. — Não, éramos apenas pessoas simples e trabalhadoras. Seu pai vendia madeira aos barcos do rio, e tinha uma hospedaria para os viajantes. Mas isso foi antes da guerra, e bem antes de você ou sua mãe aparecerem.

Maddie balançou a cabeça.

— E a mobília? As moedas de ouro? Os cavalos? Não haveria

JONIS AGEE

mais um galho de madeira neste lugar, e ele ainda não teria dinheiro suficiente para tudo isso.

Ela sorriu para o envelope e o pegou novamente.

— Ah, você ficaria surpresa com a gratidão das pessoas que têm suas viagens aliviadas, Maddie.

— E o que significa isso? As pessoas *deram* mobília e cavalos a ele?

— Isso significa que ele era um homem apaixonado, e que um homem apaixonado faz coisas, qualquer coisa, pela mulher que ama. Nem sempre é bonito, mas às vezes é assim. Aquele homem tirou uma vida de seu destemor.

Maddie jogou sua longa trança sobre o ombro.

— Quem ele amou? Não foi minha mãe. Eles se conheceram depois da guerra. Quem foi seu primeiro amor, me diga. Você a conheceu? Qual era o seu nome? — Ela se inclinou para a mulher que sabia tanta coisa, tomando sua mão, sentindo o quanto suas palmas eram macias, mais macias que as dela própria. Omah já não trabalhava tanto, mas não porque fosse velha, ela não tinha idade, como o pai. Frank parecia muito mais velho, com os cabelos grisalhos, a pele solta no pescoço, rugas profundas em volta dos olhos e da boca, enquanto o rosto dela era liso, sem marcas. Talvez Frank estivesse certo quando disse que ela fez um pacto com o Deus do Rio uma noite, o que quer que isso signifique.

Omah deslizou os dedos longos e magros pelas costas da mão da menina, e deu um tapinha nos nós dos dedos.

— Acho que o nome dela era Annie Lark. Em algum lugar da biblioteca ou do sótão há algumas figuras que ela desenhou, e um diário ou dois. Eu os vi quando era pequena, mas depois eles sumiram. Sua avó me contou sobre ela. Annie conhecia a mãe de sua avó Maddie. Isso foi há muito tempo, entende? Quando seu pai era jovem — ela morreu tragicamente.

A MULHER DO RIO

Maddie estava empolgada em saber do romance trágico, e prometeu revirar a casa de cima a baixo assim que tivesse tempo.

— Ele estava muito apaixonado por ela?

Omah assentiu.

— Acho que ele nunca a esqueceu. — Ela olhou para a garota e apertou sua mão. — Até se casar com sua mãe. Era o homem mais feliz do mundo naquele dia — ela sorriu. — É por isso que eu queria que você esperasse pelo homem certo, Maddie, não pelo homem que é conveniente.

Ela não entendia!

— Você esperou?

Algo lhe passou pela cabeça, e ela soltou a mão de Maddie, e virou o envelope no colo, para que ficasse na vertical.

— Eu não tive a sorte do amor, Maddie, nem um pouco.

Maddie queria tanto perguntar sobre Frank, mas algo na voz de Omah, e a forma como seus ombros caíram, a impediram. Você não pode forçar tanto uma pessoa para que ela entregue cada segredo, ela percebeu. Algumas coisas são melhores trancadas em algum lugar do coração, onde possam continuar a ser o núcleo duro e amargo que se tornaram nessa escuridão. Olhando de volta para o estábulo, onde L. O. estava em pé ao sol, o rosto inclinado para cima, como se quisesse se cegar, ela se perguntou se ele poderia se transformar nessa mancha em seu coração, a sorte que virou azar no amor. Não se ela pudesse evitar, prometeu. Ela o manteria por perto e o ensinaria o quanto outra pessoa pode significar na vida dele. Ele nunca quereria deixá-la! Mas, enquanto ela dizia isso, sentiu a sombra atrás de si, contra a porta de tela, vigiando e esperando.

Quando o homenzinho estranho, de pele amarelada, desceu a estrada enlameada, na hora do almoço, carregando uma mala, Maddie achou que fosse apenas mais um caixeiro que viesse vender algo. Choveu muito forte durante uma semana, então era impossível trafegar pela estrada na carruagem, e a calça do homem estava manchada de vermelho até os joelhos, suas botas carregando grandes pelotas de lama. Apesar do peso extra, ele caminhava com alegria no passo, levantando cada pé com a mesma facilidade que os cavalos castanhos de carruagem que ela possuía. Quando chegou ao gramado, ele pegou um dos muitos galhos soprados pelo quase constante vento que tinha acompanhado as tempestades, e começou a raspar a lama de suas solas, dando a ela a oportunidade de chamar Omah e Frank na cozinha, onde estiveram planejando o restante do trabalho do verão.

Eles se encontraram na porta.

— Valdean French — anunciou ele, que levantou o chapéu caramelo respingado de lama vermelha, mostrando uma cabeça com cabelos castanho-alaranjados, marcados distintamente pelo formato redondo do chapéu. Para surpresa de Maddie, Omah abriu a porta de tela, empurrando-a para o lado.

— Omah Ducharme — ela usou o nome da família sem hesitação. — Eu escrevi para sua mãe.

Ele hesitou por um momento, antes de sorrir, entusiasmado.

A MULHER DO RIO

— Vim assim que pude. Levou um tempo, com as enchentes por toda a Nova Orleans. — Ele olhou através do jardim, em direção à água marrom, que havia ultrapassado as bordas e chegado à estrada. Finalmente, havia parado de chover ontem, então eles tinham esperança de que não cruzassem a estrada.

— Tenho um recado da minha mãe para você — disse ele, com voz fina, muito agradável de ouvir, quase sem sotaque. Quando colocou a mala no chão, ela fez um barulho alto.

— Suas ferramentas estão aí? — perguntou Omah. Maddie olhou por sobre os ombros dela, para Frank, que tinha a mesma expressão surpresa.

— Sim, senhora. Não quero perdê-las. — Quando ele se ajoelhou para abrir a mala e procurar o que estava dentro, ela notou as costuras gastas do seu casaco azul, as beiradas puídas do colarinho e dos punhos. Rapidamente ele se levantou, com um pacote grosso de papel, com um selo de cera amarelo, e o entregou a Omah.

— Ela não mandou mais nada? — Omah olhou para dentro da mala a seus pés.

Valdean French projetou os punhos da camisa para fora do casaco, ajeitou a gravata branca, ligeiramente manchada, e ficou quase nas pontas dos pés, como se estivesse eternamente tentando causar boa impressão.

— Ela mandou mais alguma coisa? — perguntou Omah novamente.

Ele sorriu e balançou a cabeça, erguendo novamente o chapéu.

— Disse para dar-lhe aquela carta, e lembrar que o pé de índigo dá conta da casa inteira.

Omah fez uma careta impaciente, olhou-o de cima a baixo e se virou abruptamente.

JONIS AGEE

— Pode entrar, então — disse ela, por sobre os ombros. Frank e Maddie se afastaram enquanto o homenzinho pegava a mala, levantava o chapéu mais uma vez, e passava entre eles, pela porta e pelo corredor que dava na cozinha.

— Quem você acha que ele é? — perguntou Maddie.

— Ela não tem me contado nada, não que algum dia ela tenha, veja bem. Omah é fechada. Por falar nisso, pés de índigo são uma boa maneira de envenenar animais domésticos e dar-lhe problemas. — Ele olhou para o rio e bocejou. — Eu poderia caçar répteis, esta comida está meio ruim. Os grandes ficarão com fome. Você acha que L. O. quer ir comigo?

Os dois olharam para a arena de treino que ele construiu, onde estava cansando um cavalo chucro castrado, que tinha comprado para domar. O cavalo estava deitado de lado, com as quatro patas amarradas, enquanto L. O. o esfregava com um saco de juta. Um cavalo tinha de aprender a tolerar algumas coisas neste mundo em troca da barriga cheia e pouco trabalho, dizia L. O. Eles chegaram a esse acordo tardio porque a fazenda era grande demais para que Maddie a administrasse sozinha, apesar de seus planos iniciais. Agora ele estava encarregado dos cavalos, uma função que Frank adorou passar adiante, pois suas costas não aguentavam mais o trabalho. Maddie ficou encarregada do pomar, campos e horta. Frank ficou encarregado do gado, porcos e aves. Todos ajudariam na colheita de feno, milho e algodão. Três funcionários, Tom Spraggins, Nelson Foley e Artie Kamp, faziam o trabalho pesado e ajudavam Maddie. Omah ficou encarregada da casa, com a ajuda de duas jovens negras, que eram filhas da costureira. Nunca houve questionamento sobre os filhos de Omah trabalharem para os Ducharme. Às vezes Maddie se perguntava se eles realmente existiam; havia tão pouca prova disso. Quando perguntou, Omah respondeu

A MULHER DO RIO

que estudavam bastante, e não tinham tempo para diversão. Frank e Maddie nunca discutiram sobre a família. Era uma regra tácita, e esta foi uma das raras ocasiões em que ele mencionou Omah diretamente.

— Vamos cortar feno esta semana? — perguntou Maddie.

— Assim que secar, disse ele. Você sabe o que acontece se cortar e chover. Precisamos de alguns dias de sol agora; não passe a carroça na frente dos bois. — Ele riu, e olhou de lado para ela.

— Eu falo como o meu pai, acho. — Ela riu.

— Não há dúvida de quem seja seu pai.

— Ele amava este lugar, não é? — era algo em que pensava ultimamente, porque o amava tanto que faria qualquer coisa para mantê-lo.

— Às vezes, mais do que qualquer outro. Perto do fim, bem, os velhos têm ideias estranhas. Não se pode julgar a vida pelo fim.

Ela olhou rapidamente para o rosto dele, a expressão melancólica, a carne flácida, que mesmo assim não escondia que ele havia sido bonito.

— Há tanta coisa que não sei sobre meu pai — disse ela.

— Acho que o L. O. fez o filho da mãe lamber a mão dele, olhe isso! — Frank apontou para a arena onde L. O. estava esfregando o chanfro do cavalo, que agora estava em pé e pendurava a cabeça amorosamente em seu braço. — Como ele faz isso?

— É açúcar, às vezes sal, ou pedaços de maçã ou cenoura. Todos vêm quando ele chama, praticamente o assediam.

— Aquele velho cavalo está agindo como se fosse um potro novamente. O que ele fez com ele? Não é açúcar.

— Comprei uma égua reprodutiva e aquele potro de dois anos, então o velho tem alguma concorrência. Ele simplesmente se esqueceu de qual era a sua função, diz L. O. Está bem lembrado agora. Eu mal consigo chegar perto, mas precisamos dele assim, por agora. Assim que as éguas emprenharem, L. O. vai colocá-lo para trabalhar.

— Aquele cavalo não é o único que faz o seu trabalho aqui, não é? — disse Frank mansamente, sem sorrir.

— Vamos ter uma boa safra de filhotes no ano que vem. Talvez, finalmente, ganhemos dinheiro de novo. Os cavalos precisam começar a se pagar logo. Omah e eu conferimos o caixa ontem, e estamos um pouco mais apertados do que eu gostaria. Precisamos que tudo dê certo este ano — ela pausou e suspirou. — Eu só queria saber onde meu pai escondeu o ouro dele.

O rosto de Frank congelou, como se estivesse ouvindo uma voz grosseira do rio.

— Frank? Você sabe onde está o ouro de Jacques? — O coração dela pulava enquanto dizia essas palavras, como se houvesse algum significado terrível ligado a elas.

Ele se virou e balançou a cabeça, examinando-a, então disse:

— Por um minuto você falou igualzinho à sua mãe. Quase como se ela tivesse voltado do túmulo... — espantou uma mosca imaginária em sua bochecha, fingindo estar tudo bem, mas sua mão estava tremendo.

— Você estava lá quando ela morreu?

Ele pareceu chocado, quase falou, então balançou a cabeça afirmativamente.

— Por quanto tempo trabalhou para Jacques, Frank? Você o ajudou no rio? — Ela deu uma punhalada, na verdade, e ficou perturbada quando ouviu a resposta.

— Eu era só um moleque. Coisas que não se fazem. Eram tempos difíceis, difíceis. Uma pessoa acabava fazendo coisas para alimentar os seus, coisas...

A MULHER DO RIO

— Frank! — a voz de Omah fez os dois saltarem. — Você pode ajudar o senhor French, por favor? Ele precisa começar hoje. Maddie, venha, você precisa escolher onde a sua vai ficar.

Ela escancarou a porta, franzindo o rosto para Frank, enquanto mostrava o caminho escada abaixo, com o homenzinho em seu encalço.

— O que está acontecendo? — perguntou Maddie, correndo para alcançá-los.

— O senhor French é entalhador. Ele está aqui para entalhar as lápides dos meus pais, e achei que você quereria fazer a de Jacques também. E a da sua mãe. Estou fazendo a minha, e acho que você deveria fazer a sua também. — Quando ela não falou de Frank ou de seus filhos, Maddie se virou e olhou para ele, mas ele estava olhando para a grama, que precisava ser aparada, como se não tivesse nada que ver com as coisas dos Ducharme.

— As lápides estão naquele abrigo. — Ela apontou para um quartinho caindo aos pedaços, erguido sobre blocos de pedra, onde Maddie sempre teve medo de entrar por causa das cascavéis que moravam logo embaixo. Era todo um ninho de cobras, pelo que ela podia imaginar. Corredoras-azuis, cobras-de-rato e talvez até cabeças de cobre estariam juntas ali, bem escondidas embaixo daquele abrigo. Não se surpreenderia se houvesse também uma grande e velha boca-de-algodão. Até mesmo os cachorros ficavam longe dos matos altos que rodeavam os degraus e a fundação.

— Eu não entraria aí sem um pau ou uma arma — disse Frank. Omah franziu a testa novamente para ele.

— Onde estão Nelson e Kamp? Eles podem trazer as pedras para fora, para onde você vai trabalhar. Apenas diga o que quer. — Ela olhou sobre a cabeça do homenzinho novamente, para Frank, e fechou a cara novamente.

JONIS AGEE

— Posso ver os túmulos? — pediu French.

Omah seguiu em frente, até o grande cemitério da família, na beira do jardim. Apesar de a cerca de ferro estar escondida pelas flores selvagens e pela grama, e grossa, por anos de folhas acumuladas das cascas de carvalho e salgueiro, ela conseguiu soltar e abrir o portão de um metro e vinte. O lado de dentro não estava muito melhor. Eles tiveram de vasculhar para encontrar as cruzes de madeira podre, e ainda assim não estava claro quem estava enterrado ali. Omah, no entanto, sabia. Ela apontou para dois lugares afundados no outro extremo da cerca, onde estariam seus pais. Então mostrou outros que Maddie não reconheceu, exceto pelo fato de que deviam ter trabalhado para Jacques, em algum momento.

Estavam na borda de um laguinho, cercado de areia branca, onde a água borbulhava, quando Maddie perguntou:

— Onde é o túmulo da minha mãe?

A troca de olhares entre Omah e Frank foi tão rápida que ela quase não viu, então Omah olhou em volta e apontou para um canto obscuro, no nó de uma parreira aos pés do carvalho.

— Por que ele a colocaria tão para lá? — Maddie andou pela grama, observando com cuidado se havia cobras, e procurou por sinais do túmulo, mas a terra não estava afundada ou elevada, e não havia cruz.

Quis protestar, mas Omah não olhava para ela, e Frank estava olhando as bolhas de água, como se fosse enviar um navio de tesouros em seguida.

— Então, onde está a primeira mulher do pai? — ela deu sorte, e Omah apontou para um lugar distante do túmulo da mãe, onde a grama estava achatada, como se os veados tivessem dormido lá. A cabeça de Frank se levantou, e ele olhou para o local, com o queixo pendente. Novamente não havia afundamento,

A MULHER DO RIO

lápide ou cruz. Eles poderiam estar em pé sobre os mortos, de tão mal cuidados que estavam. Maddie deu um passo atrás, trombando no senhor French e quase caindo sobre a mala, que, de tão pesada, nem se mexeu. Como um homenzinho daqueles carregava algo tão pesado com tanta facilidade?

— Onde você vai ficar, Omah? — perguntou a pequena Maddie.

— Com Frank e seus filhos?

Foi a vez de Maddie ganhar uma cara feia. Ela sabia que Omah não era uma pessoa de brincadeiras, e agora ela também não era, então sorriu de volta.

— Mande Foley aqui, para limpar esta bagunça — disse Omah a Frank e Maddie. Virando-se para French, ela disse: — Você vai trabalhar aqui fora?

Ele ergueu o chapéu novamente, mostrando a moita redonda de cabelo laranja.

— Preciso de superfícies retas e duras. Uso ferramentas afiadas. Qualquer erro pode danificar a lápide. Qualquer lugar ali atrás serve. — E apontou a sombra das parreiras, que enchiam o abrigo com um cheiro frutado e pesado de uvas. Um caminho de paralelepípedos ia da casa até a estrutura, espalhado para fazer as vezes de piso. Maddie costumava brincar ali quando era criança, com os gatos e cachorros do estábulo como companhia. De vez em quando pegava uma galinha ou pato, e os aprisionava em seu carrinho de bebê, ao lado da boneca com rosto de porcelana. Nunca gostara muito daquela boneca. O rosto dela era muito duro e frio. As penas eram bem mais macias e mornas, e ela começou a deixar a boneca do lado de fora do carrinho quando brincava. De vez em quando, ficava do lado de fora, exposta por tanto tempo que o corpo de tecido amolecia, apodrecia, e só a cabeça dura e as mãozinhas e pés sobravam, como os restos mortais de uma tribo antiga de pessoas em miniatura. Maddie gostava daqueles pedaços mais do que da boneca, e os guardava escondidos no seu baú de cedro. Quando tivesse uma filha, ela os daria a ela e iria deixá-la descobrir o significado. Quando tivesse uma filha — isso não tinha lhe passado pela cabeça até agora, e deu um tapinha na barriga reta. Pai, ela prometeu em segredo, você não pode me impedir, eu sou amante do mundo todo agora.

Então, os dias de verão foram pontuados com o som do cinzel, entalhando desenhos cuidadosos nas lápides de Omah. Uma vez, quando Maddie perguntou a ele sobre as complicadas cenas de água e pássaros, Valdean French disse que eram tribais, africanas, e que Omah sabia o que significavam, apesar de ele apenas imaginar. Valdean, como o chamavam, tinha de trabalhar devagar, porque suas mãos doíam, inchavam e endureciam se ele trabalhasse por muito tempo de uma vez. Era um trabalho divertido, no entanto, identificar os mortos, e ele passava várias de suas horas livres descansando na sombra das parreiras, que produziam bolinhas verdes, que começaram a enrubescer e escurecer. Com frequência ela o via ler um livro que pegara da biblioteca, ou escrevendo, sussurrando as palavras enquanto o fazia. Quando contou isso a Omah, ela disse a Maddie que ele era um poeta, que seu trabalho havia sido publicado em várias revistas literárias do norte, onde era celebrado como um grande lirista.

— Como você o encontrou? — ela perguntou.

— A avó dele foi uma escrava jamaicana, e seu pai ajudou a libertá-la, e aos seus irmãos. Ela sempre manteve contato com os Ducharme. Eu a conheci em uma viagem a Nova Orleans, anos atrás, antes de sua mãe partir. Ela era bem poderosa, e passou isso à sua filha. Valdean é diferente. — Omah não olhava para Maddie enquanto fazia seu pequeno discurso, e a garota só podia imaginar o que estava omitindo.

A MULHER DO RIO

— O pai libertou escravos? Eu achei que ele tinha...

Omah bateu na mesa e riu impacientemente, algo que sempre fazia quando a garota dizia algo de que não gostava, ou não queria responder. Honestamente, Maddie estava ficando cansada de tanto mistério.

— Então, quantos anos tem Valdean? — ela perguntou. O que ela queria perguntar era quando Omah ia embora, se ia voltar, o que faria com Frank, com L. O., onde realmente estava sua mãe, havia uma lista sem fim de perguntas, mas não conseguia mais falar com Omah. Ela já havia partido, notou Maddie. Já a havia deixado, como o pai antes dela. Todos os velhos tinham partido. Omah abriu sua carta e começou a ler, em vez de responder.

De repente era agosto, como se o tempo fosse um talo de aveia jogado de lado, depois que as espigas tivessem sido tiradas. Valdean havia terminado as lápides da família de Omah, e naquela manhã estava dando os toques finais na de Jacques. As de Annie Lark, da mãe de Dona Maddie e de Maddie estavam prontas, exceto pelas datas. Mas Maddie não contou isso a L. O., que havia virado seu rosto melancólico para o Oeste novamente. A vala que ele começou a dragar estava pela metade, e o corte da madeira havia parado, até que terminassem de dragar o pântano entre os campos, mas Maddie estava aprendendo que não se atormenta um homem por causa de trabalho se quiser que ele fique com você. Você deve provocar e prometer.

Ultimamente L. O. vinha sentando-se com Valdean no meio da manhã, enquanto ele trabalhava na sombra das parreiras, os dois em uma conversa profunda, interrompida sempre que ela se aproximava. Ela imaginava que estivessem falando de suas viagens, o Sul e o Oeste, mas, quando ela se aproximou silenciosamente naquela manhã, falavam de política.

JONIS AGEE

— As Dakotas, Montana, Idaho e Wyoming. Todos admitidos como Estados. O Oeste está acabando, os pobres filhos da mãe não têm mais chance. — rosnou L. O.

— A mãe do meu pai era escrava de um chefe índio em Mississipi. — Valdean batia no cinzel com um martelinho, cortando o L com perfeição na lápide de sua mãe. — Acho que sou um pouco índio, mas não me sinto bem com isso.

— Parece que você tem sangue branco também. Esse cabelo laranja e a pele clara, você sabe.

Valdean colocou o cinzel de lado, pegou um lápis de carvão e marcou a próxima letra ao lado da linha reta que havia feito para dividir a pedra cinza-azulada.

— Minha mãe não era o tipo de pessoa que dava detalhes. Ela era jamaicana, mas, se em algum momento foi escrava, não sei dizer. Ela disse coisas que sugeriam que sua mãe havia sido escrava quando jovem, mas parece que podia ir e vir como quisesse. Acho que sou o resultado dessa liberdade. — Ele riu um pouquinho.

— Pelo menos você estudou — disse L. O.

— Ela insistiu. Moramos no sítio de minha avó depois que ela morreu. Era cheio de livros, e creio que minha mãe os teria queimado ou vendido para abrir espaço para suas ervas e poções se eu não tivesse demonstrado cedo o interesse pelo estudo. — Valdean terminou dolorosamente de entalhar a letra A, e passou o indicador pelas fendas. L. O. ficava em silêncio sempre que Valdean colocava o cinzel na pedra.

Maddie estava em pé na sombra das parreiras, o perfume incisivo de uvas maduras atraindo abelhas, vespas e pássaros. Eles as colheriam em breve, para fazer suco e geleia, talvez um pouco de vinho. Em um ato inesperado de generosidade, Omah se ofereceu para fazer como sua mãe costumava fazer para Jacques. Talvez a sua partida

A MULHER DO RIO

próxima a tivesse feito perceber como teria saudades de viver nas Jacques'Landing. Ultimamente ela tinha mexido nos baús no anexo dos solteiros, na mobília e nas caixas do sótão. Estaria procurando pelo ouro de Jacques também? Maddie queria interrompê-la.

— Nunca tive problemas com os índios — suspirou L. O. — Quando nos trombamos já dividimos comida, veado ou antílope recém-caçados. Já dei a eles uma vaca seca, quando os filhos pareciam estar com fome. Credo, eles sempre pareciam famintos. — Ele olhou para suas mãos, quietas em seu colo, então olhou para Valdean e para a fileira de pedras em branco que esperavam o entalhe, e para o cemitério. Se virasse a cabeça mais alguns graus, ele a veria, sua esposa. É. Ela se havia declarado sua esposa, e ele, seu marido. Estavam mais casados do que qualquer um imaginava. Maddie tinha se casado! O pensamento a fez querer girar. Ela havia começado a usar o anel de diamante amarelo no anelar, e só Omah viu e franziu a testa.

— Este é o mundo em que vivemos. — L. O. sacudiu a cabeça enquanto falava, olhando novamente para as mãos vazias.

— É verdade — disse Valdean. — Isso mesmo.

— Você pensa em ir para o Oeste? — L. O. perguntou, e o coração dela bateu mais forte. Uma vespa veio cambaleante em direção ao seu rosto, e, quando ela se abanou, L. O. percebeu o movimento e se virou. — Maddie — disse ele. — Não a ouvi.

— Bom dia — disse ela, no seu tom mais alegre, e contornou as parreiras carregadas.

O olhar sobre os ombros de Valdean o fez parar com o martelo no meio do caminho, e ele não recomeçou até que ela se afastou e sentou-se no banco de granito, ao lado do marido.

— Vocês estavam falando dos índios vermelhos? — ela manteve o tom mais alegre na voz, apesar de querer puxar a faca de dentro de sua botinha, forçar L. O. até o anexo e trancá-lo lá.

Valdean largou o martelo e virou-se para servir um copo de chá gelado, da jarra de prata que suava ao lado dele. Eles tinham gelo agora, despachado rio abaixo e armazenado em serragem, em uma das baias do estábulo. O pai teria adorado isso. Depois de um grande gole, Valdean repousou o copo cuidadosamente, ao lado de suas ferramentas, esticou-se até que seus ombros e pescoço estalassem alto, e então sacudiu os dedos e mãos até que eles balançassem moles como trapos.

— Pronto. — Ele se sentou de volta na cadeira da cozinha que estava utilizando.

— Eu li uma coisa no jornal de St. Louis ontem — ela esperou, ansiosa, mas nenhum dos dois pareceu interessando em ouvir o que uma garota jovem e tola tinha a dizer, mesmo que fosse uma garota que estivesse dando para um homem com o dobro da sua idade. É, ela falava assim agora. Dando. Horrível. Mais se ele a deixasse.

Valdean olhou para ela e sorriu, encorajador. Ele fora bem criado.

— Quando você terminar com o jornal, eu gostaria de lê-lo — disse ele. L. O. estava em um silêncio profundo, assim como seu cachorrinho, Pete, que dormia ao lado da cadeira de Valdean. Eles ficaram amigos tão rápido que talvez o cachorro fugisse com o entalhador quando ele fosse embora.

— Era sobre uma nova religião dos índios. Eles dançam e jejuam até cair em transe. Acreditam que podem trazer os mortos de volta se dançarem todos juntos, através do país. A dança do fantasma. É assim que a chamam. Usam camisas azuis-claras especiais, para evitar que balas e facas os machuquem. — Estava orgulhosa de sua história, e olhou de Valdean para L. O., procurando aprovação.

A MULHER DO RIO

— Será que funciona? — disse L. O.

— Seria bom se funcionasse. — Valdean começou a enrolar um cigarro, usando tabaco solto e papéis que comprava na cidade, agora que os cigarros prontos tinham acabado. Ele os acendia com um fósforo da cozinha, cruzava as pernas e se recostava, tragando profundamente, e soltando a fumaça em um fiapo fino, que subia e desaparecia nas parreiras carregadas, logo acima. Fumava lentamente, com o mesmo prazer meticuloso com que usava suas ferramentas. As lápides terminadas estavam postadas em um semicírculo, como visitantes metidos, com os pescoços rígidos e desconfortáveis.

— Bem. — L. O. olhou para a casa, depois para o estábulo. — Acho que vou voltar. — Pareceu tão cansado que o coração dela se compadeceu.

— Vamos pescar — disse ela. — Comemorar o final do trabalho. — Ficando em pé, ela acenou para a casa. — Vou correr e nos preparar um piquenique. Podemos ir ao Lago Reelfoot. — Ela deu seu melhor sorriso, sabendo que L. O. viria atrás dela para que cruzassem o rio e fossem a esse maldito lugar, para que ele experimentasse a pesca de que tanto ouvira falar. Por serem homens, eles demoravam, mas conseguiam.

— Vou ver se Frank quer vir. — L. O. se levantou e correu para a casa, enquanto Valdean, cuidadosamente, guardava suas ferramentas na mala. Estava vestindo sua única calça extra, um colete brocado dourado, camisa branca sem colarinho e punhos, e seu chapéu.

— Você pode perguntar a Frank se ele tem roupas para lhe emprestar — disse ela.

Ele balançou a mão e disse:

— Eu não vou pescar; vou só assistir com as senhoras, ou desenhar. Terminarei as últimas datas amanhã.

JONIS AGEE

Ao dizer a palavra *datas*, ele olhou para a casa, então se ocupou em arrumar as ferramentas no fundo da mala. Gostava que ficassem alinhadas lado a lado, antes que ele fechasse a mala. Elas não podiam sobrepor-se, apesar de que, quando levantasse a mala, era possível ouvi-las balançar lá dentro. O problema com as datas é que ela não tinha conseguido que ninguém lhe dissesse uma. Não para sua mãe, e a lápide de Jacques trazia apenas seu nome e o ano de nascimento. A de sua mãe não teria nada se ela não conseguisse uma data. Seria como se ela ainda estivesse viva em algum lugar, ou como se fosse um delírio, uma alucinação, um espírito ou uma assombração, já que não tinha nascido nem morrido. Onde estavam as cartas, as coisas estranhas que eles guardavam, assim como ela — um brinco de vidro verde, uns botões de uniforme da guerra, que ela encontrou quando brincava no campo, perto da borda de areia, as mãos e pés de porcelana de sua boneca, a faquinha feminina de prata gravada, que o pai lhe deu quando ela pediu uma faca Bowie grande, como a dele? Ela tinha um monte de coisas guardadas; onde estavam as deles? Para onde quer que olhasse, havia evidências de que Jacques Ducharme morara ali: a casa e as terras, a cidade com seu nome. Omah, que tomara o seu nome. E Maddie, que nascera com ele. Por que ele tentaria impedi-la de passá-lo adiante? O pensamento a atormentava desde o inverno passado. O advogado e o juiz viviam adiando, mas ela não desistiria. Ela ganharia, sabia que sim.

Omah e Frank decidiram acompanhá-los no último minuto, formando um grupo alegre, que desceu para a balsa, nas Jacques'Landing, onde colocaram os cavalos e a carruagem, e começaram a cruzar o rio, transportados por cordas e roldanas. No início da tarde, chegaram ao lado do Tennessee e viajaram

A MULHER DO RIO

por alguns quilômetros na estrada poeirenta para o lago. Surgido nos terremotos de Nova Madri, Reelfoot era um lago raso, que se estendia por alguma distância, com velhas árvores gigantes dentro da água, com as raízes podres. Uma pessoa poderia manobrar um barco de fundo raso em volta delas se fosse cuidadosa. Em alguns lugares, as tábuas eram tão densas que uma pessoa poderia ficar presa se tivesse de nadar para fora do lago. As bocas-de-algodão se pareciam muito com cobras d'água em Reelfoot, então era bom evitar cobras. Eles pararam em uma velha cabana, de laterais em forma de ângulo, ao lado de uma doca rústica de madeira. Enquanto Frank desmontou e entrou para alugar um barco de pesca, Omah e Valdean levaram a carruagem para a borda, por uns duzentos e oitenta metros, até o grupo de ulmeiros, onde fariam o piquenique. Maddie estava montada em um cavalo, usando uma calça velha de Jacques sob a saia. Os homens ainda não sabiam, mas ela pretendia pescar também.

Ela esticou o braço e pegou a mão de L. O.

— Eu tenho uma surpresa para você — disse ela, impulsivamente. Só Deus sabe por que disse isso, mas pensaria em algo até a noite.

Ele ergueu os olhos e sorriu para ela. Apesar de não ser sua intenção, ela podia notar as linhas de tristeza em torno de sua boca e olhos. Ele estava com saudades de casa.

— Você vai pescar? — disse ele. — Mulher no barco dá azar. — sacudiu a cabeça e cuspiu para o lado, como aqueles homens sentados na frente do hotel, no verão.

Frank desceu da doca de madeira e falou com L. O. como se ela não estivesse lá.

— Se você der a volta, amarre os cavalos naquelas árvores perto de Omah, e volte aqui. Eu vou carregar as varas e iscas.

532

JONIS AGEE

— Ele começou a desamarrar as varas e o balde de sua sela, enquanto L. O. partiu em direção à carruagem.

Apressando seu cavalo para um trote, ela passou L. O. e já o tinha amarrado e tirado a sela enquanto ele ainda tirava a sela do cavalo de Frank. Ela agarrou seu chapéu de palha da parte de trás da carruagem, e correu de volta à doca. Frank pareceu surpreso quando ela entrou no barco, balançando-o perigosamente, e sentando-se em um dos bancos da extremidade, amarrando o chapéu de palha na cabeça.

Frank arrumou as varas e o balde de iscas no centro do barco e se levantou, fazendo sombra com a mão.

— Você não precisa fazer isso — ele disse, com voz calma. Olhando em direção à figura de L. O., que vinha despreocupadamente em direção a eles, acrescentou: — Deixe-o viver.

Ela tentou sorrir, mas ele a encarou até que ela se levantou e saiu do barco, dando o último passo de forma tão estranha que quase caiu, e ele teve de segurar seu braço. Ela o sacudiu e pisou duro na doca, fazendo o maior barulho possível, passando por L. O. sem nenhuma palavra.

Omah assentiu com compreensão, e Maddie teve de morder a língua enquanto se jogava na toalha e puxava o chapéu de palha sobre seus olhos, para não ver o barco se afastando. Ela não queria dormir, queria dizer a alguém como estava sendo injustiçada por L. O., mas o murmúrio harmônico das vozes de Omah e Valdean acalmaram sua raiva e a embalaram.

Ela sonhou primeiro com o pai, jovem e forte, rindo de alguma coisa ao sol, perto do rio. A imagem seguinte era a de um homem tão velho que sua pele parecia tostada, dura e marrom, enrolada em um armário embaixo de um fogão ou uma lareira. O quarto parecia familiar, e ela estava tentando reconhecê-lo quando uma voz invadiu o sonho, dizendo que ele estava morto, mas ainda estava lá esperando para ter certeza.

A MULHER DO RIO

Ela morreu de preocupação em tê-lo matado... e acordou, com números passando pela cabeça... datas... as datas das lápides. Ela tinha de encontrar o pai. Achou que sabia onde ele estava.

Assim que os homens voltaram da pescaria, ela os apressou para carregarem a carruagem e voltar sem jantar.

— O que houve? — L. O. perguntou.

Mas já havia escurecido quando chegaram de volta à casa, e todos ficaram vigiando-a, para ter certeza de que estava tudo bem. Ela teria de esperar até o amanhecer para fazer isso sozinha.

Achou que não conseguiria fechar os olhos, mas não. Caiu em um sono profundo e sem sonhos assim que L. O. a abraçou.

Ela se levantou antes de todos, e saiu de casa pé ante pé, na primeira luz do dia, com seu cachorrinho, ainda cambaleando de sono.

Valdean tinha terminado o serviço alguma hora daquela noite, ela descobriu, já que havia preenchido a data de morte de Jacques, o dia seguinte ao que ele a trancou no quarto. Ele realmente estava morto, então. Ela se virou para a lápide da mãe, cuja data de morte também havia sido entalhada — o ano seguinte ao do nascimento da filha, no mês de maio. Também estava morta. Somente Omah poderia ter dado essas datas a Valdean, percebeu ela. Omah estivera lá o tempo todo.

No sonho no Lago Reelfoot, achou que havia reconhecido o quarto, mas estava em dúvida... e se ele estivesse lá? De repente estava entrando de volta em casa, pela cozinha, e abrindo a porta do anexo. Pete parou na soleira, ganindo. Não iria acompanhá-la, mas ela prosseguiu pelo corredor empoeirado até a porta no final, que teve de empurrar com toda a vontade, até que cedesse e se escancarasse. Ela parou e olhou. O quarto não havia mudado. A colcha rosa empoeirada na cama, os restos de cera de vela na mesa, o trapo de camisola pendurado no cabide. A única diferença era que o cheiro podre não existia mais, como deveria, depois de tanto tempo.

Ela entrou nas pontas dos pés, tentando perceber qualquer coisa, ou qualquer um, sem saber o que esperar. Descobriu outra mudança — o parapeito da janela estava coberto de corpos de moscas, as grandes e lentas que você encontra sobre coisas mortas. Enquanto se aproximava da parede dos fundos, os corpos secos eram esmagados por seus pés.

Encostando as bochechas e palmas contra as tábuas gastas de cipreste, da parede próxima à janela, ela sussurrou:

— Pai — e sentiu um ventinho fraco na lateral do rosto. Assustada, ela se afastou e examinou cuidadosamente o local em que a janela se encontrava com a moldura. Havia uma linha finíssima, como se a janela não estivesse corretamente assentada. Ela seguiu a linha com as pontas dos dedos, tentando sentir a mínima diferença de temperatura. Sentiu, sim, como se a janela pudesse ser facilmente removida. Levou algum tempo para compreender que poderia simplesmente puxar o parapeito, que a moldura começaria a se inclinar para ela, afastando-se da parede. Era genial. Toda a moldura da janela se abriu para o quarto, como a parte de cima de uma porta de baia no estábulo, revelando uma passagem escura do outro lado. Se o desenho fosse igual ao de uma porta de baia de cavalo, deveria haver uma tranca para a parte de baixo, que ela via, agora que sabia o que estava procurando. O trabalho era tão bom que uma pessoa não conseguiria distinguir o contorno da porta, a não ser que soubesse que estava lá. Ela encontrou a tranca do outro lado da parte de baixo da porta, que se abriu com dobradiças grandes o suficiente para segurar uma partição de trinta centímetros, feita para soar sólido se alguém batesse.

Investigando a escuridão, ela distinguiu degraus, descendo até um tipo de túnel ou quarto subterrâneo. Olhou para trás, para

A MULHER DO RIO

as velas na mesa. Acendendo todas elas, poderia descer e voltar. Encontrou enxofre em uma lata, em uma prateleira do lado de dentro, mas procurou em vão por mais velas. Se parasse e voltasse para procurar mais velas ou uma lanterna, corria o risco de encontrar mais alguém acordado. Não, iria se virar com o que tinha. A primeira vela a levou até o topo da escada antes de se apagar, e ela, apressadamente, acendeu duas desta vez. Segurou a vela diante de si e desceu, surpresa com a solidez e a ausência de barulho dos degraus. Ouviu uma agitação na escuridão adiante, parou e chamou:

— Pai?

Havia cobras lá embaixo? Ratos, ratos grandes do rio, os piores de todos. Ela estremeceu com o pensamento, mas continuou a descer assim mesmo, sentindo o ar esfriar à medida que descia. O chão estava coberto de tapetes, pregados para abafar o som. Elevando a vela, ela percebeu diversos apoios para velas nas paredes do túnel. Parou e ficou nas pontas dos pés para desgrudar duas velas finas. Com a luz, finalmente pôde ver o quarto do túnel em detalhes.

O quarto estava tão entulhado de mobília estragada, madeira e tapeçaria roídas, pinturas onde o mofo crescia, e baús antigos, amarrados com correntes enferrujadas e madeira úmida e empenada, que restava apenas um caminho estreito para que ela passasse.

O pai estava lá embaixo. Ela pisou, cuidadosamente, parando para olhar embaixo de pilhas de cortinas podres e roupas de cama, cadeiras que os ratos roeram para depois se alojar em ninhos complexos e baús com tampas abertas, derramando seu punhado de fotografias, livros e cortinas de veludo. Onde estava o pai? Onde estava a fortuna que acumulara?

Ela vagou por uma série de quartos, alguns que eram, na verdade, cavernas antigas, escavadas na pedra pela água do rio

JONIS AGEE

e das fontes. Sempre ouvira que o subsolo do Missouri escondia um labirinto de cavernas. Aquela era a prova. Imaginou quantas cavernas mais ele haveria enchido com seus saques, muitos dos quais estavam sendo rapidamente destruídos, ou já haviam sido, há muito tempo, e não tinham mais utilidade. Desperdício, ela pensou, inteligentemente. Era muito desperdício para uma pessoa só.

Estava chegando a um tipo de final do túnel, descobriu. A sujeira sob seus pés estava úmida, e ela pensou ouvir o murmúrio do rio, logo à frente. Quando, finalmente, fez a última curva e entrou no último grande cômodo, a entrada estava bloqueada por pedras e madeiras, que aparentemente não conseguiram conter tudo. Ela podia ouvir o rio mais alto agora, como se o quarto estivesse quase ao nível da água. Ergueu as velas.

Lá estava Jacques, sentado em uma cadeira de balanço, uma figura escurecida, tão mumificada que não seria possível identificar, se não fosse a faca Bowie presa em sua mão e deitada em seu colo, o casaco de camponês, o lenço florido amarrado no pescoço e as botas de pele de veado amarradas até os joelhos. Estava vestido como o peleteiro francês que fora. Ela chegou perto o suficiente para procurar por ferimentos no corpo, mas a pele parecia intacta, apesar de curtida, quase queimada, como se tivesse mil anos. Então, percebeu que havia tufos de cabelo dele nos ombros e no chão. Aparentemente ele tinha cortado o cabelo, mas algo estava errado — o cabelo era preto, não grisalho, como antes. Ela pegou um tufo e sentiu um grude estranho. Os fios estavam cobertos por algum tipo de graxa grossa...

Quando se aproximou, chutou uma garrafa vazia de conhaque. Ao olhar para baixo, viu que ele estava cercado de garrafas vazias de conhaque. Ele fora até ali para morrer.

A MULHER DO RIO

As velas balançaram, ameaçando apagar, e ela envolveu as chamas com a mão até que se estabilizaram. Quando olhou para cima, a mulher de azul estava parada em frente à parede bloqueada, a brisa passando em volta da pedra e da madeira, movendo seu vestido. Maddie não conseguia distinguir as feições, mas sentiu seu olhar sobre si. Apesar de a aparição não falar, Maddie ouvia as palavras. Jacques estava em casa agora, com ela. O tesouro estava em outra caverna, logo abaixo daquela, e a entrada estava embaixo da cadeira de Jacques. Maddie deveria, no entanto, esperar até que houvesse grande urgência, tão grande que a cidade estivesse em perigo e ela não tivesse condições de trabalhar mais para salvá-la. Maddie, de repente, sentiu vergonha, porque sabia que o ouro e joias eram roubados, que vidas haviam se perdido para que Jacques passasse sua fortuna para ela.

— Ele sofreu? — perguntou Maddie.

A mulher de azul começou a desaparecer.

— Pai? Annie? — Maddie chamou, e o ar passou por ela, acariciando suas bochechas. Pensou ter ouvido um suspiro e uma cheirada do velho cachorro de Jacques, mas não viu nada. Ela não tinha vontade de chorar, o que era estranho, pensou, mas talvez fosse porque já havia pranteado seu pai... e sua mãe. Agora estava se despedindo, como se estivessem embarcando no trem para St. Louis, e ela não os fosse ver por algum tempo. Imaginou as toalhas de mesa, de linho branco, o pesado serviço de prata para o café, e as almofadas grossas de couro nas cadeiras, enquanto o mundo passava pelas janelas.

Ela nem sequer iria descer para ver o tesouro. Não ousaria. Mas disse a si mesma para se lembrar de escrever uma carta sobre como o encontrar, e entregar a St. Clair, para que ele desse aos seus filhos. Estava confiante de que nunca precisaria do dinheiro de Jacques. Era bem capaz de fazer sua própria fortuna.

Ergueu as velas e olhou em volta do quarto, que seria para sempre de seu pai.

— Adeus, pai, durma bem — ela sussurrou, e um vento gelado bateu em seu rosto. Era só o vento do rio, disse a si mesma.

— Tudo o que tenho veio de meu trabalho duro — disse Maddie.
— Ninguém pode acusá-la do contrário — disse St. Clair. Embora fosse 1902, nada ali havia mudado, com exceção dos cabelos grisalhos de Leland, que agora estavam brancos e desalinhados, e havia manchas de refeições antigas marcando a frente do seu colete de brocado lavanda. Seus sapatos pretos, formais, e suas polainas brancas tinham sido arruinados pelo barro vermelho. Não havia uma indicação clara do motivo pelo qual estava calçando sapatos formais durante o dia em seu próprio escritório, particularmente com o casaco marrom pesado de lã, a calça preta elegante e amassada, e, obviamente, o estranho e enfeitado colete. Seus cabelos não haviam sido lavados e estavam compridos demais, caindo quase até os ombros, no estilo antigo.

O rosto e o corpo dele haviam registrado cada um dos treze anos passados desde que ela havia se sentado naquele escritório pela primeira vez, para discutir o testamento de seu pai. Quando eles finalmente haviam concordado que ele estava morto, e que ela não ia arrancá-lo daquele buraco e desfilar com os ossos só para satisfazer a curiosidade alheia, deveria ter sido apenas o caso de declarar o codicilo como inexecutável, mas o tribunal a havia feito refém por anos. Agora ela fazia uma peregrinação anual todo primeiro de maio a Jacques'Landing, ameaçava ir a

JONIS AGEE

St. Louis para contratar um advogado competente, discutia o preço do algodão e da lenha, fazia compras nas lojas cada vez mais numerosas da cidade e voltava para casa.

Quando ele saiu detrás da escrivaninha para alimentar o fogo, enchendo de mais fumaça a sala já muito quente, ele mancou pesadamente e o atiçador tremeu em sua mão. Foi como se ele tivesse enfraquecido nos poucos minutos desde que ela havia chegado. Havia poeira em todas as fotos de esportes também, e elas pareciam tão esmaecidas pelos últimos treze anos assim como o próprio Leland.

E, quando Leland se sentou no sofá ao lado dela, um pouco perto demais, o velho cachorro de caça dele, um *pointer* alemão de pelo curto, virou-se desconfortavelmente ao lado do fogo, os ossos chacoalhando no chão de ardósia. Ele suspirou, levantou a cabeça e se voltou cegamente para eles, os olhos velados e sem expressão. Leland precisou levantar a perna do cachorro para ajudá-lo a urinar do lado de fora. Ela o via fazer isso há três anos.

— Eu poderia argumentar na Suprema Corte Estadual — disse Leland, de forma dissimulada, pensando no dinheiro que ganharia. O corpo dele podia estar se deteriorando, mas a mente continuava afiada.

— Não conseguimos nem sequer uma decisão local — ela retrucou, tentada a mencionar que os pelos ásperos do nariz e das sobrancelhas dele precisavam ser aparados, e que ela estaria disposta a pagar por isso, já que ele parecia convencido de ser muito pobre para pagar um barbeiro.

— Como anda L. O.? — ele fez um arco com as pontas dos dedos, e a encarou com um de seus olhares intensos.

— L. O.? Querendo estar no Oeste. Ele está comprando cavalos como se eu fosse feita de dinheiro, vendendo a lenha assim que consegue cortá-la e mandá-la para a serraria. Às vezes acho

A MULHER DO RIO

que ele está abrindo o caminho até o Wyoming. Os Ozarks vão ser um problema, eu disse isso para ele.

— Aquele pessoal da estrada de ferro já chegou à sua linha? — perguntou Leland. Ele sabia muito bem que a Linha Cotton-Belt, construída apenas quatro anos antes, se juntava à dela e que os trens se movimentavam dia e noite, mantendo-a acordada e deixando L. O. nervoso.

— Você não pode fazer nada a respeito do negócio de carvão que aquele homem começou bem em cima de nós? Eu nunca teria vendido um centímetro de terra a ele se soubesse que iria se meter em um negócio tão sujo. — Ela se abanou com a última edição de *McClure's*, refrescando-se com a leve corrente de ar que quase conseguia afastar o fedor do carvão.

Leland suspirou pesadamente. Aquilo tinha se tornado sua marca registrada, além do hábito de se sentar perto demais e de escorregar a mão para o joelho dela, e acima. Eles travavam batalhas silenciosas durante aquelas pequenas entrevistas. Ela não dizia nada porque não achava que ele percebia o que estava fazendo. E, como ele conhecia o caso e Jacques, diferente dos outros três advogados da cidade, ela continuava a mantê-lo. De qualquer modo, era como lidar com um cachorrinho um tanto mal-educado, mas persistente. A mão escorregava para cima dela, ela a afastava, a mão voltava, ela a empurrava...

— Você já está pronta para me vender aquele cavalo cinzento e grande? — ele perguntou.

— Aquele cavalo é louco. Ele vai matar você — ela disse, como sempre. O cinzento havia morrido anos atrás, e ele sabia *bem* disso. Mais joguinhos antes de eles falarem do assunto.

— Me avise quando estiver pronta para vendê-lo — disse Leland, erguendo um dedo trêmulo para o canto do olho para remover uma remela.

JONIS AGEE

Bom Deus, ela esperava nunca envelhecer.

— Você não tem um bom cavalo de carroça? — ela perguntou.

O bisneto dele o levava todas as manhãs e ia buscá-lo todas as noites, dirigindo tão descuidadamente que parecia o pai tantos anos antes. Ela não tinha a menor ideia de como aquele garoto idiota tinha convencido a menina Dobson a ter um filho dele. Entre cuidar do gado e beber, ele e Layne Knight abriram uma serraria perto do rio, e uma cidade inteira cresceu em volta, por causa da lenha. Agora eles eram os cidadãos mais respeitados do lugar. Ela não se deixava enganar, entretanto; ainda podia ver o brilho provocador e estúpido nos olhos deles.

— Tenho, tenho sim. Um bom cavalo preto, esse que você me vendeu. Obrigado. Meu neto diz que deveríamos comprar outro para fazer um par. Eu disse que pensaria no caso — ele puxava um de seus longos lóbulos distraidamente. Uma pessoa tinha muito tempo para pensar durante uma conversa com Leland St. Clair.

— Vou ver o que L. O. acha — ela sempre usava essa artimanha quando não podia dizer a verdade diretamente; preferiria cortar um de seus próprios braços a dar àquele pequeno canalha outro de seus cavalos. Se aquele cavalo preto não fosse o mais teimoso e temperamental do lugar, além de ter as pernas tortas, ela jamais o teria vendido a Leland. Algumas pessoas nunca pegavam o jeito com cavalos; a família dele inteira não tinha um mínimo de senso equino. Cachorros, eles praticamente enfeitiçavam, conseguiam treiná-los com um olhar e um dedo em riste. O velho *pointer* alemão era o cão de caça mais famoso da região. Ele levantou o focinho grisalho, olhou na direção dela como se pudesse ler o apreço em sua mente e deitou a cabeça novamente na lareira.

— Eu vim aqui para conversar sobre outra coisa hoje, Leland — ela disse, e o advogado, que dormia sob a superfície envelhecida, despertou.

A MULHER DO RIO

— Sim — a voz dele ficou mais forte, como se ele fosse um velho cão, perseguindo uma bicicleta no primeiro dia de primavera.

— Preciso de um testamento. Quero ter certeza de que quando o codicilo for quebrado, qualquer filho que eu venha a ter terá direito à herança.

Os olhos reumosos dele brilharam.

— Decisão sábia. Filhos vêm em primeiro lugar.

Eles discutiram os detalhes, ele anotando em uma caligrafia grande e quase indecifrável, que tomava muito mais páginas do que o necessário. Ao final da sessão, ele parecia repentinamente confiante de que poderia fazer a petição e de que o tribunal iria finalmente ouvi-lo. Era como se, com outra geração envolvida, e o potencial de negócios futuros, ele finalmente acreditasse no caso dela.

Leland se recostou na cadeira e coçou o queixo, olhando fixamente para o fogo que crepitava.

— Vamos ver... Bonner Willson vai presidir o tribunal em junho. Ele é do tipo que segue a lei à risca — olhou para ela de um jeito divertido. — Mas ele tem um vício.

— Qual? — ela perguntou.

— Cavalos. O homem adora cavalos — Ele apertou os olhos, fitando a parede sobre a lareira — Costumávamos caçar guaxinins em mulas dele, que podiam pular sobre seis faixas de arame farpado. Ele é o mestre da caça lá pro Norte, tem uma matilha de cinquenta cachorros. Corridas também. O homem daria o braço direito por um cavalo de corridas decente por um bom preço. Você sabe de algum?

— Quão decente este cavalo teria de ser?

— Quanto vale a sua propriedade?

Ela assentiu com a cabeça. Então era uma questão de trocar o melhor cavalo do estábulo dela pela terra que era dela, de qualquer maneira. Ela não sabia como L. O. iria reagir às notícias.

JONIS AGEE

— Vai me avisar quando e como enviar essa barganha ao juiz, não é?

— Vou me informar e entro em contato com você. O homem é um idiota quando se trata de cavalos.

Eles falaram sobre a previsão para o algodão, e ele contou a ela que um homem em St. Louis tinha feito um pedido de vinte mil toras de lenha para a serraria do seu filho.

— Você soube algo do seu pessoal em Nova Orleans? — ele perguntou, referindo-se a Omah e seus filhos.

— Eles estão bem — ela disse, como sempre. Ele lhe contou que havia boatos sobre dragar os pântanos, desviar a água para os *bayous* e cortar o resto da lenha, o que incluiria os velhos ciprestes, carvalhos, liquidâmbares, sicômoros, elmos e *hackberries*.

Ele contava as árvores nos dedos como se cada uma fosse um amigo. — Eu cacei naqueles pântanos a vida inteira — ele disse.

— Quando acha que eles vão começar?

— Não vai demorar muito. As pessoas querem tudo hoje em dia.

— Eu só quero o que é meu.

Ele assentiu lentamente com a cabeça, como se estivesse adormecendo, e eles ficaram sentados no escritório apertado, ouvindo a secretária dele batendo devagar à máquina de escrever. Do lado de fora, através das cortinas pesadas, eles ouviram um carro passando, o motor barulhento abafando tudo o que pertencia ao velho mundo, deixando-o tão remoto e acabado como a poeira da estrada.

Levantando-se, ela sentiu uma pontada de arrependimento ou de tristeza, ela não sabia bem qual, a sensação de que estava saindo do escritório dele pela última vez. Imediatamente ela se sentiu mal por ter se divertido à custa de Leland St. Clair todos aqueles anos, especialmente agora, quando era simplesmente um homem velho e não podia evitar suas excentricidades. Ele a havia

A MULHER DO RIO

servido fielmente, então ela fez o melhor que podia por ele — deu-lhe um súbito abraço, e apertou-se contra o corpo dele com força suficiente para que ele pudesse sentir os seios dela.

Ele sorriu e prometeu que enviaria os documentos para ela assinar, e então a dispensou distraidamente, como se ela tivesse ido lá para vender-lhe algo. A secretária na outra sala acenou educadamente quando ela saiu. A moça era filha de sua velha costureira, que tinha sido contratada pela família de Leland para datilografar e cuidar dele. Ela vestia roupas compradas prontas, a primeira coisa que fazia ao receber o pagamento todos os meses, embora fossem caras. Maddie elogiou a blusa branca com gravata marrom masculina no colarinho, e a saia larga de lã marrom da moça, mas pensou que nada caía tão bem quanto as roupas que a mãe dela fazia.

No final da rua, o vagão que servia de depósito estava cercado de caixas de galinhas e ovos que iriam sair no trem da manhã para Sisketon e St. Louis. A cidade deveria ter sido cercada por diques de madeira, mas o mesmo otimismo louco que os havia colocado de volta ao Mississipi depois dos grandes terremotos de noventa anos atrás os levara a construir a agência dos correios, os estábulos, a loja maçônica, os moinhos de grãos, as serrarias, os armazéns de ferramentas e miudezas, a sala de recreação e o banco a pouco mais de meio metro acima do nível do solo, com uma calçada elevada, feita de tábuas, ao longo da rua. O tribunal de justiça era recuado o suficiente, e feito de granito e pedra calcária, uma estrutura tão alta e pesada que a água tinha pouco efeito sobre ela.

No outono anterior, um incêndio havia destruído um quarteirão inteiro da rua comercial, e os homens estavam ocupados com a reconstrução naquela manhã. Era a segunda vez que o quarteirão precisava ser reconstruído; uma vez,

JONIS AGEE

depois que o Exército da União queimara a Igreja Metodista em 1864, e agora, quando a taverna, a sala de sinuca, a padaria e a barbearia tinham ido pelos ares. Aquele quarteirão era amaldiçoado, qualquer um na cidade diria. Nada nem ninguém teria sucesso ali. Era por causa dos filhos de Dona Maddie, eles afirmariam, embora estivessem inventando tudo. Os dois filhos de Dona Maddie, baleados no próprio tribunal de justiça por soldados da União; a família dela tinha sido culpada por todo tipo de miséria humana. Mas os mais otimistas tinham tomado as rédeas da economia naquela manhã, e estavam alegremente reconstruindo uma linha organizada de fachadas de lojas, além dos escritórios e quartos para alugar nos andares de cima.

Embora os contínuos tremores fizessem a população preferir o andar de baixo, as sucessivas inundações tornavam um segundo andar essencial. Ela tinha sorte pelo pai ter construído sua casa em um monte, e pensado em elevá-la também. Até aquele momento eles nunca tinham sofrido uma inundação, embora por duas vezes o rio tivesse subido até o degrau de entrada, deixando cobras e peixes mortos quando a água descia.

A próxima visita dela era ao consultório médico, usando uma entrada lateral e subindo um lance de escadas sobre a loja de miudezas, e protegida dos olhares curiosos. A consulta foi rápida e direta. Depois foi à loja de departamentos LeFay, e cometeu o primeiro erro do dia.

Ethel May Zubar, que nunca a havia perdoado por ter-lhe tomado uma parelha de cavalos castanhos, estava discutindo novamente com Hillis LeFay e Dowsie Louise Binnion sobre os negros. Aquele continuava sendo um assunto de conversa para todo branco ali, fosse ele metodista, católico, batista ou carola.

— Estão fazendo aquela convenção bem aqui na cidade — disse Ethel May, batendo o pé enorme no chão de madeira com força suficiente para chacoalhar os potes, panelas, pratos e ferramentas nas prateleiras atrás dela.

— É uma reunião de renascimento — disse Hillis, sem desviar os olhos das páginas do livro *Mr. Ward's Wish*, que estava folheando.

— Eles precisam se reunir na cidade deles — disse Dowsie, com uma voz tímida que parecia ser espremida do corpo pesado. Ambas as mulheres estavam, como sempre, na última moda, apertadas em espartilhos e amarradas em faixas como cavalos gordos e espertos que os donos não querem deixar fugir.

— E que cidade seria essa? — Maddie não podia resistir à estupidez delas. Era como papel mata-moscas.

— Acho que você não está participando desta discussão — fungou Ethel May.

Maddie sorriu, relembrando as expressões nas caras delas quando Omah as tinha feito provar do seu chá medicinal e biscoitos, anos atrás.

— Bem — suspirou Dowsie de forma dramática. — Acho que vou ter de manter meus netos em casa este fim de semana.

— Eles não são ciganos — disse Maddie. — Não vão roubar suas crianças. Que igreja está organizando o renascimento?

— A Primeira Metodista Africana — disse Hillis. Ele a fitou com um certo brilho no olhar. — Você está pensando em ser salva?

— Está para chegar o dia! — Ethel May bufou pelo nariz, como um porco velho, e Maddie lhe dirigiu um sorriso radiante.

— Você deve ter algum conselho para mim — ela disse. — Vamos ver, sobre o que poderia ser? Minha fazenda? Meu marido? Meus homens? Ou sobre mim?

JONIS AGEE

Hallis franziu as sobrancelhas para ela em alerta, mas ela já tinha perdido a calma e não prestou atenção.

— Marido? — Ethel May pareceu aumentar o já considerável tamanho, e olhou direto nos olhos de Maddie. — Minha querida menina, você e aquele homem têm vivido em pecado por treze anos, e você sabe disso. Quanto ao resto, sua família sempre gostou um pouco demais da gente de cor. Só Deus sabe quantos irmãos e irmãs mestiços você tem. E sua preciosa Omah? Todo mundo sabe que ela foi concubina do seu pai, além de Frank Boudreau. Ele simplesmente fez um negócio com Boudreau, como se ela fosse uma vaca ou uma mula, em troca de trabalho.

O queixo de Maddie caiu, mas ela não conseguiu dizer uma palavra; estava furiosa demais. O médico tinha avisado que não se deixasse levar por extremos de emoção, que descansasse, que começasse um passatempo feminino como ler ou tricotar. Ele não fazia a menor ideia do tipo de coisa que tinha de lidar naquela cidade.

— Não se esqueça daquele preto que ela matou — Dowsie também fez sua contribuição, corando profundamente, os olhos fixos na página de pijamas masculinos do catálogo.

— O quê? — Maddie teve de se controlar para não arrancar a cabeça pontuda de Dowsie.

— Valdean French — Ethel May disse o nome com gosto. — Soubemos de tudo, embora até mesmo eu tenha me surpreendido com o quão longe você foi, Maddie Ducharme.

— Não faço a menor ideia do que você está dizendo, Ethel May. Você não sabe a diferença entre esterco de vaca e nozes. Aquele homem está vivo e bem em Nova Orleans!

Hillis acenou para ela, tentando pará-las, mas ela o ignorou. Ela virou as páginas do catálogo tão rapidamente que quase rasgou uma no meio, e a desamassou com as costas da mão.

549

A MULHER DO RIO

Ethel May endireitou os ombros, pôs a mão no balcão como que para emprestar alguma solidez e disparou:

— As pessoas desta cidade estão fartas de serem abusadas por você e pela sua família!

— Você ao menos sabe quem é Valdean French? — respondeu Maddie.

Pela primeira vez Ethel May pareceu frustrada, olhou rapidamente para Dowsie, e então franziu os lábios e disparou novamente:

— Um preto que o seu pai contratou em Nova Orleans para pintar a casa. Como se nossos homens não fossem bons o bastante. — Os olhos dela ficaram mais astutos. — Você e Frank Boudreau conspiraram para assassiná-lo porque ele estava tendo um caso com a sua Omah.

Maddie não resistiu e riu alto com a imaginação ao mesmo tempo fantástica e convencional da mulher. Obviamente, Ethel May imediatamente fechou a cara, e olhou de modo incerto para Dowsie e Hillis.

— Você deveria mesmo estar escrevendo para o *Police News*, ou um desses trapos da imprensa marrom que publicam boatos ao invés de fatos, Ethel May. — Ela riu de novo, divertindo-se com o modo como a cara de Ethel May se enrugava como a de uma porca velha comendo nabos. — Valdean French é um poeta e entalhador famoso. E — ela fez uma pausa dramática, pensando que não faria mal, já que ele morava tão longe — prefere homens a mulheres, o que significa que Frank, ou L. O., teria de ser o objeto de desejo dele. Um assunto que vou fazer questão de mencionar para eles assim que chegar em casa. Eles provavelmente vão querer discutir isto com você e sua família.

Ela tinha inventado uma parte da história, mas a mulher não precisava saber disso.

JONIS AGEE

— E se ele preferisse mulheres, Ethel May? — Hillis estava realmente acenando agora, e a porta se abriu, mas Maddie continuou.

— Eu teria sido amante dele sem pensar um segundo. Ele tem a alma mais pura que já conheci, mas você não sabe nada sobre isso, não é?

Ethel May rangeu os dentes, e seus olhos ficaram tão pequenos que quase desapareceram entre as rugas gordas de seu rosto.

— Você não passa de uma amante de negros, Maddie Ducharme. E isto a coloca um nível abaixo do chão.

Maddie abanou a mão, forçando-se a rir.

— Oh, você está com inveja...

A mulher parecia prestes a explodir, e, desde que Maddie andava curiosa sobre o assunto da autoimolação, esperava que a outra realmente fosse tomada pelas chamas, mas Ethel May a decepcionou ao virar nos calcanhares e sair da loja sem dar mais uma palavra, com Dowsie bem atrás.

— Procurando mais encrenca, estou vendo. — L. O. sorriu maliciosamente e tocou no chapéu como se fossem meros conhecidos, o que ele vinha fazendo em público há anos.

— L. O. — Hills acenou com a cabeça, cumprimentando-o. — O que posso fazer por você?

Franzindo o cenho, L. O. olhou em volta.

— Achei que você tinha um par de pinças que eu pudesse usar nos dentes dos cavalos, ou será que eu vi isso em um catálogo?

Hillis olhou para a frente, examinando o estoque da loja de cabeça. Ele conhecia cada item da loja: medicamentos, ferramentas, roupas, carne, verduras e sementes. Na primavera, ele encomendava as galinhas, patos, perus e gansos que a maioria dos fazendeiros precisava criar para se alimentar. A família dele havia tido negócios ali desde o começo, e Hillis, embora fosse só um rapaz de vinte e poucos anos, parecia

A MULHER DO RIO

mostrar a sabedoria coletiva da família no rosto magro, nos olhos alegres atrás dos óculos de armação de arame e no cabelo castanho já ficando grisalho. Não é que houvesse linhas em seu rosto, mas mesmo assim dava para ver os ancestrais dele por debaixo da fina superfície da pele.

Enquanto L. O e Hillis desciam às entranhas escuras da loja em busca de pinças, Maddie ponderava se o fato de viver em um único lugar por gerações fazia que todos parecessem uns para os outros como Hillis se parecia para ela. Ethel May via a raiva de Jacques Ducharme a cada vez que olhava para sua filha, então não era realmente ela, não inteiramente ou na maior parte, mas sim os erros coletivos da vida de outra pessoa que ela encarnava como se vestisse uma capa sufocante sobre a sua própria. Só que não era apenas pelo pai que ela era responsável; era pela primeira esposa dele, Annie, por Omah e Frank e seus filhos, pela sua avó, Dona Maddie, e pela sua mãe, Laura, e agora por Valdean French. Maddie quase não tinha espaço para os seus próprios crimes e para L. O. Não era de espantar que Ethel May e os outros estivessem com tanta raiva; era um peso ter de carregar a si mesma e sua história enciclopédica. A memória humana... que compêndio de mentiras, meias verdades, mitos, amarrados pelo fio tênue da vida de uma pessoa. Não era de espantar que houvesse um quê de alívio quando uma pessoa morria, saía da página, dava aos outros uma chance de fechar pelo menos um livro. Talvez fosse melhor que as pessoas não se conhecessem bem, mas então elas teriam de inventar o que não testemunharam, e isso seria ainda mais árduo.

Ela queria que Ethel May pudesse ver o jeito como L. O. colocava a mão no flanco trêmulo de um cavalo assustado, acalmando-o com um toque, como aquela mesma mão havia aliviado a dor de seus ombros e de seu pescoço como se removesse um peso,

JONIS AGEE

devolvendo amor. Ou o modo como Frank Boudreau cuidava agora do cemitério deles, aparando a grama ao redor das pedras lindamente entalhadas com pássaros sobre as sepulturas dos pais de Omah, Jacques, Annie Lark, Dona Maddie e Laura. Embora algumas delas tivessem apenas a inicial e uma data rudemente gravadas, Valdean os lembrara que havia beleza e recompensa em honrar os que se foram, e que eles deveriam ter ordem na vida, ou descer ao nível dos animais que uivavam e esperavam do lado de fora dos portões a cada vez que cruzavam a fronteira para o mundo. Eles não deveriam se misturar, embora a tentação fosse grande, Valdean tinha dito em um poema que L. O. mostrara a ela. Quão frágeis eram as defesas deles contra o mundo devorador...

Ela estava filosófica demais naquela manhã, o que a tornava cansada e nervosa, e não queria que nada interferisse nas boas notícias que queria dar a L. O. Quando ele voltou com Hillis pelo corredor, as pinças grandes em uma mão, uma lima denteada na outra, ela tomou o braço do marido. Ele corou, surpreso com a súbita demonstração pública de afeto. Eles eram casados? Tanto quanto Omah e Frank, mais do que sua mãe e seu pai, ela diria. Se o pai estivesse vivo, ela pediria a ele, o progenitor desta história, que realizasse a cerimônia.

— Você está pronta? — perguntou L. O., com o pacote embaixo do braço.

Ela sorriu para ele, seu rosto magro, os bigodes prateados, os olhos castanhos vivazes que viam através dela, a uma distância que ela nem poderia imaginar.

"Não me enterre aqui", ele tinha dito a ela na noite passada, depois que fizeram amor. Ela não tinha respondido. Todos esses planos, ela pensou, meu Deus, quão rapidamente somos arrebatados, jogados na estrada para enfrentar as enchentes! E tudo o que podemos fazer é uma prece rápida, não enlouquecer e aguentar até o fim."

Parte quatro

Hedie Rails Ducharme

"Os anjos brilham, mesmo os caídos."

Epílogo

O resto da história de Maddie eu soube pelo tio de Clement, Keaton, que ouviu os fatos com tanta frequência que parecia que também os tinha testemunhado.

Em 24 de dezembro de 1902, Clement Ducharme Swan nasceu. Maddie e L. O. estavam extremamente orgulhosos de seu menininho, mas o guardaram em segredo até o verão seguinte, quando o cavalo que Maddie tinha trocado venceu o páreo em Kentucky, e o Juiz Bonner Willson julgou a alteração do testamento de Jacques nula e inválida. O cavalo continuou a ganhar muitas corridas mais, e tornou-se o procriador de uma famosa linhagem de cavalos. Todos pretos, com uma lágrima branca na testa, e uma ou duas meias brancas.

Dois anos mais tarde, em fevereiro, L. O. foi morto acidentalmente em uma caçada por um dos rapazes Knight, e, no começo de abril, Maddie sucumbiu na epidemia de difteria.

Mais tarde, o que foi descrito como um milagre, houve uma estranha tempestade de gelo que caiu sobre o rio, repentinamente envolvendo a paisagem em um resplendor deslumbrante. Os cílios dos cavalos que puxavam o esquife da casa da Igreja Metodista ao cemitério da família congelaram-se tão depressa que os animais tropeçavam, quase cegos nos últimos oitocentos metros, e tiveram de ser conduzidos para a entrada do pátio. Quando os homens foram levantar o esquife, ele estava coberto por gelo tão espesso que precisaram martelar nas cordas que serviam de

A MULHER DO RIO

alças para libertá-las. O cortejo triturava o gelo com os pés, ruidosamente, pelo pátio da frente, surpreso pela maneira como a casa de Jacques parecia enfeitada com a luz da súbita aparição do sol, e o gelo que continuava a cair, agitando-se como pequenos pedaços de vidro contra as laterais do caixão.

Houve relatos de uma mulher, em um vestido azul, fora de moda, com um xale de caxemira, na beirada do pátio. Umas duas pessoas que olharam do abrigo dos carvalhos espinhosos a viram, e alguns juravam que o velho Jacques estava espreitando do canto da sacada do segundo andar. O que todo mundo realmente concordou foi que era um milagre que as tulipas e dentes-de-leão, lilases e quatro-horas, que tinham, misteriosamente, se lançado em flor juntos, na semana anterior, como se para confortar Maddie, enquanto ela jazia, não fossem surrados ou quebrados pelo peso do gelo. Ao contrário, parecia encobri-los e prendê-los, fragilmente, em um abraço brilhante que ninguém poderia quebrar para pousar um simples caixão, enquanto ele assentava ao lado de sua nova casa escura.

Maddie teria feito assim, Frank murmurou, e Tom Spraggins, Artie Kamp e Leon Wyre, o que restava dos homens que trabalhavam para ela, ficaram em pé, esperando, antes de começar o lento processo de jogar com a pá o lodo vermelho molhado por cima do simples caixão de cipreste. No fim, uma delirante Maddie tinha pedido ao morto L. O. para construir seu caixão com o melhor cipreste, porque ele poderia resistir à umidade e inundação, e Frank tinha verificado que fosse feito, embora ele precisasse extrair, com dificuldade, várias tábuas de assoalho do corredor do andar de cima para concluir a façanha em tal clima. A madeira laranja e dourada produzia uma pátina que era como se tivesse sido cuidadosamente entalhada com minúsculas

JONIS AGEE

vírgulas, e mesmo Ethel May Zubar, nos braços de seu sobrinho Layne St. Clair, comentou sobre sua beleza. Era a primeira vez que algumas pessoas da cidade tinham colocado o pé na terra do velho Jacques, e para outros já fazia muitos anos, então todo mundo estava absorvendo o máximo que podia, sem parecer falta de consideração para com a morta. Ninguém sabia quanto tempo demoraria até que lhes fosse permitido outra visita.

No último minuto, uma mulher negra e alta apareceu, andando através da multidão com tal confiança que eles automaticamente se moveram para o lado. A mais bela carruagem que o estábulo de aluguel tinha esperado no gramado da frente, os cavalos idênticos de cor branco-puro espirravam os joelhos com lama vermelha, tendo sido conduzidos para os degraus da casa, então a mulher podia descer sem manchar seus sapatos de pálido verde-aguado. Em seus braços, carregava ramos de recentemente cortados índigo selvagem, benjoim amarelo e botões de olaia, que foram dispostos lado a lado no caixão. Então, sussurrando algumas palavras, ela bateu a tampa com os nós dos dedos e se virou de volta para a casa.

Carregando uma capa forrada de mink, do estilo mais elegante, em torno dela, enquanto subia os degraus, entrou na casa sem hesitação, movendo-se em direção aos gritos de criança, que, os pranteadores agora percebiam, tinha estado tão quieta desde que chegaram que a tinham esquecido, tanto quanto eles esqueceriam o zumbir irritante de uma mosca voando na janela. Apenas Frank Boudreau sabia, com certeza, quem era a mulher. Leland St. Clair olhou-a, com um sorriso no rosto, como se também a conhecesse, mas ninguém tinha certeza do que, naquele ponto, Leland sabia.

Omah ficou tempo o bastante para se certificar de que o bebê Clement seria cuidado, apesar de comentar com Frank que o

A MULHER DO RIO

nome daquele bebê era outro engano infeliz — não era um nome da família, como Maddie tinha pensado em usar para honrar a avó dela; ao contrário, era o nome de um desocupado sem valor, com quem a mulher tinha se casado e prontamente descartado. Antes de Omah deixar a casa, um dia depois, ela fez uma visita a seus pais, no pequeno cemitério, colocou-se ao lado do túmulo de Jacques para suplicar por seu destino, espalhou um punhado de botões de liga de estanho dos uniformes da União e Confederados, que ela tinha encontrado pelos anos, ao lado da sepultura de Maddie, e ofereceu à família uma breve despedida, certa até os ossos de que estaria de volta sem muita demora. Afinal, tinha escrito seu nome no livro da família.

Depois que Omah partiu, Leland St. Clair, o advogado, contatou Keaton, o meio-irmão de Maddie, para vir para casa, assumir a fazenda e criar a criança. Se realmente Maddie tinha escrito a carta sobre o tesouro de Jacques, esta nunca fora transferida ao seu filho ou ao seu guardião. O que Clement, mais tarde, veio a ser fora, com frequência, instalado nos degraus da porta dos vícios de Keaton, mas isso talvez fosse mais o resultado de dois rapazes sem mãe, enfrentando um mundo sem conforto.

Embora eu prometesse que no ano de 1932 encontraria a fortuna de Jacques e nos salvaria, as coisas eram diferentes desta vez, quando Clement saía à noite, e não estava consolado pelas minhas garantias de que estávamos chegando perto do tesouro, no que, é claro, nem eu mesma acreditava muito. Tudo soava tão infantil, e ainda assim eu não podia suportar a maneira como Clement ficava depois de suas noites. Ele tinha uma expressão permanentemente assombrada, seus olhos estavam constantemente olhando as portas e janelas, seu corpo pulando diante de barulhos repentinos. Eu tinha de me certificar de anunciar minha entrada em um cômodo, o abraçá-lo cuidadosamente, então ele não reagiria de forma exagerada ou me golpearia para longe.

Eu ficava tão brava em tê-lo desse modo que uma noite tranquei todas as portas, e ele teve de dormir em seu carro grande e elegante. Eu também brigava com ele quando ele queria sair, via seu rosto ficar desesperado e zombava dele. Escondia seus trajes de noite, cortava a sola de seus sapatos de couro exclusivos, arranhava seu barbeador do lado áspero da porcelana da pia para atenuar o corte, então ele se cortava ao barbear-se. Colocava urina de cavalo em sua pomada de cabelo. Nada o parava. Isso apenas tornou as coisas piores. Ele agora ficava fora durante dias. Então, ele se foi por duas semanas e meia e eu fiz a coisa mais estúpida possível — chamei o xerife para a fazenda.

Ele agiu indiferente, seu rosto estreito, faminto, obstinado, enquanto olhava a rica mobília e o grande anel de diamante amarelo que agora eu usava, como um talismã.

— No negócio dele é esperado que tenha saídas irregulares como esta? — ele falou, lentamente.

— São fazendas?

O xerife gargalhou e escovou o brocado de seda rosa do sofá com o lado de sua mão, como se estivesse juntando migalhas.

— Nunca ouvi isso antes. Diga, senhora — ele se inclinou em minha direção, seus dentes marrons expostos —, diga a Clement que eu não preciso de um golpe, mas também não vou fazer nada sem um. — Ele piscou e eu senti náuseas em meu estômago. Se tivesse a pistola comigo, atiraria naquele seboso filho da puta bem naquele instante.

— Diga-lhe você. — Levantei e me dirigi para a porta. Clement guardava um revólver na mesa da entrada, mas o xerife suspirou pesadamente, levantou-se com um último olhar, como se marcando o que iria ser dele, e me seguiu até a porta.

A MULHER DO RIO

— Eu não deveria pensar que uma senhora como você gostaria de estar na mesma casa que um homem que dorme com aquela garota, mas a gente nunca pode saber. O veneno de um homem é o alimento de outro.

— Nunca mais traga sua mente imunda a este lugar. — Eu segurei a porta aberta, pronta para trancá-lo do lado de fora.

— Então não me chame. Se eu voltar aqui novamente, com certeza levarei alguém para a prisão. — Ele olhava sobre a minha cabeça, dando à casa uma última inspeção, como um homem comprando um lote de animais domésticos em um leilão. — E nós também tomaremos este lugar, enquanto estivermos aqui.

Eu bati com força a grande porta em seu rosto desrespeitoso e corri para cima, para investigar o armário e as gavetas do meu marido.

Havia um monte de caixas de fósforos, guardanapos e recibos de hotel em Sisketon, Cape Girardeau, mesmo em Hot Springs, St. Louis e Memphis. Ora, ele estava em todos os lugares! Eu arranquei seus ternos dos cabides e esvaziei as gavetas do seu grande armário de cerejeira.

Na minha cabeça havia uma canção de um *jingle* de pasta de dentes, "escove, escove, escove", enquanto eu carregava as coisas dele para fora, para o caminho da entrada coberto de neve. Despejei querosene sobre elas e joguei um fósforo de cozinha sobre a pilha. Ele não ia mais a lugar algum. Encontraríamos o tesouro de Jacques juntos... teríamos nossa casa cheia de crianças... Coloquei as promessas no ritmo da música da pasta de dente e cantei, cantei, cantei, enquanto corri de volta para a casa. Eu já tinha ido à edícula de solteiro quinze vezes, mas fui novamente, tentando ouvir algum som oco nas paredes que me diriam onde o tesouro estava. Nada. Nada. Nada. Afundei-me na cama naquela noite, chorando e rezando por ajuda.

JONIS AGEE

Nem mesmo Jesse podia aliviar o medo dentro de mim, medo de que algo estivesse terrivelmente errado. Jesse tinha seus próprios problemas agora. India tinha fugido da casa da tia e contaram que ela tinha sido vista em tabernas, clubes e encontros tardios, a leste de St. Louis. Vishti estava quase doente com o pensamento do que estava acontecendo com sua única filha.

E a coisa mais estranha aconteceu. Todo ano, para o dia de São Valentino, o Departamento de Bombeiros Voluntários de Jacques'Landing fazia um jantar do dia dos namorados de panquecas, cujos pontos principais, entre outras coisas, eram a barraca do beijo, roleta com prêmios doados pelos comerciantes locais e um concurso de talentos amadores. Vishti, Jesse e eu não tínhamos planejado ir. Nunca íamos àquelas reuniões, e eu tinha acabado de me instalar na biblioteca lendo um romance de Wilkie Collins quando ouvi passos na varanda e a porta ser escancarada. Dei um pulo, procurando pela pistola, quando Clement entrou, o rosto corado e suado, vestindo um paletó branco e uma calça formal, com uma faixa de cetim. O laço de sua gravata estava torto, mas não o avisei. Embora estivesse impecavelmente vestido, sua pele tinha um brilho suado, doentio, e seus olhos estavam tão saltados que deviam ter sido arrumados da última bebedeira que ele tomou a caminho de casa.

Ele foi imediatamente para o gabinete com o brandy e despejou para si um grande copo, que bebeu rapidamente, as mãos tremendo tanto que teve de usar ambas para firmar o copo. Despejando outro, olhou para mim e piscou.

— Como tem passado? — ele disse, como se eu fosse a garota da chapelaria.

— Onde você...

Ele levantou uma das mãos e sacudiu a cabeça, enquanto despejava outra vez a bebida.

A MULHER DO RIO

— Estou aqui para levar você ao jantar dos namorados, Hedie. Você ainda é minha namorada, não é? — o sorriso que ele usava para me fazer amá-lo e perdoá-lo agora me deixou com suspeitas. Entretanto, eu sabia que não seria útil qualquer discussão, então coloquei meu livro de lado e me levantei.

— Preciso me trocar — eu disse.

— Apresse-se. Você não quer perder a diversão... — ele gritou, atrás de mim.

Como não estava me sentindo muito amável naquele momento, coloquei meu conjunto de *tweed* que às vezes usava para fazer compras em Sisketon e Cape Girardeau, e usei também uma vez na Igreja Metodista para dar uma olhada nos registros de família de Maddie. Não me incomodei com maquiagem, exceto por um pálido batom. No espelho, eu parecia a irmã de alguém, em vez de uma jovem esposa. Concordei com a cabeça, para mim mesma. Se ele queria uma namorada, teria de vir para casa com mais frequência.

Quando chegamos lá, eles quase tinham acabado de servir as panquecas e estavam sem bacon e linguiça, mas, de qualquer modo, Clement não ligava para comida. Ele me deu três bolos do tamanho de um dólar, e assistia enquanto eu gotejava neles manteiga quente e calda.

— Mulheres da sua idade precisam prestar atenção ao que comem — ele comentou. Pegou um cigarro e o colocou no canto da boca, enquanto procurava pelo isqueiro.

— Só tenho dezenove anos — protestei.

— E olhe para você — ele disse.

— E depois, olhe para as outras garotas aqui. — Pegou um cigarro e examinou a ponta, como se já estivesse aceso.

Era verdade que eu tinha ficado um pouco surrada ultimamente. O que ele esperava? O conjunto de *tweed* tinha sido um engano, eu via agora. Tinha esquecido o que era ser uma namo-

JONIS AGEE

rada, especialmente a dele. Estava justamente estendendo minha mão para a dele quando ele acendeu um cigarro e acenou por sobre o meu prato.

— Vá em frente e termine. Eu estava brincando. — Ele não estava mais prestando atenção em mim; eu percebi. Ficou olhando em volta da sala, como se fosse ver alguém mais importante ou mais interessante. Segui seu olhar, que saltava como um mosquito de pessoa para pessoa, notei Jesse e Vishti com os negros, nos fundos da sala. Surpreendentemente, India sentou-se no banco ao lado deles, o prato em equilíbrio sobre os joelhos, do modo que os deles estavam, e olhando para todo o mundo como uma bibliotecária em treinamento, em vez de uma garota selvagem que passava o tempo em boates.

— Eu me pergunto o que eles estão fazendo aqui. — eu disse, me preparando para levantar e ir sentar com eles.

— A menina está no *show* de talentos, acredito. — Clement disse, em volta de um bocado de fumaça.

— Como você sabe?

— Encontrei com ela outra noite, em um lugar chamado Red's, em East St. Louis. Ela cantou lá e derrubou algumas cadeiras. Aquela garota tem uma voz muito bonita...

— Acho que irei dizer olá para Vishti e Jesse. Onde você estará? — eu não estava exatamente brava, só não gostava de ele encontrando India desse jeito, longe da família dela.

Ele sorriu e tirou uma nota de dez dólares do espesso pacote que puxou do bolso.

— Jogos de azar, Hedie, ele não tem nenhuma chance quando estou por perto. Agora vá jogar alguma coisa. Encontrarei você no *show* de talentos. Guarde um lugar.

A pequena família sentou-se em amargo silêncio e, quando eu disse olá, olharam para mim com um falso sorriso, que mal alcançava os olhos. Aquela não era uma reunião feliz. Era um pouco como a minha. Fiquei em pé, esperando que me convidassem para sentar, até que se tornou óbvio que não iam fazê-lo. De qualquer forma, eu me sentei, atraindo olhares curiosos das pessoas a nossa volta, bem como dos rostos brancos que nos circundavam.

— Ouvi que você vai estar no *show* de talentos — eu disse a India.

Ela concordou com a cabeça, com tão pouca expressão em seu rosto que tive de me perguntar se estava doente.

— Ela apareceu uma hora atrás, pedindo que a trouxéssemos aqui, e agora diz que vai cantar em frente a todos esses caipiras, nessa roupa.

Jesse praticamente cuspiu as palavras e sacudiu um garfo por sobre o vestido, de cetim justo, com um decote em forma de coração que, pelo contraste, me fazia parecer uma babá inglesa em férias. Ela estava usando um par de sapatos de salto alto desta vez. Cetim preto, com abertura nos dedos e faixas nos tornozelos, com linhas de imitação de diamantes. Em suas orelhas estavam os brincos de diamantes.

Vishti deu tapinhas em seus lábios, com o quadrado rasgado de jornal que os bombeiros providenciaram para os negros usarem como guardanapos.

— Pelo menos ela está segura em casa — ela murmurou a seu marido. — Deixe-a em paz.

Tomei isso como um bom conselho para mim também, levantei-me e abri caminho através da sala lotada, procurando por Clement. Eu o encontrei na barraca do beijo, um leque de notas de um dólar em punho enquanto ele se inclinava sobre o balcão para tocar os lábios com uma jovem que ainda devia estar no ginásio.

Eu queria fazê-lo lamber o chão de concreto do posto do corpo de bombeiros; em vez disso, caminhei até ele e uni seu braço ao meu.

JONIS AGEE

— Vamos jogar roleta; o vencedor define o jogo na cama esta noite — sussurrei, dentro de sua orelha. Costumava funcionar.

— Qualquer coisa? — ele piscava para a garota, e ela arqueou a sobrancelha, deu a nós dois um olhar de compreensão e se moveu pela barraca para outro cliente, um rapaz mais da sua idade.

Ele empurrou as notas de um dólar de volta em seu bolso, enfiou meu braço no seu e vagueou em direção ao fundo da sala onde a roda da roleta estava. As pessoas sussurravam enquanto passávamos, e percebi que éramos mal afamados em Jacques'Landing — o ladrão contrabandista e sua noiva criança. Levantei o queixo e caminhei como se estivesse usando um vestido de baile de uma estrela de cinema em vez do meu *tweed* de bibliotecária. Queria que alguém como Omah estivesse por perto para me dar conselhos. Mesmo Maddie parecia mais esperta sobre os homens do que eu.

Quando chegamos ao fundo da sala, ela estava tão cheia que tivemos de empurrar para abrir caminho até a mesa. O problema era que ninguém queria desistir do seu lugar até que o homem ao lado bateu no ombro do homem em nossa frente e sussurrou:

— Clement Ducharme está atrás de você. — Enquanto a frase corria, o espaço à nossa frente, milagrosamente, se abriu. Nenhum daqueles homens olhou diretamente para nós. Percebi que era a única mulher casada do grupo. Havia outras três mulheres, todas mais velhas que eu, em vestidos surrados que deviam ter usado para as estalagens à beira da estrada. Elas tinham unhas vermelho-escuro e batons vermelho-brilhante, cabelo loiro de água oxigenada e bijuterias baratas, que já estavam deixando linhas verdes em torno de seus pescoços e pulsos. Eram o tipo de mulher que deixava o cigarro preso entre os lábios enquanto se debruçava sobre a roda da roleta, gritando e golpeando uma à outra, nos ombros e nas costas.

A MULHER DO RIO

— O que você quer? — Clement empinou a cabeça para indicar a lista de itens, atados nos números vermelhos e pretos na roda.

— Quarenta e cinco quilos de aveia, do moinho de alimentação — eu disse. Ele sorriu e me deu um rápido beijinho no rosto.

— Esta é a minha garota. Nada de frivolidades com você. Firme como uma rocha. — Colocou vinte dólares no quinze vermelho.

Algo na maneira como ele falou fez que eu sentisse como se ele estivesse me comparando a outras mulheres. Lembrei-me daquela mulher, Caitlin, da primavera passada, mas sabia que ele não estava envolvido com ela agora.

Os outros homens colocaram pequenas apostas, evitando o número de Clement, e a roda foi girada. Ela parou em quinze vermelho. Demos um passo para trás e encontramos o homem com os cupons dos prêmios. Quando olhou e reconheceu Clement, ele gaguejou:

— Oh, oh, oh, aqui eeestááá. — Mas teve problemas em deixar o papel sair de sua mão e, na verdade, rasgou-o ao meio, pigarreando e repetindo a mesma frase, como uma agulha presa em uma gravação.

— Quente demais aqui dentro — Clement disse, e me conduziu para as cadeiras colocadas em frente a um palco provisório, na grande ala do caminhão de bombeiros. — Você espere aqui, enquanto vou conseguir para nós algum RC.

Embora eu fosse a única pessoa ali, era bom descansar na cadeira dobrável de metal. Meu estômago estava há dias comportando-se mal, e esta noite não era exceção. Fechei os olhos e deixei meu corpo ficar inativo por alguns minutos. Devo ter cochilado, porque, quando minha cabeça deu um solavanco e abri meus olhos, as cadeiras estavam quase todas tomadas. Deixei meu casaco atravessado sobre nossas duas cadeiras e corri pelo corredor.

JONIS AGEE

Encontrei-o em pé, nas sombras escuras de uma entrada trancada, seus braços em volta de uma mulher, falando muito seriamente. Eu sabia que era Clement por causa do paletó branco, que brilhava no escuro. Não podia adivinhar quem era a mulher, mas não fazia qualquer diferença.

Embora eu quisesse correr para longe dali, não me sentia suficientemente forte. Estava um pouco tonta, e meu estômago ficava embrulhando, então fiz o caminho de volta para o *show* de talentos. India estava esperando para ser a primeira, antes de as pessoas estarem completamente acomodadas em suas cadeiras. O apresentador estava em pé, no lado da sala, recusando-se a ir adiante para falar seu nome, então, depois de esperar alguns minutos, ela simplesmente marchou até lá e começou sua canção sem acompanhamento musical.

Era uma balada sofrida, lenta, triste, e sua voz rouca a conduzia bem. Na verdade, havia algo doloroso sobre uma garota da idade dela capaz de cantar como se tivesse tido toda a experiência de amor e traição que a canção descrevia.

Um silêncio caiu sobre a sala enquanto sua voz assombrosa nos alcançava. No fim, houve um silêncio, seguido por um simples aplauso, porque todos nós estávamos tão surpresos, e o apresentador a empurrava para fora do palco tão rapidamente quanto podia, assim as gêmeas que giravam bastões podiam dar seguimento.

Eu me levantei para sair também, querendo falar a ela algum encorajamento, mas Jesse e Vishti já a estavam conduzindo para fora. Clement veio e me pegou pelo cotovelo, e saímos por uma porta diferente. Ele me levou para casa, me deixou na porta e prometeu estar de volta em algumas horas.

— Estou indo à cidade ver um homem — ele disse. Acho que então eu já tinha adivinhado, mas apenas nunca o disse alto para mim mesma; não era realmente verdade.

A MULHER DO RIO

Até março, nem Clement nem India tinham voltado, e todos estávamos apavorados. Eu estava sozinha no estábulo, tarde da noite, depois de uma neve molhada de março, quando ouvi um carro fazendo um barulho surdo sobre a ponte, girando para dentro da nossa estrada, e enguiçar. Então o rangido da partida até que o motor pegou. Alguém havia "afogado" o motor que rugia e estalou, e o carro girou os pneus antes de começar a avançar lentamente adiante, sem ligar os faróis. Agarrei o rifle da sala dos arreios e fiquei em pé, na entrada sombria. Finalmente o pesado preto moveu-se para cima do caminho lamacento, hesitante, como um touro morrendo.

No topo do caminho, o carro continuou avançando lentamente, até que eu o reconheci e comecei a ir até ele, mas havia algo errado — e, de repente, vi que havia buracos escuros marcados de lado a lado das portas, e as janelas tinham sido estilhaçadas.

— Oh, meu Deus, Clement! Oh, meu Deus... — eu corri primeiro para a porta do motorista. Ainda não tinha ideia. E a puxei. Clement estava sentado, preso, ereto, os olhos fechados, as mãos no volante. À luz da lua, seu rosto estava violeta e a frente inteira de sua camisa branca engomada era de um púrpura brilhante, que estava correndo para baixo em direção a sua calça, espalhando-se pelo assento e pingando no chão. O lado de seu rosto estava sombreando com contusões.

Estendi a mão, desliguei o motor e puxei o freio de mão. Havia um cheiro metálico de sangue e algo como carne começando a apodrecer, que tive de segurar minha respiração, enquanto tentava enfiar o braço atrás dele para levantá-lo — suas costas estavam secas, a bala ainda nele. Ele parecia menor do que quando havia deixado a casa, algumas semanas antes, e mais pesado. Eu achava que não poderia levantá-lo.

— Ela não faz parte disso... deixe-a... apenas me ajude a pegar o equipamento... — ele murmurou.

Encarando-me sem me reconhecer, ele disse:

— Ela está bem? Eu disse que não a machuque... ela é só uma criança... a mãe dela a quer em casa... ela está bem?

— Quem? — olhei para o assento vazio do passageiro. Ele se referia a mim?

— No banco de trás. Ela está bem? Ela é só uma criança. Ela está bem?

Olhei sobre o banco e imediatamente dei um passo para longe do carro, dobrei meus braços em volta de mim mesma e estremeci tão forte que senti um dos meus molares rachar, e a punhalada de dor levou minha mão a se estender para alcançar a porta.

Ela parecia tão jovem, seus lábios marrom-azulados abertos pela surpresa e, provavelmente, de dor, a julgar pelos cortes, olhos inchados e nariz esmagado. As roupas dela estavam em tiras, seu braço direito parecia carbonizado até o osso, e, pelo estranho ângulo, seu braço esquerdo estava provavelmente quebrado. Então eu vi o pequeno buraco escuro em seu peito esquerdo. India Gatto estava morta.

— Quem fez isso? Você fez isso? Clement! Acorde, maldito! — chacoalhei e o soquei para acordá-lo, mas ele só resmungava, em delírio.

— Eles estão vindo... — os olhos dele vagavam pelo carro e a escuridão, cercando a casa. — Esconda-nos... eles estão vindo!

— Quem vem vindo? Quem fez isso, Clement? O que você fez? — eu gritava para evitar que ele adormecesse de novo. O sangramento estava diminuindo, mas ainda era contínuo, e uma faixa de sangue estava se pendurando para fora do carro, sobre a neve, aos meus pés. — Maldito! — esbofeteei seu rosto.

— Me pegaram no rio... — ele ofegou. — Eu disse a ela, fique no carro...

A MULHER DO RIO

— Por que India está aqui? — abaixei minha voz. — Clement, por que India está em seu carro?

Ele pareceu avivar-se à menção do nome dela. Seu olhos se alargaram e encararam, como se estivesse revendo a cena enquanto falava.

— Tudo o que ela tinha de fazer era ficar no carro... — ele soluçou. — Estava trazendo-a para casa... — os dedos dele vagaram pelo sangue em seu peito, e ele os levantou e encarou, surpreso. — Atiraram em mim. Não sinto nada. — Mostrou-me as pontas dos dedos, escuras e brilhantes.

Dei um passo para trás, olhando para cima e para baixo da estrada. Eu não podia levá-lo para o hospital, em Sisketon. Ele nunca conseguiria chegar lá.

— Estou morrendo — ele disse, sem emoção. — Esconda-me. Se me encontrarem, eles pegarão a fazenda. Esconda-me. — Olhou para mim com o reconhecimento no rosto, pela primeira vez. — Hedie, querida...

— Voltarei já. — Saí correndo para a casa, gritando por sobre meu ombro, enquanto corria. — Não morra, Clement...

Quando telefonei para a família Gatto, foi Vishti, a de sono leve, quem atendeu, e tive de brigar com ela para conseguir Jesse.

— É India e Clement, e é ruim — eu disse, e ouvi um som abafado, como a respiração sendo socada para fora dele, então ele desligou.

Quando chegaram, alguns minutos mais tarde, Vishti pulou do caminhão e correu para o carro de Clement antes que pudéssemos pará-la. O horror a golpeou no rosto como uma tábua e, enquanto não carregamos o corpo de India para o caminhão deles, Vishti não saiu de lá. Nós a vimos dirigir para longe tão vagarosamente que era como se estivesse usando braile para abrir o caminho através da neve escura e lamacenta.

572

O horror da jornada, por si só, deve ter liquidado com ela, percebi mais tarde. A luta para mover o corpo arruinado de sua filha para fora do caminhão, degraus acima, para dentro da casa. Como teve ter uivado e praguejado.

— Esconda o carro, salve-se... — Clement sussurrou, com espanto na voz, quando olhou para dentro, novamente. — O buraco de areia movediça.

— Não, eu não farei isso Clement, escute, diga-me como ajudar você!

Dei uma olhada para Jesse e ele sacudiu a cabeça. Clement estava morrendo e nós não podíamos levá-lo para ser socorrido agora. Era tarde demais. Eles nos encontrariam... e o xerife já tinha deixado claro que estávamos por conta própria. Havia apenas um lugar onde eles nunca o encontrariam.

Eu balancei a cabeça.

— Eu não farei. Ele não morrerá. Clement, não morra agora! — peguei sua cabeça em minhas mãos e a sacudi, beijei seus lábios frios e senti o roçar metálico do sangue e vomitei na neve ao lado do carro. Jesse me agarrou pelo ombro e me fez dar meia-volta.

— Entre no carro — ele ordenou.

— Vou dirigir — eu disse; não podia deixar nada acontecer a ele.

Dirigir em volta do campo de feno mais distante não era fácil no escuro, sem os faróis, na neve pesada e molhada, Clement escorregando no assento escorregadio de sangue entre nós. Meus sapatos encharcados com o sangue dele, eu tinha também de me concentrar em evitar que meu pé deslizasse do pedal do acelerador. Jesse e eu nos mantínhamos olhando sobre nossos ombros, em direção da casa e da estrada, para nos certificar que não havia sinal de faróis. Ninguém vinha por essa estrada à noite, a menos que tivesse negócios conosco.

A MULHER DO RIO

Eu estava entorpecida. Não estava, na verdade, reagindo a nada, mas mantendo os pneus fora de buracos de areia movediça e sulcos rasos que serpenteavam ao lado dos campos. Começou a nevar novamente, flocos grandes e espessos que batiam no para-brisa e grudavam em tudo.

Quando finalmente girei o carro para dentro do campo de feno e desliguei os faróis, Jesse disse:

— O carro não conseguirá — em uma voz tão calma que eu dei uma olhada rápida para ele.

Pisei no acelerador enquanto começamos a chafurdar e pegar um pouco de areia, a tampa do motor levantou e fomos direto, para o grande buraco de areia movediça, aquele no qual tínhamos perdido o espalhador de esterco no último verão. Ele parecia sólido à luz da lua, coberto de neve, mas esta era a parte perigosa dos buracos de areia movediça. A mais leve vibração de um carro ou máquina instantaneamente transformava a superfície em líquido novamente.

O rosto de Jesse estava tão imóvel, tão vazio de qualquer coisa, que eu me preocupava que não fosse capaz de me ajudar. Então ele sacudiu o braço de Clement, e o agarrou pela nuca, como um garoto de escola mal comportado, e sacudiu sua cabeça até que Clement gemeu.

— Quem vem vindo? — Jesse perguntou. — Clement, acorde! Quem machucou a minha menina?

A cabeça de Clement rolava para a frente e para trás, então ele abriu os olhos.

— Eles estão vindo.

Eu olhei para trás de nós e pensei ter visto uma luz.

— Jesse, ele ainda está vivo. O que devemos fazer?

A respiração de Clement estava leve como uma borboleta lutando em uma teia...

JONIS AGEE

— Luzes — ele disse, e eu dei uma olhada e pensei vê-las, lançando dois jatos finos de luz na estrada. Se eles nos vissem...

— Ela era a beleza da minha vida — Jesse sussurrou. — Só uma menina...

A respiração de Clement, leve como uma pena, o sangue bombeando cada vez mais devagar. Ele se movia para dentro e para fora de um estado de consciência, palavras em seus lábios, inteligíveis. Mas não parava de respirar.

Eu tropecei e caí de quatro quando saltei do carro, porque meus sapatos estavam tão escorregadios com o sangue dele e a neve. Eles veriam o sangue no caminho de entrada? Eu me lembrei de raspá-lo com meu pé para que apagasse, ou a neve já o tinha coberto? Meu coração estava batendo tão rápido que meus braços doíam, enquanto eu encarava o buraco de areia movediça, e então olhava para Jesse do outro lado do carro antes que eu me enfiasse de volta para dentro. Clement tinha escorregado, então estava deitado metade no banco, em sua própria poça de sangue. Eu me inclinei bem perto do seu peito, a respiração suave como pena ainda subindo e descendo. Maldito. Eu queria amaldiçoá-lo até o inferno por morrer — era ultrajante —, e agora nós todos íamos morrer.

Meus pés estavam frios. Eu olhava para baixo. Ainda estava usando meus chinelos de ficar em casa. Havia me esquecido de tirá-los quando fui para o estábulo, e agora eles estavam escuros e reluzentes em vez de cor-de-rosa com penas de avestruz. Clement adorava sapatos, adorava pés jovens... Eu me inclinei no carro novamente; ele já tinha...?

Não, os lábios dele flutuavam com o exalar silencioso...

— Estão fazendo a volta no seu caminho de entrada — Jesse disse. — Vou voltar lá.

Dei uma olhada sobre o meu ombro. Estávamos ficando sem tempo.

A MULHER DO RIO

— Deixe-me ir, querida — Clement sussurrou. — Pegue a fazenda, se você não o fizer... Faça-o... tudo para você... amor...

Eu me inclinei sobre ele, beijei sua testa e alisei seu cabelo para trás.

— Boa noite, doce homem, bons sonhos — sussurrei. Então me endireitei, incapaz de me mover.

— Eu farei — Jesse finalmente disse. — Saia do caminho. — Ele pegou a barra de ferro do macaco do caminhão, e sua voz era tão baixa e cerrada, eu não sabia o que pretendia fazer.

O Packard apenas precisava do peso da barra de ferro emperrado no pedal do acelerador, enquanto Jesse empurrava e soltava o freio, para começar a rodar para a frente. Ele parou, assim que os pneus da frente alcançaram a areia, e precisou que nós dois empurrássemos pelo resto do caminho. O carro ficou lá no topo, por um momento, como se não fosse descer, então a superfície pareceu se partir e o carro começou a afundar, primeiro o alto das calotas, então, com um assobio de aspiração, a parte de baixo das portas. O motor continuava a rugir até que a areia subiu quase até as janelas, onde faltavam os vidros estilhaçados, então ele gargarejou espessamente e parou. Eu me atirei para a frente, mas Jesse me agarrou assim que meus pés encontraram a beirada macia do buraco de areia movediça. Talvez pudéssemos salvá-lo — tínhamos nos apressado muito. Então a areia sugou a moldura da janela, e o carro se inclinou para o lado e abaixou, enquanto a areia molhada começou a encher o interior com seu peso. Ele estava...?

O carro parou, por um momento, quando a areia alcançou o topo dos assentos, e eu fiquei em pânico de que pudesse não afundar. Então, houve um longo suspiro guinchado, e ele continuou descendo, centímetro por centímetro, agonizante, até que a superfície estava plana novamente.

JONIS AGEE

Estava tão silencioso, tudo o que eu podia ouvir eram meus próprios soluços de choro. Clement estava morto. Eu o tinha amado, não importava o que havia acontecido no fim. Ele ainda estava em meu coração, e agora eu não tinha ninguém. Nosso bebê se foi. Meu marido se foi. Eu o tinha matado. Eu matei Clement. As palavras golpearam meu peito e eu não podia recuperar meu fôlego, não podia. O braço de Jesse a minha volta, eu me inclinei pra trás e o deixei me segurar por alguns minutos até que meu peito se abriu novamente. Eu podia respirar e gostaria de não poder.

Eu imaginava a boca de Clement, e os olhos cheios de areia, antes que sua mente e corpo reconhecessem o que estava acontecendo, e era tarde demais para empurrar suas mãos para cima, através da superfície pesada, e se salvar. Ele não estava consciente. Estava morrendo. Eu sei disso. Ele me disse para escondê-lo. Ele me disse para salvar sua preciosa fazenda. A Jacques'Landing. Chutei a neve e tropecei. Esta maldita terra.

Começou a nevar mais pesado enquanto caminhávamos de volta, então mudou para chuva de gelo quando esquentou um pouco no meio da manhã. A chuva nos cobriu rapidamente, diluindo o sangue em nossas roupas. Quando cambaleamos, subindo para o estábulo, os homens tinham ido embora. Eu até hoje não tenho ideia de quem eles eram — fiscais, agentes federais, a polícia local ou gângsteres. Despi as roupas rançosas e entrei em um banho escaldante, que se tornou rosa do sangue, então tive de deixar a água correr e começar tudo de novo. Tinha certeza de que os homens voltariam, que me matariam desta vez, e não tinha certeza se aquilo me incomodaria — eu não tinha nada, nem ninguém, agora. Clement... como ele pôde fazer isso comigo? Eu o amava... Chorei até que a água ficou gelada e minha pele azulou com o frio. Não parei de tremer por

A MULHER DO RIO

uma semana. Só bebia e olhava para fora das janelas, esperando alguém vir e me prender por ter matado meu marido. Ninguém veio. Nunca. Eu não tinha ideia do motivo.

Tivemos sorte, eu acho. Nunca vimos os homens que os mataram. O que sempre incomodou Jesse. Não a mim.

Jesse e Vishti esconderam India em um buraco raso na fazenda deles e esperaram por quatro meses até que se sentiram seguros o suficiente para trazê-la para cá e a enterrar no cemitério da família Ducharme.

Vishti nunca falou outra palavra depois daquela noite. Suas últimas palavras foram para amaldiçoar os Ducharme e golpear Jesse no rosto, com uma caixa de porcelana que eu havia dado a ela. Esperamos seis meses antes de entrar em contato com o advogado para o inventário em Nova Orleans. Ele chegou no dia seguinte e fez todos os arranjos. Acabou-se mostrando que ela era filha de Omah — uma Ducharme, afinal.

Eu me lembro da manhã quando a pequena família chegou à fazenda para trabalhar para nós — eles tinham dirigido o caminhão batido, o para-choque preso com um arame de embrulho, um dos faróis pendurados no soquete, a porta do passageiro tão denteada que não abria. Ainda assim, Jesse desceu com todo o garbo de um homem descendo de um Cadillac novo, ombros para trás, chapéu marrom levantado na cabeça, as mãos casualmente enfiadas nos bolsos da calça marrom, soando riqueza — por tudo, como um homem descendo de um trem em uma cidade nova. Ele começou a assobiar uma melodia doce e complicada, e acenou com a cabeça em minha direção enquanto eu caminhava para fora, para a varanda. Clement ainda estava dormindo, eu me lembro, e eu pus o dedo sobre os lábios e Jesse acenou com a cabeça, novamente, e voltou para o caminhão.

JONIS AGEE

India deslizou sob a direção e pulou para fora, chegando ao chão, leve como um gato, mas imediatamente cruzou os braços e olhou em volta, com cara feia. Ela usava uma echarpe xadrez azul na cabeça, à maneira das negras que trabalhavam na casa, e eu quase podia sentir seus longos dedos estreitos, com o esmalte vermelho brilhando, comichando para arrancar aquele trapo da sua cabeça. Embora ela usasse um vestido sem forma, desbotado, que ia até as panturrilhas, muito provavelmente da mãe dela, as curvas duras e jovens de seu corpo espreitavam mais atormentadamente do que se tivesse usado um vestido que caísse perfeitamente. Ela se virou para dizer algo, e a mãe dela deslizou sob a direção e desceu, cuidadosamente, ao lado de sua filha e marido.

Vishti era pequena e aprumada, e, se às vezes faltasse a ela certa vitalidade, era aquela em quem nos centrávamos, com sua voz profunda e rouca, surpreendente, vinda daquele corpo fraco, e um rosto que parecia espelhar cada emoção que uma pessoa tivesse. Um chapéu de feltro vermelho, inclinado em sua cabeça, escondendo o velho vestido de casa que usava.

A filha dela disse qualquer coisa, e, com um rápido olhar em sua direção, Vishti endireitou as costas, levantou o queixo e caminhou em direção à casa como se morasse ali. Como filha de Omah, ela tinha o direito, suponho, embora eu não percebesse aquilo na época.

Também não percebemos que o rugido do caminhão tinha acordado Clement, que ficou em pé nas janelas do andar de cima, olhando enquanto India juntava o tecido extra do vestido na cintura e o puxava, apertando, revelando os quadris reluzentes e os seios altos e firmes. Jesse deu uma palmada no traseiro da filha com uma risada e ela fugiu pelo caminho como um potro de pernas compridas, de repente uma criança novamente.

A MULHER DO RIO

Agora é 1950, e o telefone está tocando há algum tempo quando eu o atendo, já sabendo o que é. Clement se foi faz tempo. Agora é a vez de Vishti. Passei a noite esperando, como costumava fazer tantos anos atrás, lendo os livros da família, esperando.

— Ela está... — eu digo.

— Ela encontrou a paz. — A voz de Jesse é calma, firme. Ele encontrou sua paz também.

— Então é isso? — eu digo, estupidamente, pois sei que é o fim.

— Sim.

— Ela virá para cá? — eu pergunto.

— Pela manhã.

— Sim — eu digo. — Eu chamarei alguém...

— Não — ele diz. — Estarei aí logo cedo.

Tão cedo?, eu queria dizer, quando desligamos. Não podíamos esperar um dia ou dois?

— Vishti? — digo o nome dela em voz alta, para o caso de ela ter se juntado aos outros, mas encontro o silêncio. Eles teriam todos se reunido em um cômodo para encontrá-la. Está Jacques lá para dar as boas vindas à outra esposa do rio?

Coloco a garrafa de Jack Daniels em meus lábios e encho a boca com o líquido quente, fumegante, engulo e tomo outro gole. Esse eu seguro na boca, até que a língua queime e minhas gengivas doam, então deixo que escorra pela minha garganta abaixo.

Pego a caneta e começo a escrever o que prometi a Vishti e Jesse, que nunca diria a uma alma viva.

Tomo outro trago da garrafa. Vou contar a história do dia que me casei com Clement Swan Ducharme. Completar as peças que estão faltando. Como Omah chegou para ser enterrada e Keaton, tendo apenas uma vaga lembrança dela, como uma empregada de Jacques, fez a cova ser cavada adiante da cerca do cemitério da família.

JONIS AGEE

Nenhuma discussão pôde convencer Keaton de que ele estava errado, nem mesmo apontar as pedras dos túmulos dos pais dela e do filho deles, que Keaton até o dia de sua morte acreditava fossem marcos de algum parente distante de Jacques, que deviam, consequentemente, ser brancos. A única reação de Clement quando contei a ele foi rir.

O túmulo de Omah permanece, ainda hoje, uma peça de quebra-cabeça cortada no algodão, com uma pedra na qual os mais lindos pássaros e árvores estão entalhados. Ela se inclina em direção à cerca, como se para reunir-se com as pedras de seus pais e filha do outro lado.

Estamos todos em silêncio no final, você vê, nosso debulhar feito, nossos corações pendurados na última luz cinza, quando ela se acomoda na terra, e outra tempestade no horizonte, até que paramos de nos encorajar em direção aos limites selvagens de nós mesmos.

Entrar na família de outra pessoa é, provavelmente, a coisa mais corajosa que uma pessoa pode fazer, imagino. Não há meio de conhecer os infinitos artifícios que teremos de juntar através do tempo. Como chegamos a dar as mãos a cada pessoa morta, todos os fantasmas, cada erro, cada amado e cada alma perdida. Eles se tornam nós mesmos depois de um tempo, o cheiro de peras no corredor, o vestido desbotado azul atravessando o pátio da frente todas as noites para o cemitério da família, os pedidos sussurrados, o soar de um riso e a respiração quente em seu braço, o toque frio e úmido de lábios em sua face, o pressionar pesado de um corpo sentando na beirada da cama enquanto você dorme — e a maneira como o cachorro para na sala, olhando a entrada, o pelo eriçado. É isso o que significa viver com os antigos, habitar a fazenda em Jacques'Landing sozinha, como eu faço agora.

A MULHER DO RIO

À noite sou só eu, chamando o nome de Jacques na escuridão, porque é a mão morta de Jacques que passa o sofrimento adiante, como porcelana de herança. E ele responde no lento gemido do rio, nos gritos de coisas pegas e mortas, no olhar insensível do rosto largo da lua. É por isso que passo o dia me esgotando até os ossos, porque as noites são tão duras. Apenas os cavalos, com suas cobertas de pelos tremulantes e grandes olhos gentis, podem me salvar, então eu posso adormecer tão rapidamente quanto uma tocha extinta no rio...

Amanhã eu vou à velha edícula de solteiro, para quebrar paredes e assoalhos, talvez encontrar o tesouro de Jacques, salvar nossa terra para o último Ducharme, nascido Swan Ducharme, seis meses depois que Clement morreu.

Ele está na universidade, formando-se em agricultura (e garotas). Jesse e eu trabalhamos duro para fazer dele um homem correto, mas temos de esperar para ver como o sangue corre. Então, hoje à noite retorno para a história que estou escrevendo no livro da família, a história que, na verdade, começa em 1930, no dia em que eu, Hedie Rails, me casei com Clement Swan Ducharme. Eu tinha dezessete anos, e ele era um homem adulto, quase com o dobro da minha idade. Eu tinha chegado a acreditar no anjo do mal do amor...

Agradecimentos

Meus agradecimentos a minha editora de longa data e amiga, Jane von Mehren, e à minha agente e amiga, Emma Sweeney, por acreditarem que eu poderia contar esta história.

Obrigada à minha família, companheiros das viagens pelo rio — Jackie Agee; Cindy Boettcher; Brenda Bobbitt; Cindy, Ross, Mike Jr. e Travis Agee; Talbott e Blythe Guy. Obrigada a Lon Otto, por ser minha companhia de escrita por mais de trinta anos. Agradeço aos muitos amigos que me deram força ao longo do caminho: Bill Reichardt, Jim Cihlar, Heid Erdrich, Leslie Miller, Tom Redshaw, Greg Hewitt, Tony Hainault, Sharon Chmielarz, Andrea Beauchamp, Barbara DiBernard, Joy Ritchie, Ted Kooser, Hilda Raz, Pat Fleming, Mike Dalton e Sharon Warner. Agradeço, ainda, ao pessoal das 202 Andrews, que tornou cada dia mais fácil e melhor: LeAnn Messing, Elaine Dvorak, Sue Hart, Janet Carlson, Kelly Carlisle e Linda Rossiter. Obrigada a Molly e Terry Foster, por me verem atravessar o último ano. Obrigada aos meus muitos alunos da graduação, que fazem o ato de escrever parecer mais um prazer do que um trabalho. Agradeço, ainda, a Kati Cramer, Cindy Olson, Daryl Farmer, Dave Madden, Julie Kraft, Allie Avant, Caitlin Teare, Arra Ross e Corey Schroeder, que cederam um tempo pessoal para ajudar-me durante a construção deste livro. Finalmente, quero agradecer a Linda Pratt por seu apoio e por sua amizade, e por trazer-me para a Universidade de Nebraska, onde eu, por fim, encontrei um lar para meu trabalho. Obrigada à família Hall, por colocar-me em contato com o Adele Hall Chair e por cuidar para que eu continuasse a escrever. E à Universidade de Nebraska — Lincoln.

Este livro foi impresso pela Prol Editora Gráfica
para a Editora Prumo Ltda.